개인기록연구총서 10

금계일기 1

이정덕 · 소순열 · 남춘호 · 임경택 · 문만용 · 안승택 · 진양명숙
박광성 · 곽노필 · 이성호 · 손현주 · 이태훈 · 김예찬 · 박성훈 · 유승환

지식과교양

이 책은 2014년도 정부(교육부)의 재원으로 한국연구재단의 지원을 받아 연구되었음(NRF-2014S1A3A2044461).

서 문

우리 연구팀이 개인기록을 통하여 근현대사를 재구성한다는 연구목표를 세우고, 현대일기를 찾아 나선 지 약 5년이 지났다. 그동안 우리는 전라북도와 경상북도의 농민일기 원문을 읽고 입력·해제하여 출판하였고, 그 일기들을 토대로 현대 농촌사회의 변동과 압축적으로 전개된 근대화과정이 농민의 삶에 미친 영향을 분석해왔다.

그 사이 우리는 연구의 시야와 영역을 확장하기 위하여, 도시 생활을 담고 있는 개인기록, 노동자, 지식인, 여성의 삶을 보여주는 기록들을 찾기 위해 노력하였다. 그 결과 몇 편의 일기 기록을 구할 수 있었고, 또 몇 편의 소재를 확인하기도 하였다. 처음 연구를 시작할 때의 우려와 달리, 개인기록의 부재가 문제가 아니라 그것을 연구 자료로 복원하고 분석할 수 있는 우리의 물리적 역량과 시간 부족이 훨씬 심각한 문제가 되었다. 무엇보다 다행이고 고마운 일은 우리의 개인기록 연구에 관심을 가지는 분들이 늘어나고 있어서, 일기에 관한 다양한 정보를 제공받을 수 있게 되었다는 점이다. 우리는 좀 느리더라도 보다 충실하게 개인기록을 원문대로 복원하고, 주석·해제하여 좋은 학술연구 자료로 만드는 것이 자신과 가족의 소중한 기록을 제공해주신 분들에게 보답하는 길이라고 믿고 있다.

우리 연구팀의 세 번째 성과물은 청주시 옥산면 금계리에서 태어나, 평생을 교육자로 헌신해온 곽상영(郭尙榮, 1921~2000) 선생의 일기이다. 선생이 태어난 고향마을의 이름을 따서 제목으로 붙인 『금계일기』는 선생이 소학교에 다니던 1937년부터 2000년까지, 약 64년에 걸친 방대한 기록이다.

1년 전 우리는 이 기록을 선생의 10남매 중 막내아들인 「한겨레신문」의 곽노필 기자로부터 넘겨받았다. 일기 원본은 그 자체로 현대사 연구의 사료였다. 일제강점기부터 해방과 전쟁, 4·19 혁명 등 우리 현대사의 전환점을 빠짐없이 겪으면서 그때그때의 사건을 꼼꼼히 적어간 일기의 내용은 물론이고, 64년 동안 사용한 일기장의 변화만으로도 우리 역사의 흐름을 가늠할 수 있었기 때문이다. 우리 연구팀은 2년 예정으로 『금계일기』의 입력 · 해제 작업에 착수하였다. 그리고 1년 간의 작업을 모아 1937년부터 1970년까지의 일기 내용을 우선 출판하기로 하였다.

무엇보다도 우리 연구팀에 선친의 일생이 담긴 소중한 기록을 맡겨주신 선생의 가족들께 연구진 모두의 마음을 모아 감사 인사를 드린다. 곽노필 기자는 선친의 유고를 읽으면서 내용의 일부를 직접 입력하는 작업을 진행 중이었고, 이것까지도 우리에게 넘겨주셨다. 이것을 토대로 한 덕분에 우리의 작업이 속도를 낼 수 있었다. 뿐만 아니라 직접 전북대학교까지 와서 우리 연구팀에게 선친의 일생을 세세히 설명하고 고향에서의 생활에 대한 기억까지를 소개해주셨다. 그리고 선친의 생애를 정리하여 해제 원고로 만들어 보내주는 수고까지도 마다하지 않았다.

선생의 장남이신 곽노정 선생께서는 우리가 현지조사를 위해 금계리를 방문하였을 때, 직접 마중을 나와 우리를 마을 구석구석까지 안내하고 설명해주셨을 뿐 아니라 부모님에 대한 기억들을 하나하나 끄집어내어 설명해주셨다. 그리고 선생의 다섯째 자제이자 둘째 딸인 재응 스님께서는 불쑥 찾아간 연구팀의 질문에 친절하게 과거의 이야기를 들려주셨다. 이 분들의 기억과 친절한 설명 덕분에 『금계일기』의 해제와 주석 작업을 할 수 있었고, 우리의 작업이 조금 더 일기 원문의 뜻에 가까워질 수 있었다.

언제나 그렇듯이 자료의 입력과 해제 작업을 진행할 때, 자질구레한 일들은 보조연구원의 몫이다. 이 작업을 묵묵히 감당해 준 전북대학교 사회학과의 이태훈, 고고문화인류학과의 김예찬, 농업경제학과의 박성훈 그리고 사회학과의 유승환 군에게 이제야 고맙다는 인사를 하게 된다. 앞으로 『금계일기』가 이들의 연구에 좋은 자료가 될 수 있기를 바란다. 일기 원문과 하나하나 대조해야 하는 힘들고 지루한 교정 작업을 맡아준 고고문화인류학과의 김희숙 선생과 우리 연구팀

이 마지막까지 해독하지 못한 일본어 원문을 일본의 모든 백과사전까지 찾아가면서 해석해준 전북대학교 고고문화인류학과 BK21+사업단의 이택구 선생께 깊은 감사를 드린다. 우리 연구팀 모두의 노력과 이분들의 도움으로 『금계일기』가 저자인 곽상영 선생의 본래의 마음과 뜻을 크게 거스리지 않고 복원될 수 있었다고 믿는다.

일기는 그것을 쓴 개인의 경험과 느낌을 그대로 드러내는 기록이다. 일기는 다른 어떤 기록보다 사실적이며, 그래서 가장 구체적인 역사자료이다. 그러나 다른 한편 일기는 한 개인의 내밀한 사정을 숨김없이 담고 있는 기록이다. 그 때문에 우리는 일기를 읽고 분석하는 작업을 할 때마다 윤리적인 문제에 직면하게 된다. 우리 연구팀에 선친의 일기를 선뜻 제공하고, 학술연구 자료로 공개하는데 동의해주신 선생의 자제들께 다시 한 번 감사의 인사를 드린다. 우리는 이 일기의 내용이 연구과정에서 오독, 오용되지 않도록 모든 노력을 기울이겠다는 약속을 드린다.

마지막으로 어려운 사정 속에서도 『금계일기』의 출판을 맡아주신 도서출판 「지식과교양」의 윤석원 사장님과 관계자들께도 감사드린다.

2016년 4월
연구팀을 대표하여 이성호 씀

▲ 1946년 12월 만25세 생일기념.

▲ 저자 곽상영의 부모

▲ 1959년 장남 노정 서울대 사범대학 입학기념

▲ 1940년대 초반 삼산공립국민학교 새내기 교사 시절 제자들과 함께

▲ 1970년대 초반 장손 영신, 차손 창신과 함께

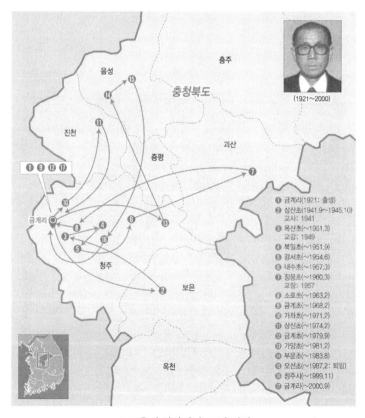

▲ 교육인 곽상영의 80년 여정

▲ 첫부임지 보은 삼산초 전경. 1942년경.

"길고 긴 校舍를 두어 집 건너서 擔任學級에 들어갔다. 校長의 소개로 교단에 올으니 감개무량하더라. 일로써 나의 길은 작정이 되고 출발하게 된 것이믈 깨달았다."

〈1941년 10월 11일 토요일 일기 중에서〉

▲ 1962년 9월 14일 소로초등학교 운동회. 곽상영 교장이 본부석에서 입상 학생에게
　상품을 주고 있다.

"체육대회(소로)이다. 지역사회 운동회로서 의의 있게 진행이 잘 되었다. 일반종목인 부형자모 경기가 많았고 전원이 일치단결하여 진행에 원망을 기했다."

〈1962년 9월 14일 금요일 일기 중에서〉

▲ 곽상영의 마지막 근무교 오선초 전경. 1985년경.

▲ 금계 본가. 1963년 추석에 촬영.

▲ 잦은 홍수로 범람했던 금계 마을의 병천천. 2016년 1월에 촬영

"새벽부터 비. 2時間 동안 集中暴雨. 비 소리에 旅館에서 단잠 못 이루고. 一同은 九時 半에 溫陽서 出發. 넓은 들 똘은 洪水로 범람."

〈1969년 8월 7일 목요일 일기 중에서〉

▲ 2016년 1월 현재 남은 금계 본가 터.

▲ 스승의 날을 맞아 '한가족 7인 교사' 집안으로 곽상영 가족을 소개한 1971년 5월 15일자 『충청일보』(좌측).

▲▲ "아들 · 딸 · 사위까지 8명의 교사가족", 1975년 10월 12일자 『주간한국』(우측).

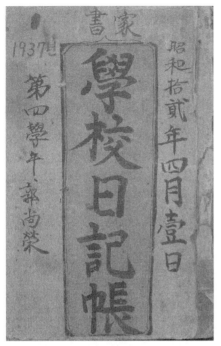

▲ 1937년 학교일기장 표지

▲ 1938년 학교일기장 표지

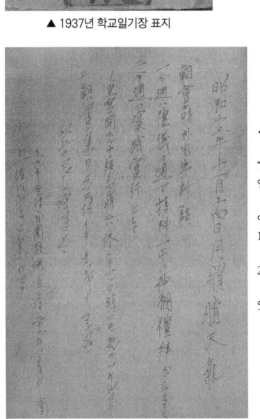

◀ 1938년 11월 14일 학교 일기

"조회 때 박 선생님의 훈화.
일. 이번 주는 예의의 주간으로 특과 1학년은 신붕
　　예배를 올릴 것.
이. 이번 주 실천사항은 다음과 같다.
1. 황실과 관련한 일로 쉬는 날이 있을 때에는 휴일
　이라도 신경 써서 보낼 것.
2. 조회 때 집합하는 방법에 대해 말씀하셨습니다.
　이상의 사항을 잘 지킬 것.
5, 6학년은 분단별로 교련을 했습니다. 22일에 청년
　단과 함께 하기 때문입니다."

▲ 1942년 일제 강점기 일기장 표지

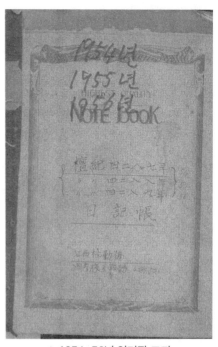

▲ 1954~56년 일기장 표지

▶ 1941년 1월 16일 일기.

"今日부터 正式出勤이라는 것이다. 辭令狀을 받았다.
日給 35錢이라고 씨어 있다."

◀ 1945년 8월 15일 일기.
이때부터 한글 일기가 등장한다.

"때 [때]는 온 模樣이다. 日本國은 相手國에 無條件 降服하엿다는 라디오 放送이 잇다는 것이다. 朝鮮이 엇지 될 것인가가 問題인 모양이다. 가슴 〃〃이 울넝 〃〃하여진다. 午後 車로 아번님과 魯井이가 報恩에 到着되시엿섯다.

▶ 1950년 6월 26일 일기

"어제 아침부터 벌어진 남북충돌사건은 3.8선 지역 전체에 걸친 모양이다. 남한 전 군인이 출동된 모양 이고 각 경찰계는 전시태세의 기분으로 변하여졌 다. 신문지상에는 인민군이 불법침입을 하였다는 것이다. 하여튼 3.8선이 깨어져서 남북통일의 대업 이 이루어진다면 이보다 더 좋은 일이 어디 있으랴 만 동족간의 상쟁이니 우리는 너무나 참혹한 피를 흘리지 않도록 됨을 바라마지 안는다."

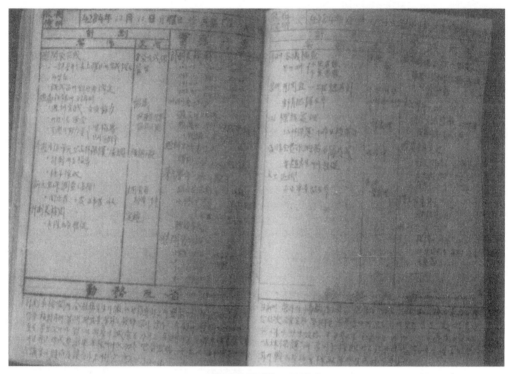

▲ 교감 시절 작성한 교무일지.

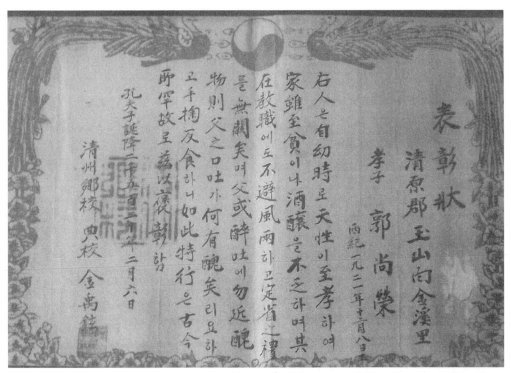

▲ 사양했던 효자 표창장

"從兄님 佳佐까지 건너와 淸州鄕校에서 겪은 말씀 듣고~ 參祀者 無數히 많았다는 것. 孝子表彰의 辭退書를 傳達했음에도 旣定대로 代理 受賞하였다는 것. 孝行을 다하지 못한 自身을 또다시 自責."

〈1969년 3월 25일 화요일 일기 중에서〉

목 / 차 /

제1부 해제: 교사 곽상영의 일기쓰기와 근대 기록

제2부 금계일기(1937년~1945년 8월 13일)

『금계일기 2』

일 / 러 / 두 / 기

1. 『금계일기』는 저자인 교사 곽상영이 1937년부터 2000년까지 적은 64년간의 기록이다.

2. 일차로 1937년부터 1970년까지의 원문 기록을 입력과 해제의 과정을 거쳐 출판한다.

   1) 저자는 1937년부터 해방 이전까지는 일본어로, 그리고 해방 이후는 한글과 한자를 혼용하여 일기를 썼다. 입력본에서는 일본어 원본은 한글로 번역하고, 의미의 이해를 위해 필요하다고 판단되는 경우는 [ ] 속에 원문을 넣었다.

   2) 일본어 지명, 인명, 고유명사 등의 한자는 관행에 따라 일본어 발음이나 한글 발음으로 표기하였다. 예를 들어 다나까(田中) 등 일상적으로 익숙해진 발음은 일본어 발음으로 표기하고, 익숙하지 않은 인명이나 지명, 창씨개명한 한국인의 이름 등은 한자의 음을 한글로 표기하였다.

   3) 원문의 날짜 표기는 1937년부터 해방 전까지는 일본력(昭和), 해방 이후 1969년까지는 단기(檀紀), 그리고 그 이후는 서기(西紀)로 표기되어 있다. 입력본에서는 이를 모두 서기로 통일하였다. 다만 매년 첫머리에 일기장의 표지에 표기된 원문의 날짜표기 방식을 기록해 두어, 그 해의 일기표기 방식을 알 수 있도록 하였다.

   4) 날씨 표기는 전 기간 동안 모두 한자로 표기되어 있어 원문 그대로 입력하였다.

   5) 1937년과 1938년은 저자가 집에서 쓴 [가정일기] 외에 학교에서 기록한 [학교일기]가 별책으로 따로 기록되어 있다. [학교일기]는 학교에서 그날그날의 행사나 지시사항 등을 당번을 정해 기록케 한 것으로, 일기의 저자가 2년 동안 기록을 담당한 당번이었던 것으로 보인다. 이것은 해방 이전(1945년 8월 14일)까지의 [가정일기] 뒤에 따로 넣었다.

6) 저자가 학생이던 1940년까지의 일기 원문은 일제강점기의 학제에 따라 매년 4월 1일부터 다음해 3월 말까지가 한 책으로 묶여있다. 입력본에서는 일기장의 각 책과 관계없이 매년 1월 1일부터 12월 말일까지를 한해로 묶어 편집하였다. 다만 1937년과 1938년의 [학교일기]는 당시의 학제에 따른 원본의 구성을 그대로 두었다.

7) 해방 전과 후를 구분하여 1945년 8월 14일까지의 일기와 8월 15일 이후의 일기를 나누어 편집하였다.

3. 원문의 한글 표기는 교정하지 않고 원문을 그대로 입력하는 것을 원칙으로 하였다.

4. 뜻풀이가 필요한 경우에는 [ ], 빠진 글자는 { } 표시를 하여 뜻풀이를 하거나 글자를 채워 넣되, 첫 출현지점에서 1회만 교정하였다. 단, 일제강점기의 일기에서는 번역의 의미 해석을 위해 필요한 원문 한자를 입력할 경우에도 [ ] 속에 넣었다.

5. 설명이 필요한 용어나 문장에는 각주를 달아 설명하였다.

6. 해독이 불가능한 글자는 □ 표시를 하였다.

7. 일기를 쓴 날짜와 날씨는 모두 〈 〉안에 입력하되, 원문에 음력 날짜가 기입되어 있는 경우에는 〈 〉밖에 입력하였다.

8. 날짜 표기 이외의 문장 안에서 ( ) 또는 〈 〉표시가 나타나는 경우는 저자가 기입한 것으로, 이는 따로 바꾸지 않은 채 그대로 입력하였다.

9. 원문 안의 ( )는 저자가 기입한 것이다.

10. 자료에 거명된 개인에 관련된 정보는 학술적 목적 이외의 용도로 사용할 수 없다.

제1부

해제
교사 곽상영의 일기쓰기와 근대 기록

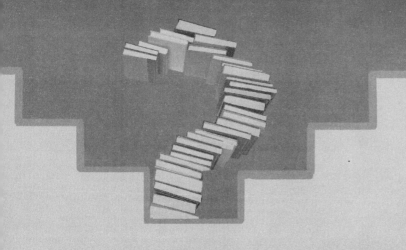

Ⅰ. 교육인 곽상영의 생애사

1. 600년 된 마을 금계[1]

5형제(3남2녀)의 장남, 10자녀(5남5녀)의 가장, 교사 8년, 교감 8년, 교장 30년, 근무학교 13곳, 교사 자녀 6명, 일기 집필 64년, 가계부 작성 59년……

평생을 교단에서 보낸 교육인 곽상영(郭尙榮, 1921~2000)의 인생 궤적을 보여주는 몇 가지 기록들이다. 흔치 않은 기록을 남긴 그가 태어나서 자란 충북 청주시 흥덕구 옥산면 금계리는 청주 곽씨의 오랜 집성촌이다. 청주 곽 씨는 당나라 헌종 때 특사로 신라에 왔다가 정착한 곽씨 성의 중국계 이민자에게 뿌리를 두고 있다. 9세기 후반 신라 헌강왕 때 시중(지금의 총리)을 지낸 곽상(郭祥)을 시조로 삼고 있다. 애초 서원경(지금의 청주)에 터를 잡아 세거해오던 이 가문은 고려 말의 '두문 72현'[2] 중 한 사람인 곽추(12세손) 이후, 이곳을 떠나 강원도 등의 오지로 흩어져 살았다.

그러다 600여 년 전 그 중 일부가 청주 지역으로 다시 돌아왔다. 곽추의 장손인 곽음이 왕위를 찬탈한 세조가 즉위(1454년)하자 신병을 이유로 관직(서산군수)을 그만두고 금계리에 터를 잡은 것. 얼마 안 있어 그의 동생 곽비도 관직(충청좌도병마절도사)에서 물러난 뒤 형과 합류했다. 이렇게 해서 금계리는 오늘날 청주 지역의 유일한 청주 곽씨 집성촌이 됐다. 청주 곽씨 52개 파 중 5개 파가 이 마을에 뿌리를 두고 있다. 곽상영은 그 중 성촌파 33세손이다.

금계리 앞쪽으로는 동림산(해발 457미터)이 있다. 이 산의 옛 이름은 금성(金城)산이었다. 그

---

1) 청주 곽씨와 금계리의 역사는 청주 곽씨 대종회가 발행한 『상당』 제16호(2013년)를 근거로 했다.
2) 조선 건국에의 참여를 거부하고 고려에 대한 충절을 지킨 채 은거했던 고려 말의 유신들을 가리킨다.

래서 산 아래 마을을 금성(또는 성촌)이라 불렀다고 한다. 지금의 금계리란 이름은 1914년 조선
총독부가 행정구역을 개편할 때[3] 생겨났다.

2. 출생과 소년 시절[4]

곽상영은 1921년 12월28일(음력 11월30일) 금계리에서 부친 곽윤만과 모친 박순규의 3남2녀
중 맏이로 태어났다. 1919년 3 · 1운동 이후 조선총독부가 식민지정책을 다소 유화적인 문화통치
로 전환하던 시기였다. 당시 그의 집안은 남의 논밭을 빌려 소작으로 생계를 이어가는 형편이었다.

어린 시절 그는 주변 사람들로부터 총명하다는 소리를 들었다. 6살 때 큰아버지한테 천자문을
배우며 글을 깨친 데 이어, 9살 때까지 재종조부(6촌 할아버지)의 사랑방 서당에 다니며 공부의
폭을 넓혔다. 하지만 학동들이 하나둘씩 보통학교에 입학하면서 서당이 문을 닫자 공부도 접어
야 했다. 자신은 학교에 다닐 형편이 되지 못했기 때문이다.[5] 그 때가 자치통감 첫째 권을 읽을 무
렵이었다.

교육자가 되겠다는 꿈을 처음 갖게 된 건 7살 때였다. 10여리 떨어진 읍내 옥산보통학교[6] 가을
운동회에서 교사의 모습을 본 것이 계기였다. 그는 후일 "경쾌하게 차린 소박한 흰 운동복, 바람
에 나부끼는 검정 넥타이에 목에는 호루라기, 한 손엔 큼직한 메가폰을 쥔 운동회날의 학교 선생
님이 왕처럼 느껴졌다"(『교단수기』 1985. 8.)고 회고했다.

하지만 끼니 걱정을 하는 판에 사범학교는커녕 보통학교도 엄두를 내지 못했다. 어린 나이지
만 집안의 장자로서 생계를 돕는 것이 급선무였다. 서당이 문을 닫은 이후 그는 나무하기, 모내
기, 김매기, 새끼 꼬기 등 생계를 돕는 일에 전념했다.

그러는 중에도 꿈을 접을 수는 없었다. 마침내 아버지의 허락이 떨어져 만 13살 되던 1934년
옥산보통학교에 입학했다. 큰비가 내려 마을 앞 하천(금강의 지류 '천수천')을 건널 수 없는 날을
빼고는 하루도 빠지지 않았다. 3학년 때이던 1936년 11월 그는 같은 군내 북일면 오동리의 몰락
한 부농집안 장녀 김유순과 중매결혼을 했다. 그 때 신랑 나이 만 15살, 신부는 만 16살이었다. 오

---

3) 금계리는 금동(아그배), 금북(질울), 금평(범말), 신계 마을과 곡수 마을 일부를 통합한 이름이다. 곽상영이 태어
   난 곳은 신계다.
4) 이후 곽상영 생애사는 그의 『일기』와 『가계부』, 『사도실천기』, 『교단수기』의 내용을 중심으로 재구성했다.
5) 의무교육제가 없었던 일제 강점기엔 보통학교에 취학하는 것도 큰 혜택이었다. 위키백과 '일제 강점기의 교육' 항
   목에 따르면 1936년 보통학교 취학률은 26%에 지나지 않았다.
6) 당시 조선총독부는 1면1교(1개면에 1개 학교) 정책을 시행하고 있었다.

랜 조혼 풍습의 영향이었다. 중매를 한 5촌 당숙모는 신부의 큰고모였다. 당숙모는 자신의 조카 딸에게 '가진 건 없지만 똑똑하고 성실한' 그를 신랑감으로 적극 추천했다. 그가 일기를 쓰기 시작한 것도 이때부터다. 그 습관은 60년을 훌쩍 넘어 그가 운명할 때까지 이어졌다.

부모 말씀에 순종했던 그는 학교에서도 모범생이었다. 반에서 부급장을 맡았다. 남들보다 늦게 입학한 한풀이라도 하듯 학업도 열심히 했다. 1940년 3월 졸업생 54명 중 성적 1위로 졸업했다. 6학년 1~3학기 내내 1위 자리를 놓치지 않았다.

평생 꿈인 교사가 되려면 상급학교에 진학해야 했지만 가정형편상 포기했다. 그는 일단 고학을 하면서 후일을 도모할 요량으로 서울로 가려 했다. 하지만 서울에 가봐야 고생만 할 뿐이니, 집에서 생계를 도우라는 부친의 뜻을 거역하지 못하고 그마저 접었다.

당시 그의 집안은 밭 300평, 논 열다섯 마지기를 소작으로 경작하고 있었다. 소작농이 으레 그렇듯, 소작료를 내고 나면 남는 식량이 많지 않았다. 논의 절반은 물구렁 논이어서 수확량도 들쑥날쑥했다. 해마다 7~9월엔 먹을 것이 떨어져 사방공사 등을 다니며 품삯을 벌어 식량을 구해야 했다. 가을엔 수확한 벼로 두어 달 버티다가 겨울이 오면 다시 식량이 떨어져 가마니를 짜서 팔거나 나무를 베어다 팔아 연명해갔다.

3. 청년교사 시절

실의에 빠져 있던 그에게 보통학교 시절 스승이 뜻밖의 낭보를 전해줬다. 사범학교를 다니지 않더라도 교원3종 자격시험을 통과하면 교사가 될 수 있다는 것이다. 스승은 청년단원[7]으로 등록하면 사범학교 교과서와 강의록을 얻어 독학할 수 있다며 방법도 가르쳐줬다.

때마침 고향마을에 있는 금계간이학교에 직원으로 취직할 수 있게 됐다. 학교에서 월급을 받고 일하며 독학할 수 있는 길이 열린 것이다. 1년여 독학 끝에 그는 촉탁교사 자격을 얻었다.

만 20살이던 1941년 9월29일, 마침내 충북 보은 삼산공립국민학교 발령 통지서를 받아들었다. 7살 시절의 꿈을 13년 만에 성취한 것이다. 이 해는 일제의 조선총독부가 황국신민을 육성한다는 명분으로 초등학교 명칭을 '국민학교[8]'로 개칭한 때이다. 학생 수가 1000명이 넘는 제법 큰 학

---

7) 조선총독부는 1936년 5월 전국 청년단체들을 일원화한 조선청년단을 출범시켜 한편으로는 보통학교 졸업생들에게 일정한 지원을 하고, 한편으로는 강습 등을 통해 전시동원을 위한 사상통제 수단으로 활용했다.

8) 일제 강점기 초등학교의 명칭은 1906년 보통학교, 1938년 (심상)소학교, 1941년 국민학교로 바뀐다. 국민학교란 '황국신민의 학교'란 뜻이다. 제국주의 일본은 2차대전이 끝나고 곧바로 소학교 명칭을 회복했으나, 정작 식민지

교였다. 교직원 19명 중 조선인은 그를 포함해 6명이었다. 그는 3학년 남자반 담임으로 교사 생활을 시작했다. 첫 제자는 70명.

1940년대 들어 조선총독부는 학교에서 조선어를 쓰는 것을 일제히 금지했다. 조선인 교사들과 학생들은 우리말을 가슴에 묻어둔 채, 일본어로 소통을 해야 했다. 초보 교사 시절 4년간의 그 기억은 끔찍한 것이었다. "서툰 일본어로 수업하는 태도는 일인 교사들이 빈정거리며 웃었을 것이다. 있는 힘을 다해 가르쳤지만 나는 죄를 범했음을 잊지 못한다. 그 시절 수업 일기안을 읽어보면 유구무언이다. 반성컨대 천황폐하, 대동아전쟁, 황국신민 등의 말을 함부로 썼던 것이 아닌가. 참으로 부끄럽기 한이 없다."(『교단수기』 1985. 8.)

해방을 맞고 두 달이 지난 1945년 10월 그는 모교인 옥산초등학교에 부임했다. 졸업 5년 만에 학생에서 선생으로 신분이 바뀌어 돌아왔으니 금의환향한 셈이다. 당시는 해방 직후여서 제대로 된 교과서가 없었다. 당국이 대략적인 교육지침을 주면, 교사들이 알아서 교재를 만들어 수업을 진행해야 했다. 그는 교사들 중 가장 일찍 출근해 '교수요목' 지침서를 토대로 수업 교재와 수업 방식 연구개발에 매달렸다. 집에서는 잠만 잤을 뿐 학교에서 살다시피 했다.

해방이 됐어도 가정형편은 나아지지 않았다. "금년의 추수량은 10섬 중 소작료 3석, 성출(誠出, 공출) 3석을 빼고 가용(家用) 식량은 4석뿐이었다. 열 식구가 넘는 대식구가 먹고 살려면 적어도 한 달에 섬 반은 있어야 하는데, 턱없이 부족한 양이다. 도무지 계획도 세울 수 없는 일이었다. 그냥 살아가는 대로 살아갈 수밖에는 없다."(『일기』 1946. 10. 24.)

그런 와중에도 어린 자녀들이 커가는 모습을 보는 재미는 고단한 일상을 잠시나마 잊게 해줬다. "저녁을 먹은 뒤에는 아해들이 참가하기를 보채기로 '조선 어린이의 노래' '꾀꼴이' 등 댓가지 노래를 같이 부르고 동요 '나팔대장'을 이야기하여 주었다. 아해들은 몹시 좋아하여 시간 가는 줄 모르고 자꾸만 보채더라. 맨 큰놈은 2학년 9살(노정), 6살백이 계집아해(원자, 호적에는 노원), 3살백이 집 대통령(노현), 끝으로 한 살백이(노명) 이 네 아해이나 밤에 잠들기 전에는 어찌나 북쌔를 놓든지 굿하는 폭은 된다. 오늘 저녁에는 위로 세 아해들이 합하여 보채기로 노래와 이야기를 하여 주었다."(『일기』 1948. 1. 3.)

1949년은 그에게 여러 가지로 의미있는 해였다. 무엇보다 교사 생활 8년 만에 교감으로 승진했다. 그는 열심히 일한 덕분이라 생각하며 뿌듯해 했다. 같은 학교에서 승진을 하는 바람에 동료교사들이 그를 부르는 호칭이 하루아침에 바뀌었다. 교감 승진 한 달 뒤 경작지로 쓸 밭 2필지

한국에선 55년간이나 사용하다 1996년에서야 초등학교로 개칭되었다. 이 글에서 이후 표기는 현재의 명칭인 초등학교로 통일한다.

(950평)를 구입했다. 난생 처음으로 내 땅을 갖게 된 것이다.

나쁜 일도 있었다. 바로 아랫동생 운영이 좌익단체 활동을 한 혐의로 경찰의 수배를 받으면서 온 집안이 극심한 정신적 고통을 겪었다. 7살 아래인 동생은 그를 무척이나 따랐다. 체구도 크고 활달한 성격에 형님 말이라면 무조건 따르는 착한 동생이었다. 동네에선 우애 깊은 형제지간으로 소문이 자자했다. 동생은 해방 후 민애청(조선민주애국청년동맹)[9] 일원으로 활동했다. 1948년 우익정부가 들어서자 좌익 활동가들에 대한 대대적 소탕작전이 벌어졌다. 동생은 경찰의 체포를 피해 몇 달 동안 집 뒷산에 토굴을 파고 숨어 살다 고심 끝에 자수했다. 그로부터 몇 달 뒤 동생은 국방군에 입대했다.

4. 한국전쟁과 교감 시절

하지만 이듬해 6월25일 한국전쟁이 터지면서 두 형제는 영원히 이별을 하고야 말았다. 주말 외출을 나왔던 동생은 한국전쟁 발발 당일 아침 부대로 돌아갔다. 그것이 동생과의 마지막이었다. 그로부터 석 달여가 지난 10월2일 그는 경찰로부터 동생이 안동지구에서 전사했다는 구두통지를 받았다. 우애가 각별했기에 그의 슬픔은 더욱 컸다.

"아우여! 아우여! 이게 어찌된 소식인가? 6월25일 아침 백모님 행여가 떠나갈 때 같이 울며 방아다리 앞까지 가다가 할 수 없이 작별하고 말았던 것이, 그때가 최후 작별이 되어버렸네 그려. 아우여 이 사람아 다시 살아올 수 없는가? 아파서 못 견디겠거든 이를 악물고 정신을 차리게. 아-아- 이 사람아 어찌 눈을 감았는가. 출생 이후 고생고생 불쌍히도 크다가 23세에 일생을 마치다니 아이구 어머니 아버지. 아- 이 뽀개질 듯한 가슴을 어찌하면 진정시킬 수 있을까. 아-아-아우여!"(『일기』 1950. 10. 2.) 공식 확인된 것은 아니니 '혹시나' 하는 마음으로 실낱같은 희망을 놓지 않았지만 결국 1952년 2월4일 동생의 전사통지서[10]가 날아들고야 말았다.

한국전쟁은 자신에게도 큰 시련이었다. 교감이었던 그는 교장의 부탁으로 학교에 남았다. 그는 숙직실에서 기거하며 학교 시설과 장부를 지키다 결국 피난을 가지 못했다. 그런 그에게 인민군은 학교 임시책임을 맡기고 선전강연 등에 강제로 동원했다. 멈칫거리는 그를 인민군은 국방군

---

9) 해방 후 좌익 청년단체는 조선공산주의청년동맹(1945.8)에서 조선민주청년동맹(1946.4)을 거쳐 조선민주애국청년동맹(1947.6)으로 맥을 이어갔다.

10) 이날치 일기를 보면, 옥산면 사무소 병사계에서 전해준 전사통지서에는 전사자 성명과 군번이 일부 틀리게 적혀 있어 당시의 행정 수준을 짐작하게 해준다.

가족에다 시책에도 비협조적이라며 겁박했다. 인민군은 3개월여 뒤 퇴각했다. 10월 5일 학교 문을 다시 열었을 때 그는 조회 석상에서 인민군 치하에서의 생활을 말하며 학생들에게 사과했다.

인민군 서슬에서 풀려난 기쁨도 잠시, 당국은 당시의 처신을 문제 삼아 그를 부역행위자로 몰아세웠다. 경찰에 불려가 조사를 받고 자술서를 써야 했다. 당국은 부역자란 이유로 정직 조처를 내리고 월급도 지급하지 않았다. 억울하고 뒤숭숭한 마음에 그는 전직을 결심하고 경찰관 시험에 응시했다. 그러던 중 부역자 심사에 통과돼 한 달여 뒤 학교에 복귀할 수 있었다.[11]

중공군 개입으로 국방군이 다시 쫓기자 '이번에는 부역자란 수모를 겪지 말아야겠다'는 생각에 그를 포함한 옥산교 전 교직원이 함께 피난길에 나섰다. 목적지는 대구였다. 공무원들은 모두 그곳으로 집결하라는 전갈이었다. 한겨울 얼어붙은 눈길에, 식량은 물론 숙소 구하기도 힘든 고생길이었다. 가족을 놔둔 채 떠나는 길이어서 발걸음은 더욱 무거웠다. 아흐레 만에 경상도로 넘어가는 길목에 있는 황간에 도착하자 전세가 역전돼 귀환 명령이 떨어졌다. 가족 품으로 돌아오는 길은 가벼웠다. 아흐레 걸렸던 길을 나흘 만에 주파해 돌아왔다. 그 해 봄 대대적인 인사와 함께 그는 다른 학교로 전출됐다. 그는 부역 혐의가 빌미가 됐을 것이라고 짐작했다.

이후 북일 강서 내수 초등학교까지 교감 시절은 전쟁으로 파손된 학교 시설을 복구하고 새 틀을 짜는 데 온힘을 쏟은 기간이었다. 위로는 교장을 받들고, 아래로는 동료교사들을 독려했다. 일제고사 때면 문제 출제와 문제지 등사 등 실무를 도맡았다. 교수 인원이 부족할 땐 담임도 맡고, 경리 회계도 떠안았다. 그는 이때가 46년 교단생활 중 가장 바쁜 시기였다고 회고한다. 그런 열정을 인정받아서일까? 교감 생활 8년만인 1957년 교장 승진 발령을 받는다. 교직 생활 16년 만에 학교 경영자가 된 것이다. 그 때 나이 만 36살이었다.

5. 교장 시절과 그 이후

교장 첫 부임지인 충북 괴산 장풍초등학교에 부임한 직후 그는 이렇게 다짐했다. "너는 학교를 어떻게 경영할 것이냐고 묻는다면 '교육을 위하여 직원을 사랑한다, 교육을 위하여 학생을 애무한다, 교육을 위하여 부형에 친절을 다 한다'라고 대답하고 싶다.…초년 교장으로서 외람된 말 같으나 우리 교육자는 도시 집중을 동경 말고 도리어 산촌으로 산촌으로 기어들어 평화산촌을 이

---

11) 이때의 기록은 끝까지 남아 훗날 정년퇴임 때 퇴직공무원에게 주어지는 대통령 훈포장 대상에서 그를 제외시키는 역할을 했다.

록하라고 권하고 싶다. 교육자로서 진미로움을 맛볼 수 있기 때문이다. 힘껏 일해 볼 수 있는 기회가 될 것이기 때문이다."(『교장의 첫 걸음』1957. 4.)

1987년 정년퇴임할 때까지 30년 동안 교장으로서 그가 거쳐 간 학교는 8개교이다. 교사, 교감 시절을 포함해 46년간 4개 군(청원, 음성, 보은, 진천)에 걸쳐 근무한 학교들은 대부분 벽지학교로 분류되는 곳들이었다. 이 가운데 고향마을인 금계초등학교는 2차례에 걸쳐 10년 동안 자원 근무했다. 고향에 있는 부모 봉양을 위해서였다.

그는 효심이 깊었다. 고향에서 떨어져 있을 땐 밤마다 취침 전에 고향을 향해 부모의 건강을 기원하는 절을 올렸다. 인사철만 되면 고향으로 보내줄 것을 요청했다. 효심이 주변사람들을 통해 알려지면서 효자상도 세 차례 받았다. 이 가운데 1971년 청주향교에서 수여한 효자상은 당시 수상을 사양했다. 공적 내용이 부친의 실수와 관련한 것이어서, 상을 받는 것은 부친에게 욕을 보이는 것이라 생각해서였다.

고향 학교에 근무하는 동안은 사택에 머물지 않고 부모와 살림을 합쳤다. 이는 시집살이로 마음고생을 하던 아내에겐 극심한 스트레스를 주는 처사였다. 겁 많은 성격의 아내는 시부모와의 갈등이 누적되면서 나중에는 소화기관에 병과 약을 달고 살 정도였다. 이를 지켜보는 그의 마음도 타들어갔으나, 어느 한 쪽 편을 들 수도 없었다. 그의 부모는 그가 금계교에 재직 중이던 1970년대 후반 잇따라 유명을 달리했다.[12] 부모가 작고한 뒤 그는 고향집을 팔아 정리하고 다른 지역으로 자원해 전출했다.

교장 재직기간 중 그는 두 차례에 걸쳐, 원치 않는 인사발령을 받는다. 한 번은 본인의 불찰이 주된 원인이었고, 다른 하나는 권력의 농간이었다. 우선 1967년 고향 금계초등학교에 재직할 때의 일이다. 당시엔 중학교 입시가 시행되고 있을 때다. 그런데 금계교의 입시 성적이 좋지 않았다. 때마침 자신을 포함해 교사들의 음주 문제가 지역사회에서 입방아에 올랐다. 교육청에 투서가 들어가는 등 흉흉한 분위기에서 다음해 봄 그는 다른 학교로 전출 명령을 받았다. 상황의 심각성을 인식한 듯, 그해부터 그는 일기에 음주량을 표시하기 시작했다. 절주를 위해서였다. 1968년 9월 6일 일기부터 시작한 음주량 표시[13] 습관은 운명하기 직전까지 32년간 이어졌다.

술은 평생 뿌리치지 못한 유혹이었다. 술은 유흥에 앞서 대인관계를 위한 필수 교제수단이었다. 그가 술을 어떻게 인식했는지는 일기에 잘 나타나 있다. "교섭 교제에도 술이요, 상의와 협의에도 술이요, 결과가 잘 되었을 때도 술이요, 못 됐을 때도 술이다.…… 그러나 절대로 유흥 본위

---

12) 그의 부모는 1978년 7월(부친)과 1979년 2월(모친)에 잇따라 운명했다. 부친은 말년에 뇌졸중으로 몇 달 동안은 거의 운신을 못했다.

13) 음주량 표시 방식은 ◎ 금주, ○ 약간 음주, × 보통 음주, ×× 과음이었다.

가 아니고 사정에 의한 불가피하였다는 것은 나의 양심이 잘 가리키고 있다."(『일기』 1950. 1. 4.)

하지만 주변 사람들이 안타까워할 만큼 그의 음주벽은 과도했다. 무엇보다 음주 횟수가 잦았다. 1969년을 예로 들어보자. 이 해에 일기를 작성한 322일 중 과도음주일이 34일, 보통음주일이 82일, 약소음주일이 168일이었다. 술을 마시지 않은 날은 38일에 불과했다. 열흘 중 아흐레는 술을 마신 셈이다. 그는 몸이 더 이상 술을 받아들이지 못하는 상태가 돼서야 일시적으로 술을 끊었다.

과도한 음주는 그의 인생행로에 적지 않은 걸림돌이었다. 가정은 물론 학교와 지역사회에서 불협화음을 일으키는 원인이었다. 그 자신 역시 음주의 폐해를 잘 알고 있었다. 새해를 맞을 때면 절주를 다짐했다. 소비절약과 근면, 책임수행을 다짐하면서, 이 3가지 사항이 부족한 이유가 음주 탓이라고 반성(『일기』 1966. 1. 1.)하기 일쑤였다. 교육장에게 금주 각서를 보내기도 하고 (1983.), 아침저녁으로 '오늘도 맑게'라며 금주 구호를 읊어보기도(1989.) 했다. 다짐은 매번 작심삼일로 끝나고 말았다. 술을 마실 때면 즐겨 부른 18번 노래가 딱 하나 있었다. "쓰러진 빗돌에다 말고삐를 동이고…"로 시작하는 〈삼각산 손님〉[14]이었다.

박정희가 3선 개헌에 성공한 뒤 3번째 대통령 선거에 도전할 무렵, 이번에는 정치적인 이유로 원치 않는 이동 발령을 받는다. 1970년 가좌초등학교 교장으로 근무할 때의 일이다. 그 해 11월 17일 그는 청원군 교육청의 부름을 받았다. 교육장은 시국상황을 이야기하며 야당 인사와 어울려 지낸다는 이유로 행동거지에 주의할 것을 당부했다. "시국에 비추어 행동에 변화를 가지라, 명년(다음해) 선거를 앞두고 공무원다워야 한다, 야당에 동조한다는 지목을 받고 있다, 곽 교장에 대하여 주목을 하고 있다는 정보가 있으니 조심해야 한다."(『일기』 1970. 11. 17.)

다음해 1월 4일 다시 한 번 교육청의 부름을 받는다. "시대적 시국에 맞는 활동 벌여야 하겠다. 야측 동조자란 소식 있으니 1월10일까지 기다려보기로 했다."(『일기』 1971. 1. 4.) 그리곤 개학 이틀 전 진천군의 벽지학교로 전출된다. 당시는 정권이 최일선 공무원들까지 선거에 총동원[15]하던 시절이었다. "돌연 이동발령 소식 듣고. 소위 좌천. 내신도 안했는데 의외. 앞의 양대 선거 있어 정치 바람 탄 것. 학교장 중심제 학교경영에도 관련 있을 듯. 인생무상. 인사 무대에 동창이 없는 설움을 또 느껴보기도."(『일기』 1971. 2. 27.) 그가 말하는 동창은 사범학교를 가리킨다. 그는

---

14) 일제 강점기 말인 1942년 8월에 발표된 조경환 작사, 조광환 작곡의 노래다. 구성진 노래로 이후 여러 가수들이 리바이벌 앨범을 냈다. 1절 가사는 "쓰러진 빗돌에다 말고삐를 동이고/초립끈 졸라매면 장원꿈도 새로워/한양길이 멀다해도 오백리라 사흘길/별빛을 노려보는 눈시울이 곱구나"이다.

15) 1971년 3월12일 일기에 묘사된 당시 풍경 중 하나를 보면 이렇다. "면 기관장회의에 참석. 참석한 인원은 총 12명. 회의 골자는 양대 선거 앞두고 여당표 많도록 노력하자는 것이 주목적. 자유당 말기 방법이 상기되어 한심한 생각 뿐. 중립을 고수해야 한다는 공무원이기에…. 그러나 외표는 못하는 상황. 금번 좌천도 그러한 점에 오해받았음이 큰 원인."

평소 자신이 사범학교 출신이 아니어서 합당한 평가를 받지 못하는 것으로 생각했다. 한때 장학사 활동을 해보고 싶어 했으나 이를 이루지 못한 데는 학맥이 없는 것도 한 이유라고 여겼다.

교장 시절 그의 하루 일과는 아침 5시에 시작해 밤 10시에 끝이 났다. 새벽 일찍 일어나 독서를 하다 5시 정각 뉴스를 청취한 뒤 학교를 한 바퀴 돌았다. 간밤에 학교에 별 일이 없었는지 확인하기 위해서다. 밤에도 취침 전에 다시 한 번 학교를 돌아봤다. 이런 일정이 가능했던 것은 학교 옆 사택에 거주했기 때문이다. 고향 금계교 재직시절을 빼고 그는 내내 사택에서 살았다. 1970년대 중반부터는 학교 방송시설을 이용해 아침마다 마을방송을 했다. 아침 6시에 시작해 약 20분간 계속된 마을방송의 내용은 일기예보, 농사정보, 국내외 소식, 학교 소식 등으로 구성했다. 이는 당시 전국에서 벌어지던 새마을운동과도 관련이 있어 보인다.

교장시절 일과 중 눈에 띄는 건 도덕수업과 수업참관, 워크숍이다. 그는 교장 초임시절부터 퇴임 때까지 6학년 도덕 수업을 주 1회씩 직접 진행했다. 두 가지 이유가 있었다. "졸업반 어린이들의 낯과 이름을 익히는 데 도움이 되며 수업기술의 낙후성을 막으려는 욕심과 교실에서 직접 어린이들을 어루만지고 싶은 심정에서이다."(『교단수기』 1985. 8.)

아이들을 직접 가르치다 보니 개인 사정에 대해서도 자연스레 눈길이 갔다. 1984년 마지막 근무지인 음성 오선초등학교에서 있었던 일이다. 6학년 도덕 수업을 하던 중 평소 눈에 잘 뜨이던 한 학생이 자리에 없기에 알아보니 교통사고로 심하게 다쳤던 것. 가정형편이 어려워 입원치료비를 낼 수 없는 처지였다. 학교에서 성금을 모았으나 치료비에 크게 부족했다. 그는 아침마다 그 학생의 집에 들러 가족들을 위로하는 한편으로, 병원장에게 사정을 이야기해 나머지 치료비를 면제받을 수 있도록 했다.[16]

교사들의 수업도 정기적으로 참관했다. 참관이 끝난 뒤에는 교사를 따로 불러 수업 방식과 내용에 대한 촌평을 했다. 내용은 칭찬 위주로 했다. 음성 부윤초등학교 교장 시절인 1981년 3월31일 1학년2반 국어수업 시간을 참관한 뒤 작성한 장학지도일지에는 이렇게 쓰여 있다. "교사의 태도 : 어린이에게 좋은 인상으로 시간 내내 시종일관 성의를 다 했다. 교수 용어도 밝고 맑아 훌륭했다."

그는 또 한 주에 한 번씩 교직원 워크숍(직장연수)을 했다. 워크숍은 교장인 자신이 직접 발제를 하고 토론하는 방식으로 2시간 동안 진행했다. 발제 자료는 주로 한국교원단체총연합회가 발

---

16) 다친 학생의 동생은 1985년 6월29일 그의 앞으로 편지를 보냈다. 그 내용은 이렇다. "날씨가 쌀쌀할 때 병원에 있던 우리 형 때문에 새벽마다 박종수 선생님과 교장선생님이 우리 집에 오시는 걸 보면 선생님 마음은 어떠실지 몰라도 저는 선생님이 하도 고마워서 가슴이 아프고 어쩔 때는 우리 할머니와 함께 울었을 때도 있었어요. 교장선생님 이젠 안심하셔요."(1985. 8. 『교단수기』)

간하는 월간잡지 〈새교육〉에서 뽑았다. 1987년 2월 음성 오선초등학교[17]에서 정년퇴임을 할 때까지 이런 일과를 유지했다. 워크숍이 끝난 뒤에는 직원 친선 배구경기를 하며 친목을 다졌다. 자신은 심판으로 참여했다.

은퇴한 뒤엔 아내와 함께 청주시로 거처를 옮겼다. 자녀들은 이미 장성해 분가한 뒤였으니 이때부터 9년간은 부부만의 생활이었다. 그는 이 기간 동안 아내와 함께 금계리를 오가며 고향마을 밭에 땅콩, 고추, 대추, 깨 등의 작물을 재배했다. 나머지 시간은 주로 독서와 친교, 운동, 청주 곽씨 대종회 일 등으로 소일했다. 그는 원래 젊은 시절부터 독서가 취미였다. 젊은 시절엔 소설 읽기를 즐겼으며, 은퇴 후엔 고전 읽기에 나서 4서5경을 두 차례 통독했다. 불경 읽기도 빼놓을 수 없다. 교사를 하다 출가해 비구니가 된 둘째 딸의 영향이었다. 스님 딸은 말년의 부부에게 정신적 지주와도 같았다. 그는 취침 전과 기상 직후에 불경의 진언을 108번씩 암송하곤 했다.[18] 아침마다 배드민턴도 꾸준히 해 각종 대회에서 여러 차례 입상하기도 했다. 웬만한 거리는 차를 타지 않고 자전거로 다녔다.

그가 46년 교단생활을 무사히 마치고, 열 자녀를 고등교육까지 시킬 수 있었던 데는 아내의 숨은 공이 컸다. 아내는 1인 몇 역을 소화했다. 빈농 집안의 맏며느리로서 아내는 농사일은 농사일대로 하면서 시부모 봉양은 물론 어린 자식들과 시동생들의 삼시세끼를 책임져야 했다. 난방 및 취사용 땔나무를 구하기 위해 산 오르내리기를 다반사로 했고, 자취하는 자녀들 먹거리를 챙겨주느라 도청 소재지인 청주를 수시로 오고갔다. 남편 근무지가 대부분 벽지학교였기 때문에 청주행 버스를 타려면 보따리를 머리에 이고 10여리 길을 걸어가야 했다. 교장의 아내로서 남편이 근무하는 학교의 교직원과 마을 사람들 접대에도 신경을 써야 했다.

1996년 그는 그런 아내를 먼저 떠나보내야 했다. 1994년 혈액종양 진단을 받은 아내는 2년여 투병 끝에 그와 영원한 작별을 하고 말았다. 그 해는 아내와 혼인한 지 만 60년이 되는 해였다. 그로부터 2년 후 그 자신 역시 불치의 병 진단을 받고 투병생활을 하다 2000년 9월 아내를 따라갔다. 투병 중이던 1999년 11월 그는 금계리 고향마을로 거처를 옮겼다. 역시 효심이 깊었던 큰아들이 그가 50년 전 생애 처음으로 구입한 그 밭에 그가 머물 집을 직접 설계하고 지었다. 거기에서 그는 생의 마지막 몇 달을 보냈다. 교사를 하던 큰아들이 명예퇴직을 한 뒤 아버지를 모시기 위해 고향으로 내려와 그의 마지막 길을 함께 했다.

---

17) 곽상영은 마지막 근무교인 오선초등학교 재직 중 이 학교 교가의 가사를 직접 지었다. 1985년 1월21일 교육청의 승인을 받은 가사의 1절은 이렇다. "금강 한강 분수령의 최대고지에/자리잡고 내일의 꿈을 키우는/빛내자 우리들의 배움의 터전/장하구나 그 이름 우리 오선교."

18) 스님인 둘째딸(법명 재웅)의 권유로 1987년에 시작한 진언은 '옴아자미례사바하'이다.

6. 교육관과 자녀교육

〈논어〉 안연편을 펼치면 '애지욕기생'(愛之慾基生)이란 말이 등장한다. '사랑이란 사람을 살게끔 하는 것'이란 뜻이다. 곽상영은 '교육은 사랑'이라는 교육관을 갖고 있었다. 그리고 사랑이란 '돕는 것'이라고 생각했다. 어떻게 도울까? 그는 칭찬해주는 것이 곧 돕는 것이라고 여겼다. 그의 교육관과 〈논어〉의 가르침을 한데 버무리면 '교육=사랑=살게끔 하는 것=도와주는 것=칭찬'이라는 등식이 성립한다.

그는 직원과 아이들을 감싸고 도와주며 장점을 찾아 칭찬하는 것을 교육 행위의 핵심으로 보았다. 더불어 학부모들과 유대감을 높이는 것도 교육의 중요한 요소로 보았다. 이는 교사와 학부모의 관계는 아이를 사이에 둔 부부관계와 같은 것으로 생각했기 때문이다. 사회 일각에서 칭찬해주기 바람이 불었을 때, 그는 자신의 교육철학이 사회적으로 평가받는 듯한 뿌듯함을 느꼈다.

그의 교육관은 자녀교육에도 그대로 투영됐다. 슬하에 아들 다섯, 딸 다섯 합쳐 열 자녀를 둔 그는 자녀들에게 장차 무엇이 되라거나 하는 등의 요구를 하지 않았다. 자녀들의 선택을 존중해주고, 그들이 원하는 걸 할 수 있도록 도와주는 데 주력했다. 예컨대 법대에 진학한 막내아들이 법조계로 나아가길 바랐지만 드러내놓고 '판검사가 됐으면 좋겠다'는 바람을 말하지는 않았다. 대신, 막내아들이 언론계로 진로를 정하자 아들이 다니는 언론사의 열렬한 독자 겸 주주가 돼 아들을 지원해주는 식이었다.

이런 교육철학은 대인관계에서도 일관된 모습으로 나타났다. 그는 자신의 주장보다 상대방의 말을 경청하는 것을 앞세웠다. 듣는 데서 그치지 않고 상대방이 잘한 점을 칭찬해주고, "옳거니" "신통도 하지" "지당하신 말씀" 등의 추임새로 상대의 말에 맞장구를 쳐줬다. 차려진 음식이 입맛에 맞지 않아도 내색하지 않았다. 오히려 "맛나다"거나 "특색 있는 맛"이라며 음식그릇을 깨끗이 비웠다. 상대방이 동료교사이든, 제자이든, 자녀이든, 동네 주민이든 한결같았다. 때로는 그런 자신의 모습이 나약한 건 아닌지 반성을 한 적도 있다. 하지만 타고난 성품을 바꿀 수는 없었다. 그러다보니 집안에 문제가 생겼을 땐 장남이 그를 대신해 악역을 맡기도 했다.

그는 한국전쟁이 한창이던 1950년 말 셋째 딸이 출생하는 모습을 보며 이렇게 다짐했다. "당년 30세에 6남매(남3, 여3)를 두고 보니 책임이 상당히 무거움을 새삼스러이 깨닫게 된다.…어린 것들이 방안에 가득한 본인의 심경은 참으로 책임이 중함을 아니 느낄 수 없다. 그러나 나는 행복으로 생각한다. 겁날 것은 하나도 없다. 어찌되든지 닥치는 대로 살며 남에게 앞설 만치 가르쳐 보기로 결심하고 있는 바이다."(『일기』 1950. 12. 31.) 자녀의 지원세력을 자처한 그는 가난에 쪼들리던 시절에도 자녀들의 훗날 학자금용으로 저축을 하는 열성을 보였다. "이 상태로 나가다가는 생활 곤란으로 인하여 상급학교에 보낼 여지가 없을 듯 하여서, 생활에는 곤란 중에 곤란을 더 받더라도 약간씩을 쥐어짜냄이 어떠할까 함"[19](『일기』1948. 12. 3.)에서였다.

그는 자녀들의 판단과 행동거지를 언제나 긍정적으로 평가해주었다. 이는 며느리에게도 마찬가지였다. 그의 큰며느리 김춘식은 대종회지에 기고한 글에서 이런 일화를 소개했다. "한번은 내가 너무나 잘못 판단한 일이 있었는데, 또 잘했다, 괜찮다 하셔서 '아버님 아니에요, 이건 정말 제가 잘못한 거에요' 했더니 '아니다 그건 네가 착해서 그리된 것이다' 하고 뭐든지 좋게 해석을 해주시니까 나중에는 잘못한 일이 있어도 아무 걱정도 안되고 '아버님께 말씀 드리면 이것도 칭찬해 주실 텐데 뭐' 하고는 밝게 생각하게 되고 아버님 앞에서 마음 편하게 두려움 없이 잘잘못을 소상히 얘기할 수가 있게 됐다."(『상당』2013. 제16호 '시아버님을 그리며')

학창시절의 자녀들은 대체로 모범생들이었다. 부모의 속을 썩이는 경우는 많지 않았다. 설령 그런 일이 있더라도 그는 험한 말을 하거나 매를 든 적이 없다. 둘째, 넷째 아들이 청소년기에 한때 가출을 했을 때도 책망보다 무사귀환을 감사히 여겼다. 특히 둘째 아들이 가출했을 때는 그 책임이 자신에게도 있는 듯해 매우 안타까워했다. 부친의 뜻에 따라 둘째아들을 6·25 당시 전사한 동생의 양자로 입적시킨 일 때문이었다.

그는 자신이 열 자식을 둔 건 고향 마을 앞 동림산의 열 봉우리 정기를 받았기 때문이라고 말하곤 했다. 극빈시절의 부실한 영양 섭취, 전쟁 기간 중 전염병 확산 등 악조건에도 불구하고 열 자식은 한 사람의 희생자도 없이 모두 건강하게 자라났다. "남들이 보기에는 혹 '가난뱅이 자식 많다'는 격언에 비추어 딴 생각을 가질지 모르지만 나는 절대로 그렇게 생각하지 않는다. 편할려면 물론 자식 없는 사람들이 편할 것이다. 그러나 자식을 위해 나의 일생을 희생하여 보리라는 각오다. 암만 가난하다 하여 굶겨 죽이지는 않으리라. 그리하기에 나는 있는 힘을 다하여 자식들을 가르쳐보고자 하는 결심을 갖고 실천 중에 있는 것이다."(1953.『일기』후기)

그렇게 애쓴 결과 자녀 10명 가운데 8명을 대학까지 보낼 수 있었다. 딸을 포함해 대다수 자녀들이 대학교육까지 마칠 수 있었던 데는 아내의 고집도 한몫을 했다. 아내는 시어른이나 남편이 딸의 상급학교 진학에 반대하거나 소극적일 경우, 딸이라는 이유로 차별하지 말 것을 요구했다. 대학을 졸업한 자녀들은 직장을 갖게 되자 집으로 생활비를 보내 생계를 거들었다. 1966년 큰아들을 시작으로, 그 다음해 둘째와 셋째 아들이 잇따라 직장을 갖게 되면서 가계는 서서히 숨통이 트여갔다.

---

19) 1948년 12월3일 일기에 밝힌 저축금 내역은 장남용 300원, 장녀용 300원 도합 600원이다. 이날 수령한 그의 월급은 4600원이었다.

대학에 진학한 여덟 자녀 중 여섯이 자신과 같은 교직을 선택했다. 아들 넷(1~4남)과 딸 둘(2
녀, 4녀)이 아버지의 뒤를 이었다. 그가 특별히 자녀들에게 교직을 권한 것은 아니다. 자녀들 스
스로 선택한 길이었다. 어려운 가정 형편을 익히 알고 있었던 자녀들로선 취직이 보장되고 학비
가 싼 교대와 사범대에 진학하는 것이 현실적인 대안이었다. 게다가 교대는 2년제여서 빨리 취
업할 수 있었다. 첫째와 둘째 아들은 배우자도 교사를 택했다. 그렇게 해서 동생과 사위까지 합쳐
모두 11명이 교사 출신인 교육자 가정을 일구었다. 1970년대 몇몇 언론[20]에서는 교육자 집안을
일군 그의 가정을 '스승의 날' 화제기사로 소개하기도 했다.

7. 80년 삶, 무엇을 남겼나

곽상영은 기록광이었다. 생활의 모든 일을 가능한 한 기록으로 남겼다. 출장이나 여행 때는 물
론이고 출퇴근시에도 항상 일기와 가계부를 가방에 넣고 다녔다. 초등학교 3학년 때인 1936년에
시작한 일기 쓰기는 2000년 9월 운명할 때까지 64년간 손을 놓지 않았다.[21]

그의 일기는 해방일을 분기점으로 이전 것은 일본어, 이후 것은 한글로 쓰여 있다. 일제 강점기
시절에 일기를 일본어로 쓰게 된 까닭을 그는 이렇게 설명한다.

"옥산소학교 제삼학년(1936.) 때부터 비로소 일기를 적기 시작하였으나, 모두가 일본어이다.
일본국은 좋은 나라이니, 세계에서 일등 가는 나라이니, 신국(神國)이니, 조선은 일본과 예부터
같은 나라이니, 우리는 황국신민이니, 이와 같은 정신으로 천진한 우리를 길러낸 원인으로 참으
로 일본사람이 되는 것으로만 알았다. 편지, 일기, 기타 기록이라는 것은 모두가 일본어로 적어야
만 한다는 것이다. 알속있는 분은 사랑하는 우리말로 모든 것을 적어내나 관헌의 취체가 심하고,
주목이 적지 않았든 것이다. 심할 적에는 한글도 읽지 못하게 하였었다. 제방둑을 거닐며 힘없이
지꺼리는 이 말도 버젓하게 큰 소리로 못하였든 것이다. 일본사람과 경관이 무서운 까닭이다. 대
수롭지 않은 말이로되 그 사람은 큰 사건으로 취급하는 탓이기 때문이다. 때는 전시(戰時)라 이
방면에 신경이 예민하였었다. 오늘부터 일본말로 적혀 있는 일기장을 우리말로 고쳐 쓰기로 하

---

20) 1971년 5월15일 '스승의 날'을 맞아 〈충청일보〉 〈조선일보〉 〈대한일보〉에 교사 집안으로 소개된 데 이어, 1975
    년엔 〈선데이서울〉 창간 7주년 특집 '럭키세븐 가족 만세'에 7인 교사 가족(9. 21.)으로, 〈주간한국〉에 '아들 딸 사
    위까지 8명의 교사 가족'(10. 12.)으로 각각 소개됐다.
21) 일부 분실된 것을 빼고 현재 남아 있는 일기의 분량은 220만여자(200자 원고지 기준 1만1천매)에 이른다.

였다."[22]

가계부는 1941년 첫 월급을 받은 날부터 쓰기 시작해 59년간 계속했다. 가계부 작성은 대가족의 가장으로서 한 푼이라도 허투루 써서는 안되겠다는 다짐이었다. 가계부에 적힌 1941년 10월 21일의 첫 월급은 45원89전이었다. 가계부 작성 역시 운명하기 한 달 전까지 이어갔다.

또 교사 시절엔 수업일지를, 교감 시절엔 교무일지를, 교장 시절엔 학교경영일지를, 교직 후반 10여 년 동안은 아침 방송일지를 작성했다. 독서를 하고 난 뒤에는 기억해둘 만한 대목을 따로 적은 독서록을 남겼다. 교사 시절 담임을 맡아 가르친 제자들의 이름을 적어 놓은 제자 명부 '새싹'도 있다. 제자 명부는 1942년 70명으로 시작해 1952년 30명으로 끝을 맺는다.[23]

이색 기록물도 있다. 1948년부터 1958년까지 11년간 계속한 꿈 기록장이다. 말 그대로 간밤에 꾼 꿈을 기록한 노트이다. 이 기록장에는 한국전쟁에서 전사한 아우 운영에 대한 꿈이 가장 자주 등장한다. 두 사람의 우애가 매우 깊었음을 미뤄 짐작하게 하는 대목이다.[24]

유형의 기록 외에 자녀들에게는 어떤 정신적 유산을 남겼을까? 여러 가지가 있겠지만, 그 자신이 몸소 실천한 안분지족의 생활철학을 첫손에 꼽을 만하다. "'이십 전 자식이요 삼십 전 재산'이라는 말이 있으나 (중략) 절대로 부자 되기를 바라지는 않는다. 부자 되는 것을 싫어하지는 않겠지만 춘하추동 조석으로 목구멍에 풀칠이나 떨어지지 않게 하고, 자식들 교육이나 남들에게 빠지지 않도록 시킬 수 있는 정도이면 만족으로 생각한다. 아니 큰 부자로 생각한다. 이것도 아마 나의 욕심인지도 모른다. 큰 부자가 되면 무엇 하나. 돈에 녹이 슬고 쌀에 곰팡이가 끼면 쓸데없는 부자요 쓸데없는 욕심이요 가치없는 돈과 쌀인 줄 나는 믿는다. 세상에 자기 혼자이면 부도 빈도 없는 것이다. 사는 땅이 있고 인류가 있고 자연의 변천이 있음으로써 부자가 된 것이 아닐까. 모든 자연과 인류사회에 보은(報恩)하여야 될 것이라고 나는 역설하고 싶다."(『일기』 1948. 1. 3.) 자녀들이 그를 좇아 교사의 길을 걸어간 데는 삶에 대한 그의 이런 태도가 음으로 양으로 영향을 끼쳤을 것으로 보인다.

그가 세상과 이별하고 2년이 지났을 무렵 청주 곽씨 대종회는 금계리에 그의 송덕비를 세웠

---

22) 1946년 12월30일에 쓴 글이다. 일본어로 쓴 1941~1945년 일기를 겨울방학을 맞아 우리말로 고쳐 쓰면서 그 앞부분에 적어 놓았다.

23) 그는 명부 말미에 "이하는 교감으로 직접 담임이 없어 기록하지 못하게 됨을 유감스럽게 생각하는 바"라고 적으며 아쉬워 했다.

24) 그는 1948년 1월5일 작성한 꿈 기록장 머리말에 이렇게 적었다. "꿈을 적는 것은 아무런 목적이 없는 것이다. 꿈에 따라서 생활방식을 변경한다거나 어찌어찌한 방책을 세운다거나 하는 생각은 절대로 목표로 두지 않는다. 다만 어떤 계통이라고 밟아 있는가 혹은 나의 생활에 관련되는 점도 나타나는가의 몇 가지 소소한 점을 참고로 보기 위함이다."

다.[25] 송덕비엔 이런 문구가 있다. "천성이 어질어 욕설이나 거짓말을 입에 담지 않았고. 신분의 높고 낮음에 관계없이 겸손과 친절로 맞았으며, 남녀노소를 가리지 않고 항상 존대로 대했으니 … (이하 생략)."

　고인을 기리는 비석임을 고려하면 일부 부풀려진 측면이 있을 수 있겠으나, 실제 그의 삶은 송덕비에서 언급한 내용과 별반 다르지 않았다. 송덕비는 이런 그의 삶을 '인자(仁者)의 삶'이라는 한마디로 간추렸다. 인(仁)은 유교에서 으뜸으로 꼽는 덕목이다. 맹자는 인(仁)의 근본은 측은지심(惻隱之心)이라고 말했다. 측은지심이란 사람을 불쌍히 여기는 마음을 가리킨다. 이는 그의 타고난 성정과 잘 통한다. 그는 자신에 대해 "남의 곤경에 빠진 사정과 딱한 처지에서 헤매고 있는 정상을 볼 때마다 그 사람이 늙은이거나 어린이거나 남자거나 여자거나 동정하여 주고 싶은 이 성격……"(『일기』1950. 1. 6.)이라고 자평했다. 맹자의 통찰이 맞다면 그의 성정은 '인(仁)'을 많이 닮았다. 그의 80년 삶은 그런 성정이 남긴 자취라고 하겠다.

---

25) 송덕비를 세운 날은 2002년 11월24일이다.

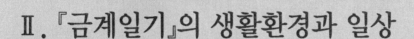

•• 이태훈 · 김예찬 · 유승환 · 박성훈

II. 『금계일기』의 생활환경과 일상

1. 『금계일기』의 생활환경

(1) 지리적 특성

일기의 중심배경이 되는 마을은 현재 행정구역상 청주시 옥산면 금계리에 위치하고 있다. 옥산면(玉山面)은 본래 조선 시대 청주목(淸州牧)에 속했던 지역으로 1895년 청주목이 청주군(淸州郡)과 문의현(文義縣)으로 분리되고, 1914년 행정구역 통폐합과 함께 현재의 옥산면으로 편제되어 청주군(淸州郡)에 속하게 되었다. 이후 1949년 청주부(淸州府)가 청주시(淸州市)로 승격됨에 따라 청주군의 나머지 지역이 청원군(淸原郡)으로 개칭 편제되며 청원군에 편입되었다. 그리고 2014년 7월 1일에 청원군이 청주시에 편입되어 통합, 청주시가 됨으로써 현재 옥산면은 행정구역상 청주시에 속한다.[1] 옥산면은 청원군 또는 청주시의 서쪽에 위치하고 있고, 면 소재지는 오산리(烏山里)이며, 옥산은 오산리의 중심마을인 '오미'에서 유래된 지명이다. 이때 '玉'이나 '烏'는 '오'에 대한 음차표기이고, '산'은 '미'에 대한 훈차표기이다. 면의 서부와 동부 지역에 산지가 발달하고 동남은 금강상류인 미호천(美湖川)이 관류하고 북서남으로 병천천(竝川川)이 관통하고 있다.[2]

곽상영의 본가가 위치하고 있는 금계리(金溪里)는 옥산면의 중앙부에 위치하고 있으며 동쪽은 국사리(國仕里), 서쪽은 동림리(東林里), 남쪽은 환희리(歡喜里), 북쪽은 수락리(水落里)에

1) 신영우 외, 2014, 『청원군 69년사: 1946-2014』, 청주: 청원군, pp. 571-572.
2) 국토지리정보원, 2010, 『한국지명유래집: 충청편』, 국토해양부 국토지리정보원, p.195.

접해 있고, 병천천의 심한 곡류부에 발달한 마을이다. 이곳 사람들은 병천천을 천수천(天水川) 혹은 '뒷내'라고도 부른다고 한다.[3] 금계리는 본래 서쪽으로 미호천 바깥에 위치한다 하여 청주군 서강외이상면의 지역이었는데 1914년 행정구역 통폐합에 따라 금동리, 금평리, 금북리, 신계리, 곡수리 일부가 병합되어 옥산면에 편입되었고, 이 중 금북과 신계의 이름을 따서 금계리라 하였다고 한다.[4] 금계라는 지명에 대해서는 다음과 같은 이야기가 전해져 온다. 옛날 어떤 사람이 화로만한 금덩어리를 찾았는데 그 금덩어리를 사람들 몰래 냇가 근처에 묻었다고 한다. 그 후 묻은 곳을 파보니 금덩어리가 없어져서 통곡을 하며 "아이고 금아 아이고 금아"해서 금계가 되었다고 한다.[5] 금계마을은 곽음(郭陰, 1398 1474), 곽비(郭庇, 1405 1471, 곽휴(郭庥), 곽용(郭庸)이라는 4형제가 현재의 금계리에 입향한 것이 마을의 시작이었다고 한다. 그 후 이 4형제의 후손들이 자연마을을 이루고 청주곽씨의 집성촌으로 자리 잡게 된다.[6] 저자 곽상영 역시 청주곽씨 후손이며 1933년 조선총독부에서 발간한 『조선의 취락』 후편에 따르면 1933년 당시 금계리의 청주곽씨는 전체 78호 중 64호로 동족비율이 높았다.[7]

금계리에 위치하며 저자가 교육생활동안 두 차례(1963.3. 1968.2., 1974.3. 1979.9.)나 부임했던 금계초등학교는 일제강점기인 1936년에 옥산공립보통학교 금계간이학교로 설립되었다가 1947년 금계국민학교로 명칭이 변경되었다. 그 후 1996년도에 옥산초등학교 금계분교장으로 개편되었다가 1998년에 옥산초등학교로 통폐합되면서 폐교되었다.[8] 금계리의 서북쪽 골짜기로는 자연마을인 질울(금북)이 위치하고 있으며 동쪽 골짜기 안쪽으로는 안말(금동)이 위치하고 있다. 마을 앞에는 동네 앞에 있는 산이라 하여 안산이 있으며, 일기에 따르면 북쪽에 위치한 수락리와의 경계에 해당하는 전좌리에 저자 본가의 밭이 위치하고 있다.

금계리 주변에 위치한 마을의 지명과 역사는 아래의 표와 같이 정리해 두었다.

〈표 1〉 옥산면 읍면마을

읍면마을	지명유래 및 특기사항
가락리	지형이 베틀의 실 뽑는 가락처럼 생겼다고 해서 가락리라 함. 옥산면의 남동부에 위치. 동쪽에 미호천이 흐르고 서쪽에 경부고속도로가 지나감.

3) 신영우 외, 2014, 『청원군 69년사: 1946-2014』, 청주: 청원군, p.572.
4) 신영우 외, 2014, 『청원군 69년사: 1946-2014』, 청주: 청원군, p.579.
5) 청주시, 〈금계리〉, 〈〈흥덕구 옥산면 주민센터〉〉, http://www.cheongju.go.kr/oksan/index.do
6) 신영우 외, 2014, 『청원군 69년사: 1946-2014』, 청주: 청원군, p.579.
7) 신영우 외, 2014, 『청원군 69년사: 1946-2014』, 청주: 청원군, p.588.
8) 신영우 외, 2014, 『청원군 69년사: 1946-2014』, 청주: 청원군, p.594.

읍면마을	지명유래 및 특기사항
국사리	국사봉의 이름을 따서 국사리라 함. 옥산면의 동쪽에 위치. 서쪽에 경부고속도로가 지나감. 작은 하천이 흐르고 평야가 넓은 편.
금계리	1914년 행정구역 통폐합에 따라 구동을 병합하고, 금북과 신계의 이름을 따서 금계리라 함.
남촌리	남씨가 마을을 이룩하였으므로 '남촌'이라 함. 옥산면의 최동단에 위치함. 평야가 넓으며 곳곳에 저수지가 있음.
덕촌리	무학대사가 덕과 빛이 많은 인재가 배출될 동네라 하여 덕광촌이라고 하였다는 전설이 내려옴. 본래 큰 절이 있었으므로 '덕절' 또는 '덕촌'이라 하였음. 1914년 행정구역 통폐합에 따라 구동을 병합하여 덕촌리라 해서 옥산면에 편입.
동림리	동림산의 밑에 위치하여 동림이라 하였음. 옥산면의 서부에 위치하며 동은 금계리, 남은 환희리, 북은 장동리에 접해있음. 자연마을 중 금성마을은 청주곽씨 세거지임. 동림산성이 위치.
사정리	효종때 학자 유지림이 이곳에 살며 사정을 짓고 사정십영(沙亭十詠)을 지었으므로 '사정'이라 하였음. 면의 최북단에 위치하며, 동은 수락리, 남은 장동리와 접해 있음.
소로리	조선조 세조가 보은군 속리산을 다니며 온양온천으로 가는 길에 이곳을 지나다가 글 읽는 소리가 많이 나는 것을 듣고 공자의 나라인 노나라와 비슷하다하여 소로라 하였음. 면의 동쪽 끝에 위치. 남쪽으로 미호천이 흐르고 동쪽으로 중부고속도로가 지나감.
수락리	뒤에 위치한 망덕산에 폭포가 있었으므로 '수락리(水落里)'라 하였음. 면 북단에 위치하며, 동은 장남리, 서는 사정리, 남은 금계리와 접해 있음.
신촌리	새 마을이란 뜻으로 새말 또는 신촌이라 하였음. 옥산면 최남단 위치. 서는 덕촌리, 북은 오산리에 접해 있음.
오산리	산이 외따로 있으므로 '오미' 또는 '오산'이라 하였음. 면의 남동단에 위치. 서는 덕촌리, 남은 신촌리, 북은 가락리에 접해 있음.
장남리	돛대봉 남쪽이 되므로 '장내미' 또는 '장남'이라 하였음. 면의 북부에 위치. 동은 호죽리, 서는 수락리, 남은 금계리에 접해 있음.
장동리	산이 사방으로 둘러있어 담처럼 되었으므로 '담골', 전이되어 '당골', '당동', '장동리'라 하였음. 면의 북서부에 위치. 동은 금계리, 남은 동림리, 북은 사정리에 접해 있음.
호죽리	옛날에 대나무가 많고 호랑이가 살았다고 하여 '범'과 '대'를 붙여서 '범때' 또는 '호죽'이라 하였음. 지역이 매우 넓어서 '열두 범때'라고 하기도 함. 면의 북부에 위치. 동은 남촌리, 서는 장남리, 남은 국사리에 접해 있음.
환희리	하누재산 밑에 위치하여 '하누재' 또는 '환희'라고 하였음. 면의 남서부에 위치. 동은 덕촌리, 북은 동림리에 접해 있음.

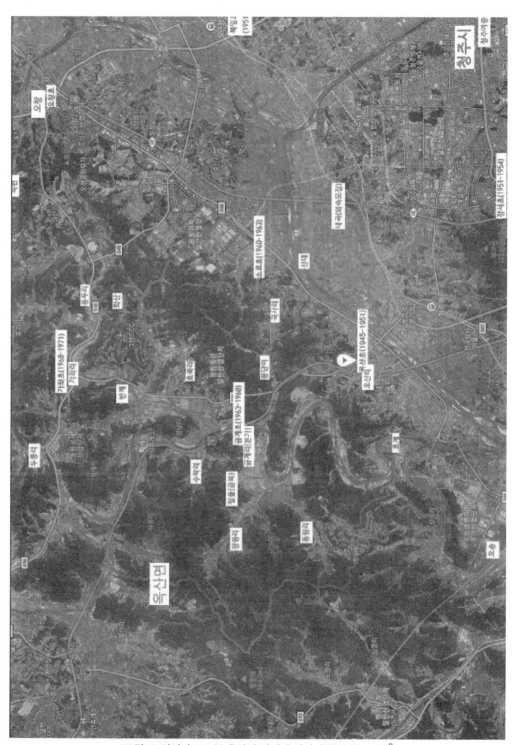

〈그림 1〉 위성지도로 본 옥산면 일대와 일기에 등장하는 지명[9]

(2) 마을의 교통

『금계일기』에서 '교통'과 관련된 내용들은 크게 지리적 요건에 관한 것과 당시의 시대적 특징, 그리고 교통수단의 변화로 분류할 수 있다. 일기는 곽상영이 거주했던 옥산면 일대가 여름 장마나 12월 1월 사이에 내린 폭설로 인해 교통 전반이 마비되는 일이 비일비재하게 일어났음을 보여준다(1946. 6. 28.; 1957. 12. 18.; 1958. 7. 3.; 1958. 8. 22.; 1958. 9. 5.; 1964. 4. 18.; 1964. 8. 8.; 1968. 6. 10.; 1969. 1. 31.; 1969. 2. 1.). 곽상영은 교통 두절로 인해 귀가하지 못할 때는 학교에 머무르며 금계에 있는 본가를 걱정하기도 했다(1946. 6. 28.). 홍수나 폭설로 인한 교통마비는 사람들의 이동만을 방해한 것이 아니었다. 1969년 2월에는 폭설로 인해 아이들의 등교가 어려워지자 학교의 방학이 "어제로 끝나 금일부터 개학인데 도 당국의 지시에 의하여 5일간 연기"되기도 한다(1969. 2. 1.). 그 외에도 홍수, 폭설로 인해 차량의 교통이 마비되는 사례 역시 일기에 여러 차례 등장한다(1957. 12. 18.; 1958. 7. 3.; 1969. 1. 31.). 일기에는 또한 이와 같이 대중교통 수단이 두절될 경우 이를 대신해 자연스럽게 보행이동을 하는 모습이 수차례 등장하기도 한다(1958. 7. 3.; 1969. 1. 31.).

일기에 나타난 통행금지와 여행 금지 사례는 교통의 시대적 특징을 보여주는 사례 중 하나다. 저자가 일기를 썼던 1940년대는 아직 야간 통행금지와 여행 금지가 존재하던 시기였다. 비록 그 빈도가 많진 않지만, 금계 일기에서도 이와 관련된 내용을 찾아볼 수 있다. 1946년 일기에 나타난 여행 금지의 사유는 당시 "봄부터 일어난 호열자(고레라)병"(1946. 12. 31.) 때문이라고 기술되어 있으며, 1948년 일기에는 당시 아침 "통행금지의 해제시간이 6시라는 것"(1948. 12. 7.)이 기록되어 있다.

『금계일기』 속에서 곽상영이 사용하는 주된 교통수단은 기차, 버스, 자전거, 트럭 및 택시다. 그 중 기차는 일기 초창기인 1946년부터 등장하기 시작해 1970년까지 꾸준히 등장하는 교통수단이다. 곽상영은『금계일기』의 초기에서부터 타 지역에 출장을 가게 될 때는 물론이며 통근을 하거나 시내를 나갈 때에도 기차를 사용했음을 확인할 수 있다(1947. 8. 29.; 1949. 8. 4.; 1950. 5. 19.; 1954. 3. 13.; 1954. 8. 8.). 또한 곽상영이 근무하던 학교의 교직원들과 여행을 가거나(1956. 10. 20.) 학교 학생들의 수학여행을 가는 날에도 기차를 이용했음을 찾아볼 수 있다(1957. 11. 09.). 그러나 곽상영은 또한 자신의 일기에서 당시 기차의 불규칙한 운행과 "驛員들의 不親切함과 努力 不足에 느끼는 點이 多少 있었"(1946. 9.

---

9) 위성지도는 네이버 위성지도를 사용하였다(검색일: 2016. 1. 10.).

17.)다고 기술하고 있다. 주된 내용은 기차의 연착과 관련된 것인데 그 사유는 단순 연착부터 파업, 철도국의 석탄난 등 다양하다(1946. 10. 2.; 1946. 12. 20.; 1947. 12. 30.).

1933년 자동차 사업령이 제정된 이후로 한국의 자동차 교통 발달은 촉진되는 추세를 보였다. 그러나 버스 산업은 비싼 요금과 연료 공급의 불충분, 차량의 군용 징발 등으로 인해 1940년까지도 부진을 겪었다.[10]『금계일기』에서도 버스라는 단어는 1950년 초반에서야 처음 등장한다(1953. 4. 13.). 첫 등장을 시작으로, 버스를 교통수단으로 이용했다는 내용은 일기에 꾸준히 나타나고 있다(1953. 7. 11.; 1958. 3. 3.; 1965. 4. 16.; 1966. 2. 8.; 1967. 7. 12.; 1967. 9. 30.). 1965년에는 청주와 호죽리를 잇는 버스가 개통되기도 하는데, 이때 저자를 포함한 지방민 대다수가 운행 개통식에 참가하기도 했다(1965. 4. 16.). 곽상영은 1968년 8월 군내 교장단과 관광버스를 대절해 여행을 하기도 한다(1968. 8. 10.). 그러나 기차와 마찬가지로 버스 역시 시간을 제때 맞추지 못해 저자를 난감하게 하는 상황이 자주 나타난다(1968. 3. 20.; 1969. 4. 14.; 1969. 9. 7.). 그 원인은 폭우, 폭설이나 사고, 단순 연착 등으로 나타나는데, 당시 교통 도로의 불충분 또한 문제의 원인 중 하나로 언급되고 있다는 점이 눈에 띈다(1965. 11. 5.).

곽상영은 1953년 중고 자전거를 한 대 구입한다(1953. 5. 25.). 그로부터 약 1년간 자전거는 주요 교통수단 중 하나로 등장하다 1954년 3월 5일을 마지막으로 모습을 감춘다(1954. 3. 5.). 자전거가 재등장하는 시기는 1968년 3월 말 경이다(1968. 3. 29.). 당시 곽상영이 살던 지역의 버스 운행이 중단되는 일이 발생했던 시기다. 버스로 출퇴근하던 저자는 도보로 통근을 할 수 밖에 없게 되었는데, 동료 교사의 자전거를 빌려 타본 후 바로 다음날 자전거를 구입하게 된다(1968. 3. 29.; 1968. 3. 20.). 이 시기부터, 자전거 또한 근거리를 이동하는 주된 교통수단으로 등장하고 있다. 곽상영은 자전거를 통해 통근을 하는 모습을 자주 보이는데(1968. 3. 31.; 1968. 4. 19.; 1968. 4. 24.; 1968. 4. 26.; 1968. 5. 11.; 1968. 5. 15.; 1968. 6. 1.; 1968. 6. 20.; 1968. 7. 28.; 1968. 8. 22.; 1968. 9. 06.), 때론 자전거 고장으로 출근이 늦기도 했다(1968. 11. 15.). 일기 후반부로 갈수록 자녀들의 연령이 높아지면서 자전거는 곽상영 본인뿐만 아니라 자녀들에게도 쉽게 접근할 수 있는 교통수단 중 하나로 나타난다(1968. 8. 8.; 1968. 7. 29.). 곽상영은 1969년 후반부에서 4남 노송이 자전거 타는 법을 배우는 모습을 일기에 서술하기도 한다(1968. 7. 28.).

『금계일기』에서 자가용 형태의 교통수단으로 꾸준히 등장하는 것은 트럭과 택시다. 물론 당시 이러한 자가용 형태의 차량은 극소수였을 것으로 보인다. 1962년 기준으로 청원군의 자동차 용

---

10) 최운식, 1995, 『한국의 육상교통(Vol. 19)』, Ewha Womans University Press, pp.234-237.

도별 등록 상황을 살펴보면 승용차가 2대, 화물차가 7대에 불과한 것으로 나타난다.[11]. 트럭은 이를 소지하고 있는 주변 지인이나 동네사람이 이동할 시에 곽상영이 얻어 타거나 돈을 내고 이용하는 형태로 일기에 등장하곤 한다(1953. 1. 14.; 1954. 3. 14.; 1957. 8. 13.). 무엇보다 트럭은 이사(반이)를 할 때 짐을 옮기는 주된 수단으로 나타나며, 때론 초등학교 학생들이 수학여행을 가는 교통수단으로 등장하기도 한다(1953. 4. 23.; 1957. 5. 1.; 1953. 10. 21.).

『금계일기』에서 택시가 처음 등장하는 것은 1969년 10월 말이다(1969. 10. 23.). 당시의 택시 값이 비싸다는 이야기가 일기에 명시되어 있다. 택시는 이후 1970년대부터 빈도가 그리 많지는 않지만 일기에서 심심치 않게 등장하며, 이동 중 짐을 같이 운반해야 하거나 지리를 잘 알지 못하는 지역에서 이동할 때 주로 사용되고 있다(1970. 3. 12.; 1970. 4. 11.; 1970. 7. 13.).

(3) 농업 환경

옥산면은 서부와 동부 지역에 산지가 발달해 있으며, 남에서 북으로 천수천이 관통하고 있고, 동남으로는 금강의 주요한 지류 가운데 하나인 미호천이 가로지르고 있다. 미호천을 따라서는 평야가 많이 분포하고 있어 벼농사와 밭농사가 발달한 편이다. 수로시설이 발달하지 않은 일제강점기 전까지는 지대가 높은 금계리, 호죽리, 수락리, 사정리 등이 물대기가 쉬워 논이 비교적 비옥한 편이었다. 하지만 일제강점기 이후부터는 수리개발 사업이 진행되면서 지대가 낮은 지역에도 농수로가 생겨 벼농사가 수월해졌다.[12] 곽상영의 본가가 위치한 금계리는 예로부터 농수활용이 원활하여 마을 앞을 지나는 병천천(또는 천수천) 주변으로 논이 발달하였다. 특히 새마을 운동 이후에는 한동안 양잠과 담배 농사도 활발하였다고 한다. 양잠은 새마을 운동이 한창이던 1970년대 중반부터 1980년까지는 주로 실을 뽑기 위함이었고, 그 이후는 기능성 식품과 동충하초 등을 위해 생산되었다고 한다.[13]

일기의 저자인 곽상영은 본업이 교사이다 보니 일기에 농업에 대한 기록이 많지는 않다. 그래도 곽상영은 시간이 허락할 때마다 부친의 농사일을 돕곤 했다. 특히 6월경이 되면 주말마다 본가에 가서 보리를 베거나(1946. 6. 23.), 보리타작을 하는 등(1949. 6. 18.; 1950. 6. 18.) 보리수확을 도왔다. 다른 한편으로는 "모뽑기, 논 갈고 쓰리기, 물 품기"(1953. 6. 13.) 등 모내기 준비작업과 모내기 작업도 병행하였다(1965. 6. 27.).

11) 신영우 외, 2014, 『청원군 69년사: 1946-2014』, 청주: 청원군, p.222.
12) 신영우 외, 2014, 『청원군 69년사: 1946-2014』, 청주: 청원군, p.573.
13) 신영우 외, 2014, 『청원군 69년사: 1946-2014』, 청주: 청원군, p.575.

〈그림 2〉 당시 농사를 지었던 금계리 본가의 농지사진(사진은 2016.01.22일자)

광복 직후 한국은 무엇보다 식량 부족이 큰 문제로 대두되었다. 미군정 하에서는 전국의 곡물을 수집하여 도시에 배급하는 정책을 시행하였는데 충청북도에서도 청원군은 가장 경작지가 많았고 가장 많은 곡물을 제공해야 했다.[14] 특히 해방 후 1946년에 농무부는 미국으로부터 들여온 초산암모니아를 비료로 사용하도록 농민들에게 배급하기도 하였다.[15] 실제로 2년 후 곽상영이 초산암모니아를 비료로 사용했었다는 기록을 일기에서도 확인할 수 있다(1948. 9. 24.). 하지만 일기를 보면 1960년대 이전까지는 비싼 화학비료보다는 인분을 주로 사용한 것으로 보인다(1947. 6. 16.; 1957. 6. 8.). 그리고 1960년대 이후부터는 점차 화학비료를 구입해서 사용한 기록들이 등장하게 된다(1966. 7. 13.; 1966. 7. 18.).

일제시대에 부친이 인근 천안의 병천장이나 충주시장, 충남 연기군의 조치원장을 다니며 소를 사고 팔며 이문을 남기던 일들을 기억해서였을까. 곽상영은 교직에 종사하면서도 가계 경제 보탬을 목적으로 1958년부터 돼지사육을 하기도 한다. 어린 새끼돼지를 구입하여 살을 찌운 후 되팔아 이문을 남겼다. 이를테면 "돼지새끼 약 2관짜리(약 7.5㎏)"를 "1,800원에 구입"(1965. 6. 13.)하여 사육한 뒤 "관당 360원씩 정하고 8,000여원"(1966. 2. 12.)에 파는 식이었다. 일기에는 당시 돼지 매매내역이 비교적 상세히 기록되어 있다(1965. 6. 13.; 1966. 2. 12.; 1966. 2. 13.;

---

14) 신영우 외, 2014, 『청원군 69년사: 1946-2014』, 청주: 청원군, p.27.
15) "농무부에서는 미국에서 드러온 七十여만 가마니의 비료를 조선농회를 통하여 농민에게 배급하였는데 장차 긴급일용품배급 계획안에 의하야 三백六만二천 가마니가 수입되리라고 한다. 그런데 이번에 도착되어 배급될 초산암모니아의 가격은 七十五근 드리 한가마니에 三백九十원이라는데 이 비료는 미곡공출을 끝마친 농민에게 우선적으로 배급하는 것이라 한다."(『경향신문』, 1946/12/17)

1967. 1.1.; 1967.10.5.; 1967.10.9.). 때로 돼지가 병이 나 토할 경우에는 소다를 먹여 병을 고쳤다는 기록도 있다(1958. 1. 3.).

이 외에도 곽상영은 1960년 중반에 "族兄 宗榮 氏 周旋으로" 양봉상자를 구입(1965. 9. 23.)한 뒤로는 양봉에도 관심을 가지게 된다. 하지만 막상 처음 꿀을 채취할 때에는 생각한 만큼의 소득을 얻지 못하고 실패하게 된다(1966. 5. 24.). 그러나 그 이후에도 여러 차례 양봉상자를 구입하거나(1967. 6. 9.; 1968. 8. 29.) 양도받는 등(1970. 6. 1.) 관심을 놓지 않고 양봉을 계속하고 안타깝게도 매번 실패하곤 한다(1966. 9. 19.; 1968. 8. 29.; 1969. 5. 25.; 1970. 3. 20.).

2. 『금계일기』에 나타난 일상

(1) 교사가 되기까지

곽상영은 1921년 곽윤만의 3남 2녀 중 장남으로 태어났다. 그가 태어난 금계리는 대대로 청주 곽씨의 집성촌으로 당시 세가 제법 컸다고 하나 그의 부친인 곽윤만이 차남으로 태어나 그리 많은 재산을 물려받지 못 한 것으로 보인다. 곽윤만은 일제강점기 시기에 소작으로 생계를 꾸리려했으나 신통치 않아 때로는 소를 키워 팔거나 여기저기 공사에 참여했다. 이러한 집안의 장남으로 태어난 곽상영은 아버지가 소를 매매한 기록을 꼼꼼히 남기며 집안살림에 관심을 가진다. 36년 16세의 나이로 결혼을 하면서 한 집안의 가장이 되었지만 아직 옥산공립보통학교(후에 옥산소학교로 개명)를 다니는 학생의 처지로, 경제적으로 집안에 도움이 되기는커녕 오히려 학비를 지원받아야 하는 형편이기에 그가 할 수 있는 일에는 한계가 있었다. 그렇기 때문에 그로서는 "본교를 졸업하고 하루라도 일찍 아버님을 도와 농업에 노력하지 않으면 안 된다. 집의 행복은 나의 손에 달려 있는 것"(1939. 3. 31.)[16]으로 여겼다. 그랬던 탓일까 곽상영은 집안형편 탓에 오랜 꿈이었던 교사의 꿈을 접고 40년 3월23일 졸업식 당일 지원병 시험에 응시하게 된다. 하지만 신체검사와 구술시험까지 합격한 그에게 스승으로부터 뜻밖의 소식이 전해진다. 옥산면 청년단원이 되고 이를 통해 얻은 교과서의 강의록을 독학으로 공부한다면, 3종 교원시험에 도전할 수 있다는 것이다. 두드리면 열린다는 말처럼 아무리 형편이 좋지 않아도 군수도 도지사도 싫고 오로지 교사가 되고 싶어하는, 천진한 어린이 귀여운 어린이 코를 흘리는 어린이 모두 함께 같

---

16) 해당 일기의 기록은『금계일기』의 1939년에 비고의 형태로 기록된 내용이다.

이 놀고 배우며 동무가 되는 학교생활을 꿈꾸는 그의 오랜 소망이 이뤄질 길이 열리게 된 것이다 (1940. 12.)[17]. 공부도 할 겸, 학교의 생활을 알 겸, 또한 집안에 보탬이 될 겸 하여 곽상영은 41년 1월 금계 간이학교에 직원으로 취업을 하게 된다. 직원이지만 담당 교사가 출장을 갔을 경우에 학생을 가르쳐보기도 하고(1941. 2. 24.; 1941. 6. 28.; 1941. 9. 6.) 직장생활에 공부에 무관심이 었던 것을 깨닫고 다시 결심을 하기도 하고(1941. 5. 19.) 단 한마디도 놓치지 않으려 강습에 집 중하기도 하며(1941. 5. 26.) 노력을 하였다. 그러던 중 같은 해 7월 교원시험에 합격을 하게 되고 9월에 보은 삼산초로 발령통지를 받으며 본격적으로 교사생활을 시작했다.

(2) 새내기 교사의 교직생활과 일상

곽상영은 부모와 가족을 뒤로한 채 홀로 부임지인 보은으로 떠났다. 아버지께 인사를 드리고 떠나는 그 심정은 왜인지 가슴이 무겁고 뭉클해졌다(1941. 10. 10.). 그곳에서의 그의 일상은 당 시의 시대적 배경과 맞닿아 있다. 강습회에 참여하고 학생들의 성적표를 채점하고 결석을 한 학 생의 집에 출장을 가기도 하였지만 때로는 군용쌀의 반출을 위해 중동, 강산 등 마을로 출장을 하 기도 하고(1942. 1. 22.; 1943. 2. 28.) 방첩주간을 맞아 스파이, 방공연습을 하기도 하고(1943. 7. 17.) 학교가 징병검사장이 되면서 본의 아니게 교외수업을 하기도 하고(1944. 5. 3.) 근로동원 기 간에는 아버지가 징용을 가서 농사 일손이 부족한 학생 집의 벼를 베기도 했다(1944. 10. 19.). 또 한 경계경보가 발령되면 마을별로 아이들을 인솔하여 집으로 돌려보내기도 하고(1944. 11. 11.) 이윽고 전교동원을 통해 300명이 수용 가능한 학교 방공호를 만들기도 했다(1945. 7. 28.).

흥미로운 점은 전쟁이 깊어질수록 이에 대한 불안감을 표출하기는커녕 감정을 드러내기 보다 는 일상을 담담하게 기술하고 있는데 그 중 학생과 관련한 내용에 있어서 기쁘고 고마운 점 등 감 정을 표현한다는 점이다. 가령 비례수 문제에 고생했지만 학생들이 끝까지 풀어낸 것에 대해 기 뻐하고(1944. 7. 4.) 감자 캐는 일과 수증기 연구 등에 있어서 교육생활이 유쾌함을 이야기하고 (1944. 7. 11.; 1944. 7. 12.) 사칙연산에 잘 따라와준 학생들에게 기쁘고 감사한 마음을 표현한다 (1944. 11. 6.; 1945. 2. 12.). 어쩌면 일제강점기 시절 초보교사로서 어쩔 수 없이 당국의 지침에 따라야 했지만 그에게 있어서 중요하고 기뻐서 하는 일은 아이들을 가르치는 그 자체에 있었던 것으로 보인다.

---

17) 1940년 당해 일 년을 마무리 하는 회고록의 형태로 특별한 날짜를 기입하지 않았다. 다만 그 내용에서 당해 12월 에 작성하였음을 알 수 있었다.

보은에서의 삶은 홀로 부임하여 만 2년 8개월 간 하숙을 하고(1945. 5. 1.) 그 사이 잠시 학교 숙사에서 국본 선생과 자취를 하기도 했다(1942. 6. 22.). 마땅히 목욕을 할 곳이 없었던 지 종종 학교 숙직실에서 마츠모토, 다나카 선생 등 동료 교사들과 같이 목욕을 하면서 친해지고 이후에도 바둑을 두고 다과를 나누며 친목을 다지는 시간을 가지기도 했다(1942. 1. 28.; 1942. 2. 17.; 1942. 4. 10.; 1942. 4. 24.). 타지에서 홀로 보내던 몇 년의 시간이 지나고 이윽고 가족들이 보은으로 이사를 오게 되면서 같이 살게 되었다(1945. 5. 2.). 하지만 가족들이 합류하고 미처 새집과 마을에 적응할 새도 없이 같은 해 10월 옥산초로 발령을 받게 되었다. 서서히 초보교사의 딱지를 떼어갈 무렵 모교로의 발령은 반가웠고 덕분에 모교를 위해서라면 어떤 난관이 있어도 고생으로 여기지 않고 성심성의껏 열심이었으며 오히려 힘이 부족함을 한탄하기도 하였다(1946. 9. 17.; 1947. 9. 1.). 특히 당시만 해도 해방 이후 아직 어수선한 분위기였을 뿐더러 학생에 대한 교육도 교육이거니와 전국적으로 문맹퇴치를 위한 한글강습이 열리게 되었다. 그동안 조선어라는 이름 하에 한글을 배우지 못 했던 이들에게, 단 한사람이라도 글을 깨우치게 해야 하는 중요한 역할을 맡게 된 것이다(1947. 6. 3.; 1947. 12. 30.; 1948. 1. 4.; 1948. 1. 10.). 또한 각종 연구회와 강습회를 열어 "모두가 새朝鮮 建設 教育에 이바지하려는 열렬한 책임을 느끼며 授業에 대한 研究檢討"를 하느라 정신이 없었으며(1946. 11. 1.) 새 교육법을 배우는가 하면(1948. 12. 6.) 높은 강의 수준에 더욱 정진할 것을 결심하기도 한다(1947. 8. 24.).

이처럼 곽상영이 학교에서는 20대 중후반의 젊은 혈기를 열정적으로 불태웠다면 가정에서는 따뜻한 아버지였다. 아내의 순산에 안심을 하며 다음 자녀를 궁금해 하는 2남 2녀의 아버지면서(1947. 2. 23.) 하루에 몸이 열개라도 모자랄 정도로 바쁜 와중에도 업무를 마치고 집으로 돌아와 예쁘다, 예쁘다를 외치며 자녀들의 머리를 깎아주기도 하고 그러다 잘못 하여 상처를 내고는 아비의 죄를 용서해달라고 고백하기도 한다(1947. 4. 14.). 때로는 자녀들과 동요를 부르거나 공부를 도와주기도 하고(1948. 1. 3.) 누구 하나 아프기라도 하면 잘못되기라도 할 까봐 뜬 눈으로 밤을 지새우며 걱정하는 아버지이기도 했다(1948. 1. 11.; 1948. 1. 12.). 그러면서 아내에게는 "맞이가 9살 다음이 7, 3, 1살이어서 모두가 말꾸럭이뿐"으로 도와주기는커녕 신경질을 내었기에 미안해하고(1947. 12. 3.) "없는 살림을 어떻게든지 남에 지지 않는 살림으로 할려는 노력이 현저히 나타나서 항상 마음 속으로 사례를"하고자 하는 남편이었다(1949. 12. 31.).

그런가하면 곽상영은 한없는 효자로 어머님이 오시면 없는 살림 속에도 생선과 술 한 병을 준비하여 "좋은 반찬은 없으나 어머니께서 만나게 잡수시는 듯하여 마음속으로 한량없이" 기뻐하기도 하며(1947. 3. 23.) 바빠서 본가에 자주 갈 수 없었음에도 아버지의 꾸중을 달게 받으며 "불효의 이 자식은 언제나 참다운 자식노릇을 할른지" 하며 "눈물이 비오듯 함을 참을내야 참을 수 없"음을 고백하기도 한다(1947. 9. 29.). 또한 부모님의 생신은 물론 가족의 생일이면 전날에, 못해도 먼동이 트기 전에 금계 본가로 향해 낳아주심을 감사드리며 고기라도 대접해야 직성이 풀리는 아들이었으며(1946. 1. 1.; 1947. 12. 21.; 1948. 8. 13.) 이런 아들에게 부모는 부모대로 아들이 알면 거절할까봐 몰래 닭을 잡아 주며 챙기고자 하였다(1947. 12. 22.).

한편으로 개인적으로 가진 취미생활로는 독서를 꼽을 수 있는데 평교사시절 일기에 기록되어 있는 책으로는 1946년 7권, 1947년 6권 등 총 13권으로 당시 교직생활을 하며 또한 문맹퇴치를 위해 한글강습을 다니며 게다가 2남 2녀의 아버지이자 장남으로 금계 본가에 다녀와야 하는 처지를 비춰볼 때 적은 숫자는 아니다. 외국소설 보다는 김동인, 이광수, 이태준 등 한국의 장 단편의 소설을 넘나들며 읽었으며 얻은 깨달음에 대해 기술하고 있다.

또한 곽상영은 28세의 젊은 나이지만 "근년에 와서 몸이 너머나 약하여져서 보건에 유의할 필요를 느낀 까닭"에 조석으로 400미터 달리기와 높이뛰기 등 운동을 하기로 결심하기도 한다(1948. 10. 24.). 꾸준한 운동으로 인해 "허벅다리와 장단지가 어느 정도 무겁고 아픔을 느끼게" 되었고(1948. 10. 26.) 11월 3일까지 조석운동이 지속된 것으로 보이나 그 뒤로 운동에 대한 기록은 나타나지 않는다.

(3) 교감 시절 교직생활과 일상

곽상영은 교사가 된지 8년 만에 교감으로 승진하게 된다. 교감으로 임명한다는 사령장을 받아든 곽상영은 "뚜렷한 공적이 없어서 부끄러이 생각"하면서도 15명의 직원을 이끌고 학교를 경영해야 한다는 책임감을 가지게 된다(1949. 9. 22.). 교감이 되었어도 여전히 가정방문을 가기도 하고(1949. 10. 16.) 연구회나 강습회가 있으면 참가함은 물론(1949. 10. 10.; 1950. 3. 28.) 일제고사 기간이면 문제출제에 밤잠을 이루지 못 하고 지새우기는 물론 등사하기에 바쁘기도 했다(1949. 11. 1.; 1950. 4. 3.).

한편으로 한국전쟁이 발발하게 되면서 초기 피난을 가지 못 해 소위 인공시절을 겪게 된다. 학교 명부를 제출하라는 재촉을 받기도 하고(1950. 8. 1.) 소환을 당해 까닭을 모르는 책망을 당하며 공포에 떨기도 하고(1950. 8. 21.) 교원교양 강습에 끌려가 "이 몸을 어떻게 처치하여야 좋을른지. 독안에 든 쥐가 되었으니 어찌하리요"하며 걱정을 하기도 한다(1950. 9. 8.). 후에 국군이 다시 들어왔을 때 억지로 부과된 역을 위협과 공갈 속에 행하는 사정을 누가 알겠냐며 한탄하기도 하고(1950. 10. 2.) 문 닫았던 학교를 열고 직원과 학생들에게 그동안 있었던 일에 대해 사과하기도 했다(1950. 10. 5.). 사실상 전쟁 발발 이후 학교는 휴면상태였고 정식 개교를 하긴 하였으나 재학생 900명 중 출석아동이 5할 정도에 불과한 따름이니 정상적으로 학교가 운영되기엔 다소 시간이 필요했다(1950. 11. 19.). 하지만 상황은 나아지기는커녕 오히려 학교가 피난민 수용소가 되기도 하고(1951. 3. 6.) 가르치려 해도 전쟁 중이기에 등교 학생이 겨우 18명에 불과했다(1951. 3. 13.).

이러한 와중에도 북일초로 발령을 받아 "모교에 와서 아무 것도 남긴 것 없이 떠나게 되어 죄만할 뿐 아니라 나의 포부를 발휘치 못하고 기어이 떠나게 되었다는 것을" 한탄하기도 하고(1951. 4. 24.) 그러한 마음을 안고 찾아간 새로운 발령지는 폭탄을 맞아 "책상 하나 온전한 것이 없고 왼교사에 교실이나 골마루나 구멍이 뻥뻥 뚫어져 얼기미 같고 바람벽도 역시 마찬가지"인 학교였으나 망연자실할 틈도 없이 "북일교도 내 학교가 되었으니 있는 힘을 기우려서 복구건설에 이바지하며 학교 운영에 힘쓰고자 마음 깊이 맹서"하였다(1951. 4. 30.). 학교는 "과목별 연구주임, 일과표 및 시간표 작성, 청소 관계 등을 계획대로 협의"하며 학교운영의 정상화를 꾀하고(1951. 5. 3.) 학부모들과 중등학교 입학시험 관계에 대해 상의도 하고(1951. 6. 24.) 밤을 지새우며 학교 경영안을 세우는 동안 점점 안정화가 되어갔다(1951. 10. 7.).

불철주야로 매진하던 중 같은 해 10월 강서초로 발령을 받아 부임했지만 그곳에서의 생활도 피차 다를 바 없었다. 연구수업에는 칭찬과 비평을 곁들여 지도하는가 하면(1951. 10. 19.) 중학 입학으로 바쁜 교사들을 돕기 위해 군청으로 가서 대신 사무를 봐주기도 하고(1952. 3. 19.) 일제고사 문제 출제를 위해 밤을 새우기도 했다(1952. 3. 24.). 또한 체육회가 있으면 직접 청주까지 나가 상품을 사오고 만국기를 달고 각종 선을 긋기도 하고(1952. 10. 2.; 1952. 10. 3.) 여전히 연구수업을 실시하며 수업에 대한 감을 놓지 않으려 노력한 끝에(1952. 2. 8.) 결국 4, 5년 만에 1학년 담임을 맡게 되어 "나의 있는 사랑을 담뿍 바치고자 결심"하기도 하였다(1953. 5. 12.).

그러면서 학생들과 가까이 지내며 6학년 학생들이 천렵을 할 때 다른 직원들과 참여하여 시간을 보내기도 하고(1951. 10. 25.; 1952. 10. 22.) 동료 교사들과는 종종 배구시합을 벌이고 직원 친목회를 가지며 단합을 꾀하는 것도 잊지 않았다(1951. 11. 1.; 1951. 11. 21.).

너무 열정을 다 해 탐나는 교감이 된 것인지 곽상영은 1954년 6월 내수초로 발령을 받게 된다. 내수초는 도 지정 연구학교이니 만큼 공부를 할 필요가 있는 학교로(1954. 6. 29.) 이곳에서 곽상영은 "대연구회를 앞두고 바쁘기 한량없는 처지어서" 종조모님의 부음에도 미처 참석하지 못 하는 바쁜 나날을 보낸다(1954. 11. 6.). 오죽하면 "학교 교무 분잡과 가사다단하여 일기 기입 준비와 용의를 갖추지 못 한 까닭"으로 일기를 제대로 기록하지 못 함을 고백할 정도다(1955년 약기)[18].

---

18) 1955년은 당해를 총 망라한 약기의 형태의 기술만이 남아있다. 곽상영은 약기의 내용에서 일기를 일별 기재 하

곽상영은 교감이라는 자리는 중하게 취급을 받는, "별 특대도 하는 것 아니면서 상의하달의 책임도 또 어려운 일"로 여긴다(1954. 10. 26.). 그는 교감으로서 연차가 높아짐에 따라 뒷짐을 지고 누군가에게 지시하기보다 여전히 스스로 나서서 하는 성격으로 학교사무용품이나 운동회 물품을 직접 구입하고(1956. 4. 12.; 1956. 5. 12.; 1956. 9. 16.) 칠판 수리를 함은 물론(1956. 6. 10.) 중요하게는 사친회비 경리의 감사회를 개최하거나(1956. 5. 25.) 이사회 개최를 통해 예산을 심의하기도 하였다(1956. 5. 31.). 곽상영은 교내를 순시하며 "가축사, 성적품계시, 유리창, 과학상 청소, 교훈 급훈 갱신, 성적품과 도표 고치기, 문패, 국기 추색, 청소는 신교사 우량, 일학년 교실 청소와 생활지도 문제, 구관 칸맥이, 유리창 닦기, 꽃병" 등을 강조하고 조언했다 하니 그의 학교에 대한 애정과 더불어 꼼꼼함을 엿볼 수 있는 대목이다(1956. 4. 19.).

곽상영은 교감시절 유독 발령이 잦은 편이었으나 가족들과 함께 이사를 다니며 살았는데 줄줄이 딸린 자녀들을 보며 "어린 것들이 방안에 가득한 본인의 심경은 참으로 책임이 중함을 아니 느낄 수 없다"면서도 이를 행복하게 여기고 겁낼 것 없이 "어찌되든지 닥치는대로 살며 남에게 앞설만치 가르쳐 보기로 결심"한다(1950. 12. 31.). 그렇다고 아예 고민이 없을 수 없는 노릇, 그는 "3남3녀를 둔 나는 자식을 공부는커녕 금방에 먹이고 입힐 것이 없으니 이런 답답하고 낭패가 어데 있을가?" 하며 자녀들의 학비를 걱정하는 와중에도 자녀들이 청주시를 구경하고 싶어 하는 마음을 모른척 할 수 없어 구경을 시키고 빵집에서 빵을 사주기도 하는 아버지였다(1951. 9. 27.). 이후 직접 해산에 참여한 4남(1953. 5. 18.)에 이어 1녀를 더 얻어 총 8남매를 거느린 가장이 되었는데 "풀 뽑기, 쓸기, 울밑의 풀베기, 위험물 치우기" 등의 가정청소를 하는 것은 물론(1951. 6. 17.) 아내가 금계 본가로 갈 때면 어머니를 그리워하며 칭얼거리는 어린 자녀들을 안쓰러워 여기며 챙기고(1953. 12. 31.; 1954. 1. 2.)때로는 자녀에게 새 옷을 사 입히고 "웃옷 등 밑에 잘록한 띠를 붙인 모양과 해군복으로 꾸민 모습이 어찌나 예쁘던지 보고 또 보고", 자녀가 좋아서 웃는 모습에도 기뻐하고(1949. 9. 12.) 때로는 자녀의 과제장을 지도하며 "일곱살 밖에 안 되었으나 두뇌가 괜찮은 편이어서 1학년에서도 우수한 성적이며 가정학습 시에도 일러주기에 재미가"있다는 팔불출 아버지의 모습을 보이기도 했다(1954. 1. 13.).

또한 이 시기는 자녀들이 점차 장성하던 시기로 아무리 돈이 없어도 장남을 중학교에 입학시킬 요량으로 국가고시에 응시하게 했는데 청주 중학에 합격하게 되었다. "당시 청주중학은 "옛부터 성적이 투철하였고, 특히 부자집 자식들이 많이 다니고 소위 지식층, 또는 지사들의 자식들이 많이 다니는 학교"였기에(1952. 4. 24.) 당당히 합격하여 "모자 위에 날신하게 보이는 흰테 두른 중학

_____

지 못한 이유를 "학교 교무 분잡과 가사다단하여 일기 기입 준비와 용의를 갖추지 못한 까닭"이라 밝힌다.

모자에 뺏지 달고 나오는" 자녀의 모습에 곽상영은 크게 기뻐한다(1952. 4. 26.). 비록 집안형편 때문에 소학교밖에 나오지 못 한 자신과 달리 명문 중학에 당당하게 들어간 장남이 자랑스러워 만년필을 사주기도 한다. 그로서는 "내가 겪어보지 못하였고 항상 그네들을 그리워하였기 때문에 유달리 기쁘게 보이고 가슴에는 한량없는 광영을 아니 느낄 수 없었"던 것이다(1952. 5. 25.).

4남 4녀 중 어느 누구 하나 아프지 않을 뿐더러 하나같이 공부를 잘 해 걱정할 것이 없었던 곽상영은 "큰자식들 남매가 반가히 마지며 모자, 외투, 웃옷을 벗겨받고 공손한 인사와 저녁상을 정성있게 갖아오는 그 모습은 이 세상에 나밖에 맛보지 못하는 행복감을" 느끼던 시절이었지만(1957. 1. 3.) 한편으로 한국전쟁 당시 아우를 잃고 그리움에 사무치고 야위어가는 부모님 걱정에 전전긍긍하던 시기이기도 했다.

곽상영은 지속적으로 아우에 대한 꿈을 꾸며 무사함을 기원하다가도(1951. 10. 24.; 1951. 11. 21.; 1951. 12. 12.) 슬픔을 감추지 못 해 눈물을 보이기도 하고(1950. 8. 8.; 1950. 8. 9.; 1950. 11. 7.; 1951. 4. 17.; 1952. 1. 26.) 이윽고 1952년 2월 아우의 전사소식이 전해지자 부모님 걱정에 어찌 할 바를 몰라 하기도 한다(1952. 2. 18.; 1952. 3. 23.; 1952. 4. 22.). 본래도 종종 금계 본가에 갔지만 "집에 자주 와야 한다. 너의 동생이 있다면 별 문제이다만"이라고 말씀하시는 아버지의 당부 때문이었는지(1952. 4. 23.) 궁금할 때마다 수시로 자녀들을 데리고 찾아뵈었다. "수수풀대로도 끼를 삼으시는" 부모님을 걱정하며(1952. 9. 14.) 여전히 본인 생일에 고기와 어물 등이라도 대접해드리기 위해 전날 철야를 해 고달픈 몸이여도 금계로 가곤 하였다(1953. 1. 14.; 1954. 1. 12.).

한편으로 교감이라는 책임자의 위치 그러면서 잦은 발령, 또한 늘어나는 자녀와 부모에 대한 봉양 때문이었을까? 여전히 독서는 즐겨했지만 그에 대한 내용은 전에 비해 자세히 기술하지는 않는다. "일각의 여유만 있어서 책을 펴들던" 자신의 생활을 떠올리며 다시금 독서에 마음을 붙이기로 마음을 먹기도 하며(1950. 1. 6.) 독서의 폭은 소설 뿐만 아니라 각종 교육잡지를 읽으며 교육법, 인권에 대한 연구를 하기도 한다. 또한 '단종애사', '구원의 정화' 등 다양한 장르의 영화를 감상하였으며 '돌아오지 않는 강' 등 외국영화 역시 관람하였다.

(4) 교장 시절 교직생활과 일상

곽상영은 1941년 9월, 21세의 나이로 교직생활을 시작한 이래 비교적 이른 시기에 승진에 승진을 거듭하여 37세에 교장이 되었다. 본인 스스로도 학교장으로의 승진이 의외의 소식으로(1957. 3. 29.) 승진을 자축하며 "기쁜 한 구석도 있으며 기왕이면 하는 욕심도" 나면서도 청주에서 학교를 다니는 아이들의 거취문제에 고민을 하는 아버지의 모습도 보인다(1957. 3. 31.).

곽상영은 괴산 장풍초를 시작으로 소로초(1960)와 금계초(1963), 가좌초(1968) 등지에서 교장생활을 이어나갔는데 교육자로서의 그의 사상은 교육자는 선구자로 "사람을 사람답게 만드는 책임이 부여되어 있는" 존재이기에 아동을 진심으로 사랑해야 한다는 것이었다(1957. 4. 12.). 그는 교장이 되자마자 "교육의 목적, 국민학교 교육의 목적, 교육건설지침, 문교부 장학 방침, 본도 교육지향점, 본구 장학 실천목표 등 교육방침을 비롯하여 교육 운영조직, 연구회 계획, 주중 행사, 직원신조, 생활역, 학교평면도, 청소구역도, 학교연혁도(발전하는 본교 도표) 등을 정서하여 게시"할 정도로 열정적으로 임하였다(1957. 5. 22.). 혹여 직원들의 근무행태가 불량할 경우 "좀 짠 소리 몇마디를 온화한 음성이면서도 자극있는 훈계"를 하였으며(1957. 9. 22.) 말만 앞세운 교장이 아니라 학교 증축의 필요성에 대해 역설하고 상의한 결과 3개 교실을 증축시키기도 하고(1958. 3. 18.; 1958. 4. 24.; 1958. 6. 13.) 학부형회를 통해 학급 운영에 관심을 가질 수 있도록 유도하기도 했다(1958. 5. 23.). 학생에 대한 관심도 여전하여 환경미화를 하면 장학사를 위해서가 아니라 진정으로 아이들을 위한 환경미화가 되길 원하는 교장이었고 보결수업이 있으면 언제라도 교단에 서다 못 해서(1958. 5. 27.; 1967. 4. 8.; 1968. 5. 14.) 도덕과목을 위주로 직접 수업을 하기도 했다(1969. 7. 18.; 1969. 9. 16.; 1969. 11. 4.).

그러면서 학교 밖에서는 면장이나 지서주임 등 지역의 유지를 만나 "면내 사정과 학교 실정에 대하여 기탄없는 교담을 하고 정신적인 협조"를 꾀했으며(1958. 12. 24.) 각종 부락총회와 이반 장회의 등에 참석하기도 했다. 각종 사람들과 만나 상의를 하고 일을 처리하는 바쁜 그의 일상에 대한 예로 들자면 1967년 1월 30일부터 일주일간의 행적이 다음과 같다. 월요일에는 "人事事務 打合과 校費 證憑 書類 提出次 上廳"하고 화요일에는 "今日도 또 다시 人事事務 協議次 上廳. 李善求 장학사와 夕食하면서 相議"를 하고 수요일에는 시업식과 더불어 "玉山面 團合大會에 參席"을 하고 목요일에는 졸업기념 촬영 등의 "學校 行事 마치고 全職員 피로연"을 열고 토요일에는 "面內 耕作者 聲援次 煙草收納帳인 月谷"에 다녀왔다.

하지만 모든 게 뜻대로 되지는 않아 직원들 간 갈등이나 지역의 경제난 등에 속상해하며(1958. 12. 31.) 난데없이 학교문제를 담은 투서가 문제가 되어 압박을 받고 개인적으로 열성을 다 해도 여전히 경제난을 겪으며 상심하고 답답한 심정을 표현하기도 한다(1968. 2. 22.).

곽상영의 하루 일과는 보통 새벽 2~4시에 기상을 하여 집무를 보기 시작하는데 학교 공문이나 각종 장부 정리 등 공적인 업무를 볼 뿐만 아니라 신문을 읽고 일기를 쓰는 등 개인적인 시간을 갖기도 한다. 때로는 텃밭에서 풀을 뽑으며 밀린 농사일에 팔을 걷어붙이기도 한다. 이후 집으로 돌아가 조식을 한 후에 다시금 학교로 가서 일처리를 하다가 직원들이 하나 둘씩 출근을 하면 직원조회를 갖는다. 그때그때마다 필요한, 청소지도를 한다거나 체능검사의 원만한 진행을 당부하는 식일 것이다. 6학년 도덕 수업이 있는 날은 교사로서 흥미를 가지고 임하며 때로는 교장으로서 다른 교사의 수업을 관찰하기도 한다(1969. 9. 13.; 1969. 12. 23.; 1970. 5. 21.; 1970. 6. 15.; 1970. 10. 19.). 그는 굉장히 꼼꼼한 성격으로 "교육잡철, 참철, 교무일지, 교무잡철, 수강록, 전개안 및 발표요항철, 충북교육철, 청원교육철, 일기, 가계부" 등을 근무교별, 연도별, 종별로 하여 편철할 정도이니(1958. 1. 14.) 4~5시간만 취침 후 업무를 보아도 시간이 모자라면 모자랐지 넉넉하지는 않았을 것이다.

곽상영이 학교장으로 승진을 함과 동시에 괴산으로 발령을 받게 되면서 청주에서 학교를 다니던 장남과 장녀는 자취를 하게 되었다. 교장 승진 이후 1970년대까지는 초기에는 장남과 장녀만이 자취를 했으나 점차적으로 자녀들이 장성함에 따라 자녀들 대부분 청주에서 자취를 했던 시기이다. 자녀들의 성장은 중 고등학교 등으로의 진학을 의미했고 이에 따라 등록금과 생활비 문제는 끊임없이 뒤따랐다. 남들은 공부를 못 해서 학교를 못 보내는데 곽상영은 자녀들이 하나같이 공부를 잘 하고 척척 진학을 하다 보니 등록금 때문에 고민을 했던 것이다(1964. 2. 5.; 1964. 4. 5.). 게다가 10남매 이외에 아우의 등록금까지 해결해야 했으며(1958. 3. 27.; 1961. 4. 6.) 큰누이의 혼인을 앞두고는 파마를 해주고 백화점에 데리고 나서 미약하나마 선물을 사주기도 하는 등 장남의 역할을 해야 했기에 더욱 만만치는 않았다(1957. 12. 8.). 그는 어린 것들이 자취를 하며 고생하기 시작했다고 이에 대한 걱정을 하고 (1957. 4. 26.; 1957. 6. 13.; 1960. 2. 24.) 변변한 옷 한 벌, 여타의 물건들을 해주지 못 해 미안해하기도 한다(1957. 5. 13.; 1960. 11. 16.; 1961. 1. 25.). 사실상 자취방세를 보낼 돈이 넉넉하기는커녕 집에서 먹을 식량조차 떨어질 형편이어서 속상해하기도 하기에(1957. 5. 30.; 1957. 6. 3.) 간만에 집에 온 자녀들에게 별다른 음식을 해주지 못 함에 마음 아파한다(1947. 8. 20.). 때문에 깻잎이며 감자, 고추장 등 먹을 것이 있다면 바리바리 싸가지고 청주로 가곤 했다(1966. 3. 9.; 1968. 3. 17.; 1968. 4. 10.; 1970. 5. 10.). 이처럼 청주에서 자취하는 자녀들을 생각하고 걱정하는 것은 곽상영 부부뿐만 아니라 금계 본가에서도 신경을 써서 식량이나 나무, 부식물 등 손자, 손녀에게 보탬이 될 것이 있다면 갖다 주시기에 여념이 없으셨다(1959. 2. 8.; 1960. 8. 14.).

어쩌면 이는 끊임없이 효도를 하려는 곽상영의 마음을 알아주는 부모의 마음일 것이다. 곽상영은 밖에서 식사대접을 받을 때도 "내가 무슨 복에 이런 진미를 구경하며 행복한 자들과 섞여 만족히 노는가? 이것이 다 부모의 은혜가 무한이 나에게 뻗친 까닭이리라. 부모님은 이런 성대한 자리를 못 받으시는데. 지금도 꽁보리밥을 잡수시는 이 시각일텐데"라며 죄스러워한다(1958. 7. 30.). 부모님 생신에 집에 가지 못 하면 본가를 향해 절을 하며 마음을 달래고(1957. 8. 9.; 1959. 2. 8.) 이처럼 부모님에 대한 걱정을 하다 못 해 끝내 합가를 결정하기도 하지만(1968. 3. 5.) 사정상 얼마

가지 않아 분가를 하게 되며 이에 슬퍼하며 용서를 구하기도 한다(1968. 9. 2.; 1968. 9. 4.).

자녀들의 진학은 경제적으로 곤란함을 가져오기도 했지만 한편으로 하나둘씩 직장을 잡게 되면서 이들의 도움으로 점차 가정형편이 나아지게 된다(1966. 5. 18.; 1967. 3. 19.; 1967. 5. 28.; 1967. 12. 28.). 그리고 장남과 장녀가 각각 결혼을 해서 가정을 이루게 되고 그밖에 자녀들은 청주와 서울 등지로 나가살게 되면서 자녀들이 돌아올 때 한산했던 집은 모처럼 북적이며 "우애 있는 즐거운 가정을 맛보게 하고. 나의 즐거움과 행복을 자연이 상기"하는 시간을 갖기도 하지만 (1969. 1. 23.) 이야기꽃을 피우던 자녀들이 각자 떠나가면 섭섭해 하기도 한다(1967. 8. 24.).

곽상영은 주중에도 새벽에 기상하여 밭일을 했지만 주말에는 시간을 내어 "고추밭 除草, 옥수수밭 施肥 손질, 감자 캐기도. 열무도 갈고, 燃料도 마련에 勞力" 등 집안일에 신경을 쓴다(1970. 7. 5.). 한편으로 "전직원 앞냇가에 나가서 피리, 갈라리 등 깨끗한 고기를 낚아서 탁주 몇되 갖다가서 초고치장과 회를 많이 맛있게" 먹는 등(1957. 5. 1.) 인근 냇가 등지에서 물고기 잡기를 즐겨하였다(1957. 4. 26.; 1957. 5. 3.; 1958. 6. 3.; 1968. 4. 28.). 사실 자급자족을 해야 하던 시절 마음껏 육류섭취를 하기엔 무리가 있었기에 공을 들여 기른 채소와 더불어 별미로 물고기나 민물새우등을 먹었다. 이는 반찬으로 먹기에도 좋았기에 방과후가 되면 자녀들이 냇가로 나가 물고기를 잡기에 여념이 없기도 했다(1957. 5. 21.; 1957. 6. 30.; 1968. 8. 5.).

이렇게 정신없이 바쁜 하루를 보내면서도 여전히 독서와 영화관람을 즐겨하였는데 더욱 독서에 정진할 것을 결심하기도 하고(1966. 1. 1.) 점차 자녀들이 장성함에 따라 종종 자녀들을 대동하여 영화관람을 하기도 한다(1962. 10. 27.; 1965. 1. 12.; 1967. 11. 26.). 또한 여전히 넉넉하지 않은 살림이지만 큰마음 먹고 라디오를 구입하여 세상 돌아가는 소식을 즐겨듣기도 한다(1969. 3. 19.; 1969. 4. 14.; 1970. 7. 21.).

(5) 끊지못한 유혹: 음주

곽상영은 그의 삶에서 끝내 떨쳐내지 못한 습관이 있었으니 바로 과도한 음주였다. 과도한 음주습관에 대해선 곽상영 본인도 끊임없이 반성하고 이내 절주를 다짐하지만 작고하기 3년전인 1997년에도 여전히 술에 만취했던 기록이 일기에 등장하고, 1998년까지 평소 음주를 즐긴 것으로 기록되어 있다.[19] 그러나 곽상영 본인은 이러한 음주습관이 "절대로 유흥본위가 아니고 사정

---

19) 1999년 이후에는 1999년 8월 30일 "약간 음주"외에 음주 기록은 없다. 담도암 판정을 받은 이후라 실질적으로 음주가 불가했을거라 보인다.

에 의한 불가피하였다는 것은 나의 양심이 잘 가리키고 있다"고 토로한다(1950. 1. 4.). 전통사회의 의례나 조상에 대한 제례에서 술은 집단공동체를 하나로 묶어주는 매우 중심적인 도구로서 사용되어 왔다. 특히 술의 예식은 단순한 생물학적 개체가 아닌 사회적 개인으로서 인정받는 성인식이나 이질적인 두 개인이나 가족이 하나가 됨을 서약하는 혼인식과 같은 통과의례에서 의례의 중심이 되었다.[20]. 이러한 관습에서 비롯된 것인지 몰라도 한국에서 일상적 술자리는 친교를 도모하는 사회적 의례의 성격을 가지고 있다.[21]. 오늘날에는 상당히 약화되었으나 한국에서 술자리는 사회적 관계의 연장선에서 다양한 명목하에 형성된다. 곽상영에게도 역시 술은 대인관계에 있어 빠질 수 없는 교제수단이었던 것으로 보인다. 그는 "참으로 술도 많이 마시었다. 교섭 교제에도 술이요, 상의와 협의에도 술이요, 결과가 잘 되었을 때도 술이요, 못됐을 때도 술이었다"고 말한다(1950.01.04.).

무엇보다 술자리는 공적인 사회관계 속에서 경직된 위계를 허무는 위반의 장소만은 아니었다. 혼자 술을 마시는 자작은 금기시되며 마시는 술의 양을 자율적으로 조절할 수 없도록 받는 술잔은 항상 비어있어야 하는 등의 한국식 음주문화는 술자리에 참여하는 모든 구성원들이 따르고 존중해야 할 규칙들을 부여한다.[22] 그리고 이러한 규칙들을 무시하고 술자리를 망치는 과도한 주정이나 폭력은 '주도(酒道)'라는 이름으로 비난받곤 한다.[23] 곽상영은 술자리에 동석한 교장의 과도한 주정을 목격하고 "부끄럽기 짝이 없을 정도이다. 자기 딸과 같은 여자(동직원인 때도) 옆에서도 들을 수 없는 욕말이 나오는 때가 있다"며 눈살을 찌푸리기도 하며, 술자리에서 자신을 향한 과한 언행에 "분하고 억울한 마음에 눈물이 빙돌았"다고 기록한다(1952. 10. 16.).

곽상영은 특히 60년대 후반에 들어서면서 과도한 음주로 몸이 아픈 일이 잦아진다. "漫醉로 行路 不明"(1966. 12. 16.)한 적은 물론, 연일간 과음한 탓에 "起床하니 온몸이 떨려 活動 不可"(1968. 5. 10.)하거나 "便秘症이 있고 下血이 甚"(1968. 6. 25.)해 고생하기도 한다. "連日 飮酒에 運身 어려워"(1969. 7. 13.) 학교업무를 못보고 와병키도 하고, 1970년도에는 새해 아침부터 수일간 계속된 음주로 "몸 無限히 運身 難되어 臥席 신음. 頭痛, 腹痛, 手足은 무너지는 듯. 오한도 甚하여 便所 出入時 極難. 땀은 內衣를 함신 적시고 腹痛으로 보아 술로 因한 重病 發生하잖나

---

20) 오재환, 1999, "술과 의례: 신과 인간 융합의 접점", 박재환 외, 『술의 사회학: 음주공동체의 일상문화』, 한울아카데미.
21) 이상길, 2004, "일상적 의례로서 한국의 술자리: 하나의 문화적 해석", 『미디어, 젠더&문화』, 창간호: 39-77. p.46.
22) 이상길, 2004, "일상적 의례로서 한국의 술자리: 하나의 문화적 해석", 『미디어, 젠더&문화』, 창간호: 39-77. pp.48-55.
23) 이상길, 2004, "일상적 의례로서 한국의 술자리: 하나의 문화적 해석", 『미디어, 젠더&문화』, 창간호: 39-77. pp.59-60.

하는 輕한 生覺까지도 머리에 떠오르기도"(1970. 1. 1.) 한다. 게다가 만취 후 실족해 몸이 상하는 일도 수차례 발생하여 주변사람들을 안타깝게 하였다. 약주 후 "歸路에 졸다가 負傷. 콧등을 깨뜨"(1968. 4. 14.)리거나, 공복에 과음하였다가 "歸途 中 自轉車와 함께 넘어져"(1968. 4. 24.) 크게 다치기도 하였다. 1970년에는 본가에 갔다가 만취된 채 돌아오다 "途中 水落 앞 다리에서 落傷"(1970. 3. 29.)하고, "醉中 夢斷理 고개서 高速뻐쓰 連速에 엉겁절이 自轉車에서 나리다가 업드러져 負傷"(1970. 5. 22.)을 입었다. 자녀들과의 편지내용에서도 곽상영의 음주습관에 대한 자녀들의 염려가 나타난다. 곽상영은 3남인 노명의 "過飲하지 말라는 신신부탁의 內容"(1969. 6. 12.)이나, 큰아들 노정이 "몸 健康을 爲해서 謹酒하라고 忠告. 社會的 地位에도 影響 있다"(1968. 1. 24.)거나 "아비 팔 다친 消息 듣고서도 子息 노릇 못했다는"(1970. 7. 18.) 편지를 접할 때마다 아비로서 체면없음을 느끼고 근주를 결심하곤 한다.

　곽상영은 음주습관을 절제하기 위해 1968년 9월 6일부터 매일 자신의 음주량을 "◎ 禁酒, ○ 若干 飲酒, × 普通飲酒, 過飲"(1968. 9. 6.)와 같이 4점 척도로 나누어 기록하겠다고 밝힌다. 하지만 1969년말에 연중 음주량을 통계낸 기록을 확인해보면 적어도 69년도부터는 "○, ×, , ◎, ……보통, 나우먹음, 若干, 完全, 滿醉(과음)"(1969. 12. 31.)과 같이 5점 척도로 기록했음을 확인할 수 있다. 곽상영은 1968년 9월 6일부터 작고하기 약 한달 전인 2000년 8월 29일까지 꾸준히 매일의 음주량을 기록하였지만, 이러한 기록행위가 절주의 실천으로까지 이어지진 않았던 것으로 보인다. 곽상영은 담도암 판정을 받기 이전까지 평소 음주를 즐긴 것으로 보이며, 과도한 음주로 몸져눕는 일이 1995년의 일기에도 여전히 나타나고 있기 때문이다.

•• 이정덕 · 박광성

Ⅲ. 압축근대화와 혈연공동체의 약화

한국에서 조선시대의 혈연관계와 현재의 혈연관계는 크게 다르다. 이러한 변화가 가장 극적으로 이루어진 시기는 20세기이며 특히 해방 후 압축성장이 가속화된 1960년대 이후 아주 빠르게 혈연공동체가 해체되는 모습을 보여주었다. 이 시기는 압축적 근대화를 통하여 사회의 모든 영역에서 근본적인 변화가 빠르게 진행되었던 시기이기도 하다. 이러한 변화를 이해하기 위해 이 글은『금계일기1, 2』를 통하여 나타나는 이러한 혈연관계의 내용과 변화를 살펴보고자 한다.

이 일기의 주인공인 곽상영은 1937년부터 일기를 쓰기 시작하여 2000년 돌아가실 때까지 계속 일기를 써왔다. 종갓집이 아니고 아버지가 장남이 아니고 할아버지로 이어지는 가문도 장손 가문도 아니어서 그런지 문중행사에 대한 내용이 일기에 많이 쓰여 있지 않으나 12대 할아버지까지에 대한 시제에는 1970년까지 자주 참석하는 모습을 보여주고 있다. 또한 문중과 같은 혈족 집단에 대한 언급이 별로 이루어지지 않고 있다. 하지만 일가들로 구성되는 동갑계나 위친계는 언급되고 있다.

농민들은 전통적으로 농사일을 하거나, 이웃으로서 서로 돕거나, 마을의 여러 일들을 해결하거나, 마을이나 지역에서 영향력을 키우려면, 혈연관계를 잘 이용하는 것이 필요하다. 물론 지연공동체가 더 직접적이고 중요한 역할을 하지만 이미 전통사회에서 마을에는 친척들이 많이 있기 때문에 지연공동체는 혈연공동체와 많은 부분이 겹쳐 있어 손쉽게 혈연관계를 통하여 일가친척을 동원하여 농사, 마을일, 생활, 제례에 도움을 받는다.

평생 학교의 선생님으로 지낸 곽상영이 종사한 교육계에서는 혈연관계가 농민들에서처럼 중요한 역할을 하는 것은 아니다. 공공학교의 체계에서는 마을일이나 농사일과 비교하여 혈연관계보다는 다양한 연줄, 학연, 상하관계가 더 영향을 미치기 때문에 혈연에 대한 관심과 참여도의 정도가 낮을 가능성이 크다.

이 일기를 쓴 곽상영의 본가가 있는 금계리는 곽 씨가 집성촌을 이루고 있기 때문에 많은 영역에서 곽 씨를 만날 수 있다. 예를 들어 금계교에서 가좌교로 전근하여 금계교의 유지 및 부형에게 감사편지를 180통을 썼는데 금계리에서 편지를 쓴 가장 많은 사람들이 곽 씨들이다. 1968년 일기에 그 명단이 나오는 데 금계리 거주자의 감사편지 대상자는 다음과 같다. 71명 중에 12명만 타성이고 59명이 곽 씨이다.

〈1968년 3월 25일(2. 27.) 월요일, 曇〉

金溪里~郭根榮, 郭致先, 郭大鍾, 郭殷鍾, 郭漢虹, 郭漢錫, 朴容圭, 趙建行, 郭秉鍾, 郭喆榮, 郭潤道, 郭昇榮, 郭中榮, 郭경榮, 郭夏榮, 郭潤福, 郭漢世, 郭應榮, 郭裕榮, 郭萬榮, 郭致綱, 郭漢壽, 金成植, 郭泰鍾, 郭漢烈, 申泰洙, 郭章榮, 郭漢豪, 郭漢基, 郭潤哲, 郭漢要, 郭邁榮, 郭春榮, 金壽雄, 金相熙, 郭漢雄, 郭漢旦, 郭漢益, 郭漢喆, 郭時榮삼, 李晢均, 郭浩榮, 郭憲榮, 郭魯植, 郭一相, 郭炳股, 郭潤身, 郭漢政, 郭漢先, 郭秉鍾, 郭漢弘, 郭秉榮, 郭奉榮, 郭魯福, 趙炳學, 金順顯, 姜萬福, 郭範榮, 兪致祥, 金永熙, 郭漢京, 郭時榮栢, 郭相榮, 郭輔榮, 郭潤榮, 郭魯學, 郭日信, 郭漢準, 郭魯益, 郭魯夏, 郭魯豐

전통적으로 농촌마을에서는 그 사람이 맺은 다양한 관계를 통하여 지연공동체와 혈연공동체로 연결되어 있고 사람들은 그 사람에 대한 다양한 정보와 관계를 통하여 서로를 상당히 잘 파악하고 있기 때문에 이러한 관계에서는 자신의 평판을 유지하기 위해서도 다양한 의례와 행사에도 어느 정도 참석하면서 관계의 지속적인 재생산을 필요로 한다.

하지만 교사로서 또한 교육계의 관계를 맺으면서 활동하여야 하고, 후자의 관계가 직업과 가족의 생계에 보다 직접적인 영향을 미치기 때문에 공동체의 관계와 직장의 관계는 서로 연결되어 있기도 하지만 어느 쪽에 더 신경을 쏟고 활동하느냐는 서로 시간과 자원을 써야 해서 대립적인 것으로 볼 수 있다. 즉, 직장인 교육계의 관계와 일에 몰두하다보면 지연/혈연 공동체의 관계는 조금씩 약화될 수밖에 없다. 마을에서의 농업은 지속적으로 지연/혈연의 관계 속에서 이루어져야 하지만 교육계에서의 능력(교사로서의 학생교육능력, 교감/교장으로서의 학교운영능력)은 지연/혈연관계에서 어느 정도 분리된 것이기 때문에 교육계에서 인정받기 위해서는 지연/혈연 관계보다 교육능력과 교육계의 관계에 더 신경을 쏟아야 한다. 그래서 7촌 조카의 결혼식보다 동료 교사의 회갑연에 참석하게 되는 경우도 나타난다. 동료들의 결혼식이나 잔치나 제사가 먼 혈족의 결혼식이나 잔치가 제사보다 중요해진 것이다.

"家庭에선 再堂姪女 結婚式이나 形便上 不參. 重要 學校行事 마치고 北一面 德巖里行하여 朴勝權

교사 父親 回甲에 人事."(1968. 4. 2.)

"人事 갈 豫定이었던 孫교사(淸州) 結婚式에 不參. 金丙익 교사宅 祖父大忌에도 缺禮."(1969. 3. 16.)

"낮車로 入淸, 교육청 金양 結婚式에 參席 人事."(1970. 10. 24.)

그렇다고 하여 교육계와 혈연관계가 전혀 무관한 것은 아니다. 예를 들어, "三男 魯明이 本校로 敎生實習次 內校. 二週間 農村學校 實習으로 配置. 二男 魯絃은 저의 三寸 振榮 勤務校인 玉川郡 靑城國校로"(1966. 7. 12.)에서처럼 자녀나 친척이 자신의 학교 등에서 근무하거나 교생실습을 하는 경우도 여러 번 나타나고 있고, "郭氏 門中有志 몇 분이 郭校長을 두둔하여 말한다는 것"(1969. 3. 20.)에서 보듯이 학교의 운영에 영향을 미칠 수도 있다. 물론 친척이 같이 근무하는 경우는 드물지만 혈연관계에 있는 사람이 교육계에서 이끌어주고 또는 서로 의지하는 경우도 자주 나타난다. 그래서 서로 선물을 하거나 같이 식사를 하기도 한다. "國校 勤務中인 族兄(同甲) 俊榮 氏에 '바바리코-트' 膳謝[膳賜]…… 公私間에 協助 多大하여 寸楮로 謝禮한 턱"(1966. 10. 31.). 그렇다고 하더라도 교사들은 이미 농민보다 혈연관계의 필요성이 낮은 맥락에서 사회생활을 하기 때문에 이러한 맥락을 고려하면서 곽상영의 혈연관계를 이해할 필요가 있다.

1. 조상

이번 일기가 1970년까지만 담고 있기 때문에 아직 농촌에서 아직 조상을 숭배하고 다양한 제례를 지내는 경향이 많이 남아있다. 조상을 잘 모시면, 그리고 조상을 길한 곳에 모시면 후손에게도 도움이 된다는 생각이 계속 되고 있고, 또한 매년 1년을 정리하면서나 어려운 상황에서 천지신명에게 기원하는 장면도 일기에서 가끔 나타나고 있다.

일단 조상에 대한 이러한 관념을 드러내주는 것이 산소, 성묘, 시제, 차례, 제실이고 이를 가장 조직화하는 것이 문중이다. 1970년까지의 일기에는 문중(門中)이라는 단어가 다섯 번밖에 나오지 않는다. 그렇지만 여기에서 문중은 조직화된 집단보다 일가친척을 의미하는 것으로 사용되는 경우가 많다. 아버지가 유사여서 문중에서 핵심적인 역할을 맡고 있고 본가에서 곽 씨 문중의 대종계를 개최하였음에도 불구하고 문중조직과 문중의 행사에 대한 내용은 시제를 제외하면 별로 언급되지 않고 있다. 대신 兵使公派 및 栢洞派 등의 파 이름과 대종계가 몇 번 언급되고 있다. 산지기가 종토와 소작권을 판매하려 할 정도에서 문중의 조직이 강력한 역할을 하고 있지 않은 것으로 볼 수 있다. 문중보다는 대종계라는 이름으로 문중의 역할을 하는 것으로 보인다.

종손은 언급되지 않고 있으며 문중과 관련하여 종계와 동갑계의 유사(有司)가 5번 언급되고 있다. 일기에는 종계에 참석하여 어떤 일을 했는지를 자세히 적지는 않았지만 산소, 시제, 토지 등에 대한 내용이 일기에 기록된 것으로 보아 이러한 부분에 대한 논의를 한 것으로 생각된다. 일기의 주인공도 1969년에는 동갑계의 유사를 담당하였다. 일기에서는 계원(宗親)들이 모여 잔치하고 논의하는 내용이 간단하게 소개되고 있다. 密直公 齋室과 兵使公 齋室의 建築에 대해 논의하는 장면(1966. 1. 6.)도 나온다. 또는 그러한 건축현장에도 참여한다. 또한 산소를 설치하거나, 이장하거나, 산소에 상석이나 망부석을 설치하기도 하며, 산소를 전체적으로 개축하기도 한다.

> "大宗事로 北二面 大栗里에 다녀왔다. 山直人 梁鳳吉 老人의 個人自由行動에 不滿을 가진 우리 郭
> 氏 門中 여러 어른들의 命을 받고 간 것이다. 卽 宗土와 小作權을 自由販賣하려는 所致를 막기 爲함
> 이다."(1964. 1. 7.)
> "우리 本家에서 郭氏 門中 大宗禊가 開催되었다. 父親께서 癸卯年에 有司이시기 때문이다."(1964.
> 1. 9.)
> "10, 11代祖 墓에 立石. 奉事公 山所에도 望頭石."(1965. 3. 12.)
> "四派 宗契에 參席."(1965. 12. 22.)
> "北二面 大栗里 所在 密直公 齋室 建築 落成式에 父親 가시다."(1967. 9. 30.)
> "金城 四從叔(11촌) 宅 爲先事業으로 立石하는데 人事次 參席."(1967. 10. 28.)

조상은 산소에 누워있기 때문에 산소를 사초하고 1년을 주기로 이들 조상에 대한 제례(시제, 차례, 제사)를 지내고 있다. 12대 할아버지까지 시제를 지내고 있고 명절에는 보다 가까운 조상의 산소로 성묘를 다녀오기도 한다. 이러한 의례를 통해 조상에게 무엇인가 이루어지기를 기원한다. 그렇지만 갈수록 이러한 경향은 조금씩 약화되는 경향을 보이고 있다. 이미 1946년 설날에 성묘를 다니는데 5년 만에 성묘를 다녔다고 설명하고 있다.

> "차례를 마추고 집안 형님들과 여러 아우들의 一行은 先祖의 山所에 다니며 성묘하니 또한 意味깊
> 은 感 말할 수 없더라. 約 五年間을 報恩에서 지내다가 처음으로 故鄕에서 설의 명절을 마지하니 그
> 기쁜 마음이었더하리요."(1946. 2. 2.)
> "어제 저녁에는 대추리 하라버니의 기고가 들어서 같이 기내었다."(1948. 11. 28.)
> 성묘를 다닐 때 나는 조상들에게 빌고 빌며 원한 바 많았다."(1949. 1. 29.)

"수년만에 조부님 기고(祭祀)를 지냈다. 타향에 수년간 있었던 관계로 자손 노릇 못하였던 것을 죄송히 생각하였다."(1960. 5. 2.)

"설 차례후 전좌리 성묘."(1969. 2. 17.)

조상으로의 전이되는 것은 장례식을 거친 다음이다. 장례식을 거행한 다음에는 시체를 산소에 묻고 혼백도 그곳에 있어 혼백을 모셔야 한다고 생각한다. 지방을 조상의 혼백을 표시하는 것으로 간주하여, 지방을 소각하는 것을 혼백소각으로 표현하기도 한다. 또는 혼령이 극락세계로 간다고도 생각한다. 그렇지만 교인들은 혼백이 지상에 남아있다고 생각하지 않기 때문에 별도로 혼백을 대상으로 한 의례를 할 필요가 없으며 또는 혼백이라는 관념자체를 믿지 않고 영혼이 하나님에게 올라간다고 생각하는 경향을 보여준다.

"새벽에 백부님의 대기 철상이었다. 날이 새자 산소에 가서 혼백을 모시었든 것이다."(1948. 8. 11.)

"할아버니 시체 앞에서 나는 슬피 울었다……. 아~ 하라번님의 혼령이시어 극락세계에서 안녕히 기내시기를 비옵나이다."(1950. 5. 23.)

"客年의 多幸을 感謝하며 새해의 幸運을 天地神明께 祈願."(1965. 1. 1.)

"族姪 魯豊 喪妻에 人事. 教人이라서 혼백은 없고."(1967. 12. 27.)

"새벽 5시에 장인 대기 제사 완료. 조식후 산소에 일동 참석하여 혼백 소각까지의 제 행사 완전히 종말."(1969. 1. 13.)

산소를 고르기 위해서는 풍수지리를 많이 살펴본다. 이 지역에도 지관이 있으며 지관이 묏자리가 어느 곳이 왜 좋고 어느 곳은 왜 나쁜지를 설명하여 준다. 1966년 6월 5일의 일기에서 보면 지관이 와서 묏자리를 봐준 내용이 나온다. 이 일기에서 풍수지리라는 용어는 한 번도 나오지 않고 풍수를 보는 지관에 대한 이야기도 한 번만 나오고 있다. 이것으로 보면 그렇게 열심히 풍수지리적 세계관을 받아들인 것으로 보이지는 않는다.

〈1966년 6월 5일(4. 17.) 曇, 晴〉

小魯里 사는 親知 金昌月, 任國彬 來訪. 金 氏는 地官이어서 一飮 후 내일로 一同이 登山. 김 지관의 말에 依하면(前佐山.)

* 祖父墓…… 乙坐. 周圍 石城으로 要地. 益 登科할 자리.

*祖母墓…… 不當한 자리. 燒骨되었으리라고.

*伯父母墓…… 寅坐는 不適. 干坐래야 適地. 돗대산 보임이 不可.

*내안堂叔墓…… 未坐인지, 丁坐인지? 조금 자리를 올려 申坐로 하면 適. 올려도 윗代祖 山所에
  無害. 後年이래야 運. 申坐래야 한다.

*父母 候補地(神位之地選擇)

第一着地…… 祖父墓下. 別無神通.

第二着地…… 첫 峰. 古총後. 不可.

第三着地…… 仝上直下. 丙坐판인데 쓴다면 坤龍. 丁入首. 申座乙得丑破.

第四着地…… 큰峯 上部. 申坐도 可할 듯…….巳, 申壬得巳破.

*第5着地(父親 有意地)…… 큰峯 中턱. 申坐로 할 것.

丁入首(輔弼). 申坐. 乙得(武). 丑破(文官).

보던中 最適地라고. 但 안산 流替工事場이 보이는 것이 險. 然이나 보이지 않게 그 편 장등으로 植
木 茂盛케 하여 안보이면 可.

第六着地…… 先代祖妣墓의 西北편 平地……不可하다고.

어제 4日은 國師峯 聖德寺에서 共和黨 團合大會와 아울러 野遊會가 開催. 招請있어 다녀옴.

장례식을 한 다음 산소에 묻고 떼를 입혀야 하며 여러 의례를 거쳐야 정상적으로 묻힌 것으로
간주된다. 산소를 만들면 이후에도 지속적으로 관리하여야 산소가 무너지고 점차 사라지는 현상
을 막을 수 있다. 그리고 더 좋은 명당을 찾거나, 부부를 합장하는 등의 이유로 이장을 할 수 있다.

"午後는 曲水山 再從祖母 山所 사초에 參席."(1967. 4. 5.)
"家庭에선 先代 墓 3장 사초 行事에 집안사람들 안팎없이 했을 것. 11, 10代 祖母 山所 사초에 飮食
一切 작만을 우리집에서 했고."(1968. 3. 27.)
"先祖妣 밀례(移葬)하기로 日字도 決定. 4月4日 陰 2月28日 淸明 前日로."(1970. 3. 26.)
"自轉車로 金溪 本家行. 途中에 前佐山에 모신 祖父母님 山所에 省墓~지난 4日에 祖母山所를 밀
례하여 先祖考와 합장."(1970. 4. 12.)

산소에 묻은 다음부터는 이제 본격적으로 조상으로서의 자격을 갖추게 된다. 이들 조상은 처
음에는 돌아간 날에 제사를 통하여 모시다가 4대 봉사가 끝나면 대체로 한꺼번에 시제를 통해서
조상을 모시게 된다. 즉 4대 조상까지를 집안제사로 지내고 그 이상은 대체로 산에 가서 시제로
지낸다. 시제는 자신의 직계 조부모에 대해서 지낸다. 가까운 조상에게는 더욱 열심히 제사를 지

내고 제사에도 적극적으로 참여하지만 먼 조상에 대한 의례에는 덜 참여한다. 먼 조상에 대한 시제에는 주민들이 참여하기도 하고 참여하지 않기도 한다. 친척의 제사에 참여하기도 한다.

"조모님 기고가 들어 금계에 다녀오기로 하여 오후에 오산 시장에 나가 어물 약간 사들고 금계에 갔다."(1960. 5. 13.)

"時祀에 參禮. 第11代祖(奉事公), 第10代祖, 9代祖(訓練僉正公). 今에春 立石하고 처음의 床石 陳設."(1965. 11. 3.)

"時祀 參禮. 第8代祖(도장 산소)."(1965. 11. 4.)

"父親은 午後에 北二面 大栗里 行次…… 密直公 時祀次."(1966. 11. 13.)

"曲水 望德山 第8,7代祖考妣 時祀에 參席…… 30余年만에 參拜."(1966. 11. 24.)

"再從祖父 忌祭에 參禮(三從 根榮 氏의 祖父)."(1967. 1. 28.)

"마침 日曜日이어서 時祀에 參與~ 12,11,10代祖 祭享."(1967. 11. 12.)

2. 아버지 가족

곽상영은 청주 곽씨의 집성촌인 충북 청주시 옥산면 금계리에서 1921년 11월 30일(음력) 태어났다. 그 아래로 2남 2녀가 더 출생하여 5남매의 장남으로 살아왔다. 16살이던 1936년 11월 한 살 더 많은 청주시 북일면 오동리의 한 농민의 장녀와 결혼을 하였다. 이 당시 가까운 지역에서 수소문하여 중매로 결혼하는 방식이 많이 사용되었는데 이러한 중매결혼 방식이 사용되었다. 본인은 학교의 교사, 교감, 교장 생활을 하느라 돌아다녀야 했지만, 처와 자녀는 금계리에서 부모와 함께 지내기도 하고 분가를 하기도 했다. 자녀들은 자라면서 청주 등으로 학교를 다니기 위해 도시로 점차 이주하였다.

당시 옥산공립보통학교를 다녔던 곽상영은 학교를 마치면 아우 운영과 함께 땔감을 하거나, 소 풀을 뜯거나, 도토리를 줍거나, 밭에 거름을 주거나, 약쑥을 캐오거나, 한푼이라도 벌기 위해 사방공사장에 다니거나 하면서 노동이 일상인 삶을 살았다.

곽상영은 부모에 대한 용어로 현재와 조금 다른 방식으로 표현하여 아버지는 가친, 어머니는 자친으로 표현하고 있다. "11時頃 本家 着. 老親 兩位 玉山市場 다녀오시고. 家親은 小麥 갈으시기에 勞力 繼續. 慈親은 두태 收穫에 勞力"(1968. 10. 13.). 여기에서 가친은 아버지, 자친은 어머니이다. 부모가 자신의 성공을 위해 희생했다고 생각하고 또한 전통적인 가치관에서와 마찬가지로 부모로부터 신체가 왔기 때문에 부모에 대한 감사표시가 곳곳에서 드러나고 있다. 또한 최대한 자주 방문을 하고 고기처럼 좋은 음식을 드려서 먹도록 하는 내용들이 일기에서 자주 나타나고 있다.

"모든 행사가 끝난 후에 아번님께 많은 꾸중과 주의를 들었든 것이다. 일개월이 넘도록 집에를 가지 못하였든 것이다. 더구나 아번님께서는 편찮으신 몸으로 계시는데……. (나는 마음 속으로 아번님께 잘못을 비렀든 것이다. 불효의 이 자식은 언제나 참다운 자식노릇을 할른지……. 눈물이 비오듯함을 참을내야 참을 수 없었다. 아무리 하려도 고생으로 일평생을 지나시는 부모님!! 내가 부족하거는 노정 모친이라도 만족한 효성과 완전한 인생의 길을 밟는 사람이었드면……. 아번님 용서합소서라는 마음 뿐이었다.)."(1947. 9. 29.)

"半平生이 넘나드는 50代의 子息을 父母들은 어린이같이 사랑하여 주는 것이 自然인지 今日은 生日이라 하여 朝食을 本家에서 집안 一同이(從兄弟, 再從) 같이 會食토록 마련하여 주신 父母任의 河海 같은 溫情에 더욱 머리가 숙으러졌다."(1964. 1. 14.)

"나의 生日. 온 家族 會食. 父母任 惠念에 感淚."(1965. 1. 2.)

"家親 生辰. 新溪洞 一同과 집안 食口 招待하여 朝飯 會食."(1965. 8. 5.)

"生日. 昨日 肉類 少量과 魚物 若干 사다가 父母 奉養. 親戚兄 數人 招待코 朝食 接待. 晝間에는 職員 招待."(1965. 12. 22.)

"魯井 母와 烏山市場行하여 병아리 購入 料理하여 藥材로 父母任께 奉養."(1965. 7. 28.)

"子息을 용서하소서. '天地神明은 우리 兩老親의 健在하시길 보살펴 주옵소서.'"(1968. 9. 2.)

"금야도 부모님 위안차 內室에서 어머니 옆자리에서 누어자다."(1968. 9. 5.)

"家庭事로 數日間 年暇 내고 本家行. 14日엔 長子 魯井의 結婚式. 父親 모시고 井母와 함께 烏山市場에 가 잔치材料 흥정."(1968. 12. 8.)

"金溪 本家를 長期間 못 가서 궁금. 罪滿中."(1970. 1. 2.)

"井母, 魯運, 魯弼, 魯姬 肉類, 魚物 等 반찬거리 가지고 金溪 本家行. 明日의 生日에 老親 모시고 朝食 會食하려고. 下午 3時頃엔 큰애와 사위 泰彙도 金溪行. 태휘는 結婚後 처음 가는 것. 난 이곳서 留하며 일 좀 보고서 明早朝에 갈 豫定."(1970. 1. 6.)

"醉中 夢斷理 고개서 高速뻐쓰 連速에 엉겁절이 自轉車에서 나리다가 업드러져 負傷. 다리와 左側 팔이 아파 自轉車 끌기도 不能. 신음 소리 내면서 냇가까지 오니 마침 親知 만나 간신히 집까지 到着. 罪滿하나 老親께 다친 狀況 以實直告. 驚嘆 中에서도 慰安 말씀하시며 傷心하시는 兩親과 從兄 等 보니 눈물이 저절로 솟고, 몸 아파 先祖母 祭祀 參禮 不能. 母親은 내 病看에 잠 못 주무시고. 痛症과 複雜한 想念에 잠 안오고. 눈물만 나와 그대로 밤 새운 듯."(1970. 5. 22.)

"母親 계신 자리에서 從兄嫂 氏 및 몇 분 앞에서 '父母恩重經'을 朗讀. 一同 감탄."(1970. 12. 31.)

부모가 계시는 본가에 자주 오면서 부모의 농사일이나 집안일들을 계속 도와준다. 본가에 와서 농사일을 하는 내용들이 빈번하게 일기에 적혀있다. 또한 집안일을 계속 도와주는 내용도 적혀있다.

"絃, 振榮과 함께 밭 매다. 晝間부터 비 나려 밭매기 一旦 中止되고 家庭에서 內室, 윗방, 사랑방에 반자紙 부침."(1965. 7. 29.)
"뚝 넘어 밭 김매기에 부친, 진영, 노현과 함께 땀 많이 흘렸다."(1965. 8. 1.)
"柳橋坪(버들어지) 논 모내기. 老親의 努力과 從兄弟 協助로 施行. 人夫 11名, 七斗落 겨우 끝."(1966. 6. 7.)

본가에서 지내는 차례나 제사는 꼭 참석해야 할 행사이다. 맏이로서 혈족과 조상숭배에 대한 아버지의 역할을 그대로 따라 하려는 모습을 보이고 있다. 따라서 본가에 제사를 참여하려고 내려가면 다양한 일가가 제사에 참여하기 때문에 혈족네트워크가 크게 넓어진다. 동생들은 지속적으로 도와주고 훈육을 해야 할 대상이다. 동생의 다양한 문제로 고민하고 해결하려고 노력하는 내용이 일기에 자주 나타나고 있다. 특히 동생 진영과 난영에 대한 이야기가 많이 언급되고 있다. 자신도 중매결혼을 하였고 동생들을 중매로 배우자를 찾아주기 위해 열심히 노력하는 장면들이 나오고 있다. 동생이 월남으로 군대를 가겠다고 하니 노심초사하는 내용들도 나온다.

"井母는 午前에 金溪 本家行. 모레 先祖 時祀 行事 있으므로 準備하려고."(1969. 11. 18.)
"井母는 明日올 豫定. 明日이 時祀 차례이므로 金溪 本家는 相當히 바쁠 터."(1969. 11. 19.)
"동생 雲榮이의 婚日이다. 간구한 家庭事情으로 넓은 敎育을 받지 못하게 된 것이 대단히 유감스럽다. 간신히 때를 끄려가면서 父母님께서는 저의들 兄弟를 工夫시켜 주신 것이다....... 우리의 兄弟에 對한 稱辭가 놀랍더라."(1946. 2. 14.)
"母親 生辰~ 舍宅에서 食口 一同 會食. 妹 蘭榮이 金城서 婚談."(1965. 8. 10.)
"妹 蘭榮 婚談 또 와해."(1965. 8. 18.)
"妹 蘭榮의 約婚事 거이 決定 段階~ 江外面 密陽 朴氏 家."(1965. 9. 24.)
"蘭榮 約婚. 江外面 密陽 朴氏. 虎溪 朴忠圭. 27歲. 四柱 받아옴. 魯井 서울서 옴."(1965. 9. 26.)
"妹 蘭榮의 婚事로 근심 中. 日字는 닥아오는데 無一全이어서 걱정. 雪上加霜으로 볏첨조차 물 속에 잠겨 있는 형편.”(1965. 11. 13.)

“蘭榮 婚事 順禮. 날씨 多幸. 一家 손님 多數 來往. 新郎 朴忠圭.”(1965. 11. 20.)

“越南 가겠다는 아우 振榮 앞으로 再考하여 보라는 書信을 發送.”(1969. 11. 3.)

“朝食 왼 家族 一席에 모여 會食~ 振榮 入隊에 緣戚도 오고. 12時에 振榮이 떠나다…… 父母님의 心胸 괴로워지셨으리라~ 17年 前에.”(1967. 12. 13.)

3. 일가친척

아버지의 가족을 넘어서는 일가들은 지역주민이 아니면 주로 혼인식, 장례식, 환갑잔치, 종친계, 동갑계를 할 때 만나게 된다. 계는 각자 돈을 내서 기금을 모아 이를 운영하며 기금을 키우며 특정한 날짜를 정해놓고(이 일기에서처럼 정월이 많다) 모여서 잔치를 하며 또한 안건을 논의한다. 동갑계가 가장 자세하게 기술된 일기를 살펴보면 다음과 같다. “族長 秉鍾 氏 宅에서 宗親同甲稧가 있었다. 辛酉生 六名(大鍾, 宗榮, 秉鍾, 昌在, 俊榮, 尙榮)이다. 稧財 8,378원이다. 今般에는 族下 昌在도 왔다. 서울에서 큰 마음으로 왔다. 來年 차례는 서울 昌在이다.”(1967. 1. 5.) 외지에 나간 사람도 포함하여 친족에서 동갑인 사람들이 모여서 구성한다. 원래는 마을에 주도적으로 기여하는 모임이지만 마을에서 외지로 진출한 사람이 많아지면서 친목을 주로 하는 모임이 되었다.

앞에서 말한 바와 같이 이 일기에서는 종중, 문중, 시제, 종답, 재실이 거의 나타나고 있지 않다. 宗孫(1967. 4. 12)은 한 번 나오는데 일기 주인공 집안의 파종손을 의미하며, 族長(1961. 10. 6.; 1967. 1. 5.; 1967. 12. 5.; 1968. 1. 9.)은 네 번 나오는데 宗親大宗契의 장을 의미하는 것으로 보인다. 친족집단 조직의 용어들이 중요하게 등장하지 못하는 상황은 이미 이 마을에서 전통적인 혈족조직이 상당히 약화된 상황에 있음을 보여준다. 부친이나 곽상영이 동갑계에 참여하여 유사 역할을 하는 것도 나오지만 대체로 친척들과의 관계는 조직화된 집단에 참여하는 것보다는 장례식, 혼인, 제사 등에서 개별적으로 교류를 강화하는 식으로 진행되고 있다. 따라서 먼 친척들보다도 장례식이나 결혼식에 참여하는 8촌 범위까지의 인가들과의 관계가 주로 나타나고 있다. 8촌까지의 친척들은 매우 정확하게 어떠한 관계인지를 알고 일기에 기술하고 있다.

본가에서 지내는 제사나 잔치는 본가의 행사이지만 참여자는 대부분 일가친척들이 많다. 따라서 제사에는 4촌, 5촌, 7촌 심지어 9촌도 참석하였다고 언급되고 있다. 이는 상당히 광범위한 친척들의 관계를 아주 정확하게 파악하고 있다는 이야기이다. 이것이 가능한 이유는 본가가 집성촌에 존재하여 본가에서 지내는 제사나 잔치뿐만 아니라 동네의 다른 일가들이 지내는 제사나 잔치에도 참여하기 때문이다. 이러한 과정을 통해 상당히 넓은 일가 네트워크를 구축하고 있다. 하지만 제사에 참석하여 구체적으로 어떤 이야기를 나눴는지에 대해서는 일기에 거의 적고 있지 않다.

"설을 마지하였다. 오후에는 우리 종형제, 재종형제(자랑할 만한 장정 열명)가 동레 어른들게 세배를 다니었다."(1947. 1. 22.)

"머리가 긴 10촌 아우들에 이발을 하여 주었다. 날뛰며 기뻐하더라."(1947. 1. 20.)

"先祖考의 祭祀에 參例. 大田우체국에 계신 從兄도 오심."(1961. 5. 20.)

"再當叔 忌祭祀에 參席(三從 根榮 氏의 先親)."(1967. 6. 22.)

"伯母 忌祭祀 지내다."(1968. 6. 4.)

"죽천 堂叔 祭祀에 參席하려고 祭物(酒, 肉) 若干 사가지고 正中里 再從兄宅(點榮 氏)宅 가고. 再從兄과 夜深토록 情談."(1969. 12. 10.)

친척과의 관계는 전국으로 퍼져 있다. 일기에서는 청주, 조치원, 대전, 서울 등의 친척들을 만나고, 이들을 통하여 해당 지역의 정보를 얻는다. 또한 이들 지역에서 일을 보기 위해 숙박할 필요가 있으면 친족의 집에서 숙박을 하는 경우가 많이 나타나고 있다.

"아침 첫차로 청주에 가서 양복을 찾아 입고 10시반 차로 조치원으로 갔었다. 모든 준비를 가추어 오후 세시에 급행열차로 서울로 간 것이다. 오후 6시에 남대문역에 도착되었다. 족형 계영 씨들 댁에서 유하기로 하였다."(1947. 8. 10.)

"[부모님이] 舍宅으로 藥酒를 보내 주심으로 三從兄 萬榮 氏와 族兄 俊榮 氏와 함께 酒宴을 베풀었다."(1964. 1. 14.)

"父親께서는 江外面 中峰里를 가셨다. 큰 당숙모(서 당숙모……파평 尹氏)가 작고하여 葬禮行事에 가신 것이다. 從兄(浩榮 氏) 再從兄(憲榮 氏) 三從兄(根榮 氏)도 가셨다."(1966. 3. 19.)

"堂姪女(順子) 結婚式으로 上京. 城北區(城東區?) 金 湖洞 第一敎會에서 無事히 擧行. 家族代表로 簡明히 人事. 從弟 弼榮 家에서 留."(1966. 11. 3.)

"債金條로 大田 四從叔母 來訪."(1967. 1. 19.)

친족들이 가장 많이 모이는 현장이 장례식, 결혼식의 공간이며, 친족이 조직되어 정기적으로 만나는 단체는 종계, 동갑계, 위친계가 있다. 이들의 구체적인 목적이 무엇이고 개개인의 구성원이 누구인지가 곽상영의 일기에서는 잘 나타나지 않는다. 워낙 일기를 간결하게 작성하다 보니 외형적으로 드러나는 사건들만 간단하게 정리되어 제시되고 있기 때문이다. 장례식은 뒤에 별도로 다루기 때문에 여기에서는 다루지 않겠다. 곽상영은 교장선생님으로 다른 사람보다 많은 것을 알고 있기 때문에 사회적인 문제를 해결해주거나 대표로 인사를 하거나 중요한 일에 동행을 하거나 또는 설명을 해주는 역할을 가끔 하고 있다.

> "再從 海榮이 위궤양으로 淸州 南宮外科에서 大手術함에 나도 立會. 直接 目見함."(1964. 11. 12.)
> "親族 同甲稧 昌在 집에서 開催. 親睦感 多大. 稧錢 9,000원整 程度."(1968. 1. 4.)
> "三從兄(根榮 氏)께서 江外面 桑亭里 同行키를 要請하기에 다녀오다. 三從姪女 四柱받아오는 用務로."(1968. 2. 11.)
> "三從兄 삼우제에 參禮."(1968. 2. 11.)
> "族兄 定榮 氏 子婚에 祝賀次 鳥致院禮式場에 參席."(1967. 3. 15.)
> "族姪 魯俊(오쟁이) 約婚 四柱에 參席. 三從兄과 金城 다녀오다."(1967. 11. 21.)
> "三從兄(根榮 氏)께서 江外面 桑亭里 同行키를 要請하기에 다녀오다. 三從姪女 四柱받아오는 用務로."(1968. 2. 11.)

집성촌에서 후손들이 모두 일가가 되어 가깝게 지내기 때문에 도시주민의 감각으로는 아주 먼 촌수들도 가깝게 지내며 가까운 일가친척으로 간주된다. 그러한 명칭들이 일기에도 많이 나타나고 있다. 교사생활을 하면서 집성촌에서의 생활이 줄어들어 일상적으로 집성촌의 여러 친척들을 만나는 일이 줄어들기 때문에 복잡한 친족호칭에 대한 사용도 줄어들게 된다. 특히 자녀들은 모두 도시로 나가서 생활을 하면서 먼 친척과의 일상적인 접촉이 크게 줄어들어 이러한 먼 친척들을 일일이 기억하기가 어려워지고 따라서 이러한 친족호칭이나 용어를 사용할 필요가 없어지기 때문에 친족용어도 보다 단순하며 가까운 친족용어를 중심으로 사용하게 된다. 지금 도시민들이 별로 사용하지 않지만 일기에서 나타나는 친족용어들 살펴보면 다음과 같다.

> 族兄, 族姪 (촌수 모름, 남자친족 중에서 항렬이 같고 보다 일찍 태어났으면 형, 항렬이 하나 낮으면 질)
> 族叔 (촌수 모름. 남자친족으로 항렬이 하나 높은 먼 친척을 족숙이라 부름)
> 四從叔(11촌)(1967. 10. 28.)
> 四從叔母(11촌)(1967. 1. 19.)

金城 四從祖母(0촌)(1965. 7. 5.)

三從姪女(9촌)(1968. 2. 11.)

三從兄(8촌)(1968. 2. 11.)

再當叔(7촌) 忌祭祀(1967. 6. 22.)

再堂叔母(7촌)(1968. 5. 13.)

再從祖父(6촌) 忌祭(三從(8촌) 根榮 氏의 祖父).(1967. 1. 28.)

堂姑母夫(5촌) (1967. 11. 14.)

堂姪女(5촌) 結婚式(1966. 11. 3.)

從兄(4촌) 再從兄(6촌) 三從兄(8촌)도 가셨다.(1966. 3. 19.)

일기에 따르면 곽상영은 1960년대에도 일상적으로 위와 같은 사람들을 만나면서 생활을 하고 있다. 그래서 어머니 생신에도 6촌까지 초대하여 식사를 같이 한다. 1970년 1월 7일의 어머니 생신에는 6촌 이내의 친척들을 집으로 불러 잔치를 했다. 물론 자녀들도 모였지만, 사위, 조카, 손자녀들도 모였다. 또한 8촌의 결혼식이나 10촌이 넘는 친척의 상례에도 참석을 하였다. 11촌이나 되는 조치원의 고모뻘에게도 돈을 빌려주고, 도시에 사는 5촌 조카의 결혼식에도 돈을 보낸다. 5촌 조카의 청첩장도 대신 써서 발송을 해준다(1970. 12. 3.). 그리고 부친을 모시고 서울로 이 결혼식에 참석하러 상경한다(1970. 12. 9.). 시간이 남기 때문에 종로에 있는 화신백화점과 신신백화점을 구경시켜 드리고 오후 2시에 종로예식장에 참석한다. 이 일기의 주인공은 친척대표로 인사말을 하게 된다.

앞에서 언급한 바와 같이 종친대종계가 일기에서 4번 언급되고 있다. 대종계는 宗會와 마찬가지 역할을 하는 것으로 보인다. 재산을 관리하고 시제를 모시는 역할을 하고 있다. 동갑계는 곽씨들 중에 나이가 같은 사람들이 모여서 친목모임을 한다. 아래 내용에서 보는 바와 같이 동갑계가 하는 역할은 같이 놀러가고 잔치를 하는 것이어서 현재는 친목역할이 가장 중요한 것으로 보인다.

"金溪 本家에 早朝에 감... 五派大宗稧(大宗契(대종계의 오자)에 내놓을 借務 때문에."(1962. 1. 25.)

"虎竹洞契金 返濟코 또 一部 借用."(1965. 12. 19.)

"燕岐郡 西面에서 宗親 同甲稧가 있게 되어 午前 七時에 大鍾 氏, 秉鍾 氏, 俊榮 氏와 함께 出發했다. 그곳에는 今般 有司인 宗榮 氏가 있기 때문이다. 修契 후 晝食과 酒肴를 豊富히 받았다."(1966. 1. 5.)

"宗親 同甲稧員 一同 逍風次 서울行. 宗榮 兄 不參이 유감. 下午 4時10分에 서울着. 밤 10時 지나서
同甲 昌在 族孫 집에서 厚待받고 一同 留."(1967. 4. 22.)

"同甲 一行 昌慶苑 午前中 求景~벚꽃 絶頂 滿開 動物 求景後 一同 解散."(1967. 4. 23.)

"親族 同甲稧 昌在 집에서 開催. 親睦感 多大. 稧錢 9,000원整 程度."(1968. 1. 4.)

위친계는 부모가 돌아가실 때 장례식을 같이 담당해주는 역할을 하기 때문에 농촌에서 거의
각 집마다 위친계에 가입하여 부모의 장례식에 대비하였다. 금계리에서도 위친계가 마찬가지 역
할을 하고 있다. 동갑계와 마찬가지로 종친들이 주로 참가하고 있으며 기금을 내고 상을 당하였
을 때 지원을 받는 방식이다. 쌀을 지원하고 부의를 돌리고 장례절차를 나눠서 실행한다.

"25人組 爲親稧[契]에 加入. 稧米 當年 1斗式."(1967. 1. 1.)

"爲親稧 負擔金 2個處 支拂. 組織 初創期라 稧資 無하여 各自 負擔 390원."(1967. 1. 18.)

"宗親 爲親稧 하다. 他姓도 3人 끼임. 場所 壁榮집. 밤 9時에 마침. 稧財 今日 現在 總 34斗五升(白
米 小斗 高峯)."(1967. 12. 10.)

"族弟 壁榮 親喪에 人事. 爲親稧員 立場에서 深夜토록 行事助力. 訃書 쓰기에 거이 徹夜."(1968. 8. 7.)

갈수록 마을에서 모든 집을 세배 다니는 것이 약화되고 있지만 일기가 작성되던 1960년대에
도 마을의 일가친척의 집들에 세배를 다녔다. 곽 씨 집성촌이기 때문에 곽 씨 일가를 세배 다니는
것으로 설명되었지만 타성의 어른들에게도 세배를 다닌다. 마을공동체이면서 혈연공동체가 결
합되어 작동하는 것으로 볼 수 있다. 세배를 다니고 나서 성묘를 다니는 사람들도 있다.

"아침부터 세배를 다니기로 하였다. 어제는 본가에서 오는 길에 안말, 번말의 일가 어른들께 세배
하고 오미에 와서도 몇 집을 방문하여 인사하였다. 오늘은 이 반송 지방에 찾아뵈어야 할 몇 집을 다
니면서 새해 인사를 하였던 것이다."(1954. 2. 5.)

"설차례가 끝난 후 동리 세배를 다녔다."(1957. 1. 31.)

"설날이다. 설 次例後 兒孩들을 引率하여 省墓하였다. 金坪 新溪本洞에 歲拜를 다녔다."(1966. 1. 22.)

•• 진양명숙

Ⅳ. 곽상영 눈에 비친 '가족' 이야기

1968년 12월 17일 곽상영은 장남의 혼례 폐백을 받는 자리에서 며느리에게 "우리 가정이 교육 가정이 될 수 있었던 것은 조부모의 덕분이며, 화목한 가정을 이루기 위해 힘쓰라"는 덕담을 한다. '교육가정'이라는 문구만큼 곽상영 가족의 특징을 가장 압축적으로 표현한 단어는 없을 것 같다. 국민학교만을 졸업하고 교원 3종 시험에 합격하여 교사가 된 곽상영은 자녀 10남매 중 6명을 교사가 될 수 있는 대학에 입학시켰다. 나머지 둘도 대졸의 학력을, 나머지 둘은 고졸의 학력을 갖고 있다. 1937~1970년까지의 일기에는 10남매의 성장 과정이 상급 학교 진학과 맞물려 고스란히 담겨 있다. 금계리 본가의 양친과, 아내이자 노정 母는 10남매 양육 및 교육에 절대적인 힘이 되었던 곽상영의 소중한 가족이다. 자녀를 포함한 부모, 아내, 동생들은 곽상영의 일기에 존재감 있게 그려지고 있다. 이 글은 곽상영 삶의 일부와 마찬가지였던 가족에 대한 이야기이다.

1. 금계리 본가의 아우와 양친을 향한 애잔함

곽상영이 일기를 쓰기 시작한 1937년, 금계리 본가의 식구는 아버지, 어머니, 곽상영과 그의 아내, 아우 운영, 여동생 재영 등 6명이었을 것으로 추측된다. 당시 옥산공립보통학교를 다녔던 곽상영은 학교를 마치면 아우 운영과 함께 땔감을 하거나, 소 풀을 뜯거나, 도토리를 줍거나, 밭에 거름을 주거나, 약쑥을 캐오거나, 한 푼이라도 벌기 위해 사방공사장에 다니거나 하면서 노동이 일상인 삶을 살았다. 아우도 1940년 금계간이학교에 입학하여 학업을 시작하지만, 곽상영이 1941년 교사로서의 직업을 갖게 된 이후부터 집안 농사는 아마도 아우가 도맡았을 것으로 생각된다. 아우 운영은 1946년에 혼인을 치른다. 곽상영은 이 날 일기에 '잔치에서 빈곤함을 느꼈다.

고기도 많고, 떡도 많았으면 하는 생각이 끊이질 않았다. 좌우간 오늘 기쁘게 지내어 영광이다'라고 적고 있다(1946. 2. 15.).

1949년 좌익으로 몰려 고초를 겪기도 했던(1949. 1. 15.; 1949. 4. 4.) 아우 운영은 같은 해 7월 군에 입대한다. 곽상영은 휴가를 받아 고향에 온 아우를 보며 '형용할 수 없는 반가움'을 표현했으며(1950. 1. 13.), 한국전쟁이 발발하자 동생 걱정을 많이 한다(1950. 7. 16.; 1950. 8. 9.; 1950. 8. 16.). 끝내 아우가 사망했다는 비보가 들려오면서, 이러한 걱정은 절망으로 바뀌고, 곽상영은 이 비보가 낭설이길 바란다(1950. 10. 2.). 다시 한 달여 만에 아우가 생존해 있다는 소식에 뛸 듯이 기뻐한 것도(1950. 11. 2.) 잠시, 며칠 후 사망이 분명하다는 정반대의 소식에 또 원통해한다(1950. 11. 7.). 이후 2년여 동안 아우에 대한 생존, 사망, 행방불명 등 엇갈린 소식으로 곽상영과 그의 가족은 애가 탄다(1951. 2. 18.; 1952. 1. 10.; 1952. 2. 3.; 1952. 2. 4.; 1952. 9. 6.; 1953. 3. 1.). 하지만 1954년 아우의 전사에 대한 유가족 연금이 지불되고(1954. 1. 27.), 1957년 10월 23일 아우 유골이 도착하여 묘를 조성하는 과정에서[1] 아우의 죽음을 서서히 받아들인다. 아우 운영과는 '세상에 둘도 없는 우애'로 지냈기에(1950. 11. 7.), 아우의 죽음은 1970년까지의 곽상영 생애에서 가장 가슴 아픈 사건으로 기록되고 있다. 곽상영은 일기 곳곳에 아우를 잃은 고통과 슬픔, 아우를 향한 애잔함을 담아내었다. 곽상영이 아우의 딸인 노선을 친자식처럼 가르치고, 키운 것도 아마도 죽은 아우에 대한 우애의 실천이었을 것으로 생각된다.

아우의 죽음에서 비롯된 비통함은 곽상영보다 그의 양친이 더했을 것으로 추측된다. 곽상영은 둘째 아들을 잃고 괴로워하는 부모를 자주 헤아렸다. 아우로 인해 부모의 여위어가는 모습을 안타까워했고(1951. 5. 8.), 몸져 누워버린 어머니를 보며 눈물을 흘렸다(1952. 1. 26.). 유가족 연금을 받는 부모의 심정은 얼마나 쓰라릴까를 생각하니 울적하기 그지없고(1954. 1. 27.), 아우 묘를 만든 후 부모에게 통분하지 말 것을 당부하기도 했다(1957. 10. 23.). 곽상영은 효성이 가득한 장남으로서의 인생을 살아온 듯하다. 부모에 대한 그의 효심이 일기 곳곳에 담겨 있다.

곽상영 부모는 아주 가난한 농사꾼이었다. 농사 규모는 밭이 300평, 논이 15두락(마지기)이었으나, 이 모두가 소작이었다. 이 중 7두락은 물구렁텅이 논이어서 비만 오면 수확이 불가능한 땅인데다, 보리를 재배할 밭이 없기 때문에 7월~9월까지는 보리를 구입하여야 했고, 벼수확 후 두어 달 후에는 다시 식량난이 찾아왔다. 그래서 가마니를 짜 내다 팔거나, 사방공사장 품팔이를 다니면서 식량 문제를 해결해나갔다(1940년 略記). 입에 풀칠하기조차 어려웠던 가난으로 인해 곽상영의 부모는 지독한 노동을 반복해야 하는 힘든 일상을 살아갔다. 곽상영 눈에 비친 이러한 부

---

1) 곽상영의 장남 곽노정이나 5남 곽노필은 이 유골은 실제로 아우 곽운영의 것이 아닐 것이라고 얘기했다(2015. 1.).

모의 모습은 측은하고 안타까울 수밖에 없었다. 그는 장작을 하는 어머니 모습에 눈물이 났고 (1937. 8. 10.), 사방공사에 다니느라 몸살이 난 어머니 때문에 가슴이 쓰라렸다(1950. 4. 16). 자신이 학교에 다닐 수 있는 것은 어머니 은혜 때문이며(1939. 9. 19), 어머니를 생각하면 가슴에 뜨거운 무언가가 있는 듯했다(1939. 11. 26.). 또 가족의 생계를 위해 고생하는 아버지 모습도 자주 눈에 밟혔다(1937. 11. 27.; 1953. 1. 9.; 1946. 4. 23.; 1962. 6. 1.). 곽상영은 교사 사택에 기거하면서 부모와 살림을 함께 하지 못한 후부터, 매일 잠들기 전 고향인 서쪽을 향해 배례를 올렸으며(1943. 2. 6.; 1959. 2. 8.; 1960. 1. 28), 일기에 고향에 대한 그리움을 자주 표현하였다. 특히 명절, 조부모의 생신이나 제사, 친척 행사에 못 갈 때면 그 안타까움은 더했다(1942. 1. 19.; 1943. 2. 19.; 1944. 9. 5.; 1945. 2. 27.; 1946. 9. 29.; 1952. 1. 8.; 1950. 2. 10.; 1954. 8. 12.; 1954. 9. 11.; 1956. 8. 19.; 1957. 9. 8.; 1958. 9. 27.; 1959. 2. 8.; 1960. 3. 30.).

곽상영은 아버지, 어머니 생신만큼은 금계 본가에서 지내려고 노력했다. 아버지와 어머니의 생신은 닷새 간격이었기 때문에 아버지 생신을 보내고 5일 후 다시 어머니 생신을 보내러 금계를 찾아야 했다. 그런데 1970년까지의 일기에 곽상영이 부모 생신 때 금계를 가지 못한 날은 어머니 생신인 1954년 8월 12일과 1956년 8월 19일로 딱 두 번뿐이었다. 곽상영은 아버지 생신 때는 마을의 친척과 어른들을 모시고 함께 식사를 했으며, 진미를 대접하지 못한 것을 항상 미안해했다. 곽상영은 1961년 가난한 형편 속에서도 아버지 회갑을 성대하게 치러주었다.[2]

그는 또한 본인의 생일을 잊지 않고 챙겨주는 어머니에게 고마운 마음을 가졌다(1946. 1. 2.; 1953. 1. 13.; 1954. 1. 2.; 1962. 1. 5.; 1964. 1. 14.; 1965. 12. 22.; 1970. 1. 6.). 특히 아버지나 어머니가 곽상영이 기거하는 사택을 찾아오거나, 아이들이 자취하는 청주 집에 식량을 가져다주는 모습을 볼 때면 한편으로는 반갑고, 한편으로는 안쓰러웠다(1942. 9. 24.; 1943. 12. 1.; 1958. 3. 23.; 1960. 8. 14; 1965. 4. 12.; 1968. 11. 11.; 1970. 5. 11). 곽상영은 금계 인근으로 발령을 받은 후 합가를 시도했으나, 고부갈등으로 재분가하게 되자, 먹먹하고 서러운 마음을 감추지 못했다 (1968. 9. 2; 1968. 9. 4.). 새벽에 일어나 밥 짓는 노모의 모습을 본 그 날의 일기에는 어머니에게 민망한 마음이 들었다고 기록하고 있다(1970. 10. 4.).

곽상영은 청주향교에서 주관하는 효자상 표창에 선정되어 상을 받기도 했다. 이 사실을 알고, 수상을 거절했으나, 재종형이 대리수상으로 상을 받아 왔다(1969. 3. 25.). 곽상영은 질녀 노선뿐만 아니라, 막내 아우 진영의 교육까지 도맡음으로써 집안의 든든한 기둥이 되어 살아나갔다. 그

---

2) 곽상영이 어머니 회갑이 있는 1959년에는 일기를 띄엄띄엄 2월까지밖에 쓰지 않아 어머니 회갑연을 열어드렸는지는 알 수 없었다. 다만 회갑을 앞둔 1958년에 '어머니 60 생일에 큰 잔치를 하지 못한 것이 쓸쓸하며, 없는 살림에 내년 회갑이 걱정된다'고 기록하고 있다.

에게 금계리 본가는 장남으로서의 막중한 책임을 수행하느라 힘이 부친 장소이면서도 사랑하는 부모와 아우가 있는 따뜻한 장소로 위치 지을 수 있겠다.

2. 10남매 교육을 향한 분투와 행복감

1967년 2월 1일 금계 본가의 노부모는 곽상영의 여식인 노희와 노임의 상급 학교 진학을 반대하신다. 가정 형편으로는 도저히 무리라고 판단하신 것이다. 노희는 청주교대 입시를, 노임은 청주여고 입시를 앞둔 시점이었다. 그 날의 일기에 곽상영은 '진퇴양난'이라고 기록하고 있다 (1967. 2. 1). 그러나 그는 부모의 만류에도 불구하고, 두 딸을 상급학교에 입학시킨다.

곽상영은 1939년생 장남 노정을 시작으로 1962년생 막내 노필에 이르기까지 무려 5남 5녀를 출산하였다. 1970년까지의 일기는 10남매를 낳고, 키우고, 가르치기 위한 치열한 분투로 가득차 있다. 경제적으로 무척 궁핍했던 곽상영은 자녀들의 학비를 마련하기 위해 절박할 나날을 보내야만 했다.

곽상영은 소학교에서 1등을 할 정도로 공부를 잘했던 것 같다(1939. 7. 20.). 그는 중등학교에 진학하고 싶었으나 가난 때문에 난관에 부딪혔고(1939. 12. 27), 상경하여 고학할 것을 요구했으나 이 역시 아버지 반대에 부딪혔다(1940. 1. 3.). 학교 교사가 꿈이었던 곽상영은 은사로부터 교원 3종 시험을 통해 교사가 될 수 있는 길을 알게 되었고, 이 방법을 통해 마침내 교사의 꿈을 이뤘다. 자녀에 대한 곽상영의 교육열은 어쩌면 학교 진학을 이루지 못한 회한이 상당 부분 영향을 미치지 않았을까 생각된다.

1948년 새해 무렵 "맨큰 놈은 2학년 9살(노정), 6살백이 계집아해(원자, 호적에는 노원), 3살백이 집 대통령(노현), 끝으로 한살백이(노명)이 네 아해이나 밤에 잠들기 전에는 어찌나 북쌔를 놓든지 굿하는 폭은 된다. …… 절대로 부자되기를 바라지는 않는다. 부자되는 것을 싫여하지는 않겠지마는 춘하추동 조석으로 목구멍에 풀칠이나 떨어지지 않게 하고, 자식들 교육이나 남들에게 빠지지 않도록 시킬 수 있는 정도이면 만족으로 생각한다. 아니 큰 부자로 생각한다. 이것도 아마 나의 욕심인지도 몰은다"(1948. 1. 3.)라고 써 놓은 일기를 통해 자식 교육에 대한 그의 열정과 희망을 읽을 수 있다. 그는 자식을 교육시키는 것이야말로 진정한 부자라고 여긴다.

곽상영은 조카와 남동생을 포함하여 모두 12명의 교육을 책임졌다. 1946년 장남 노정의 국민학교 입학을 시작으로, 1980년대 막내 노필의 대학 졸업에 이르기까지 아이들을 뒷바라지하는데 무려 40여년의 인생을 보냈다. 다음은 1965년을 기준으로 곽상영의 자녀 10명과 남동생 및 조카의 학력 상황을 간추린 것이다.

> 노정(1남). 서울대 사대 졸업 후(1964) 미발령 상태
> 노원(1녀) 청주여고 졸업후(1960) 간호원으로 근무
> 진영(남동생) 청주교대 졸업반
> 노현(2남) 청주교대 1학년
> 노명(3남) 청주교대 1학년
> 노선(조카) 대성여고 1학년
> 노희(2녀) 청주여고 2학년
> 노임(3녀) 청주여중 2학년
> 노송(4남) 금계국민학교 6학년
> 노행(4녀) 금계국민학교 4학년
> 노운(5녀) 금계국민학교 2학년
> 노필(5남) 4세

곽상영은 1965년을 생활고로 가장 힘들었던 한 해로 회고하고 있다(1965. 12. 31). 1965년도는 장남(노정), 장녀(노원), 막내(노필)를 제외하고, 총 9명이 학교를 한참 다니던 시기였다. 이 시기는 대학생이 3명, 고등학생이 2명, 중학생이 1명이었기 때문에 교육비가 가장 많이 필요하던 때일 것으로 추정된다.

앞서 얘기했듯 곽상영 집안은 무척 가난했다. 곽상영은 '가을 추수 후 보리수확을 하기까지 열 섬 반으로 대식구 식량을 해결해야 하는데, 소작료와 공출을 제하면 네 섬밖에 남지 않은' 현실을 계산하면서, '도무지 계획을 세울 수도 없고, 그저 하늘에서 보호하여 주시겠지라는 심정'밖에는 들지 않는다고 토로하기도 했다(1946. 10. 24.). 그는 빈곤하고 궁핍한 가계 경제를 자주 한탄했다(1952. 9. 14.; 1957. 6. 3; 1957. 8. 20.; 1958. 7. 30.; 1960. 8. 30.; 1962. 3. 26.; 1964. 1. 1.; 1964. 1. 5.; 1964. 3. 26.; 1964. 4. 17.; 1966. 12. 2.; 1968. 2. 3.).

곤궁했던 가정 형편으로 인해 자녀들의 학비를 조달하는 일은 곽상영에게 큰 난제일 수밖에 없었다. 자녀들이 국민학교, 중학교, 고등학교, 대학교의 졸업과 입학을 반복해가던 1950~60년대, 곽상영은 교육비에 대한 걱정과 불안, 교육비를 해결하기 위한 필사의 노력, 교육비를 해결한 후의 후련한 마음을 일기에 자주 기록했다. 아래 기록을 통해 그가 자녀들의 학비 마련을 위해 오랫동안 얼마나 노심초사했는지를 엿볼 수 있다.

'3남3녀에게 먹이고 입힐 것도 없는데, 학비는 어떻게 할지 막막하다'(1951. 9. 27.)

'청주 아이들 학비 문제로 걱정이 많이 된다'(1957. 7. 5.)

'청주까지 와서 노정과 노원의 학자금을 해결하였다'(1958. 2. 19.)

'아이들 학자금 문제로 괴산에 가서 오교육회장과 상의한 결과 이삼일안에 융통해주겠다고 하니 다행이다'(1958. 3. 25.)

'청주에 가서 노원 7월분, 노현 8월분, 진영 9월분의 학자금을 해결하였다'(1958. 7. 17.)

'청주에 들어가 여고 서무과에 들러 노원의 납부금을 완납하고 노현의 것까지 노원에게 주고서 괴산으로 향했다'(1958. 10. 2.)

'청주에 가서 아이들 납부금을 정리하고 돌아왔다'(1960. 2. 15.)

'오늘도 청주 각교를 찾아 납부금을 일부, 또는 완납하느라 갖은 애를 썼다. 지금이 최고조의 경제 곤란인 듯하다. 더 곤란한 때가 앞으로 무수히 닥쳐올 것이다'(1960. 12. 1.)

'노현과 진영의 진학 문제로 부친과 진지하게 상의하였으나, 극심한 경제난으로 긴 한숨과 걱정뿐이다'(1961. 3. 5.)

'청주에 가서 올해 노희의 입학금을 납부하였다. 진영의 학비 감면도 교섭하였다'(1961. 4. 4.)

'걱정했던 노정의 등록금을 다행이 준비하였다'(1961. 5. 9.)

'청주농고에 들러 노현 학비 면제 건을 타협했다'(1961. 7. 29.)

'청주에 가 아이들 연료를 해결하고, 노현의 학비 면제 수속을 밟았다'(1962. 2. 11.)

'진영의 대여장학금 수속을 마쳤다'(1962. 3. 12.)

'진영과 노희의 교납금을 해결하니 마음이 개운하다'(1962. 4. 13.)

'청주농고에 들러 노현의 교납금을 정리했다'(1962. 6. 8.)

'노임이 청주여중에 합격했으나, 여전히 등록금이 걱정이다. 하지만 적극적으로 주선할 작성이다'(1964. 2. 12.)

'남들은 자녀들이 학교에 불합격하여 속을 썩는데, 나는 자식들이 합격하고도 경제문제로 곤경을 겪으니 참으로 가슴 답답한 일이다'(1964. 3. 5.)

'청주 아이들의 교복대도 아직 납부하지 못한 상태다'(1965. 4. 30.)

'노현, 노명, 진영의 등록금 미납으로 근심이다'(1965. 9. 14.)

'진영의 등록금 최종분을 납부하니 상쾌하다. 역시 빚을 내어 벗어났다'(1965. 10. 20.)

'금전 문제로 요새 잠을 못이루고 있다. 여식들 교납금이 몹시 급한데 고리채도 힘든 상황이다. 머리가 복잡하고, 몸이 바싹 탄다. 아비된 책임을 못하니 면목도 없다'(1966. 2. 21.)

'금전 일부를 차용하여 노현과 노명의 교대 등록을 마쳤다'(1966. 11. 2.)

'노임의 최종 교납금은 끊었으나, 노희는 아직 완납하지 못했다'(1966. 12. 22.)

'노임의 10월분 교납금과 노선의 소풍여비를 지불했다'(1967. 10. 19.)

'노송 교납금 사분기를 완납했다'(1967. 12. 19.)

'경제난으로 노희의 교대 등록금과 노임의 책값이 미납된 상태다. 우울하고 답답하다'(1968. 2. 22.)

'교육금융단에서 대출을 받아 노희 등록금 문제를 오늘에서야 일단락지었다. 교과서 비용은 아직 해결하지 못했으나 이것만으로도 머리가 개운하다'(1968. 3. 5.)

특히 청주시내의 방을 얻어 아이들을 기거하게 한 후 청주 아이들의 생활비를 대는 것도 곽상영에게는 큰 걱정거리였다. 1957년 3월 곽상영은 장녀 노원이가 청주여고에 합격하자 "청주에 다니는 아해들 때문에 낭패이다. 장남 노정은 청고 3년에 올라갈 것이며 여중 졸업한 장녀 노원은 여고에 합격이 되었는데⋯⋯. 자췌? 하숙? 하여튼 큰일이 났다. 연이나 자식들은 기차 통학을 싫어하며 자췌를 희망하는 것이지마는⋯⋯"(1957. 3. 31.)라면서, 자녀들의 통학 문제를 고민한다. 결국 노원의 청주여고 입학을 기점으로(1957년 4월) 노정과 노원이 학교를 편하게 다닐 수 있도록 월세방을 얻어주었다. 그렇게 하여 1950~60년대 노정, 노원, 노현, 진영, 노명, 노희, 노선, 노임 등이 청주의 자취방에서 기거하게 된다. 아이들의 자취 생활은 1970년에 끝났다(1970. 3. 1.). 곽상영은 자취방을 구하는 문제로, 자취하는 아이들의 생활비 문제로, 아이들의 식량 문제로 근심이 많았다.

'청주의 아이들이 돈걱정이나 하지 않을까'(1958. 1. 14.), '자취비용이 넉넉하지 못한 아이들이 가엽다'(1961. 1. 25.), '청주 아이들의 집 때문에 걱정이다. 한 칸에 5, 6명이 살기엔 무리이고 외양간 옆이여서 환경도 불리하다'(1962. 10. 20.), '청주에 다시 가서 아이들 방 문제를 해결하였다. 10개월에 4500원 사글세로 한 칸 반 방을 얻었다. 주변 환경과 주인이 마음에 들었다'(1962. 10. 21.), '아이들 숙소를 구하려고 노력하였으나 해결하지 못하였다'(1964. 6. 30.), '청주아이들이 식량을 절약한다면서 여러 끼를 굶은 것 같다. 눈물만 흐른다'(1966. 6. 26.), '한칸 방 일만 원 전세로 아이들을 이사시켰다. 주인이 너무 드세어 어린 애들이 수차례 눈물을 흘렸던 모양이다'(1967. 6. 17.) 등의 기록을 통해 자취하는 아이들에 대한 곽상영의 근심과 걱정을 읽을 수 있다.

곽상영은 주로 빚을 져가며 자녀들의 학비 문제를 해결해 나갔다. 그러나 1960년대 중후반부터 취업을 하기 시작한 자녀들(노정, 노명, 노희 등)과 조카(노선), 동생(진영)이 송금을 해주면서 차츰 경제적 고통을 덜어나갔다(1966. 5. 18.; 1966. 10. 28.; 1966. 10. 31.; 1967. 4. 20.; 1967. 5. 21.; 1968. 2. 18.; 1968. 6. 10.; 1968. 6. 23.; 1969. 10. 7.; 1970. 8. 5.).

곽상영의 자녀들이 어려운 가정 형편 속에서도 고등학교, 심지어 대학교까지 학업을 마칠 수 있었던 데에는 곽상영의 교육열이 뒷받침되었겠으나, 무엇보다도 자녀들이 뛰어난 실력과 비범함을 지녔기에 상급학교 진학이 가능할 수 있었을 것으로 생각된다. '국민학교 2학년 때 읽는 법, 쓰는 법, 생각하는 법에서 싹수를 보인'(1948. 1. 3.) 장남 노정은 국민학교를 우등생으로 졸업한 후(1952. 3. 28.), 공부 잘하는 아이들로 편성된 특별반에 배치되었다(1952. 4. 26.). 노정은 1959년 서울대학교 사범대학에 합격한다. 차남 노현도 우등장학생으로 반에서 성적이 1등이었으며(1961. 7. 29.; 1961. 10. 2.), 차녀 노희는 360명 중 15등으로 청주여고에 합격하였다(1964. 2. 5.). 4녀 노행도 청주여중에서 전교 1등을 한 바 있으며(1970. 5. 25.), 국민학교 1학년 때부터 명석함을 보인 노필은(1968. 9. 8.), 1등을 하여 부모를 기쁘게 했다(1970. 7. 3.; 1970. 11. 19.).

물론 모든 자녀들이 학창시절에 성공가도만을 달린 것은 아니다. 장녀 노원은 청주여자중학교에 낙방했다. 곽상영은 '여자이기 때문에 집에 오면 엄마와 동생들을 돌보느라 공부할 틈이 도저히 없었던 듯하다'라며 장녀의 낙방을 안타까워했다(1954. 3. 11.). 1958년 3월 5일에서 7일까지 사흘 동안 서울대학교 사범대학 시험을 친 노정도 불합격하여(1958. 4. 2.), 재수 끝에 이듬 해 서울대에 들어갈 수 있었다. 노행도 중학교 입시에 실패한 바 있다(1967. 12. 6.). 청주농고를 졸업하고 가사를 돌보던 노현은 갑자기 가출을 하여 귀가할 때까지 곽상영의 애를 태우기도 했다(1964. 5. 16.; 1964. 5. 17.; 1964. 5. 18.; 1964. 5. 19.; 1964. 5. 22.). 노송은 동생들을 위해 고교 진학을 포기하고, 독학하여 대학에 들어가겠다고 선언한다(1970. 1. 4.). 곽상영은 노송을 설득하여 청주고등학교에 응시 원서를 내게 하였으나(1970. 1. 13.), 노송이 시험에 응시하지 않고 돌아오자 놀라고 만다(1970. 1. 29.).

이처럼 곽상영은 자녀들의 뛰어난 학업 성적과 상급학교 합격 소식으로 기뻐하는 나날을, 불합격 소식으로 또는 자녀의 갑작스런 돌출 행동으로 애태우는 나날을, 자녀들의 교육비 조달 때문에 근심가득한 나날을 보내며 1950~60년대를 마감했다. 그는 많은 수의 자녀로 인해 절박한 생계를 이어나갔으나, 다른 한편으로 자녀는 그가 살아가는 이유이자, 그에게 행복을 가져다 준 존재였다.

1953년 12월 31일 한 해를 회고하는 일기에 "4男(사남) 노송을 강서면 반송에서 낳았다. 생월이 5월(음 4월)이었다. 이로서 7남매를 낳았다. 나의 연령에 비하여 많은 셈이나 항극 생계가 넉넉지 못함이 원통한 일일뿐 나는 행복으로 생각한다. 남들이 보기에는 혹 '가난뱅이 자식 많다'의 격언에 비추어 딴 생각을 갖아 줄른지 모르지만 나는 절대로 그렇게 생각지 않는다. 부모만이 편할려면 물론 자식없는 사람들이 편할 것은 사실이다. 그러나 자식을 위하여 고생하는 것은 고귀한 일이라고 생각한다. 자식을 위하여 나의 일생을 희생하여 보리라는 각오를 가지고 있다. 설마 암만 가난하다 하여도 굶겨 죽이지는 않으리라. 배를 줄여 기아케 하지는 않을 것이다. 그리하기에 나는 있는 힘을 다하여 자식들을 가르쳐보고자 하는 결심을 갖고 실천 중에 있는 것이다"라고 적으면서 인생 각오를 다잡았다.

'8남매 모두 무럭무럭 자라 한 방에 가득 있는 모습이 참으로 행운이다'(1957. 1. 3.), '금전은 없으나, 희망이 있고, 건재한 자녀들이 있다는 것은 어느 누구도 나에게 비기지 못하리라'(1964. 10. 18.), '10남매 전원이 건재하고, 비범한 재능을 갖고 있어 나만큼 행복한 사람도 드물 것이다'(1967. 1. 4.), '십남매 한 자리에 모여 우애있게 이야기 꽃을 피우는 모습에 남들이 부러워한다'(1967. 8. 24.), '여식 5형제가 한자리에서 몇시간씩 즐겁게 합창하는 모습을 보니 행복하다'(1969. 1. 23.), '개학을 앞두고 다시 청주로 향하는 아이들을 보니 신통하고 기특하다. 이게 보람이고 행복이다'(1969. 1. 31.), '이제는 식구들이 많아 집안이 법석이다. 기쁘고 행복하다'(1969. 8. 5.) 등의 내용을 통해 곽상영이 자녀들로 인해 얼마나 뿌듯해하고, 흡족해했는지를 발견할 수 있다.

곽상영은 인생의 한 축을 교사로서의 삶을 살았다면, 다른 한 축은 자녀를 키우고 가르치는 아버지로서의 삶을 살았다. 집안은 지독하게 가난한데다, 가르쳐야 할 아이들이 열 명이 넘었으므로, 곽상영은 자녀들의 학비와 생활비를 조달하기 위해 고군분투하는 삶을 살아나갔다. 다행히 곽상영이 만족할 정도로 자녀들은 무럭무럭 자라 비범함과 건재함을 보여주었고, 서로 우애하며 성장하였다. 장남과 장녀가 차례로 결혼하여 아이를 낳으면서, 1970년 곽상영은 할아버지로서의 인생을 새롭게 맞이한다.

3. 아내에 대한 섭섭함과 미안함

일기를 쓰기 시작한 1937년은 이미 곽상영은 결혼한 상태였다. 막내 곽노필에 의하면 곽상영은 1936년 11월 6일 결혼하였다고 한다. 곽상영은 자녀들에 대해서는 비교적 기록을 많이 한 반면, 아내에 대해서는 기록을 많이 하지는 않았다. 그럼에도 불구하고 일기를 통해 아내의 삶과 일상을 들여다볼 수 있었으며, 아내에 대한 곽상영의 마음도 읽을 수 있었다.

1970년까지의 일기에 곽상영은 아내에 대한 섭섭함을 상당 부분 기록했다. 아내는 화를 참지 못하고 내뱉는 때가 많았던 모양이다. 곽상영은 아내의 너그럽지 못하고, 조심성 없는 불온한 언사가 불만이라고 토로했다(1960. 12. 4.; 1966. 1. 4.). 1967년 1월 4일에는 경제난으로 아내와 다투면서 그만 읽던 책을 둘둘 말아 아내를 몇 번 후려갈기기까지 했다. 이 날의 일기에 자신의 부족한 관용을 후회하였다(1967. 1. 4.). 곽상영이 잦은 음주로 가사를 돌보지 않자, 아내는 불평을 늘어놓았다(1969. 10. 16.). 지인들을 데려와 사택에서 음주를 하는 날에는 아내는 불쾌감을 감추지 않고 표현하기도 했다(1970. 12. 6.; 1970. 12. 18.).

곽상영은 아내와 어머니 사이의 갈등으로 힘든 시기를 보내기도 했다. 금계 본가로 부모와 살림을 합친 후(1968. 3. 7.), 아내는 말년에 다시 부엌데기가 된 느낌이라며 불평을 했다(1968. 5. 1.). 곽상영은 본가와 합가 후 어머니와 아내가 화목하기를 바랐으나(1968. 6. 16.), 이는 뜻대로 되지 않았다. 어느 날 원만하지 못하다는 이유로 부모에게 훈계를 들은(1968. 7. 3.) 아내는 짐을 싸서 남편이 홀로 기거하는 사택으로 들어와버린다(1968. 7. 5.). 다음 날 곽상영은 이사를 시켜주겠다며 아내를 달래어 본가로 보냈고(1968. 7. 6.), 결국 분가하기에 이른다(1968. 9. 2.). 곽상영은 어머니와 아내 사이를 바로잡지 못하는 자신을 한탄했고(1968. 7. 17.), 본가에 노양친만을 두고 나오는 괴로운 심정과 부모에 대한 죄송한 마음을 토로했다(1968. 9. 4.; 1968. 9. 5.). 다행히 어머니와 아내는 관계를 회복해간 듯하다. 곽상영은 '모친과 아내의 정다운 낮빛을 보며 기쁘다'고 표현했다(1968. 9. 13.).

아내의 불평과 불만은 극도로 궁핍한 살림에서 비롯되었기 때문에 곽상영이 이를 이해하지 못한 것은 아니었다. 곽상영은 아내의 짜임새 있는 살림살이를 인정하였으며(1949. 12. 31.), 아내의 과도한 노동에 대해 미안한 마음을 가졌다(1966. 1. 4.). 아내의 손등은 나무를 하느라 터져 엉망이었고(1968. 11. 17.), 아내는 감자와 고추를 파종하느라 하루 종일 욕을 보았고(1970. 4. 21.), 농사짓기에 척박한 땅을 기름지게 개간하느라 억척스럽게 일을 해야만 했다(1970. 6. 21.).

곽상영의 아내는 농사짓는 일상을 살았다. 보리를 찧거나(1939. 6. 26.; 1950. 6. 18.), 조를 털거나(1939. 10. 14.), 땔감을 마련하거나(1966. 4. 8.; 1967. 12. 7.; 1968. 9. 13.), 감자, 고추, 옥수수를 재배하는(1969. 6. 20.) 등 농사짓느라 바빴다. 품팔이를 하고(1965. 8. 1.), 어린 돼지를 키워 팔아(1966. 2. 12.; 1967. 10. 9.) 돈을 벌기도 했다.

김장, 명절, 집안 애경사 때는 음식 준비를 위해 본가에 가야만 했고(1948. 11. 9.; 1949. 11. 5.; 1957. 12. 7.; 1958. 11. 19.; 1970. 4. 4.; 1970. 8. 10.; 1970. 8. 15.), 심지어 장남의 서울 결혼식에도 본가에서의 축하연 음식 장만을 위해 참여할 수가 없었다.

한편, 아내는 청주에서 자취하는 아이들의 이불, 식량, 땔감 등을 나르며 아이들의 살림을 들여다보았다(1967. 4. 26.; 1968. 2. 7.; 1968. 3. 17.; 1968. 4. 10.; 1968. 11. 17.; 1968. 11. 23.; 1969. 6. 15.; 1969. 9. 18.; 1970. 2. 22.). 노정과 노원이 결혼을 하고, 서울에 기거하게 되면서, 손(孫)들의 100일이나 돌잔치 준비를 위해 서울에 오가는 일도 잦았다(1969. 9. 30.; 1969. 12. 24-25.; 1970. 3. 29.; 1970. 9. 18.).

곽상영의 아내는 강건한 체질이 아니었던 듯하다. 아내는 자주 아팠다. 특히 위가 약한 아내는 자주 체하거나, 소화 불량으로 고생을 했으며, 불면증, 신경통증, 몸살 등에 시달리기도 했다(1958. 3. 31.; 1959. 1. 4.; 1961. 5. 31.; 1961. 6. 3.; 1967. 7. 16.; 1967. 10. 27.; 1967. 11. 3.; 1968. 1. 29.; 1968. 10. 2.; 1970. 3. 4.; 1970. 11. 23.).

곽상영은 아내가 금계 본가나 서울 아이들을 보러 사택 집을 비울 때 아내의 부재를 실감했다. 어린 아이들이 어미를 찾거나, 아이들에게 손수 밥을 지어줘야 했으므로 아내의 빈 자리를 체감할 수밖에 없었다(1954. 1. 2.; 1954. 11. 4.; 1957. 12. 7.; 1969. 4. 15.; 1970. 3. 31.).

자녀들의 학교 방문 등 공적 업무는 아내가 아닌 남편 곽상영이 전담하였다. 아내가 자녀의 학교 일로 외출을 한 때는 노임의 생활관 종료일에 청주에 간 날과(1968. 6. 15.), 막내 노필의 소풍에 따라 간 날(1970. 10. 16.) 뿐이다. 곽상영이 학교 교사로서의 사회적 삶을 살았던 반면, 곽상영의 아내는 오로지 아내, 며느리, 어머니로서 가정이라는 울타리 안의 삶을 살았다. 곽상영이 열 명이 넘는 아이들의 학업과 생계를 뒷바라지할 수 있었던 데에는 아내의 조력이 있었기에 가능했다. 아내는 평생 노동하는 삶을 살며, 가족을 위해 헌신하는 삶을 살았던 것이다.

•• 소순열

V. 반농사꾼의 교사 일기

　교사 곽상영은 반(半)농사꾼이었다. 농촌에서 태어난 곽상영은 평교사로 출발하여 교감을 거쳐 교장으로 교직생활을 마칠 때까지 내내 농촌에서 생활하였다. 소작농의 3남 2녀 중 장남으로 태어나 어릴 때부터 소를 기르고 논에 나가 모내기를 하고 물을 대었다. 교사가 되었어도 교장이 되었어도 그는 농사를 손에서 놓지 않았다. 부친의 농사를 도우며 근무하는 학교에서도 농사를 지었다. 농사는 크든 작든 곽상영의 삶과 관계되어 왔다. 그에게서 농촌은 삶의 터전이자 주된 삶의 무대였다

　최근 농사짓기가 유행이다. 텃밭이나 주말 농장, 아파트 베란다, 옥상이나 상자에 이르기까지 이른바 도시농업 붐이다. 모 방송국 TV프로 '삼시세끼'에서 농사라는 새로운 예능이 등장하였다. 출연자들은 촬영지 강원도 정선의 농가를 빌려 농사를 지었다. 농사짓기는 SF영화 '마션'에서도 나온다. 흙, 물, 햇빛, 씨앗만 있으면 어디든지 농사를 짓는다. 영화의 주인공 마크 와트니는 자신이 설계한 화성온실에서 마법처럼 감자를 키워 거의 2년을 살았다.

　농사짓기는 시대에 따라 다르다. 곽상영 일기는 요즘사람들이 잃어 버렸던 농사짓기를 형상화시켜준다. 고단한 환경, 배고픈 시절, 많은 사람들이 가졌던 유대감에 대해 이야기해 준다.

1. 소년시대

　곽상영은 1937년 만 16살 (옥산초 4년) 때부터 일기를 쓰기 시작하였다. 이 해 결혼하였고 4년 뒤 1941년 9월 충북 보은 삼산초등학교 발령을 받고, 1945년에 보은군 삼산으로 이사하였다. 초임발령 해인 1941년까지 곽상영 일기는 농사일이 상당 부분을 차지한다.

당시 곽상영의 부친은 논 3,000평, 밭 300평을 농사 지었다. 전부 소작이다. 게다가 논 3,000평 가운데 1,400평은 수렁논이라 비만 오면 침수피해가 심하여(1940. 12. 31.), 별로 소출이 없었다. 가족들은 벼 70%의 고율 소작료를 주고나면(1937. 11. 15.), 식량으로 초여름에 보리를 수확할 때 까지 버티기에는 식량이 절대 부족한 보릿고개를 숱하게 경험하였다.

"보리농사는 밭이 원래 없기 때문에 칠월(七月)부터 구월(九月)까지는 식량을 팔아먹었든 것이다. 아우 운영(云榮)은 동리에 있는 간이학교(簡易學敎)에 입학을 시키었다. 삼 개월 동안 양식으로 곤란을 받다가 가을베가 다소간 나오니 살 뜻하였다. 그러나 두어 달 먹으니 또 다시 양도가 떨어지고 말더라.…… 가을양식이 떨어진 후로 쌀, 보리쌀을 섬이 가깝게 팔아먹었다. 아직도 멀었다. 새보리가 올 때까지다. 보리싹은 이제서야 눈에 덮여 있다가 겨우 하늘을 보게 된 것이다. 새보리가 나온다 하여도 얼마 되지 않음을 알면서도 하루가 천추같이 바라는 것이였다."(1940. 12. 31.)

초등학생인 곽상영은 주로 모내기, 물대기, 제초, 도랑파기, 벼베기 및 타작, 보리베기, 보리타작, 씨뿌리기, 밭작물 수확 등 거의 모든 농사일을 도왔다. "오늘은 우리 집에서 벼 타작을 했습니다. 8두락인데 10석이 나왔습니다. 도지는 7석입니다."(1937. 11. 11.) "오늘도 아버지가 논에 나가 일했습니다. 나는 오늘도 학교에서 돌아와 보리를 베어 왔습니다. 그리고 또 그 보리를 털었습니다. 해가 질 때까지 했기 때문에 몹시 피곤했습니다"(1937. 6. 3.) 등등.

곽상영 부친은 농사 이외에 조치원, 청주, 병천, 오산 시장을 돌며 소를 사고 팔아 가족들의 생계를 유지하였다. 대부분 매매이익을 보았지만 본전을 하고 손해를 본적도 있었다. "오늘은 아버지가 소를 팔러 병천 시장에 가셨는데, 나중에 밤에 오셨기에 보니 소를 팔았습니다. 115원짜리 소를 115원 본전 받고 팔았습니다."(1938. 1. 26.) "오늘은 아버지가 소를 팔러 조치원 시장에 가셨습니다만, 나중에 밤에 돌아오셨기에 봤더니 소를 팔았습니다. 93원짜리 소를 91원에 팔았습니다."(1938. 12. 26.)

곽상영은 소고삐를 쥐고 풀을 뜯어 먹이러 다니기도 하고 소에게 줄 쇠죽을 위하여 풀을 베어 오는 일을 맡았다. 뿐만 아니라 새벽부터 사방공사를 해서 번 돈을 가계에 보탰다.(1937. 9. 12.; 1938. 3. 28.; 1938. 3. 30.). 사방공사일은 아우와 모친의 일이기도 하였다.(1937. 9. 10.; 1938. 3. 30.; 1940. 3. 19.; 1940. 3. 20.)

초등학교 5학년 말인 1939년 3월 곽상영은 부모를 도와 농업에 더 노력하는 일이 집의 행복이라고 다음과 같이 다짐한다.

"나의 통학은 금년 1년뿐이다. 입학 후 5개년이라고 말할 긴 세월을 돌아보면, 집의 가세는 행복으로 나아간 것은 없다. 무엇 때문일까. 가족이 한 사람 한 사람 늘어나고, 또는 나의 학비 때문일 것이다. 나는 본교를 졸업하고 하루라도 일찍 아버님을 도와 농업에 노력하지 않으면 안 된다. 집의 행복은 나의 손에 달려 있는 것이다."(1939. 3. 31.)

그리고 2년 뒤, 1941년 교원 3종 시험에 합격하여 보은 삼산초등학교에 초임발령을 받아 아버님과 집안어른들에게 큰 기쁨을 주었다. 이 날은 태어나서 처음 기쁜 날이었다.

"철난 이후로 처음이다. 기쁜일로서 그렇다. 오늘같이 기뻐한 날이 몇일이나 될까, 학교를 졸업하고 하루 한시를 머릿속에서 희망을 서리고 있든 교원생활, 도에서 채용의 발령통지가 온것이다. 부임하라는 통지이다. 보은 삼산(三山) 공립국민학교로 가라는 것이다. 통지서를 가슴에 붙이고 기도를 올렸다. 남모르게 넓고 깊은 부모님의 덕, 선생님의 덕이 않이고 무엇일까? 집에를 가니 아버지께서도 기뻐하시드라. 집안 어른들도 기뻐하여 주시드라." (1941. 9. 29.)

2. 농사일과 부모님

교사가 된 뒤에도 부모님의 힘든 농사일을 도왔다. 초등학교 시절 스스로 결심한 "늙어가는 부모를 도우리라"(1940. 1. 3.)는 생각을 지켜 나갔다. 다른 이들이 "지방교사 논두렁 선생"(1968. 12. 31.)이라고 부를 만큼 열심히 농사일을 했다. 일요일 뿐 아니라(1946. 6. 23.), 학교일을 마친 후에도(1946. 6. 19.; 1947. 6. 20.) 일찍이 일을 맞추어(1946. 7. 14.) 유교평 버들어지논(323평), 용수셈 들판(1,600평), 아그배 종답(300평), 드무생 모래밭(600평)에 달려가 논농사, 밭농사일을 했다. 농사일은 보리(혹은 밀) 수확과 모내기가 겹치는 6월 중순과 7월 중순, 벼 수확과 보리 밀 파종이 있는 10월 초순과 11월 초순에 집중되었다.

간혹 좋아하는 음주 때문에 가지 못한 경우(1069. 7. 13.)가 있었으나 때맞추어 가지 못한 경우에는 가보고 싶은 마음이 간절하였다. "금계 본집에서는 금일에 모내기를 한다는 것이다. 아침부터 가보고 싶은 마음이 간절하였으나 학교 공무에 있는 중이어서 하는 수 없었다. 더구나 책임 있는 입장이어서 딴 직원과도 다르다. 오후에 대충 일을 마치고서 자전거로 집을 향하여 달렸다. 오후 4시 반쯤 하여 도착하였다. 용소셈의 논 여덟 마지기를 심고 있는 중이었다. 얼른 벗어부치고 들어가서 나도 같이 심었다"(1953. 6. 13.), "내주 화요일까지 가정실습 모내기는 수답만은 끝나고 보리베기에 한창 본가 노 양친들의 생각 간절"(1969. 6. 21.)하였다.

농사일은 가족이나 종형제도 함께 하였다. 노동력을 구할 수 없어 가족만이 보리타작을 하기도 하였다. "일찍부터 보리타작 착수. 품군은 살 수 없어 가족만이 작업 노정 모는 어제 저녁에 가좌 갔다가 오늘 아침에 와서 힘껏 조력 노부친은 보리 벨 때부터 과로되어 탈진 되신 듯 그래도 억지로 노력하시고 부친 모친 내자 나 4인이 보리타작은 오후 7시에 마치다 꼬마 노필이도 신통하게 조력하는 듯 가좌로 저물게 향발. 7세짜리 노필이가 어둠길을 곧장 앞장서 잘 오다"(1969. 6. 24.). 종형제는 가장 바쁜 6월 논두렁 가레질(1965. 5. 2.), 논 모내기(1966. 6. 7.), 보리 파종, 밀 파종(1966. 6. 29) 등의 농사일을 도와주었다.

농사일은 힘든 것이었다. 학교 일을 하면서 부모의 농사일을 도와야 하는 곽상영 자신에게는 더욱 힘든 작업이었다. "학교 행사를 마치고 바로 용소셈 논을 향하여 뛰어갔다. 아번님께서 일군들 대여섯을 다리고 벼를 비시고 마침 점심 참이었다.…… 낫을 한가락 들고 모든 일군 사이에 끼어서 힘껏 일할 때의 나의 마음은 15년 전의 생일 하던 생각이 떠올랐다. 섭벅섭벅 비어 들어갈 때 벼폭이가 발바당을 쿡쿡 치받는 느낌과 허리가 약간 둔해지면서도 아픈 감이 옛 그대로이었다."(1949. 10. 17.) "아침 일직이 일어나서부터 이슬을 몸에 적시면서 보리를 베기 시작하였다. 점심때쯤은 멀미도 날 뿐더러 뜨겁기도 하려니와 몸이 고달팠다. 그러나 무릅쓰고 베었더니 해거름에 베기를 마치었다."(1950. 6. 11.).

곽상영은 "버들어지 복새 작업에 노력. 편찮으신 부친도 가래질 일 참으로 힘드는 일"(1961. 7. 13.)임을 깊이 느꼈다. 특히 나이 드신 부친의 과중한 노동은 자식으로서 차마 지켜보기 힘든 일이었다.

"어제부터 나린 비에 건답들 이앙작업 가능. 한 달 만에 넉넉한 비. 아그배 종답도 물 잡혀 노친이 썰임 텃논 모뽑기에 상당한 피로. 노친의 노동 형언할 수 없는 과로 목불인견."(1966. 6. 26)

그러나 이 고된 농사일은 부모님께는 더없이 큰 기쁨을 주는 것이었다. 따라서 틈이 날 때마다 들로 나아가 부모님을 거들어 드리는 것이 자신에게도 기쁨이었다. "몇 일간 날이 꾸물꾸물하여 보리일에 위험성이 있다 대가 넘어서 보리비기에 곤란되는 밭들이 많은 모양이다. 오늘은 일요일이니 집에 가서 보리나 빌ㅅ가 하여 노정이를 디리고 금계를 가니 부모님께서는 역시 생각든 바와 같이 보리를 비시고 계시구나. 아우 운영이는 남의 집에 품아스러 간 모양이다. 윗도리옷을 벗고 낫을 가지고 나도 보리를 비기 시작하였다. 느른함을 무릅쓰고 비였다. 해가 미구에 서산으로 숨으랴 할 지음에 끝마추었다. 아번님께서는 오늘에 다 비게 된 것을 대단히 기뻐하시드라. 저녁을 먹고 학교로 다름박질하여 오니 오후 8시경이더라."(1946. 6. 23.) 부모님을 도와야 하는 일이 많을수록 농사일을 더욱 열심히 했고, 일을 마친 기쁨은 더했다. "오늘은 우리집 모심는 날이다. 공부를 마치고 용소세미 들로 속히 갔었다. 10여 인의 일ㅅ군이 열심으로 모를 심고 있더라. 나도 감격에 넘치어 작업복으로 변하여 물논으로 달려드러 같이 모심기를 하였다. 5,6년 동안 객지(보은지방)에 가서 있는 관계로 집의 농사일에 조력한 일이 없었다가 오늘에는 같이 일을 하게 되니 기쁘기 짝이 없더라. 한 폭이라도 자라도록 정성껏 공디려서 심었다."(1946. 6. 23)

농사일에는 부모님에 대한 깊은 감사와 은덕 등 애절함과 고마운 마음이 그대로 투영되었다. "버들어지 복새작업에 노력 편찮으신 부친도 가래질 일 참으로 힘드는 일"(1961. 7. 13.)임을 깊이 생각했으며, 부친의 일은 "어제부터 나린 비에 건답들 이앙작업 가능. 한 달 만에 넉넉한 비. 아그배 종답도 물 잡혀 노친이 썰임 텃논 모 뽑기에 상당한 피로. 노친의 노동 형언할 수 없는 과로. 목불인견. 치심무한(恥心無限)"(1966. 6. 26)으로 느꼈다. 그러나 이 고된 농사일은 부모님의 은덕을 생각하면 보잘 것 없는 것이었다. '

"여름내 폭양에서 어린 자손 때문에 가즌 애로를 무릅쓰시고 노동에 뼈저린 고생을 부모 두 노인은 하루도 빠짐없이 겪어오신 가엾은 우리 부모님이다. 청주에서 자췌하는 어린 것들 때문에 이삼 일만큼 보행으로 식량 또는 나무를 나르시는 것이다. 어려운 일을 장성된 자식에게 명하시라고 말씀드리며 오늘은 닭 한 마리를 구입하여 부모님에게 다려드렸다. 언제나 갚아 보리 부모님의 은덕을."(1960. 6. 14.)

같은 해 곽상영은 부친의 생신 때 부친의 모습을 보며 잘 해드리지 못한 자신의 잘못에 대하여 스스로 깊이 뉘우치고 자신을 책망하기도 하였다.

"아버님의 생신이다. 6순이시다. 일년 후는 회갑이시다. 지금도 젊으신 아버님으로 생각인데 과연 늙으셨다. 몸에는 주름살이 심해지시고 두발과 수염은 회어지셨으니 참말 노인이 되신 것이다. 자식이 이만치 장성하였으나 아직 집 한 칸 늘귀드리지 못하고 년 묵은 헌집 초가 삼간집에서 고생하시는 중이시다. 한없는 자책을 한들 소용은 없다." (1960. 8. 30.)

3. 학교에서도 농사일

곽상영은 교직생활 45년 동안 15군데 초등학교를 옮겨 다녔다. 그는 옮겨 간 학교의 실습지, 공한지, 사택 주위 땅을 이용하여 다양한 농작물을 심고 가축을 사육하였다. 무, 배추, 오이, 참깨,

호박, 마늘, 상추, 시금치 등 채소류부터 콩, 팥, 두류, 감자, 고구마의 서류, 양봉 및 돼지 사양 이르기까지 실로 수확이 되는 것이라면 가리지 않고 길렀다.

그는 어린 시절부터의 오랜 농사경험에서 얻은 나름대로의 식견을 가지고 있었다. 그래서 "채소 뽑고 마늘 놓음. 패왕대근과 계룡배추가 권장할 만한 종자"(1962. 11. 18.)라고 『일기』에 기록을 남기기도 하였다. 공한지를 우등 밭으로 만들어 내고 풍족한 수확을 거두는 것을 보고 인근 주민들이 부러워하기도 하였고, 스스로 전문농가를 앞선다고 자부하기도 하였다. 이러한 농사일은 아내의 노력 탓이었다.

> "오전중 약 시간 동안 노정 모와 함께 고추밭 감자밭에 인분 시비 및 제초작업. 학교밭 중 유사 공한지를 우등밭으로 손질 관리한 셈."(1970. 6. 21.)
>
> "마늘 캠. 4.5평 정도에서 10여접 생산 소득 작황 양호하여 인근인들 부러워하는 듯. 노정 모의 노력의 결과임. 가뭄에 부단히 급수."(1965. 6. 22),
>
> "계속되는 좋은 날씨로 가을일 잘 하게 될 듯.…… 노정 모는 학교 공한지에 심었던 콩 팥 고추 고구마 등 수확작업으로 근일도 종일토록 바쁘게 일 하는 중. 수확고는 각종 콩이 한 말씩, 팥도 한 말, 고추는 약 한 가마 될 듯. 고구마도 한 가마니는 넉넉하다는 것. 부드런하여 담복장까지 빚어서 요사이 맛있게 먹는 중. 아마도 전문 농가에 앞선 셈."(1970. 10. 5.)

자식들도 농사일을 거들었다. "이사 와서 파종한 각종 봄채소는 바로 제법 커서 요새는 반찬이 좋아진 것이다. 매일 조석으로 안식구와 노현 노명이가 급수"(1957. 5. 21.)하였으며, "조식전 노력. 노송과 함께 배추밭에 시비인분 통 사택 주파 밭 손질. 양봉에 급이(給餌)"(1970. 10. 9.)도 하였다.

다만 꿀벌을 사양하는 양봉만큼은 그다지 성공하지 못했다. 양봉을 시작한 것은 "양봉 후 최초로 채밀 1상자 7매 군에서 1되뿐"(1966. 5. 24)이라는 기록으로 보아 1966년경이다. 양봉상태를 확인하면서 벌에 쏘여 손이 붓기도 하였고(1969. 11. 9.; 1970. 8. 16.), "벌통엔 왕통이벌이 자꾸만 엉겨 탈"(1969. 10. 2)이라고 걱정도 했다. "벌통 열어보니 5매 중 4매는 군세 양호. 꿀도 나우 박아"(1968. 9. 22.) 놓았고, "영상 8도까지 상승. 벌통 문을 열었더니 전군 출외운동 왕성했고 아직까진 월동"(1970. 1. 27.)에 문제없는 모습을 확인하기도 하였다. "며칠 전의 된내기 서리와 얼음으로 고구마 싹 고추잎 호박 시들어지고 무우 배추가 아침결엔 빳빳이 얼고 녹으면 삶은 것 같은 빛. 벌통도 싸아 주어야 할 터인데 자료 없고, 몸 무겁고 반성해야 할 일"(1969. 10. 14.)이라고 하면서 "벌통 방한장치 하다간 2방"(1969. 11. 9.)으로 쏘이기도 하면서 나름대로 양봉관리를 다

했다. 그러나 "분봉한 벌 왕 실패"(1966. 6. 18.), "양봉가 제주인 강씨에 청하여 양봉 4매군 1통 마련"하였으나 "설치 전에 3차나 실패'(1969. 6. 4.) 하는 등 실패를 거듭하면서 큰 성과를 거두지 못했다.

학교 농사일로 얻은 농산물은 자급위주(1947. 4. 11.; 1957. 5. 21.; 1965 .6. 22.; 1970. 10. 5.)이 었으나 때로 여유분은 팔기도(1970. 6. 21.) 하였다. 그리고 "이과의 자연관찰"(1946. 11. 2), "제 5회 전국교육주간 행사로서 교내전시회(농산물 전시, 미술작품 전시)"(1957. 10. 11) 등 교육 자료로 활용하기도 하였다.

4. 반농사꾼의 날씨 걱정

1949년 여름 교감이 된 곽상영은 서울 나들이를 했다. 서울행 기차에서 창 밖을 보며 "양편의 논들은 벼가 잘 자라지 못하고 심기지 못한 논도 상당히 많았다. 나의 고향도 가문날 심근 곳이 우수 많았든 것이다. 하여튼 금년은 흉년인 듯하여 더욱 민생 문제가 우려된다"(1949. 8. 4.)고 농 사걱정, 민생걱정을 하였다. 뜻하지 않는 기상현상이 생기면 농사걱정이 앞섰다. "한 달이 훨씬 넘는 한발가므름에 모두가 큰 걱정이었다. 샘물이 떠러질 지경이며 이미 떠러진 것도 있고 모자 리가 밧삭 말라 배배꼬이고 밭의 작물이 발갛게 해서 갈퀴로 긁을 지경이다. 이곳저곳서 기우제 를 지내는 모양이다."(1958. 6. 25)

그리고 재해가 발생하면 바로 현장으로 달려갔다. "아침 일즉이 노동을 시작하였다 배추 무의 씨앗을 디릴랴고 공을 디려서 일하였다. 오후에는 금계를 가보았다 수해가 막심한 우리 금계는 전답의 곡물들이 재생하려고 더운 포양에 힘쓰고 있는 듯이 보이더라. 용소셈들까지 가서 우우 의 논구경을 하였었다."(1946. 7. 27) "오미로 오는 길에 잘되었다는 논보리밭을 구경하고 용소 셈의 모자리판을 본 것이다. 하두 오래 동안 비가 오지 아니하므로 농가에서는 십여 일전부터 야 단들이다. 모자리가 타고 밭곡들이 타기 때문이다. 집의 묘판에는 아직은 물이 있으나 이대로 날 씨가 계속된다면 큰일이라고 느꼈다. 학교 모자리판도 바싹 마른지 일주일이 되어서 엉그림이 쩍쩍 갈라져 있다. 매일 샘물을 품어다가 끼얹으나 당할 도리가 없다. 나의 6학년이 긔묘년 때가 다시 회상된다"(1948. 5. 27)고 애를 태웠다.

농사와 관련한 재해 가운데 가장 안타깝게 한 것은 모내기 때 가뭄이었다. "이양시기도 되었건 만 모자리판의 물까지 말랐으니 이 낭패를 어찌하리요."(1948. 6. 9.) 가뭄 때문에 "오후에는 보 리베기 작업. 가므름에 보리도 말라 거이 쭉정이"(1965. 6. 16,), "김장 채소 생병 보리파종 불가

능 터니 금반 비가 얼라큼 나릴는지"(1967. 10. 12)라고 봄가뭄에 애를 태우기도 하고, 전업 농민
처럼 "가므름 계속에……3週日의 한발에 형편없이 低調~ 落心落望"(1969. 6. 20.) 하기도 하였
다. 면 주최로 기우제를 지낸 이틀 뒤, "천지신령이 감동함인지 오후 4시경에 비가 오기 시작하였
다. 농부도 관청사람들도 다 조아한다. 역시 나도 기뻐하였다."(1948. 6. 9.)

단비가 내리면, "모두 환성. 한동안 가므렀기에"(1970. 5. 19.)하며 반가워하고, "종일토록 마져
가며 아그배 종답 모심기 가족끼리(노정모도 조력). 글벼 갈았었으나 파 엎고 물모 심금. 300평
정도의 논"(1965. 7. 9.)을 심었다.

갑자기 내리는 비로 인한 장마나 홍수로 입은 피해도 많았다. 1946년 여름 마을이 입은 수해
피해상황을 다음과 같이 기록하였다.

"오래ㅅ동안의 비에 냇물가의 동리와는 전전 교통이 투절된 관계로 金溪의 집이 걱정되더라. 물론
소식을 알 수 없었든 것이 궁금한 마음 참지 못하여 몽단이고개를 넘어 번말내ㅅ가까지 가보니 아직
도 내ㅅ물은 개옹이 꼭 차서 나려간다. 안산 꼭대기로 올라가서 金溪洞을 내려다보니 억만진창이더
라. 번말 앞, 안말구레, 방아다리, 보ㅅ들, 대구레, 버드러지의 畓 들이 바다와 같더라. 터진 데도 몇 군
데 있더라. 집을 바라다보니 마당 밑에까지 물이 철름철름하더라. 金溪 사람들이 다 죽은 듯 조용한
물 가운데 잠겨 있더라. 용소셈이 들만은 물이 속히 빠졌는지 푸릇푸릇 모꼿이 보이니 其 들에 農場
이 있는 저의 마음은 한편 반가운 감이 있어마지 않는다. 어찌면 부자의 저 논들이 물에 잠겨 버렸을
까. 파락굴 산꼭대기에서 두어 시간 서서 望遠鏡으로 이 光景을 바라보다가 해가 졌는지 어둔 색감이
있기에 오미로 도라왔다. 우리 집의 無事함을 빌면서!! 하누재 김기호 씨 댁의 농장과 그 水害의 막대
함은 이로 말할 수 없을 만한 것을 보았다."(1946. 6. 28.)

이런 농업기상재해는 "날씨가 너무 장기간 흐린 관계로 농가에서 걱정들이다. 채소에 피해가
많을 뿐만 아니라 벼 패는 데도 큰 지장이라고 한다…… 일기 관계인지 충이 생겨서 다대한 감
량"(1958. 9. 3.)이 되었으며, "출수기에 매일 강우로 결실에 큰 우려 늦벼 더욱 위험 버드러지 논
의 벼 금옥이라는 품종임에 큰 걱정 채소 성장"(1966. 9. 6.)도 부진하게 만들었다. 심지어는 "간
밤 비와 금일 비와 또 봄장마 바람과 비에 보리가 상당히 업침. 전 장마에 논보리는 누렇게 떠서
거이 실패"(1964. 5. 2.)하는 경우도 있었다.

1961년 여름 논농사(3,000평)은 가장 큰 수해를 입었다. "본가가 궁금하여 금계에 갔다. 버들
어지 들을 보니 물바다. 우리집 논 형편없이 되었다. 부친은 병환이시다(탈황증)…… 제반 근
심 때문이리라."(1961. 7. 12.) "본가 금계행. 버들어지 들 15두락의 벼 농사 완전실패. 황토 난태

로 녹아 삭아버리다. 부친은 근심과 걱정에 병환까지 드시어 근일의 가정 정상 말 못되다. 철난 이후 농사 이처럼 버림은 처음이다."(1961. 7. 18.)

곽상영은 그해 말일, 한해에 일어난 학교, 가족, 사회 및 정치 이야기를 정리하는 회고기(回顧記)라는 형식으로 글을 쓰며 마무리 지었다. 이 글을 통해 한 해를 반성하고 다음 해 새로운 계획과 다짐을 했다. 이 내용 가운데 농작물이 잘되고 못된 상황을 기록하였다.

1946년 "농작물은 풍년이라 할만치 잘되였었든 모양이다."

1949년 "본집에서 얼마되지 않지만 농사도 잘 지었고 밭을 약 천 평쯤 사게 된 것은 기쁘지 않다고 할 수는 없다 빚이 없는 것은 아니다 만세 만세 끝."

1951년 "농작 상황은 비료가 극히 귀한 금년이었으므로 대체로 흉작이었다."

1953년 "예년보다 비가 자주 와서 대풍이 들었다. 마침 5.6월에 적당히 바가 나려서 어느 들이고 물이 철름거리었다. 모자리때부터 모내기까지 물 걱정이 없어서 금년만은 틀림없이 풍년이 되리라고 말들이 많더니 과연 그러했다. 비교적 비료도 흔히 쓴 셈이었다 너무 넘치게 된 벼들이 약간 죽어서 근심이 심하더니 대단치는 아니했던 모양이다."

1955년 "금작 평년작."

1958년 "벌레가 특히 많았던 해로 생각된다 갈충이라는 벌레가 길 가는 사람의 징그러움을 느끼게 하였다. 일간의 계속 한발에 이양시기에 농가에서 일대 걱정과 소란이 있었다. 연이나 월초와 월초에는 비가 넘치게 내리어 또 큰 걱정이 었었다."

1964년 "늦장마에 벼농사는 가는 심에 소출을 덜었다."

1965년 "한발도 심했지만 우기도 길었다 보리가 타고 수개월 계속 가물다가 7월 10일경에 첫비 나렸다. 농가에서는 양수작업에 앓고 이양작업에 이보다 더 고생 없었다고 한다. 비도 7월 한달 끈닥지게 나렸었다."

1966년 "금년도 이앙기에는 가므른 편이다. 그러나 큰 홍수도 지나친 한발도 없어 평년작보다 나은 풍년의 해였다 특히 늦벼가 잘 되었다."

1967년 "비교적 연간 날씨 잘 해서 풍년의 해였다. 특히 충청도지방이 풍작이다. 그러나 3남 지방은 전무후무한 한발에 이재민이 많아 전국적 거족적으로 한재민 돕기 운동이 일어나기도 했다."

1968년 "농사는 평년작 아래 이앙기에 심한 한발 추수기에 눈비 잦아 큰속썩인 농민들 가련."

5. 반농사꾼의 셈법

곽상영은 거의 50년간 가계부를 써왔기 때문에 일기에서 나오는 셈법은 그다지 복잡하지 않다. 농사 수입만으로 가족 식량 조차 댈 수 없었다.

"금년의 추수량은 대략 열섬 가량은 되겠다는 것과 그중에 소작료가 3석이고 성출(공출)이 4석이라는 것인데 그러면 가용은 4석 가량바께 없으므로 어찌하면 조흘른지를 모르겠다. 열 식구가 헐신 넘치는 대식구에 적어도 한 달에 섬 반은 있어야 한다. 7개월간은 추수한 것으로 살아야 할텐데 그러면 열 섬 반이라는 수ㅅ자가 필요하다. 그러나 소득이 그에 반도 안되므로 걱정이다. 금년 춘절과 여름 끝경에도 이 때문에 수없는 고통을 받았으며 빚을 진 것이다. 도모지 계획도 세울 수 없는 일이었다. 살아가는대로 살아갈 수바께는 없다 보리나 넉넉하게 갈아야 할텐데 맛당한 밭도 없는 것이다. 캄캄한 앞길을 살아나가기에 조흔 방책이 서지를 않는다. 다만 하늘에서 저의들 일동의 생명을 보호하여 주시겠지 하는 마음 뿐이다 그러나 의뢰심을 갖은 것은 아니다 노력 우에 또 노력을 가겠다는 결심은 있는 것이다."(1946. 10. 24)

1947년 "가계부를 총결산하여보니 눈이 캄캄하여 지드라. 수입보다 지출액이 근 만원이나 더 되니 어찌된 꼴인가. 그럴 수바께는 없다. 월평균 2000원에 대하여 가을 이후로는 쌀값과 나무값이 상당하여졌다. 더군다나 쌀 한 말에 근 700원이요, 나무 한 짐에 근 300원이다 합하여 1000원이라는 돈은 한 장또막(5일만큼)에 쓰게 된다. 일간에 쌀 한 말과 나무 한 짐 없이는 도저히 지낼 수 없다. 그렇다면 한 달에 6000원이 필요한 것이니 빚지지 않고 어찌 살 도리가 있으랴. 지나간 일은 어찌할 도리가 없는 것이니 금년이나 더 절약하려는 것으로 계산을 세워보았다"(1948. 1. 3.).

노력을 해도, 절약을 해도, 쪼들리는 형편은 나아지지 않았다. "엊그제 받은 월급 일부로 식량을 팔았다. 보리쌀 17말, 한 말에 650환씩 밀 13말 한 말에 450환씩, 채소 씨앗을 디렸다."(1958. 8. 2.). 교사 봉급으로 생계를 유지하기가 힘들어 "이곳저곳서 미리 당겨 쓰고 꾸어"써서 "3월후 급료 수령 불과 345원 쌀 한 말 값 정도"(1964. 3. 24.)로 봉급마저 부족해 빚을 졌다. 양식이 모자라 높은 이자를 쳐서 빌려주는 장리쌀을 이용할 수밖에 없었다.

"금전 채무도 많으려니와 장리 쌀도 상당량 양가에서 짊어져 있으면서도 현실 식량이 없다."(1965. 12. 31.).

"수년전 소로에서 얻어먹은 장리쌀을 갚으려고 현금을 확보하여 소로에 갔었으나 마침 오산장날이어서 그곳으로 쫓아가 박00씨, 김00씨에 변제하였다. 연4할 이식(利息)으로 청산하였으나 현금으로 환산하여보니 엄청난 증액이 되는 것이다. 당시는 백미 한 말 190원이던 것이 지금은 300원이 되기 때문이다. 그러나 후회할 수는 없다. 내가 백미 보유량이 없는 까닭이어서"(1966. 1. 13.)

결국 빚 때문에 아끼고 아낀 소중한 버들어지 땅 1,323평을 백미 56가마를 받고 팔았다. 서운하고 분했다. "버들어지 땅 팔다. 1323평에 백미 56叺로 계약 체결하다. 논으로서는 한 평도 소유가 없게 되었다. 돈 빚과 쌀 빚 때문에 부득이 팔게 되었다. 서운하고 억울하지만 불가피했다."(1967. 1. 15.) 이 땅은 1949년 10월 돈 형편도 그다지 좋지 못한 상황에서, 둑 넘어 모래밭 집터 350평과 같이 2,700원 주고 산 것이었다. 사고 돌아올 때, "현재 돈 문제로 곤란이 되는 형편이지마는 밭 두 자리를 내 땅으로 결정이 되어서 마음이 기쁠 뿐더러 걷는 걸음거리도 가든가든함을 느꼈든"(1949. 10. 30.), 바로 그 땅이었다.

어떠한 상황 속에서도 반농사꾼 곽상영은 한 해의 계획을 곡식을 심는 농사일 보다 평생의 계획으로 자식을 교육시키는 자식농사를 결심을 다지며 차근차근 실천해 갔다.

"본 가정의 생계는 가을 농사를 잘 지어서 새봄의 식량에는 예년보다 덜 하리라고 생각된다. 내 이 세상에 나서 철이 난 이후로 우리집 추수가 최대(최고) 17석을 넘지 못하였으나 금년은 밭에도 모를 심그어서 약30석이 된다는 것이다. 이것만을 가진다면 식량 걱정은 절대 없겠지마는 칠궁에 빚을 많이 져서 갚고 본다면 봄 양식이 따롱따롱 할 정도라 말씀하신다. 만약 이러한데닦아 농사추수까지 변변치 못하였다면 가계는 더욱더욱 곤란일 것이나 다행이 연사가 괜찮아서 빚만은 다 갚았으니 이한 또 다행한 일이다.

4남 노송을 강서면 반송에서 낳았다. 생월이 5월(음력 4월)이었다. 이로서 7남매를 낳았다. 나의 연영에 비하여 많은 셈이나 항극 생계가 넉넉지 못함이 원통한 일일뿐 나는 행복으로 생각한다. 남들이 보기에는 혹 "가난뱅이 자식 많다"의 격언에 비추어 딴 생각을 갖아줄른지 모르지만 나는 절대로 그렇게 생각지 않는다. 부모만이 편할려면 물론 자식없는 사람들이 편할 것은 사실이다. 그러나 자식을 위하여 나의 일생을 희생하여 보리라는 각오을 가지고 있다. 설마 암만 가난하다 하여 굶겨 죽이지는 않으리라. 배를 줄여 기아케 하지는 않을 것이다. 그리하기에 나는 있는 힘을 다하여 자식들을 가르쳐보고자 하는 결심을 갖고 실천 중에 있는 것이다."(1953. 12. 31.)

·· 문만용

VI. 곽상영의 교직생활을 통해 본 초등교육

이 글은 『금계일기1,2』에서 곽상영의 교직생활과 관련된 부분을 정리한 것이며, 부분적으로 그가 쓴 교단수기도 참고했다. 일제강점기에 교사가 되는 과정에서부터 시작하여 해방 이후 평교사, 교감을 거쳐 교장이 된 다음 1970년까지를 대상으로 하여 곽상영이 재직했던 학교 안팎에서 벌어진 여러 일들을 발췌했다.

1. 일제 강점기의 초보교사 생활

어린 시절 운동회에서 본 교사의 모습에 매료되어 교사를 꿈꾸었던 곽상영은 13살에 뒤늦게 입학한 보통학교를 마칠 무렵인 1939년 상급학교 진학을 희망했다. 하지만 어려운 가정 형편상 중학교 시험을 볼 수 없을 것 같다는 부친의 말에 진학을 포기하고 친구들이 방학 중에도 과외를 하는 모습을 안타깝게 바라 볼 수밖에 없었다(1939. 11. 17.). 도쿄에 가서 고학을 하겠다는 뜻을 세웠으나 이 역시 부친의 만류로 포기해야했다. 졸업 이후 농사에 전념하던 그는 교원 검정시험을 보라는 은사의 권유에 따라 교사의 꿈을 다잡게 되었다. 고향인 옥산면의 청년단원이 되어 고등과 교과서나 강의록으로 열심히 공부해 3종교원시험을 보는 것이었다. 다행히 1940년 금계간이학교의 촉탁이 된 그는 일급 35전을 받으면서 일과 함께 공부를 시작했고, 목표했던 3종 교원시험에 응시하여 합격했다.

곽상영은 만 20살이던 1941년 9월 충북 보은 삼산공립국민학교 교사로 발령을 받아 바라던 교사생활을 시작했다. 3학년 남학생반 70명이 그의 첫 제자들이었다. 그는 사범학교를 나오지 않고 책과 강의록으로 공부하여 교사가 되었기 때문에 스스로 부족함이 많다고 생각하여 이를 만회하

기 위해 남보다 일찍 출근하여 수업준비를 하였으며, 방과 후에는 교재연구와 함께 부끄럼을 무
릅쓰고 풍금을 열심히 배웠다. 시대 여건 상 수업은 모두 서투른 일본어로 해야 했지만 교사가 된
그해 10월 3부연구회(보은, 옥천, 영동)때 산수과 공개수업을 무난히 치렀고, 다음해 3월에 교내
연구회에서 3학년 국어(일본어독본) "메다까"(송사리) 교재를 공개수업으로 진행하여 어려운
운문을 잘 다루었다고 칭찬받으며 자신감을 갖게 되었다.("사도실천기", 1984)

하지만 곽상영은 1985년 작성한 교단수기 "보람의 새싹"에서 일제 강점기 4년간의 교사 생활
을 반성하면서 "천황폐하, 대동아전쟁, 황국신민 등의 말을 함부로 썼던 것이 아닌가. 참으로 부
끄럽기 한이 없다. 수학시절에 태극기, 삼일독립운동, 만세사건, 해외망명 등을 어째서 배우지 못
했는지. 만시지탄이고 안타깝기만 하다"고 밝혔다. 사실 일제강점기 후반에 시골에서 보통학교
만을 졸업하고 시험을 통해 교사가 된 그가 지닌 식민지 조선사회에 대한 이해는 제한적일 수밖
에 없었다.

곽상영이 교사생활을 시작한 1941년은 태평양전쟁이 시작되던 해였으며, 실제 그의 일기에
서도 일제의 전시동원정책이나 학교 현장의 전시교육과 관련된 부분이 많이 등장한다. "오늘은
대동아전쟁 1주년 기념일이다. 학교에서는 기념행사로서 대소봉독식, 신사참배, 깃발행렬, 위문
대 제작의 아동작품의 정리제출, 포스터 표어 게시했고. 오후 7시에 학교에서 경방단 주최 영사
회"(1942. 12. 8.) 또한 "애국반 훈련지도를 위해 출장", "청년대 훈련지도", "청년훈련생 참석 독
려위해 출장", "청년대 사열 훈련 위해 출장", "특련생(特鍊生) 교육시킨 후 징병검사 통역관 임
무를 맡"거나 "학교가 징병검사장이 되어 수업은 교외수업으로"하거나 "간열(簡閱) 점호가 실시
되는 고로 수업이 불가능하게" 되기도 했다. 또한 "신사에서 대소봉대식을 거행하고 전승기원제"
를 하고, 방공연습에서 "감시계가 되어 학교 건물 주변 하늘을 감시"하기도 했다. 또한 학생들에
게는 비상 상황에 대비하기 위해 "식물(食物) 절제 훈련"을 실시하고 점심시간에 각 학급을 순시
하면서 혼식이나 대용식 상황을 조사했다. 일본이 싱가포르를 함락하자 아동들에게 그 의미를
설명하면서 "감사와 기원"을 드렸다는 언급도 등장한다(1942. 12. 16.). 조선총독부는 1940년 항
공기념일을 제정하고 전쟁수행에 필요한 '항공사상'의 선전에 나섰는데, 『금계일기』에서도 항공
기념일을 맞아 활공기 모형비행기대회 개최, 글라이더 제작 대회를 열었다는 기록이 등장하며,
그는 방과 후 학생들의 글라이더 제작을 지도하는 등 적극적으로 참여했다.

곽상영은 항상 방과후 학생지도가 있을 정도로 열심이었는데, 당시 초등학교에서 각 학급마다
"우수아, 보통아, 열등아의 반을 조직하고 방과 후 공부일정 등을 정했"으며, 방과후 열등아를 남
겨 공부 및 특별지도를 하기도 했다. 하지만 전시총동원 체제 하에서 초등학교의 어린 아동들도
각종 근로동원에 나서야 했다. 1년부터 고학년까지 총동원되어 학교림을 벌채하고 나르거나, 산

나물 채취에 나섰으며, 학교 보리밭 밟기를 진행했다. 또한 전교생이 동원되어 작은 돌을 운반하여 학교 방공호 설치공사를 하여 3백 명이 수용 가능한 방공호를 완성했지만(1945. 7. 28.) 그로부터 보름 만에 일제는 무조건 항복을 선언했다.

곽상영은 1942년부터 부인들을 대상으로 군 회의실에서 진행된 야학 "국어(일본어)강습"에 교사로 참여하는 등 초보교사로서 자신에게 주어진 일을 성실하게 수행하려 노력했다. 하지만 결과적으로 그의 노력의 상당부분은 일제의 전시총동원정책에 순응한 결과였고, 이에 나중에 자신의 교육에 대해 반성을 하게 된 것이다.

2. 해방 직후 평교사 생활

해방을 맞은 곽상영은 1945년 10월 모교인 옥산국민학교에 부임했다. 비록 해방이 되었지만 교육현장을 비롯한 사회 전반은 아직 적지 않은 혼란 속에 쌓여있었다. 학교마다 이유 없이 장기 무단결석을 하는 아동들이 적지 않아 출석률이 나빠졌고, 일부 학부모들은 굳이 학교에 갈 것 없이 "언문 배울 테면 집에서 배워도" 된다고 생각했다(1946. 1. 9.). 이에 교사들은 학부모의 집을 돌면서 학부형회를 개최하여 가정교육, 교육의 필요성을 강조했으며, 정부는 1946년 9월부터 의무교육을 실시하여 만6세 아동은 모두 초등교육을 받도록 강제했지만 실제 현장에서는 계속해서 학교교육의 필요성을 강조하고 설득해야 했다.

이에 대해 곽상영은 해방에도 불구하고 상당기간 "교육법령, 교과서, 교직원의 보수 등 교육과 관련된 여러 사항이 '불완성'되어 있는 상황이었고, 이는 아직 나라를 찾지 못한 까닭"(1946. 9. 2.)이라고 보았다. 무엇보다 당장 교실에서 가르칠 교재가 없는 것이 가장 큰 문제였고, 이에 곽상영을 비롯한 교사들은 '교수요목' 지침서를 바탕으로 수업교재를 만들고 수업방식을 만들어야 했다.

이를 위해 교과 교육을 위한 연구회, 윤독회 등 다양한 방식으로 교육의 질을 높이기 위한 노력이 진행되었다. 곽상영이 기록한 해방 이후 첫 연구회는 1946년 4월 8일이었다. 그로부터 5일전 학무과로부터 옥산국민학교에서 연구회를 준비하라는 급한 공문을 받았으며, 지정된 과목은 공민과, 국어과, 이과(理科)의 3과목이었다. 그는 이과를 담당하여 촉박한 일자 속에서 바쁘게 제반 준비와 계획을 세웠다. 연구회에는 각 시학(視學) 등 70여명이 참석했으며, 곽상영은 이과 특정 수업으로 2학년 여자학급의 '버들피리'라는 주제를 가르쳤다. 이러한 연구수업은 바람직한 교수법을 찾기 위한 공동노력의 일환이었다.

같은 학교 동료교사끼리 윤독회나 연구수업 등을 통한 연구가 있었고, 전국단위, 시·군단위, 부단위 등 여러 차원에서 연구회가 진행되었다. 곽상영은 전국교육연구발표회가 있을 때마다 좋은 기회라 여기고 참석했으며 서울출장도 마다하지 않았다(1947. 8. 10.). 지방에서 열린 교과강습회에 서울에서 온 대학강사들이 직접 강의를 하기도 했다. 연구회는 초등학교에 국한하지 않았으며, 중학교나 공업학교에 열리는 연구수업도 참관했다. 특히 새로운 교육법으로 '아동의 자학(自學)중심교육'이 제시되면서 이를 수용하기 위해 방학 때 부지런히 공부하고, 학기가 시작되자 신교육법의 적용을 위해 노력했다(1947. 6. 10.). 아동이 자발적으로 학습하게 하는 신교육법에 맞는 적절한 방법을 찾지 못해 처음에는 실패했다고 스스로 규정한 곽상영은 "내 힘으로 알아내자, 알려고 애쓰자, 모르는 것은 조사하자, 다른 사람에 물어보자, 어떻게 하면 좋을까, 연구하고 생각하기로 하자. 누구든지 발표하자. 실지의 사물에 부닥치기로 하자"고 다짐하면서 효과적인 교육방법을 모색했다(1947. 9. 10.). 이러한 노력의 결과 수업시간에 학생들의 발표 태도가 좋아지고, 아동들 모두가 열심히 노력하는 모습을 보며 스스로 기쁘기 한량없다고 밝혔다(1948. 1. 12.).

일제 강점기 동안 모든 교육이 일본어로 진행되었기 때문에 해방을 맞이한 학교현장에서는 한글지도가 중요한 과제였고, 이를 위한 연구회가 자주 열렸다. 전 교사가 모여 착실하고 열성적으로 국어 교재 윤독회를 하는 것을 보고 아름답다는 감상을 기록하기도 했다(1948. 12. 27.). 초등학교 교사이다 보니 전과목을 가르쳐야 하고, 그에 따라 각 과목별로 강습회나 연구회에 참석해야 했기 때문에 무척이나 바쁜 시간을 보내야 했다. 첫 번째 연구수업을 이과로 했지만 곽상영은 사회, 국어 등 다른 과목에서도 연구수업을 해야 했고, 그와 관련된 연구회나 강습회도 참석했다. 이과 강습회에서는 단순히 강습에 그치지 않고 연초공장, 방송국, 우편국 등 관련된 기관을 직접 견학하면서 경험과 지식을 넓히기도 했다(1947. 8. 24.).

해방 직후 남한 지역의 문맹률은 12살 이상 전체 인구 기준으로 78%에 달할 정도로 매우 높았다. 이는 일제 강점기에 우리말과 한글 사용이 금지되었기 때문이었다. 이에 미군정청은 문맹 문제를 관장할 '성인교육위원회'를 조직하고, 국문 강습소를 설치하여 운영했다. 대한민국 정부 수립이후 문교당국은 교육의 1차적 과제로 초등의무교육의 정착과 함께 문맹퇴치를 내세웠다. 문맹퇴치를 위한 한글 강습이 전국적으로 진행되는 상황에서 곽상영도 직접 지도에 나서거나 격려를 아끼지 않았다(1948. 6. 3.). 당시 한글 해독이 특히 문제가 되는 것은 1949년의 총선거를 앞두고 있었기 때문이었다. 유권자인 국민들이 한글을 이해하고 투표에 응하도록 하는 것이 당시 가장 급선무였던 것이다(1949. 1. 4.).

비록 열악한 교육 환경이었지만 곽상영은 제자들의 중학교, 농업학교, 상업학교, 공업학교, 사범학교 입시를 위한 원서 작성을 위해 철필촉에 잉크를 찍어 쓰면서 온갖 정성을 다 쏟았다. "정성껏 만드는 이 지원서!! 아무쪼록 나의 자식과 동생과 달음없는 제자들의 시험 합격을 잘도 시켜달라고" 기도했다(1948. 6. 13.). 운동회 준비를 위해 장내 설비와 상품 등 준비작업을 마치고 새벽 3시에 잠자리에 드는 열성적인 교사였다(1948. 9. 27.).

해방 직후 교육에서 흥미로운 현상 중 하나는 학교에서 자율적으로 학사일정을 조정하여 일요일에도 학생들이 학교에 나오곤 했다는 점이다. 운동회 연습을 위해 일요일에 전교생을 소집하거나 정월대보름인 화요일에 쉬기로 하고 그 대신 일요일에 학생들을 소집해 수업을 하기도 했다(1948. 2. 22.). 또한 특별한 설명 없이 일요일이지만 아동을 소집하여 5시간은 수업을 하고, 2시간은 작업을 실시했으며, 1시간은 학예회 준비를 했다(1948. 5. 9.). 우연히 그날은 일식이 있는 날이어서 학생들과 생생한 과학교육을 하게 되었지만 그 때문에 일요일 등교를 시킨 것은 아닌 것으로 보인다. 1950년대 들어와서도 금요일에 소풍을 가고 토요일을 쉰 다음 일요일에 등교해서 수업을 하거나 6학년 입시를 위한 특별지도 때문에 6학생 전원이 등교해서 공부를 하기도 했다.

3. 7년 7개월의 교감 생활

곽상영은 교직생활 8년만인 1949년 9월 교감 발령을 받았다. 하지만 교감이 되고 나서 그의 생활은 더욱 바빠졌다. 교감이었지만 담임은 물론이고 학교의 각종 업무를 도맡아했기 때문이었다. 그는 8년간의 교감시절에 실시되었던 월말 일제고사의 전학년분 출제를 빠짐없이 전담했다. 이를 위해서 출제하는 데 6시간, 원지 긁는 데 3시간, 등사하는 데 3시간, 계 12시간을 꼬박 쏟아부어야 했다.("사도실천기") 또한 여전히 수업을 담당했기 때문에 각 교과의 연구회에 계속해서 참석을 했으며, 교감이 되면서 학교의 경영과 관련된 연수도 받아야 했기 때문에 더 바빠진 셈이었다. 1949년에는 새로운 커리큘럼 강습회가 있었는데, 이는 신교육사조라 할 만한 교육과정으로, "서양으로부터 일본으로부터 들어오는 모양이나 연구들이 깊지 아니하여서 지금에 한창 연구하고자 하는 마음이 팽창되었다. 갑자기 이 커리큘럼 연구가 전국적으로 물밀듯이 밀려오고 퍼져서 물 끓듯이 온 교육자들은 와글와글 들끓고 있는 중이다"(1949. 5. 28.)는 표현에서 알 수 있듯이 당시 교육현장의 높은 관심을 끌었다. 그해 여름방학 중에는 신교육강습회가 열렸고, 커리큘럼 연구실천대회나 워크샵 형식의 검토회 등 다양한 방식으로 새로운 교육과정에 대한 연구회가 진행되었으며, 이러한 움직임은 1950년대에 들어와서도 계속되었다.

이처럼 교육을 위한 연구회는 꾸준히 진행되었고, 특히 새로운 교육과정이 도입될 때 훨씬 활발하게 추진되었다. 곽상영은 1953년 300여명이 모여 일주일간 진행된 새교육 강습회 워크샵 기간에 조직된 분과위원회에서 청원교육구 6명 대표의 한명이 되어 자료수집위원이 되었다(1953. 1. 17.). 자료수집분과 위원회에서 영화를 주선해 상영하기도 했으며, 국내외 정세에 대한 뉴스, 올림픽 소식 등 여러 정보를 제공했다. 그는 교육과정에 대한 강의에서 녹음기를 유용하게 이용했음을 밝혔다. 이 연수의 일환이자 단원학습연구로 '충북의 연초 연구'가 결정되어 워크샵 참여자 전원이 연초공장에 연구견학을 다녀왔다(1953. 1. 19.). 견학의 경험을 그는 다음과 같이 기록했다. "종업원이 1300명이라 하며 특히 여직공들의 기계와 같은 재빠른 솜씨에는 아니 놀랄 수 없었고 종일토록 보아도 실증이 아니날 것 같았다. 담배 쓰는 기계와 담배 마는 기계는 과연 과학이 발달된 이 시대이지만 보는 사람으로 하여금 신기하기에 머리를 아니 끄덕일 수 없었다."

연구회는 단순히 교과 교육에 대한 것뿐 아니라 '가정과의 연락교육', '학습장사용지도' 등 교육과 관련된 포괄적 주제에 대해 경험을 공유하고 바람직한 방향을 찾으려는 노력을 담았다(1954. 1. 4.). 교감이 된 곽상영은 관리자의 입장이 되어 아담한 학교 만들기, 학생생활을 어떻게 순화시킬 것인가 등 더 다양한 고민들을 갖게 되었다. 그는 자신이 참석한 연구회나 강습에 대해 대부분 내용이 풍부했다거나 새로운 지식을 쌓게 되었다며 긍정적으로 평가했다. 낮은 학력으로 인해 항상 겸손하게 새로운 지식을 갈구했던 그에게 각종 연구회는 절호의 기회가 되었다.

1950년 한국전쟁이 발발했을 때 그는 피난대신 학교에 남아 학교 시설을 지키다 인민군에 의해 선전강연 등에 동원되었다. 교원 교양 강습을 받고, 인민공화국 국가를 교육받고, '해방 후 조선, 민주개혁의 성과' 등을 강습 받아야 했다. 그는 강습에서 제시된 통계에 의심을 가졌지만 한편으로 자신의 처지가 "독안에 든 쥐"라고 한탄했다(1950. 9. 8.).

국군에 의해 충북지역이 수복된 이후 그는 남하하지 않은 공무원은 무조건 휴직시킨다는 소문에 마음이 안착되지 않아 수업을 할 수가 없었고, 학교도 사실상 휴교를 했다(1950. 10. 13.). 인민공화국에 부역한 사람은 모두 자수를 해야 했고, 곽상영이 일하던 옥산국민학교도 교직원들이 자수서를 지서에 제출했다. 그는 강제 억압에 의해 할 수 없이 했던 일들에 대해서 추궁을 당하자 억울함을 감출 수 없었다(1950. 10. 14.). 부역자에 대해 당국은 본인이 제출한 조사서, 지방의 여론, 경찰당국의 의견, 소속학교장의 의견을 종합해 복직 또는 보류(파면)를 결정했다. 같은 학교 11명 중 곽상영을 포함한 7명은 복귀 명령을 받았지만, 4명은 보류 판정을 받았다(1950. 11. 15.). 그는 교단에 다시 돌아올 수 있었지만 부역 때문에 봉급을 전혀 받지 못해 연료 및 식량 확보에서 큰 어려움을 겪어야 했다. 이후 중공군 개입으로 국군이 다시 후퇴를 하자 그도 이번에는 전 교직원과 함께 피난을 떠났는데, 다행히 피난지인 대구에 도착하기 전에 전세가 역전되어 다시 돌아올 수 있었다.

전쟁은 한국사회 전역을 피폐하게 만들었으며, 학교도 예외는 아니었다. 전시로 옥산국민학교는 5개월간 사실상 휴면 상태에 빠졌다가 11월에 다시 문을 열었지만 학생은 절반 정도만 출석했다. 전쟁이 계속되면서 학교는 피난민 수용소가 된 상태였고, 군당국과 협의해도 교육에 대한 이해가 충분하지 않아 개선되지 않았다. 게다가 각종 전염병까지 유행했다.(1951.3.6.) 이에 전시에 맞춘 학교 운영안을 새로 수립했으며, 임시 학급을 편성하고, 학년별로 2부제를 실시하는 등 비상운영에 들어갔다. 1950년 겨울방학은 전시이고, 연료문제로 인해 60일간의 이례적으로 긴 겨울방학을 가졌다. 이에 비해 이듬해 겨울방학은 단 7일이었다. 전시이자 학제 변경으로 1952년 학사년도 기간이 줄어 교과진도에 지장을 주지 않기 위해서였다(1952. 1. 7.). 1951년까지 8월, 7월 또는 5월에 학년말이 되었지만 다시 일제 강점기 방식으로 돌아가 4월말이 학기말이 되는 방식으로 변경되었기 때문이었다. 그 와중에 물가는 오르고 급료는 적어 곽상영은 극심한 생활난을 겪어야 했다. 1951년 3월 그의 급여는 2만원이었는데, 쌀 한말이 6,000원이었다. 5월분 식량배급으로 10명분 백미 6두와 가루 3두를 받았지만 대금이 6만원에 달해 자신의 급여로 감당할 수 없게 되자 "이 어찌 모순이 아니랴"(1951. 6. 24.)며 한탄했다. 그해 9월 쌀 한말의 그 가격은 17,000원까지 올랐다.

곽상영은 1951년 4월 북일국민학교에 부임했다. 전시임에도 여름방학 동안 숙제로 제출한 과제장, 미술(도화, 습자, 공작), 과학 연구 및 제작물, 지도, 수예품 등을 전시하는 학예회를 방학 후 열었다(1952. 8. 22.). 교감이자 학급담임도 하면서 외부활동에 전력을 다하여 전쟁 중에 폭파된 교사 수리와 풍금, 시계 등 교구 마련에 애를 썼다. 학부형 간부들과 연일 자금조달과 물품 수급을 위해 노력을 해야 했다. 당시 학교 운영에서 학부형들의 지원과 역할은 절대적이었다. 해방 직후부터 정부의 교육 예산이 충분하지 못한 상황에서 학부형들은 자발적으로 후원회를 조직해서 학교의 운영을 도왔다. 한국전쟁 이후 아예 전면에 나서 가정과 학교의 긴밀한 연락과 협조 아래 학교교육의 발전을 꾀한다는 목표아래 사친회(師親會)가 조직되었다. 곽상영은 학부형과의 교육좌담회를 개최하여(1951. 12. 22.) 가정교육과 학교교육에 대해 역설했으며, 학부형들이 참석한 사친회 총회에서 학교의 희망사항을 밝히며 지원을 요청했다(1952. 4. 14.). 사친회 회원들이 납부한 회비는 교직원의 연구비나 시설비로 사용되었다. 1952년 11월 월 1,000원인 통상회비를 2,000원으로 인상했으며, 임시회비로 걷힌 백미 한말 중 6되는 교직원 연구비, 4되는 시설비로 사용하기로 결정했다(1952. 11. 3.). 이처럼 사친회는 자주적인 후원단체로 시작했지만 점차 학교 운영 및 교사 후생을 위한 재정지원단체의 역할로 변질되어 갔다.

곽상영은 교감으로 재직하면서 학교의 재정과 관련된 일들 담당하면서 사친회에 대한 여러 기록들을 남겼다. 특히 그가 1957년 교장 발령을 받고 교감 시설 업무 인수인계 과정에서 학교가 안고 있는 많은 양의 채무 때문에 큰 어려움을 겪게 되었다. "학교간부는 회계사무를 보아서는 안 된다고 하지만 현실적으로 학교의 빚을 해결해야 되는 짐을 지고" 있었던 것이다(1957. 5. 13.). 그에 따르면 학교 채무의 원인은 연공수당과 학교장 후생비 등이었다. 정부 교육 예산이 충분하지 못한 상황에서 열악한 시설이나 교직원에 대한 미흡한 처우를 학부모의 지원으로 보완했던 것이다. 학교 공채에 대한 사친회 사무감사에서 이사들은 3만환의 현금 차액을 탕감하기로 결정하면서, 장부에 올리지 못할 잡비도 있고, 공무원 생활에 여유가 없기 때문에 이해가 된다는 입장을 보였다(1957. 5. 15.). 곽상영은 많은 식구를 부양해야 했기 때문에 사적 채무도 적지 않았는데, 그 대상은 마을의 유지이자 학부모였다.

학교의 주요 행사의 하나였던 운동회를 위해서 교직원이나 주민들의 찬조금을 받기도 했다. 1951년 10월 운동회를 위해 30만원의 찬조금을 받았는데, 비상시국에 극심한 경제난에도 불구하고 많은 금액이 모였다고 놀라워했지만(1951. 10. 5.) 지역이나 때에 따라 찬조금이 전혀 들어오지 않는 경우도 있었다(1952. 10. 4.). 운동회가 끝나고 위로회가 열려 학부형들과 교직원들이 함께 식사를 하는 경우가 일반적이었으며, 운동회 날 지방 유지나 면내 기관장과 친목경기를 벌이기도 했다. 학예회는 학교의 또 다른 주요 행사였으며, 수주 전부터 연습을 하여 학부형을 비롯해 관객을 모시고 다양한 행사를 벌였다. 학교 자모회를 개최하여 모자 위안 학예회라 칭하기도 했다(1952. 6. 4.). 학예회나 운동회의 경우 학교 단위의 예선을 거쳐 군이나 도단위의 결선대회를 실시하기도 했다. 도내 초등학교 육상경기대회에서 우승한 학교는 '스리쿼터 자동차'를 타고 우승기를 휘날리며 학교로 돌아오곤 했다.

곽상영이 교감으로 재직하던 1954년 전국적인 문맹퇴치운동이 전개되었다. 1954년 문교부는 '문맹퇴치 5개년 계획'(1954-58)을 수립했고, 이 계획에 따라 문맹퇴치 사업이 5년간 진행되었다. 매년 농한기를 이용하여 70-90일 동안 교육했으며, 초등학교 2학년 수준의 읽기, 셈하기, 기초적 과학 지식 등을 가르쳤다. 이 사업의 결과 문맹률은 1958년에 4.1%로 격감되었다고 알려졌지만 그 수치가 과장되었다는 지적도 있다. 곽상영도 문맹퇴치교육을 위해 자신이 직접 강사로 참여하기도 했고, 각 부락의 문맹자 한글지도 강사 전원을 소집하여 지도 요령을 가르치기도 했다. 교육 내용자체가 초등학교 저학년 수준이었기 때문에 초등교사들은 전원 동원되었다.

1950년대까지 중학교 입시는 초등학교의 가장 큰 과제 중 하나였다. 해방 직후부터 중학교 입시는 계속해서 변경되었는데, 1950년까지는 중학교가 각기 입시 관리를 했으며, 전쟁을 계기로 1951-53년은 국가연합고사제가 실시되었다. 1954-57년은 유시험-무시험 병행제로 변경되었고, 1958-61년은 연합출제제가 되었고, 이후에도 국가고시제, 시도별 공동출제제, 문제은행식 출제제도를 거쳐 1969년부터 무시험 추첨에 의한 학군제가 실시되었다.[1] 잦은 변경은 일찍부터 입시경쟁에 내몰린 아동들에게 큰 부담이 되었다. 이런 속에서 1954년 중학 입학시험을 위한 학력고사 결과가 대통령의 특명에 의해 무효가 되고 다시 각 학교별로 입학시험을 다시 실시하게 되자 곽상영은 "문교부 위신과 나아가 정부, 대통령의 줏대가 이렇게도 없어서 국민들의 마음이 안정될 수 없음을 또 깊이 느껴졌다"고 한탄했다(1954. 3. 2.).

4. 30년의 교장 생활 전반부

곽상영은 교감 생활 8년만이자 만 36살인 1957년 교장으로 발령받았다. 그는 1948년 재임하던 학교의 교장이 전근을 갈 때 학생들이 도열해 만세를 부르자 교장의 얼굴이 붉어지면서 눈에 눈물이 어리는 장면을 보고 "이러한 감상은 우리의 교육자만이 맛보는 것이다"고 자부한 바 있다(1948. 4. 17.). 그가 교장 발령을 받고 떠나던 날도 교감으로 재직했던 내수교의 전직원과 아동들이 정열하여 환송식을 열었고, 전원이 만세를 부르며 그를 떠나보냈다. 그는 학생들이 시야에서 사라질 때까지 감동적으로 모자를 흔들었다(1957. 4. 4.).

곽상영은 충북 괴산의 장풍교에 교장으로 발령받고 학교 경영에 대해 직원협의회를 개최하여 논의했으며, 교무실 환경을 개선하는 데 힘을 쏟았다. 교육의 목적, 국민학교 교육의 목적, 교육건설지침, 문교부 장학 방침, 본도 교육지향점, 본구 장학 실천목표 등 교육방침을 비롯하여 교육 운영조직, 연구회 계획, 주중행사, 직원신조, 생활역, 학교평면도, 청소구역도, 학교연혁도(발전하는 본교 도표) 등을 정서하여 게시하였고 직원 좌석구조도 약간 형태를 변경하여 얼마 전에 비하여는 매우 조밀한 환경으로 새로운 기분이 돌게 구성하였다(1957. 5. 22.). 그는 첫 교장 발령지인 장풍교에서 3년간 재임하면서 반초가집 학교를 늘어선 기와집 건물로 만들었으며, 운동장을 확장하고, 교문 문주와 변소를 신축하는 등 학교 환경 개선에 많은 노력을 기울였다(1960. 4. 16.).

교장 곽상영의 학교경영 철학의 핵심은 사랑이었다. 1957년 교장이 된 직후 작성한 "교장의 첫걸음"이라는 글에서 그는 교장으로서 자신의 학교 경영 철학에 대해 "교육을 위하여 직원을 사랑한다. 교육을 위하여 학생을 애무한다. 교육을 위하여 부형에 친절을 다 한다"고 밝혔다. 교직원은 "민주교육을 베푸는 고귀한 인격자이며 한 울안에서 고락을 같이 하고 힘을 모디어 함께 땀을 흘리는 무한히 고마운 직원들이기 때문"이며, 학생들은 "우리를 바라고 더우나 추우나 몸이 괴로

1) 고영복, 1977, "우리나라 중학교 입시 변천에 관한 고찰", 『군자교육』 8, pp. 45-70.

위도 학교를 찾아오는 귀동들이며 우리의 손길로 길러진 그네들이 장차 사회발전에 노력하고 봉사할 국보이기 때문"이었으며, 학부형은 "우리 직원과 함께 어린이 교육을 위하여 애쓰고 힘을 합하여 주며 물심양면으로 전심전력을 다하여 주는 그들이기 때문"이었다.

기본적으로 그는 인격적인 교장이었고, 교직원들의 업무에 일일이 참견하는 스타일이 아니었다. 그의 일기에는 교직원을 비판적으로 평가하는 경우는 드물었고, 칭찬과 긍정적 평가가 주류를 이루었다. 이는 그의 타고난 성품의 결과이지만 그와 같은 태도가 항상 좋은 결과를 가져오는 것은 아니었다. 그는 스스로에게 "직원에게 너무 자유를 주어 좋은 교장이라는 말을 듣지만 그보다는 훌륭한 소속장이란 말을 듣고 싶다"고 밝혔다(1966. 1. 1.). 좀 더 책임 있게 학교를 경영하기를 희망했으며, 직원에 대한 쓴소리도 마다하지 않겠다고 다짐했다. 하지만 그는 웬만해서는 아래 직원들에게 싫은 소리를 하지 않는 온화한 성품이었고, 그러한 면모는 일기의 서술에서도 잘 드러난다.

곽상영은 교장 발령 이후에도 6학년 도덕수업을 전담하여 교과지도를 했다. 또한 직장연수란 이름으로 매주 금요일 오후에 2시간씩 전직원이 모여 교육 문제를 논의하는 자리를 가졌다. 돌아가면서 발제와 토론을 하는 방식의 연수에서 그는 항상 『새교육』지에 게재된 글을 자료로 삼았다. 그가 출퇴근 때 들고 다니는 책가방 속에는 언제나 새교육 한 권이 꼭 끼워져 있었으며, 1947년부터 매달 발행되었던 『새교육』 수 백 권이 그의 서가에 꽂혀있었다. 『새교육』은 언제나 노력하며 새로운 교육사조나 교수법을 받아들이는 데 주저하지 않았던 그의 태도를 보여주는 상징이었다.

1개 면에 1개 초등학교가 있는 상황에 초등학교 교장은 그 지역의 중요 기관장 중 한 명이었다. 교장선생님이 새로 부임하면 면, 지서, 양성소, 기술원, 종축장, 진료소 등 각 기관과 사친회 임원, 면의원, 기타 지방 유지들에게 부임인사를 하는 것이 관례였다. 또한 군이나 면에서 주관하는 기관장회의에 참석해서 교육 뿐 아니라 농촌사회의 각종 현안에 대해 함께 논의하고 실행 주체로 활동했다. 군청 회의실에서 열린 군내 기관장회의에 참석하여 농촌 고리채 정리 계몽을 교직원이 담당토록 하는 결론을 얻었으며(1962. 8. 9.), 옥산교 주관으로 열린 면내 기관장 회의에서는 뇌염 방지, 익사사고, 꽃길보호, 변소처리, 농협 업무협조, 엽연초 경작 협조, 기관간 유대, 반공 방범, 퇴비 증산 등이 논의되었다(1966. 8. 31.). 면내 기관장 회의에서는 경제개발 5개년 계획의 성과에 대해 논의하고, 농업증산에 개토 및 배수 작업, 공명선거, 업적 PR, 회의강화 등을 논의하기도 했다(1967. 2. 27.). 당시 초등학교 교장은 단순히 교육기관의 대표를 넘어 지역사회를 책임지는 핵심 기관장 중 한 명인 셈이었다.

교장이 된 이후에도 경제적 어려움을 겪어야 했으며, 이에 교감 이하 전직원이 식량 몇 말을 구해 사택으로 보내기도 했다(1957. 6. 5.). 이에 그는 부끄러우면서 감사한 마음을 밝혔다. 1957년 에 급료가 제대로 안 나오는 경우가 있었고, 급료는 나오더라도 수당이 밀리는 경우가 많아 많은 가족을 부양해야 하는 그의 가족은 어려운 생활을 피하지 못했다. 흥미롭게 그가 교장으로 일한 첫 학교인 장풍국민학교에서는 직원들이 매달 봉급의 일부는 모아 광목을 사서 심지를 뽑아 차 지하는, 일종의 후생 계를 운영하기도 했다(1957. 5. 7.).

1961년 군사쿠데타가 발발하자 교장을 비롯한 전직원은 혁명공약 6장을 완전히 외어야 했으 며(1961. 6. 19.), 교육구가 시군으로 폐합되어 교육자치제가 약화됨을 받아들여야 했다(1962. 1. 16.). 1964년 1월 민정 이양 후 교육자치제가 부활되어 교육청이 다시 문을 열었다(1964. 1. 4.). 그러나 교육자치체에도 불구하고 현실에서는 정권의 정치적 영향으로부터 자유롭지 못했다. 3 선 개헌 직후이자 1971년의 대통령선거를 앞두고 있던 1970년 4월 곽상영은 청원군 서북부 교 장 교감 연석회의에 참석했는데, 안건은 국민교육헌장 구현과 자활학교 운영이 중심이었다. 하 지만 그 전에 열린 전국교육장회의가 있었고, "교장으로서 새로운 각오 하에 안석치 말고 직원을 들볶아대야 한다고. 교육장은 교육장실을 없애고 교장을 볶아대어 아동에게 행복을 주도록 하라 는 문교부장관과 보통교육국장의 엄명이 있었다고 강조 역설. 무려 백수십항에 걸쳐 계획 실천 하겠금 엄달. 전원 초긴장리에 오후 4시반에 폐회."(1970. 4. 3.)라는 기록은 교육자치제의 이면 이었다. 몇 달 뒤 군 교육청에 들린 곽상영은 "지방의 특수성과 시국에 비추어 행동에 변화를 가 지라는 것. 지방인 접촉에 과음 중 언사에 모순 없도록 할 일과 명년 선거를 앞두고 공무원다워야 한다는 것. 요은 야에 동조한다는 지목을 받고 있다는 것. 곽교장과 변교감에 대하여 주목을 하고 있다는 정보가 있으니 십분 조심해야 한다는"(1970. 11. 17.) 경고를 받았다. 이번에 펴내는『금 계일기』는 1970년까지만을 수록했지만, 앞쪽에 실린 곽노필 기자의 "곽상영 생애사"에서 나타나 듯이 곽상영은 1971년 야측 동조자라는 이유로 돌연 전출명령을 받게 된다.

충북 괴산의 장풍국민학교에 교장으로 부임한 그는 이후 30년간 8개교의 교장을 역임했으며, 고향인 금계국민학교는 2번에 걸쳐 10년간 재직했다. 하지만 1967년 금계국민학교의 중학교 입 시 성적이 좋지 않았고, 교장인 그를 포함해 교사들의 과한 음주가 문제가 되어 다른 학교로 전근 명령을 받았다. 사실 그의 일기에서 드러나듯이 당시 음주는 많은 교사들의, 특히 시골지역 교사 들의 일상이었다. 운동회, 소풍, 학예발표회 등 학교의 행사 이후에는 빼놓지 않고 위로연이라는 이름의 연회가 있었고, 교사들 사이뿐 아니라 학부형인 마을주민들과도 잦은 술자리가 있었다.

또한 1967년 금계교의 입시 성적이 부진한 것과 관련해서 뒤늦게 청주시내 전기중학입시에서 문제가 누설되었음이 밝혀졌고, 재시험을 요구하는 낙방 학부형의 움직임으로 인해 금계교의 억 울함이 풀릴지도 모른다고 기록했다(1967. 12. 14.). 하지만 입시 부정 문제는 "문교부 장관의 미명령으로 미결말"이 되었고, 그는 입시 성적 부진이 원인의 하나가 되어 다른 학교로 떠나게 되었다. 당시 중학교 입시는 중요한 사회문제였고, 1967년 청주뿐 아니라 서울에서도 입시부정이 발생했다. 곽상영은 항상 사랑으로 학생을 지도하고자 했지만 당시 초등학교 현장은 그보다 훨씬 치열하고 각박했다.

•• 이성호 · 안승택

Ⅶ. 해방, 근대국가 수립과정에서의 개인의 삶과 경험

해방을 맞이하던 1945년 곽상영은 나이 25세의 경력 5년차 초보교사였다. 엄혹한 군국주의 지배체제 아래에서 학생시설과 초보 교사시절을 보내면서 일본어로 일기를 써야했던 그는 1945년 8월 15일 처음 우리말로 일기장에 "때가 온 모양이다. ⋯⋯ 가슴 가슴이 울렁울렁하여진다"(1945. 8. 15.). 고 해방을 맞는 느낌을 적었다. 그는 동료 교사, 지역 주민들과 함께 만세행렬에 동참하고(1945. 8. 17.; 1945. 8. 18.), 자신이 근무하던 보은면의 선전부대원이 되고 자치회원이 되어 "힘껏 일하자!!"(1945. 8. 19.)고 결심하면서 해방의 기쁨을 만끽하였다.

그러나 해방과 함께 시작된 우리나라의 근대국가 건설 과정은 2차대전 이후 국제질서의 재편과 맞물려 녹록치 않았다. 미군의 진주, 분단, 남한 단독선거와 정부수립, 좌우 이념대립과 전쟁, 그리고 혁명과 쿠데타가 이어지고, 급격한 정세 변화는 서민생활을 여지없이 흔들어놓았다. 여기에서는 곽상영의 「일기」를 토대로 해방 이후 격동기를 겪은 한 지식인의 경험을 살펴보기로 한다.

일제강점기부터 학교는 국가이념과 시책을 지역사회에 전달하고 확산하는 주요 기관이었다. 그래서 일면일교(一面一校)의 원칙을 세워 학교를 지역의 중심으로 기능하게 하였다. 마땅한 교통 · 통신수단이 보급이 이루어지지 못했던 시절의 시골마을에서는 학교는 도시와 농촌, 국가와 지역사회, 근대세계와 전통사회를 연결하는 가장 중요한 통로였을 것이다. 특히 학교는 지식층 공무원이 모여 있는 국가기관이었다. 이러한 이유로 교직에서 일생을 보내며 기록한 곽상영의 『금계일기』는 사회 변화가 지역주민들에게 어떻게 전달되었는지, 그리고 농촌의 주민들은 그 변화를 어떻게 받아들이고 대처하였는지를 잘 보여주고 있을 것이라고 생각된다.

1. 초보교사의 해방 경험

해방 이후 "학교도 간분당(間分當) 정지가 되"(1945. 8. 25.)고, "산촌에는 운운(云云)한 소사건(小事件) 등이 발생되는" 혼란한 상황에서 곽상영은 8월 25일에야 "조선건국준비위원장 여운형씨, 조선건국준비위 부위원장 안재홍씨"에 관한 소식을 접하게 되었다. 공교롭게도 그날은 미국과 소련이 한반도의 분할점령을 발표한 날이었다. 그러나 그 소식은 청주 근교의 농촌지역까지 전해지지는 않았던 것 같다. 『일기』는 쏟아지는 비에 제방의 둑을 보수하고(1945. 9. 5.), 추석을 맞아 고향에 가서 "병대(兵隊)로 나갓던 종제(從弟) 필영(弼榮)이가 무사히 귀환된 것"을 기뻐하면서 지냈다. 그리고 물가가 급등하여 생활이 어려워지는 것을 실감하기도 하였다.[1]

"금일로써 비로소 백미(白米) 5되(升)에 50원 주고 파러 보앗다. 물건 값이 턱업시 빗산 것을 오날로 더욱 늣기엿다"(1945. 10. 5.).

9월 8일 서울에 미군이 들어오고, 9월 12일부터 미군정체제가 시작된 것을 충청도의 시골마을에서 실감하게 된 것은 10월 10일이었다. 『일기』에서 곽상영은 "작일(昨日) 밤에 미군(美軍)이 보은에 진주하엿다. 환영이 성대하엿다."고 적었다. 그리고 얼마 후 학교일로 청주시내에 다녀온 날, "청주에서는 미국의 진주군들이 시가에 왕래가 빈번하더라"(1945. 10. 27.). 고 담담하게 기록하였다.

어쨌든 이즈음부터 어느 정도 사회제도의 틀이 마련되기 시작한 것으로 보인다. 교사들과 지역 유지들을 대상으로 한글강습이 시작되고(1945. 10. 10.), 곽상영이 근무하던 학교에도 일본인들이 물러나 비어있던 교장에 조선인이 부임하여, "오날로붙어 교장, 사제 일동이 전조선 우리 동포끼리"(1945. 10. 15.)임을 실감하고 기뻐하였다.

모스크바삼상회의(1945.12.16.-12.25.)의 결과가 국내에 전해진 것은 12월 28일 경으로 알려져 있다. 아마도 청주에서도 상당히 떨어진 보은에 그 소식이 알려진 것은 한참 뒤였던 것 같다. 그해 연말에 그는 청주에 갔다가 '신탁통치라는 삐라'를 보고 놀라서, "신탁통치라 함은 아마 부러 조선 자주독립을 지연시키는 장애물"(1945. 12. 31.)인 것 같다는 생각을 하였다. 그러나 신탁

---

1) 물가는 한없이 폭등하여 이듬해인 1946년 9월에는 쌀값이 5되에 600원까지 치솟았다. 심각한 식량난에 미군정청은 1946년 9월 19일 식량규칙 제3호를 발표하고, 쌀 공출과 배급제를 강화하였다. 「일기」에서도 물가 폭등에 관한 기록이 여러차례 나타난다. 예를 들어 "現世의 各種 物價는 말할 수 없이 高騰하여졌다. 約 十年 前과 比한다면 百倍 百五十倍는 普通으로 高騰한 것이다"(1946. 1. 4.).

통치 문제는 해를 넘겨 1946년 초에 전국적인 쟁점이 되었다. 지방에서도 신탁통치에 대한 반대와 찬성 사이의 논쟁이 심각했던 것으로 보인다. 조선의 독립을 지연시킬 것이라는 주장과 함께 오히려 조선의 독립을 시행하는 것이라고 말하는 사람도 있어서, 판단에 혼란스러움이 있었음이 드러난다.

> "國民은 어찌하여야 좋을는지 갈 바를 모른다. 三千萬 同胞가 다같이 손을 잡고 國家를 爲하여 努力한다면 무엇이고 되겠지마는 其 中間에는 ㄱ의 마음, ㄴ의 마음 其他의 마음이 있는 模樣이더라. 오늘도 우리 學校 運動場에서 信託統治反對運動이 있는 모양인데, 數人의 講演과 所感의 發表가 있었는데 여기에도 意見相反되는 点이 뵈이더라"(1946. 1. 8.).

당시 벌어진 논쟁의 최대 관심사는 민족국가의 건설에 있었음에 틀림없다. 이 시기 그의 『일기』에는 '해방조선', '건국', '완전자주독립', '민족정신' 등의 용어가 자주 등장하고 있다. 특히 해방 1주년을 맞이하는 1946년 8월 15일에 "만 一年이 되였으되 完全한 獨立國이 되지 못하여서 三千萬 겨레가 주야로 근심걱정이며 가슴을 두다리고 있는 이때이다. 完全自主獨立에 새로히 마음을 굳게 하기 爲하여 記念式과 其他의 行事가 있었다"고 기록하고 있다.

1946년 9월에는 철도종업원 총파업이 일어났다. 부산 철도노동자들의 호소문으로 시작된 9월 총파업은 전국적으로 확산되어 대전, 청주 등 충청도의 중심도시에서도 파업이 시작되었다. 그해 10월 학교 운동회 준비를 위해 청주에 나갔던 곽상영은 "철도 종업원 총파업으로 인하여 기차도 불통"이어서 어두운 길을 걸어서 학교로 돌아오면서, 그는 "학교를 위해서다. 조흔 일이다. 맛당이 할 일이다"(1946. 10. 2.) 라고 파업사태를 담담하게 받아들이고 있다. 이것은 그의 순한 성품 때문이기도 하지만, "석탄난으로 인하여 충북선까지도 불통이 되어버리었기 때문"(1947. 12. 30.)에 걸어서 다녀야 하는 일이 흔한 일상이었기 때문이기도 하였다.

온 나라가 자원부족에 시달리던 시기였던 만큼, 학교나 가정 형편도 어려울 수밖에 없었을 것이다. 특히 소작농이었던 곽상영의 가계는 식량부족 문제가 심각했던 것으로 보인다. 1946년 가을 추수기에, 그의 가계는 추수할 벼는 열 섬 가량인데, 그중 소작료가 3석, 공출이 3석이어서 남는 것은 벼 4석이 전부인 막막한 상황에 놓이게 되었다. 그는 "열 식구가 헐신 넘치는 대식구에 적어도 한 달에 섬 반은 있어야 한다. 七個月間은 秋收한 것으로 살아야 할텐데 그러면 열 섬 半이라는 수ㅅ자가 必要하다. 그러나 所得이 그에 半도 안되"(1946. 10. 24.)어 걱정하면서도, 도무지 계획조차 세울 수 없다며, 살아가는 대로 살아갈 수밖에 없다고 적었다.

도무지 대책 없는 형편은 학교도 마찬가지였다. 신학기가 시작되던 1947년 9월 1일의 일기에서, 학교의 행정사무를 담당하던 곽상영은 "국가적으로 경제난이 막심한 때이니만큼 학교 운영에도 많은 곤란이 있었든 것이다. 복잡하여지기에 골머리가 어퍼찌마는 모교에서 이러한 일을 돌파하여 나가는 것"이 오히려 영광이라고 말하고 있다.

1946년 미군정에 의해 좌익이 불법화된 이후, 지하화된 좌익세력 중심의 파업과 저항이 잇따르는 한편, 우익단체들도 결성되기 시작했다. 1947년 광복군 사령관 출신 지청천을 중심으로 결성된 대동청년단도 그중 하나였다. 이때는 아직 이승만의 단독정부수립노선과 김구의 민족지도노선 사이의 대립이 표면화되기 이전이어서, 대동청년단은 전국적인 애국청년단체로 받아들여지고 있었다. 곽상영은 그해 11월 개최된 옥산면 대동청년단 결성식에 단원으로 참여하여 옥산면 단원의 정훈을 담당하게 되었다. 그는 대동청년단을 "모든 좌우익 계통의 정당을 초월하여서 오로지 독립 전취에 일로매진하는"(1947. 11. 9.) 단체로 이해하고, 여기에 참여하는 것이 독립의 길을 촉진하는 것으로 판단하고 있었다.

1948년에 들어서면서 남한 단독정부 수립안이 본격화되기 시작하였다. 이미 1946년 6월에 이승만은 정읍강연회에서 단독정부 수립을 시사하는 발언을 한 바 있었다. 그러나 이후 한동안 국내외의 반대 여론에 밀려 단정 수립 논의는 표면화되지 못하고 있었다. 1947년 11월 14일에는 유엔(UN)총회에서 유엔 감시하의 남북한 총선거를 결의하였다. 그리고 1948년 1월 6일 유엔 한국임시위원단이 입국하였다. 『일기』에서는 "3월내로 국련조선위원회(國聯朝鮮委員會) 감시 하에 정부수립의 보선(普選)이 실시된다"(1948. 1. 4.)는 소식을 간단하게 적어 놓았다. 그리고 그해 4월 5일 「일기」에는 국련(국제연합)조선위원단이 청주를 방문했다는 소식도 기록하였다.

이어 남한 단독정부 수립에 반대하는 저항이 터져 나오기 시작하였다. 이른바 '2·7구국투쟁'이라 불리는 무장봉기가 전국적으로 확대되고 급기야 '제주 4·3항쟁'으로 이어졌다. 결국 1948년 5월 10일의 단독선거는 삼엄한 경계 속에서 치러졌다. 선거 전날의 분위기를 곽상영은 『일기』에 "요새는 지서와 각 정당단체의 경계가 심하였었다. 특히 오늘 저녁은 더욱 심하였었다. 내일은 국회의원 선거날인데 요새에 이르러서 각 지방에 사건이 많이 발생되는 모양이다. 이러하기 때문에 경비가 심한 모양"(1948. 5. 9.) 이라고 기록하였다.

선거 이후에도 한동안 정국은 안정되지 못하고 있었던 것 같다. 곽상영은 당시의 분위기를 "근일에 이르러서는 국내 정세가 매우 시끄러운 모양이다. 극도로 암살사건이 왕왕 발생되는 모양인데 극히 우리는 명심하잖으면 아니되겠다고 느껴진다"(1948. 5. 12.)고 묘사하면서, 평화롭게 건국을 진행하지 못하는 세태를 원망할 수밖에 없음을 한탄하였다. 그리고 그해 8월 15일, 그는 완전한 독립을 보지 못한 채 해방 3년째를 맞이하는 감회를 다음과 같이 기록하였다.

"해방된 지 세 번째 마지하는 해방기념일이다. 확실한 독립을 보지 못한(해방되어 만 삼년이 되었어도) 오늘에 오늘을 당하니 더욱 각오하는 바 있었다. 지난 오월 10일에 남선만의 총선거로 인하여 7월 하순에 이르러 대통령(이승만 박사)과 부통령(이시영 씨)이 선거되고 8월 상순에 이범석 내각이 조각되어 대한민국 정부 수립이라는 명칭으로 축하기념식을 면 위원회 주최로 학교정에서 거행되었다"(1948. 8. 15.).

그리고 1949년 새해를 맞이하면서 "남북통일의 큰일을 이루어 완전한 독립국가가 성립되어서 강국의 기초를 탄탄히 세우는 새해"(1949. 1. 1.)가 되기를 첫 번째 소원으로 빌었다.

2. 좌우 이념대립과 지역주민의 삶

1948년부터 남한 단독정부 수립에 반대하는 2월의 2·7구국투쟁, 4월의 제주 4·3항쟁, 그리고 10월의 여순사건 사건 등이 잇따라 발생하면서, 국내에서의 좌우 이념대립이 전면화 되었다. 이승만 정권은 (당시 법률에도 존재하지 않았던) 계엄령을 선포하고, 국가보안법을 제정하면서 좌익 토벌을 시작하였다. 이듬해인 1949년 6월 25일에는 보도연맹을 결성하여 좌익 전력자와 가족을 국가의 관리·통제 아래 묶으려 하였고, 그 다음날 백범 김구가 피살되었다. 폭력적인 이념대립의 전선이 확대되면서 전국 곳곳에서 혼란스러운 상황이 발생하기 시작하였다.

청주 일대에서도 군경에 의한 좌익색출이 시작되었다. 그의 고향인 옥산면에도 "청주서에서 경관대가 수십 명 오고 인접면에서 응원대가 수십 명씩 와서. …… 창리와 신촌에서 무장폭도라 하는 사람들이 다수 나타"(1949. 1. 13.)났다고 수색을 하더니, 다음날 군경에 의해 "수상적다는 사람인지 20여 명 묶여 왔다"(1949. 1. 14.). 그는 이날의 일에 대하여 "아- 동족상잔이란 말과 같이 진상이 고대로 이다"(1949. 1. 13.)며 "나는 원하고 빈다. 음모, 폭행, 파괴, 고문, 암살, 무도의 짓인 모든 행동 일절이 우리 세상에 없음을"(1949. 1. 14.)이라 기록하며 괴로워했다.

이즈음 그의 고향에서 벌어진 좌익토벌작전을 그는 「일기」에서 "옥산사건(창리사건)"(1949. 1. 24.)이라고 기록하였다. 금계의 청장년 30여 명이 '민애청(조선민주애국청년동맹)'에 가입했다고 경찰에 의해 연행되고, 옥산지서의 유치장이 사람으로 가득 찼다(1949. 1. 16.). 금계사람 대부분이 일가붙이였고, 거기에는 자신의 종형과 종제도 포함되어 있었다. 그 이틀 후에는 다시 우익청년 수십 명과 경관들이 금계로 들이닥쳤다(1949. 1. 18.). 그전에 연행된 30여 명 중 7인은 가족들이 보는 앞에서 청주서로 넘겨졌다(1949. 1. 19.). 청주서로 연행되었던 7명 중 종형을 포함한 다섯 명은 곧 풀려났다. 그러나 취조는 가혹했었던 것으로 보인다. "일전에 지서에 와서 고문을 당한 동네 젊은이 중에 종형도 같이 있었든 까닭에 의혈 풀릴 약을 너덧첩을 지어 가지고 집에 갔었다. 종형의 궁둥이를 볼 때 나의 가슴은 옥으라들고, 상오는 공포에 찌프라졌다"(1949. 1. 22.).

좌익연루자 중에는 곽상영의 아우인 운영도 포함되어 있었다. 아우 운영은 미리 피신하여 붙잡히지는 않았지만, 부친이 지서에 출두하였다. 연락을 받고 지서로 달려간 곽상영은 부친과 함께 지서에서 밤을 보낸 그날의 상황과 심경을 『일기』에 다음과 같이 기록하였다.

"저녁을 먹고 나서 급보를 받은 나는 어쩔 줄을 몰랐다가 한참 후에 정신을 차리고 일을 수습하기에 어리둥절하였다. 아우가 좌익자라는 것으로 아번님께서 지서로 오시게 된 것이다. 아우는 피신하여서 경찰관 눈에 뵈이지 않았던 관계이다. 급히 지서에 가보니 아번님께서는 난로 옆의 의자에 앉아계시믈 보고 가슴이 산뜻함을 느꼈다. 지서 안에는 지방유지 혹은 호출인으로 가득 찼다. 아번님과 눈이 마주칠 때의 느낌은 기록할 수 없을 만하다. 이 밤을 그럭저럭 넘기기로 하니 가슴이 뽀개지는 듯하다"(1949. 1. 15.).

1948년 12월 유엔은 남한단독정부를 승인하고, 이듬해 2월 5일 유엔신한국위원단이 국내에 파견되었다. 분단이 점차 고착화되면서 남북이 대치한 "삼팔선 부근에서 남북군 간에 충돌됨을 신문에서"(1949. 2. 8.) 종종 볼 수가 있었다. 피신해 있던 운영은 결국 경찰에 연행되었다가, 두 달이 훨씬 지나서야 집으로 돌아왔다. "허연 얼굴과 엉성한 두 발에 끈 없는 옷을 조끼 단추로 간신히 여미어서"(1949. 4. 4.) 걸치고 있던 아우를 집으로 데려온 곽상영은 그날의 『일기』에 "입서(入署)되든 날부터 오늘까지의 경과를 어찌 다 기록하리요. 한때의 인간살이로 돌리기로 하고 기록하지 안노라."고 그간의 고통을 표현하였다.

좌익 활동의 혐의를 벗기 위해 운영은 군 입대를 결정하였다. 입대 10여 일 후, 면회를 간 곽상영은 역시 "이 종이에 복잡한 사정을 기록하지 않겠다"(1949. 7. 19.)고 자신의 심경을 드러내었다. 이는 좀처럼 자신의 감정을 드러내지 않는 품성의 그가 격한 괴로움과 어려움을 표현하는 거의 유일한 방법이었다.

단독정부 수립 이후 여러 지역에서 무력충돌이 발생하고 있었는데, 이러한 점에서 일부 역사학자들은 이때부터 한국전쟁은 실질적으로 시작되었다고 보기도 한다.[2] 아우 운영은 1950년 봄

---

2) 이것은 국내의 일부 학자들만의 주장은 아니다. 예를 들어 커밍스(B. Cummings)의 한국전쟁 연구도 이러한 시각을 지니고 있으며, 심지어 2005년 개정된 우리나라의 「참전유공자법」 제2조에도 "6 · 25전쟁"이라 함은 1950년 6월 25일부터 1953년 7월 27일까지 사이에 발생한 전투 및 1948년 8월 15일부터 1955년 6월 30일까지의 사이에

쯤에 오대산 지구 전투에 투입되고 있었던 것 같다. 그해 4월 3일 전화로 급히 출동명령이 내려 내일 아침 출발한다는 소식을 전하기도 하고, 다시 청주로 돌아와 만나기도 하다가, 5월 7일 전투지에서 돌아와 만난 자리에서 "오대산 방면의 전투는 처음으로 겪는 격전"(1950. 5. 7.)이었다고 전하였다.

1949년 4월 좌익 활동자 및 전향자의 사상 개조 및 관리를 위한 '국민보도연맹'이 결성되었다. 보도연맹 조직은 시군과 면 단위까지 촘촘하게 확대되었다. 이른바 '옥산사건'을 겪은 금계도 조직 구성을 피해갈 수 없었다. 좌익 활동에 연루되었던 재종형은 곽상영을 방문하여 면 보도연맹 조직 문제를 상의하였다(1950. 1. 5.). 좌익 이념에 대한 탄압은 계속되었고, 학교는 늘 정치적 행사에 동원되었다. 1950년 3월 1일에는 학교에서 오전에 3·1절 기념식을 마친 뒤, 오후에는 옥산면 '대한청년단' 결성식이 열렸다. 5월 30일에는 제2대 총선이 실시되었다.

3. 한국전쟁 경험

남북 간의 국지적인 충돌이 전면전으로 확대된 1950년 6월 25일, 곽상영 일가는 전날 돌아가신 큰어머니의 장례를 지내는 중이었다. 전쟁 발발 다음날은 6월 26일 『일기』에서 곽상영은 다음과 같이 적었다.

"어제 아침부터 벌어진 남북충돌사건은 3.8선 지역 전체에 걸친 모양이다. 남한 전 군인이 출동된 모양이고 각 경찰계는 전시태세의 기분으로 변하여졌다. 신문지상에는 인민군이 불법침입을 하였다는 것이다. 하여튼 3.8선이 깨어져서 남북통일의 대업이 이루어진다면 이보다 더 좋은 일이 어디 있으랴만 동족간의 상쟁이니 우리는 너무나 참혹한 피를 흘리지 않도록 됨을 바라 마지 안는다."

아마도 전쟁 발발 초기에는 중남부 지방의 시골에서 이 전쟁이 우리의 삶에 그토록 엄청난 영향을 미칠 거대한 사건이라고 생각한 사람은 많지 않았을 것이다. 곽상영은 전쟁 발발 소식을 처음 적은 6월 26일의 『일기』에서 매우 담담하게 너무 참혹하지 않기를 기원하는 마음을 드러내고 있다. 그러나 그 며칠 후 충청도의 시골마을에도 전쟁의 심각성이 전해지고 있다. "싸움은 점점 확대되어 하늘에는 비행기가 쉴 사이 없이 날마다 날고 있다. 발표에 의하면 미국 비행기가 와

─────────────

발생한 전투' 중 규정에 명기된 전투를 말하는 것이라고 정하고 있다.

서 북한의 오대도시를 여지없이 폭격한다는 것이니 동포의 인명은 그 얼마나 많이 억울한 죽엄을 하였으리요. 아-슬프다 동족상잔, 상잔"(1950. 6. 30.). 급기야 금계 마을에도 포성이 귀청을 울리어 고막이 둔하여질 지경으로 전쟁이 가까워졌다.

7월에 군인들이 조치원 방면으로 이동하였다. 피난을 갈 준비를 하였으나, "너의 동생이 전시에 나가서 생사 간에 몰라 환장지경에 너까지 집에 없다면 더욱 안심치 못하겠으니 죽더라도 아비와 같이 죽어라"(1950. 7. 12.)는 부친의 말씀에 포기하였다. 외지에서 피난 온 사람들이 마을에 들어오고, 인민군들이 오창과 전동까지 점령하였다는 소식도 들리기 시작하였다. 7월 이후 곽상영의 『일기』는 며칠 만에 한 번씩 쓰이기도 하고, 때로는 일주일가량 빠지기도 하였다. 그러나 하루치의 일기는 전에 없이 길어졌다. 대부분이 오가는 피난민들을 통해서 또는 주변사람들을 통해서 들려오는 전황 소식과 가족의 안전, 특히 군에 입대해 있는 아우 운영의 안부에 대한 걱정을 담은 내용들이다. 그러나 이때의 『일기』는 전쟁을 겪지 않으면 안되는 민족의 비극적 운명에 대한 한탄도 빠지지 않고 기록되어 있다.

"8.15 해방 이후로 무혈 통일이냐? 유혈 통일이냐? 문제 되다 싶이 떠들었건만 오늘에 와서 기어히 피를 흘리고서야 마는구나. 요번에 남북이 통일이나 될른지……. 아-슬프다. 죽은 동포여! 형제, 자매, 부자끼리 총칼을 마주대니 이런 원통한 일이 또 어데 있으리요. 동족끼리 싸우지 아니하면 아니될 이 사정이야말로 애처럽기 짝이 없도다."(1950. 7. 25.).

인민군이 옥산면을 점령한 것은 7월 하순인 것으로 보인다. 8월 1일 "면 인위로부터 학교 명부를 제출하라는 재촉이 있어서 긴급 직원회의에서 하는 수 없이 위원회를 조직하였다." 그리고 선전대원으로 마을에 강연을 나가게 되기도 하였다. 아우 운영이 군인이어서, 국방군 가족이라는 처지가 곽상영의 운신을 어렵게 하였다. 이처럼 강제로 동원이 되거나, 교원교양강습 등의 모임에 참석해야 하는 일은 수복이 되는 9월 30일까지 계속되었다.

부상을 입은 채 후퇴하는 인민군들에 대한 연민(1950. 9. 26.)과 청주에 들어온 군경에 대한 미안함(1950. 10. 2.)의 마음이 교차하는 가운데, 안면이 있던 순경한테서 아우 운영의 전사 소식을 듣게 되었다.

"이 소식 이게 웬 소식인가? 아우여! 아우여!…… 아- 아우의 영혼이여! 잘 가거라 아-아- 아우여 이 사람아! 정말인가 낭설인가 어찌하면 좋단 말인가. 기가 막혀 말조차 아니나오네. 아우여 이 사람아 다시 살아올 수 없는가? 아파서 못견디겠거든 이를 악물고 정신을 차리게. 아-아- 이 사람아 어찌 눈을 감았는가? 부모형제 저바리고 어찌 저 세상에 가려나? 출생 이후 고생고생 불상히도 커나드니 23세에 일생을 마추다니 아이구 어머니 아버지…… 씩씩한 그 태도 다시 못보겠네그려. 아- 이 뽀개질듯한 가슴을 어찌하면 진정시킬 수 있을가. 아- 아우여! 아우여!"(1950. 10. 2.)

아우의 소식을 찾아 청주, 대구 등지로 알만한 곳을 모두 찾아다녔지만, 정확한 소식은 어디에도 없었다. 경산에서 들은 소식은 안동에서 전사한 것 같다고 하고(1950. 10. 4.), 누구는 서울을 거쳐 북한으로 진격했다는 얘기도 들었다(1950. 11. 2.). 그리고 휴가 온 아우의 동료는 아우가 무사하다고 하기도 하였다(1950. 12. 8.). 결국 1952년 2월 4일 면사무소에서 전사통지서를 받은 후에야 아우 운영의 사망은 기정사실이 되었다. 그리고 그로부터 5년여가 지난 1957년 10월 23일 아우 운영의 것이라는 유골이 봉송되어 왔다. 처음 전사 소식을 들은 지 7년 만에 아우의 묘를 짓고 장례를 치를 수 있었다.

수복이 된 이후 이번에는 정부에 의해 사상 조사가 이루어졌다. "남하하지 않은 공무원은 무조건 휴직이라는 말이 항간에"(1950. 10. 12.) 들려오기도 하고, 인민공화국에 협조한 사람들의 자수기간이 정해져, "본교 직원 전원도 자수서를 지서에 제출하였다"(1950. 10. 14.). 그리고 길고 지루한 심사기간이 지나, 군으로부터 "비피난자 11명중 4명은 보류, 본인 외 7명은 복귀 명령"(1950. 11. 15.)이 내려왔다.

4. 전후 복구와 주민의 삶

전쟁이 입힌 상처는 주민의 삶을 포함하여 지역사회의 모든 곳에 미치고 있었다. 전쟁 발발 이후로 학교는 약 5개월가량 휴교상태에 놓여 있다가, 11월 19일부터 다시 개교하였다. 그러나 "전직원 15명중 9명이 되고 생도는 재적 약 900명중 출석아동 겨우 5할 정도"(1950. 11. 19.)에 불과하였다. 북쪽으로 올라간 전선에서 전투는 여전히 진행되고 있었고, 제2 국민병 모집이 진행되었다(1950. 12. 17.). "인공 때 의용군으로 출발한 뒤로 아직 소식조차 없는"(1950. 12. 10.) 육촌형의 소식을 수소문하였지만 신통한 얘기는 듣지 못했다. 부역 혐의를 진 재종형은 "유치장에 들어간 지 40여일이 되어도 아직 해결이 되지 못하였다"(1950. 12. 22.). 학교는 필요할 때마다 국민방위군의 임시 사용소로 징발되고, 전황은 다시 치열해지기 시작하였다(1950. 12. 29.).

해가 바뀌자 "또 다시 서울 방면에서 남하 피란민이 수주일 전부터 보이더니, 청주지구도(충북지구) 오늘에 철수 명령이 나리었다"(1951. 1. 8.) 다음날 30세 이하의 청장년은 모두 옥산을 출발하여 피난길에 올랐다. 7월에 피난을 하지 못하여 고초를 겪었던 학교 교직원들도 모두 피난길에 올랐다. 동가식서가숙 하며 열흘 만에 "황간에 가니 충북 공무원은 청주에 시급히 집결하라는"(1951. 1. 19.) 있었다. 나흘 만에 부랴부랴 옥산으로 돌아와 가족들과 상봉하였다.

가을이 되면서 전쟁은 38선 부근에서 여전히 치열하게 전개되는 가운데, 정전협정이 거론되기 시작하였다. 곽상영은 "정전회담이니 무엇이니 떠들던 것은 철모르는 아해를 장난하듯 하니 믿지 못할 이 시국"이라며 "쌀 한 말에 17,000圓이니 3萬圓 미만의 이 사람은 어떻게 살아가나? 누구 하나 딱하다 생각할가? 관청마도 큰 도탄임에 반하여 도적단체가 된 곳이 태반인 듯……"(1951. 9. 27.)이라고 적었다. 당시 교감선생의 월급이 쌀 두말도 채 살 수 없는 3만 원 정도에 불과했다면, 서민의 삶이 어떠하였을까는 미루어 짐작하고도 남음이 있다.

그 사이에도 지방자치제가 실시되어 제1회 면장선거가 있었고(1952. 5. 5.), 정·부통령 선거(1952. 8. 5.)가 치러져서 이승만, 함태영이 정·부통령에 당선되었다(1952. 8. 13.). 계엄령과 관제대모와 테러, 부산정치파동 등의 곡절을 거쳐 만들어진, 소위 발췌개헌을 통해 마련된 이 선거에 대하여 곽상영은 "개헌안(改憲案) 통과까지의 경로는 유구무언이래야 한다는 격. 민주국가라면 국민의 의사존중이 가장 중대하다고 보는 것이 원측이건만……"이라고 함축적으로 자신의 생각을 『일기』에 적었다.

1953년 초부터 소집연령을 30대까지 연장하여 200만 병력을 양성하여야 한다는 소문이 돌기 시작하였던 것 같다. "가는 곳 마다 곳곳 마다 이야기뿐이다. 수군수군 걱정에 쌓여 묻힌 군대 가는 이야기뿐이다"(1953. 1. 4.). 곽상영은 "2000万 인구의 1활인 200万 양병이란 도저히 불가능하다고……"(1953. 1. 6.)생각하고 있었다. 이 소문이 실제가 되지는 않았지만, 전쟁의 영향으로 소집제도가 훨씬 엄격하여졌다. 그는 근 30세가 되는, 가정의 책임자이며 대부분 가난한 사람들일 수천의 소집자 들이 입대하는 청주의 소집현장을 목격하고 "죽지나 않고"(1953. 1. 7.) 올 것인가를 걱정하였다.

1950년대 말까지도 전후복구는 제대로 진행되지 못했고, 나라의 재정 상태는 회복되지 못했다. 예를 들어 교사들의 봉급도 밀리는 일이 허다하여, 1958년 6월 곽상영은 밀린 "5월분의 급료와 4, 5월분의 보건수당을 받았다"(1958. 6. 7.).

여름에는 서울의 대학생들이 농촌계몽대를 조직하여 농촌마을로 봉사활동을 내려왔다(1958. 7. 23.). 그리고 식량, 보건의료 뿐 아니라 각종 개발사업 등도 외국의 원조에 크게 의존하였다. 국가 간 원조 뿐 아니라 외국의 민간원조기관의 활동도 활발하여서, 1958년에는 미국의 민간구호기관인 '캐어' 파견단의 직원이 곽상영의 학교에 와서 분유급식 상황을 조사해 가기도 하였다(1958. 11. 8.).

5. 4월 혁명, 군사쿠데타와 학교

1960년 새해 첫날 곽상영은 일년지계를 정서하여 게시하였다. "兩親康寧, 自立經濟, 教育民主." 해방 이후 그가 품었던 자주독립, 완전통일 등의 소망은 이제 자립경제와 민주로 바뀌었다. 초보 교사로 해방을 맞았던 그는 이제 교장이 되어 학교경영을 담당하게 되었다. 간부공무원으로 그는 "국가시책을 다루는 회의"(1960. 2. 12.)에 참석해야 했고, 3·15선거 준비회의에도 나가야 했다(1960. 3. 14.). 심지어 서울운동장에서 열린 '이대통령 각하의 85회 탄신기념일' 행사(1960. 3. 26.)에도 동원되었다.

4월이 되면서 3·15부정선거에 대한 불만이 폭발하기 시작하여 "18,19일에 학생 데모가 심하였다는 기사가 신문에 보도"(1960. 4. 20.)되고, "5개 대도시에는 계엄령이 선포되었다."(1960. 4. 22.) "전국의 중,고,대의 각 교는 휴교령이 내리"(1960. 4. 23.)고 마침내 "정국은 점점 돌변되어 이승만 대통령은 사임(사퇴)이 확정되는 기사가 신문에 올랐다"(1960. 4. 27.).

교육개혁의 움직임도 활발해져서, 그해 5월에 '대한교원노조연합회'가 결성되고, 7월에는 '교원노조 전국대표자회의'가 대구에서 열렸다. 당시 그가 근무하던 청원군에서도 초등교육회 대의원 선출이 있었고, "특히 청년 교사층에 조직 개혁을 부르짖었다. 대폭적으로 개편하는 것이다. 교장단으로 조직된 대의원들이었으나 이제는 인원비율이 안 맞는다는 것이다"(1960. 6. 11.). 그래서 교장단은 "그렇게 들어주기로 하였다." 그해 11월 15일에는 교육감 정원상이 퇴임하고, 11월 25일에는 교육감 선거가 실시되었다.

7월 29일에는 제5대 민의원선거와 제1대 참의원선거가 실시되었다. 그러나 정권이 바뀌고 정치 환경이 바뀌었지만, 마을사회의 중심이었던 학교는 여전히 정치 바람에서 벗어나지 못했다. 상부에서 "금주부터 애국조회를 실시토록"하라는 지시가 내려와, 매주 월요조회 때 실시하게 되었다(1960. 9. 26.). "자유당이 쓸어지고 민주당이 득세한"(1960. 12. 12.) 도의원 선거, 그 일주일 뒤에 실시된 면의원 선거(1960. 12. 19.), 그리고 그해 12월 말의 도지사 선거(1960. 12. 29.)의 지역투표소는 모두 학교였다. 그래서 교직원들은 그때마다 선거준비와 관리를 도맡아 해야 했다. 그래서 그는 "4·19혁명 후 민주당 특권정치에 각종 선거가 잦"(1960. 12. 29.)은 것에 피곤해했다.

1961년 5월 그는 "朝飯 後 깜짝 놀랠 消息……서울은 軍事革命으로 民主黨 政權 軍人이 掌握"(1961. 5. 16.) 소식을 접했다. 그로부터 약 20일 후, "5.16軍事革命 後 最初會議"인 교장회의에 참석하여, "革命課業 完遂에 關係되는 諸般 指示"(1961. 6. 5.)를 시달 받았다. 그리고 '반공을 국시의 제1의로 삼고……'로 시작되는 혁명공약을 전 직원이 암송하였다. "全織員 革命公約 六章

完全 暗誦"(1961. 6. 19.)은 교장회의 지시사항의 하나였을 것이다.

군사정권은 쿠데타 직후인 1961년 5월 25일 '농어촌고리채정리령'을 발표하고, 6월 10일 '농어촌고리채정리법'을 공표하였다. 그러나 농민층의 지지 확보가 시급했던 군사정권의 정치적 의도로 실시된 이 고리채정리법은 정작 농민들의 협조를 얻지 못하였다. 왜냐하면 농촌의 사채는 단순한 고리채가 아니라 절대적 빈곤상태에 놓여있던 빈농의 마지막 생존수단이자, 농촌공동체의 상호부조 제도이기도 했기 때문이다. 그러나 법안을 공표한 군사정권은 짧은 기간 내에 가시적인 성과를 거두어야만 했다. 여기에 동원된 인력은 공무원이었고, 마을의 중심이었던 학교도 예외가 될 수 없었다.

군청 회의실에서 개최된 군내 기관장회의에 참석한 곽상영 교장은 "農村 高利債 整理 啓蒙을 敎職員이 擔當토록"(1961. 8. 9.) 하라는 지시사항을 전달 받았다. 그 다음날은 면내 기관장합동회의가 개최되고, 군 회의에서 내려온 "高利債 整理 啓蒙 件"(1961. 8. 10.)이 지시되었다. 그리고 그해 8월 내내 전 교직원은 마을을 차례로 찾아다니면서 고리채사업을 설명하고 고리채 신고를 독려하는 활동을 해야 했다. 그리고 접수된 고리채 신고서류는 도에 직접 제출하였다. 그 외에 안보강연회 등에 참석해야 하는 것은 흔한 일이었다(1961. 9. 16.).

"高利債 整理 啓蒙으로 今日도 出張"(1961. 8. 14.).
"고리채 정리 운동 繼續 命令에 面에서 다시 會合. 夜間에 各 機關員 一齊 出張"(1961. 8. 21.).
"고리채 서류 갖고 上京. 道 指導課. 심"(1961. 8. 26.).

•• 손현주

Ⅷ. 일제 및 근대화 시기에 나타난
저자 곽상영의 여행 경험

1. 들어가는 말

이 글은 곽상영이 살았던 시대의 관광특성과 그가 경험한 여행의 특징을 개괄하고자 한다. 여행 관광이 대중들의 관심과 필요를 느끼게 한 것은 근대 이후의 산물이다. 규칙화된 일상에서 벗어나 새로운 공간과 경험을 추구하는 여행은 근대적 관광형태를 낳았다.

전근대사회에서 이동성 및 여행은 매우 제한적이었고 특정한 계층의 전유물이라 해도 과언은 아니었다. 근대적 세계가 형성되면서 노동과 여가가 구분되었고, 여가를 즐길 수 있는 경제적 시간적 자유가 많아졌다. 여가는 TV 시청, 라디오 청취, 영화 감상, 바둑, 산책, 독서, 음악 감상, 등산, 산책 등 다양한 형태로 존재한다. 60-70년대 학생들의 대표적인 여가활동은 신문, 잡지 등의 책 읽기였다면, 오늘날 학생들의 대표적인 여가활동은 인터넷 스마트폰 게임일 것이다. 이처럼 여가생활은 시대적 상황과 밀접한 관계가 있다. 46년간 교직생활을 하였던 곽상영은 다양한 여행경험을 통하여 여가활동을 즐겼는데, 학교 학생 가족이라는 범주 안에서 크게 벗어나지 못했다. 곽상영의 여행활동 중 가장 기억에 남는 것은 한국전쟁 때 모험여행으로 상징되는 피난길이었을 것이다.

곽상영은 일제강점기 시대부터 근대화가 진행되었던 1960년대까지 여행을 많이 한 편이다. 그럼에도 불구하고 그는 많은 사람들이 즐기는 패키지화된 여행의 일종인 관광이라는 단어를 1937년에서 1970년까지의 일기에서 단 한차례도 사용하지 않았다. 관광과 관련된 단어는 "건물의 호화로움은 관광지에 어울리지마는 우리 같은 빈곤자는 천지 사이다"(1960. 11. 19.)라고 표현할 때의 관광지, 그리고 교육시찰을 위해 "관광뻐-스'車"(1967. 5. 18.)를 대절하였을 때 사용하였다. 그는 향락과 오락을 위한 대중관광보다는 소규모의 관광을 통해 느끼고 교육적인 그 무언가를 얻는 여행에 더 관심이 있었다. 또한 그는 성격이 꼼꼼하여서 여행을 가지 전에 "증명서, 일기장, 노비, 소지품 등"을 항상 여행 전날에 준비하였다(1950. 1. 8.). 특히 여행을 갈 때 일기장을 챙기고 여행기를 쓰려고 항상 노력하였다. 곽상영의 여행과 관련된 다른 특성 중의 하나는 관광지의 역사 및 문화적 특성에 대한 지적 관심을 갖고 있어서 그가 이전에 받았던 교육과 비교하거나 새로운 사실들을 파악하고 기록한다는 것이다. 1954년 11월 21일 교감선생님들과 함께 간 경주여행을 다음과 같이 적고 있다.

"식전에 여행코-쓰(견학차례)를 상의하고 조식후 자동차로 일행은 여관을 나와 견학하기 시작했다. 옛 경주(서울시대)는 178935호라고. 6촌의 마을 촌장. 탈해왕릉 경주에는 317곳의 고적이 있다고. 동경지로 역사 연구되었다고. 다바사의 부인의 알에서 태해왕-신라 4대왕. 왜정 대정 4년에 고적보존회 발족. 경주 넓이 동서 20리, 남북 1.5리.

사면석불, 백률사, 분황사, 석탑의 암산암, 황룡사지, 안압지, 임해전지의 낙수석, 석빙고, 반월성, 첨성대, 계림, 재매정, 5능, 포석정, 나정, 무열왕능, 능앞의 돌거북, 박물관.

오후 네시에 불국사 도착. 신호여관(新湖旅館)에서 유숙키로 결정. 불국사 견학~문이툴 큰문~王, 太子, 王의 가족 出入. 작은문~大臣 出入門."

上⋯.白雲교, 下⋯.靑雲교.

중의 설명에 의하여

1. 極樂殿과 사자탑(4中/ 1個뿐)

2. 大雄殿과 多寶塔, 석가탑

3. 3000칸의 집. 임진왜난때 全 燒失. 西山대사 軍集코 防備.

4. 塔의 工 아사달의 27년 間에 竣工

5. 影池의 설명

6. 舍利塔⋯.日本에서 다시 운반

2. 시대별 관광의 특성

동양적 의미에서 관광(觀光)은 '빛을 보다'는 뜻으로 새로운 풍속 제도 문물을 받아들인다는 것으로 정의할 수 있다.[1] 한국에서 근대적 의미의 관광은 개항 이후 외국무역이 확대되고 서양문

---

1) 한국관광공사, 2012, 『이야기 관광한국: 한국관광공사 50년사』, 서울: 한국관광공사, p. 21

물이 들어오면서 가능하였지만, 이미 고려 말과 조선 초에 관광이라는 단어가 사용된 것으로 보아 일찍이 관광의 개념이 정립되었음을 알 수 있다.[2] 예를 들면, 고려 말과 조선 초에 중국을 갔다온 학자나 사신들 쓴 기행문을 《관광록(觀光錄)》이라 불렀다. 조선 초기의 문신이자 학자인 서거정(徐居正, 1420 1488)은 자신의 문집 《사가집(四佳集)》에서 관광을 "상국(上國)의 문물을 본다"라고 이해하고 있다. 한국에서 특권층의 전유물이었던 관광은 개항과 함께 근대적 성격을 띠게 되었고, 특히 철도의 등장과 더불어 발달하였다. 철도는 이동시간의 단축, 대량이동, 관광비용의 절감, 관광객 수의 증가 등에 영향을 끼쳐 관광의 발전에 기여를 하게 된 것이다.[3] 시대별 관광의 특성은 다음과 같다.

(1) 개화기 관광[4]

개화기 때 관광유형은 외국인의 조선여행과 조선인의 국내외여행으로 구분할 수 있다. 외국인의 조선 여행은 1880년대부터 시작되었고, 외교관, 학자, 교사, 기독교 성직자 및 선교사가 주된 관광객이었다. 외국인의 여행은 주로 성직자 및 선교사 중심이었고, 이들은 선교여행 중에 명승지를 찾는 관광여행을 하였다. 조선인의 국외 여행은 외교관, 고관, 왕족 중심으로 행하여졌고, 이들은 일본, 미국, 러시아, 유럽 각국 등을 방문하였다. 이들의 여행은 개인여행은 드물었고, 해외파견, 외교사절 등의 공적인 업무여행의 성격이 강하였다. 조선인의 국내여행은 특권층 중심이었고 왕의 행차, 과거, 소풍 및 나들이, 석전, 고래사냥구경, 정자 풍경완상 등이 있었다. 또한 학생들이 화류, 놀이, 야회 및 뱃놀이, 배를 이용한 유람 등이 있었다.

(2) 일제강점기의 관광

일제강점기 시대 때 조선은 일본의 정치적 식민지이자 문화적 관광지로 변화하기 시작하여 관광객을 끌어 들 일 수 있는 장소로 서서히 관광화되었다.[5] 일제강점기의 관광을 외국인의 조선관광과 조선인의 국내외여행으로 구분하여 살펴보면 다음과 같다.[6] 서양인의 조선여행은 주로 미

---

2) 한국관광공사, 2012, 『이야기 관광한국: 한국관광공사 50년사』, 서울: 한국관광공사, p. 21
3) 원두희, 2011, "일제강점기 관광지와 관광행위 연구: 금강산을 사례로," 한국교원대학교 석사논문, p. 11.
4) 한경수, 2005, "한국의 근대 전환기 관광(1880-1940)", 『관광학연구』, 29(2): 443-464, pp. 446-448.
5) 정수진, 2009, "관광과 기생: '전통예술'의 성립에 관한 일 고찰", 『민속학연구』, 25: 77-96, p. 82-83.
6) 한경수, 2005, "한국의 근대 전환기 관광(1880-1940)", 『관광학연구』, 29(2): 443-464, pp. 450-451.

국인 및 캐나다인의 단체 관광이 많았고, 이들은 외국의 여행회사나 선박회사들이 주최하는 관광단을 이용하여 일본 중국을 거쳐 선박으로 인천에 들어와 열차를 이용하여 서울 등을 방문하였다. 유럽인들의 조선여행은 1930년대 주로 이루어졌으며, 방문객은 군인, 문화사절, 경제사절, 외교관 등으로 순수관광보다는 공무여행이 중심이었다. 식민지 시대의 관광은 주로 일본인 관광객이 가장 큰 부분을 차지하여, 1935년에 일본내지에서 온 관광객이 15,500명에 이를 정도였다.[7] 초기의 관광지는 마니산, 경주, 송도, 금강산, 북한산성 등이었으며, 철도개통이 늘어나면서 관광지가 확대되었고, 역 근처에 외국 관광객을 위한 근대식 호텔이 들어섰다. 일제강점기 시기에 관광을 위한 시설이 구비되었지만 이것들을 이용할 수 있었던 사람은 일본인과 외국인에게 국한되었다.

조선인의 국내관광도 개인관광 및 단체관광의 형태로 발전하였다. 1938년 열차이용객이 45,053,752명으로 1911년에 비하여 약 18배가 증가할 정도로 1930년대는 국내관광이 활성화되기 시작하였다.[8] 하지만 일본인 및 외국인을 위한 관광산업이 발달하여 조선인이 자생적으로 관광을 즐기고 발전시키기에는 많은 한계가 있었다. 이 시기의 주된 관광을 위한 교통수단은 선박과 기차였고, 승용차와 비행기도 가끔 이용되었다.[9]

(3) 해방 이후-1960년대 이전 관광[10]

해방 후 대한민국 정부의 수립과정은 혼란과 불안의 시기였으며, 1950년 한국전쟁은 막대한 자연 및 문화유산을 파괴하여 사람들이 관광, 놀이 등과 같은 사적인 생활을 영위할 수 없었다. 정부도 여가 및 관광자원을 개발할 수 있는 여지가 없었다. 그리하여 여가와 관광은 부유층과 특권층의 전유물이 되었다. 그럼에도 불구하고 관광 관련 산업과 제도에 변화가 있었다. 예를 들면, 조선여행사 설립(1946), 온양, 설악산, 서귀포, 해운대, 무등산 등에 교통부 직영 관광호텔 운영(1950), 노동자에게 연간 12일 유급휴가(1953), 교통부장관의 자문기관으로 관광위원회, 도지사의 자문기관으로 지방관광위원회 설치(1958) 등이 있다.

---

7) 한경수, 2005, "한국의 근대 전환기 관광(1880-1940)", 『관광학연구』, 29(2): 443-464, p. 452.
8) 한경수, 2005, "한국의 근대 전환기 관광(1880-1940)", 『관광학연구』, 29(2): 443-464, p. 454.
9) 한경수, 2005, "한국의 근대 전환기 관광(1880-1940)", 『관광학연구』, 29(2): 443-464, p. 456.
10) 민웅기, 2015, "해방 이후 한국 사회에서의 관광정책 및 산업 특성에 대한 역사적 고찰을 위한 탐색적 연구", 『역사와실학』, 58: 267-290, pp. 271-272.

(4) 1960년 이후- 1990년대 이전[11]

1960년대는 여가, 관광에 대한 요구가 높아지기 시작한 시기이다. 급속한 도시화와 산업화로 혼잡한 도시생활에서 탈출하고자 하는 욕망이 커지고 여가에 대한 의식이 변하였다. 정부도 국민들의 여가 및 관광에 대한 욕구를 해소하기 위하여 관광행정체계와 관광과 관련된 기반시설을 구축하였다. 예를 들면, 관광사업진흥법 제정(1961), 국제관광공사(현 한국관광공사) 설립(1962), 관광호텔종업원에 대한 시험 및 전형제도 신설(1967), 관광호텔 등급제 실시(1971) 등이 있다. 1970년대는 국민의 삶의 질 향상보다는 외화벌이를 위하여 관광산업을 주요 전략산업으로 육성하였으며, 1978년에 외국인 관광객이 100만명을 넘어 4억 달러 관광수입을 올렸다. 1980년대에는 교통의 발달과 경제성장으로 여가활동이 활발하고 다양화되었다. 특히 1986년 아시아 게임, 1988년 서울 올림픽 이후 1989년에 해외여행 완전자유화가 실시되어 국제관광의 시대에 편승하게 된다.

(5) 1990년대-현재까지[12]

이 시기는 여가 관광의 확산 및 발전기로, 국가가 주도적인 관광정책을 주도하고 지역축제를 통해 지역가치 창출 및 경제 활성화를 위해 지역과의 연계를 추진하였다. 그리하여 정부는 문화관광축제가 관광상품이 될 수 있도록 홍보 및 예산 지원을 하는 등 문화관광육성정책을 실시하였다. 1990년대 후반부터는 관광정책이 삶의 질을 위한 방향으로 설정되어 국민들이 관광을 통해 자아를 실현할 수 있도록 하였다. 또한 정부는 복지정책에 부응하여 여가활동에서 소외되었던 저소득층, 노년층, 장애인, 여성층을 위한 사회관광(social tourism) 정책을 추진하였다. 여행바우처(voucher) 제도는 국민 관광 향유권을 담보하는 중요한 정책 중의 하나가 되었다. 특히 2004년 주5일 근무제 도입으로 국민들이 여가 및 관광활동에 적극적으로 참여할 수 있는 결정적인 계기가 되었다.

---

11) 민웅기, 2015, "해방 이후 한국 사회에서의 관광정책 및 산업 특성에 대한 역사적 고찰을 위한 탐색적 연구", 『역사와실학』, 58: 267-290, pp. 273-278.
12) 민웅기, 2015, "해방 이후 한국 사회에서의 관광정책 및 산업 특성에 대한 역사적 고찰을 위한 탐색적 연구", 『역사와실학』, 58: 267-290, pp. 278-283.

3. 일제시대의 수학여행과 교직원 연수(1937-1945)

일제강점기는 이동이 매우 제한된 농업중심사회여서 여행은 중상류층 이상의 사람들에게 허용된 특별한 여가활동이었다. 빈곤한 농민의 자식인 곽상영은 여행을 할 수 있는 기회가 많지 않았다. 또한 곽상영의 가족들도 여행이 쉬운 일은 아니었다. 이 시기 일기에 드러난 가족의 여행은 단 한 차례로 어머니의 여행이었다. 어머니가 향한 여행장소, 여행목적, 여행기간 등에 관한 구체적인 내용은 없지만 장기간 어머니가 출타를 하여 동생이 어머니를 애타게 찾는 모습을 엿볼 수 있다.

"오늘도 아무 일도 없었지만(아직까지는) 어머니가 여행을 가셔서 아직 돌아오지 않았기에 집에서는 걱정입니다. 그래서 동생은 매일 어머니가 보고 싶다고 얘기합니다."(1937. 3. 10.)

일제강점기 때 곽상영의 여행은 크게 수학여행과 교직원 여행으로 나눌 수 있다. 곽상영은 1939년 충북 옥산보통학교 6학년때에 수학여행을 하였다. 식민지 조선의 수학여행은 일본에서 행해진 수학여행의 성격과 비슷하여 교실 밖의 경험을 통해 교육적 목적을 달성하는 것으로 모든 초등학교에서 수학여행을 실시하였다.[13] 초등학교 학생들의 수학여행은 가까운 곳의 자연관찰, 풍경감상 등을 포함하여 근대적 문물을 견학하는 것이었다. 철도가 놓여지고 기차가 중요한 교통수단이 되면서 거리에 상관없이 명승지나 도시를 대상으로 하는 수학여행이 보편화 되었다. 이 당시 인기 있는 수학여행지는 강화도, 평양, 개성, 금강산, 경주 등 이었다.[14] 소설가 박완서는 그의 자전적 소설『그 많던 싱아는 누가 다 먹었을까』에서 일제시대 수학여행의 경험을 다음과 같이 회상하고 있다.

사학년 때부터 원족이 수학여행으로 바뀌는 건 모든 국민학교의 정해진 관례였다. 사학년 땐 인천, 오학년 때 수원, 육학년 때 개성으로, 목적지까지 일률적으로 정해져 있었다. 여행이라지만 자고 오는 건 아니고 단지 기차를 타고 갔다 온다는 걸로 그렇게 불렀다. 나는 우리 고향으로 수학여행을 가는 게 싫고 은근히 근심이 되었다. 개성에 대해 다 알아서 시들하기 때문이 아니었다. 실상 개성은 귀향할 때마다 거치는 고장일 뿐 변변히 구경한 적은 없었다. 내가 걱정되는 건 엄마가 미리 편지를 해놨기 때문에 할머니나 숙모가 마중을 나오면 어쩌나 하는 거였다.

---

13) 엄성원, 2008, "일제 강점기 수학여행의 양상과 성격", 중앙대학교 석사논문, pp. 11-13.
14) 엄성원, 2008, "일제 강점기 수학여행의 양상과 성격", 중앙대학교 석사논문, p. 11.

곽상영은 수학여행을 위해 돈을 빌릴 정도로 가정 형편이 넉넉한 편이 아니었음에도 불구하고 졸업하기 전에 실시하는 수학여행을 갔다. 수학여행의 행선지와 기간이 명확하게 기록되어 있지 않지만 2명의 책임교사 인술 하에 47명의 학생들이 함께 여행을 하였다. 여행을 하기 위해 선생님 집에서 하룻밤 묵고 새벽에 목적지를 향하였다. 수학여행기에 기록이 없어서 곽상영의 여행에 대한 견해와 감상을 알 수는 없지만 여행의 안전을 위해 기도를 할 정도로 긴장하고 있음을 알 수 있다.

"일찍이 신붕예배와 궁성요배를 했습니다. 오늘은 종조모 회갑일입니다. 친척들은 그 곳에 가서 하루 종일 웃음꽃을 피웠습니다. 나는 내일 수학여행에 가기 때문에 오산으로 가서 자게 됐습니다. 나는 박선생의 집에서 잤습니다. 선생의 집에서는 나, 고영권군, 박선생의 아들인 박완순 이렇게 셋이 매우 재미있게 이야기하며 잘 잤습니다."(1939. 3. 10.)

"일찍 일어나서 무사히 여행을 다녀 올 수 있게 마음속으로 신께 기도 하였습니다. 아침밥을 4시 반에 먹고 친구들과 선생님과 정봉으로 출발했습니다. 생도는 47명, 선생은 2인이었는데 조원 선생과 임선생이었습니다. 종조모의 회갑 축연은 오늘도 계속돼서 친척들은 그곳에서 일을 도왔습니다."(1939. 3. 11.)

곽상영은 1941년 처음으로 초등학교 교사로 발령받은 충북 보은 삼산공립초등학교에서 2박 3일 일정으로 대전을 경유하는 부여 관광을 직원들과 함께 간다. 그는 대전역에 도착해서 근대적 문물의 상징인 도시를 실감할 수 있었고, 대전역 주변에 위치해 있는 근대식 호텔을 보고 "우뚝 서 있는 '호텔'은 웅장하기도"하다며 구경거리로서의 근대 문명에 대한 놀라움을 표시하였다 (1941. 10. 26.). 하루 밤을 묵게 되는 여관에서도 처음으로 느끼는 일본식 음식, 주거문화, 목욕문화에 신기해 한다. 또한 삼국시대 마지막 도읍지인 부여를 방문했을 때에는 문화유적지를 경험하는 것을 넘어서서 민족적인 각성을 하게 되는 계기가 되었다. 일제시대 말기에 일본은 내선일체를 구체화하고 선전하기 위하여 부여에 신도(神都)를 건설하게 된다. 이 신도 건설의 핵심이 부여신궁인데, 곽상영은 신사를 짓는데 10분간 일조를 할 때 나라를 빼앗긴 설움을 더욱 뼈저리게 느낄 수 있었다.

"논산에서 출발하야 부여에 도착하였다. 오전 10쯤해서이다. 백제의 옛 서울이라는 생각을 갖었기 때문인지 감개무량하더라. 하고 싶은 태도 먹고 있는 마음을, 마음대로 발표하지 못하였다. 일행 중에는 00사람이 있는 까닭이다. 신궁 짓기에 많은 인부들이 끓고 있다. 우리도 약 십분 동안 삽으로 흙을 이닐거렸다. 소학교시대에 배운 부여가 생각났다. 백마강(白馬江) 부소산 평제탑 락화암 같은 전설로 유명한 이 모든 옛것을 볼 때 가슴이 무너질 듯이 앞으고 괴로웠다. 옛서울 터인 이 부여가 그 시대에는 사방이 가물가물하게 넓은 이 들판이 전부가 집이었다는 것이다. 10만호가 넘었다는 것이다. 백제가 넘어갈 때의 일을 알려주는 증거물도 몇가지나 구경하였다. 한숨이 저절로 남 모르게 난다."(1941. 10. 27.)

4. 해방 후 혼돈의 시대(1945-1950)

이 시기는 한국이 1945년 8월 15일 일본으로부터 해방되어, 1945년 9월 9일부터 미군정이 실시되었으며, 1948년 8월 15일 대한민국 정부가 수립되는 과정이었다. 일본의 식민통치가 단절되고 새로운 체제가 수립되면서 남북간의 무력충돌의 격화, 남한내부의 좌우 갈등, 식량부족, 귀환동포문제 등 전반적으로 사회경제적 혼란이 가중되는 상황이었다. 특히 해방 이후 야간통행이 금지가 되고, 전염병이 발발하면 여행이 금지가 되어 여행이나 관광을 할 수 있는 조건이 허락되지 않았다. 곽상영은 그 당시 상황을 1946년 12월 31일에 다음과 같이 적고 있다.

"세상이 어지럽고 소란스럽고 인심이 사나운 1946年이라는 해도 오늘로써 끝을 졸르게 되었다. 서산에 넘는 해 빛을 보며 일년 동안을 살작 돌이켜 생각하지 않을 수 없다. 봄부터 일어난「호열자」(고레라)병은 가을 찬바람이 일을 때까지 방방곡곡에서 사람의 마음을 졸인 것이다. 그외 손림, 장감병 같은 질병도 연달아 꼬리를 감추지 않이함으로 하루 한시를 안심치 못하였든 것이다. 각병 방역에 여행이 금지되며 악행동의 무리가 각지마두 일어남으로 야간의 통행을 금지하였든 것이다. 각종 물가는 한없이 올으며 商品(상품)의 품질은 형식인 것이 많었다. 교통기관의 제반 형태는 이로 형현할 수 없을만치 가여웠든 것이다……"(1946. 12. 31.)

혼란과 불안의 시대를 반영하듯이 이 기간 동안 곽상영은 2번의 개인여행, 2번의 업무여행을 함으로써 매우 제한적인 여행을 하였다. 곽상영은 교사로서 수학여행을 할 수 있었지만 수학여행을 다녀온 기록이 보이지 않는다. 1948년까지 정부는 학생들의 수학여행을 허락하지 않았을 뿐만 아니라 그가 1949년 교감으로 승진하면서 직접적으로 학생들을 인솔하는 수학여행을 하지 않기 때문일 것이다. 그가 근무했던 충북 옥산초등학교의 경우에는 1949년에 과학 전람회

관람을 목적으로 간신히 6학년 학생의 수학여행을 인가 받을 수 있었다. 곽상영의 첫 번째 개인 여행은 외삼촌을 방문하기 위하여 3박 4일(1949. 08. 03.   1949. 08. 07.) 일정으로 인천을 방문 한 것이다. 인천을 오고 갈 때 기차를 이용하였으며, 인천 부립 박물관에 가서 고려자기를 비롯하여 고대 및 중세시대의 유물을 관람하였다. 또한 서울에 있는 친척을 방문하고 시내 및 남산 등을 구경하였다. 두 번째는 태백산지구에서 군인으로 근무하는 바로 아래 동생을 방문하는 4박 5일 (1950. 1. 9.   13.)의 개인여행이었다. 그는 군인인 동생을 만나러 갔지만 동생이 휴가를 가는 바람에 부대에서는 동생을 만나지 못하고 집에 와서야 만날 수 있었다. 그의 여행 경로는 집→조치원→서울→안동→영주→풍기→안동→서울→제천→충주→청주→집 순으로 기차와 버스를 이용하였고, "빈번하지 못한 우리나라의 교통기관을 한탄 아니할 수"(1950. 1. 11.) 없을 정도로 길고 불편한 여정이었다. 그는 초등학교 교감이어서 학교일과 관련된 업무 여행을 청주로 자주 갔다(1949. 10. 30.). 또한 그는 교감으로만 구성된 경상남북도 학사시찰을 3박 4일(1950. 5. 19.   1950. 5. 22.)하게 되어 경주와 부산을 방문하였다. 경주에서는 불국사와 석굴암을 구경하는 휴식여행이었고, 부산에서는 동광초등학교를 방문하여 수업 및 학교운영에 관한 내용을 살펴보았다. 특히 그는 부산 해운대에서 처음으로 온천욕을 경험하고 국제시장도 둘러 보게 된다.

5. 한국전쟁과 생존 전략으로서의 피난길(1950-1953)

1950년 6월 25일에 시작하여 1953년 7월 27일 휴전협정을 맺음으로써 일단락 된 한국전쟁은 150만명의 이상의 인명피해를 낼 정도로 제2차 세계대전 이후 벌어진 규모가 가장 큰 전쟁이었다. 한국전쟁이 터지고 3일만에 서울이 북한군에 의해 함락되었다가, 그 해 9월 28일에 서울이 수복되었으며, 중공군의 개입으로 1951년 1월 4일 수도 서울을 다시 빼앗기게 된다. 이처럼 한국전쟁은 전세의 역전이 심하여 시민들의 고충은 이루 말할 수 없었다. 한국전쟁은 사회정치적 혼돈과 경제적 궁핍을 가져왔고, 이데올로기의 인간에 대한 지배와 인간에 의한 인간의 억압이 일상화된 시기였다. 민간인학살과 부역자에 대한 처벌은 생존에 대한 최소한의 예의도 인정받을 수 없었다. 한국전쟁 초기에 곽상영이 경험했던 한국전쟁은 다음과 같이 묘사되고 있다.

"싸움은 점점 확대되어 하늘에는 비행기가 쉴 사이 없이 날마다 날고 있다. 발표에 의하면 미국 비행기가 와서 북한의 오대도시를 여지없이 폭격한다는 것이니 동포의 인명은 그 얼마나 많이 억울한 죽엄을 하였으리요. 아-슬프다 동족상잔, 상잔. 전국민 모두는 반성하라. 무척 피난을 아직 가지 못함이 후회가 되었다. 할 수 없이 사택으로 다시 와서 잠을 자려 하나 어쩐 일인지 잠이 오지 않았다. 마침 밖에서 무슨 소리가 들리더니 주인을 찾는다. 떨리는 가슴을 진정하고 나가보니 국군들 약 30명이 와서 자고 가자는 것이다. 마침 집이 빈 때이라 전부를 방으로 들어오게 하고서 나는 이 군인들의 심부름을 하느라고 바빴었다. 잠 한심 못자고 날밤을 새웠다. 포성은 귀창을 울리어 고막이 둔하여질 지경이다."(1950. 6. 30)

전쟁이라는 혼란은 장소의 이동성을 강제할 수 밖에 없다.[15] 북한군이 서울을 넘어 호남평야, 경북 북부전선, 동해안 전선까지 밀어 붙이면서 대부분의 대한민국 국민들은 피난을 떠날 수 밖에 없었다. 피난을 떠나지 못한 사람들은 부역자 혹은 용공분자로 몰려 처벌 혹은 학살을 당하거나 민족의 구성으로서 무시될 수 밖에 없었다. 곽상영은 처음 북한군에 의해 서울이 점령되어 대부분의 국민이 남쪽으로 대피할 때 피난을 가지 않았다. 교감으로서 교장을 대신하여 옥산초등학교를 지켜야 했기 때문이다. 이 때 부역책임자로 몰려 고초를 당하고 정직처분까지 받게 되어 교사를 그만둘 수 밖에 없는 상황까지 갔다가 부역자 심사를 통과하여 다시 학교에 복직될 수 있었다. 그 때의 상황을 곽상영은 다음과 같이 이야기 하고 있다.

"인민공화국 시대에 아부하였든 사람은 전부가 자수하게 되어(이달 15일까지) 본교 직원 전원도 자수서를 지서로 제출하였다. 아- 2,3개월간의 고통도 심각하드니 기어히 이 모양까지 되게 한 생각을 하면 원수와 같고 지긋지긋한 생각에 머리가 흔들린다. 고백서를 제출하였으나 가면적인 행동을 지금에 와서 그 누가 인정하리요. 강제 억압에 할 수 없이 취한 부락파견과 이력서와 자서전을……"(1950. 10. 14.)

처음에 피난을 가지 않아 고초를 당했던 곽상영은 1 4 후퇴 때에 가족을 뒤에 두고, "옥산교직원 전체는 하절에 피난 못하였다가 정신적 고통이 오늘까지 있었든 차제라 이번은 일동이 동행하기로"(1951. 1. 10.) 결정하여 피난길을 떠난다. 곽상영의 피난은 1951년 1월 10일에 시작하여 1월 23일에 금계 집에 돌아옴으로써 13일간의 피난의 여정은 끝이 났다. 그의 피난길은 청주 남이면→ 청주 문의면→ 충남 대덕군 동면→ 충북 옥천군 북면→ 충북 옥천군 군북면→ 중북 옥천읍→ 충북 옥천군 이원면→ 충북 영동군 용산면→ 충북 영동군 황간면 순이었다. 1951년 1월 19일에 충북 영동군 황간면 회포리에서 고향으로의 철수 명령이 떨어져서 곽상영은 피난길을 접고

---

15) 차철욱 공윤경, 2010, "한국전쟁 피난민들의 정착과 장소성: 부산 당감동 월남 피난민마을을 중심으로", 『석당논총』, 47: 279-321.

다음과 같은 길(옥천→ 회인→ 문의→ 옥산)로 귀향을 하게 된다. 남쪽을 향한 후퇴는 9일이나 걸렸지만 귀향 길은 4일밖에 걸리지 않았다. 곽상영에게 피난은 혹한, 굶주림, 불안, 곤란의 연속이었다. "거리에는 피난민으로 개미장 선 듯"(1951. 1. 11.) 하였고, "질펀어리는 험한 길을 왼 종일 밟아서 신과 아랫도리 전체는 진흙으로 유갑"(1951. 1. 11.)이 되었으며, "집 구하기가 어찌도 곤란한지 왼동리를 다 쏘다니다가 어느 과부댁에 일행은 유하"(1951. 1. 14.)기도 하였고, "일행은 찬 방에서 그리 넉넉지도 못한 침구를 서로 의지하여 밤을 새웠다"(1951. 1. 13.). 교직원과 함께 떠난 피난에 대한 곽상영의 전략은 초등학교 교감이라는 사회적 자원을 잘 활용하였다. 각 면에 있는 초등학교나 교장 사택을 방문하여 숙식을 해결하고 전쟁에 대한 정보를 얻었으며 앞으로 난관을 어떻게 해결할지에 대한 조언을 구하였다. 그 당시 피난의 어려움에 대해 곽상영은 다음과 같이 묘사하고 있다.

"이원지서에 들려 전황을 듣고 보찜을 걸머지고 허덕허덕 걸어서 오다가 건느기 어려운(위험한) 철교를 건너 심천(深川)까지 오니 오후 3시경이었다. 심천 장터 어느(성명 불명) 초가집에서 전원 유하였다. 우리가 나가서 생나무나마 젝여다 주인에게 주어 밥을 짓도록 하였다. 이 심천 시가는 몹시도 폭격을 당하였던 모양이다."(1951. 1. 16.)

6. 전후복구와 근대화시대의 여행(1953-1970)

한국은 한국전쟁 피해 복구를 위하여 미국을 포함한 유엔의 지원을 받아 전쟁복구에 몰두하게 된다. 이승만 정부는 정권을 유지하기 위하여 불법과 독재적 정치행태를 보여 주었고, 1960년 4.19 혁명으로 무너 졌다. 1960년 9월 장면을 국무총리로 하는 내각제가 실시되었다. 1961년 5.16 군사 쿠데타를 통하여 정권을 잡은 박정희 정부는 근대화를 추진하여 한국을 농업국가에서 산업국가로 탈바꿈시키게 된다. 급속한 도시화, 산업화를 통하여 한국사회는 개인의 삶과 사회 구조가 기존의 사회와는 전혀 다른 경험을 하게 된다. 혼란에서 근대화로 변모해가는 시기에 곽상영의 일기에 나타난 여행활동을 시기별로 살펴보며 다음과 같다.

첫째, 50년대 곽상영의 여행은 크게 소풍, 수학여행, 업무여행, 직원연수, 신천지 시찰, 개인여행 등으로 나뉠 수 있다. 이 시기에 가장 많이 한 활동은 업무여행이었다. 그는 교감 교장이어서 학교 운영의 전반을 책임지고 있었다. 그리하여 학교 업무와 관련된 연구발표회, 교감연수, 학교 행사 물품 구입, 교육청 방문, 교장단회의 참석 등의 출장이 잦았다. 그 외에 박람회 견학과 친목도모를 위한 직원연수가 있었고, 괴산군 장연면에서 지역유지들에게 제공하는 신천지 시찰도 참가하였다. 그는 교감 교장의 직을 수행하느라 소풍과 수학여행은 많이 참가하지 않았다. 1957년 5월 5일 어린이날을 맞이하여 괴산군 조령산에 4학년이상 학생, 학부모, 전체 교직원 등이 참가하는 야유회를 주최하기도 하였다. 곽상영의 개인여행으로는 친척을 만나기 위한 서울방문이 있었다. 또한 첫째와 둘째가 학업을 위해 1957년 4월부터 청주시에서 자취를 하게 되어 그는 청주시를 자주 방문하게 된다.

둘째, 60년대에 여행은 수학여행, 업무여행, 직원연수, 교육시찰, 개인여행 등으로 구분할 수 있다. 50년대와 비교할 때 60년대는 상대적으로 개인여행이 많아졌다. 특히 청주를 많이 방문하게 된다. 첫째와 둘째 자식이 고등학교를 졸업하여 타지로 떠나고, 대신에 막내동생, 셋째 넷째 다섯째 여섯째 일곱째 자식들이 청주에서 자취를 함께 하면서 경제적 지원, 음식물 제공, 진학지도 등과 같은 자녀교육 을 위해 자주 청주를 가게 된다. 이 시기는 곽상영이 교장으로서 활발한 활동을 하던 때여서 교장단 회의, 청주 소재 중학교 방문, 기타 등이 있다.

50-60년대 곽상영 여행의 특징은 초등학교 관리자로서 업무여행 중심의 활동을 한 것이다. 그러다 보니 자연명승 및 경관 감상보다는 문화유적 및 사적지가 많은 비중을 차지한다. 위락 휴양 관광보다는 친목도모나 교육여행의 성격이 강하였다. 그러나 그는 매우 가정적이고 자녀를 교육하고 보살피는 일에 열심이었음에도 불구하고 부부여행이나 가족여행을 한 행적이 없다. 아마 장손으로서 부담과 10남매를 키워야 하는 경제적 사정으로 부부여행이나 가족여행이 쉽지 않았을 것이다.

〈표 1〉 옥산면 읍면마을

시 기	유 형	내 용
1953 ~ 1959년	소풍	1 2 학년(1954. 10. 14.), 충북 괴산군 장연면 쌍곡(1957. 5. 3.), 충북 괴산 조령산(어린이날 기념, 4학년 이상 학생 및 교직원, 1957. 5. 5.).
	수학여행	부여(6학년 수학여행, 1953. 10. 21.).
	업무여행	서울(연구학교 교감 자격, 1954. 10. 5.), 서울(초등학교 연구발표회 참석, 1954. 10. 7.- 11.), 청주(연구발표회 참석, 1954. 10. 21.- 23.), 경주 부산(교감 연수, 1954. 11. 20.- 24.), 청주(물품구입, 1956. 9. 2.), 청주(운동회 물품구입, 1956. 9. 9.), 청주(교육청 방문, 1956. 10. 6.), 목포 여수 부산(교감단 학사 시찰, 1956. 11. 2.- 6.), 충북 괴산군 괴산읍(교장단 회의 겸 칠성수력발전소 견학, 1957. 5. 6.- 7.), 업무여행(충북 괴산군 괴산읍, 명덕초등학교 연구발표회 참석, 1957. 11. 20.- 11. 21.), 충북 수안보(연구주임 발표회 채점위원 자격, 1958. 11. 5. - ?)

시기	유형	내 용
1953 ~ 1959년	직원연수	서울(전국산업박람회 견학, 1955년 가을), 경주 부산.(1956. 10. 20.- 23.)
	신천지시찰	강릉 원주(충북 괴산군 장연면 주최, 1958. 11. 22.- 25.)
	개인여행	서울(친척방문, 1954. 10. 6.), 서울(사친회에서 여행 지원, 1956. 8. 18.- 20.), 청주(?, 1956. 12. 31.- 1957. 1. 1.), 청주(자취하는 자식 방문, 1957. 11. 16.)
1960 ~ 1970년	수학여행	서울(1962.11.4-6)
	업무여행	청주(현충일 기념 충열탑 행사, 1967. 6. 6.), 청주(교장단회의, 1967. 7. 19.), 청주(교장단회의, 1967. 8. 12.- 13.), 청주(청주교대 임원회의 참석, 1967. 11. 28.- 29.), 청주(중학교 입시철을 맞이하여 청주 소재 중학교 방문, 1967. 12. 1.- 3.), 청주(후기 중학교 입시 상담, 1967. 12. 11.), 충북 괴산군 괴산읍(인사문제, 1968. 1. 20.), 청주(교장단 회의, 1968. 3. 8.- 9.)
	직원연수	충주 비료공장 수안보(체육대회 후 위로소풍, 1960. 10. 8.- 9.), 청주(과학전시회장 관람, 1960. 10. 28.)
	교육시찰	경주 울산 진해(울산공업단지 및 진해 학교 견학, 1967. 5. 18.- 20.)
	개인여행	온양 온천(1960. 11. 18.- 19.), 충주 중원군 산척면 명서초등학교(은사 정연퇴임 기념, 1967. 8. 19.), 청주(자식 학교방문, 1967. 8. 29.), 청주(채무처리, 1967. 9. 28.), 청주(자식 방문, 1967. 10. 14.), 청주(사적인 만남, 1967. 10. 27.), 청주(결혼식 참석 자식 방문, 1967. 11. 26.- 27.), 청주(회갑연 참석, 1967. 12. 8.), 청주(조카 결혼식 참석, 1968. 1. 3.), 청주(지인 자녀 결혼식 참석, 1968. 1. 21.)

Ⅸ. 토픽모델링으로 분석해 본『금계일기』

1. 일기에 나타난 어휘들–명사를 중심으로

(1) 서술상의 특징

『금계일기1, 2』는 당시 보통학교 3학년이던 저자 곽상영이 처음 일기를 쓰기 시작한 1937년부터 50세가 되는 1970년까지의 약 33년에 걸친 장편의 일기다. 그 중 일제강점기에 해당하는 1945년 이전의 일기는 일본어로 기록되어 있다. 일제강점기 시절 일기의 특징 중 하나는 한 해의 일기가 음력 4월 1일에 시작해 음력 3월 31일로 맺어진다는 것이다. 또 한 가지는, 1937년과 1938년의 일기 대부분의 첫 문장이 '오늘은'으로 시작해 어떤 사건을 나열하는 등의 일정한 형식을 보인다는 점이다. 두 해의 일기 중에는 "오늘은 아무 일도 없었다."는 의미의 문장만으로 채워진 일기도 더러 등장하는데[1](1938. 1. 5.; 1938. 1. 25.; 1938. 2. 4.), 이는 해당 년도의 일기는 일기쓰기를 강요하는 외부적 환경 속에서 쓰인 것일 수 있음을 암시한다. 이는 당시 일본이 자신들의 해외 식민지를 중심으로 일본어에 의한 특정한 일기의 형식, 관습을 교육현장에서 가르쳐왔다는 사실과 부합한다.[2] 특정한 연도 구성과 일기의 형식은 1940년을 마지막으로 사라지며,[3] 광복 이

---

1) 1937년 일기의 경우 '오늘은 아무 일도 없었다.'라는 문장 뒤로 저자의 아버지에 관한 당일의 사건이 기술되는 모습을 찾아볼 수 있었다.
2) 니시카와 유코, 2014,『일기를 쓴다는 것』, 임경택 이정덕 역, 전북: 신아출판사.
3) 연도 구성과 일기 내용상의 일정한 형식의 틀은 저자가 옥산소학교를 졸업하는 1940년까지 나타난다. 저자는 "학교를 나오니 마음이 하도 적적하여서 쓰고 싶은 용기를 내지 못한 까닭"이라 밝히며 졸업 후 약 일 년 간 일기를 쓰지 않다가 1940년 12월에 일기 쓰기를 다시 시작하는데,(1940. 12. 31.) 이때를 기점으로 일기의 연도 구성은 양력 1월1일~12월31일로 유지된다.

후인 1946년부터는 국한문 혼용으로 일기를 썼다. 소학교 졸업과 광복 이후로도 일기쓰기를 지속한 것은 저자의 자발성이 상당부분 반영된 것일 수 있으나, 곽상영의 일기쓰기는 일제 강점기 시기의 교육에 적지 않은 영향을 받았을 것이라 예상된다. 『금계일기』는 전체적으로 보았을 때 일기 하루하루의 문장 수가 적다. 그러나 매년 매일을 거의 대부분 빼놓지 않고 일기를 쓰는 모습을 보이기도 했다. 일제시기를 제외하고는 특정한 형식을 찾을 수 없으나, 일기 서술의 측면에서는 주관적 감정 표현을 절제하면서 주변의 일상사를 담백한 문체로 기록하고 있으며, 사회현상에 대해서도 빠짐없이 기술하고 있다. 중립적 입장에서 짤막하게 정보 위주로 요약해서 기록하는 특징을 보이고 있다. 또한 저자는 몇몇 연도에서 한 해를 전체적으로 되돌아보는 연말 정리 형태의 글을 쓰기도 했는데, 그 내용에서 일기를 많이 쓰지 못한 해의 일기를 대체하기 위해 싣는 것이라는 입장을 밝히기도 한다(1940. 12. 31.; 1955.). 이 같은 모습에서 볼 수 있듯이 저자 곽상영은 그의 막내아들인 곽노필씨가 말하듯 '기록 마니아'였다. 『금계일기』에는 곽상영의 가정생활, 학교생활에 관한 부분이 상세하고도 중립적으로 기술되어 있다. 곽상영은 일기 이외에도 교감 시절의 교무일지, 교장 시절의 경영일지, 심지어 자신의 꿈에 관한 이야기 등을 따로 기록하기도 했다.

(2) 저자 곽상영의 언어

텍스트 마이닝은 텍스트 기반의 데이터를 대상으로 정보를 추출하는 분석 방법이다. 33년간 지속적으로 쓰인 『금계일기』는 텍스트 마이닝의 대상이 될 수 있는 비정형화된 커다란 텍스트 데이터 덩어리로 볼 수 있다. 텍스트 마이닝의 분석 절차는 크게 자연어 텍스트를 컴퓨터로 분석 가능한 형식의 데이터로 표현하는 전처리 과정과 전처리된 데이터에서의 의미정보 추출, 추출된 정보를 기반으로 한 패턴 및 경향분석으로 나뉜다. 전처리 과정을 거쳐 『금계일기』에서 추출된 총 명사의 종류는 10,726개이며, 총 명사의 개수는 99,396개다.[4] 〈그림 1〉과 〈그림 2〉를 보면, 『금계일기』에서 등장하는 명사 중 특정 명사의 등장빈도가 매우 높다는 것을 알 수 있다.

각 개인의 언어사용 패턴은 성별, 지적수준, 연령 등에 따라 다양하지만 일반적으로 사람들의 일상언어 사용은 소수의 어휘에 집중된다고 알려져 있는데, 곽상영의 일기에서도 그러한 특징을 관찰할 수 있다. 또한 일기라는 장르의 특성으로 인하여 특정한 성격의 어휘들이 자주 등장하는

---

4) 일기의 명사만을 추출하기 위하여 형태소 분석기 중 하나인 KOMORAN을 사용해 일기의 일반명사, 고유명사, 의존명사, 대명사를 추출했으며 단어의 길이가 1이하, 8이상인 것은 분석에서 제외했다.

측면도 있다. 예를 들면 일기를 썼던 당시의 저자를 중심으로 시간적, 공간적, 사회적으로 가까운 단어들이 자주 등장하게 되는데, 가장 많이 쓰인 것으로 나타난 '오늘'이라는 명사가 대표적인 경우다.

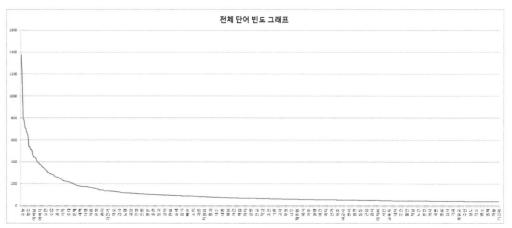

〈그림 1〉 전체 명사 빈도 그래프

〈그림 2〉 전체 명사 빈도 상위 100개 Word Cloud [5]

---

5) Word Cloud에서 단어 간의 거리 및 전체적인 분포는 텍스트의 어휘 구성비를 가시적으로 보여준다. 그러나 구성비가 낮은 단어와 이러한 단어로 구성된 토픽의 경우 가시성이 문제가 되어 확대하여 제시했음을 밝힌다.

〈표 1〉 전체 명사 상위 100개 어휘 빈도

rank	term	빈도	rank	term	빈도	rank	term	빈도	rank	term	빈도
1	오늘	1377회	51	본교	216회	26	도착	329회	76	노송	162회
2	학교	1196회	52	모친	211회	27	금계	323회	77	연구	161회
3	오후	796회	53	출장	209회	28	어머님	311회	78	사방	160회
4	직원	782회	54	날씨	208회	29	아동	301회	79	운영	160회
5	선생	715회	55	문제	199회	30	출발	296회	80	실시	155회
6	노정	701회	56	노력	198회	31	수업	294회	81	장남	154회
7	청주	660회	57	교감	194회	32	교육	290회	82	노희	151회
8	교장	641회	58	사택	187회	33	가정	286회	83	구경	147회
9	아우	538회	59	걱정	186회	34	서울	282회	84	생활	144회
10	인사	538회	60	노현	185회	35	이야기	279회	85	편지	143회
11	생각	514회	61	새벽	179회	36	가지	264회	86	개최	142회
12	저녁	511회	62	소식	178회	37	공사	264회	87	아해	142회
13	아버님	465회	63	관계	177회	38	모양	260회	88	지도	138회
14	사람	445회	64	부모	177회	39	시경	257회	89	무사	136회
15	금일	444회	65	가슴	175회	40	시장	255회	90	부형	136회
16	우리	436회	66	노명	175회	41	정도	250회	91	자전거	136회
17	교사	414회	67	다행	175회	42	회의	246회	92	금년	135회
18	때문	396회	68	준비	175회	43	시작	240회	93	노원	135회
19	아버지	396회	69	부친	174회	44	행사	231회	94	작업	135회
20	학년	380회	70	일동	173회	45	대접	230회	95	조치원	135회
21	아침	376회	71	귀교	171회	46	어제	224회	96	말씀	133회
22	참석	366회	72	거행	168회	47	정리	223회	97	하오	132회
23	마음	353회	73	처음	168회	48	점심	222회	98	옥산	131회
24	시간	353회	74	귀가	165회	49	초대	221회	99	내일	128회
25	오전	339회	75	오창	165회	50	본가	217회	100	사무	128회

그 외에도 오후, 저녁, 금일 등의 일기를 쓰던 당시의 시간을 지칭하던 명사와 날씨, 하늘 등의 당시의 환경을 기술하는 명사와 저자가 거주하던 주변 지역, 지명을 지칭하는 명사 또한 높은 빈도로 일기에 등장했다.

전체 중 상위 500개의 명사를 범주화해 보았을 시, 가장 많은 종류의 명사와 관련된 대상은 저자의 학교였으며 두 번째는 가족으로 나타났다.[6] 학교와 관련된 명사의 대부분은 직원, 선생, 교장, 교사 등의 직장 동료를 지칭하는 것과 학년, 아동, 수업, 교육, 가정 등의 학생들의 수업과 관련된 것, 그리고 회의, 출장, 연구회 등의 수업 이외의 업무로 나타났다. 빈도는 조금 낮지만 귀교, 등교, 출근 등의 학교 통근과 관련된 명사와 체육회, 소풍, 운동회 등의 학교 행사와 관련된 명사들도 눈에 띈다. 그 외에도 학교 시험, 여러 학교 명칭 등 학교와 관련된 다양한 명사가 높은 빈도로 일기에 등장했음을 확인 할 수 있다. 가족과 관련해서 가장 높은 빈도로 언급된 인물은 저자의 아버지다.[7] 아버지와 함께 어머니 또한 '어머님', '어머니' 등의 명사로 높은 빈도로 나타나고 있으며 저자의 동생인 운영도 '아우'라는 명칭으로 빈번하게 언급되었음을 볼 수 있다. 아버지와 어머니는 부모, 부친, 부모님의 이름으로도 빈번하게 등장하는데, 저자의 자녀 및 아내보다도 그 빈도가 높다는 점이 눈에 띈다. 실제로 저자 곽상영은 1969년 청주향교에서 효자상 수상자로 선정되었으나 이를 사양하기도 했다. 자녀와 관련해서는 성별에 따라 등장 빈도에 차이가 있음을 볼 수 있다. 노정은 저자의 장자로 일기에 가장 많이 등장하였으며 둘째인 장녀 노원은 그 다음으로 나타났다. 일기에서 노정과 노원의 등장 횟수는 약 3배정도 차이가 나고 있다. 저자의 아내가 일기에서 언급될 때 '노정 모친'의 명칭으로 자주 언급되었다는 점을 감안 하더라도 그 차이는 크게 줄어들지 않는다. 반면 세 번째로 높게 등장한 자녀인 노현은 등장 빈도 185로 총 202번 등장한 노원과 큰 차이가 없다. 네 번째로 높게 등장한 자녀는 넷째인 노명이며, 그 다음으로 높게 나타난 자녀는 일곱째인 아들 노송이다. 일기에서 저자의 아내는 '모친[8]', '내자'라는 명칭으로 주로 등장하였는데, 둘의 총 등장횟수는 255회로 나타난다. 이는 저자의 친부모 및 동생에 비해서 상당히 낮은 수치이며 자녀들 중에서도 장남인 노정보다 매우 낮고 장녀인 노원보다 조금 높은 수준이다. 가장 큰 주제인 학교와 가족 이외에도 마음, 문제 노력, 걱정, 다행, 무사 등의 저자의 정서를 나타내는 명사들과 음주와 관련된 일배, 접대, 과음, 탁주, 약주 등의 명사들 또한 빈도의 상위 범주에서 발견할 수 있었다. 빈도 상위 500개[9]로 보았을 때에는 조선, 국민, 선거, 광복, 경제 등과 같은 민족이나 국가와 관련된 명사와 보리, 모내기, 타작, 파종 같은 농사와 관련된 명사들도 찾아볼 수 있었다.

---

6) 각각 빈도 상위 500개 명사 중 88개, 47개로 나타났다.

7) 〈표 1〉에서 가장 높은 빈도의 가족 구성원은 노정으로 보이지만, 아버님과 아버지가 모두 저자의 아버지를 지칭하고 있다는 점에서 가장 높은 빈도로 일기에 등장한 가족 구성원이라 볼 수 있다.

8) '노정 모친', '원자 모친' 등 자녀의 어머니라는 명칭으로 주로 등장하였다. 그러나 일기의 후반부에서 '모친'은 저자 곽상영의 어머니를 지칭하는 의미로 쓰이기도 한다. 이를 감안하면 아내의 언급빈도는 실제로도 255회 보다 더 작은 수치일 것으로 추정된다.

9) 전체 빈도 상위 500개는 글의 뒤 부표로 제시한다.

(3) 군집분석

〈표 2〉는 추출된 명사를 대상으로 군집분석을 실시하여 10개의 군집으로 나누어 본 결과이다.[10]

〈표 2〉 k-mean 군집분석 결과(k=10, seed=122)

군집	Term
Cluster1	아버님, 아우, 어머님, 오늘, 사방, 공사, 저녁, 때문, 땔감, 생각, 아침, 학교, 시장, 운영, 오후, 형님, 누이, 우리
Cluster2	오늘, 아버지, 시장, 숙부, 조치원, 우리, 청주, 저녁, 동생, 사람, 어머니, 장작, 학교, 오산, 때문, 나중, 모내기, 마을
Cluster3	선생, 오후, 교장, 학교, 수업, 인사, 학년, 청주, 저녁, 직원, 국본, 오늘, 이야기, 오전, 교육, 본교, 시경, 아동
Cluster4	학교, 사람, 생각, 교장, 우리, 마음, 직원, 오늘, 선생, 모양, 교육, 오후, 아우, 이야기, 인사, 때문, 가지, 가슴
Cluster5	선생, 교육자, 약자, 말씀, 때문, 우리, 편지, 사람, 사회, 인간, 교육, 무기, 문인, 반성, 사회인, 생각, 약정서, 충만
Cluster6	학교, 오후, 청주, 참석, 교장, 인사, 교사, 금일, 오전, 학년, 시간, 도착, 회의, 금계, 아동, 수업, 저녁, 출장
Cluster7	생각, 마음, 사랑, 우리, 사람, 사실, 일기, 때문, 생활, 일본, 학교, 기록, 나라, 불행, 여인, 가지, 동안, 가슴
Cluster8	오늘, 학교, 아침, 저녁, 오후, 우리, 생각, 때문, 사람, 어제, 시작, 청주, 모양, 아동, 날씨, 시간, 교장, 마음
Cluster9	노정, 서울, 청주, 장남, 모친, 인사, 학교, 금계, 금일, 본가, 노명, 도착, 노현, 노필, 노원, 오후, 상경, 노송
Cluster10	직원, 학교, 오후, 교장, 인사, 초대, 교사, 아동, 행사, 금일, 학년, 일동, 대접, 시간, 오전, 사택, 출장, 생각

---

10) 군집 분석 방법으로는 k-means를 활용했으며 군집의 개수는 10개, seed값은 122로 지정했다. k-means는 주어진 군집 수 k에 대해 Euclidian Distance를 이용하여 전체 자료를 상대적으로 유사한 k개의 군집으로 나누는 알고리즘이다.

군집분석의 결과는 『금계일기』 전체의 대략적인 갈래를 보여주고 있다. 클러스터 1, 2의 경우 저자의 부모, 형제를 비롯한 가족과 그들의 생활에 관한 내용이 주로 등장하고 있음을 알 수 있다. 클러스터 3, 4, 5, 6, 10의 경우 학교와 관련된 내용의 단어가 주로 등장함을 알 수 있는데, 클러스터 3의 경우가 학교에서의 업무와 관련된 것이라면 클러스터 5의 경우 저자의 교육자로서의 마음가짐이나 사회에 관한 생각들이 반영되어 있음을 알 수 있다. 클러스터 7의 경우 여러 대상에 대한 저자의 주관적인 감정, 느낌 등을 나타내는 단어가 모여 있음을 알 수 있으며 클러스터 9의 경우 저자의 자녀 이름이 상당수 언급되어 있다는 점에서 보았을 때, 일기 중 자녀에 관한 내용임을 알 수 있다.

2. 토픽모델링으로 본 일기 내용

토픽모델링은 세계 최정상 기사 이세돌을 궁지로 몰아넣은 인공지능 알파고와 마찬가지로 기계학습(machine learning)방법을 사용한다. 텍스트 내용에 관해서는 아무런 정보를 주지 않아도 기계학습에 의해 주어진 수와 주제(토픽)를 텍스트 뭉치로부터 추출해 준다. 토픽 모델링 알고리즘에서는 어휘의 의미는 어휘 자체에 내재해 있는 것이 아니라 함께 사용되는 어휘들과의 관계 속에서 형성된다는 전제하에 동일한 문서에서 공통출현하는 어휘들의 빈도로부터 유의미한 토픽들을 산출해준다. 여기에서는 먼저 토픽 모델링 기법을 이용하여 『금계일기』로부터 20개의 토픽을 추출하여 일기에 담긴 전반적 내용을 살펴보고 이후 토픽수를 70개로 늘려서 보다 구체적인 내용을 확인해 보았다.[11]

(1) 주요 토픽 20개 토픽을 중심으로

20개 토픽들을 관련 주제에 따라 범주화한 결과, 가족과 관련된 토픽이 8개, 학교와 관련된 토픽이 7개로 대다수를 차지했다. 그 외로 음주, 교통 등 저자의 생활과 관련된 토픽이 있었으며, 시대상, 국가, 여성 등에 관한 저자의 주관적인 생각이 나타난 토픽, 저자의 교육관 및 교사상이 나타난 토픽도 찾아볼 수 있었다. 토픽에 포함된 단어 등의 토픽별 세부 정보를 살펴보면, 저자의

---

11) 분석에 앞서서, 보다 효과적인 분석을 위해 각 단어에 단어 간 빈도, 문서 간 출현 빈도를 고려한 가중치를 부여했다. 이를 통해 총 4582종의 단어와 5372개의 문서를 추출하여 분석에 사용했다.

생각이나 생활 관련된 토픽들로 가족이나 학교와 상당부분 연관되어 있다는 것을 알 수 있다.

〈표 3〉 20개 토픽분류의 범주별 구성

가족 관련(8)	일제강점기 전반, 가족생계, 청주에서의 자녀교육, 자녀입시 관련, 명절 관련, 금계가족 관련, 자녀의 자취 독립 관련, 아우관련
학교 관련(7)	가정방문 및 연구회 관련, 교감 및 교장 업무, 학교 소풍 및 행사와 전근 관련, 출장 및 교육 강습회 관련, 초기 교직업무, 학교 행사 및 사건, 학교생활 전반
저자의 생각(2)	시대 및 국가와 여성 관련, 교육 및 교사관
생활 관련(2)	교통 및 이동 관련, 음주 관련
기타(1)	사택 및 가족 관련

(2) 가족 관련 토픽 분석

가족과 관련된 토픽 중에서, 가장 높은 구성 비율을 차지하는 것은 일제 강점기에 주로 쓰인 자신의 아버지, 어머니, 형제 등에 관한 토픽이다. 이는 저자의 부모에 대한 효심과 형제에 대한 애정이 각별했던 것으로 해석할 수 있으나, 당시의 일기가 일정한 형식을 가졌던 일기였으며 특히 아버지의 경우 특별한 사건이 없는 날의 일상을 기술하기 위해 자주 언급되었다는 점 또한 고려해야 할 것이다(1937. 4. 2.; 1937. 5. 3.; 1937. 5. 5.; 1937. 5. 8.; 1937. 5. 12.). 이와 관련된 또 하나의 토픽이 눈에 띄는데, 금계 본가에 살았던 부모 및 형제에 관한 내용으로 추정되는 토픽이다. 해당 토픽은 일제강점기뿐만 아니라 광복 이후로도 높은 비율로 나타나는데, 저자의 아우였던 운영이 좌익사건에 연루되었다가 풀려난 후 국군으로 참전하여 전사하는 일련의 사건들이 발생했던 50년대 초반 및 중반에 그 비율이 높아지는 모습을 보였다. 관련 어휘들 또한 당시 저자 및 부모의 감정에 관한 단어가 속해있음을 확인할 수 있다. 아우 운영에 관한 토픽은 또 다른 하나의 개별 토픽으로 분류되어 있는 것을 확인할 수 있는데, 해당 토픽의 단어들을 살펴보면 자신의 아우에 대한 애틋한 마음과 걱정, 슬픔 등과 관련된 단어가 포함되어 있음을 볼 수 있으며 시기별 분포 또한 아우 운영의 사건, 사고가 일어나던 시기와 일치하여 높은 구성비를 나타냈다. 가족과 관련된 토픽들 중에는 저자의 자녀와 관련된 토픽이 많았다. 해당 토픽들은 특정 자녀에 관한 것으로 보기 보다는 자녀 전반에 해당하는 것으로 해석된다. 그 내용은 대부분 자녀의 교육 및 진로와 관련된 것이었는데, 학교 진학을 위해 자녀들을 청주에 자취하게 했던 것에 관한 것으로 해석되는 토픽이 눈에 띈다. 저자의 자녀에 관한 토픽 중 자녀에 대한 어떤 감정이나 바람 등을 표현하는 내용은 발견되지 않았으며 자녀의 학업 및 진로에 개입하는 것 또한 찾아보기 어려웠다. 그러나 분석 결과를 보면 저자 곽상영은 자신의 자녀들을 학업을 위해 청주에 자취하도록 했으며 이와 관련된 내용이 일기의 일정부분을 차지하고 있음을 보여준다. 이는 비록 일기에서 저자가 자녀의 학업 및 진로에 개입하거나 바람을 표현하는 내용을 발견하기 어려웠으나, 이것이 저자가 자녀 교육에 대한 철학이나 바람이 없었던 것 때문이 아니었음을 말해준다. 저자 곽상영은 자녀들의 학업이나 진로에 관해서는 일일이 관여하기 보다는 자율성을 존중했던 것으로 보이며, 말보다는 실천을 통해 몸소 교육자의 상을 보여주는 것으로 자녀들을 훈육했던 것으로 판단된다. 실제로 훗날 자녀들의 대부분은 곽상영과 마찬가지로 교직에 종사하게 된다. 또 한 가지 눈에 띄는 것은 청주에서의 자취와 관련된 토픽에서 저자의 직계 자녀가 아닌 진영이 2번째로 높은 구성비를 가지고 있다는 점이다. 이는 당시가 오늘날의 핵가족 형태의 가족관을 가졌던 시대가 아니었음을 보여준다. 저자의 아내와 관련된 토픽이 별도로 분류되지 않았다는 점 또한 눈여겨볼 만하다. 주로 '모친', '내자'라는 어휘로 등장하는 저자의 아내는 대부분 '노정'과 같이 등장하며, 모든 토픽에서 자신의 자녀들보다는 항상 낮은 구성비를 차지하고 있음을 볼 수 있다. 또한 아내와 관련된 단어가 어휘 구성비의 상위에 있는 토픽을 살펴보았을 때, 해당 토픽에 포함되는 어휘의 대부분은 아내가 아닌 자녀 혹은 저자의 일상과 관련된 것으로 해석된다.

〈그림 3〉 20개 토픽 Word Cloud
가족(일제 강점기 전반)_11%[12]

〈그림 4〉 20개 토픽 Word Cloud
가족(가족생계 관련)_3%

---

12) Word Cloud에서 각각의 퍼센트 값은 전체 일기 중 해당 토픽의 구성비를 의미한다.

〈그림 5〉 20개 토픽 Word Cloud
가족(청주에서 자녀교육)_4%

〈그림 6〉 20개 토픽 Word Cloud
가족(자녀 입시관련)_4%

〈그림 7〉 20개 토픽 Word Cloud
가족(명절 관련)_6%

〈그림 8〉 20개 토픽 Word Cloud
가족(아우 관련)_4%

〈그림 9〉 20개 토픽 Word Cloud
가족(금계 본가 가족)_4%

〈그림 10〉 20개 토픽 Word Cloud
가족(자녀의 자취 및 독립)_3%

토픽의 개수를 70개로 지정하여 분석한 경우에는 기존의 20개 토픽 분류의 결과가 더욱 세분화되어 나타나거나, 20개 토픽에서는 찾아볼 수 없었던 새로운 토픽이 등장하는 것을 발견할 수 있었다. 새롭게 찾아 볼 수 있었던 토픽 중 하나는 질녀 노선에 관한 내용의 토픽이다. 저자는 아우 운영이 전쟁 중 사망한 뒤로 그의 자녀였던 노선을 정성껏 돌보는데, 이와 관련하여 노선의 진로를 위해 여러 방면으로 발품을 팔던 것에 관한 토픽을 발견할 수 있었다.

〈그림 11〉 70개 토픽 Word Cloud
가족(노선 진로 및 취업)_1%

(3) 학교 관련 토픽 분석

『금계일기』에서 학교와 관련된 것으로 추정되는 토픽의 내용은 대부분 학교에서 저자의 업무나 행사, 사건에 관한 것으로 해석된다. 시대변화나 승진에도 불구하고 뚜렷한 분포의 변동이 나타나지 않는 다른 토픽들에 비해서 유독 한 토픽만은 일제 강점기 시절에 집중되어 있음을 확인할 수 있는데, 이는 저자의 교직생활에 있어서 가장 큰 일기상의 내용 변화는 일제 강점기를 중심으로 나타났음을 보여준다.

〈표 4〉 학교관련 토픽의 교직지위별 구성비

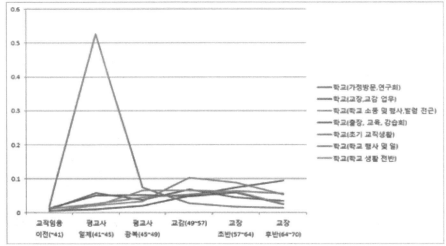

〈그림 12〉 20개 토픽 Word Cloud
학교(가정방문, 연구회)_4%

〈그림 13〉 20개 토픽 Word Cloud
학교(교감, 교장 업무)_5%

〈그림 14〉 20개 토픽 Word Cloud
학교(학교 소풍 및 행사, 발령, 전근)_7%

〈그림 15〉 20개 토픽 Word Cloud
학교(출장, 교육, 강습회)_4%

〈그림 16〉 20개 토픽 Word Cloud
학교(초기 교직업무)_9%

〈그림 17〉 20개 토픽 Word Cloud
학교(학교 행사 및 사건)_5%

20개의 토픽 분류 결과들은 일견 세분화 될 수 있는 내용들이 뭉쳐져 있는 것처럼 보이기도 하는데, 토픽을 70개로 세분한 결과 구체적인 내용을 확인할 수 있었다.

가장 먼저 눈에 띄는 것은 저자가 41년 금계간이학교에 취학한 시기부터 광복 이전까지에 집중되어 있는 토픽이다. 이는 광복 전후를 기점으로 하여 저자의 교직생활에 직무상, 환경상의 변화가 있었음을 보여준다.

〈그림 18〉 20개 토픽 Word Cloud
학교(학교생활 전반)_4%

〈표 5〉 70개 토픽_학교(교사 초년)토픽의 교직시기별 분포

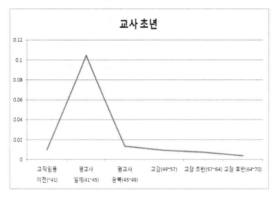

〈그림 19〉 70개 토픽 Word Cloud
학교(교사 초년)_2%

학교와 관련된 70개의 토픽분류 결과 중 일제 강점기 시대에 그 구성비가 높은 또 다른 두 개의 토픽이 있다. 해당 토픽들은 일제 강점기 시절 저자의 교직 생활 중 방과 후 업무, 열등반 특별지도 등의 정규 업무가 아닌 여러 업무와 관련된 어휘를 포함하고 있다. 그 중 애국이라는 단어는 애국반을 의미하는데 당시 일본이 만든 관변단체로서 국가를 위해 일하는 청년단의 일종에 해당한다.

저자 또한 소학교 시절 이 단체에서 활동한 기록을 찾아볼 수 있다(1939. 6. 9.; 1939. 6. 12.; 1939. 12. 7.). 1941년 금계 간이학교에서 일하게 된지 얼마 되지 않아 저자는 애국반의 훈련을 지도하게 된다(1941. 4. 11.). 해당 토픽에 등장하는 청년이라는 어휘 또한 청년단을 의미하며, 토픽에 같이 등장하는 훈련은 방공훈련에 관한 것도 더러 있으나(1941. 10. 20.; 1942. 10. 2.; 1942. 11. 13.; 1943. 4. 17.; 1943. 4. 19.; 1943. 4. 21.), 대부분 청년단 혹은 애국반을 대상으로 한 것이었다(1941. 4. 11.; 1942. 2. 26.; 1942. 5. 23.; 1942. 5. 24.; 1942. 6. 1.; 1942. 6. 2.; 1942. 6. 3.; 1942. 8. 26.).

해당 토픽들에서 부락이라는 어휘 또한 높은 가중치를 보이는데, 저자가 자신의 학교 학생뿐만 아니라 특정 부락의 애국반, 청년단의 담당이 되거나 훈련, 훈화 등으로 방문하는 경우가 종종 있었으며 각 부락에 공출 및 징수를 독려하기 위해 출장을 가는 일 또한 빈번하게 있었기 때문이다(1941. 11. 21.; 1941. 11. 23.; 1942. 1. 22.; 1942. 2. 9.; 1942. 5. 24.; 1942. 6. 4.; 1942. 12. 6.; 1943. 1. 15.; 1943. 2. 28.; 1943. 10. 26.).

〈그림 20〉 70개 토픽 Word Cloud
학교(애국반 및 부락 생도 지도, 정규외 업무)_2%

〈그림 21〉 70개 토픽 Word Cloud
학교(청년단 훈련, 공출 독려차 부락 출장)_2%

70개로 세분한 하위 토픽 중에는 저자가 교육에 관한 새로운 정보나 지침, 정보 등을 듣기 위해 강습회를 다닌 것에 관한 내용으로 추정되는 토픽도 찾아볼 수 있다. 일기에서 곽상영은 주로 강습, 강습회라는 명칭의 교직자를 대상으로 한 교육 프로그램에 참여하는 모습을 보였는데(1946. 12. 20.; 1947. 8. 29.; 1948. 5. 29.; 1950. 9. 6.; 1951. 9. 27.; 1952. 8. 10.; 1953. 1. 17.; 1954. 1. 22.), 그 내용은 주로 특정 교과, 교수법, 교원 교양에 관한 것이었으며 저자가 교감, 교장으로 부임한 이후에는 교육과정, 학교 경영에 관한 내용이 주를 이루게 된다. 해당 토픽의 시기별 분포를 보면 광복 이후, 6.25전쟁 이후, 교장 부임 이후, 5.16군사정변 이후에 그 구성비가 높아짐을 확인할 수 있다.

비록 그 구분이 명확하진 않지만, 70개 토픽 분류에서는 저자의 교직시기별 업무의 변화를 포

〈그림 22〉 70개 토픽 Word Cloud
학교(강습회, 교육자 교육관련)_2%

〈그림 23〉 70개 토픽 Word Cloud
학교(교장시절 학교 운영 관련)_1%

착할 수 있었다. 저자가 교장이 된 이후부터의 학교 경영에 관한 것으로 분류된 토픽의 어휘 중에는 사친회, 형편, 음주, 주막, 예산 등의 어휘가 포함되었다. 이는 저자가 학교 나 가구의 운영하는데 사친회가 비중 있는 역할을 했기 때문인 것으로 보인다(1951. 10. 31.; 1952. 11. 3.; 1958. 5. 30.; 1959. 1. 19.). 일기에서 저자는 특히 교장에 부임한 뒤로 여러 지역에 출장을 다니며 사친회와 관련된 연석회, 총회 등에 참석해 후원에 관해 역설하기도 하며(1958. 11. 28.), 1957년에는 사친회비가 끊겨 가족의 생계 운영이 곤란해진 상황을 토로하기도 한다(1957. 5. 30.). 해당 토픽의 시기별 분포가 저자가 교장으로 부임했던 1957년 이후에 전부 몰려 있지 않은 이유 또한 해당 토픽에 학교 및 가구의 운영이 같이 포함되어 있기 때문으로 해석된다. 또한 저자는 평교사 시절에도 학교 경영에 관한 기록과 자신의 느낌을 일기에 서술하곤 했다(1946. 1. 10.; 1948. 12. 22.; 1949. 9. 22.; 1950. 3. 19.; 1951. 5. 1.). 이는『금계일기』가 교무일지의 성격을 갖추고 있으며 저자가 자신의 직업에 어떤 태도로 종사 하였는지를 보여준다. 또한 같은 이유에서, 학교 경영에 관한 토픽의 연도별 분포는 저자의 교장 부임 이후의 시기에 온전히 집중될 수 없었을 것이다.

(4) 생활 및 생각 등 기타 토픽 분석

20개의 토픽 분류 결과 중에는 지리적 이동과 교통에 관한 토픽과 음주 등 저자의 생활과 관련된 토픽도 찾아볼 수 있었다. 그 중 교통과 관련된 토픽의 경우 해당 어휘를 살펴보면 학교에 출퇴근 하는 것과 관련된 내용과 청주나 그 외의 가까운 생활권 지역을 오고가는 것에 관한 어휘들을 찾아볼 수 있다. 또한 '여행'이라는 어휘가 18번째로 높은 구성비를 가지고 있는 것이 눈에 띠는데, 이는 저자의 일기에서 여행을 위한 지리적 이동이 빈번하게 있었음을 의미한다. '시험'이라는 어휘 또한 눈에 띄는데, 저자의 자녀들이 시험을 보기 위해 장소를 이동할 때 동행하거나 그에

〈표 6〉 학교 관련 토픽의 연도별 분포[13]

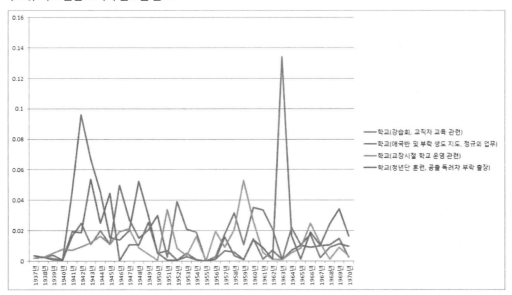

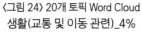

〈그림 24〉 20개 토픽 Word Cloud
생활(교통 및 이동 관련)_4%

〈그림 25〉 20개 토픽 Word Cloud
생활(음주 관련)_4%

---

13) 표에서 청년단 훈련 및 공출 독려차 출장에 관한 토픽의 연도별 분포는 일제 강점기보다 1963년의 구성비가 매우 높은 것으로 나타나고 있다. 이는 『금계일기』에서 1955년과 1963년의 일기 양이 매우 적어서 나타나는 것으로 해석된다. 1955년의 경우 당해를 총 망라한 하루 분의 일기만이 존재하며 1963년의 경우 7일 분의 일기만이 분석 대상에 포함될 수 있었다.

〈그림 26〉 70개 토픽 Word Cloud
생활(음주 관련)_1%

〈그림 27〉 70개 토픽 Word Cloud
생활(음주 후 및 감정 관련)_1%

관해 언급했던 내용으로 추측된다. 음주에 관한 것으로 해석되는 토픽을 살펴보면, 관련 어휘들이 음주와 관련된 것으로 추측되기는 하나 확신하기가 어렵다. 음주와 관련된 단어의 구성비보다 음주를 했던 장소, 인물, 사건과 관련되는 단어의 구성비가 더 높게 나타나기 때문이다. 그 내용들을 보면 저자에게 있어서 음주는 인간관계 형성과 사회적 관계의 유지 및 직무수행과 밀접한 연관을 가지고 있었던 것으로 판단된다.

음주와 관련된 토픽은 70개로 토픽을 분류했을 때 더 명확하게 나타난다. 70개 토픽 중 음주와 관련된 것으로 추측되는 토픽은 두 개가 추출되었다. 그 중 하나는 20개로 분류했을 때와 마찬가지로 같이 음주 했던 인물, 장소, 사건 등이 높은 구성비를 가지고 있으나, 각각에 부여된 구성비가 변화한 것이 눈에 띈다. '여인'의 경우 20개 토픽 분류에서는 104번째의 구성비를 나타냈으나 70개로 세분한 하위토픽에서는 18번째로 상당히 높은 구성비를 가지고 있다. 음주와 관련된 또하나의 하위토픽에서는 '과음', '피로' 등의 음주 후의 느낌이나 반성에 관한 어휘가 가장 높은 구성비를 가지고 있음이 눈에 띈다. 해당 토픽에서는 음주와 관련된 인물, 장소 보다는 저자의 감정, 음주로 인한 걱정 등에 관한 어휘가 높은 구성비를 가지고 있었다.

한편 70개 세부 토픽 분류 결과 중 생활과 관련하여 새롭게 발견할 수 있는 내용으로는 농업에 관한 것이 있다. 총 두 개의 토픽이 농업과 관련된 것으로 해석되는데, 그 중 하나는 고추, 파종, 제초 등 농업에 관한 어휘와 노정, 노임, 노친 등 저자의 가족에 관한 어휘가 높은 구성비를 가지고 있다. 봉급, 급료, 구입 등 가족의 생계와 관련된 단어 또한 상위 그룹에서 찾아볼 수 있는데, 이는 해당 토픽이 저자와 가족의 생계와 관련된 농업에 관한 토픽임을 보여준다. 농업과 관련된 또 하나의 토픽은 '보리', '타작', '모내기', '단비' 등의 단어가 높은 구성비를 나타낸 토픽이다. 저자의 가족과 관련된 어휘도 더러 발견 할 수 있으나, 학교와 관련된 어휘 및 '일동', '조력' 등의 단어도 눈에 띈다. 이를 통해 당시 모내기 작업이나 수확 같은 노동력이 필요한 시기에 학생들이 동원되었음을 유추할 수 있었는데, 실제 일기에서도 이와 관련된 내용을 찾아볼 수 있었다(1951. 6. 22.; 1952. 7. 19.).

〈그림 28〉 70개 토픽 Word Cloud
생활(농사 중 생계, 가족과 관련)_1%

〈그림 29〉 70개 토픽 Word Cloud
생활(농사 중 마을 농사 관련 및 학생 동원)_2%

20개의 토픽분류 결과 중 어떤 대상에 대한 저자의 생각을 기록한 토픽도 찾아볼 수 있었는데, 전체 토픽들 중 2개가 이에 해당했다. 그 대상은 국가, 시대, 학교, 교육관, 교사관, 여성 등 다양하게 나타났다. 특이한 점은, 토픽에 포함되는 어휘 중 정치성향, 타인에 대한 서운함 등과 같이 주관이 나타날 수 있는 여지가 높은 내용과 관련된 단어를 찾아보기 어려웠다는 점이다. 그러나 일기를 살펴보면, 저자가 정치에 대해 무관심 한 것이 아님을 알 수 있다. 저자는 선거가 있는 경우 거의 대부분 투표했음을 일기에 밝히고 있다. 그러나 누구에게 투표했는지, 어떤 감정을 가졌는지에 관해서는 대부분 기록하지 않았다(1948. 5. 10.; 1952. 4. 25.; 1956. 8. 8.; 1957. 6. 30.; 1958. 5. 2.).

토픽을 70개로 분류한 결과에서 정치와 관련될 수 있는 '선거'의 구성비가 높은 토픽을 발견할 수 있었다. 그러나 같이 등장하는 어휘들을 고려해보았을 때 이는 저자의 정치에 대한 개인적인 행동이나 생각이 아닌 학교에서 선거를 실시하기 위해 이를 준비하는 것에 관한 토픽임을 알 수 있었다. 일기에서 곽상영은 특히 교장에 부임한 이후 학교가 선거 장소로 지정되어 선거 준비를 하게 되거나 선거 관련 직책을 맡았음을 서술하고 있다(1958. 5. 1.; 1960. 7. 28.; 1960. 12. 12.;

1960. 12. 19.). 저자의 생각과 관련된 70개 토픽 분류 결과 중에는 일본으로부터의 광복과 관련된 토픽이 눈에 띈다.

해당 토픽에는 '조선', '해방', '독립' 등의 광복과 관련된 어휘들이 구성비에 있어서 가장 상위에 위치하며 '우리나라', '건국', '시대', '사회' 등 국가 전반과 관련된 단어 또한 높은 구성비를 가지고 있다. 이는 저자의 지식인으로서의 면모와 그의 시대정신을 보여준다.

〈그림 30〉 20개 토픽 Word Cloud
생각(시대, 국가, 여성 관련)_4%

〈그림 31〉 20개 토픽 Word Cloud
생각(교육관, 교사상 관련)_4%

〈그림 32〉 70개 토픽 Word Cloud
기타(선거 준비 관련)_1%

〈그림 33〉 70개 토픽 Word Cloud
생각(광복 및 국가에 대한 생각)_2%

3. 『금계일기』: 절제된 기록방식, 부계가족주의와 자녀교육관, 한국근대교육 변천 현장의 기록

(1) 절제된 기록방식

일기쓰기는 근대이전에서도 널리 행해졌지만 곽상영의 일기를 보면 일제강점기 식민지 교육제도의 확립과 더불어 '국민교육'의 일환으로 일기쓰기가 체계적으로 활용되었음을 보여준다. 특히 소학교 학생시절에는 학교일기를 별도로 기록하고 매일 일기검사를 받았던 것을 알 수 있다. 해방후까지 지속된 학교를 통한 일기쓰기의 보급과 감독은 그 연원이 일제강점기에 있었음을 보여준다. 그런데 저자 곽상영의 일기를 보면, 일제감점기, 독립, 한국전쟁, 4.19혁명, 5.16쿠테타 등 격동의 소용돌이를 거치면서 곽상영 스스로도 누구보다 아끼는 동생 운영을 여의는 개인적 불행을 겪기도 하였음에도 불구하고, 사회적 사건들에 대한 기록 방식은 매우 독특하다. 다양한 사회적 사건들에 대한 기록은 대부분 빠짐없이 등장하고 있으나 그 기록방식은 일기라기보다는 일지의 형식에 가깝게 중요 사건들에 대한 정보를 매우 간략하게 요약서술하고 있다. 사회적 사건뿐만 아니라 대인관계의 서술에서도 감정표현이 억제된 절제된 기록방식을 취하는 것을 보면 지식인 일기의 특징을 보여주는 것으로 판단되기도 하지만, 또 한편으로는 곽상영의 일기쓰기가 일제강점기 식민지 조선에서 일본어일기쓰기 정책과 연관되어 시작된 사실과도 관련이 있어보인다. 거기에 더하여 한국전쟁 전후 좌우대립 속에서 동생이 전사하는 불운을 겪은 후 일기에서 마저 일종의 자기검열이 행해진 것이 아닐까 추정된다.

(2) 부계가족주의와 자녀교육관

토픽모델링 기법을 통하여 추출해본 일기의 주제들을 살펴보면 전반적으로 가족관련 주제와 학교관련 주제들이 일기내용의 주를 이루고 있다. 가족관련 주제들에서는 원가족에 관한 언급들이 많은데 이는 1970년부터 사망하기까지의 후반부일기가 분석에서 제외된 데 일정부분 기인하기도 하지만, 저자의 가족관의 중심이 상당부분 부계가족주의의 특징을 띠고 있음을 알 수 있다. 한편 저자 곽상영의 자녀교육방식은 오늘날의 중산층 부모들이 자녀의 학업이나 진로에 구체적으로 일일이 개입하는 방식을 취하고 있는 것과는 큰 대조를 이룬다. 자녀들이 중고시절부터 학업을 위해 청주에서 자취할 수 있도록 뒷받침하고 결과적으로 자녀들 중 딸 하나를 제외하고는 모두가 대학을 마칠 정도로 자녀교육을 적극지원하였지만 곽상영의 일기에는 자녀들의 성적에 대한 언급이나 명문대진학에 대한 채근이 거의 나타나지 않는다. 학업은 물론 직업진로에 있어서도 가능한 한 자녀들의 자율에 맡기는 곽상영의 자녀양육방식은 학벌주의의 현실을 위협적으로 강조하면서 수강할 학원과 강사까지 부모가 챙기는 오늘날의 중산층과는 판이하게 다르다. 저자 곽상영은 자녀들의 학업이나 진로에 직접 개입하지 않고 자녀들 스스로의 자율적 판단에 맡겼지만, 결과적으로는 자녀들 모두 고학력을 성취하고 교육자의 길을 걷게 되어 교육자 집안을 이루기도 하였다. 이는 저자 스스로 자녀들에게 사도의 길을 걷는 모범을 실천으로 보여주었기 때문이라 판단된다.

(3) 한국 근대교육 변천 현장의 기록

한편 곽상영의 일기에는 일제하 초임교사로 발령받은 후부터 해방 후 교감과 교장으로 승진하면서 학교현장에서 매일매일 경험하고 고민한 내용들이 매우 상세하게 기록되어 있다. 어떤 면에서는 직장생활과 가정생활의 구분이 안될 정도로 학교일들이 그의 일상을 일년 365일 관통하고 있음을 보여준다. 또한 수십년간 마을에서 아침방송을 하고 마을을 다니면서 주민을 대상으로 교육활동을 하는 등 학교는 학생의 훈육만이 아니라 마을의 핵심적 기관으로서 사회적 역할을 수행하였음을 보여주기도 한다. 특히 곽상영의 일기에는 일제하부터 은퇴할 때까지 학교내외의 일상들이 상세하게 기록되어 있어서 근대식교육제도의 도입과 정착 변화 발달과정을 연구할 수 있는 자료의 보고라고 할 수 있다. 초등학교로 변경되기 전까지 사용되었던 '국민'학교라는 명칭부터 일제시기에 시작된 것에서 알 수 있듯이 한국의 근대교육제도는 교육의 형식과 내용의 제반측면이 일제시기에 그 연원을 두고 있는 경우가 많으며 그것이 급속한 교육제도 발달의 기반이 되기도 하였으나 때로는 예기치 않은 부작용을 초래하기도 하였다. 그런 점에서 현재 한국 교육이 당면한 다양한 문제들을 이해하기 위해서도 제도적 역사적 연원과 변천과정을 분석할 필요성이 절실하며 곽상영의 일기는 그러한 연구를 위한 매우 적합한 자료로서의 가치를 지니고 있다. 곽상영의 일기 간행이 향후 근대교육에 대한 제도사적 연구나 학교현장 관행들의 변천과정에 대한 심층적 연구를 촉진하는 밑거름이 되기를 기대해 본다.

〈부표 1-1〉『금계일기』1937~1970년 단어 빈도(상위 1~250)

순위	단어(빈도)	순위	단어(빈도)	순위	단어(빈도)	순위	단어(빈도)	순위	단어(빈도)
1	오늘(1377회)	35	이야기(279회)	69	부친(174회)	103	감사(125회)	137	식사(102회)
2	학교(1196회)	36	가지(264회)	70	일동(173회)	104	일배(125회)	138	운반(101회)
3	오후(796회)	37	공사(264회)	71	귀교(171회)	105	접대(124회)	139	훈련(101회)
4	직원(782회)	38	모양(260회)	72	거행(168회)	106	부락(122회)	140	괴산(100회)
5	선생(715회)	39	시경(257회)	73	처음(168회)	107	연구회(119회)	141	대회(100회)
6	노정(701회)	40	시장(255회)	74	귀가(165회)	108	가족(118회)	142	동안(100회)
7	청주(660회)	41	정도(250회)	75	오창(165회)	109	노행(118회)	143	동행(100회)
8	교장(641회)	42	회의(246회)	76	노송(162회)	110	학생(117회)	144	가좌(99회)
9	아우(538회)	43	시작(240회)	77	연구(161회)	111	기분(116회)	145	등교(99회)
10	인사(538회)	44	행사(231회)	78	사방(160회)	112	노친(116회)	146	시반(99회)
11	생각(514회)	45	대접(230회)	79	운영(160회)	113	동생(116회)	147	종형(99회)
12	저녁(511회)	46	어제(224회)	80	실시(155회)	114	친구(116회)	148	지금(99회)
13	아버님(465회)	47	정리(223회)	81	장남(154회)	115	회장(115회)	149	부탁(98회)
14	사람(445회)	48	점심(222회)	82	노희(151회)	116	보리(114회)	150	머리(97회)
15	금일(444회)	49	초대(221회)	83	구경(147회)	117	성적(113회)	151	상의(97회)
16	우리(436회)	50	본가(217회)	84	생활(144회)	118	학급(113회)	152	강습(96회)
17	교사(414회)	51	본교(216회)	85	편지(143회)	119	근무(112회)	153	구입(96회)
18	때문(396회)	52	모친(211회)	86	개최(142회)	120	조식(112회)	154	고생(95회)
19	아버지(396회)	53	출장(209회)	87	아해(142회)	121	진영(112회)	155	바람(95회)
20	학년(380회)	54	날씨(208회)	88	지도(138회)	122	담임(111회)	156	상경(95회)
21	아침(376회)	55	문제(199회)	89	무사(136회)	123	예정(111회)	157	완료(95회)
22	참석(366회)	56	노력(198회)	90	부형(136회)	124	노임(109회)	158	탁주(94회)
23	마음(353회)	57	교감(194회)	91	자전거(136회)	125	노필(108회)	159	태도(94회)
24	시간(353회)	58	사택(187회)	92	금년(135회)	126	자식(108회)	160	다음(93회)
25	오전(339회)	59	걱정(186회)	93	노원(135회)	127	전원(108회)	161	모두(93회)
26	도착(329회)	60	노현(185회)	94	작업(135회)	128	지방(107회)	162	연습(93회)
27	금계(323회)	61	새벽(179회)	95	조치원(135회)	129	어머니(106회)	163	요새(92회)
28	어머님(311회)	62	소식(178회)	96	말씀(133회)	130	장학사(106회)	164	주식(92회)
29	아동(301회)	63	관계(177회)	97	하오(132회)	131	금일도(105회)	165	반성(91회)
30	출발(296회)	64	부모(177회)	98	옥산(131회)	132	계획(104회)	166	눈물(90회)
31	수업(294회)	65	가슴(175회)	99	내일(128회)	133	방문(104회)	167	숙부(90회)
32	교육(290회)	66	노명(175회)	100	사무(128회)	134	공부(103회)	168	아이(90회)
33	가정(286회)	67	다행(175회)	101	형편(128회)	135	모내기(103회)	169	음식(90회)
34	서울(282회)	68	준비(175회)	102	교실(126회)	136	휴가(103회)	170	청소(89회)

순위	단어(빈도)	순위	단어(빈도)	순위	단어(빈도)	순위	단어(빈도)	순위	단어(빈도)
171	실습(88회)	187	과음(84회)	203	여관(77회)	219	해결(72회)	235	자리(69회)
172	이상(88회)	188	발령(83회)	204	경영(76회)	220	고향(70회)	236	정신(69회)
173	도중(87회)	189	수속(83회)	205	내수(76회)	221	무렵(70회)	237	채소(69회)
174	불능(87회)	190	청년(83회)	206	교육청(75회)	222	변교감(70회)	238	입학(68회)
175	뻐쓰(87회)	191	심정(82회)	207	땔감(75회)	223	사건(70회)	239	조조(68회)
176	종일(87회)	192	오산(82회)	208	제출(75회)	224	사랑(70회)	240	청주서(68회)
177	차례(87회)	193	직원회(82회)	209	조문(75회)	225	세상(70회)	241	금번(67회)
178	발표(86회)	194	운동회(81회)	210	국민학교(74회)	226	소집(70회)	242	내교(67회)
179	보행(86회)	195	출근(81회)	211	내용(73회)	227	음력(70회)	243	방학(67회)
180	상청(86회)	196	결과(80회)	212	동리(73회)	228	지서(70회)	244	사정(67회)
181	소리(86회)	197	시찰(80회)	213	소풍(73회)	229	책임(70회)	245	시험(67회)
182	타합(86회)	198	집안(80회)	214	졸업(73회)	230	곤란(69회)	246	장녀(67회)
183	계속(85회)	199	방과(79회)	215	체육회(73회)	231	부모님(69회)	247	전교(67회)
184	기타(85회)	200	보은(79회)	216	협의(73회)	232	서류(69회)	248	조력(67회)
185	석식(85회)	201	제사(79회)	217	형님(73회)	233	이곳(69회)	249	부임(66회)
186	결정(84회)	202	노선(77회)	218	학기(72회)	234	일전(69회)	250	생일(66회)

〈부표 1-2〉『금계일기』1937~1970년 단어 빈도(상위 251~500)

순위	단어(빈도)	순위	단어(빈도)	순위	단어(빈도)	순위	단어(빈도)	순위	단어(빈도)
251	시행(66회)	267	여인(62회)	283	나무(59회)	299	손님(57회)	310	국민(55회)
252	입시(66회)	268	음주(62회)	284	내방(59회)	300	어른(57회)	311	군인(55회)
253	작성(66회)	269	증축(62회)	285	년대(59회)	296	다리(57회)	312	기관장(55회)
254	주의(66회)	270	환경(62회)	286	듯이(59회)	297	마을(57회)	313	야간(55회)
255	중학(66회)	271	고사(61회)	287	연회(59회)	298	며칠(57회)	314	여행(55회)
256	교시(65회)	272	교육구(61회)	288	일부(59회)	299	손님(57회)	315	옥산면(55회)
257	수리(65회)	273	이번(61회)	289	재종형(59회)	300	어른(57회)	316	호죽(55회)
258	유지(65회)	274	조사(61회)	290	주인(59회)	301	이후(57회)	317	국어(54회)
259	조선(65회)	275	귀로(60회)	291	회갑(59회)	302	졸업식(57회)	318	누이(54회)
260	오미(64회)	276	까닭(60회)	292	개월(58회)	303	타작(57회)	319	마리(54회)
261	자미(64회)	277	무엇(60회)	293	상황(58회)	304	교대(56회)	320	부인(54회)
262	완전(63회)	278	식구(60회)	294	자신(58회)	305	숙직실(56회)	321	생신(54회)
263	장부(63회)	279	어린이(60회)	295	회식(58회)	306	약주(56회)	322	추진(54회)
264	천지신명(63회)	280	역원(60회)	296	다리(57회)	307	일행(56회)	323	친지(54회)
265	기원(62회)	281	옥산교(60회)	297	마을(57회)	308	진행(56회)	324	나우(53회)
266	부족(62회)	282	출석(60회)	298	며칠(57회)	309	고기(55회)	325	선거(53회)

순위	단어(빈도)	순위	단어(빈도)	순위	단어(빈도)	순위	단어(빈도)	순위	단어(빈도)	순위	단어(빈도)
326	원자(53회)	361	근심(48회)	396	잔치(44회)	431	교무(41회)	466	면회(38회)
327	위로(53회)	362	약간(48회)	397	주간(44회)	432	교직원(41회)	467	북일면(38회)
328	장소(53회)	363	외숙(48회)	398	친척(44회)	433	국본(41회)	468	산수(38회)
329	좌담(53회)	364	작년(48회)	399	구름(43회)	434	남자(41회)	469	생도(38회)
330	주임(53회)	365	전달(48회)	400	마련(43회)	435	담화(41회)	470	아무개(38회)
331	피로(53회)	366	전체(48회)	401	마지기(43회)	436	면내(41회)	471	영하(38회)
332	대기(52회)	367	강서(47회)	402	물품(43회)	437	새해(41회)	472	이동(38회)
333	사실(52회)	368	고추(47회)	403	불안(43회)	438	숙직(41회)	473	행복(38회)
334	상당(52회)	369	나리(47회)	404	얼굴(43회)	439	종료(41회)	474	희망(38회)
335	식량(52회)	370	내수교(47회)	405	운동(43회)	440	검사(40회)	475	각오(37회)
336	심방(52회)	371	노래(47회)	406	월남(43회)	441	경제(40회)	476	금계교(37회)
337	여교사(52회)	372	수령(47회)	407	이사(43회)	442	나라(40회)	477	기념일(37회)
338	주년(52회)	373	아저씨(47회)	408	제반(43회)	443	동림(40회)	478	기차(37회)
339	질녀(52회)	374	일기(47회)	409	차남(43회)	444	숙소(40회)	479	대로(37회)
340	차도(52회)	375	장작(47회)	410	친우(43회)	445	심사(40회)	480	대전(37회)
341	하루(52회)	376	합격(47회)	411	강외(42회)	446	연락(40회)	481	변소(37회)
342	교육장(51회)	377	구청(46회)	412	건축(42회)	447	이장(40회)	482	병원(37회)
343	반이(51회)	378	사이(46회)	413	과장(42회)	448	이해(40회)	483	식전(37회)
344	임시(51회)	379	서신(46회)	414	기념식(42회)	449	조회(40회)	484	실정(37회)
345	작별(51회)	380	신사(46회)	415	노인(42회)	450	교육감(39회)	485	이것(37회)
346	노운(50회)	381	입학식(46회)	416	동원(42회)	451	기회(39회)	486	전국(37회)
347	누구(50회)	382	청중(46회)	417	들판(42회)	452	나린(39회)	487	종제(37회)
348	모교(50회)	383	학부형(46회)	418	따름(42회)	453	내외(39회)	488	준영(37회)
349	방면(50회)	384	후대(46회)	419	목욕(42회)	454	무리(39회)	489	지경(37회)
350	연기(50회)	385	교육자(45회)	420	반경(42회)	455	백부(39회)	490	지불(37회)
351	일요일(50회)	386	사친회(45회)	421	본인(42회)	456	봉급(39회)	491	처지(37회)
352	총회(50회)	387	안심(45회)	422	사고(42회)	457	북일교(39회)	492	체육대회(37회)
353	해방(50회)	388	파종(45회)	423	생산(42회)	458	역설(39회)	493	하늘(37회)
354	그곳(49회)	389	국교(44회)	424	어리(42회)	459	위안(39회)	494	강조(36회)
355	등등(49회)	390	기상(44회)	425	왕래(42회)	460	임원(39회)	495	개인(36회)
356	발송(49회)	391	내자(44회)	426	운동장(42회)	461	재종(39회)	496	결혼식(36회)
357	사항(49회)	392	면장(44회)	427	의사(42회)	462	전사(39회)	497	교내(36회)
358	전근(49회)	393	배추(44회)	428	처리(42회)	463	주선(39회)	498	기념(36회)
359	추석(49회)	394	영화(44회)	429	각종(41회)	464	경비(38회)	499	기성회(36회)
360	교과서(48회)	395	온도(44회)	430	계란(41회)	465	도리(38회)	500	냇물(36회)

〈부표 2-1〉 토픽모델링_20개 토픽별 구성어휘(가중치 높은 순)

토픽	구성어휘
가족 (일제강점기)	아버지, 어머니, 아우, 시장, 저녁, 공사, 사방, 학교, 아침, 숙부, 조치원, 우리, 모내기, 땔감, 사람, 청주, 동생, 오산리, 내일, 마을, 제사, 형님, 보리, 아저씨, 장작, 계란, 마지기, 들판, 동림리, 생산, 누이, 집사람, 운반, 궁성요배, 예배, 하루, 요즘, 타작
가족 (생계)	참석, 노정, 날씨, 학교, 어제, 아침, 실시, 회의, 문제, 노송, 감사, 모친, 채소, 노력, 계속, 대회, 인사, 완료, 걱정, 조력, 초대, 구름, 보리, 학년, 사택, 약간, 기관장, 돼지, 면내, 내교, 작업, 일동, 요새, 교사, 행사, 협조, 시간, 영하
가족 (청주 자녀교육)	청주, 사무, 아해, 노원, 상청, 노정, 학년, 장녀, 타합, 교사, 인사, 노현, 입학, 입학식, 참석, 교육청, 문제, 교감, 수령, 귀교, 진영, 상의, 근무, 장남, 발령, 행사, 졸업, 결정, 학생, 학교, 교육구, 교섭, 수속, 여고, 출장, 졸업식, 형편, 좌담
가족 (자녀 입시)	노정, 인사, 청주, 노선, 부친, 노송, 노현, 수속, 노희, 귀가, 질녀, 교대, 입시, 청중, 옥산면, 국교, 노임, 서류, 진영, 교감, 동행, 금계, 노행, 선생, 중학, 장남, 노필, 모친, 교사, 청주서, 한홍, 완료, 노원, 노명, 졸업반, 본가, 내방, 농협
학교 (가정방문, 연구회)	가정, 출장, 방문, 학교, 실습, 교장, 출발, 학년, 서울, 교육, 시간, 아동, 선생, 교사, 수업, 직원, 인사, 이야기, 연구회, 아침, 조사, 연구, 점심, 담임, 여관, 도착, 실시, 국회의원, 금일도, 청주, 정리, 학생, 교감, 증축, 교실, 일행, 제출, 본교
학교 (교장, 교감 업무)	교장, 회의, 참석, 학교, 개최, 직원, 시찰, 주식, 교육장, 청주, 접대, 오창면, 회장, 일동, 시간, 본교, 부형, 기관장, 내교, 교육청, 전달, 행사, 기성회, 역원, 거행, 임원, 점심, 도착, 초대, 장학사, 종료, 연회, 전원, 어제, 구경, 장소, 시반, 석식
학교 (소풍, 행사, 전근)	직원, 교장, 인사, 교사, 학교, 교감, 선생, 소풍, 행사, 대접, 운동회, 부임, 교실, 본교, 옥산학교, 북일학교, 점심, 부형, 장학사, 아동, 지방, 우리, 발령, 전원, 전근, 귀교, 노력, 이야기, 사택, 모교, 초대, 무사, 처음, 사람, 관계, 구경, 고향, 여직원
생활 (교통 및 이동)	도착, 출발, 청주, 보은, 시험, 구경, 점심, 본가, 직원, 일동, 귀교, 자동차, 시반, 여관, 조치원, 출장, 여행, 참석, 처음, 옥산면, 수험, 자전거, 중학, 기차, 학교, 성적, 충주, 다행, 생각, 합격, 보험, 이야기, 인사, 금계, 입시, 아침, 부산, 아동
생각 (시대, 여성, 국가)	생각, 마음, 우리, 모양, 선생, 사람, 학교, 이야기, 여인, 지금, 사랑, 머리, 누구, 나라, 처음, 세상, 생활, 사실, 조선, 에이, 자식, 행복, 결심, 까닭, 바람, 저녁, 모두, 금년, 어제, 기록, 듯이, 동안, 우리나라, 가슴, 가정, 소리, 시작, 일기
생각 (교육관, 교사관)	교육, 청주, 사람, 우리, 시간, 선생, 생각, 교사, 마음, 출발, 직원, 노력, 감사, 저녁, 날씨, 학년, 교육자, 모양, 금계, 준비, 걱정, 겨울, 가정, 문제, 아침, 관계, 노정, 이번, 상의, 학교, 기타, 공부, 형편, 말씀, 옥산면, 이상, 부자, 검사
학교 (출장, 교육, 강습)	출장, 강습, 부락, 거행, 사건, 본교, 졸업식, 학교, 참석, 출석, 직원, 실시, 청주, 선생, 주년, 기념식, 청년, 대회, 졸업, 옥산면, 지서, 운동, 시작, 독려, 해방, 외숙, 기념일, 선거, 내용, 종형, 이야기, 강습회, 소집, 격려, 유지, 한글, 강사, 개최
가족 (명절)	노정, 모친, 청주, 아해, 금계, 장남, 노명, 금년, 구입, 차례, 노현, 음력, 아침, 추석, 공부, 시작, 사람, 저녁, 학교, 마음, 관계, 양력, 학년, 준비, 원자, 생일, 어제, 세배, 노력, 과세, 새해, 새벽, 운반, 서울, 교장, 가정, 사택, 집안
학교 (교직 초기)	수업, 선생, 아동, 학교, 정리, 학년, 학급, 연습, 훈련, 저녁, 지도, 교시, 직원, 거행, 성적, 고사, 방과, 국어, 연구, 시행, 시간, 실시, 본교, 주의, 국본, 신사, 교과서, 학기, 청소, 전교, 청년, 교실, 담임, 숙직, 직원회, 신사참배, 남자, 숙소,

학교 (행사 및 사건)	학교, 연구, 직원, 교육, 대회, 수리, 공사, 교사, 참석, 생활, 지정, 발표회, 노력, 연구회, 발표, 강조, 아동, 본교, 휴가, 전달부, 학년, 금일도, 상청, 계획, 강연, 개최, 강서학교, 운영, 거행, 시업식, 실력, 교직원, 종업식, 타합, 어린이, 모양, 사람, 실정
가족 (부모 및 아우)	사람, 생각, 부모, 가슴, 아우, 모양, 눈물, 어머니, 마음, 이야기, 말씀, 저녁, 손님, 아침, 운영, 인사, 자식, 대접, 어른, 금계, 동안, 우리, 옥산면, 시작, 시간, 점심, 학교, 동리, 오미, 도착, 지서, 접대, 다음, 생신, 도리, 자리, 출발, 걱정,
가족 (자녀 독립, 자취)	노정, 서울, 편지, 진영, 노명, 상경, 장남, 마음, 노원, 월남, 도착, 학교, 소식, 다행, 노현, 시간, 모친, 가정, 동생, 노친, 영신, 개월, 옥산면, 걱정, 면회, 종제, 날씨, 사주, 금계, 노력, 서신, 생각, 청주, 뻐쓰, 인사, 부친, 노운, 작업
생활 (음주)	괴산, 학교, 내수, 대접, 청주, 선생, 인사, 장학사, 일배, 직원, 구청, 교육, 친구, 사무, 노회, 접대, 교감, 이야기, 면장, 탁주, 노정, 노명, 소식, 도착, 칠성, 내수학교, 과장, 점심, 태성, 생각, 초대, 심방, 약주, 출발, 기분, 아침, 저녁, 담화
기타 (사택, 가족 등)	노정, 본가, 금계, 직원, 귀가, 교사, 인사, 오창면, 사택, 노필, 노송, 귀교, 조식, 자전거, 가좌, 노행, 노친, 초대, 학교, 날씨, 모친, 부친, 예정, 새벽, 노회, 불능, 보행, 서울, 행사, 등교, 시간, 대접, 무사, 조조, 도착, 청주, 어제, 나우
가족(아우)	아우, 생각, 운영, 소식, 군인, 우리, 근심, 병환, 청주, 가슴, 발령, 걱정, 천지신명, 마음, 전사, 학교, 형편, 가정, 사람, 부모, 무사, 세상, 부친, 저녁, 가족, 경계경보, 눈물, 소리, 머리, 모양, 말씀, 통지, 전쟁, 보리, 기분, 고개, 서류, 모내기
학교 (학교생활 전반)	학교, 선생, 직원, 교육, 학년, 교장, 연구회, 국민학교, 경영, 담임, 우리, 개최, 사친회, 운영, 숙직실, 방침, 협의, 연구, 문제, 초대, 총회, 관계, 교감, 시간, 계획, 학급, 저녁, 친구, 본교, 장학, 모두, 대접, 어린이, 편지, 출장, 사람, 자신, 학부형

〈부표 2-2〉 토픽모델링_20개 토픽의 교직시기별 구성비

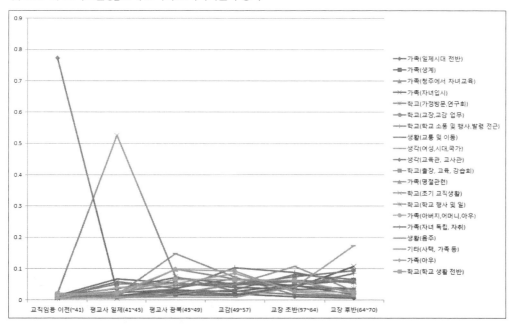

금계일기 1

제2부

금계일기
(1937년~1945년 8월 13일)

1937년

〈표지〉
1937년
昭和 拾貳年 四月 一日
第四學年 五山 公立普通學校 內
朝鮮 忠北 淸州郡 五山面 金溪里 三四七 番地 內
郭尙榮
郭尙榮
家庭日記帳

〈1937년 4월 1일 목요일 晴天氣〉(陰 2월 20일)
아무 일도 없었습니다.
내가 학교에 갔다 와 동생과 둘이 고기 잡으러
가서 한 사발 정도 잡았습니다.
아버지는 며칠 전 충주에 가셨습니다. 오늘 돌
아오지 않으셨습니다.

〈1937년 4월 2일 금요일 晴天〉(小 2월 21일)
오늘도 아무 일 없었습니다.
오늘도 아버지는 충주에서 돌아오지 않으셨
습니다.

〈1937년 4월 3일 토요일 晴天氣〉(2월 22일)
1. 오늘은 이런 일이 있었습니다.
2. 사촌형이 아버지 대신에 무심천에 가서 일
   했습니다.
3. 저녁에 아버지가 충주에서 우리 집에 돌아

왔습니다.
오늘은 또 신무천황 제삿날입니다.[1]

〈1937년 4월 4일 일요일 曇天〉(2월 23일)
오늘은 아버지와 사촌형이 무심천에 가서 일
했습니다.
나는 오늘은 일요일이어서 집에서 자습을 했
습니다.

〈1937년 4월 5일 월요일 晴天氣〉(2월 24일)
오늘은 아버지가 소를 팔러 조치원시장에 가
셨습니다만, 밤에 돌아오셔서 봤더니 소를 팔
았습니다. 122원 50전짜리 소를 150원에 팔

---

1) 일기 원본에는 당일 일기를 쓰고 난 여백에 세로쓰
   기로 '神武天皇祭'라고 쓴 글자와 함께 욱일기와 일
   장기를 교차시킨 모습으로 보이는 그림이 그려져 있
   다.

았습니다.

〈1937년 4월 6일 화요일 晴後曇天〉(2월 25일)
아버지가 무심천에 일하러 갔습니다. 그 일은
둑을 더 높이 쌓는 것입니다. 동림 들판에서입
니다. 바깥 들판에서도 그런 식으로 합니다.
밤에는 제사가 있었는데, 어느 분 제사냐 하면
내 할아버지의 어머니에 해당하는 분이었습
니다.
증조할머니(증祖母).[2]

〈1937년 4월 7일 수요일 晴天氣〉(2월 26일)
오늘도 아무 일도 없었지만, 다만 아버지가 매
일 무심천에 가서 일을 했습니다. 물론 청소는
매일 내가 깨끗이 합니다.

〈1937년 4월 8일 목요일 晴天〉(2월 27일)
오늘은 아버지가 소를 사러 청주시장에 가셨
습니다만, 오늘 집에 돌아오시지 않습니다.

〈1937년 4월 9일 금요일 晴天氣〉(2월 28일)
오늘은 아버지가 우리 집에 돌아왔는데, 소를
사 왔습니다. 가격은 70원이라고 들었습니다.

〈1937년 4월 10일 토요일 晴天〉(2월 29일)
오늘은 조치원시장에 소를 팔러 가셨습니다.
외지인에게 소를 되돌려 주었습니다. 아버지
가 30원을 더 돌려주었기 때문에 우리 집 소
는 100원 이상에 팔지 않으면 안 됩니다. 그렇
지 않으면 팔 수 없습니다.

---

2) 저자는 전체를 일본어로 기록한 가운데 이 내용은
   한글과 한자로 기록해 두었다.

〈1937년 4월 11일 일요일 晴後曇天〉(3월 1일)
오늘은 아버지와 둘이 동림 제방에 일하러 갔
다가 점심시간에 모두 각자 자기 집으로 가서
점심을 먹었습니다. 그리고 내가 반쯤 먹었을
즈음 갑자기 어디선가 "불이야, 불이야" 하는
소리가 들려와 나가 보니 곽윤학네 마을에서
누구 집인가가 불타고 있었습니다. 어른들은
서둘러 가서 불을 껐습니다. 그리고 나는 또
제방 쌓는 일을 하러 갔습니다.

〈1937년 4월 12일 월요일 曇天〉(3월 2일)
요즘 아버지는 매일 일을 해서 몸이 피곤했기
때문에 오늘은 병이 났습니다. 그래서 여러 가
지 약을 먹고 저녁에는 조금 나았습니다.

〈1937년 4월 13일 화요일 曇後雨天氣〉(3월 3일)
오늘은 아무 일도 없었고 비까지 와서 집에서
내 걱정을 했습니다. 아버지는 감기가 걸렸는
지 아직 완전히 낫지 않았습니다. 비는 밤까지
계속 내렸습니다.

〈1937년 4월 14일 수요일 雨天氣〉(3월 4일)
아버지의 병은 오늘까지도 완전히 낫지 않았
습니다. 우산을 쓰고 강가에 가 보니 강물이
엄청나게 불어서 학교에 갈 수가 없었기 때문
에 동무들과 함께 집에서 자습을 했습니다. 오
늘도 비는 그치지 않고 계속 내리고 있습니다.

〈1937년 4월 15일 목요일 晴天氣〉(3월 5일)
오늘은 어제보다 강물이 줄어 학교에 갈 수 있
었습니다. 아버지 병은 이제 완전히 나았습니
다. 그래서 아버지는 삽으로 밭과 논의 물이
새는 곳을 막았습니다.

〈1937년 4월 16일 금요일 曇天〉(3월 6일)
오늘도 아무 일도 없었는데, 강서면 내곡리에서 외삼촌이 오셨습니다. 아버지의 머리카락을 잘라주었습니다.

〈1937년 4월 17일 토요일 晴天氣〉(3월 7일)
오늘은 아버지가 소를 팔러 청주시장에 가셨습니다. 어머니는 외삼촌과 외삼촌 집에 가셨습니다. 또 밤에는 기도를 하는 집에 가서 구경을 했습니다. 아버지는 오늘 청주에서 돌아오시지 않습니다. 기도를 한 사람 집은 조병학이라는 사람의 집입니다.

〈1937년 4월 18일 일요일 晴天氣〉(3월 8일)
오늘은 아버지가 오후에 청주에서 돌아오셨는데, 소를 팔았습니다. 101원짜리를 105원에 팔았다고 말씀하셨습니다. 또 소를 사 오셨습니다. 가격은 111원이라 하셨습니다. 아버지가 주무신 곳은 강서면 내곡리의 외삼촌 집이라고 하셨습니다. 어머니도 그 곳에 계십니다.

〈1937년 4월 19일 월요일 晴天氣〉(3월 9일)
오늘도 아버지는 소를 팔러 조치원시장에 가셨습니다만 밤에 돌아오셨는데, 보니까 소는 오늘도 팔았습니다. 111원짜리를 113원에 팔았다고 하셨습니다. 오늘은 곽근영 형 집의 자전거세를 면사무소에 납부했습니다.

〈1937년 4월 20일 화요일 晴天氣〉(3월 10일)
오늘도 아무 일도 없었지만(아직까지는) 어머니가 여행을 가서 아직 돌아오지 않았기에 집에서는 걱정입니다. 그래서 동생은 매일 어머니가 보고 싶다고 얘기합니다.

〈1937년 4월 21일 수요일 曇後雨天〉(3월 11일)
아침에 일어나니 아버지가 머리칼을 잘라 주셨습니다. 아침밥을 먹은 뒤 아버지는 소를 사러 병천시장에 가셨습니다만, 밤에 돌아오셨기에 봤더니 소를 사 오셨습니다. 가격은 107원 5전이라고 했습니다. 어머니는 오늘까지도 돌아오시지 않았습니다.

〈1937년 4월 22일 목요일 晴天〉(3월 12일)
아버지는 청주 시장에 소를 팔러 가셨습니다. 저녁밥을 먹으려 할 때 어머니가 내곡리에서 청주로 가서 며칠 자고 오늘 돌아왔습니다. 그래서 나는 마중을 나갔다가 함께 저녁을 먹었습니다. 밤에 다시 아버지가 청주에서 돌아오셨기에 봤더니 소는 팔지 못했습니다.

〈1937년 4월 23일 금요일 晴天氣〉(3월 13일)
동림의 들판 토지제(제방제)를 우리 집에서 하기로 했기에 오늘 하려고 생각했으나 여러 가지 준비가 되지 않아 포기했습니다.

〈1937년 4월 24일 토요일 晴天氣〉(3월 14일)
오늘도 아버지는 소를 조치원시장에 팔러 가셨습니다만 밤에 오셨기에 보니 소는 팔았습니다. 또 새 소를 사오셨습니다. 판 것은 107원 5전짜리를 105원 50전에 팔았습니다. 산 것은 103원 50전짜리. 또 학교에서는 우리들은 청주에 소풍을 갔습니다. 신궁참배를 했습니다.

〈1937년 4월 25일 일요일 雨後曇天〉(3월 15일)
오늘 나는 청주읍에서 집으로 돌아왔습니다. 밤에는 동림의 들판 제방제를 했습니다.

〈1937년 4월 26일 월요일 晴天〉(3월 16일)
오늘은 아무 일도 없었습니다. 다만 아버지와 사촌형이 밭 둑을 정비했습니다.

〈1937년 4월 27일 화요일 晴天氣〉(3월 17일)
오늘도 아버지가 소를 팔러 청주시장에 가셨습니다. 낮에 나는 동무들과 강에 고기를 잡으러 갔습니다만 큰 고기로만 많이 잡았습니다. 밤에 아버지가 오셔서 보니 소는 팔았습니다. 103원 50전짜리를 106원에 팔았습니다.

〈1937년 4월 28일 수요일 晴天氣〉(3월 18일)
오늘은 아버지가 농사일을 하셨습니다. 나는 할아버지 집 잠종(누에씨)을 면사무소에서 가져와서 드렸습니다.

〈1937년 4월 29일 목요일 晴天氣〉(3월 19일)
아버지는 조치원시장에 소를 사러 가셨습니다. 우리는 오늘 천장절[3]이어서 식을 올리고는 집으로 돌아와 우리 신계의 생도들이 천렵을 가서 밥도 우리가 지어서 먹었습니다. 고기를 많이 잡아 맛있게 먹었습니다. 정말 재미있었습니다. 밤에 아버지가 오셨습니다. 소를 사오셨습니다. 114원짜리라고 하십니다.

〈1937년 4월 30일 금요일 雨後曇天〉(3월 20일)
오늘은 아버지가 밭에 나가 일하셨습니다. 오늘은 한규네 아저씨 댁 잠종을 면사무소에서 가져와서 드렸습니다.

〈1937년 5월 1일 토요일 曇天氣〉(3월 21일)
오늘도 아무 일 없었습니다만 아버지가 밭에 나가 일하셨습니다. 저녁에는 동무인 강대영이라는 동무가 경성에서 왔기 때문에 그곳에 가서 놀았습니다.

〈1937년 5월 2일 일요일 晴天氣〉(3월 22일)
오늘은 아버지가 소를 팔러 청주시장에 가셨습니다. 밤에 돌아오셨기에 보니 소는 팔렸습니다. 값은 114원짜리를 115원 50전에 팔았습니다.

〈1937년 5월 3일 월요일 晴天〉(3월 23일)
오늘은 아버지가 논에 나가 일하셨습니다.

〈1937년 5월 4일 화요일 晴天氣〉(3월 24일)
오늘은 아버지가 조치원시장에 소를 사러 가셨습니다. 밤에 돌아오셨기에 보니 소를 사오지 않았습니다.

〈1937년 5월 5일 수요일 晴天氣〉(3월 25일)
오늘도 아무 일 없었습니다만 아버지가 땀을 흘리며 일하셨습니다.

〈1937년 5월 6일 목요일 晴天氣〉(3월 26일)
오늘은 우리 금계리 청소일이어서 나는 아침 일찍 일어나 집 안팎의 더러운 곳을 깨끗이 청소했습니다.
그래서 시간이 없어서 나는 아침밥을 먹고 학교에 갔습니다. 학교에 가서 공부가 모두 끝난

---

3) 일본 천황의 탄생일을 가리키는 말이다. 제2차 세계대전 이전까지는 '천장절(天長節)'이라고 불리다가 1948년에 '천황탄생일'로 이름이 바뀌었다. 천황탄생일은 즉위한 천황의 생일에 따라 달라진다. 1937년엔 쇼와(昭和) 천황이 재임 중이었기 때문에 당시 천장절은 그의 탄생일인 4월 29일이었다.

뒤 집에 돌아와 보니 순사가 깨끗해졌다면서 검사완료표를 주었습니다.

〈1937년 5월 7일 금요일 晴天〉(3월 27일)
오늘은 아버지가 청주시장에 가셨습니다만, 밤에 오셨기에 보니 소를 사왔습니다. 값 108원짜리라고 말씀하셨습니다.

〈1937년 5월 8일 토요일 晴天氣〉(3월 28일)
오늘은 아버지가 논에 일하러 가셨습니다.

〈1937년 5월 9일 일요일 晴天氣〉(3월 29일)
오늘은 아버지가 소를 팔러 조치원시장에 가셨습니다. 나는 동생과 냇가에 가서 고기를 잡아왔는데, 한 사발 정도 잡아왔습니다. 밤에 아버지가 오셔서 보니 소는 팔리지 않았습니다.

〈1937년 5월 10일 월요일 晴天〉(4월 1일)
오늘은 아버지가 소를 팔러 병천시장에 가셨습니다만 밤에 오셨기에 보니 오늘은 소를 팔았습니다. 값은 108원짜리를 똑같이 108원에 팔았습니다.

〈1937년 5월 11일 화요일 晴天氣〉(4월 2일)
오늘은 소를 사러 아버지가 청주시장에 가셨습니다. 밤에 돌아오셨는데, 보니까 소를 샀습니다. 70원짜리라고 하셨습니다.

〈1937년 5월 12일 수요일 晴天〉
오늘은 아무 일도 없었습니다. 아버지가 논에 가서 일을 했습니다.

〈1937년 5월 13일 목요일 晴天氣〉(4월 4일)
오늘은 아버지가 소를 팔러 조치원시장에 가셨습니다. 밤에 돌아오셨는데 소를 팔지 못했습니다.

〈1937년 5월 14일 금요일 晴天〉(4월 5일)
오늘은 아버지와 동생이 강에 가서 고기를 잡아왔습니다. 두 사발 정도 잡아왔습니다. 오늘 나는 곽윤성의 아저씨 댁 잠종을 면사무소에서 가져다 드렸습니다.

〈1937년 5월 15일 토요일 曇後晴天〉(4월 6일)
오늘은 아버지가 논에 나가 일하셨습니다. 또 나는 마을의 곽성제라는 형 집의 성냥을 사왔습니다.

〈1937년 5월 16일 일요일 晴天氣〉(4월 7일)
오늘은 아버지가 내게 오늘 하루 논에 가서 퇴비를 해달라고 해서 동생과 함께 논에 가서 그 일을 했습니다. 일을 마치고 강에 가서 고기를 잡았는데 한 사발 정도 잡았습니다.

〈1937년 5월 17일 월요일 曇天〉(4월 8일)
오늘은 아버지가 사촌형 집 소를 빌려서 논을 갈았습니다.

〈1937년 5월 18일 화요일 曇後晴天〉(4월 9일)
오늘은 아버지가 논에 나가 일하셨습니다.

〈1937년 5월 19일 수요일 晴天氣〉(4월 10일)
오늘도 다름없이 아버지께서 논에 나가 일하셨습니다.

자근 중祖할머니의 祭日.[4]
자근 종조할머니가 두 분인데 오늘 祭日은 본 중조母.
후댁 증조할머니의 제삿날은 十月 十七日.

〈1937년 5월 20일 목요일 雨後曇天〉(4월 11일)
오늘은 아버지와 논에 나가 봤더니 물이 가득 차 있어서 무척 걱정을 했습니다. 나는 저녁에는 소 풀을 먹이고 소 풀도 한 지게 가득 해가지고 왔습니다.

〈1937년 5월 21일 금요일 晴天〉(4월 12일)
오늘은 아버지가 논에 가서 일했습니다. 밭두둑을 고치기도 했습니다. 저녁에는 소에게 먹일 풀을 베었습니다.

〈1937년 5월 22일 토요일 晴天氣〉(4월 13일)
오늘은 아버지가 논에 가서 일한 것 외에 별다른 일이 없었습니다. 나는 육촌형 집의 차량세를 면사무소에 납부했습니다. 그 형 이름은 곽헌영이라 합니다.

〈1937년 5월 23일 일요일 晴天氣〉(4월 14일)
오늘은 아버지가 소를 팔러 조치원시장에 갔습니다만, 밤에 돌아오시기에 봤더니 소는 팔지 않았습니다. 오늘은 큰할머니 제삿날이어서 밤에 모두 모여서 제사를 지냈습니다. 큰아저씨[5] 곽한식 집에서 제사를 지냈습니다.
『큰할머니의 祭日』[6]

〈1937년 5월 24일 월요일 晴天氣〉(4월 15일)
오늘은 아무 일도 없었습니다. 아버지가 논에 나가 일했습니다.

〈1937년 5월 25일 화요일 晴天〉(4월 16일)
오늘은 아버지와 나와 동생 세 사람이 아침부터 저녁까지 들에서 흙으로 변소와 움막 등을 손봤습니다. 그래서 저녁에는 몹시 피곤했습니다.

〈1937년 5월 26일 수요일 晴天〉(4월 17일)
오늘도 아무 일 없었고, 아버지가 논에 나가 일했습니다. 하지만 아직 모내기는 하지 않았습니다. 저녁에는 마을 사람들이 모두 모여 모내기를 위한 의논을 했습니다. 오늘이 음력으로 4월 17일입니다만, 모내기를 시작하는 것은 4월 28일부터라고 했습니다. 그래서 우리 집에서는 4월 29일에 하기로 했습니다. 그렇지만 바깥일이 있기 때문에 바뀔지도 모릅니다.

〈1937년 5월 27일 목요일 晴天氣〉(4월 18일)
오늘도 아무 일도 없었지만 매일처럼 아버지는 논에 나가 일했습니다. 오늘밤도 제삿날인데, 누구 제사냐 하면 나의 할머니 제사입니다. 그래서 밤에는 할아버지, 형들이 모여 제사를 지냈습니다.
『할머니의 祭日』[7]
(亡室恭人 全州李氏 神位).

〈1937년 5월 28일 금요일 曇天氣〉(4월 19일)
오늘은 아버지가 논에 나가 일했습니다. 나는

---

4) 이 문장부터 아래 두 문장까지는 입력되어 있는 대로 한글, 한자 혼용으로 기록되어 있다.
5) 원문에 한글로 기록되어 있다.
6) 원문에 한글과 한자로 기록되어 있다.

7) 한글과 한자로 적혀있다.

소에게 풀을 뜯어 먹게 하고 또 풀을 베어왔습니다.

〈1937년 5월 29일 토요일 曇天〉(4월 20일)
오늘도 아버지가 논에 나가 일했습니다. 뒤에는 소 풀을 먹이도록 했습니다.

〈1937년 5월 30일 일요일 晴天〉(4월 21일)
오늘은 아버지가 4촌형 집의 논을 소로 갈았습니다. 저녁에 나는 보리를 베어 왔습니다. 우리 집에선 올해 처음으로 베어 왔습니다.

〈1937년 5월 31일 월요일 晴天〉(4월 22일)
오늘도 아버지는 논에 나가 일했습니다. 저녁에 아버지한테서 얘기를 듣자니, 우리 집에서 모내기를 이달 29일에 하기로 했으나 바깥 사정 때문에 2일 늦은 5월 1일에 하기로 했다고 하셨습니다.

〈1937년 6월 1일 화요일 晴天氣〉(4월 23일)
오늘도 아버지가 논에 나가 일했습니다. 나도 학교에서 돌아와 보리밭에 나가 보리를 베어 왔습니다. 또 소에게 먹일 풀을 베어 왔습니다.

〈1937년 6월 2일 수요일 晴天氣〉(4월 24일)
오늘은 아버지가 소를 팔러 조치원시장에 갔습니다. 나는 학교에서 돌아와 보리를 베어 왔습니다. 또 아버지가 어제 고추밭에 대변을 뿌린 곳에 가서 흙으로 덮었습니다. 저녁에 아버지가 시장에서 돌아오셨는데 소를 팔았습니다. 그 가격은, 70원짜리를 71원 5전에 팔았습니다.

〈1937년 6월 3일 목요일 晴天氣〉(4월 25일)
오늘도 아버지가 논에 나가 일했습니다. 나는 오늘도 학교에서 돌아와 보리를 베어 왔습니다. 그리고 또 그 보리를 털었습니다. 해가 질 때까지 했기 때문에 몹시 피곤했습니다. 또 할아버지는 4촌 누나의 결혼 때문에 요즘 때때로 어느 마을을 다녀왔습니다.

〈1937년 6월 4일 금요일 晴後曇天氣〉(4월 26일)
오늘도 아버지가 논에 나가 일했습니다. 아버지는 요즘 일을 매일 해서 몹시 피곤할 것입니다. 나도 학교에서 돌아와 밭에 나가 보리를 베어 와서 털었습니다.

〈1937년 6월 5일 토요일 雨天氣〉(4월 27일)
오늘도 아버지는 비를 맞으며 논에 나가 일했습니다.

〈1937년 6월 6일 일요일 晴天氣〉(4월 28일)
오늘은 아버지가 내게 오늘 일찍 내곡리의 작은 숙부 집에 가서 숙부에게 오늘부터 열흘간만 우리 집에 와서 일해 달라고 부탁해서 함께 데려오라 하시기에 나는 금방 가서 숙부를 모시고 왔습니다.

〈1937년 6월 7일 월요일 雨後曇天〉(4월 29일)
오늘부터 우리 신계 마을 모내기가 시작되었습니다. 그래서 아버지와 숙부는 오늘부터 매일 다른 사람들의 모내기를 해주고 대신 우리 집 모내기 때도 이웃 사람들이 와서 모내기 해주도록 하기 위해 다른 사람들 모내기를 해주었습니다.

〈1937년 6월 8일 화요일 雨天氣〉(4월 30일)
오늘은 우리 금계에서 가장 부자인 곽윤학 씨 집 모내기 날인데, 농부들이 약 백 명은 넘었습니다. 그래서 우리 집에서도 일을 하러 갔습니다. 숙부가 가서서 일을 했습니다. 곽윤학이라는 아저씨는 요즘 옥산면에서 가장 부자입니다. 처음엔 매우 가난한 사람이었으나 열심히 일했기 때문에 그만큼 부자가 됐습니다.

〈1937년 6월 9일 수요일 晴天氣〉(5월 1일)
오늘은 아버지가 학교에 가서 선생님에게 내일은 우리 집 모내기를 하니 가정실습을 해야 한다고 말씀드리라 했습니다. 또 내 여동생이 올해 2살인데 면사무소에 가서 『生선뽀보』[8]를 하라고 말씀하셔서 나는 그 두 가지 일을 했습니다.

〈1937년 6월 10일 목요일 晴天氣〉(5월 2일)
오늘은 우리 집에서 모내기를 해서 나는 학교에 가지 않고 집에서 열심히 가정실습을 했습니다. 15두락을 모두 오늘 심었습니다. 일한 농부는 모두 23명이었습니다.

〈1937년 6월 11일 금요일 晴天氣〉(5월 3일)
오늘은 숙부와 아버지가 이웃 집에 모내기하러 갔습니다. 모내기하는 사람은 곽한욱이라는 아저씨입니다. 그 아저씨 아들은 윤상입니다.

〈1937년 6월 12일 토요일 晴天氣〉(5월 4일)
오늘은 5촌 아저씨 집에서 모내기를 했습니다. 그 아저씨 이름은 곽한식이라 합니다. 그 아들은 곽공제입니다. 나는 공제와 육촌이 됩니다. 또 내일은 우리 조선에서는 큰 명절입니다.[9] 그래서 우리는 학교에서 돌아와 그네를 만들어 타거나 약쑥[10]이라는 걸 만들었습니다.

〈1937년 6월 13일 일요일 晴天氣〉(5월 5일)
오늘은 곽윤경 아저씨 집에서 모내기를 합니다. 그 아저씨는 5촌, 그 아저씨의 아들 점영이는 5촌 형입니다. 점심을 먹고 나는 강서면 내곡리의 숙부집에 심부름을 갔다 왔습니다. 가서 보니 그 곳은 모두 별일 없었습니다.

〈1937년 6월 14일 월요일 晴天氣〉(5월 6일)
오늘은 곽한복이라는 아저씨 집 모내기날이어서 숙부와 아버지는 오늘 모내기하러 가셨습니다.

〈1937년 6월 15일 화요일 晴天氣〉(5월 7일)
오늘은 곽갑종 씨라는 아저씨 집 모내기를 하는 날이어서 또 가서 일을 했습니다. 그 아저씨의 아들은 곽봉영입니다.

〈1937년 6월 16일 수요일 晴天氣〉(5월 8일)
오늘은 곽한규 씨라는 아저씨 집 모내기날이어서 숙부가 그곳에 가서 일을 했습니다. 그 숙부는 나와 5촌, 그 숙부 아들은 해영이라고 하는데 나와 6촌이 됩니다.

〈1937년 6월 17일 목요일 晴天氣〉(5월 9일)

---

8) 원문에 이렇게 기록되어 있으나, 정확한 뜻은 알 수 없다.

9) 음력 5월 5일, 단오절을 가리킨다.
10) 원문에 한글로 기록되어 있다.

오늘은 조병학이라는 사람 집 모내기날이어서 아버지가 그 집에 가서서 일을 했습니다. 나는 학교에서 돌아와 동무들과 함께 강에 고기잡이를 하러 갔습니다. 한 사발을 잡아 왔습니다.

〈1937년 6월 18일 금요일 晴天氣〉(5월 10일)
오늘은 곽한철이라는 숙부 집 모내기날이어서 아버지가 가서 일을 했습니다. 그 아저씨의 아들은 곽면영이라는 형인데, 보통학교 졸업생으로 공부를 잘 했기 때문에 시험을 봐서 지금은 단양군청 산림계 직원이 됐습니다.

〈1937년 6월 19일 토요일 晴天氣〉(5월 11일)
오늘은 4촌형 집에서 모내기를 했습니다. 오늘 아버지가 세금을 면사무소에 납부하라고 말씀하셔서 나는 고지서를 가지고 가 회계원에게 냈습니다. 오늘도 강에 가서 고기를 한 사발 정도 잡아왔습니다.

〈1937년 6월 20일 일요일 晴天氣〉(5월 12일)
오늘은 곽한근이라는 아저씨 집에서 모내기를 하는 날이어서 모두 그 집에 가서 일을 했습니다. 그 아저씨 집이 지금 우리 신계마을에서 가장 부자입니다. 곽규종 씨입니다. 오늘도 강에 가서 고기를 잡았습니다. 한 사발 정도 잡았습니다.

〈1937년 6월 21일 월요일 晴天氣〉(5월 13일)
곽명영이라는 동생 집에서 오늘 모내기를 하는데 명영이 아버지는 돌아가셨습니다. 그래서 이문화라는 동무가 그 집에서 농사를 짓고 있습니다. 이문화라는 사람은 명영의 외사촌

입니다.

〈1937년 6월 22일 화요일 晴天氣〉(5월 14일)
오늘은 우리 마을에서 대체로 모두 모내기를 마쳤습니다. 조금씩 남은 집이 모내기를 합니다만 우리 집에서는 곽명영이라는 집 일을 했습니다. 또 숙부는 곽한식이라는 숙부 집 일을 했습니다. 저녁에는 강서면 내곡리에서 큰 숙부가 오셨습니다. 작은 숙부를 데려가기 위해 오셨는데, 큰 숙부는 그대로 돌아가셨습니다. 작은 숙부는 내일 가기로 했습니다.

〈1937년 6월 23일 수요일 晴天氣〉(5월 15일)
오늘은 아침에 학교에 갈 때 함께 오산시장까지 갔습니다만 숙부는 내 셔츠를 사주었습니다. 또 모내기는 대체로 끝났습니다만 아직 조금 남아 있는 것을 요즘 하고 있습니다.

〈1937년 6월 24일 목요일 晴天氣〉(5월 16일)
오늘은 사촌형 집의 세금과 곽화종 씨라는 아저씨 집 세금과 또 곽윤석이라는 아저씨 집 세금을 면사무소에 갖고 가서 납부했습니다. 또 아버지는 오늘도 모내기를 하러 가셨습니다.

〈1937년 6월 25일 금요일 曇天氣〉(5월 17일)
오늘도 아버지는 이웃집 모내기를 하러 가서 일을 했습니다.

〈1937년 6월 26일 토요일 雨後曇天氣〉(5월 18일)
오늘은 학교에서 집에 돌아와 어머니와 함께 깻모를 했습니다. 또 아버지는 오늘은 소로 밭을 맸습니다.

〈1937년 6월 27일 일요일 雨後曇天氣〉(5월 19일)
아침에 아버지는 나에게 비가 그치면 논에 가서 물을 대라고 말씀하셨기 때문에 나는 점심 무렵 논에 가서 물을 댔습니다. 또 저녁에는 밭에 가서 어머니와 함께 깻모를 했습니다. 또 아버지는 조치원시장에 갔습니다. 비료를 가지러 가셨습니다.

〈1937년 6월 28일 월요일 曇天氣〉(5월 20일)
오늘은 아버지가 아저씨 집에 일하러 가셨습니다. 나는 오늘 램프를 사왔습니다.

〈1937년 6월 29일 화요일 曇天氣〉(5월 21일)
오늘은 아버지가 조병학이라는 사람 집에 일하러 가셨습니다.

〈1937년 6월 30일 수요일 曇天氣〉(5월 22일)
오늘은 4촌형 집 모내기날이어서 아버지가 그 집에 가서 일을 했습니다.

〈1937년 7월 1일 목요일 晴天氣〉(5월 23일)
오늘은 아버지가 이웃집에 일하러 가셨습니다.

〈1937년 7월 2일 금요일 晴天氣〉(5월 24일)
오늘은 아버지가 조치원 시장에 가서 여러 가지 음식을 사 오셨습니다. 왜냐하면 내일 우리 집에서 논을 매기 때문입니다.

〈1937년 7월 3일 토요일 晴天氣〉(5월 25일)
오늘은 우리 집에서 논을 매기 때문에 나는 학교에서 공부가 일찍 끝나자 집에 돌아와 동생과 나란히 걸어가며 쓰러진 벼를 일으켜 세웠

습니다.

〈1937년 7월 4일 일요일 雨後曇天氣〉(5월 26일)
오늘 아침 비가 와서 일을 하지 못했습니다만 저녁에는 일을 하는 집도 있었습니다.

〈1937년 7월 5일 월요일 雨後曇天氣〉(5월 27일)
오늘은 아버지가 점영이 형 집에 가셔서 일을 했습니다.

〈1937년 7월 6일 화요일 曇天氣〉(5월 28일)
오늘은 우리 학교가 4학년생 이상은 집안일을 거들라고 해서 학교에 가지 않고 모두 거들기를 했습니다만, 나는 해영이네 집 논물을 댔습니다. 오늘은 우영이 형 집 논을 맸는데 농부들이 술을 많이 마신 뒤 저녁에 모두 일이 끝나자 싸웠습니다. 싸운 사람 이름은 황녕덕샘. 甲鍾 氏의 아들[11] 외에 여러 명입니다.

〈1937년 7월 7일 수요일 曇後雨天〉(5월 29일)
오늘은 비도 내리고 또 어제 마을 사람들이 싸웠기 때문에 일이 되질 않았습니다. 그래서 마을 사람이 모여 여러 가지 좋지 않았던 일 나빴던 일을 스스로 얘기하며 사이좋게 살아가자고 상의했습니다.

〈1937년 7월 8일 목요일 雨天氣〉(6월 1일)
오늘은 비가 내려서 마을에선 일을 할 수 없었습니다. 나는 어제 밤에 비가 많이 내렸기 때

---

11) 저자는 전체 내용을 일본어로 기록한 가운데 이 내용만 한글과 한자로 "황녕덕샘.甲鍾 氏의 아들"이라고 기록하였다.

문에 학교에 가서 공부를 할 수가 없었습니다. 그래서 집에서 공부를 했습니다. 또 집에서 청소를 아주 깨끗하게 했습니다.

〈1937년 7월 9일 금요일 曇天氣〉(6월 2일)
오늘은 마을 사람들이 논에 물이 너무 많아 일을 하지 못했습니다. 그래도 일을 할 수밖에 없는 집은 일을 했습니다.

〈1937년 7월 10일 토요일 曇天氣〉(6월 3일)
오늘은 곽윤상의 집에서 밭을 갈았기 때문에 마을 사람들은 모두 그 집에서 일을 했습니다.

〈1937년 7월 11일 일요일 曇天氣〉(6월 4일)
오늘은 해영이의 집과 곽경복이라는 숙부 집이 밭을 갈았기 때문에 아버지는 아저씨 집에 일을 하러 가셨습니다. 또 그 뒤에는 강서면 내곡리의 숙부가 오셨습니다.

〈1937년 7월 12일 월요일 曇後晴天氣〉(6월 5일)
오늘은 공영이네 집에서 일이 있었습니다. 아버지는 과로하셔서 그런지 발이 아파 주무시고 계십니다. 내곡리 숙부는 아버지 대신에 일을 하러 가셨습니다만, 곽윤학 아저씨의 마을 사람과 숙부가 싸웠습니다. 아마 술을 너무 많이 마셔서 그랬을 겁니다.

〈1937년 7월 13일 화요일 晴天氣〉(6월 6일)
오늘도 아버지는 아파서 누워 있습니다. 숙부는 어제 싸웠기 때문에 오늘은 피곤해서 일을 할 수 없었습니다. 그래서 어머니는 걱정하면서 숙부를 때린 사람에게 가서 야단을 쳤습니다.

〈1937년 7월 14일 수요일 曇後雨天氣〉(6월 7일)
오늘까지도 아버지는 아파서 누워 있습니다. 숙부까지도 일을 할 수 없어서 어머니는 요즘 매일 걱정하고 있습니다.

〈1937년 7월 15일 목요일 晴天氣〉(6월 8일)
아직까지도 아버지는 아픕니다. 숙부도 아파서 일을 하지 못합니다. 그래서 나는 학교에서 옥도징끼를 받아와서 숙부의 손에 발라주었습니다. 또 아버지 발에도 발라드렸습니다.

〈1937년 7월 16일 금요일 晴天氣〉(6월 9일)
오늘까지도 아버지 병은 낫지 않아 전동의 병원에 가셨습니다. 그래서 아버지는 며칠을 거기서 보내게 됐습니다.

〈1937년 7월 17일 토요일 晴後曇天氣〉(6월 10일)
오늘도 아버지는 병원에서 돌아오지 않았습니다. 집에서는 어머니가 몹시 걱정하고 있습니다. 숙부의 병은 이제 나은 듯합니다. 아침에 숙부는 아버지가 계신 병원에 가셨다가 저녁에 돌아오셨습니다.

〈1937년 7월 18일 일요일 曇後雨天氣〉(6월 11일)
오늘은 일요일이어서 나는 전동의 병원에 아버지 얼굴을 보러 갔습니다. 가서 보니 좀 나은 것 같았습니다. 전동 역전에서 우영 형을 만나 함께 집으로 왔습니다. 아버지는 빨리 집에 오고 싶어서 나에게 내일은 꼭 소를 데리고 누가 와 달라고 말씀하셨습니다. 우영 형은 경성의 중동이라는 이름난 학교를 다니는데, 오늘 여름방학이 되어 경성에서 왔습니다.

〈1937년 7월 19일 월요일 雨後曇天氣〉(6월 12일)
오늘은 집에서 소를 데리고 병원으로 가서 아버지를 태워 오려고 했습니다만 비가 와서 가지 않았습니다. 아버지는 더욱 걱정하셨겠지요. 숙부의 병은 이젠 완전히 나았습니다.

〈1937년 7월 20일 화요일 曇天氣〉(6월 13일)
오늘은 사촌형과 숙부가 소를 끌고 전동의 병원에 가서 아버지를 태워 오려고 두 분이서 갔습니다. 내가 학교에서 집에 돌아와 보니 아버지가 집에 돌아오셨는데 병은 많이 나았습니다. 그래서 마을사람들은 아버지가 병으로 병원에 갔다 온 것을 듣고 인사하러 많이 왔습니다. 내 마음은 정말 감사한 생각으로 가득 찼습니다.

〈1937년 7월 21일 수요일 曇天氣〉(6월 14일)
아버지의 병은 이제 조금 나았습니다. 하지만 일을 할 수는 없습니다. 또 숙부는 손 때문에 오산시장의 의사에게 갔는데 오늘 우리 집에 돌아오지 못했습니다. 오늘 낮에 우리 마을 곽우영 형의 어머니가 돌아가셔서 그 집 가족들은 몹시 슬퍼했습니다. 마을사람들도 슬펐습니다. 돌아가신 분은 곽윤성이라는 숙부의 아내입니다.

〈1937년 7월 22일 목요일 晴天氣〉(6월 15일)
아버지 병은 순조롭게 나아가고 있습니다. 숙부는 오늘 우리 집에 오지 않습니다. 이젠 숙부 집에 돌아가셨겠지요. 오늘은 어제 돌아가신 분의 집 장례식이 있어 마을사람들이 그 집에 갔습니다. 정말 너무너무 슬프겠지요.

〈1937년 7월 23일 금요일 晴天氣〉(6월 16일)
아버지가 오래 아파서 집의 일이 자연적으로 돌아가지 않습니다. 숙부는 이미 자기 집에 가서 일을 하리라 생각합니다.

〈1937년 7월 24일 토요일 晴天氣〉(6월 17일)
오늘은 아무 일도 없습니다만 아버지 병이 빨리 완치되지 않아 걱정뿐입니다. 또 나와 어머니는 매일 저녁 산에 가서 죽어서 마른 소나무 장작들을 해왔습니다.

〈1937년 7월 25일 일요일 晴天氣〉(6월 18일)
오늘은 오산시장이 열리기도 하고 면사무소에서 아픈 사람에게는 약을 준다고 해서 우리 마을에서는 사람들이 많이 갔는데 내 동생도 갔습니다. 그다지 큰 병도 아닙니다. 체증병[12]. 가서 갖가지 약을 받아와 먹었습니다. 그 시장에서 숙부를 만나 동생과 함께 왔으나 다시 자신의 집으로 돌아갔습니다. 어제는 내지에서 곽후영이라는 형이 와서 거기에 가서 놀았습니다. 그 형은 교토의 고등농림학교에 다니고 있습니다.

〈1937년 7월 26일 월요일 曇天氣〉(6월 19일)
오늘은 여동생이 아파서 나는 약국에 가서 약을 사와 먹게 했습니다. 약 이름은 1. 포룡황, 2. 웅담입니다.[13]

---

12) 원문에는 "체증病"이라고 한글, 한자로 기록한 후 글자 둘레를 반원으로 싸 다른 글자들과 구별하였다.
13) 원문에는 "1. 포룡황 2. 웅담"과 같이 한글로 기록되어 있다.

〈1937년 7월 27일 화요일 雨天氣〉
오늘까지도 여동생 병이 낫지 않아 가족들은 걱정했습니다. 그래서 나는 놀란 데 먹는 약을 받아와 먹었습니다.

〈1937년 7월 28일 수요일 晴天氣〉(6월 21일)
오늘은 내가 들에 나가 우리 집 논에 물을 댔습니다.

〈1937년 7월 29일 목요일 晴天氣〉(6월 22일)
오늘 나는 아침에는 동림 들판의 도랑 물이 잘 흘러가도록 도랑 속에 있는 갖가지 풀들을 뽑았습니다. 또 가래로 도랑을 더 깊이 팠습니다.

〈1937년 7월 30일 금요일 晴天氣〉(6월 23일)
오늘 사촌형과 나는 오산시장에 우리 집 보리를 사러 갔습니다. 15되 정도 사왔습니다. 또 여동생 먹이려고 회충약을 사와서 먹였습니다.

〈1937년 7월 31일 토요일 晴後曇後雨天氣〉(6월 24일)
오늘 소집일이어서 나는 학교에 갔습니다. 아버지와 여동생 병은 오늘까지도 완전히 낫지 않아 가족들은 요즘 무척 걱정하고 있습니다.

〈1937년 8월 1일 일요일 晴天氣〉(6월 25일)
오늘은 몹시 더워서 나는 동무들과 강에 가서 헤엄을 쳤습니다. 또 동생과 장작을 해왔습니다. 또 어머니도 장작 때문에 요즘 큰 걱정을 해서 어머니한테서도 장작을 받아 왔습니다. 아버지도 아프고 여동생도 아픈데, 장작도 없

고, 또 양식도 떨어져 힘듭니다. 그래서 오산 장날에 보리를 15되 정도 사왔습니다.

〈1937년 8월 2일 월요일 晴天氣〉(6월 26일)
오늘은 사온 보리를 발동기로 찧었습니다. 또 저녁에는 장작을 해왔습니다.

〈1937년 8월 3일 화요일 晴天氣〉(6월 27일)
오늘은 우리 집에서 밭을 가는데 나는 간식과 점심을 갖고 올라가 장작을 해왔습니다. 또 면사무소에서 우리 집이 지난해 지세를 납부하지 않았다고 해서 14전에다 벌금 5전을 합해 19전을 가지고 갔습니다. 실은 지난해 제가 드렸는데 그 고지서를 잊어버렸습니다. 저녁에도 나와 동생은 장작을 해왔습니다. 또 고기잡이를 가서 두 사발 정도 잡아왔습니다.

〈1937년 8월 4일 수요일 晴天氣〉(6월 28일)
오늘은 나는 면사무소에 볼 일이 있었고 또 오산 장날이기도 해서 갔다 왔습니다. 면사무소에 간 이유는 지세가 지난해 14전을 냈는데 그 고지서를 잊어버렸기 때문에 어제 또 29전을 면사무소에서 와서 받아 갔습니다. 그래서 나는 10전이 더 늘어난 걸 알고 갔습니다만 "지금은 그걸 확인할 책이 없으니 9월에 와주세요."라고 해서 그대로 왔습니다. 과태금이 5전.

〈1937년 8월 5일 목요일 晴天氣〉(6월 29일)
오늘은 연기군의 6촌 형 집에 가려 했으나 바깥일이 있어서 가지 못했습니다. 아침에 고기 잡으러 갔는데 세 사람이 3사발 정도 잡아 똑같이 한 사발씩 나눴습니다. 또 밀가루로 빵을

만들어 봤습니다. 또 저녁에는 장작을 해왔습니다.

〈1937년 8월 6일 금요일 晴天氣〉(7월 1일)
오늘은 아버지와 밭에 가서 배추와 무 씨를 뿌렸습니다. 그리고 어머니와 장작을 해왔습니다. 저녁에도 장작을 해 왔습니다. 어머니는 요즘 장작 해오는 일로 무척 고생하고 있습니다. 동생은 매일 풀을 베어 옵니다. 퇴비를 만들기 위해.

〈1937년 8월 7일 토요일 天氣〉(7월 2일)
오늘은 아버지가 장작을 해왔습니다. 아버지는 병 때문에 몹시 걱정했고, 아직 완전히 낫지 않았으나 요즘 장작 때문에 어려움을 당해서 아버지가 장작을 해왔습니다. 여동생 병은 이제 완전히 나았습니다. 저녁에 어머니와 나는 장작을 해왔습니다.

〈1937년 8월 8일 일요일 曇天氣〉(7월 3일)
오늘도 아버지가 장작을 해왔습니다. 또 나는 해영이에게서 배를 받아 먹었습니다. 저녁에 비가 조금 올 것 같았지만 구름만 끼었습니다.

〈1937년 8월 9일 월요일 曇後雨天氣〉(7월 4일)
오늘은 아버지가 4촌 형 집 소를 끌고 조치원 시장에 팔러 갔습니다. 팔았는지 어쨌는지는 아직 모르니 나중에 쓰겠습니다. 낮에 윤상이와 나는 곽윤신네의 참외를 2전어치 사 먹었습니다. 윤상이도 2전어치. 또 저녁에는 동생과 동림 방면에 있는 논을 보러 갔는데, 동생이 참외를 사달라고 해서 5전어치를 사서 먹었습니다.

〇 그 뒤 밤에 나는 아버지 마중을 나갔는데 아버지는 소를 팔지 못했습니다. 까쓰등[かッ 電氣]을 사왔습니다.

〈1937년 8월 10일 화요일 曇後雨天氣〉(7월 5일)
오늘 나는 소집일이어서 학교에 다녀왔습니다. 저녁에는 장작을 해왔습니다. 저녁밥을 먹으려는데 무시무시한 천둥소리가 나서 사람들은 겁을 먹었습니다. 어린 아이들은 몹시 놀랐습니다.

〈1937년 8월 11일 수요일 曇後雨天氣〉(7월 6일)
오늘 아버지가 '댕댕이 종다래기'라는 걸 만들었습니다. 또 마을 사람들이 내일이 7월 7일 칠석날이라는 명절이어서 모두 떡을 만들 준비를 했습니다. 그래서 밤에는 모두 떡을 만들어 먹었습니다.
오늘 저녁이 지나 어슴푸레해졌을 때 갑자기 큰 사람 소리가 나서 나는 깜짝 놀라 눈을 뜨고 일어나 보니 늑대가 윤상네 돼지를 물고 왔는데 사람들이 잡았습니다.

〈1937년 8월 12일 목요일 曇天氣〉(7월 7일)
오늘은 칠석날입니다. 마을사람들은 새 옷을 입고 즐겁게 놀았습니다. 아버지는 오늘 청주시장에 소를 팔러 갔다가 밤에 돌아왔기에 보니 팔지 못했습니다.

〈1937년 8월 13일 금요일 晴天氣〉(7월 8일)
오늘은 아버지가 오산시장에 소를 팔러 갔습니다. 내일은 아버지 생신이어서 집의 개를 잡았습니다. 밤에 4촌 형과 아버지를 마중하러 갔습니다만 소는 아직 팔지 못했습니다.

〈1937년 8월 14일 토요일 晴天〉(7월 9일)
오늘은 아버지 생일로 차린 것은 없지만 친척 사람들을 불러 함께 아침을 먹었습니다. 아버지는 조치원시장에 소를 팔러 갔습니다. 밤에 4촌 형과 나는 아버지 마중을 나갔는데 소는 팖.

〈1937년 8월 15일 일요일 晴天氣〉(7월 10일)
요즘 며칠 아버지가 시장을 다녀와 몹시 피곤했기 때문에 오늘은 몸이 편찮으신 것 같습니다. 동생과 나는 장작을 해왔습니다. 또 강에서 몸을 깨끗이 씻었습니다. 또 감자밭의 풀을 뽑았습니다.

〈1937년 8월 16일 월요일 晴天氣〉(7월 11일)
오늘은 아버지가 병천시장에 소를 팔러 갔습니다. 낮에는 친구와 윤상이네 집에서 장기를 두었습니다. 저녁에는 어머니와 큰어머니[14]와 나는 들판의 우리 논을 보러 갔습니다. 대체로 잘 된 것 같았습니다. 밤에 아버지가 오셔서 보니 소는 오늘도 팔지 못했습니다.

〈1937년 8월 17일 화요일 晴天氣〉(7월 12일)
오늘 아침은 담배를 사와서 아버지께 드렸습니다. 한 봉지에 18전입니다. 오늘은 조치원에서 김영수라는 동무가 해영이네 집에 와서 재미있게 놀았습니다. 그 동무는 집이 조치원에 있는 김단식이라는 사람의 아들이고, 김단식이라는 사람은 아버지와 해영이네 아버지의 손님입니다. 김단식의 아들 이름은 김영수.

14) 일본어로 "おばさん"이라 적고, 옆에 한글로 "큰어머니"라고 썼다.

〈1937년 8월 18일 수요일 晴天氣〉(7월 13일)
오늘도 김영수라는 동무와 해영이와 사이좋게 놀았습니다. 또 참외가게에 가서 참외와 수박을 사서 먹었습니다. 낮에는 공영이와 연기군의 6촌 매형이 와서 거기에도 가서 놀았습니다. 저녁밥은 공영이네 집에서 먹었습니다.

〈1937년 8월 19일 목요일 晴後曇後雨〉(7월 14일)
오늘 아침에 일찍 6촌 매형이 왔습니다. 나는 해영이와 김영수와 셋이서 김영수네 집에 갔습니다. 아버지와 해영이네 아버지도 시장에 갔습니다. 우리는 조치원에 가서 역에도 가 봤는데 군인들이 기차를 타고 가는데 사람들은 깃발을 들고 만세를 불렀습니다. 우리도 깃발을 흔들며 만세를 불렀습니다. 우리는 실컷 구경을 하고 김영수네 집에서 잤습니다. 아버지와 아저씨는 8시에 집으로 돌아갔습니다. 오후 8시경입니다.

〈1937년 8월 20일 금요일 晴天氣〉(7월 15일)
우리는 아침에 일찍 일어나 역에 나가 만세를 불렀습니다. 아침밥을 먹고는 더워서 우리는 집에 왔습니다. 몇 시간 지나면 여름방학이 끝나고 내일은 우리가 학교에 가는 날이어서 숙제한 것을 내놨습니다. 더워서 요즘은 정말 힘듭니다.

〈1937년 8월 21일 토요일 晴天氣〉(7월 16일)
오늘부터는 우리가 학교에 가므로 모두 학교에 갔습니다. 아버지는 4촌형 집의 소를 병천시장에 내다 팔러 갔습니다만, 오늘은 팔았습니다. 96원에 팔았다고 합니다.

〈1937년 8월 22일 일요일 曇後晴天〉(7월 17일)
아버지는 오늘 청주시장에 소를 사러 갔습니
다만, 오늘 돌아오시지 않았습니다.

〈1937년 8월 23일 월요일 晴天〉(7월 18일)
오늘 학교에 가서 수업이 끝나고 시장에 갔는
데, 소시장에 가서 보니 아버지가 계셔서 인
사를 드렸습니다. 어제 청주시장에서 소를 샀
는데 대금은 89원 20전이라고 합니다. 그래서
저녁에는 아버지와 함께 돌아왔습니다.

〈1937년 8월 24일 화요일 曇後雨天〉(7월 19일)
오늘은 아버지가 조치원시장에 가려 했으나
비가 내려서 가지 못했습니다. 그래서 밭의 풀
을 모두 뽑았습니다.

〈1937년 8월 25일 수요일 雨後曇天〉(7월 20일)
오늘도 아버지는 밭의 풀을 맸습니다. 또 장작
도 해왔습니다.
나는 요즘 학교에 다니고 있습니다. 동생은 매
일 풀과 장작을 해왔습니다.

〈1937년 8월 26일 목요일 雨天〉(7월 21일)
오늘은 저녁에 동생이 소 풀을 먹였습니다. 나
는 학교에서 돌아와 소에게 먹일 풀을 베어 왔
습니다. 아버지는 장작을 해왔습니다.

〈1937년 8월 27일 금요일 晴天〉(7월 22일)
오늘은 아버지가 소를 팔러 갔습니다. 청주시
장에 갔는데 밤에 돌아오셨기에 보니 소는 팔
지 못했습니다.

〈1937년 8월 28일 토요일 晴天〉

오늘은 아버지가 오산시장에 소를 팔러 갔는
데 밤에 돌아오셔서 봤더니 소를 팔지 못했습
니다.

〈1937년 8월 29일 일요일 曇天〉(7월 24일)
오늘은 아버지가 조치원시장에 소를 팔러 갔
습니다. 낮에는 동생과 고기를 잡으러 갔습니
다. 밤에 나는 아버지 마중을 갔는데, 소는 오
늘도 아직 팔지 못했습니다.

〈1937년 8월 30일 월요일 曇天氣〉(7월 25일)
오늘은 아버지가 장작을 해왔고 또 소에게 먹
일 풀을 베어 왔습니다.

〈1937년 8월 31일 화요일 曇天氣〉(7월 26일)
오늘은 아버지가 소를 팔러 병천시장에 갔는
데, 밤에 돌아오셨기에 보니 소를 팔지 못했습
니다.

〈1937년 9월 1일 수요일 曇天氣〉(7월 27일)
오늘은 아버지가 소를 팔러 청주시장에 갔습
니다만, 밤에 오셔서 봤더니 오늘은 팔았습니
다. 89원 20전짜리 소를 85원에 팔았습니다.

〈1937년 9월 2일 목요일 曇天氣〉(7월 28일)
오늘도 아버지가 오산 시장에 소를 사러 갔습
니다만 소는 사지 못했습니다. 저녁에는 어머
니와 함께 들에 나갔습니다. 우리 집 논에 가
서 보니 좀 좋지 않은 곳도 있었지만 대체로
잘 됐습니다.

〈1937년 9월 3일 금요일 晴天氣〉(7월 29일)
오늘도 아버지는 소를 사러 조치원 시장에 갔

는데 밤에 돌아오셨기에 보니 소를 사왔습니다. 대금은 95원이라고 합니다.

〈1937년 9월 4일 토요일 晴天氣〉(7월 30일)
오늘은 면사무소에 볏짚 두 단을 갖고 오라고 해서 우리 집에서도 아버지가 볏짚을 갖고 면사무소에 가서 바쳤습니다. 이유는, 지나사변(중일전쟁)이 일어나 말 먹이가 없다며 그 볏짚을 먹이려고 하기 때문입니다. 동생은 오늘 사방공사에 가서 잔디를 심는 일을 해서 19전을 주었습니다.

〈1937년 9월 5일 일요일 雨後曇天氣〉(8월 1일)
오늘은 아버지가 병천시장에 소를 팔러 가려 했으나 아침에 비가 내려 갈 수 없었습니다. 그래서 아버지는 저녁에는 장작도 하고 소 풀을 베기도 했습니다.

〈1937년 9월 6일 월요일 曇後雨天〉(8월 2일)
오늘은 아버지가 소를 팔러 청주시장에 갔습니다. 밤에 돌아와서 봤더니 소를 팔지 못했습니다. 동생은 오늘도 사방공사에 가서 일했는데 비가 내려서 30분 정도 했는데 5전어치를 했습니다.

〈1937년 9월 7일 화요일 曇後雨天氣〉(8월 3일)
오늘도 아버지는 소를 팔러 오산시장에 갔습니다. 가는 도중에 비가 내려서 발길을 돌려 그대로 집으로 돌아왔습니다. 동생은 오늘도 (사방공사)를 갔는데 비가 내려서 8전어치만 했습니다.

〈1937년 9월 8일 수요일 曇天氣〉(8월 4일)

오늘은 아버지가 소를 팔러 조치원시장에 갔습니다. 밤에 돌아와서 보니 소를 오늘은 팔았습니다. 값은 95원짜리를 100원에 팔았습니다. 나는 학교에서 집에 돌아왔고 내일은 우리 집 청소[15]를 하기로 해서 책상과 짐들을 바깥에 내놓았습니다. 동생은 오늘도 사방공사에 갔는데 12전어치를 했습니다.

〈1937년 9월 9일 목요일 晴天氣〉(8월 5일)
오늘은 우리 집에서 청소를 하는 날이니까 아버지는 아침부터 열심히 했겠지요. 날씨도 화창해 좋았습니다. 동생은 오늘도 사방공사에 가서 일했는데 16전어치를 했습니다.

〈1937년 9월 10일 금요일 曇天氣〉(8월 6일)
오늘은 아버지가 병천시장에 소를 사러 갔습니다만, 밤에 돌아와서 봤더니 소는 사오지 못했습니다. 동생은 오늘도 사방공사에 가서 17전어치 일을 했습니다. 모두 합해 보니 77전이었습니다.

〈1937년 9월 11일 토요일 晴天氣〉(8월 7일)
오늘은 아버지가 소를 사러 청주시장에 갔습니다. 어머니는 학교에서 학부형회의를 하고 왔습니다. 아버지는 오늘 집에 돌아오지 않습니다.

〈1937년 9월 12일 일요일 晴天氣〉(8월 8일)
오늘은 나는 사방공사에 가서 일을 했는데 34

---

15) 원문에는 "淸潔"이라고 적고 오른쪽에 한글로 "맥질"이라고 기록되어 있다. '맥질'은 벽에 매흙을 바르는 일을 일컫는 말이다.

전어치를 했습니다.

저녁에 아버지가 오셨습니다. 보니 소를 사왔습니다. 오늘은 오산 장날입니다. 소는 청주시장에서 샀다고 합니다. 값은 89원이라 합니다.

〈1937년 9월 13일 월요일 **晴天氣**〉(8월 9일)

오늘은 아버지가 소를 팔러 조치원시장에 가셨습니다. 오늘은 우리 금계리 '기간제' 날이어서 면 직원들도 와서 간교장에서 제사를 지냈습니다. 밤에 아버지가 돌아왔는데 보니 소는 팔았습니다. 값은 89원짜리 소를 91원에 팔았습니다.

〈1937년 9월 14일 화요일 **晴天氣**〉(8월 10일)

오늘은 동림의 어느 산에 우리 마을사람들이 장작을 하러 갔는데[16], 아버지도 거기에 가서 일을 했습니다. 요즘은 장작이 없어서 어머니가 했습니다. 오늘도 어머니가 장작을 했습니다. 이걸 보니 눈에서 눈물이 납니다.

〈1937년 9월 15일 수요일 **晴天氣**〉(8월 11일)

아버지가 소를 사러 병천시장에 갔습니다만 밤에 돌아와서 봤더니 소를 사왔습니다. 값은 92원에 샀다고 합니다.

〈1937년 9월 16일 목요일 **晴天**〉(8월 12일)

아버지가 동림의 산에 장작을 하는[17] 사람을

사와서는 청주시장에 소를 팔러 갔습니다. 밤에 돌아왔기에 보니 소는 팔지 못했습니다.

〈1937년 9월 17일 금요일 **晴天氣**〉(8월 13일)

오늘은 실은 오산시장인데 특별히 조치원 시의 날이기 때문에 아버지는 소를 팔러 조치원시장에 갔습니다. 밤에 돌아왔기에 보니 소는 팔았습니다. 값은 92원짜리 소를 95원에 팔았습니다.

또 동생은 오산시장에 가서 고무신을 사 왔는데 내가 사주었습니다. 나도 운동화를 샀습니다. 처의 고무신을 샀습니다.

〈1937년 9월 18일 토요일 **晴天**〉(8월 14일)

오늘은 아버지가 시장에 갔습니다. 내일은 추석이어서 어느 마을 사람들이나 모두 떡을 만들거나 여러 가지 음식을 만들었습니다. 우리집에서는 아무것도 만들지 않습니다. 다만 아버지가 논에 가서 벼를 베어 왔을 뿐입니다. 올해 처음 벼를 베어 온 날입니다.

〈1937년 9월 19일 일요일 **晴天氣**〉(8월 15일)

오늘은 추석이고 우리 조선 사람들 명절이어서 제사를 지냈습니다. 또 새 옷을 입고 새 음식을 먹었습니다.

〈1937년 9월 20일 월요일 **曇後晴天氣**〉(8월 16일)

오늘은 아버지가 5촌 아저씨와 금이[18]라는 곳에 가서 사주를 써왔습니다. 보니 경신 11월 10일 해시로 돼 있었습니다.

---

16) 원문에는 "皆取"라고 적은 다음 오른쪽 옆에 한글로 "발매"라고 적혀 있다. '발매'란 산의 나무를 한목 베어내는 일을 일컫는 말이다.

17) 원문에는 "たきぎ" 옆에 한글로 "발매"라고 적혀 있다.

---

18) 원문에 한글로 기록되어 있다.

〈1937년 9월 21일 화요일 晴後曇天〉(8월 17일)
오늘은 아버지가 소를 사러 청주시장에 갔습니다. 밤에 돌아왔기에 보니 소를 사왔습니다. 값은 93원이라고 하셨습니다.

〈1937년 9월 22일 수요일 晴天〉(8월 18일)
오늘도 아버지가 벼를 베러 갔습니다. 이번이 두 번째입니다. 저녁에는 아버지가 소에게 먹일 풀을 베러 갔고 동생은 소에게 풀을 먹였습니다.

〈1937년 9월 23일 목요일 晴天氣〉(8월 19일)
오늘은 아버지가 소를 팔러 조치원시장에 갔습니다. 또 오늘은 추계 황령제 날이고 또 보국식을 올리는 날이어서 학교에는 가지 않습니다. 그래서 나라를 위해 돈을 30전씩 내게 돼 있어서 나는 사방공사에 가서 일을 했습니다. 마을사람이 모두 가서 일을 했습니다. 그리고 표를 보니 28전어치를 했습니다. 2전을 더 내서 30전을 나라를 위해 냈습니다. 밤에 아버지가 왔기에 보니 소를 팔지 않았습니다.

〈1937년 9월 24일 금요일 晴天氣〉(8월 20일)
오늘은 아버지가 동림의 산에 장작을 하러 갔습니다.[19] 또 어머니는 도토리를 주우러 갔는데 2되 정도 주워 왔습니다. 또 동생은 소에게 풀을 먹였습니다.

〈1937년 9월 25일 토요일 晴天氣〉(8월 21일)
오늘 아버지는 동림 방면에 있는 산에 장작을 하러 갔습니다.[20]
동생은 오늘도 소 풀을 먹였습니다. 어머니도 오늘 도토리를 주우러 갔습니다.

〈1937년 9월 26일 일요일 雨後曇天〉(8월 22일)
오늘은 아버지가 시장에 가려고 했는데 비가 와서 가지 않았습니다.
나는 저녁에 밤을 주우러 갔는데, 산에 가서 주웠는데 두 사발 정도 주워 왔습니다. 또 소에게 먹일 풀을 베었습니다.

〈1937년 9월 27일 월요일 晴天氣〉(8월 23일)
오늘은 아버지가 논에서 벼를 베어 왔습니다. 또 장작도 해왔습니다. 또 동생은 소에게 풀을 먹여 왔습니다.

〈1937년 9월 28일 화요일 晴天氣〉(8월 24일)
오늘은 아버지가 소를 팔러 조치원시장에 갔습니다. 밤에 돌아왔기에 봤더니 팔지 못했습니다.

〈1937년 9월 29일 수요일 晴天氣〉(8월 25일)
오늘은 아버지가 장작을 해왔습니다. 또 동생은 소에게 풀을 먹였습니다. 내일은 운동회여서 우리 집에서는 떡을 만들었습니다.

〈1937년 9월 30일 목요일 晴天氣〉(8월 26일)
오늘은 우리 옥산학교 운동회날입니다. 아침 일찍 학교에 가서 보니 만국기가 바람에 펄럭이고 있었습니다. 나는 100미터 달리기에서 2등을 했습니다. 그리고 점수를 보니 백군은

---

19) 역시 원문에는 "발매"라고 부기되어 있다.

20) "발매"라고 부기되어 있다.

45점이고 홍군은 35점이어서 백군이 우승기를 받았습니다. 나도 백군이었습니다.

〈1937년 10월 1일 금요일 晴天氣〉(8월 27일)
오늘은 아버지가 소를 팔러 청주시장에 갔습니다. 또 나는 강서면 내곡리에 있는 외삼촌 숙부를 데리고 와서 우리 집 일을 해달라고 하기 위해 갔는데 숙부는 이미 다른 집에 가서 올 수 없었습니다. 그래서 나는 청주 제일공립보통의 대운동회를 봤는데 정말 잘 했습니다. 오늘은 어제 운동회를 했기 때문에 우리 학교는 쉬었습니다. 밤에 아버지는 돌아오지 않았습니다.

〈1937년 10월 2일 토요일 晴天氣〉(8월 28일)
오늘 학교에 가서 공부를 하고 시장에 가서 보니 아버지가 계셨습니다. 소는 어제 팔았다고 하셨습니다. 값은 93원짜리 소를 100원에 팔았다고 하셨습니다. 하지만 오산시장에서 소를 사진 않았습니다.
또 오늘은 오산시장에서 4촌 누나 결혼식에 쓸 옷감을 많이 사왔습니다.

〈1937년 10월 3일 일요일 晴天氣〉(8월 29일)
오늘은 아버지가 소를 사러 조치원시장에 갔습니다. 4촌 누나 결혼 길[21]이라는 것을 써가지고 갔습니다. 밤에 아버지가 돌아왔는데, 보니까 소를 사오지 않았습니다.

〈1937년 10월 4일 월요일 晴天氣〉(9월 1일)
오늘도 아버지는 병천시장에 소를 사러 갔습니다. 밤에 돌아왔기에 보니 그대로 왔습니다. 물어 보니 오늘 소를 사서 오늘 팔았다고 하십니다. 값은 85원짜리 소를 90원에 팔았다고 하십니다.

〈1937년 10월 5일 화요일 晴天氣〉(9월 2일)
오늘도 아버지는 소를 사러 청주시장에 갔습니다만 밤에 돌아왔기에 보니 소를 오늘도 사지 못했습니다.

〈1937년 10월 6일 수요일 晴天氣〉(9월 3일)
오늘은 우리 집에서 지은 논의 벼를 다픔[22]이라는 걸 하러 왔는데 동림 들판의 7두락인데, 늑 섬 열여덜 말[23]을 내게 됐습니다. 오늘은 아버지는 시장에 가지 않았습니다. 어머니는 강서면 내곡리 숙부를 데려 오려고 갔습니다만 오늘은 오지 않습니다.

〈1937년 10월 7일 목요일 晴天氣〉(9월 4일)
오늘은 아버지가 소를 사러 조치원시장에 갔습니다만, 밤에 돌아왔기에 보니 소는 사지 못했습니다. 다만 4촌 누나 결혼을 위한 옷 준비용 옷감만 사왔습니다. 결혼은 이번 달 27일에 하려고 지금 생각하고 있는 모양입니다. 어머니는 오늘 오셨습니다만 숙부는 내일 온다고 합니다.

〈1937년 10월 8일 금요일 晴天氣〉(9월 5일)

---

21) "길"은 한글로 기록되어 있다.

22) 원문에 한글로 기록되어 있고, 각 글자 옆에 ‘’ 표시가 되어있다. 아마도 소작료를 나눈다는 뜻으로 打分(だぶん)을 한글로 표기한 것이 아닌가 추정된다.

23) 원문에 한글로 기록되어 있다.

오늘 아침에 강서면 내곡리에서 숙부가 왔습니다. 그래서 오늘부터 숙부는 매일 일을 하게 됩니다.

⟨1937년 10월 9일 토요일 晴天氣⟩ (9월 6일)
오늘도 아버지는 소를 사러 병천시장에 가셨습니다만, 나중에 밤에 왔기에 보니 소는 사지 못했습니다.

⟨1937년 10월 10일 일요일 晴天氣⟩ (9월 7일)
오늘도 아버지는 소를 사러 청주시장에 갔습니다. 밤에 돌아오셨기에 봤더니 소를 사왔습니다. 값은 96원에 샀다고 합니다.

⟨1937년 10월 11일 월요일 晴天⟩ (9월 8일)
오늘은 숙부가 이웃집 일을 하러 갔고 아버지는 벼를 베어 와서 기계로 때려 털었습니다.

⟨1937년 10월 12일 화요일 晴天氣⟩ (9월 9일)
아버지는 오늘 조치원시장에 소를 팔러 갔습니다만, 나중에 오셨기에 보니 소는 팔았습니다만 또 새 소를 사왔습니다. 판 소의 값은 96원짜리를 98원에 팔았습니다. 사온 소의 값은 87원 50전에 사왔다고 하셨습니다.

⟨1937년 10월 13일 수요일 晴天氣⟩ (9월 10일)
오늘도 숙부는 이웃집 벼 베기를 하러 갔습니다.

⟨1937년 10월 14일 목요일 晴天氣⟩ (9월 11일)
오늘 우리 집에서 벼 베기를 했는데 동림 들판의 7두락 논은 모두 했습니다. 아직 베지 못한 벼 8두락이 남았습니다. 아버지는 오늘도 병천시장에 소를 팔러 갔습니다만 밤에 오셨기에 보니 소를 팔지 못했습니다.

⟨1937년 10월 15일 금요일 晴天氣⟩ (9월 12일)
오늘도 아버지는 청주시장에 소를 팔러 갔습니다만, 나중에 밤에 보니 소를 팔지 못했습니다.

⟨1937년 10월 16일 토요일 雨後曇天氣⟩ (9월 13일)
오늘은 아버지와 숙부가 밭에 있는 콩(대두)과 조 등을 따왔습니다.

⟨1937년 10월 17일 일요일 晴天氣⟩ (9월 14일)
오늘은 아버지가 소를 팔러 조치원시장에 갔습니다. 나중에 돌아오셨기에 보니 소는 팔지 못했습니다.

⟨1937년 10월 18일 월요일 晴天氣⟩ (9월 15일)
오늘은 우리 집에서 남은 논 벼 베기를 했습니다. 8두락 모두 베었습니다. 오늘로 우리 집은 벼 베기가 모두 끝났습니다.

⟨1937년 10월 19일 화요일 晴天氣⟩ (9월 16일)
오늘은 나는 소풍을 갔습니다만, 우리 면에서 가장 높은 동림산에 올랐는데 경치가 좋았습니다. 갔다 와서 숙부와 함께 벼 말린 것을 다발로 모두 묶었습니다. 7두락 논인데 대강 8백 다발이었습니다. 도지[24]는 네 섬[25] 열여덟 말입니다.

---

24) 도조(賭租), 즉 남의 논밭을 빌려 농사를 짓는 대가로 내는 곡식을 이르는 말이다.
25) 원문에는 "도지"와 "섬"이 한글로 기록되어 있다.

〈1937년 10월 20일 수요일 晴天氣〉(9월 17일)
숙부는 이웃 집 일을 하러 갔고 아버지는 소를
팔러 청주시장에 갔습니다. 나중에 밤에 돌아
왔기에 보니 소를 팔지 못했습니다. 음력으로
이번 달 27일에 4촌 누나 결혼식이 있어서 요
즘 여러 준비를 하느라 바쁩니다.

〈1937년 10월 21일 목요일 晴天氣〉(9월 18일)
오늘은 아버지가 해영이네 집 일을 하러 갔고
숙부는 곽한복이라는 아저씨 집 일을 하러 갔
습니다. 나는 학교에서 돌아와 논에 가서 볏
단을 쌓았습니다. 또 소에게 풀을 먹였습니다.
동생은 요즘 매일 여동생을 업어 주거나 장작
을 해옵니다.

〈1937년 10월 22일 금요일 晴天氣〉(9월 19일)
오늘 아버지가 소를 팔러, 그리고 또 4촌 누나
결혼식에 필요한 물건을 사러 갔습니다. 나중
에 밤에 돌아오셨기에 보니 소를 팔지 못했고
여러 가지 물건을 많이 사왔습니다.

〈1937년 10월 23일 토요일 晴天氣〉(9월 20일)
오늘은 아버지와 숙부가 우리 집 밭에 가서 보
리 씨앗을 뿌렸습니다. 또 동생은 소에게 풀을
먹였습니다.

〈1937년 10월 24일 일요일 晴天氣〉(9월 21일)
오늘은 일요일이어서 학교에 가지 않습니다.
그래서 아버지와 숙부와 동생과 나는 밭에 가
서 보리를 뿌렸습니다.

〈1937년 10월 25일 월요일 晴天〉(9월 22일)
오늘 아버지와 숙부가 청주시장에 가서 4촌

누나의 농을 사왔습니다. 또 좋은 체경을 사왔
습니다. 농은 11원이라고 하셨습니다. 우리 집
에도 체경을 사왔습니다. 그 가격이 2원 60전
이라고 합니다.

〈1937년 10월 26일 화요일 晴天氣〉(9월 23일)
오늘은 아버지와 숙부와 4촌 형이 우리 집 논
벼를 모두 옮겨왔습니다.

〈1937년 10월 27일 수요일 晴天氣〉(9월 24일)
오늘 시장에서, 아버지와 4촌 형, 숙부가 조치
원에 가서 여러 물품을 사왔습니다.

〈1937년 10월 28일 목요일 雨天氣〉(9월 25일)
오늘은 4촌 형 집에서 떡을 만들었는데, 그것
은 4촌 누나 결혼식을 위한 것입니다. 오늘은
비가 내려서 좀 힘들었습니다.

〈1937년 10월 29일 금요일 雨天氣〉(9월 26일)
오늘도 갖가지 준비를 위해,
1. 고기. 소머리였습니다.
2. 국수[26]를 가지고 청주에 두 사람이 갔습니
   다.
3. 술
4. 기름 떡
비가 내려 몹시 힘들었습니다. 밤에 나갔더니
비가 그치고 하늘은 구름이 한 점도 없이 별이
가득 나와 있었습니다. 밤에도 여러 가지로 바
빴고 여자들은 바쁘게 일을 했습니다. 그것은
모두 아주머니들.

---

26) 한글로 기록되어 있다.

〈1937년 10월 30일 토요일 晴天氣〉(9월 27일)

오늘은 오전에 모두 일찍 일어나 일을 했습니다. 나는 오늘 학교에 가서 선생님에게 말씀을 드리고 조퇴를 했습니다. 오전 11시께에는 신랑이 도착했습니다. 오늘 집안 사람들이 모두 기뻐하며 날을 보냈습니다. 신랑은 19살인데, 키가 아주 컸습니다. 누나는 17살인데 키는 작습니다.

〈1937년 10월 31일 일요일 晴天氣〉(9월 28일)

오늘은 아침 일찍 출발했습니다. 출발할 때 가족 사람들 모두 눈물을 엄청 흘렸습니다. 누나의 눈에도 눈물이 가득했습니다. 나도 눈물을 뚝뚝 흘렸습니다. 가서 부자가 되어 잘 산다면 좋겠다고 생각하며 모두가 기뻐해 주었습니다. 하지만 눈에서 눈물이 그치지 않았습니다. 슬퍼요.

〈1937년 11월 1일 월요일 晴天氣〉(9월 29일)

오늘은 4촌 형이 4촌 누나 집에 가서 신랑을 자양에 데리고 왔습니다.

〈1937년 11월 2일 화요일 晴天氣〉(9월 30일)

오늘은 4촌 매형이 집에 가려고 하는 것을 가지 말라고 해도 가겠다고 하는 통에 어쩔 수 없이 가게 되어 갔습니다. 숙부는 이웃집에 벼 타작 일을 하러 갔습니다.

〈1937년 11월 3일 수요일 晴天氣〉(10월 1일)

오늘은 숙부가 이웃집에 벼 타작을 하러 갔고 아버지는 그 전에 비에 맞아 젖어버린 볏단을 말리려고 늘어 놓았습니다. 오늘 아침 6촌 형이 아이를 낳았습니다. 점영이의 아이. 남자아이를 낳았습니다. 그 형은 지금 경성에 계십니다.

〈1937년 11월 4일 목요일 晴天氣〉(10월 2일)

오늘은 아버지가 무슨 볼일이 있어 청주 시장에 가셨다가 밤에 돌아오셨습니다. 숙부는 소를 끌고 볏단을 운반했습니다.

〈1937년 11월 5일 금요일 晴天氣〉(10월 3일)

오늘은 숙부가 이웃집 일을 하러 가셨습니다. 아버지는 볏단 운반을 했습니다. 어머니는 오산시장에 가셔서 기름을 짜가지고 오셨습니다.

〈1937년 11월 6일 토요일 晴天氣〉(10월 4일)

오늘은 아버지가 소를 끌고 볏단을 집으로 옮겼습니다. 숙부는 이웃집 벼 타작을 하러 갔습니다. 내일은 우리 집에서도 벼 타작을 한다고 합니다.

〈1937년 11월 7일 일요일 晴天氣〉(10월 5일)

오늘은 우리 집에서 벼 타작을 하는데, 나는 오늘 바로 일요일이어서 열심히 이를 거들어 주었습니다. 7두락인데 8석이 나왔습니다. 도지는 5석입니다.

〈1937년 11월 8일 월요일 曇天氣〉(10월 6일)

오늘부터 우리 곽씨 집안 사람들 시제가 시작되어 이달 12~3일까지는 제사가 끝이 납니다. 오늘은 우리 집안사람, 우리 파, 곡수[27] 집

---

27) 원문에는 "집안사람, 우리 파, 곡수"라고 한글로 기록되어 있다.

에서 하는 시제 날이어서 아버지와 동생, 아저씨들, 몇 촌 형들은 모두 가서 제사를 지냈을 것입니다. (현비 태인문화유씨 신위)
우리는 학교에 가야 하기 때문에 제사에는 갈 수 없었습니다.(작은 초추 조모[28] 제삿날)

〈1937년 11월 9일 화요일 晴天氣〉(10월 7일)
오늘 아버지는 가마니를 사러 조치원시장에 가셨습니다. 밤에 돌아왔기에 보니 20장을 사왔습니다. 1장 값이 10전이라고 하셨으니 20장이면 2원입니다. 숙부는 집에서 일을 했습니다.

〈1937년 11월 10일 수요일 晴天〉(10월 8일)
오늘 4촌 형 집에서 벼 타작을 해서 아버지와 숙부는 그 일을 했습니다.

〈1937년 11월 11일 목요일 晴天氣〉(10월 9일)
오늘은 우리 집에서 벼 타작을 했습니다. 8두락인데 10석이 나왔습니다.
도지는 7석입니다.

〈1937년 11월 12일 금요일 晴天氣〉(10월 10일)
오늘은 아버지가 4촌 형 집 일을 해주었습니다. 숙부는 공영이네 집 일을 해주러 갔습니다.

〈1937년 11월 13일 토요일 晴天氣〉(10월 11일)
오늘은 아버지와 숙부가 4촌 형 집 일을 해주었습니다.

〈1937년 11월 14일 일요일 晴天〉(10월 12일)
오늘 해영이네 집에서 조상 제사를 올리는 날인데, 마침 일요일이어서 나는 제사 지내러 갔습니다.

〈1937년 11월 15일 월요일 晴天氣〉(10월 13일)
오늘은 아버지와 숙부와 동생이 오송(고마쓰)에 도지[29]를 내러 갔습니다. 7석입니다. 토지 주인은 승부[30].

〈1937년 11월 16일 화요일 晴天氣〉(10월 14일)
오늘은 아버지가 오송에 무슨 일이 있어서 가셨습니다. 숙부는 자기 집에 가보고 싶다며 오늘 갔습니다.

〈1937년 11월 17일 수요일 晴天氣〉(10월 15일)
오늘 아버지는 4촌 형 집 초가지붕 이는 일을 해주었습니다. 숙부는 어제 자기 집에 갔다가 오늘 또 오셨습니다.

〈1937년 11월 18일 목요일 晴天氣〉(10월 16일)
오늘 아버지와 숙부는 이웅마람[용마름][31]을 엮었습니다

〈1937년 11월 19일 금요일 曇後雨天〉(10월 17일)
오늘 우리 집을 해 일라고 하엿섯는데[32] 비가 와서 하지 못했습니다. 또 밤에는 요왕[용왕]

---

28) 원문에는 한글로 "자근초추조모"라고 기록되어 있다.

29) '도지'는 한글로 기록되어 있다.
30) 원문에는 "土地主人, 승부"라고 기록되어 있다.
31) 원문에는 "이웅마람"이라고 한글로 기록되어 있다.
32) 원문에는 "집을 해일라고 하엿섯는데"라고 한글로 기록되어 있다.

을 위할야고 떡을 해였습니다.[33]

〈1937년 11월 20일 토요일 晴天氣〉(10월 18일)
오늘 우리 집에서 어제 만들어둔 짚 이엉으로
지붕을 덮으려 했다가 비가 내려서 중단했는
데, 오늘 그 일을 했습니다.
집엉 해엿다는 것.[34]

〈1937년 11월 21일 일요일 雨後曇天氣〉
(10월 19일)
오늘은 비가 내려서 아무 일도 할 수 없어서
아무 일도 없었습니다. 하지만 숙부는 짚으로
새끼를 꼬았습니다. 아버지는 원영이네 조상
제삿날이어서 거기에 가서 조상 제사를 올렸
습니다.

〈1937년 11월 22일 월요일 晴天氣〉(10월 20일)
오늘은 아버지와 숙부가 집 주변 담을 짚으로
덮었습니다. 그밖에도 많은 일을 했습니다.

〈1937년 11월 23일 화요일 曇天氣〉(10월 21일)
오늘도 아버지와 숙부는 담 손질을 했습니다.
나는 오늘 신상제(新嘗祭)[35]여서 학교에는 가
지 않고 집에서 국기를 내걸고 축하했습니
다.[36]

〈1937년 11월 24일 수요일 雲天氣〉(10월 22일)
아버지는 4촌 형과 청주에 도지를 내러 갔습
니다. 숙부는 해영이네 집 일을 해주러 갔습니
다.

〈1937년 11월 25일 목요일 曇天氣〉(10월 23일)
오늘은 아버지와 숙부가 청주에 도지를 갖고
갔습니다만, 오늘 집에 돌아오시지 않았습니
다. 강서면 내곡리에서 큰 숙부가 오셨습니다.

〈1937년 11월 26일 금요일 晴天〉(10월 24일)
오늘 아침에 큰 숙부가 돌아가셨습니다. 오늘
도 아버지는 집에 돌아오시지 않았습니다.

〈1937년 11월 27일 토요일 晴天〉(10월 25일)
오늘은 숙부가 이웃집에 일을 하러 갔습니다.
아버지는 저녁에 오셨습니다. 청주에서. 오늘
은 음력으로 10월 무오일로 축일이라고 해서
집집마다 떡을 만들어 먹었습니다. 또 암탉[37]
으로 하는 집도 있었습니다. 우리 집은 아무것
도 하지 않았습니다.

〈1937년 11월 28일 일요일 晴天氣〉(10월 26일)
오늘은 아버지와 숙부가 할아버지 집 일을 하
러 갔습니다.

〈1937년 11월 29일 월요일 晴天氣〉(10월 27일)
오늘은 아버지와 숙부가 4촌 형과 셋이서 초
가을에 금성에 해둔 장작을 갖고 왔습니다.

33) 원문에는 "요왕을 위할야고 떡을 해엿습니다."라고
　　한글로 기록되어 있다.
34) 원문에 한글로 기록되어 있는 그대로이다.
35) 신상제(神嘗祭, にいなめさい)는 일본 천황이 11월
　　23일에 거행하는 궁중행사이다. 추수감사의 의미
　　를 담고 있는 행사로, 햅쌀로 빚은 술과 그 밖의 음
　　식을 이세신궁에 바친다.
36) 이 날 일기를 기록하고 남은 지면에는 앞서 "神武
　　天皇祭" 때와 같은 그림(4월 3일 자 일기 참조)이

그려져 있고, 그림 아래는 "新嘗祭"라고 기록되어
있다.
37) 원문에는 "암탁"이라고 한글로 기록되어 있다.

〈1937년 11월 30일 화요일 曇後雨天〉(10월 28일)
내일은 숙부가 집으로 돌아가신다고 해서 우리 집에서는 떡을 했습니다.

〈1937년 12월 1일 수요일 曇後雨天氣〉
(10월 29일)
오늘은 숙부가 자기 집으로 돌아가셨습니다. 옷과 돈 11원을 주었습니다. 아버지는 조치원 시장에 가셨습니다. 또 내일은 저 건너 6촌 누나가 근친을 온다고 해서 나는 오산 시장에 가서 여러 가지 고기를 사 왔습니다. 그것은 숙부가 사서 나에게 가져와 달라고 하셨는데 올 때 비를 만나서 몹시 힘들었습니다. 우산도 없이.

〈1937년 12월 2일 목요일 雪天氣〉(10월 30일)
오늘은 눈이 많이 쌓였습니다. 오늘은 연기군의 6촌 누나가 왔습니다. 3년 전에 보고 오늘 처음 보는 누나를 봤습니다. 숙부는 또 오늘 우리 집에 왔습니다.

〈1937년 12월 3일 금요일 晴天氣〉(11월 1일)
아무 일도 없었습니다.

〈1937년 12월 4일 토요일 曇後雪天〉(11월 2일)
오늘도 아무 일도 없었습니다만, 공영이네서 파종계를 했습니다.[38]

〈1937년 12월 5일 일요일 晴天氣〉(11월 3일)
아무 일도 없었으나, 숙부가 오산시장에 갔습니다. 나도 가서 만년필을 샀습니다.

〈1937년 12월 6일 월요일 晴天氣〉(11월 4일)
오늘 아버지는 무슨 일이 있어 조치원시장에 갔다가 밤에 돌아왔습니다.

〈1937년 12월 7일 화요일 晴天氣〉(11월 5일)
오늘도 아버지는 조치원시장에 가서 밤에 돌아오셨습니다.

〈1937년 12월 8일 수요일 晴天氣〉(11월 6일)
오늘은 아무 일도 없었습니다.

〈1937년 12월 9일 목요일 晴天氣〉(11월 7일)
오늘은 우리 집에서 위친계를 했습니다.

〈1937년 12월 10일 금요일 晴天〉(11월 8일)
오늘은 아무 일도 없었습니다만, 어머니가 나에게 고용[39]이라는 약을 사주셔서 맛있게 먹었습니다.

〈1937년 12월 11일 토요일 雪天氣〉(11월 9일)
오늘은 아버지가 소를 팔러 조치원시장에 갔습니다. 밤에 돌아왔기에 보니 소를 팔았습니다. 값은 85원에 팔았다고 합니다. 또 내일은 내 동생 운영의 생일이어서 수북어[水北魚][40]를 사왔습니다. 오늘은 숙부는 자기 집으로 갔습니다.

〈1937년 12월 12일 일요일 晴天〉(11월 10일)
오늘 동생 생일이어서 아침에 맛있는 음식과 밥을 잘 먹었습니다.

---

38) 원문에 "파종契"라고 한글, 한자로 기록되어 있다.

39) 원문에 한글로 기록되어 있다.
40) 명태를 뜻하는 것으로 여겨진다.

낮에 숙부가 또 오셨는데, 백미 두 말을 갖고 오셨습니다.

〈1937년 12월 13일 월요일 晴天〉(11월 11일)
오늘은 슬픈 일이 있었습니다. 6촌 여동생, 도화라는 여동생이 죽었습니다. 해영이 여동생입니다. 병으로 며칠간이나 앓다가 바로 오늘 아침에 죽었습니다. 6촌. 좋지 않은 일.
또 우리 마을 윤상이 누나가 오늘 결혼하는 날이어서 양쪽 다 좋지 않은 일이었습니다.

〈1937년 12월 14일 화요일 晴天〉(11월 12일)
오늘 아버지가 소를 사러 청주시장에 가셨는데, 밤에 돌아왔기에 봤더니 소를 사지 못했습니다.

〈1937년 12월 15일 수요일 晴天氣〉(11월 13일)
오늘 아주머니 생일이어서 오늘 아침밥은 그 때문에 잘 먹었습니다. 아버지는 오늘 오산시장에 소를 사러 가셔서, 소를 샀는데 87원에 샀다고 하셨습니다.

〈1937년 12월 16일 목요일 晴天〉(11월 14일)
오늘은 아버지가 소를 팔러 가셨는데, 나중에 밤에 돌아오셨기에 보니 소를 팔았습니다. 87원짜리 소를 92원에 팔았습니다.

〈1937년 12월 17일 금요일 晴天〉(11월 15일)
오늘은 아무 일도 없었지만, 4촌 형이 아파서 약을 파오기 위해 산에 가서 으름나무넝쿨[41]

을 파왔습니다.

〈1937년 12월 18일 토요일 雪天氣〉(11월 16일)
오늘은 아무 일도 없었습니다.

〈1937년 12월 19일 일요일 晴天氣〉(11월 17일)
오늘은 아버지가 소를 사러 청주시장에 가셨습니다만, 소는 사지 못했습니다. 오늘은 준영 씨의 결혼식 날이었습니다. 내 생일은 11월 30일. 준영 씨 생일은 11월 27일. 그래서 준영이 나보다 사흘이 빨라 형뻘이 됩니다.

〈1937년 12월 20일 월요일 晴天〉(11월 18일)
오늘은 아버지가 오산시장에 무슨 볼 일이 있어서 가셨습니다.

〈1937년 12월 21일 화요일 晴〉(11월 19일)
오늘은 아버지가 조치원시장에 소를 사러 가셨는데, 나중에 밤에 오셨기에 봤더니 오늘 소를 40원에 사서 그 소를 팔았는데, 43원에 팔았습니다.

〈1937년 12월 22일 수요일 晴天〉(11월 20일)
오늘은 아무 일도 없었습니다. 밤에는 야경일이 우리 집 차례가 돼 아버지는 추운 밤에 조병학이라는 사람과 야경을 했습니다.

〈1937년 12월 23일 목요일 晴天氣〉(11월 21일)
오늘은 아버지가 병천시장에 소를 사러 가셨는데, 나중에 밤에 돌아오셨기에 봤더니 소를

---

41) 저자는 이를 한글로 "으름나무"라고 적은 다음 "나무" 오른쪽에 "넝쿨"이라고, 한글로 덧붙여 적어 두

었다.

샀는데 93원에 샀다고 하셨습니다.

〈1937년 12월 24일 금요일 雨天〉(11월 22일)
오늘은 아무 일도 없었습니다.

〈1937년 12월 25일 토요일 晴天〉(11월 23일)
오늘은 아버지가 소를 팔러 오산시장에 가셨는데 팔지 못했습니다.

〈1937년 12월 26일 일요일 晴天〉(11월 24일)
오늘은 아버지가 소를 팔러 조치원시장에 가셨습니다만, 나중에 밤에 돌아오셨기에 봤더니 소를 팔았습니다. 93원짜리 소를 91원에 팔았습니다.

〈1937년 12월 27일 월요일 晴天〉(11월 25일)
오늘은 아무 일도 없습니다.

〈1937년 12월 28일 화요일 晴天〉(11월 26일)
오늘은 아버지가 소를 사러 병천시장에 가셨는데, 나중에 밤에 돌아오셨기에 보니 소를 샀습니다. 값은 92원에 샀다고 하셨습니다.

〈1937년 12월 29일 수요일 晴天〉(11월 27일)
오늘은 아버지가 소를 팔러 청주시장에 가셨는데, 밤중까지 돌아오시지 않았습니다. 그래서 오늘은 오시지 않을 모양. 나는 오늘부터 겨울방학입니다. 아침에 아버지에게 이끌려 오산시장까지 가서 내 양말과 동생 물건, 그리고 좋은 옷감 8자 5푼, 비누, 크림 등을 아버지가 사서 내게 갖고 가라고 하셨기에 갖고 왔습니다.

〈1937년 12월 30일 목요일 晴天氣〉(11월 28일)
오늘은 오산시장 장날이어서 4촌 형이 설 제사의 제물을 사러 갔습니다. 저녁에 아버지가 오셨는데, 소를 팔았는데 어제 청주시장에서 주무시고 오셨습니다. 92원짜리 소를 94원에 팔았습니다.

〈1937년 12월 31일 금요일 晴天〉(11월 29일)
오늘은 아버지가 조치원시장에 소를 사러 가셨습니다. 나중에 밤에 돌아오셨기에 봤더니 소는 사지 못했습니다. 우리 조선도 양력을 쓰도록 돼 있어서 내일이 설인데, 갖가지 제사 준비를 했습니다. 우리 집에서는 떡을 만들었습니다.

1938년

〈1938년 1월 1일 토요일 晴天氣〉(11월 30일)
오늘은 정월 1일이어서 제사를 지냈습니다.
◎ 또 오늘이 내 생일입니다.

〈1938년 1월 2일 일요일 晴天〉(12월 1일)
오늘은 아무 일도 없습니다. 마을사람들 중엔
어른들에게 문안을 드리러 왕래하는 사람들
이 많았습니다.

〈1938년 1월 3일 월요일 晴天〉(12월 2일)
오늘은 필영이와 운영이, 그리고 내가 강내면
학천리의 4촌 누나 집에 갔습니다.

〈1938년 1월 4일 화요일 晴天氣〉(12월 3일)
오늘은 4촌 매형을 데리고 왔습니다.

〈1938년 1월 5일 수요일 晴天〉(12월 4일)
오늘은 4촌 매형과 함께 금성에 갔다 왔습니
다. 저녁에는 외삼촌도 왔습니다. 또 4촌 형의
처남도 와서 재미있게 놀았습니다.

〈1938년 1월 6일 목요일 晴天氣〉(12월 5일)
오늘은 아무 일도 없었는데, 많은 손님들과 함
께 놀았습니다.

〈1938년 1월 7일 금요일 晴天〉(12월 6일)

오늘은 많은 손님들이 집으로 돌아갔습니다
만, 나는 처가에 갈 생각으로 공영이와 청주읍
의 형 집에 가서 잤습니다.
ㅇ 청주의 형은 후처를 때리고, 오늘은 전처가
갔습니다. 하지만 또 후처를 받아들이려 합니
다.「이 간나」[1]

〈1938년 1월 8일 토요일 晴天氣〉(12월 7일)
오늘은 내가 북일면 관동리에 갔습니다. 공영
이는 가지 않았습니다.

〈1938년 1월 9일 일요일 晴天氣〉(12월 8일)
오늘은 그 곳에서 잘 놀았습니다. 떡도 만들어
주었습니다.

〈1938년 1월 10일 월요일 晴天氣〉(12월 9일)
오늘은 관동리에서 청주의 형 집으로 갔습니
다. 공영이와 함께 갔습니다.

〈1938년 1월 11일 화요일 晴天〉(12월 10일)
오늘은 청주읍에서 공영이와 집으로 왔습니
다. 아버지는 병천시장에 가셨습니다. 양력을
쇠도록 돼 있어서 설 제사도 양력으로 했고 또
조선 전체의 장날도 양력으로 서게 돼 오늘이

---

1) 원문에는 일본어로 「イカンナ」라고 적혀 있다.

음력으로 조치원 장날 다음 날이지만 특별히 양력으로 11일로 병천 장날이어서 아버지가 다녀오셨는데 소는 사지 않았습니다. 소 거래.

〈1938년 1월 12일 수요일 晴天氣〉(12월 11일)
오늘은 아버지가 소를 사러 청주시장에 가셨는데, 오늘 돌아오시지 않았습니다.

〈1938년 1월 13일 목요일 晴天〉(12월 12일)
저녁에 아버지가 집에 돌아 오셨는데 소는 사지 않았습니다. 강서면 내곡리 외삼촌 집에서 자고 왔습니다. 그래서 또 오산시장을 거쳐 왔습니다. 그 시장에서도 소는 사지 않았습니다. 내 셔츠를 사 왔습니다. 값은 95전.

〈1938년 1월 14일 금요일 晴天氣〉(12월 13일)
오늘은 아버지가 조치원시장에 가셨는데 밤에 돌아오셨습니다.

〈1938년 1월 15일 토요일 晴天〉(12월 14일)
오늘은 아무 일도 없습니다.

〈1938년 1월 16일 일요일 晴天氣〉(12월 15일)
오늘은 아버지가 소를 사러 병천시장에 가셨습니다. 나중에 밤에 돌아오셨는데 소는 사지 않았습니다.

〈1938년 1월 17일 월요일 晴天〉(12월 16일)
오늘도 아버지는 소를 사러 청주시장에 가셨습니다. 밤에 돌아오셨기에 보니 소를 샀는데, 그 값을 보니, 일금 120원에 샀습니다.

〈1938년 1월 18일 화요일 雨天〉(12월 17일)

오늘은 비가 내렸습니다. 겨울에 비가 내리다니 이상합니다. 아무 일도 없었습니다.

〈1938년 1월 19일 수요일 曇天氣〉(12월 18일)
오늘은 아버지가 조치원에 가서 소를 팔았는데, 그 값은 120원짜리를 124원에 팔았습니다. 밤에는 현조고가선대부의 제삿날이어서 가내 일가 아저씨와 형들과 함께 제사를 지냈습니다. 증조할아버지 제삿날[2].
(현조고정부인창녕성씨신위[顯祖妣貞夫人昌寧成氏神位])
(현조고가선대부부군신위[懸祖考嘉善大夫府君神位])

〈1938년 1월 20일 목요일 曇天氣〉(12월 19일)
오늘은 아버지와 아저씨들이 어제 제사 지낸 할아버지를 위한 계를 만들었습니다. 한 사람당 2원(곽한식 곽한규 곽윤경 곽윤돈 곽윤만) 합계 10원

〈1938년 1월 21일 금요일 晴天〉(12월 20일)
오늘은 아버지가 소를 사러 병천시장에 가셨습니다. 나중에 밤에 돌아오셨기에 보니 소를 사지 못했습니다.

〈1938년 1월 22일 토요일 晴天氣〉(12월 21일)
오늘도 아버지는 소를 사러 청주시장에 가셨습니다만 나중에 밤에도 돌아오시지 않았습니다. 그래서 오늘은 돌아오시지 않을 모양. 나는 지금까지 겨울방학이었으나 오늘부터 통학하게 됐습니다.

---

2) 원문에는 "증조하라버니 祭日"이라고 기록되어 있다.

〈1938년 1월 23일 일요일 曇晴天〉(12월 22일)
오늘 저녁밥을 먹을 때 아버지가 오셨습니다만, 어제 강서면 내곡리의 외삼촌 집에서 주무셨다고 합니다. 소를 사왔습니다. 오늘 오산시장을 거쳐 왔습니다. 소값은 115원이라고 하셨습니다.

〈1938년 1월 24일 월요일 晴天氣〉(12월 23일)
오늘은 아버지가 소를 팔러 조치원시장에 가셨습니다만 나중에 밤에 돌아오셨기에 보니 소는 팔지 못했습니다.

〈1938년 1월 25일 화요일 晴天〉(12월 24일)
오늘은 아무 일도 없습니다.

〈1938년 1월 26일 수요일 晴天〉(12월 25일)
오늘은 아버지가 소를 팔러 병천시장에 가셨는데, 나중에 밤에 오셨기에 보니 소를 팔았습니다. 115원짜리 소를 115원 본전 받고 팔았습니다.

〈1938년 1월 27일 목요일 晴天氣〉(12월 26일)
오늘은 아버지가 소를 사러 청주시장에 가셨습니다. 오늘 집에 돌아오시지 않았습니다.

〈1938년 1월 28일 금요일 晴天〉(12월 27일)
오늘은 아버지가 오산시장을 거쳐 왔는데 청주에서 오는 도중에 잤습니다. 청주에서는 소를 사지 못했습니다. 그래서 오늘 오산시장에서 소를 샀습니다. 110원에 샀습니다.

〈1938년 1월 29일 토요일 晴天〉(12월 28일)
오늘은 아버지가 소를 팔러 가셨는데 나중에 밤에 돌아오시지 않았습니다.

〈1938년 1월 30일 일요일 晴天氣〉(12월 29일)
오늘 아침 아버지가 조치원에서 돌아 오셨는데 소를 팔았습니다. 값은 110원짜리를 112원에 팔았습니다.

〈1938년 1월 31일 월요일 晴天〉(정월 초1일)
음력으로는 오늘이 1월1일, 큰 명절이지만 특히 양력을 쇠도록 돼 있어서 오늘 차례를 지내지 않았습니다. 아무 일도 없었습니다.

〈1938년 2월 1일 화요일 晴天氣〉(정월 2일)
오늘은 할아버지 생신일이었습니다. 집에서는 모두 음식을 만들어 주었습니다. 집안에서도 할아버지에게 밥을 지어 올렸습니다.

〈1938년 2월 2일 수요일 晴天氣〉(정월 3일)
오늘은 종조부님의 제삿날이어서 밤에 제사를 지냈습니다. 점영이네 할아버지입니다.
현비문화유씨신위[顯妣恭人文化柳氏神位]
현고통덕랑부군신위[顯考通德郞府君神位]

〈1938년 2월 3일 목요일 晴天氣〉(정월 4일)
오늘은 아버지가 소를 사러 오산시장에 가셨는데, 돌아오셨을 때 보니 소는 사지 못했습니다.

〈1938년 2월 4일 금요일 晴天〉(정월 5일)
오늘은 아무 일도 없는 것 같습니다.

〈1938년 2월 5일 토요일 晴天氣〉(정월 6일)
오늘은 아무 일도 없었습니다.

〈1938년 2월 6일 일요일 晴天氣〉(정월 7일)
오늘은 아버지가 소를 사러 병천시장에 가셨습니다. 밤에 돌아오셨기에 보니 소는 사지 못했습니다.

〈1938년 2월 7일 월요일 晴天氣〉(정월 8일)
오늘은 아버지가 소를 사러 청주시장에 가셨는데, 밤에 돌아오셨기에 보니 소를 샀습니다. 그 값은 106원이었습니다.

〈1938년 2월 8일 화요일 晴天氣〉(정월 9일)
오늘은 아무 일도 없었습니다.

〈1938년 2월 9일 수요일 晴天氣〉(정월 10일)
오늘은 아버지가 소를 팔러 조치원시장에 가셨습니다. 나중에 밤에 오셨기에 보니 소는 팜.

〈1938년 2월 10일 목요일 晴天氣〉(정월 11일)
오늘은 아무 일도 없었습니다.

〈1938년 2월 11일 금요일 晴天氣〉(정월 12일)
오늘은 아버지가 소를 사러 병천시장에 가셨는데, 나중에 밤에 보니 소를 샀는데, 그 값은 121원이라고 합니다.

〈1938년 2월 12일 토요일 晴天〉(정월 13일)
오늘은 아버지가 소를 팔러 청주시장에 가셨는데, 오늘 집에 돌아오시지 않았습니다.

〈1938년 2월 13일 일요일 晴天氣〉(정월 14일)
오늘은 음력으로 정월 14일로 기념하는 날이어서 재미있게 놀았습니다.

나중에 저녁 때 아버지가 오셨는데 소를 팔고 또 다른 소를 사왔습니다. 판 것은 121원짜리를 122원에 팔았다고 하셨습니다. 또 산 것은 120원에 샀습니다.

〈1938년 2월 14일 월요일 雪〉(정월 15일)
오늘은 음력으로 정월15일 보름으로 명절입니다. 또 밥은 오전 5시께 먹었습니다. 밤중에 눈이 30센티미터나 내려 쌓였습니다. 오늘 하루는 모두 잘 놀았습니다. 또 밤에는 작은 증조할아버지의[3] 제사를 지냈습니다.

〈1938년 2월 15일 화요일 晴天氣〉(정월 16일)
오늘은 아무 일도 없었습니다.

〈1938년 2월 16일 수요일 雨天氣〉(정월 17일)
오늘은 아무 일도 없었습니다만, 비가 내렸기 때문에 내가 학교에 가는 데 몹시 애를 먹었습니다.

〈1938년 2월 17일 목요일 晴天氣〉(정월 18일)
오늘은 아무 일도 없었습니다.

〈1938년 2월 18일 금요일 晴天氣〉(정월 19일)
오늘은 아버지가 소를 팔러 오산시장에 가셨습니다만, 나중에 돌아올 때 소를 팔았습니다. 120원짜리 소를 122원에 팔았습니다.

〈1938년 2월 19일 토요일 晴天〉(정월 20일)
오늘은 아버지가 소를 사러 조치원시장에 가셨습니다. 밤에 돌아오셨기에 보니 소를 사지

---

3) 원문에는 "자근증祖하라버지의"라고 기록되어 있다.

못했습니다.

〈1938년 2월 20일 일요일 晴天〉(정월 21일)
오늘은 아무 일도 없었습니다.

〈1938년 2월 21일 월요일 晴天氣〉(정월 22일)
오늘은 아버지가 소를 사러 병천시장에 가셨습니다. 나중에 밤에 돌아오셨기에 보니 소는 샀습니다. 값은 120원이라고 하셨습니다.

〈1938년 2월 22일 화요일 晴天氣〉(정월 23일)
오늘은 아버지가 소를 팔러 청주읍 시장에 가셨습니다만, 나중에 밤에 오셨기에 보니 소는 팔지 못했습니다.

〈1938년 2월 23일 수요일 晴天〉(정월 24일)
오늘은 아버지가 소를 끌고 가지 않은 채 오산시장에 다녀오셨습니다.

〈1938년 2월 24일 목요일 晴天氣〉(정월 25일)
오늘은 아버지가 소를 팔러 조치원시장에 가셨습니다만 나중에 밤에 오셨기에 보니 소를 팔지 못했습니다.

〈1938년 2월 25일 금요일 晴天氣〉(정월 26일)
오늘은 아무 일도 없었습니다.

〈1938년 2월 26일 토요일 晴天氣〉(정월 27일)
오늘은 아무 일도 없었습니다.

〈1938년 2월 27일 일요일 晴天氣〉(정월 28일)
오늘은 아버지가 소를 팔러 청주읍에 가셨는데, 오늘 돌아오시지 않았습니다.

〈1938년 2월 28일 월요일 晴天氣〉(정월 29일)
오늘 저녁에 아버지가 돌아 오셨는데 소는 팔았습니다. 값은 120원짜리 소를 119원에 팔았다고 하셨습니다.

〈1938년 3월 1일 화요일 晴天氣〉(정월 30일)
오늘은 아버지가 병천시장에 소를 사러 가셨는데, 나중에 밤에 돌아오셔서 보니 소는 사지 못했습니다.

〈1938년 3월 2일 수요일 晴天氣〉(2월 1일)
오늘은 아무 일도 없었습니다. 음력으로 2월 1일로, 송편 떡을 만들어 먹었습니다. 나이떡.

〈1938년 3월 3일 목요일 晴天氣〉(2월 2일)
오늘은 아버지가 오산시장에 다녀 오셨습니다.

〈1938년 3월 4일 금요일 晴天氣〉(2월 3일)
오늘은 아버지가 조치원시장에 가셨는데 밤에 돌아오셨습니다.

〈1938년 3월 5일 토요일 晴天氣〉(2월 4일)
오늘은 아무 일도 없습니다.

〈1938년 3월 6일 일요일 晴天〉(2월 5일)
오늘은 아무 일도 없습니다만, 어머니가 요즘 종기 같은 게 나서 큰 고생을 하고 있어서 나는 약 등을 받아서, 또 사 와서 붙여 드렸습니다.

〈1938년 3월 7일 월요일 晴天氣〉(2월 6일)
오늘은 아무 일도 없으나 신계의 면영이 형 여동생 결혼식이어서 나는 거기에 가서 잘 놀았습니다. 또 오늘은 장조부 제삿날이었습니다.

큰할아버지 제삿날[4].
현비공인부안임씨신위[顯妣恭人扶安林氏神位]
현고통덕랑부군신위[顯考通德郎府君神位]

〈1938년 3월 8일 화요일 晴天氣〉(2월 7일)
오늘은 아버지가 오산시장에 다녀 오셨습니다. 또 강서면 내곡리 외삼촌이 오셨습니다.

〈1938년 3월 9일 수요일 曇天氣〉(2월 8일)
오늘은 아버지가 조치원시장에 가셨는데, 오늘은 돌아오시지 않았습니다.
또 외삼촌은 오늘 집에 돌아갔습니다.

〈1938년 3월 10일 목요일 雪天氣〉(2월 9일)
오늘은 눈이 많이 쌓였습니다. 저녁에는 아버지가 조치원에서 돌아오셨는데 소를 샀습니다. 110원에 샀다고 하셨습니다.

〈1938년 3월 11일 금요일 晴天〉(2월 10일)
오늘 아버지가 소를 팔러 병천시장에 가셨습니다. 밤에 돌아오셨는데 보니 소를 팔지 못했습니다.

〈1938년 3월 12일 토요일 晴天氣〉(2월 11일)
오늘은 아버지가 소를 팔러 청주읍 시장에 가셨는데, 오늘 돌아오시지 않았습니다.

〈1938년 3월 13일 일요일 晴天氣〉(2월 12일)
오늘은 아버지가 돌아 오셨는데 오산시장을 거쳐 오셨습니다. 소는 팔았습니다. 그리고 또 소를 사오셨습니다. 판 것은 110원짜리를 115

원에 팔았고, 산 것은 107원에 샀습니다.

〈1938년 3월 14일 월요일 晴天〉(2월 13일)
오늘은 아버지가 조치원시장에 가셨는데 밤에 돌아오셨기에 보니 소는 팔지 못했습니다.

〈1938년 3월 15일 화요일 晴天氣〉(2월 14일)
오늘은 아무 일도 없었습니다.

〈1938년 3월 16일 수요일 晴天〉(2월 15일)
오늘은 아버지가 소를 팔러 병천시장에 가셨습니다. 밤에 돌아오셨는데 보니 소는 팔지 못했습니다.

〈1938년 3월 17일 목요일 晴天氣〉(2월 16일)
오늘은 아버지가 소를 팔러 청주시장에 가셨습니다. 밤에 돌아오셨기에 보니 소는 팔지 못했습니다.

〈1938년 3월 18일 금요일 晴天氣〉(2월 17일)
오늘은 아무 일도 없습니다.

〈1938년 3월 19일 토요일 晴天氣〉(2월 18일)
오늘은 아버지가 소를 팔러 조치원시장에 가셨습니다. 밤에 돌아오셨기에 보니 소는 팔지 못했습니다.

〈1938년 3월 20일 일요일 晴天氣〉(2월 19일)
오늘은 아무 일도 없습니다.

〈1938년 3월 21일 월요일 雨天氣〉(2월 20일)
오늘도 아무 일도 없었습니다.

---

4) 원문에는 "큰하라버지의 祭日"이라고 기록되어 있다.

〈1938년 3월 22일 화요일 曇天氣〉(2월 21일)
오늘도 아무 일도 없었습니다.

〈1938년 3월 23일 수요일 曇天氣〉(2월 22일)
오늘은 나는 필영의 4학년 교과서를 사려고
청주읍 장춘지물상회[長春紙物商會]에 가서
책을 샀습니다.

〈1938년 3월 24일 목요일 晴天氣〉(2월 23일)
오늘은 아버지가 소를 팔러 조치원시장에 가
셨습니다. 밤에 돌아오셨는데 보니 소를 팔지
않았습니다.

〈1938년 3월 25일 금요일 晴天〉(2월 24일)
오늘은 아버지가 뒷거름(분뇨)를 밭에 뿌렸습
니다.

〈1938년 3월 26일 토요일 晴天氣〉(2월 25일)
오늘은 아버지가 소를 팔러 병천시장에 가셨
습니다. 밤에 돌아오셨는데 보니 소를 팔지 않
았습니다. 또 오늘은 4대 할머니 제삿날이었
습니다. 증조할머니 제사.[5]
현증조비정부인창녕성씨신위[顯增祖妣[曾祖
妣]貞夫人昌寧成氏神位]
현증조고가선대부부군신위[顯增祖考[曾祖
考]嘉善大夫府君神位]

〈1938년 3월 27일 일요일 晴天氣〉(2월 26일)
오늘은 아버지가 소를 팔러 청주읍 시장에 가
셨습니다. 밤에 돌아오셨는데 보니 소는 팔지

않았습니다.

〈1938년 3월 28일 월요일 曇天氣〉(2월 27일)
오늘은 아버지가 동림 제방 공사에 가셨습니
다. 나는 환희의 산에 사방공사를 하러 갔는데
나중에 전표를 보니 30전어치를 했습니다.

〈1938년 3월 29일 화요일 曇天氣〉(2월 28일)
오늘은 아버지가 조치원시장에 소를 팔러 가
셨습니다. 오늘도 소는 팔지 못했습니다. 나는
오늘도 사방공사에 갔는데 오늘도 30전어치
를 했습니다. 동생도 갔는데 23전어치를 했습
니다.

〈1938년 3월 30일 수요일 曇後雨天〉(2월 29일)
오늘은 사방공사. 오늘도 30전, 동생은 23전
이었습니다.

〈1938년 3월 31일 목요일 晴天氣〉(2월 30일)
오늘은 아버지와 내가 뒷밭에 가서 고추 종자
를 뿌렸습니다. 오늘로 이 학년의 일기는 끝.

이상 쓴 대로 1년을 잘 썼는데, 무슨 큰일은
없었지만 7월께 아버지가 다리에 큰 병이 났
습니다. 이다음은 또 {쇼와} 13년도 일기를 씁
니다. 끝[6].

〈뒷표지〉
朝鮮忠北淸州郡玉山面金溪里

---

5) 원문에는 한글로 띄어쓰기 없이 "증조할머니제사"라
고 기록되어 있다.

6) "終"이라고 기록한 다음 글자를 동그라미 모양으로
둘러쳤다(終 모양). 다음 '郭尙榮'이라고 이름이 새
겨진 도장을 붉은 인주에 묻혀 찍어 일기를 마무리
하였다.

1939년

〈표지〉
2599
1939
昭和拾四年四月壹日
家庭日記帳
玉山公立尋常小學校 六年 郭尙榮

비고
나의 통학은 금년 1년뿐이다. 입학 후 5개년이라고 말할 긴 세월을 돌아보면, 집의 가세는 행복으로 나아간 것은 없다. 무엇 때문일까. 가족이 한 사람 한 사람 늘어나고, 또는 나의 학비 때문일 것이다. 나는 본교를 졸업하고 하루라도 일찍 아버님을 도와 농업에 노력하지 않으면 안 된다. 집의 행복은 나의 손에 달려 있는 것이다.

〈1939년 4월 1일 일 토요일 晴天氣〉(음 2월 12일)
아침 일찍 일어나 얼굴을 씻고 마음을 가다듬고 우선 신붕(神棚)참배를 하고, 궁성요배를 했습니다. 아버님은 동림 들판의 제방 쌓기 일에 가셨고, 나는 학교에서 돌아와 우물물을 길어 왔습니다.

〈1939년 4월 2일 일요일 晴天氣〉(2월 13일)
신붕참배와 궁성 요배를 했습니다. 오늘은 일요일이기 때문에 나는 아버님을 따라서 사방공사에 나갔습니다. 어머님은 세탁을 하셨고, 아우는 겨울에 말라죽은 나무와 나뭇잎을 연료로 해 왔습니다.

〈1939년 4월 3일 월요일 晴天氣〉(2월 14일)
신붕예배와 궁성요배를 했습니다. 아버님은 오늘도 제방 쌓는 일을 하러 가셨습니다. 아우는 고목엽을 잘라 왔습니다. 어머님은 물레에서 면사를 뽑아냈습니다. 학교에서 가져온 호두나무를 한 그루 심었습니다.

〈1939년 4월 4일 화요일 晴天氣〉(2월 15일)
금일도 나는 아침 일찍 일어나 얼굴을 씻고 자세를 바르게 한 뒤 신붕참배와 궁성요배를 했습니다. 아버님은 매일같이 동림 들판에서 제방 일을 하러 갔습니다. 아우는 포플러나무 가지를 1척 팔 길이로 20개를 잘라 냇가의 제방에 심고 왔습니다.

〈1939년 4월 5일 수요일 晴天氣〉(2월 16일)
신붕예배와 궁성요배를 했습니다. 아버님은
제방에 잔디를 입혔습니다. 저녁에는 고기를
잡았습니다.

〈1939년 4월 6일 목요일 晴天氣〉(2월 17일)
아침 일찍 일어나 얼굴을 씻고 자세를 바르게
하고 신붕예배를 하고, 궁성요배를 했습니다.
아버님은 오늘이 한식이어서 조상의 묘를 다
듬고, 또 비석을 세우는 것을 견학 및 도와줬
습니다. (한규의 묘에서).

〈1939년 4월 7일 금요일 晴天氣〉(2월 18일)
신붕예배와 궁성요배를 했고 황국신민의 서
약을 제창했습니다. 아버님은 보리밭 풀 뽑기
를 했습니다. 어머님과 아우는 사방공사에 가
서 일했습니다. 나는 학교로부터 돌아오는 도
중에 사방사무소에 가서 전표를 끊었습니다.

〈1939년 4월 8일 토요일 晴天氣〉(2월 19일)
우선 신붕예배와 궁성요배를 했습니다. 아버
님은 보리밭 풀 뽑기를 했습니다. 또 어머님과
아우는 사방공사에 가서 일했습니다.

〈1939년 4월 9일 일요일 晴天氣〉(2월 20일)
신붕예배와 궁성요배를 했습니다. 아버님과
나는 동림 들판에서 제방 일을 했습니다. 어머
님과 아우는 오늘도 사방공사에 가서 일했습
니다.

〈1939년 4월 10일 월요일 晴天氣〉(2월 21일)

신붕예배와 궁성요배를 했습니다. 아버님은
제방 일을, 어머님은 사방공사를 했습니다.

〈1939년 4월 11일 화요일 晴後曇天〉(2월 22일)
신붕예배와 궁성요배를 했습니다. 아버님은
제방 일을, 또 어머님과 아우는 오늘도 사방공
사를 하러 갔습니다. 저녁밥을 먹은 뒤에 아버
지와 나는 비료를 말리기 위해 펼쳐 놓은 것을
모아서 쌓아 두었습니다.

〈1939년 4월 12일 수요일 雨後曇天氣〉(2월 23일)
먼저 신붕예배와 궁성요배를 했습니다. 오늘
은 비가 내려서 밖에 나가서 일을 할 수 없었
기 때문에 아버지는 빗자루를 만드셨습니다.

〈1939년 4월 13일 목요일 曇後晴天〉(2월 24일)
신붕예배와 궁성요배를 했습니다. 아버님은
동림 들판의 제방 일을 하러 갔습니다. 또 어
머님과 아우는 사방공사에 가서 일했는데, 나
중에 전표를 보니 어머님은 48전, 아우는 38
전이 나왔습니다.

〈1939년 4월 14일 금요일 晴天氣〉(2월 25일)
신붕예배와 궁성요배를 했습니다. 아버님은
제방 일에 갔다 오셨습니다. 아우는 사방공사
에 가서 일했습니다. 세월은 유수처럼 빨리 흘
러 나의 첫 아들이 태어났습니다. 나의 첫 아
이는 어떻게 하면 일생을 평화롭게 살아갈 수
있을까요. (저녁은 정부인창녕성씨의 제사)

〈1939년 4월 15일 토요일 晴天氣〉(2월 26일)
신붕예배와 궁성요배를 했습니다. 아버님은
동림 들판의 제방 일을 했습니다.

〈1939년 4월 16일 일요일 晴天〉(2월 27일)
신붕예배와 궁성요배를 했습니다. 오늘은 일요일이어서 나는 아버님과 함께 제방 일을 했습니다.

〈1939년 4월 17일 월요일 晴天氣〉(2월 28일)
신붕예배와 궁성요배를 했습니다.
아버님은 제방 일을 하러 갔습니다.
어머님과 아우는 사방공사를 하러 갔습니다.

〈1939년 4월 18일 화요일 晴天氣〉(2월 29일)
신붕예배와 궁성요배를 했습니다. 오늘은 춘계 청결일을 맞아 마을사람들이 아침 일찍 일어나 집안 청소를 했습니다.
아버님은 오늘도 제방 일에 갔고, 어머님과 아우는 사방공사에 갔습니다.

〈1939년 4월 19일 수요일 晴天氣〉(2월 30일)
신붕예배와 궁성요배를 했습니다.
오늘도 아버님은 제방일, 어머님과 아우는 사방공사에 갔습니다.
집에 돈이 부족해서 마을 창고에 저장한 곡식을 3말 빌렸습니다.

〈1939년 4월 20일 목요일 曇天〉(3월 1일)
신붕예배와 궁성요배를 했습니다.
아버님은 큰아버지와 함께 제방 일에 갔습니다. 어머님과 아우는 사방공사에 갔습니다.

〈1939년 4월 21일 금요일 雨後曇天〉(3월 2일)
신붕예배와 궁성요배를 했습니다.
아버님은 비 때문에 들판 일은 나가지 못하고, 집에 있는 채소밭에 있는 배추를 파종했습니다. 나도 학교에서 돌아와 2평방미터의 골을 만들어 그곳에 배추를 파종했습니다.

〈1939년 4월 22일 토요일 曇天〉(3월 3일)
신붕예배와 궁성요배를 했습니다.
어머님은 사방공사에 가서 일했습니다. 저녁에는 공동묘지에 있는 할머니 묘를 옛 산으로 옮기는 것에 대해 친척들과 큰아버님, 아버님이 상담을 했습니다.

〈1939년 4월 23일 일요일 雨後晴天〉(3월 4일)
신붕예배와 궁성요배를 했습니다. 아버님은 논에 퇴비를 운반했습니다. 어머님과 아우는 사방공사에 갔습니다.
나는 아우가 일하러 갔기 때문에 오늘 하루 종일 누이동생을 돌보기도 하고 공부하기도 했습니다.
저녁 식사 후 아버님과 어머님은 10원을 차입하는 것에 대해 상의하고 걱정했습니다. 그것은 나의 양복 값과 이번 수학여행에 가는 여비 때문입니다.

〈1939년 4월 24일 월요일 晴天氣〉(3월 5일)
먼저 신붕예배와 궁성요배를 했습니다. 아버지는 6촌 형인 점영형 의 집에 뭔가 일을 하러 가셨습니다.
또 엄마와 동생은 사방공사를 하러 갔는데 나중에 전표를 보니 엄마는 43전이고 동생은 24전이었습니다.

〈1939년 4월 25일 화요일 晴天氣〉(3월 6일)
오늘은 우선 아침 일찍 일어나 얼굴을 씻고 자세를 바르게 하고 신사예배를 하고, 동방요배를 했습니다. 아버님은 4촌 형 집의 논에 모래를 운반하는 것을 도와줬습니다. 어머님과 아우는 사방공사를 가서 일했습니다. 야스쿠니 신사 임시대제일을 맞아 나는 집에서 묵도를 했습니다. 또 신계 생도들은 소풍을 갔습니다.

〈1939년 4월 26일 수요일 晴天〉(3월 7일)
신붕예배와 궁성요배를 했습니다.
아버님과 어머님은 종조모 회갑 잔치여서 잔칫상을 차리는 데 도와주셨습니다.
아우는 사방공사에 가서 일했는데 전표에 44전이 찍혔습니다.

〈1939년 4월 27일 목요일 晴天〉(3월 8일)
신붕예배와 궁성요배를 했습니다.
아버님과 어머님은 오늘도 할머니 회갑 준비를 도와줬습니다. 아우는 사방공사에 가서 일했습니다.

〈1939년 4월 28일 금요일 晴天〉(3월 9일)
신붕예배와 궁성요배를 했습니다. 아버님은 오늘도 점영 형 집을 도왔습니다.
어머님은 내일 할머님에게 드릴 떡을 만들었습니다. 아우는 사방공사에 가서 일했습니다.
나는 학교에서 돌아와 6촌 형님의 집으로 가서 일을 도왔습니다.
내일은 종조모[1] 회갑일입니다.

〈1939년 4월 29일 토요일 晴天氣〉(3월 10일)
일찍이 신붕예배와 궁성요배를 했습니다. 오

---

1) 원문에는 "終祖母"라고 기록되어 있다. 바른 말은 '從祖母'이다.

늘은 종조모 회갑일입니다. 친척들은 그 곳에 가서 하루 종일 웃음꽃을 피웠습니다.
나는 내일 수학여행에 가기 때문에 오산으로 가서 자게 됐습니다. 나는 박 선생의 집에서 잤습니다.
선생의 집에서는 나, 고영권군, 박 선생의 아들인 박완순 이렇게 셋이 매우 재미있게 이야기하며 잘 잤습니다.

〈1939년 4월 30일 일요일 晴天氣〉(3월 11일)
일찍 일어나서 무사히 여행을 다녀 올 수 있게 마음속으로 신께 기도하였습니다.
아침밥을 4시 반에 먹고 친구들과 선생님과 정봉으로 출발했습니다.
생도는 47명, 선생은 2인이었는데 조원 선생과 임 선생이었습니다.
○ 종조모의 회갑 축연은 오늘도 계속돼서 친척들은 그곳에서 일을 도왔습니다.

〈1939년 5월 1일 월요일 晴後曇天〉(3월 12일)
아침 일찍 일어나 오늘 하루 중의 일을 기도했습니다.
집에서는 아버님이 벼의 모를 받아서 그곳에 비료를 줬습니다. 즉시 모값을 줬습니다.

〈1939년 5월 2일 화요일 晴天氣〉(3월 13일)
일찍 일어나 무사히 견학할 수 있도록 기도하였습니다.
오늘은 아버님이 5촌 당숙, 구장으로 있는 아저씨 집 입을 하러 갔습니다.
어머님은 사방공사에서 일한 전표 계산서를 보고 왔습니다.
나는 경성에서 집으로, 오후 11시경에 도착했

습니다.

〈1939년 5월 3일 수요일 晴天氣〉(3월 14일)
오늘도 신붕예배와 궁성요배를 했습니다. 이상의 것은 연중 매일 해야 하는 것으로, 내일부터는 쓰지 않기로 했습니다. 아버님은 4촌형 집의 못자리에 씨를 뿌렸습니다.
아우는 풀을 베어 논으로 운반했습니다.

〈1939년 5월 4일 목요일 晴天氣〉(3월 15일)
오늘은 아버님이 못자리에 씨를 뿌렸습니다.
어머님은 조치원시장에 갔다 왔습니다.
아우는 논에 풀을 베어 들여왔습니다.

〈1939년 5월 5일 금요일 曇天氣〉(3월 16일)
오늘은 이문화의 결혼식날이어서 아버님은 그곳에 가셨습니다.
나도 학교에서 돌아와 그 집에 가서 놀았습니다.

〈1939년 5월 6일 토요일 雨天氣〉(3월 17일)
아버님은 닭장을 만들었습니다.
집의 닭은 어제부터 알을 낳기 시작했습니다.
오늘도 한 개 낳았습니다.

〈1939년 5월 7일 일요일 晴天氣〉(3월 18일)
아버님은 동림 들판의 도랑 파는 일에 가서 일했습니다.
어머님은 작년에 돌아가신 재종조부 제사가 다가와 강외면 공북리로 갔습니다.
아우는 어제부터 감기에 걸렸는데 오늘 낮 무렵에는 조금 나아졌습니다. 오늘도 계란을 한 개 낳았습니다.

〈1939년 5월 8일 월요일 曇後晴天〉(3월 19일)
오늘은 재종조부의 제삿날이어서 아버님, 어머님은 그곳에 갔습니다.
금일 집으로 돌아오지 않습니다.
금일도 계란을 1개 얻었습니다.

〈1939년 5월 9일 화요일 晴天氣〉(3월 20일)
아버님과 어머님은 아침 일찍 공북리에서 돌아왔습니다.
아버님은 나의 게다를 만들어 주셨습니다. 나는 학교에서 돌아와 어머님과 채소밭에 소변을 뿌렸습니다.

〈1939년 5월 10일 수요일 晴天氣〉(3월 21일)
아버지는 큰 닭장을 만들었습니다. 아우는 논에 풀을 베러 들어갔습니다. 집에서 빨래를 하였습니다.

〈1939년 5월 11일 목요일 雨後曇天〉(3월 22일)
아버님은 아침에 비가 내려서 들판 일은 나가지 못하고, 집에서 게다를 1개 만들었습니다.
저녁에는 논에 퇴비를 운반했습니다.

〈1939년 5월 12일 금요일 晴天氣〉(3월 23일)
아버님은 해가 뜨기 전에 일어나서 논에 퇴비를 운반하고, 못자리의 물을 살펴봤습니다.
아우는 사방공사에 가서 일했습니다.
또 아버님은 낮에는 논둑 일을 했습니다.

〈1939년 5월 13일 토요일 晴後曇天〉(3월 24일)
아우는 아침 일찍 일어나 사방공사에 가서 일했습니다.
내일은 공동묘지에 있는 할머님 묘를 선산에

옮기기 위해 집에서 그 준비를 했습니다.
그래서 나도 학교에서 돌아와 도왔습니다.

〈1939년 5월 14일 일요일 曇天氣〉(3월 25일)
오늘은 할머님의 묘를 이장하기 때문에 친척들이 아침 일찍부터 일어나 일을 하고, 마을사람들도 한 사람도 빠짐없이 전부 나와 거들었습니다.

〈1939년 5월 15일 월요일 晴天氣〉(3월 26일)
아버님은 논에 퇴비를 운반했고, 아우는 논에 풀을 베었습니다.

〈1939년 5월 16일 화요일 晴天氣〉(3월 27일)
아버님은 논에 풀을 베어 퇴비를 운반하고 또 채소밭을 다듬었습니다.
아우는 사방공사에 가서 일했습니다. 어머님은 병천시장에 갔다 왔습니다. 보리쌀을 2말 사왔습니다. 집안은 양식 때문에 곤궁합니다.

〈1939년 5월 17일 수요일 晴天氣〉(3월 28일)
아버님은 사촌형 집의 논을 갈아주고, 아우는 사방공사에 가서 일했습니다.
어머님은 들판에 가서 나물을 캐왔습니다.

〈1939년 5월 18일 목요일 晴天氣〉(3월 29일)
아버님은 한복 씨 집의 소를 빌려 집 논을 갈았습니다. 어머님은 오산시장에 가서 소금과 미나리 등을 사왔습니다. 아우는 사방공사에 가서 일했습니다.
저녁에는 작년 아버님이 사방공사에 가서 일했던 오전 중 임금 28전을 받았습니다.

〈1939년 5월 19일 금요일 晴天氣〉(4월 1일)
아버님은 조치원시장에 갔다 왔습니다. 아우는 풀을 베었습니다. 어머님은 들판에 가서 식용 나물을 캐왔습니다.

〈1939년 5월 20일 토요일 晴天〉(4월 2일)
아버님은 못자리를 손질하고 암모니아, 배합비료를 뿌리고, 인분과 석회 등을 주었습니다. 그래서 나는 학교에서 돌아와 도와드렸습니다. 아우는 논의 풀을 베었습니다.

〈1939년 5월 21일 일요일 晴天氣〉(4월 3일)
아버님은 한도 씨 집 일을 하러 갔습니다. 아우는 오전에는 신계의 소년단 공동작업 일을 하고, 낮에는 공영의 집에서 내 책상을 운반해 왔습니다. 나중에는 나와 함께 방에 도배를 했습니다
어머님은 저녁에는 배추밭에 소변을 뿌렸습니다.

〈1939년 5월 22일 월요일 晴天〉(4월 4일)
아버님은 4촌 형님과 함께 소를 사러 청주시장에 갔습니다. 그리고 저녁에 돌아오셔서 보니 소를 한 마리 사오셨습니다.
어머님은 동림산에 식용 나물을 채취하려 가서 많이 캐왔습니다.
아우는 풀을 베어 논에 부었습니다.

〈1939년 5월 23일 화요일 曇天氣〉(4월 5일)
아버님은 아침경에는 논을 경작하고, 저녁에는 망가진 게다를 고쳤습니다. 어머님은 오늘도 멀리 산에서 나물을 캐왔습니다.
아우는 매일 풀을 베어 논에 부었습니다.

〈1939년 5월 24일 수요일 晴天氣〉(4월 6일)
아버님과 아우는 풀을 베어 논에 붓고, 못자리
의 잡초를 뽑았습니다. 어머님은 조치원시장
에 갔다 왔습니다.
저녁에는 마을사람들이 모두 모여 모내기[田
植]하는 순서를 정했습니다. 우리 집은 음력
으로 이달 16일에 하기로 했습니다.

〈1939년 5월 25일 목요일 晴天氣〉(4월 7일)
아버님은 오송의 승도 씨(지주)가 보내온 시
멘트 비료를 논에 뿌렸습니다. 아우는 풀을 베
어 논에 뿌렸습니다.
어머님은 식용 나물을 캐왔습니다.

〈1939년 5월 26일 금요일 晴天氣〉(4월 8일)
오늘은 음력 4월 8일이어서 불공을 드리는 날
입니다. 우리 신계 부락의 어른들은 모두 보여
냇가에서 고기를 잡고 밥을 먹고 술을 갖고 와
마셨습니다. 하루 종일 즐겁게 놀았습니다. 아
버님도 그곳에 가서 함께 놀았습니다.

〈1939년 5월 27일 토요일 晴天氣〉(4월 9일)
아버님은 소를 빌려 집의 논을 다시 갈았습니
다.
아우는 풀을 베었습니다.
어머님은 도토리묵을 만들었습니다.

〈1939년 5월 28일 일요일 晴天氣〉(4월 10일)
아침부터 나는 아버님과 백부님과 함께 3인이
7마지기의 논에 물을 급수했습니다. 아우는
공동작업 하는 데 가서 일을 하고 나서 낮에
사방사무소에 가서 계산서를 보고 왔습니다.
저녁에는 할머님이신 안동김씨[8] 제사가 있어

친척들이 모두 모여 제사를 지냈습니다.[2]

〈1939년 5월 29일 월요일 晴天氣〉(4월 11일)
아버님은 논의 재경작을 했습니다.
아우는 작업장에 가서 일했습니다. 나중에 전
표에 5전이 찍혔습니다.
어머님은 집 앞마당 텃밭을 수리했습니다.

〈1939년 5월 30일 화요일 晴天氣〉(4월 12일)
아버님은 논에 가서 못자리의 잡초를 뽑고 물
높이를 보았습니다.
어머님은 사방공사에 가서 일을 하고, 아우는
돈 벌러 작업장에 가서 일했습니다.

〈1939년 5월 31일 수요일 晴天氣〉(4월 13일)
아버님은 4촌 형님의 집 논일을 도와 주셨습니
다.
어머님은 사방공사에 가서 일했습니다. 아우
는 풀을 베어 논에 뿌렸습니다.
밤에는 모내기에 대한 회의와 기타 마을회의
를 했습니다.

〈1939년 6월 1일 목요일 晴天氣〉(4월 14일)
아버님은 하루 종일 못자리의 잡초를 뽑았습
니다. 어머님은 사방공사에 가서 일했습니다.
45전을 받았습니다.
아우는 땔감을 해왔습니다. 저녁에는 제사가
있었습니다. 현비공인부안김씨[3].

〈1939년 6월 2일 금요일 曇候晴天氣〉(4월 15일)

---

2) 원문에는 "顯祖妣安東金氏"라고 기록되어 있다.

3) 원문에는 "顯妣恭人扶安金氏"라고 기록되어 있다.

아버님은 논에 가서 일했습니다. 못자리의 잡초를 뽑고, 물 조절, 퇴비 운반 등을 했습니다.
어머님은 사방공사에 가서 일하고 48전을 받아왔습니다.
아우는 풀을 베어 논에 뿌렸습니다.
장기간 맑은 하늘이 계속되어 작물에는 매우 해롭습니다. 지금도 비를 기다리고 있지만 아침 무렵 비가 내리는 듯했지만 낮이 되자 또 하늘이 맑게 개어 버려 마을 사람들이 실망했습니다.

〈1939년 6월 3일 토요일 晴天氣〉(4월 16일)
아버님은 소를 빌려 집의 논을 경작했습니다.
어머님은 사방공사에 가서 일했습니다.
아우는 풀을 베어 논에 뿌렸습니다.
저녁에는 마을사람들이 어제 슬프게도 곽구영의 아버님(곽윤태)이 돌아가셨기 때문에 그곳에 가서 위로했습니다.

〈1939년 6월 4일 일요일 晴天氣〉(4월 17일)
아버님은 아침 중에는 어제 돌아가신 분의 장례식에 갔다 왔습니다.
저녁에는 아버님과 백부님, 나, 아우가 집 논에 물을 급수했습니다. 저녁에도 아버님은 동림 들판에 가서 논의 물 대중을 봤습니다. 모레까지는 우리 집 모내기를 끝낼 계획입니다.

〈1939년 6월 5일 월요일 晴天氣〉(4월 18일)
아버님은 규종 씨 집의 모내기에 가서 일했습니다.
어머님은 사방공사에 가서 50전을 받았습니다.
아우는 못자리에 물 대중을 봤습니다.
나는 선생님에게 내일은 집의 모내기여서 가

정실습을 하고 싶다고 말씀 드려서 허락을 받았습니다.
저녁에는 할머님의 제사를 지냈습니다.
망실공인전주이씨신위[亡室恭人全州李氏神位]

〈1939년 6월 6일 화요일 晴天氣〉(4월 19일)
오늘은 우리 집 논 모내기를 했습니다.
농부 10인과 나를 포함해 11인이 모내기를 했습니다.
나는 학교 수업을 중지하고 실습한다는 생각을 깊이 하고 힘껏 정성을 쏟아 일했습니다. 7마지기를 했습니다.
나는 또 학교에서 잡아오라고 하는 명충(螟蟲)을 75마리 잡았습니다.

〈1939년 6월 7일 수요일 晴後曇天〉(4월 20일)
아버님은 다른 집 모내기에 가서 일하고, 어머님은 사방공사에 갔습니다.
아우는 나물을 캐왔습니다.

〈1939년 6월 8일 목요일 晴天氣〉(4월 21일)
아버님은 만영 형님의 집으로 모내기를 하러 갔습니다.
어머님은 사방공사에 갔습니다.
나는 오늘 사방공사 전표를 갖고 가서 사무소에서 계산서를 찾아왔습니다. 88전.

〈1939년 6월 9일 금요일 晴天氣〉(4월 22일)
아버님은 오늘도 다른 집 일을 하러 갔습니다.
어머님은 사방공사에 가서 일해고 48전을 받았습니다.
아우는 보리를 베어 왔습니다.

저녁에는 아버님은 논에 물을 대기 위해 밤을 밝히고 물을 부었습니다.

〈1939년 6월 10일 토요일 晴天氣〉(4월 23일)
아버님은 오늘도 다른 집 모내기를 하러 갔습니다.
어머님은 사방공사에 가서 일했습니다.
아우는 보리를 베어왔습니다.

〈1939년 6월 11일 일요일 曇天〉(4월 24일)
오늘은 4촌 형님 집 모내기를 하는데, 나도 마침 일요일을 맞아 도왔습니다.
기쁘게도 저녁에 비가 내려서 논에 물이 없었던 곳은 물이 가득해졌습니다. 장기간 내리지 않았었기 때문에 농가에서는 매우 기다렸던 비입니다. 아침에는 아우가 보리를 베었습니다.

〈1939년 6월 12일 월요일 晴天氣〉(4월 25일)
아버님은 오늘도 4촌 형님의 집 일을 도왔습니다.
어머님은 사방공사에 가서 일했는데 전표를 보니 56전이었습니다.
아우는 보리를 베고, 타작도 했습니다.
아버님은 저녁식사 후 동림 들판의 논에 물을 대기 위해 밤을 밝히고 일했습니다.

〈1939년 6월 13일 화요일 晴天氣〉(4월 26일)
아버님은 아침에는 논에 가서 일하고 저녁에는 절구를 찧었습니다.
어머님은 사방공사에 갔습니다.
오늘은 금계리의 송충이 퇴치일이어서 아우는 송충이를 8되 잡았습니다.

내일은 집에서 모내기를 해서 나는 배추, 미나리 등을 사왔습니다.

〈1939년 6월 14일 수요일 晴天氣〉(4월 27일)
오늘은 집에서 모내기를 합니다.
나는 학교에서 수업이 끝나자 집으로 달려와 점심을 먹고, 날이 저물 때까지 도왔습니다.
이로써 7마지기는 전에 모내기를 하고, 6마지기는 오늘 모내기를 해서 모두 15마지기 중 남은 것이 2마지기입니다. 이것은 비가 내리지 않으면 심지 못할 것입니다.

〈1939년 6월 15일 목요일 晴天〉(4월 28일)
아버님은 다른 집으로 모내기를 하러 갔습니다.
어머님은 사방공사에 갔습니다.
나와 집사람은 보리타작을 했습니다.

〈1939년 6월 16일 금요일 晴天氣〉(4월 29일)
아버님과 아우는 다른 집 모내기에 갔습니다.
어머님은 사방공사에 갔습니다.
저녁에는 금융조합으로부터 사람이 와서 무슨 모임이 있어서 아버님은 그곳(구장 집)에 가셨고, 그곳에서 회장, 구장, 회원이 모두 모여 회의를 했습니다.

〈1939년 6월 17일 토요일 晴天氣〉(5월 1일)
아버님과 아우는 한도 씨 집 모내기하는 데 도왔습니다.
어머님은 사방공사에 가서 일하고 56전을 받아 왔습니다.
나는 일전에 어머님이 일한 전표를 찾아 3원 41전을 찾았습니다.

〈1939년 6월 18일 일요일 晴天氣〉(5월 2일)
아버님은 들판에 일하러 갔습니다. 어머님과 나와 아우는 보리를 베고, 집사람은 이삭을 주웠습니다.
정오까지 모두 베고 나와 아우는 이것들을 집 마당으로 운반해 보리타작을 했습니다.
아버님은 집으로 돌아오지 않고 물 대중을 하고, 나와 아우는 저녁식사를 갖고 갔습니다.
아버님은 그곳에서 밤을 새웠습니다.

〈1939년 6월 19일 월요일 晴天〉(5월 3일)
아버님은 오전 중에 아우와 논에 물을 대고, 오후에는 4촌 형 집의 보리를 베었습니다.
어머님과 집사람은 보리타작을 했습니다.

〈1939년 6월 20일 화요일 晴天氣〉(5월 4일)
아버님은 6촌 형님인 헌영 형님 집으로 보리타작을 하러 갔습니다.
어머님과 집사람은 수확한 보리를 화려하게 정리했습니다.
내일은 음력으로 5월 5일 명절이어서 아우는 들로 가서 아이들과 함께 약쑥[4]을 캐왔습니다.

〈1939년 6월 21일 수요일 晴天氣〉(5월 5일)
아버님은 4촌 형님 집의 보리타작을 하러 갔습니다.
어머님도 일을 도왔습니다.

〈1939년 6월 22일 목요일 晴天氣〉(5월 6일)

아버님은 다른 집 일을 하러 갔습니다.
나는 학교에서 돌아와 저녁식사 후 백부님, 아버님과 함께 3인이 집 논에 밤 12시경까지 물을 댔습니다.
오늘은 하지[5]로 낮 길이가 가장 짧습니다.

〈1939년 6월 23일 금요일 曇天〉(5월 7일)
오늘은 4촌 형님 집에서 보리타작이 있어서 아버님은 그 일을 도우러 갔습니다.
저녁에는 어머님도 도우러 갔습니다.
아우는 땔감을 해왔습니다.

〈1939년 6월 24일 토요일 曇後雨天氣〉(5월 8일)
아버님은 한복 씨 집으로 모내기를 하러 갔습니다. 아우도 오전 그곳에 가서 도왔지만 오후에는 비가 내려서 그만두었습니다.
농가에서는 기쁘게도 장기간 비가 내리지 않았기 때문에 비를 매우 기다리던 중, 오늘 오후부터 내리기 시작하자 들판에는 농부들이 춤을 추며 기뻐했습니다.
63일 만에 비가 내렸습니다.
비가 내리면 작물에는 비료가 내리고,
            농가에는 부가 내립니다.

〈1939년 6월 25일 일요일 晴後曇天〉(5월 9일)
아버님은 4촌 형님 집 밭에 작물 씨를 뿌렸습니다. 나도 저녁에는 집 밭에 씨를 뿌리는 걸 도왔습니다.
어머님은 산에 가서 칡을 주워 와서 저녁에는 가족들이 칡껍질을 벗겼습니다.

---

4) 원문에는 "藥ㅋモ뀍ᄀ"라고 적고, 왼쪽에 한글로 "약쑥"이라고 부기하였다.

5) 원문에 "夏至"라고 기록되어 있고, 각 글자 옆에는 ' ' 표시가 되어 있다.

〈1939년 6월 26일 월요일 晴天氣〉(5월 10일)
아버님은 소를 빌려 2마지기 모내기한 논을
갈았습니다. 밤에는 물대중을 봤습니다.
어머니와 동생과 아내는 보리를 절구에 넣고
찧었습니다.
밤에는 어머님이 어제 주워 온 칡껍질을 벗겼
습니다.

〈1939년 6월 27일 화요일 晴天〉(5월 11일)
오늘은 아직 남은 2마지기에 모내기를 했습니
다. 그래서 나는 학교 수업이 끝나자 집으로
돌아와 도와드렸습니다.
밤에는 가족 일동이 칡껍질을 벗겼습니다.

〈1939년 6월 28일 수요일 晴後曇天〉(5월 12일)
오늘은 4촌 형님 집에서 아직 조금 남은 논의
모내기를 했는데 아버님은 그곳에 가서 일했
습니다. 또 보리를 절구에 빻았는데 어머님은
그 일을 도왔습니다.

〈1939년 6월 29일 목요일 晴天氣〉(5월 13일)
오늘은 아버님은 이웃집 일에 갔습니다.
집에서는 {보리를} 절구에 빻았습니다.

〈1939년 6월 30일 금요일 晴天氣〉(5월 14일)
아버님은 이웃집 모내기에 가서 일했습니다.
아우는 백부님과 집 논에 물을 댔습니다. 어머
님은 밀을 베어 왔습니다.

〈1939년 7월 1일 토요일 晴天氣〉(5월 15일)
아버님은 6촌 형님 집에서 모내기를 하는 것
을 도왔습니다.
아우와 어머님은 밀을 베어 왔습니다.

〈1939년 7월 2일 일요일 晴天氣〉(5월 16일)
아버님은 한도 씨 집 모내기에 갔습니다.
나는 일요일이어서 어머님과 아우와 함께 냇
가에 있는 밭의 밀을 베었습니다.
저녁에는 이 밀을 아버님, 백부님, 4촌 형, 아
우, 6촌 형들이 집으로 운반해왔습니다.
천안농업학교 1년인 준영 형으로부터 나에게
편지가 왔습니다.

〈1939년 7월 3일 월요일 晴天氣〉(5월 17일)
아버님과 아우는 어제 베었던 밀을 운반했습
니다.
어머님은 운반해온 밀을 타작했습니다. 약 15
말이 나왔습니다. 최근 몇 년 이래 가장 많았
습니다.

〈1939년 7월 4일 화요일 晴後曇天〉(5월 18일)
아버님은 어제 저녁부터 아파서 약을 드셨는
데 오늘 저녁에도 아직 낫지 않았습니다.
어머님은 조치원시장에 가서 아버님 보약으
로 개고기를 사왔습니다. 또 감자를 1말 사왔
습니다.

〈1939년 7월 5일 수요일 曇天氣〉(5월 19일)
오늘부터 논 경작을 시작했습니다.
아버님은 오늘도 병을 앓았습니다. 어머님의
간병을 했습니다.
요즘 침상에는 벼룩이, 기타 많은 해충이 들끓
어서 매우 곤란합니다.

〈1939년 7월 6일 목요일 曇後晴天氣〉(5월 20일)
아버님은 백부님과 오송에 가서 비료(암모
니아)를 갖고 왔습니다.

내일은 우리 집에서 밭을 갑니다.
나는 저녁식사 후 이웃집들을 돌며 내일 일해 달라고 부탁했습니다.

〈1939년 7월 7일 금요일 晴天氣〉(5월 21일)
오늘은 지나사변 기념일입니다.
오늘은 집에서 밭을 갈았습니다. 그래서 나는 학교에서 일찍 돌아와 도왔습니다.
인부 4인, 아버님까지 5인이 6마지기 남짓을 갈았습니다.

〈1939년 7월 8일 토요일 晴天氣〉(5월 22일)
아침에 가족들은 방아를 찧어 왔습니다.
아버님은 다른 집에 일하러 갔는데 오늘 하루 만은 전체 쉰다고 해서 가지 않았습니다.
어제 경작한 나머지 1마지기를 아우와 갈았습니다.

〈1939년 7월 9일 일요일 晴天氣〉(5월 23일)
아버님은 다른 집 밭을 갈러 갔습니다.
아침에는 방아를 찧어 왔습니다.
아우와 나는 하루 종일 논에 물을 댔습니다.
저녁에는 발동기에 밀을 빻아 왔습니다. 소맥분.

〈1939년 7월 10일 월요일 晴天氣〉(5월 24일)
아버님은 한도 씨 집으로 일을 하러 갔습니다.
아버님은 요즘 매일 아픈 상태로 일을 하십니다.
어머님은 아버님의 약을 구해 왔습니다.

〈1939년 7월 11일 화요일 雨後曇天氣〉(5월 25일)
오늘은 4촌 형님 집에서 밭을 갈고, 아버님은

그 일을 도왔습니다.
또 형님 집의 절구를 빻는 데 어머님은 도왔습니다.
저녁에는 아우가 감기에 걸렸는지 아파합니다.

〈1939년 7월 12일 수요일 晴天氣〉(5월 26일)
아버님은 다른 집으로 일을 하러 갔습니다.
아우는 밤나무밭에서 풀을 뜯어 왔습니다.
어머님은 밀을 절구에 빻아 왔습니다.

〈1939년 7월 13일 목요일 晴後曇天〉(5월 27일)
오늘은 4촌 형님 집에서 일을 해달라고 하여 아버님은 가서 일했습니다.
어머님과 아우는 밀가루를 갖고 오산시장에 가서 소면을 만들어 왔습니다.
오후에는 아버님은 소를 갖고 조치원으로 가서 암모니아 비료를 세 가마니 사왔습니다.

〈1939년 7월 14일 금요일 晴天氣〉(5월 28일)
아버님은 한복 씨 집에 일하러 갔습니다.
아우는 논 물대중을 보았습니다.
어머님은 나의 셔츠를 만들어 주셨습니다.

〈1939년 7월 15일 토요일 晴天氣〉(5월 29일)
오늘은 우리 집에서 밭을 가는 날입니다.
인부는 전부 여섯 명입니다.
나도 학교에서 돌아와 아버님과 함께 밭갈이를 했습니다.
8두락 중 6두락을 갈고, 아직 2두락이 남았습니다.

〈1939년 7월 16일 일요일 晴天氣〉(5월 30일)

아버님은 육촌 형님 헌영 씨 집으로 일하러 갔습니다.

나는 해영과 함께 우물의 물을 긷고, 청소를 하고 정돈을 해서 깨끗하고 청결하게 만들어 놓았습니다.

오후에는 나는 아우와 논에 물을 급수했습니다.

〈1939년 7월 17일 월요일 晴天氣〉(6월 1일)

아버님과 아우는 뒤에 있는 밤밭에 가서 잡초를 뽑았습니다.

오늘 저녁엔 밀가루로 소면을 만들어 먹었습니다.

〈1939년 7월 18일 화요일 晴後曇天〉(6월 2일)

아버님은 성영 씨 집의 일을 했습니다.

어머님은 밀 1말을 오산시장에서 팔았습니다. 돈을 갖고 학교에 와서 나에게 주셨습니다. 나는 조속히 8월분 수업료를 납부했습니다.

〈1939년 7월 19일 수요일 晴天氣〉(6월 3일)

오늘은 우리 집에서 밭을 갈아서 나도 학교에서 일찍 돌아와 아우와 함께 도왔습니다.

밤밭에 잡초를 뽑아 한쪽에 모아 놓았습니다.

〈1939년 7월 20일 목요일 晴天氣〉(6월 4일)

아버님과 어머님은 아침 일찍 일어나 밤밭에 가서 이식을 했습니다.

아버님은 만영형의 집에서 일을 했습니다.

나는 오늘로 제1학기를 마치고 내일부터는 여름휴가입니다. 성적은 1등이었습니다.

나는 아우와 함께 밤밭 주변에 팥(小豆)을 심었습니다.

〈1939년 7월 21일 금요일 晴天氣〉(6월 5일)

아버님은 한도 씨 집 일을 하러 갔습니다.

아우는 들에 가서 포플러, 아카시아 가지를 쳐 왔습니다.

내일은 아이의 백일입니다. 어머님과 집사람은 떡을 만들 준비를 했습니다.

〈1939년 7월 22일 토요일 晴天氣〉(6월 6일)

오늘은 아이의 백일을 맞아 떡과 소면, 쌀밥을 만들어 먹었습니다.

아버님은 밤밭에 대변을 주었습니다. 또 냇가에 있는 밭에 팥, 콩 등을 심었습니다.

아우는 사방공사에 가서 일을 하고 28전을 받았습니다.

〈1939년 7월 23일 일요일 曇天氣〉(6월 7일)

오늘은 4촌 형님의 집에서 일을 하는 고로 아버님은 일을 도왔습니다.

어머님은 오산시장에 가서 옷감을 사왔습니다.

아우는 사방공사에 가서 일했습니다.

〈1939년 7월 24일 월요일 曇天氣〉(6월 8일)

아버님은 다른 집 일에 가서 일했습니다.

아우는 사방공사에 가서 일했습니다.

나는 여름휴가이지만 그제부터 오늘까지 근로보국대의 작업에 나갔습니다.

〈1939년 7월 25일 화요일 曇後晴天〉(6월 9일)

아버님은 아침에 밤밭에 비료를 주었습니다. 오후에는 논에 가서 일했습니다. 아우는 오늘도 공사에 가서 일했습니다.

나는 소원[篠原] 선생님이 내지의 고향에 가

는 고로 정봉역까지 전송을 했습니다.

나는 신계에서 통학하는 생도, 나까지 5명 애국반원을 모아 마을 앞의 나무 앞에 국기게양대를 세웠습니다.

〈1939년 7월 26일 수요일 晴天氣〉(6월 10일)

오늘은 집 밭의 풀 뽑기를 했습니다. 나도 도왔습니다.

낮에 나는 아저씨의 심부름으로 조치원에 가서 발동기의 메탈을 사왔습니다.

아우는 사방공사에 가서 일했습니다.

어머님은 칡껍질을 작은 칼로 희게 벗겼습니다.

〈1939년 7월 27일 목요일 晴天氣〉(6월 11일)

아버님은 헌영 형님 집으로 일하러 갔습니다.

어머님은 물에 담가둔 칡껍질을 벗겼습니다.

아우는 사방공사에 갔지만 시간이 늦어 돌아와서 들판으로 가서 포플러, 아카시아 등의 가지를 갖고 왔습니다. 땔감은 그것으로 했습니다.

〈1939년 7월 28일 금요일 晴天氣〉(6월 12일)

아버님은 어제 일할 때 벼 잎에 왼쪽 눈을 찔려 눈물이 나오고 눈을 완전히 뜨고 보는 것이 안 되셔서 안약을 넣었습니다.

아우는 황무지에 가서 초목을 베어왔습니다. 마당 앞에 널려놓았습니다.

나는 애국반원을 모아 밤[栗] 해충을 잡았습니다.

〈1939년 7월 29일 토요일 晴天〉(6월 13일)

아침에 아버님으로부터 논에 물대기를 하라

는 말씀이 있으셔서 나와 아우는 동림 들로 가서 물대기를 했습니다. 하지만 나머지 많은 논들이 물대기를 해서 물이 부족했습니다. 그래서 아버님이 저녁에 와서 물을 대라고 해서 집에 와서 복습을 하고 저녁에 나와 보니 지금도 역시 물이 없어서 도로 왔습니다.

저녁식사 후 아버님은 도랑을 파러 갔습니다.

〈1939년 7월 30일 일요일 晴天氣〉(6월 14일)

오늘도 아버님과 나와 아우는 함께 동림 들의 7마지기 논에 물을 댔습니다.

아침에는 원기 좋게 물을 댔지만 낮이 되어서는 아마 더워서 용이하지 않았습니다.

저녁까지 열심히 급수했지만 내일 또 급수해야겠다고 하셨습니다.

〈1939년 7월 31일 월요일 晴天氣〉(6월 15일)

오늘도 물대기를 하려고 생선바구니를 들고 들판에 나가 보니 도랑에 물이 한 통도 없었습니다. 고기나 잡아 왔습니다.

아버님은 냇가의 도랑 파기에 가서 일했습니다.

오늘은 음력 6월 15일 유두일입니다.

〈1939년 8월 1일 화요일 晴天氣〉(6월 16일)

아버님은 6촌 형뻘(문영) 집을 청주읍 집으로 이사하는 데 가서 도왔습니다.

아우는 초목 땔감을 해왔습니다.

나는 학교에 갔다 와서 4촌 형님 집의 물대기를 도왔습니다.

〈1939년 8월 2일 수요일 晴天氣〉(6월 17일)

아버님과 아우는 아침 3시간 동안 논에 물을

댔습니다.

조금 댔는데도 물이 떨어져서 집으로 돌아갔습니다.

아우는 저녁에 초목 땔감을 해왔습니다.

나는 저녁에 학과 복습을 하고 백부님 집의 물 대기를 도왔습니다.

〈1939년 8월 3일 목요일 晴天氣〉(6월 18일)

아침에 아버님이 나에게, 오늘은 7두락 밭에 물을 가득 주라고 하셔서 나는 오늘 하루 종일 물대기를 했습니다. 아버님, 백부님, 아우, 나 이렇게 넷이서 물을 댔습니다. 날이 저물 때까지 댔지만 아직 밭에 가득 채우지는 못했습니다. 저녁 후에 달이 밝게 올라 새벽 2시까지 물을 댔습니다.

〈1939년 8월 4일 금요일 曇天氣〉(6월 19일)

아버님은 오전에는 백부님 집의 물대기를 하고, 오후에는 한도 씨 집 물대기를 했습니다.

〈1939년 8월 5일 토요일 晴天氣〉(6월 20일)

아버님은 들에 가서 일했습니다.

아우는 땔감이 되는 풀과 나뭇가지를 해 와서 마당에 널었습니다.

나는 제2학기에 들어가 학비에 적게나마 보태기 위해 사방공사에 갈 것을 생각해 아침밥을 일찍 먹고 사방사무소로 가서 도구를 갖고 일을 한 후에 전표를 보니 38전이다.

〈1939년 8월 6일 일요일 晴天氣〉(6월 21일)

아버님은 동림 들의 도랑파기에 가서 인부들과 일했습니다.

아우는 땔감을 해왔습니다.

나는 육촌형님의 집으로 손님이 와서 그곳에 가서 놀았습니다.

음성 권 선생으로부터 편지가 와서 답장을 써서 보냈습니다.

아버님은 저녁에 육촌형인 문영 형 집 물대기를 했습니다.

〈1939년 8월 7일 월요일 晴天氣〉(6월 22일)

아버님은 하루 종일 육촌형님(문영)의 집에서 물대기를 했습니다.

아우는 초목 땔감을 해왔습니다.

나는 사방공사에 가서 일하고 49전을 받았습니다.

○ 집의 생활양식은 언제나 풍족해지고 이 시기도 지나가려는지. 오늘도 먹을 음식이 없어서 곤란합니다. 이웃집으로부터 보리쌀 1말을 빌려 왔습니다.

아, 내가 빨리 커서 생활보호를 해야지.

〈1939년 8월 8일 화요일 晴天氣〉(6월 23일)

아버님은 사촌형님 집 논에 물대기를 했습니다.

아우는 자신이 일해 번 임금을 찾기 위해 사방사무소로 가서 1원 40전을 찾아왔습니다. 어머니는 오산시에 가서 돗자리를 팔고 왔습니다. 나는 사방공사에 갔는데 35전을 받았습니다.

〈1939년 8월 9일 수요일 晴天氣〉(6월 24일)

닭 울음소리를 듣고 나는 사촌형님 집 물대기를 했습니다.

백부, 아버지, 사촌형, 나 이렇게 넷이서 물대기를 하고 오전 10시경에 논에 가득 태웠습니다. 오후에는 아버님은 육촌형님(문영) 집으로 물대기를 하러 갔습니다.

○ 백부님 집으로부터 보리쌀을 1말 빌려 왔습니다.

〈1939년 8월 10일 목요일 晴天氣〉(6월 25일)

해가 떠오르기 전에 들판에 나가서 아버님은 어제 육촌형님 집 물대기에 피곤해서 잠이 드셨고 나를 보고 일어나서 집 물대기를 하라고 했습니다.

저녁에는 아버님은 며칠간 밤을 밝히면서 일했기 때문에 몸이 매우 피곤해서 사촌형님을 불러 나와 물대기를 했습니다. 날이 저물 때까지 물 대기를 하니 7두락 논에 가득 채워졌습니다.

〈1939년 8월 11일 금요일 晴天氣〉(6월 26일)

어제 댄 물은 높은 밭에는 미치지 못했습니다. 그래서 아버님과 나, 아우는 낮은 논에서 높은 논으로 물을 끌어올렸습니다.

저녁에 8두락의 논에 가서 보니 장기간 가뭄으로 3두락 모두 타버렸습니다. 올해와 같은 가뭄은 처음이라고 합니다.

250년 전에 한 번 있었다고 합니다.

〈1939년 8월 12일 토요일 晴天氣〉(6월 27일)

아버님은 밭에 가고, 아우는 땔감을 해왔습니다.

강원도 강릉으로 가서 사시는 외조모가 오셨습니다. 전에는 청주읍에서 지냈는데 작년에 이사하여 강원도에 갔습니다.

양식이 없어서 이웃집으로부터 빌려 왔습니다.

〈1939년 8월 13일 일요일 晴天氣〉(6월 28일)

아침식사로는 외조모에게 닭을 잡아 올렸습니다.

아버님은 낮에는 쉬었지만 오후 5시경에 소나기가 급하게 내려서 밤 밭과 들판에 갔다 왔습니다.

○ 오후 5시경 1시간동안 소나기가 많이 내렸습니다. 장기간 기다려온 비였습니다. 그래도 좀 더 내려 주어야 합니다.

작물에 약이 내린 것과 같습니다.

〈1939년 8월 14일 월요일 晴天氣〉(6월 29일)

아버님은 논에 가서 피를 뽑았습니다.

아우는 땔감을 해왔습니다.

외조모는 아침에 돌아갔습니다.

밤에는 어머님과 나, 아우, 누이가 오산까지 활동사진 구경을 하러 갔다 왔습니다. 장소는 소학교 운동장.

사진은 군으로부터 나와 각 면을 돌며 하는 것으로, 비상시국의 국민 훈화와 사진이었습니다.

〈1939년 8월 15일 화요일 晴天氣〉(7월 1일)

아버님은 하루 종일 피 뽑기를 했습니다.

아우는 매일 땔감을 해 와서 땔감이 산처럼 쌓였습니다. 여기에 재미를 붙였는지 오늘도 변함없이 땔감을 해 왔습니다.

나는 백부님과 그의 집 밭에 물대기를 했습니다. 3두락.

〈1939년 8월 16일 수요일 晴天〉(7월 2일)

아버님은 야채를 파종하기 위해 집에는 적당한 땅이 없어서 모내기를 못한 밭을 주인에게서 받아 와서 그곳에 가서 나와 함께 배추, 무를 파종했습니다.

아우는 땔감을 해왔습니다.

어머님은 사방공사에 갔는데 일이 없어서 곧바로 돌아왔습니다.

〈1939년 8월 17일 목요일 晴天氣〉(7월 3일)

아버지는 구장이 말한 어떤 아저씨의 부탁으로 청주시장에 소를 사러 가셨습니다.

어머니는 외숙 집에 가셨습니다.

아우는 장작을 해 왔습니다.

나는 저녁에 동생이 매일 해 와서 말리는 장작 뒤의 제방에서 쪽문으로 옮겼습니다.

〈1939년 8월 18일 금요일 晴天〉(7월 4일)

아버지는 오산시에 가서서 보리쌀을 3말 정도 사오셨습니다. 1말에 평균적으로 1원 10전입니다.

나는 사방사무소에 가서 이전에 내가 일한 전표를 가지고 와 계산해 보았습니다. 1원 22전이었습니다. 음력으로 9일이 아버지의 생일이었기 때문에 시장에 가서 청어를 사왔습니다.

저녁에는 아버지와 함께 무를 파종했습니다.

〈1939년 8월 19일 토요일 晴天氣〉(7월 5일)

아버지와 나는 오전까지 논에 물 대기를 했습니다. 아우는 땔감을 해 왔습니다.

점심에 어머니가 외숙 집에서 돌아오셨습니다.

〈1939년 8월 20일 일요일 晴天氣〉(7월 6일)

날이 밝기 전에 사촌형과 동림 들판에 가서 사촌 형의 논 4두락에 물을 댔습니다.

아버지는 한복 씨 댁 논에 물 대는 일을 하러 가셨습니다.

저녁에는 집 안팎을 청소하고 깨끗이 하였습니다.

○ 내일은 음력 7월 7일 칠석날이라서 기념일이기 때문에 마을 사람들은 떡을 만들 준비를 했습니다. 우리 집은 식량이 부족했기 때문에 떡은 만들지 않았습니다.

〈1939년 8월 21일 월요일 晴天氣〉(7월 7일)

오늘은 음력 칠석으로 아침식사는 백부님 집에서 먹고 떡도 먹었습니다. 마을 사람들이 전부 즐겁게 놀았습니다.

○ 오늘부터 나는 학교 제2학기가 시작되어서 매일 통학하게 됐습니다.

〈1939년 8월 22일 화요일 晴天氣〉(7월 8일)

아버님은 5, 6일 전에 파종한 배추, 무밭에 소변을 주었습니다.

어머님은 재종형 집으로 발동기 타작에 가서 도왔습니다. 아우는 땔감을 해왔습니다.

〈1939년 8월 23일 수요일 晴天氣〉(7월 9일)

오늘은 음력 7월 9일 아버님 생신이어서 아침식사 때는 닭을 한 마리 잡았습니다. 친척들과 함께 아침식사를 먹었습니다.

나는 학교에서 일찍 돌아왔습니다.

아버님과 어머님이 암모니아를 물에 녹여 야채밭에 뿌렸고, 나도 끝까지 물대기를 했습니다. 나도 학교에서 오늘, 이상의 일을 하고 나서 시간에 맞추기 위해서 더 뿌려야 하는 것을 알고 같이 뿌렸습니다.

저녁은 백부님 집에서 먹었습니다.

〈1939년 8월 24일 목요일 晴天氣〉(7월 10일)
아버님은 준형 집 논에 물대기를 했습니다.
아우는 땔감을 해 왔습니다.
어머님은 사방공사에 가서 일했습니다. 전표
에 44전이 적혀 있었습니다. 누이가 아파 나
는 사탕을 10전어치만큼 사와서 약과 함께 먹
였습니다.

〈1939년 8월 25일 금요일 曇天〉(7월 11일)
아버지는 피를 뽑으러 가시고 어머니는 사방
공사에 가서 일하셨습니다.
아우는 누이가 아프기 때문에 간호해 주었습
니다.
어찌된 일인지 누이는 어제부터 아픕니다.

〈1939년 8월 26일 토요일 晴後曇天〉(7월 12일)
아침에 아버지는 종숙[從叔] 집에 가셔서 비
료 쌓는 일을 했습니다. 어머니와 아우는 사방
공사에 갔습니다.
나는 학교에서 돌아와서 아버지와 함께 야채
밭에 가서 전에 파종했던 곳에 지금까지 싹이
자라지 않은 곳에 씨를 뿌렸습니다.

〈1939년 8월 27일 일요일 晴天氣〉(7월 13일)
오늘은 일요일이라서 사방공사를 하지 않았
기 때문에 어머니와 아우는 공사에 가지 않고
집에서 일했습니다.
저녁에 아버지는 동학 씨가 아파서 문병을 가
셨습니다.
나는 내지에서 소원[篠原] 선생님이 오셔서
정봉역까지 마중을 나갔습니다. 오후 7시 기
차로 돌아오신다고 합니다.

〈1939년 8월 28일 월요일 曇後雨天〉(7월 14일)
아버지는 배추, 무밭을 손질하러 가셨습니다.
어머니와 아우는 사방공사에 갔지만 오후에
비가 와서 일하는 도중에 비가 와서 번 돈이
조금밖에 되지 않았습니다.
ㅇ 오늘은 어머니의 생일이기 때문에 오랜만
에 밥을 잘 먹었지만 저녁은 소면을 삶아 먹었
습니다.

〈1939년 8월 29일 화요일 曇天氣〉(7월 15일)
아버지는 종형과 함께 종형 집 소를 사러 조치
원시장에 가셨습니다만 사지 않았습니다.
어머니와 아우는 사방공사에 가서 일했습니
다.

〈1939년 8월 30일 수요일 曇天〉(7월 16일)
아버지는 아침에 야채밭에 가셨고 아직 싹이
나지 않은 곳에 재파종을 했습니다.
어머니와 아우는 사방공사에 가서 일했습니
다.
저녁에 아버지는 마을 공동 쌀을 3말 정도 사
오셨습니다.

〈1939년 8월 31일 목요일 曇天氣〉(7월 17일)
식량이 없어서 아버님은 쌀을 3말 사왔습니
다.
어머님과 아우는 사방공사에 갔는데, 전표를
보니 어머님은 48전, 아우는 25전이었습니다.
누이는 어머님이 매일 같이 있지 않기 때문에
웁니다. 그래서 위로하기 위해 나는 학교에서
돌아오는 도중에 메뚜기를 많이 잡아와서 줬
습니다.

〈1939년 9월 1일 금요일 晴天氣〉(7월 18일)
아버님은 병천시장에 갔다 오셨습니다. 보리쌀 1말을 샀습니다.
어머님과 아우는 오늘도 사방공사에 가서 일했습니다.
어머니와 아우는 좀 힘들어 보입니다.

〈1939년 9월 2일 토요일 晴後曇天氣〉(7월 19일)
아버님은 배추, 무밭에 가서 해충을 잡았습니다.
어머님과 아우는 오늘도 변함없이 식량부족을 생각해, 사방공사에 가서 일했습니다.
아버님은 개를 3원 5전에 팔았습니다.

〈1939년 9월 3일 일요일 晴天氣〉(7월 20일)
아버님은 오산시장에 가서 보리쌀을 2말 사왔습니다.
어머님은 사방공사에 가서 일했습니다. 아우는 누이를 돌보았습니다.

〈1939년 9월 4일 월요일 晴天氣〉(7월 21일)
아버님은 조치원시장에 갔습니다. 음력 7월 28일 한규 씨 제사를 맞아 색색의 제물을 사러 헌영 형님과 갔다 왔습니다.
어머님은 매일같이 오늘도 사방공사에 가서 일했습니다.
아침에 아직 어두운 때인 오전 5시에 집을 출발해 일하러 갔습니다.
아우는 누이를 돌보았습니다.

〈1939년 9월 5일 화요일 晴天氣〉(7월 22일)
아버님은 밤 밭의 잡초를 뽑았습니다.
어머님은 오늘도 변함없이 사방공사에 가서

45전을 받았습니다.
아우는 누이를 돌보고, 땔감을 해왔습니다.

〈1939년 9월 6일 수요일 晴天氣〉(7월 23일)
아버지와 아우는 장작을 해 왔습니다.
어머님은 오늘도 사방공사에 가서 일했습니다. 더운 날에 땀을 흘리고 피를 흘리면서 열심히 일한 결과 노임 51전을 받았습니다.

〈1939년 9월 7일 목요일 晴天〉(7월 24일)
아버님과 아우는 오늘도 땔감을 해왔습니다.
아우는 매일처럼 해 와서 쌓은 것이 이제 산봉우리만 해졌습니다.
어머님은 오늘도 사방공사에 가서 일했습니다.

〈1939년 9월 8일 금요일 雨後曇天〉(7월 25일)
아버님은 짚신을 만들었습니다.
어머님은 오늘도 사방공사에 가기 위해 아침밥을 일찍 먹었는데 비 때문에 돌아왔습니다.

〈1939년 9월 9일 토요일 晴天氣〉(7월 26일)
아버님은 조치원시장에 갔다 왔습니다.
어머님은 사방공사에 가서 일했습니다. 나중에 전표를 보니 57전이었습니다.
아우는 누이와 자신의 조카를 데리고 놀았습니다.
나는 저녁식사 후 아버님의 마중을 갔다 왔습니다.

〈1939년 9월 10일 일요일 晴天氣〉(7월 27일)
내일은 오촌당숙의 제사일이어서 아버님은 그곳의 제물을 정리했습니다. 어머님은 사방공사에 가서 했습니다.

집사람은 제물 준비하는 데 가서 도왔습니다.

〈1939년 9월 11일 월요일 晴天〉(7월 28일)

오늘은 아저씨 제사일이어서 집사람을 비롯해 친척들이 모두 보여 제사를 지내고, 밤늦게까지 손님 접대를 했습니다.

나도 학교에서 돌아와 손님 응접을 했습니다.

〈1939년 9월 12일 화요일 晴天氣〉(7월 29일)

아버님은 청주시장에 갔다 왔습니다.

어머님은 저녁때 배추, 무우밭에 소변을 뿌렸습니다.

아우는 매일 장작을 해 옵니다.

〈1939년 9월 13일 수요일 晴天氣〉(8월 1일)

아버님은 아우와 오산시장에 가서 보리쌀을 3말 사와서 동생 편에 보냈습니다.

어머님은 사방공사에 가서 일했습니다.

〈1939년 9월 14일 목요일 晴天氣〉(8월 2일)

아버님은 조치원시장에 갔다 왔습니다.

어머님은 오늘도 변함없이 사방공사에 가서 42전을 받았습니다. 어머님의 괴로움은 이루 말할 수 없습니다. 어머님은 매일처럼 피땀을 흘리면서 집의 식량부족을 채우러 갑니다.

〈1939년 9월 15일 금요일 曇後雨天〉(8월 3일)

어머님은 사방공사에 갔지만 비가 내리기 시작해서 낮에 돌아왔습니다.

○ 오늘은 옛 구장이였던 곽대현 씨의 제삿날이어서 아버님은 조문하러 갔다 왔습니다. 아버님이 돌아온 뒤 나도 친척 형들과 함께 조문

을 갔다 왔습니다. 비가 내려서 조문객들이 크게 좋아했습니다.

〈1939년 9월 16일 토요일 曇天晴天氣氣〉(8월 4일)

아버님과 어머님은 배추 무밭에 소변을 뿌렸습니다.

〈1939년 9월 17일 일요일 晴天氣〉(8월 5일)

어머님은 어둠이 밝기도 전에 사방공사에 갔습니다.

아버님은 청주시장에 갔다 왔습니다.

아우는 도토리를 주우러 가서 5되를 주워왔습니다.

나는 누이를 데리고 들판에 가서 7두락 논이 피를 뽑아냈습니다.

〈1939년 9월 18일 월요일 晴天氣〉(8월 6일)

아버님은 오산시장에 가서 소를 한 마리 사 왔습니다. 다른 사람한테서 빌린 돈으로 소매[小賣]를 하기 위해서입니다.

어머님은 오늘도 사방공사에 갔는데 38전을 받았습니다. 아우는 도토리를 주워왔습니다.

〈1939년 9월 19일 화요일 晴天氣〉(8월 7일)

아버님은 소를 팔러 조치원시장에 갔는데 팔지 못했습니다. 어머니는 발에 뾰루지가 났는데도 사방공사에 가서 일했습니다. 오늘 계산을 마쳤는데 4원을 받았습니다. 나는 어머님이 벌어 온 돈으로 학교를 다니는 사람입니다. 어머님의 은혜는 끝이 없습니다. 저녁에 돌아오셨을 때는 한쪽 다리를 절고 계셨습니다. 너무나 불쌍해 보였습니다.

〈1939년 9월 20일 수요일 晴天氣〉(8월 8일)
오늘은 대청소를 했습니다. 물건을 전부 밖으로 내놓고 벽을 닦고 그 외 더러운 곳을 닦았습니다. 조선어로 말하면 맥질[6]입니다.
저녁에 아버님은 풀을 베어왔습니다. 아우는 소를 끌고 가서 풀이 있는 곳에서 풀을 먹였습니다.

〈1939년 9월 21일 목요일 晴天〉(8월 9일)
아버님은 소를 팔러 병천시장에 갔지만 아직 팔지 못했습니다.
어머님과 아우는 도토리를 주우러 갔는데 저녁에 돌아와서 보니 4말이나 됐습니다.

〈1939년 9월 22일 금요일 晴天氣〉(8월 10일)
아버님은 청주시장에 소를 팔러 갔습니다만 돌아와서 보니 아직 팔지 못했습니다.
어머님과 아우는 도토리를 4말 남짓 주워 왔습니다.
나는 학교에서 돌아와 아우와, 소에게 먹일 풀을 베어 왔습니다.

〈1939년 9월 23일 토요일 晴天〉(8월 11일)
아버님은 아침 일찍 벼를 한 지게만큼 베어 왔습니다. 식량이 없어서 도리 없이 베어 왔습니다. 오늘 처음으로 베어 온 것입니다.
어머님은 닭을 두 마리 오산시장에 가서 팔았습니다.
누이와 아이의 옷을 만들 옷감을 사왔습니다.
추석이 며칠 남지 않았습니다.
나는 학교에서 돌아와 백모님 집의 대추를 얻

_____
6) 원문에 한글로 기록되어 있다.

어왔습니다.

〈1939년 9월 24일 일요일 曇後晴天〉(8월 12일)
아버님은 소를 팔러 조치원시장에 갔습니다. 돌아와서 보니 소는 팔렸습니다. 얼마인가는 이익이 남았습니다.
어머님은 사방공사에 가서 일했습니다. 아우는 땔감을 해왔습니다. 오늘 저녁밥은 햅쌀로 밥을 만들어 먹었습니다.
그 어려움을 신붕에 기도했습니다.

〈1939년 9월 25일 월요일 晴天氣〉(8월 13일)
아버님은 첫닭이 울 때 아침밥을 먹고 소를 사러 충주로 갔습니다. 내일 돌아오십니다.
어머님은 사방공사에 갔는데 44전을 받았습니다.
아우와 집사람은 벼를 베어왔습니다.

〈1939년 9월 26일 화요일 晴天氣〉(8월 14일)
내일은 8월 15일 추석입니다. 마을 집집마다 전부 송편, 부침개 및 기타 제물 준비를 했고, 집에서도 떡을 빚었습니다.
어머님은 백모님 집에 가서 제물 만드는 일을 도왔습니다.
아버님은 저녁 11시경에 충주에서 돌아왔습니다. 소를 1마리 사 왔습니다.

〈1939년 9월 27일 수요일 晴後曇天〉(8월 15일)
오늘은 추석.
아이는 아침 일찍 일어나서 세수를 하고 새 옷을 입었습니다. 나는 별도의 새 옷은 없었습니다. 차례를 지낸 뒤 나는 학교로 향했습니다.
저녁에 아버님은 소 풀을 베어 오고, 아우는

쇠꼴을 먹이러 갔습니다.

〈1939년 9월 28일 목요일 曇天氣〉(8월 16일)
저녁에 아버님은 쇠꼴을 베어 왔습니다. 아우
는 쇠꼴을 먹이러 갔다 왔습니다.
어머님은 배추밭에 소변을 뿌렸습니다.

〈1939년 9월 29일 금요일 晴後曇天〉(8월 17일)
아버님은 소 팔러 조치원시장에 갔습니다만
팔지 못했습니다.
어머님은 사방공사에 가서 57전을 받았습니
다.

〈1939년 9월 30일 토요일 晴天氣〉(8월 18일)
아버님은 일전에 곽윤학 씨가 돌아가셨는데
그 집에 조문하러 갔다 왔습니다.
어머님은 사방공사에 가서 일했습니다.
저녁에 아우는 소에 풀을 먹였습니다.

〈1939년 10월 1일 일요일 晴天氣〉(8월 19일)
아버지는 논을 보고 기뻐하시며 야채밭을 손
보러 가셨습니다.
어머님과 나는 어둠 속에서 사방공사에 나갔
습니다만 어머님은 55전, 나는 57전이었습니
다.

〈1939년 10월 2일 월요일 晴天氣〉(8월 20일)
아버님은 청주로 소를 팔러 갔습니다. 저녁에
돌아와 보니 소는 팔렸습니다.
낮에 북일면에서 장인이 오셨습니다. 어머님
은 사방공사에 가서 일했습니다.

〈1939년 10월 3일 화요일 晴天氣〉(8월 21일)

오늘 아침밥은 장인과 함께 먹었습니다만 닭
을 두 마리 잡았습니다.
아버님은 하루 종일 장인과 무엇인가 말씀을
나누시고, 들에 나가서 집 논을 구경했습니다.
어머님은 매일처럼 사방공사에 가서 일했습니
다.

〈1939년 10월 4일 수요일 晴後曇後雨天〉(8월 22
일)
아버님은 조치원시장에 갔다 왔습니다.
어머님은 오늘도 사방공사에 갔습니다. 돌을
나르는 것입니다. 임금은 40전이었습니다.
ㅇ 장인은 오늘 집으로 돌아갔습니다.

〈1939년 10월 5일 목요일 雨後曇天氣〉(8월 23일)
오후에 아버님은 냇가 다리를 놓는 데 가서 일
했습니다.
어머님은 도토리를 주우러 갔습니다. 반은 사
방사무소에 팔고 반은 갖고 왔습니다.
판 것은 두 되로 27전이었습니다.

〈1939년 10월 6일 금요일 晴天氣〉(8월 24일)
아버님은 병천시장에 갔다 왔습니다.
어머님은 사방공사에 가서 일했습니다.

〈1939년 10월 7일 토요일 曇天氣〉(8월 25일)
아버님은 청주시장에 갔다 왔습니다.
오늘은 내가 학교 체육대회, 이른바 운동회가
있어서 집사람 모자[母子]를 남겨두고 구경하
러 갔다 왔습니다.

〈1939년 10월 8일 일요일 晴天氣〉(8월 26일)
어머님은 새벽에 사방공사에 나갔습니다.

아버님과 아우, 나는 논에 가서 벼를 베어 왔습니다. 그리고 회전탈곡기로 벼를 탈곡했습니다.

아버님은 면에 가서 암모니아비료를 한 가마니 갖고 왔습니다.

⟨1939년 10월 9일 월요일 晴天⟩(8월 27일)
아버님은 조치원시장에 갔다 왔습니다.
어머님은 사방공사에 가서 일했습니다. 어머님의 괴로움을 무어라 말할까요.
○ 아버님은 요즘 소를 사기 위해 시장에 다닙니다.
집의 닭 두 마리가 죽었습니다. 논 속에서 무엇인가를 먹은 탓입니다.

⟨1939년 10월 10일 화요일 晴天氣⟩(8월 28일)
어머님은 새벽에 사방공사에 나갔습니다.
아버님은 벼를 8다발 베어 와서 탈곡기에서 탈곡을 했습니다.
7두락의 지주, 오송의 승부[勝部] 씨가 와서 소작을 거둬 갔습니다.
6석 5말.

⟨1939년 10월 11일 수요일 晴天氣⟩(8월 29일)
아버님은 병천시장에 갔다 왔습니다.
어머님은 집안 청소를 했습니다. 웬일인지 요즘 집에 쥐와 곤충이 나와서 잘 때 특히 견딜 수가 없습니다.
○ 사촌누이[7]가 내일 친정으로 돌아오기 때문에 백모님 집에서는 떡을 만들어 저녁에 나

---

7) 원문에는 "四寸婦さん"이라 적혀 있고, 옆에 "(從婦さん)"이라 부기되어 있다.

도 그 떡을 먹었습니다.

⟨1939년 10월 12일 목요일 晴天氣⟩(8월 30일)
아버님은 청주시장에 갔다 왔습니다.
아버님은 소를 사러 장날에 매번 갑니다만 돈이 부족한 관계로 바로바로 사는 것이 용이하지 않습니다. 어머님은 도토리 껍질을 벗겼습니다. 이것으로 묵을 만드는 것입니다.
저녁밥을 북이면 육촌누이에게 주었습니다.

⟨1939년 10월 13일 금요일 晴天氣⟩(9월 1일)
아버님은 오산시에 가서 소를 1마리 사왔습니다.
어머님은 이웃 한복 씨 집으로 이불을 뽑으러 갔다 왔습니다.
집사람은 조밭으로 가서 조를 가져왔습니다.

⟨1939년 10월 14일 토요일 晴天氣⟩(9월 2일)
아버님은 조치원시로 소를 팔러 갔지만, 잘 팔고 왔습니다.
어머님을 비롯해 집사람은 조밭에 가서 조를 털어 왔습니다.

⟨1939년 10월 15일 일요일 曇後雨天氣⟩(9월 3일)
사방공사에 나가려고 아침밥을 일찍 먹고 사무소에 가니 「오늘 하루는 쉽니다.」라고 해서 돌아왔습니다.
아버님과 밭으로 가서 벼를 베어 와서 탈곡기에 벼를 털었습니다.
어머님과 집사람은 조밭에 가서 조 이삭을 전부 주워 왔습니다.
나는 오후에 고기를 잡았습니다. 한 사발 정도 잡아 왔습니다.

〈1939년 10월 16일 월요일 曇天〉(9월 4일)
아버님과 아우는 조를 털러 갔고, 나도 학교에
서 일찍 돌아와 도왔는데 서산에 해가 지고 날
이 저물 때까지 일했습니다.
○ 오늘 아침 종형의 두 번째 아이가 태어나서
할아버님을 비롯한 가족 일동이 매우 기뻐했
습니다.

〈1939년 10월 17일 화요일 晴天氣〉(9월 5일)
아버님은 청주시장에 갔다 왔습니다.
어머님과 집사람은 조를 털어 밤이 한 섬 남짓
나왔습니다.
콩이었으면 (이것보다는) 조금이었을 것입니
다.
나와 아우는 사방공사에 가서 일했는데 아우
는 30전, 나는 35전이었습니다.
○ 오늘은 문영 형님의 아이(노준)가 태어난
지 1년이어서 떡을 만들어 집에도 갖고 왔기
때문에 잘 먹었습니다.

〈1939년 10월 18일 수요일 曇天氣〉(9월 6일)
아버님은 오전에는 조를 털고, 오후에 오산시
장에 가서 수소를 한 마리 사가지고 왔습니다.
어머님도 무슨 용무가 있어 오산시에 갔다 왔
습니다.
아우는 새벽에 사방공사에 가서 일하고 왔습
니다.
나는 학교에서 돌아오는 도중에 사방공사에
관한 전표 때문에 면소 및 사방사무소를 방문
하고 왔습니다.

〈1939년 10월 19일 목요일 晴天氣〉(9월 7일)
아버님은 조치원시장에 갔다 왔습니다.

어머님과 집사람은 조 껍질을 벗기는 일을 했
습니다.
아우는 새벽에 사방공사에 나갔습니다.

〈1939년 10월 20일 금요일 晴天氣〉(9월 8일)
아버님은 한근 씨 집으로 벼 베기를 하러 가서
일했습니다.
어머님과 집사람은 고춧잎을 따러 갔습니다.
아우는 새벽에 사방공사에 나갔습니다.
나는 아침에는 소를 들판의 초원에 데리고 가
고, 저녁에는 조를 털고, 소에게 먹일 풀을 지
게에 가득 지고 왔습니다. 또 신붕에 공물을
두는 받침대를 만들었습니다.

〈1939년 10월 21일 토요일 晴天氣〉(9월 9일)
아버님은 소를 팔러 병천시장에 갔는데 저녁
에 돌아와서 보니 팔리지 않았습니다. 어머님
과 집사람은 잡곡의 정리를 했습니다.
아우는 오늘도 사방공사에 나가서 일했습니
다.
○ 오늘 아침 칠촌조카가 태어났습니다. 점영
형님의 아이입니다. 우리 친척들은 누구나 아
들을 잘 낳습니다. 여자는 적습니다.

〈1939년 10월 22일 일요일 晴天氣〉(9월 10일)
아버님은 벼를 베어 오시고 조를 털었습니다.
나와 아우는 새벽에 사방공사에 나갔습니다.
나는 35전, 아우는 30전.
집에 도착하니 소가 어디론가 도망갔다고 해
서 놀라 아우와 함께 들판으로 찾아 다녔습니
다. 아버님이 찾아 끌고 와서 안심했습니다.

〈1939년 10월 23일 월요일 晴天氣〉(9월 11일)

아버님은 종형 집으로 벼 베기 하러 갔습니다.
어머님은 조를 발동기에 털었습니다.
아우는 오늘도 사방공사에 가서 일했습니다.
○ 저녁식사 후 아버님이 내일은 집에서 베 베기를 한다고 했습니다.

〈1939년 10월 24일 화요일 晴天氣〉(9월 12일)
아버님은 소를 팔러 조치원시장에 갔고, 인부 2인을 얻어 할아버님, 아우와 함께 4인이 집의 보리 파종을 했습니다. 뒷논에 뿌린 뒤에 보리를 수확할 논을 받아(다른 집 논을 말하는 것 같음) 3말 정도 보리를 파종했습니다.
저녁에는 종형 집 일을 도왔습니다.
저녁에는 아버님이 돌아왔습니다만 소는 팔지 못했습니다.

〈1939년 10월 25일 수요일 晴天氣〉(9월 13일)
아버님과 아우는 벼 베기를 했습니다. 어머님은 간식 및 점심을 해 갖고 갔습니다.
오후에는 할아버님, 백부님, 종형 이렇게 셋이 더 와서 벼 베기를 했습니다.
동림 들판의 7두락 논 전부는 아직 베지 못했습니다.

〈1939년 10월 26일 목요일 晴天氣〉(9월 14일)
오늘도 벼 베기를 했는데 인부가 2인, 아버님과 아우까지 4인이 했습니다.
나도 학교에서 일찍 돌아와 아우를 쉬게 하고 내가 벼를 베었습니다.
날이 저물어 어두울 때까지 베었습니다. 거의 대부분을 베고 조금 남았습니다. 7두락의 논은 벼를 베었고, 8두락의 논은 가뭄으로 타버린 것을 제외하고 나머지 3두락 벨 것이 남았

습니다.

〈1939년 10월 27일 금요일 晴天氣〉(9월 15일)
아버님은 오늘도 인부 한 사람을 얻어, 동생과 함께 3인이 벼를 베었습니다.
오늘로 벼 베기는 끝나게 되었지만 가뭄으로 타버린 벼는 아직 베지 못했습니다.
어머님은 조를 7말 발동기에 털었습니다.

〈1939년 10월 28일 토요일 晴天氣〉(9월 16일)
새벽에 첫닭이 울 때 종형 집에서는 벼 타작을 했습니다. 아버님도 도왔습니다. 종형 집 벼 타작은 오전에 끝났습니다. 4두락으로 11섬 반이 나왔다고 합니다.
오후에는 집 논에 가서 베어둔 벼를 쌓았습니다.
○ 어제 아버님이 길에서 헤매고 있는 한 사람을 데리고 와서 어제와 오늘 이틀간 일을 시켰습니다. 아직 청년으로 일도 잘 합니다. 자신의 집은 가난하다고 합니다.

〈1939년 10월 29일 일요일 晴天氣〉(9월 17일)
아버님도 어머님도 조치원시장에 갔다 왔습니다. 조 두 말을 갖고 갔는데 평말로 한 말에 1원 50전을 받았습니다.
집에서는 인부 두 사람을 데리고 추수를 했습니다. 아직 조금 남았습니다. 나는 사방공사에 가서 일을 했습니다.

〈1939년 10월 30일 월요일 曇天氣〉(9월 18일)
아버님은 어머님과 가마니를 짰습니다. 나도 학교에서 돌아와 어머님과 함께 짰습니다. 저녁식사 후에도 짰는데 오늘 하루에 다섯 개를

짰습니다. 집에서 묵는 사람[8]은 새끼를 꼬았
습니다.

〈1939년 10월 31일 화요일 晴天氣〉(9월 19일)
아버님과 어머님은 새벽부터 가마니를 짜기
시작해 저녁식사 후 10시경까지 짰는데 여덟
개를 짰습니다.
집에서 묵는 사람은 사촌형 집에서 벼 탈곡을
했습니다. 3두락에 3섬 반 나왔습니다.

〈1939년 11월 1일 수요일 晴天氣〉(9월 20일)
아버님과 어머님은 오늘도 가마니를 짰습니
다.
저녁에도 한 개를 짜서 전부 6개를 짰습니다.
집에서 묵는 사람은 육촌형님(점영) 집에서
벼 타작을 했습니다.

〈1939년 11월 2일 목요일 晴天氣〉(9월 21일)
아버님은 소를 팔러 청주시장에 갔습니다만
저녁에 와서 보니 소는 팔렸습니다.
어머님과 집사람은 가마니를 짰습니다. 저녁
식사 후에 한 개를 짰습니다.
오늘까지 짠 것이 전부 스물 몇 개 입니다.

〈1939년 11월 3일 금요일 曇天氣〉(9월 22일)
오늘은 논에 있는 벼를 집으로 운반했습니다.
사촌형님은 소로 운반하고 아버님, 백부님 외
인부 2인은 지게로 운반했습니다. 나도 학교
에서 일찍 돌아와 도왔습니다.
일몰까지 일곱 마지기 전부를 겨우 운반했습

니다. 전부 합해서 천 수십 다발입니다. 이 논
의 벼는 잘 됐는데 8두락은 형편없습니다.

〈1939년 11월 4일 토요일 雨後曇天氣〉(9월 23일)
아버님은 짜 놓은 가마니를 가는 새끼로 잘 엮
었습니다.
내가 학교에서 돌아온 뒤 저녁에는 아버님, 숙
인[宿人], 나 3인이 보리를 파종한 논에 도랑
을 팠습니다.
빗물 등이 흐르는 곳입니다.

〈1939년 11월 5일 일요일 晴天氣〉(9월 24일)
오늘은 인부 한 사람을 얻어 여덟 마지기 벼를
운반했습니다. 도중에 고장으로 전부 운반하
는 것이 불가능했습니다.
나는 아침 일찍부터 사방공사에 나가 일했습
니다.

〈1939년 11월 6일 월요일 晴天氣〉(9월 25일)
어제 벼를 전부 운반해 들여오지 못해 오늘 새
벽 전부 운반했습니다.
숙인은 윤상의 집에서 벼 타작을 했습니다. 아
버님은 떡쌀이 될 벼를 타작했습니다. 다발은
100다발이었습니다. 1섬5말이 나왔습니다.
저녁에는 숙인이 본가에 편지를 써서 보내 달
라고 나에게 부탁해서 한 장 써서 주었습니다.

〈1939년 11월 7일 화요일 晴天氣〉(9월 26일)
아버님은 청주시장에 갔는데 오늘 돌아오지
못했습니다.
어머님은 오산에 용무가 있어서 갔습니다.
내일은 집의 벼를 타작하기 때문에 집사람은
반찬준비를 했습니다.

---

8) 원문에는 "宿人"이라고 표현되어 있다. 10월 28일 자
   일기에 나오는 부친이 데려온 청년을 가리킨다.

〈1939년 11월 8일 수요일 曇後雨天〉(9월 27일)

아침 일찍부터 일곱 마지기 벼를 타작하기 시작했습니다. 아버님은 계시지 않고 인부 3인이 했습니다.

오전 10시경이 되어 비가 내렸기 때문에 그만두었습니다.

아버님은 오늘도 돌아오지 못했습니다.

〈1939년 11월 9일 목요일 雨後曇天〉(9월 28일)

아버님은 오늘도 집에 돌아오지 못했습니다.

숙인은 비 때문에 바깥일은 못하고 방에서 새끼를 꼬고, 짚신을 만들었습니다.

o 아버님은 멀리 충주 방면 시장에 갔을 것입니다.

〈1939년 11월 10일 금요일 晴天氣〉(9월 29일)

아버님은 오늘도 집에 돌아오지 못했습니다.

오늘은 학교에서 6학년만의 학부형회를 했습니다만 아버님이 계시지 않아서 할아버님이 가셨습니다.

숙인은 허가 받은 산림벌채 조에 가서 일했습니다.

o 나는 돌아오는 도중 사방공사 사무소에 가서 어머님이 일한 임금 중 틀린 부분을 바로잡고 왔습니다.

〈1939년 11월 11일 토요일 晴天氣〉(10월 1일)

아버님은 오늘도 집으로 돌아오지 않았습니다.

숙인은 오늘도 산림벌채에 가서 일했습니다.

어머님과 집사람은 목화를 1관 사서 그 열매를 땄습니다.

아이의 포대기를 만들기 위해서입니다.

〈1939년 11월 12일 일요일 晴天氣〉(10월 2일)

오늘은 며칠 전에 온 비 때문에 중지했던 일곱 마지기 벼 타작을 했습니다. 나는 마침 일요일을 맞아 잘 도왔습니다.

일곱 마지기 전부, 떡쌀까지 12섬 나왔습니다. 저녁에 아버님이 돌아오셨습니다. 엄청 기다리던 아버님이 오셔서 기분 좋았습니다. 무사히 돌아오셨습니다. 아버님이 오시는 도중 외숙 집에서 배추를 한 가마니 보내왔습니다.

〈1939년 11월 13일 월요일 晴天氣〉(10월 3일)

아버님과 숙인은 산림벌채에 가서 일을 했습니다.

어머님과 집사람은 아이 포대기를 만들기 시작했습니다. 또 도토리묵을 만들었습니다.

〈1939년 11월 14일 화요일 晴天氣〉(10월 4일)

아버님은 조치원시장에 갔습니다.

어머님과 집사람은 포대기에 염색을 했습니다.

저녁에 아버님이 돌아왔는데 옷감을 많이 사왔습니다. 아버님, 나, 아우의 옷감 한 벌, 어머님 것 일부, 그밖에 버선 감 등 많이 사왔습니다. 20원어치. 음력으로 오는 10일에 집사람이 친정에 간다고 합니다.

〈1939년 11월 15일 수요일 曇天氣〉(10월 5일)

아버님은 산림벌채에 가서 일했습니다.

숙인은 사촌형님 집 벌채에 가서 일했습니다. 벌채 일은 오늘로 끝났습니다. 다음에는 그 땔감을 집으로 가져와야 합니다. 땔감을 사십 몇 명이 나누었다고 합니다.

o 집에서는 친척 할머니들이 오셔서 포대기

를 다 만들었습니다.

〈1939년 11월 16일 목요일 晴天氣〉(10월 6일)
아버님과 숙인은 벌채한 나무를 집으로 가져
왔습니다.
집에서는 친척 할머니들이 버선을 만들었습
니다.
나는 학교에서 6년생 실습지의 배추를 샀습니
다.
1원 30전어치입니다.
나는 제사를 지냈습니다.
현비공인문화유씨신위[顯妣恭人文化柳氏神
位]
현고통덕랑부군신위[顯考通德郎府君神位]

〈1939년 11월 17일 금요일 晴天氣〉(10월 7일)
아버님은 새벽 5시경에 청주시장에 갔는데 오
늘 돌아오지 못했습니다.
집에서는 인부 3인을 얻어 벼 타작을 했습니
다. 날이 저물어 어두워져 달빛이 비칠 때까지
해서 10시경 끝났습니다. 여덟 마지기 밭에서
8섬 반이 나왔습니다.
○ 내가 학교에서 실습을 할 때 아우가 소를
끌고 와 어제 산 배추를 운반해 와서 6학년생
전체가 잘 쌓아 둘 수 있었기 때문에 (아우가
소를) 잘 가지고 왔습니다.

〈1939년 11월 18일 토요일 晴天氣〉(10월 8일)
숙인은 이웃집으로 일하러 갔습니다.
어머님과 집사람은 내일 떡을 만들 준비로 콩,
팥 등을 가루로 만들었습니다.
저녁식사 후에는 어머님과 내가 벼를 15~16
말 발동기에 털었습니다. 쌀 8말이 나왔습니

다.
저녁에 아버님이 돌아왔습니다. 무사히 돌아
왔습니다.

〈1939년 11월 19일 일요일 晴天氣〉(10월 9일)
아버님은 종형 집의 소작료를 종형과 함께 오
산 지주에게 갖고 갔습니다. 아버님이 돌아왔
는데 돼지고기를 사 갖고 왔습니다. 숙인은 사
촌형님 집 일을 했습니다.
집에서는 친척과 이웃 할머니들이 모여 떡을
만들었습니다.
떡쌀[餅米] 3말 800개
떡조[餅粟] 1말 …… 집에서 먹을 것들입니
다.

〈1939년 11월 20일 월요일 晴天氣〉(10월 10일)
오늘은 집사람이 친정에 가는데 아버님이 함
께 갔습니다. 정봉역에 가서 기차를 타고 갔습
니다. 짐은 떡과 술, 돼지고기 등으로 인부 한
사람을 얻어 들려 보냈습니다. 육촌형님 집 숙
인입니다. 김원근이라고 합니다.
집에서는 말린 벼를 탈곡기로 털었습니다. 집
의 숙인, 할아버님, 백부님, 종형이 일을 했습
니다. 약 한 섬이 나왔습니다. 18말 반이라고
합니다.
○ 북일면에 간 인부는 왔는데 아버님은 돌아
오지 않았습니다.

〈1939년 11월 21일 화요일 曇天氣〉(10월 11일)
숙인은 당숙(한식[漢植])님 집에 일하러 갔습
니다.
아버님은 낮에 북일면에서 돌아왔습니다. 무
사히 잘 왔습니다.

어머님은 일전에 사온 배추를 절였습니다.

〈1939년 11월 22일 수요일 小降雨天〉(10월 12일)

비 때문에 바깥일은 불가능해서 실내에서 아버님과 숙인은 새끼를 꼬았습니다.

아우는 시사(時祀)에 갔다 왔습니다.

〈1939년 11월 23일 목요일 曇天氣〉(10월 13일)

어머님은 사방공사에 가서 일했는데 73전이 나왔습니다.

아버님과 나는 도끼 등의 도구를 갖고 벌채를 한 땔감을 잘 정리했습니다.

숙인은 오늘 자기 집으로 갔습니다. 임금 850전을 주었습니다.

아우와 누이는 시사에 갔습니다.

〈1939년 11월 24일 금요일 晴天氣〉(10월 14일)

아버님은 한철 씨 집으로 일하러 갔습니다. 지붕을 내는 막을 짰습니다.

어머님은 새벽에 사방공사 일에 가서 80전을 받았습니다.

〈1939년 11월 25일 토요일 晴天氣〉(10월 15일)

어머님은 새벽에 집을 나가서 사방공사에 갔습니다. 저녁에 나는 학교에서 돌아와 두루마기와 목도리를 어머님께 올렸습니다. 오늘은 다른 날에 비해 날씨가 찼기 때문입니다. 전표를 보니 80전이 쓰여 있었습니다.

아버지는 마늘을 심었습니다.

아우는 누이를 돌보았습니다.

저녁에는 아버님이 아우의 그물을 한 개 짰습니다. 아우는 매우 기뻐했습니다.

〈1939년 11월 26일 일요일 晴天氣〉(10월 16일)

어머님은 오늘도 사방공사에 갔습니다.

승부[9]의 소작료를 당숙 집 소달구지에 쌓아서 갔습니다. 벼 10말들이 가마니를 나도 함께 운반했습니다.

저녁에 나는 어머님이 계신 곳에 두루마기와 목도리를 갖고 가서 드렸습니다.

어머님은 몸이 끊어질 정도로 추운데도 일했습니다. 어머님을 생각하면 가슴에 무언가 뜨거운 것이 움직이는 것을 느낍니다.

○ 오늘 첫눈이 내렸습니다.

〈1939년 11월 27일 월요일 晴天氣〉(10월 17일)

어머님은 오늘도 공사에 가려고 했습니다만 아버지가 말려서 가지 않았습니다.

오늘도 아버님과 나는 소작료 벼를 소달구지에 실었습니다.

벼를 또 한 섬 정도 팔았습니다.

아버님은 오후 4시경에 어디론가 가셨습니다. 시장입니다. 가족들을 먹여 살리기 위해 집을 나갔다 들어왔다 하십니다. 3일 후에 돌아오십니다.

나는 저녁에 제사를 지냈습니다.

현조비공인한산이씨신위[顯祖妣恭人韓山李氏神位]

〈1939년 11월 28일 화요일 曇後小降雨天〉(10월 18일)

아버님은 돌아오지 않았습니다.

어머님은 봉영 부인이 시집에 들어와서 거기

---

9) 勝部. 오송에 사는 지주 이름이다(10월 10일 자 일기 참조).

에 갔습니다.

〈1939년 11월 29일 수요일 晴天氣〉(10월 19일)
아버님은 오늘도 집으로 돌아오지 않았습니다.
어머님은 의복 세탁을 하셨습니다.
아우는 땔감을 했습니다.

〈1939년 11월 30일 목요일 晴天氣〉(10월 20일)
아버님은 오늘도 집으로 돌아오지 않았습니다.
어머님과 아우는 말린 벼를 타작했습니다. 나도 학교에서 돌아와 도왔습니다.
저녁에는 한복 씨 집에서 떡을 갖고 와서 잘 먹었습니다.
아버님은 그 사이 무사한지 걱정됩니다.

〈1939년 12월 1일 금요일 晴天氣〉(10월 21일)
어머님과 아우는 말린 벼를 타작했는데 두 섬이 나왔습니다.
저녁에는 어머님과 세탁을 하고, 아우는 땔감을 해왔습니다.
저녁식사 후 얼마 안 있어 장기간 출타하셨던 아버님이 돌아왔습니다. 그 사이 무사하셨고 잘 돌아왔다고 말씀하셨습니다. 장사를 하셨다고 합니다. 내일 저녁에는 또 집을 떠나 경성으로 가신다고 합니다.

〈1939년 12월 2일 토요일 晴天氣〉(10월 22일)
어머님은 의복 세탁을 했습니다.
아우는 땔감을 해왔습니다.
아버님은 또 오후 5시경 떠났습니다.
누이동생은 요즘 매우 까불어대고 말솜씨도

늘었고 노는 데 재미를 붙였습니다.

〈1939년 12월 3일 일요일 晴天氣〉(10월 23일)
아우는 아침 일찍 사방공사에 갔는데 36전을 받았습니다.
아버님은 계시지 않습니다.
어머님은 세탁을 하고, 저녁에는 떡쌀을 가루로 만들었습니다.
저녁식사 후에 흰떡을 만들어, 집 지키는 신에게 기원했습니다.

〈1939년 12월 4일 월요일 晴天氣〉(10월 24일)
아우는 오늘도 사방공사에 가서 일하고 36전을 받았습니다.
어머님은 백부님 집에서 식용유를 만드는 걸 도왔습니다.
아버님은 오늘도 돌아오지 않았습니다.

〈1939년 12월 5일 화요일 晴天氣〉(10월 25일)
부모님에게 어떻게 해야 할 것인지.
아버님은 오늘도 집으로 돌아오지 않으셨습니다. 멀리 가서 무사하기를 바랄 뿐입니다. 가족을 어떻게든 불안 없이 지내도록 뼈가 으스러지도록 일하십니다. 어머님은 매일처럼 나에게 밥을 해주시고, 세탁을 해주시고 부모의 은혜는 살아생전 효를 다해도 갚을 수 없는 것이거늘…….
아우는 오늘도 사방공사에 가서 일했습니다.
오늘도 36전을 받았습니다.

〈1939년 12월 6일 수요일 晴天氣〉(10월 26일)
아버님은 오늘도 돌아오지 않았습니다.
어머님은 재봉을 했습니다.

아우는 오늘도 사방공사에 가서 36전을 받았습니다.

〈1939년 12월 7일 목요일 晴天氣〉(10월 27일)
아버님은 오늘도 오지 않았습니다. 조부님을 비롯해 가족이 모두 걱정했습니다. 「신들에 기원컨대 아버지가 무사히 돌아오시기를 빕니다.」
아우는 사방사무소에 가서 임금계산서를 보고 왔습니다. 어머님이 일한 임금입니다. 도합 3원 4전입니다만 저금 54전을 빼고 2원 50전을 찾았습니다.
○ 저녁식사 후 종형 집에서 가을떡[10]을 만들어 가족이 모두 가서 먹었습니다.

〈1939년 12월 8일 금요일 晴天氣〉(10월 28일)
아버님은 오늘도 돌아오지 않았습니다.
어머님은 무슨 용무 때문에 오산시장에 갔다 왔습니다.
아우는 환희네 들에 일하러 가서 40전을 받았습니다.

〈1939년 12월 9일 토요일 晴天氣〉(10월 29일)
오늘도 아우는 들일에 갔다 와서 30전 받았습니다.
아버님은 오늘도 돌아오지 않았습니다.
어머님은 쌀 절구를 찧었습니다.

〈1939년 12월 10일 일요일 晴天氣〉(10월 30일)
새벽 2시경 일어나 열심히 공부하고 있었는데 바깥에서 아버님 소리가 들려서 나가 보니 장

10) 원문에는 "秋祝餠"이라고 기록되어 있다.

기간 안 계셨던 아버님이 돌아오셔서 가족이 모두 기뻐했습니다. 원산까지 갔다 오셨다고 합니다. 원산에서 큰 물명태 두 마리를 사왔습니다.
○ 오늘 북일면에서 노정 어미가 오기 때문에 아버님과 아우는 오산까지 마중을 나갔습니다만 날이 저물 때까지 오지 않았기 때문에 집으로 돌아갔습니다.

〈1939년 12월 11일 월요일 晴天氣〉(11월 1일)
아버님은 요전에 소달구지로 운반해 간 오송의 승부 씨 집 소작료를 계산하러 갔다 왔습니다.
아우는 땔감을 해 왔습니다.

〈1939년 12월 12일 화요일 晴天氣〉(11월 2일)
아버님은 종일 뒷밭의 보리밭에 똥을 뿌렸습니다. 저녁에는 아우가 땔감을 하는 데 사용할 대나무갈퀴를 가져왔습니다.
어머님은 세탁을 했습니다.
아우는 요전에 이틀간 환희네 제방공사에 일하러 갔을 때 받은 전표를 갖고 가서 현금을 받아왔습니다. 70전.

〈1939년 12월 13일 수요일 晴天氣〉(11월 3일)
아버님은 오산시장에 갔다 왔습니다. 어머님은 세탁을 했습니다. 아우는 땔감을 해 왔습니다.
저녁에 강서면 내곡리에서 외삼촌이 오셨습니다.
나는 학교에서 돌아오는 도중 면사무소에 가서 아우가 요전에 사방공사에서 일한 임금을 계산해 왔습니다. 1원 20전. 24전은 저금.

〈1939년 12월 14일 목요일 晴天氣〉(11월 4일)
아버님은 조치원시장에 갔다 왔습니다.
외숙은 아침 일찍 돌아갔습니다.
아우는 낙엽 땔감을 해 왔습니다.

〈1939년 12월 15일 금요일 晴天〉(11월 5일)
아버님은 괴산 근처에 갔습니다. 요전 원산에
서 다시마를 무역해왔는데 그것을 지금 팔러
갔습니다.
아우는 낙엽 땔감을 해왔습니다.

〈1939년 12월 16일 토요일 晴天氣〉(11월 6일)
아버님은 돌아오지 않았습니다.
어머님은 옷을 꿰맸습니다.
아우는 오늘도 땔감을 해왔습니다.

〈1939년 12월 17일 일요일 晴天氣〉(11월 7일)
오늘도 아버님은 돌아오지 못했습니다.
어머님은 의복 세탁을 했습니다.
아우는 땔감을 해 왔습니다.

〈1939년 12월 18일 월요일 晴天氣〉(11월 8일)
아버님은 오늘도 오지 않았습니다.
어머님은 떡쌀 한 말, 계란 열 줄을 갖고 오산
시장에 갔는데 쌀은 2원 64전, 계란은 43전에
팔았습니다.
아우의 겨울내의를 사왔습니다.
아우는 오늘도 땔감을 해왔습니다. 오늘은 집
야경 당번이어서 백부님이 아버님 대신 갔습
니다.

〈1939년 12월 19일 화요일 晴天氣〉(11월 9일)
어머님은 재봉을 하고 아우는 땔감을 했습니다.

저녁식사 후 아버님이 돌아왔습니다. 무사히
돌아온 것을 가족 일동이 모두 다행으로 여겼
습니다.
내일 노정 모자가 북일면에서 돌아오기 때문
에 아버님은 소고기를 한 근 사왔습니다.

〈1939년 12월 20일 수요일 晴天氣〉(11월 10일)
오전 10시경 아버님이 장인을 마중 나갔는데
몽단이고개에서 만났습니다. 장인, 노정 모자
는 기차를 타고 정봉역에서 내렸습니다.
집에 와서 떡, 닭고기, 청주로 친지들을 초대
해서 모두 대접했습니다. 하인도 한 사람 왔습
니다. 우리 집에서 자고 내일 갑니다.

〈1939년 12월 21일 목요일 晴天氣〉(11월 11일)
아침식사 후 해가 조금 떠올랐을 때 장인과 하
인은 북일면으로 출발했습니다.
아버님은 하루 종일 뒷밭의 보리밭에 인분을
줬습니다.
ㅇ 어제의 떡을 오산시 종조모, 재종조모 계신
곳에 갖다 드렸습니다.

〈1939년 12월 22일 금요일 晴天氣〉(11월 12일)
아버님은 괴산에 갔습니다. 다시마를 팔러 갔
습니다.
아우는 땔감을 해왔습니다.
저녁에는 아우에게 글을 가르쳤습니다.

〈1939년 12월 23일 토요일 晴天氣〉(11월 13일)
어머님은 떡쌀을 세 말 오산시장에 갖고 가서
팔았습니다. 한 말에 2원 60전.
내 두루마기를 해주기 위해서입니다.
아버님은 돌아오지 않았습니다.

○ 오늘은 백모님 생일이어서 아침식사 때는 우리 가족도 모두 백모님 집에서 밥을 먹었습니다. 저녁식사 때는 우리 집에서 백모님 진지를 해드렸습니다.

〈1939년 12월 24일 일요일 晴天〉(11월 14일)
어머님은 마을 어느 사람의 결혼식에 갔다 왔습니다(한영[漢英]).
아버님은 오늘도 돌아오지 않았습니다.
아우는 땔감을 해왔습니다.
나는 청주읍에 갔다 왔습니다. 「생명의 신독방[新讀方]」 제12권을 사왔습니다. 청주 신사 참배도 했습니다. 집에 도착한 때는 오후 7시경이었습니다. 달그림자가 비쳤습니다. 달력도 가져왔습니다.

〈1939년 12월 25일 월요일 晴天氣〉(11월 15일)
어머님은 금성마을에 갔다 왔습니다. 한승 씨가 시집가기 때문입니다.
아우는 땔감을 해왔습니다.
집사람은 재봉을 했습니다.
나는 학교에 가지 않았습니다.
오늘은 다이쇼 천황제[大正天皇祭]입니다.
저녁에 아버님이 돌아오셨습니다. 무사히 돌아와서 가족 일동이 기뻐했습니다.

〈1939년 12월 26일 화요일 晴天氣〉(11월 16일)
아버님은 금북에 갔다 왔습니다. 노길 군의 결혼식이 있기 때문입니다.
어머님도 같이 갔습니다.
아우는 낙엽 땔감을 해왔습니다.
집사람은 재봉을 했습니다.

〈1939년 12월 27일 수요일 晴天氣〉(11월 17일)
어머님과 집사람은 재봉을 했습니다. 정월이 얼마 남지 않아 정월에 입는 옷를 짜는 것입니다.
아버님은 저녁에 방범을 돌았습니다. 오늘 저녁이 우리 집 당번이기 때문입니다.

○ 저녁식사가 끝난 밤. 아버님이 나에게 「집의 재산 부족 관계상 중등학교 수험에 응시할 수 없을 것 같다」고 말씀했습니다. 나는 마음속은 수험을 하고 싶습니다. 다른 친구들은 방학 중에도 과외를 합니다. 눈에서 눈물이 흘렀지만 그러한 태도는 보이지 않고 시험을 보지는 않겠다고 말씀드렸습니다.

〈1939년 12월 28일 목요일 晴天氣〉(11월 18일)
집에 방문한 여자 소매인에게 내 두루마기 옷감을 샀습니다. 열한 자에 10전. 아버지는 오산시장에 가셨습니다. 아우도 면에 가서 참나무 종자값을 받으러 갔습니다. 저녁에 왔는데 물명태 다섯 마리를 가지고 왔습니다. 아버지가 사서 주었다고 합니다. 참나무 종자값도 찾았습니다.

○ 오늘은 제2학기가 끝나는 날입니다. 통신표를 받아와 보니 첫 번째[一番]였습니다. 기뻤습니다. 신이 도와준 덕분입니다.

〈1939년 12월 29일 금요일 晴天氣〉(11월 19일)
아버님과 나는 하루 종일 얼마 전 벌채해 온 목재를 약 50~60개로 잘랐습니다.
아우는 낙엽 땔감을 해왔습니다.
어머님과 집사람은 어제 산 내 두루마깃감을 형태를 잘 잡아 꿰매었습니다. 밤 12시경까지 재봉했습니다.

O 나는 오늘부터 동계방학이 되었습니다. 그 사이 가사를 돕고 학과 복습 및 예습을 하지 않으면 안 됩니다.

〈1939년 12월 30일 토요일 晴天氣〉(11월 20일)
아버님은 어제 잘라둔 땔감을 도끼로 팼습니다.
어머님은 금동에 어느 집 혼인식에 갔다 왔습니다.
아침에는 장동에 갔다 왔습니다.
집사람은 아침부터 저녁까지 내 두루마기와 조끼를 만들었습니다.
아우는 낮에는 땔감을 하고 밤에는 언문[諺文]을 익혔습니다.
O 3시경(오후) 오산의 권 십장이 방문해 같이 밥을 먹었습니다.

〈1939년 12월 31일 일요일 晴天氣〉(11월 21일)
아버님은 아침에 땔감을 하고, 오후에는 인분을 퍼서 뒷밭 보리밭에 뿌렸습니다. 어머님은 백모님 집으로 가서 제물을 만들었습니다. 집 사람도 옷을 만들기만 했습니다. 내 조끼를 재봉했습니다.
아우는 땔감을 주워왔습니다. 나는 조부님, 아버님, 아우의 머리를 깎아드렸습니다. 또 경성에서 온 우영 형한테 가서 놀았습니다. 저녁에는 제방문(亡室恭人)을 쓰고, 밤 껍질을 벗기고, 과자를 만들었습니다. 금줄[注連繩]을 문에 달았습니다.

1940년

〈1940년 1월 1일 월요일 晴天氣〉(11월 22일)
오늘은 정월입니다. 기원 2600년. 우선 아침 일찍 국기를 달고 궁성요배, 신붕예배를 했습니다.
가족 일동은 모두 오늘 하루를 즐겁게 보냈습니다.
마을에서도 모든 사람이 태평스럽게 놀았습니다.
저녁에 아버님이 꿀을 60전어치 사왔습니다.

〈1940년 1월 2일 화요일 晴後曇天氣〉(11월 23일)
수일 전부터 아버님이 자르신 땔감을 아버님, 나, 아우와 3명이서 함께 기분 좋게 쌓아두었습니다.
ㅇ 나는 저녁에 경성에서 온 우영 형과 함께 이야기를 나누면서 놀았습니다. 이번에 함께 동경에 상경해서 고학하겠다고 말했습니다. 꼭 가겠다는 생각을 마음속에 새겼습니다. 재산이 부족해 이곳에서는 성공할 수 없으니 상경해 고학하여 성공하겠다고 결심을 다졌습니다.

〈1940년 1월 3일 수요일 晴後曇天〉(11월 24일)
아버님은 칡껍질로 끈을 만들었습니다. 이 끈은 방 돗자리를 만드는 용입니다.
저녁식사 후 아버님께 「소자는 상경하여 고학하렵니다. 허락해 주십시오.」라고 말씀드렸지만 「고학은 용이한 것이 아니다. 그 괴로움은 말할 수 없을 만큼 고생하는 것이니 부모 밑에서 지내면서 부모를 도울 것을 생각하라.」고 말씀하셨습니다. 나는 눈물을 흘리면서 (늙어가는 부모를 도우리라)라고 생각했습니다.

〈1940년 1월 4일 목요일 曇天氣〉(11월 25일)
점심식사 후 아우와 함께 강서면 내곡리 외숙 집으로 갔습니다.
아버님이 말씀하셨습니다. 너의 처가까지 가서 호적초본을 떼어 오라고.
내 혼인신고를 위해서.
ㅇ 계란 1개 생산.

〈1940년 1월 5일 금요일 晴天氣〉(11월 26일)
나는 내곡리 외숙 집에서 점심식사를 한 뒤 아우에게 "너는 내일 집으로 가라"고 말하고, 나는 북일면 오동리 처가로 갔습니다.
저녁에는 소설을 한 권 모두 읽었는데, 감주를 만들어 줘서 잘 먹었습니다.
ㅇ계란 1개 생산.

〈1940년 1월 6일 토요일 晴天氣〉(11월 27일)
아우는 오늘 외숙 집에서 귀가 길에 올랐습니다.

나는 오늘도 오동리에 머물렀습니다.

저녁에는 소설을 읽었습니다.

○ 점심 무렵에 북일면 면사무소 가서 초본을 떼어올 생각으로 면사무소에 갔는데 때마침 호적서기가 없어서 불가능했습니다

○ 계란 1개 생산.

〈1940년 1월 7일 일요일 曇天氣〉(11월 28일)

나는 구성리(북일면) 조홍기 집을 방문해 그 집에서 잤습니다. 이 집은 처의 당고모[^1] 집입니다.

집에서는 매우 기다렸을 것입니다.

구성리에서 곶감과 대추를 많이 줘서 잘 먹었습니다.

○ 계란 1개 생산.

〈1940년 1월 8일 월요일 晴天氣〉(11월 29일)

나는 북일면 구성리에서 아침밥을 먹고 오동리로 돌아오는 도중에 면에 가서 호적초본을 떼어왔습니다.

처가에 와서 점심을 먹은 뒤 집에 오려 하는데 잡아 끌려서 하는 수 없이 또 하룻밤 잤습니다.

○ 계란 1개 생산.

〈1940년 1월 9일 화요일 晴天氣〉(12월 1일)

처가에서 아침식사를 하고 출발해서 집에 도착했습니다.

집에 오서 보니 부모가 매일 매우 기다리고 염려했다고 합니다.

아우는 6일 무사히 집에 왔다고 합니다.

■ 아버님은 어쩐 일인지 어제부터 감기에 걸

려서 주무시고 계셨습니다.

○ 계란 1개 생산.

〈1940년 1월 10일 수요일 晴天氣〉(12월 2일)

아버님은 오늘도 감기 때문에 적지 않게 고생하십니다.

아우는 땔감을 해왔습니다.

나는 계란을 거뒀습니다. 어머님 것과 노정 어머니 것.

저녁에는 우영 형님과 한청[漢青] 씨가 있는 전동에 가서 놀았습니다.

○ 계란 1개 생산.

〈1940년 1월 11일 목요일 曇天氣〉(12월 3월)

나의 혼인신고를 하는데 아버님이 6촌 형님(문영)에게 부탁했습니다.

아우는 땔감을 했습니다.

○ 계란 1개 생산.

나는 해영 집에 연기에서 손님이 와서 그곳에서 놀았습니다.

○ 우리 집의 노[^2]와 한도 씨 집의 왕골을 바꿨습니다.

○ 우리 마을에 면에서 옥수수를 3섬 가져왔습니다. 집에는 2말이 왔습니다.

〈1940년 1월 12일 금요일 曇後雨天氣〉(12월 4일)

아버님과 어머님은 돗자리[筵席] 짜는 도구를 놓고 저녁부터 짜기 시작했습니다.

아우는 참새 잡는 덫을 2개 만들어 참새가 잘 오는 곳에 두었습니다.

[^1]: 원문에는 "當고母[堂姑母]"라고 기록되어 있다.

[^2]: 원문에는 '노'와 '왕골'이 한글로 적혀 있고, 각 단어 주위로 동그라미가 둘러쳐져 있다('노', '왕' 모양).

○ 계란 1개 생산.

〈1940년 1월 13일 토요일 晴天氣〉(12월 5일)
아버지는 돗자리를 짰습니다.
어머님은 윤상 집으로 면을 짜는 일에 갔습니다.
아우는 땔감을 해왔습니다.
노정 어미는 의복 세탁을 했습니다.
○ 저녁에는 마을회의를 하는 데 아버님도 참석했습니다. 신계에 면에서 옥수수가 왔는데 그것을 나누기 위해서입니다. 1말(5되)에 1원 39전.
○ 계란 1개 생산.

〈1940년 1월 14일 일요일 晴天氣〉(12월 6일)
아버님과 어머님은 아침부터 돗자리를 짜기 시작했습니다. 어제 하루 한 데 이어 오늘도 해서 서산에 해가 질 무렵 끝냈습니다.
아우는 땔감을 해왔습니다.
집사람은 의복 세탁을 했습니다.
○ 들리는 말에 의하면 어젯밤에 도둑이 들어 윤성 씨 집 쌀을 훔치려다가 들켜 도망갔다고 합니다.
○ 계란 1개 생산.

〈1940년 1월 15일 월요일 晴天氣〉(12월 7일)
어머님은 윤상 집으로 일을 갔습니다.
아우는 땔감을 해왔습니다.
나는 유영복과 오산에 가서 감초약을 사왔습니다. …… 영복 아버지가 전부터 앓던 중 오늘 급히 병이 악화돼 그쪽 할머니가 오셔서 나에게 약을 사갖고 오라는 부탁을 해서 바로 갔다 온 것입니다.
○ 계란 1개 생산.

〈1940년 1월 16일 화요일 晴天氣〉(12월 8일)
아우만이 땔감을 해왔습니다.
점심 무렵에 면에서 애림계비[愛林契費]³를 징수하러 왔습니다. 집에서 지금까지 납입하지 않았기 때문에 오늘 아버지가 납입했습니다. 쇼와 14년도 제 2기분.
○ 계란 1개 생산.

〈1940년 1월 17일 수요일 晴天氣〉(12월 7일)
아우는 임금을 받으러 일하러 갔는데 20전어치를 했습니다.
나도 신계리 애국반원 다섯 명을 데리고 근로보국 작업을 했는데 하루 종일 1원어치밖에 못했습니다. 이 돈은 국방헌금.
○ 계란 1개 생산.

〈1940년 1월 18일 목요일 晴天氣〉(12월 10일)
나는 오늘도 일하러 갔습니다. 열심히 하는 중에 아우가 와서 도왔습니다. 또 아버님도 조금이나마 우리의 괴로움을 생각해서 도우러 와서 일했습니다. 그래서 50전을 벌려면 나 한 사람이 하면 오늘 하루 종일 해도 가능하지 않은 것을 오후 2시쯤 끝냈습니다.
○ 계란 1개 생산.

〈1940년 1월 19일 금요일 晴天氣〉(12월 11일)
오늘은 날씨가 비교적 추워서 아우는 땔감을 해 오지 못했습니다.

---

3) 원문에는 "愛林楔費"라고 표기되어 있다. 애림계(愛林楔)는 일종의 산림계(山林楔)로서, 일제시기에 이 이름으로 산림계가 운영된 마을들이 있으며, 해방 후에도 같은 이름으로 산림계가 조직된 사례들을 몇 곳에서 찾아볼 수 있다.

노정 어미는 6촌 형(헌영) 집으로 가서 재봉을 했습니다. 그 할머니가 손이 아파서 집사람에게 부탁한 것입니다.

저녁에는 마을사람이 모여 요전에 갖고 온 수수를 나누는 것을 상의하는 데 아버님도 갔습니다.

O 계란 1개 생산.

〈1940년 1월 20일 토요일 晴天氣〉(12월 12일)

아버님은 요전에 면에서 갖고 온 수수를 마을 창고에 저장해 뒀는데 어제 밤늦게 마을사람들이 상의한 결과 적당히 나누기로 해서 오늘 아침 몫을 받아 왔습니다. 우리 집에서는 평말로 2말을 배당 받았습니다.

아우는 땔감을 해왔습니다.

저녁식사 때에는 수수로 만들어 먹기 시작했는데 대체로 맛은 좋았습니다.

정어리를 사서 먹었습니다.

〈1940년 1월 21일 일요일 晴天氣〉(12월 13일)

아우가 아침에 땔감을 하러 나갔는데 점심이 지나고 서산에 해가 저물 때까지도 돌아오지 않아 부모님을 비롯해 가족이 모두 염려했습니다. 저녁식사 끝난 후 땔감을 한 가득 지게에 싣고 돌아와 안심했습니다. 부모님이 아우에게 주의를 줬습니다. 오늘 이후는 일찍 돌아오라고 말씀하셨습니다.

〈1940년 1월 22일 월요일 晴天氣〉(12월 14일)

저녁 중에 눈이 내려 땔감 해 오기가 불가능했습니다. 오늘 저녁밥은 수수가루로 죽을 만들어 먹었습니다.

내일은 노봉 동생의 백일로 떡 등을 만드는 준

비를 위해 종형 집이 바빠서 노정 어미는 거기에 가서 도왔습니다.

O 나는 오늘은 통학을 했습니다. 지원병을 부모에게 말씀 드렸더니 부모님이 반대는 하지 않았습니다. 다행히 지원병에 합격한다면 좋겠지만.

〈1940년 1월 23일 화요일 曇後雪天〉(12월 15일)

학교에서 지원병 제도에 대해 좌담회가 있었는데 아버님도 참가했습니다.

나는 아버님의 허락을 받아 지원병에 지원했습니다.

선생님을 비롯해 주재소 순사님들도 매우 기뻐하고, 아버님에게 사례를 해서 기쁘게 생각했습니다.

〈1940년 1월 24일 수요일 晴天氣〉(12월 16일)

어제 눈 때문에 어디에도 나갈 수 없습니다.

다만 저녁이 되어 아우가 땔감을 조금 해 왔습니다.

〈1940년 1월 25일 목요일 晴天〉(12월 17일)

집안일 아무것도 없었습니다. 나는 이웃집 사랑방[座敷]에 가서 놀았습니다. 마을 어른들이 담배 내기 윷놀이[木割]를 하기 때문에.

주재소 주임이, 나와 고 군[高 君]에 대해 내일은 호주 및 본인의 도장과 자산을 조사하러 온다고 말했습니다. 지원병 수속을 위해.

〈1940년 1월 26일 금요일 晴天氣〉(12월 18일)

나는 아버님 도장과 내 도장을 갖고 가서 주재소 순사 지도 아래 지원병 제도에 관한 지원서를 써서 제출했습니다.

○ 저녁에는 친척들이 모여 제사를 지냈습니다.

현조고가선대부[懸祖考嘉善大夫]의 제사.

아침에 어머님은 근영 형 집에 갔다 왔습니다. 누이동생이 시집을 가기 때문입니다. 이달 22일에. 요즘 우리 집은 매우 바쁩니다.

〈1940년 1월 27일 토요일 晴天〉(12월 19일)

나와 8촌간인 누이가 음력 이 달 22일 시집가기 때문에 거기에 가서 지도했습니다.

아우는 땔감을 해왔습니다.

어머님은 어제 저녁에 종조부 제삿날이어서 당숙 집에 가서 술과 음식을 준비했습니다.

〈1940년 1월 28일 일요일 晴天氣〉(12월 20일)

어머님은 종조모 집에 가서 아침식사를 했습니다. 오늘이 나와 칠촌간인 당질이 태어난 지 백일이 되는 날입니다. (점영의 자제).

오전 10시경 아버님과 어머님은 전동의 근영 형 집으로 가서 결혼식 일을 도왔습니다. 나도 낮에 가서 놀고 저녁식사 후 집으로 돌아왔습니다.

아버님과 어머님, 누이는 그곳에서 잤습니다.

〈1940년 1월 29일 월요일 晴天〉(12월 21일)

오늘은 복례 누이동생의 결혼식 날입니다. 아버님과 어머님은 종일 일을 돕고 누이까지 3명이 그곳에서 잤습니다.

노정 모자와 아우는 저녁에 집으로 돌아오고, 나는 초저녁까지 놀고 8시경에 4촌, 6촌 형님들과 함께 금북으로 가서 이훈정[李勳正]의 부친 제사에 조문하고 왔습니다.

노언의 사랑방에서 어른들이 윷놀이(木割)하는 걸 보고 밤을 밝혔습니다.

〈1940년 1월 30일 화요일 晴天氣〉(12월 22일)

아버님과 어머님은 오늘도 3종형 집에서 종일 일을 도왔습니다. 나도 학교에서 돌아와 저녁 식사를 마치고 3종형 집으로 갔습니다. 오후 10시경에 그쪽으로 갔던 하인들이 돌아왔습니다. 조금만 놀고 나는 아버님과 함께 집으로 돌아왔습니다. 어머님과 누이는 거기에서 잤습니다.

○ 중화민국에서 권 선생으로부터 나에게 편지가 왔습니다.

〈1940년 1월 31일 수요일 晴天〉(12월 23일)

어머님과 누이는 근영 형 집에서 오전 10시경 돌아왔습니다.

아우는 땔감을 해왔습니다.

나는 학교에서 돌아와 어머님이 갖고 오신 떡과 기타 맛있는 음식을 많이 먹었습니다.

〈1940년 2월 1일 목요일 晴天氣〉(12월 24일)

주재소 김 순사가 구장 집으로 와서 지원병 후원회비를 모으기 위해 모임을 열었는데 아버님도 참가했습니다.

아우는 땔감을 해왔습니다.

○ 나는 저녁 식사 후 윤상의 사랑방에 가서 밤새도록 놀았습니다.

〈1940년 2월 2일 금요일 曇天氣〉(12월 25일)

아버님은 장례식 올리는 곳에 갔다 왔습니다. 동림리 금성의 노중 모친이 어제 돌아가셨기 때문입니다.

저녁에 어머님은 돗자리를 짜는 도구를 놓고

저녁부터 짜기 시작했습니다.

아우는 땔감을 해 왔습니다.

○ 오늘 저녁이 우리 집 야경하는 당번이어서 아버님은 저녁 늦게 순찰하였습니다.

〈1940년 2월 3일 토요일 晴天氣〉(12월 26일)

아버님과 어머님은 하루 종일 돗자리를 짰습니다.

아우는 땔감을 해왔습니다.

〈1940년 2월 4일 일요일 晴天氣〉(12월 27일)

아버님과 어머님은 오늘도 아침부터 저녁까지 돗자리를 짜기 시작해 저녁 8시경 끝냈습니다.

아우는 땔감을 해왔습니다.

○ 나는 주재소에 갔다 왔습니다. 지원병에 관한 무슨 모임 있어서입니다. 점심도 거기에서 줬습니다.

저녁에는 윷놀이하는 데 가서 놀았습니다. 나도 윷놀이해서 이겼습니다.

〈1940년 2월 5일 월요일 晴天氣〉(12월 28일)

아버님과 어머님은 오늘도 저녁부터 돗자리를 짜기 시작했습니다.

아우는 땔감을 해왔습니다.

나는 내일 청주읍에 신체검사를 받으러 가기 때문에 저녁식사 후 물을 끓여서 목욕을 했습니다. 지원병 신체검사

〈1940년 2월 6일 화요일 晴天氣〉(12월 29일)

아버님과 어머님은 오늘도 종일 돗자리를 짰습니다.

아우는 땔감을 해왔습니다.

○ 나는 청주읍에 체격검사를 하러 갔습니다. 경찰서에 가서 증명서를 받아 성산의원 의사님한테서 검사를 받았는데 체격은 갑종이었습니다. 신장은 156㎝[4], 가슴둘레는 82㎝. 체중은 47㎏. 눈은 좌우 각 1.5. 기타 병 없음.

〈1940년 2월 7일 수요일 晴天氣〉(12월 30일)

어제 저녁에 눈이 내려 쌓여서 아우는 아침 일찍 일어나 마당을 쓸었습니다. 아버님은 오산에 가서 고기를 사왔습니다. 아버님과 어머님은 오늘도 돗자리를 짰습니다. 종일 짰기 때문에 또 저녁 8시경에 끝났습니다.

나는 이웃집에 가서 11시경까지 놀다 와서 아버님한테 주의를 들었습니다. 요즘엔 매일 저녁 11, 12시경까지 놀았습니다.

〈1940년 2월 8일 목요일 晴天氣〉(정월 초1일)

오늘은 정월 초하루입니다. 아버님은 아침 일찍 당숙 제사에 갔습니다(한규 씨).

○ 저녁식사 후 윤상 집에 가서 떡과 술을 먹었습니다.

○ 3, 4년 전이었다면 오늘이 정월이었지만 양력이었기 때문에 집에 제사는 없었습니다.

○ 강원도 강릉에 있는 외5촌으로부터 편지가 왔습니다.

〈1940년 2월 9일 금요일 晴天氣〉(1월 2일)

오늘은 조부의 생신입니다. 아침식사는 종형 집에서 친척분들도 불러서 같이 모여 먹었습

---

4) 원문에는 "1.56米"로 기록되어 있다. '米'는 미터(meter)의 취음자(取音字)로서 사용되므로, 원문의 1.56米 는 156㎝가 된다. 이하 'cm', 'kg' 등은 원문에 있는 그대로이다.

니다. 저녁식사는 우리 집에서 만들어 드렸습니다.

〈1940년 2월 10일 토요일 晴天氣〉(1월 3일)
이웃 할머님(윤상 조모)이 돌아가셔서 아버님은 조문 갔습니다.
오늘 저녁엔 종조부 제삿날이어서 저녁에는 제사를 지냈습니다.

〈1940년 2월 11일 일요일 晴天氣〉(1월 4일)
아침에 강서면 내곡리 큰 외숙이 오셔서 저녁에 가셨습니다.
아버님과 어머님은 종일 윤상 집에서 일을 도왔습니다.
아우는 땔감을 해왔습니다.

〈1940년 2월 12일 월요일 曇後雨天〉(1월 5일)
오늘도 아버님과 어머님은 상가인 윤상 집으로 갔습니다.
○ 밤에는 나는 해영 집으로 가서 청주 할머님과 함께 이야기를 나누면서 장시간 놀았습니다.

〈1940년 2월 13일 화요일 雨天氣〉(정월 6일)
오늘은 비가 내려서 아무것도 못했습니다.
○ 윤상 조모 장례식은 오늘 올리려 했는데 비때문에 못했습니다. 아버님은 그곳에 가셔서 무언가 도와 드렸습니다.
정월 이후 날씨가 매우 온화해서 눈이 내리지 않고 비가 내립니다.

〈1940년 2월 14일 수요일 晴天〉(정월 7일)
윤상 조모 장례식을 오늘 치렀는데 아버님은 하루 종일 그곳에서 있었습니다.

○ 저녁에는 내가 가족들의 토정비결을 보아 주었습니다. 우리 집은 대체로 나쁜 것은 없었습니다.

〈1940년 2월 15일 목요일 晴天氣〉(정월 8일)
별다른 일은 없었고, 다만 노정 어미가 양말을 꿰매었습니다.
○ 나는 교토(京都)의 곽일영에게 편지 답장을 썼습니다.

〈1940년 2월 16일 금요일 晴天氣〉(정월 9일)
아우가 땔감을 해왔습니다.
오사카의 친구들로부터(이기조[李基性]) 편지가 와서 답장을 했습니다.

〈1940년 2월 17일 토요일 曇後晴天氣〉(정월 10일)
아무 일도 없고 다만 아우가 땔감을 해 왔습니다. 상인이 와서 파래를 15전어치 샀습니다. 세탁비누는 1개에 15전.
○ 나는 저녁에 해영 집에 가서 2, 3시간 놀다 왔습니다.

〈1940년 2월 18일 일요일 晴天氣〉(정월 11일)
오늘은 윤신의 어머니 61세 회갑입니다. 그래서 아침식사로 마을사람을 모두 불렀습니다. 아버님도 갔습니다.
○ 나도 점심때 가서 진미로운 과자와 과일, 소면을 먹었습니다. 윤신의 집은 할머님 회갑이기도 하고 윤신 형님의 결혼일이기도 합니다.

〈1940년 2월 19일 월요일 晴天氣〉(정월 12일)
오늘은 금동의 춘영 형 어머니 회갑입니다. 어머님은 그곳에 갔다 왔습니다.

아우는 땔감을 해왔습니다.

○ 창재는 대구사범에 가서 그 수험을 보고 어제 돌아왔습니다. 학교에서 함께 돌아오면서 그 수험 때 사정을 들었습니다.

〈1940년 2월 20일 화요일 晴天氣〉(정월 13일)
아우는 땔감을 해왔습니다.

어머님이 나에게 50전을 주면서 "생선을 사오라"고 말씀하셔서 나는 학교에서 돌아오는 때에 생선을 사왔습니다. 이것은 음력 정월 15일에 먹을 것입니다.

〈1940년 2월 21일 수요일 晴天氣〉(정월 14일)
오늘도 기념일입니다. 오늘과 내일은 명절입니다.

아우는 땔감을 해왔습니다.

저녁식사는 종형 집에서 먹고 해영 집에서도 먹었습니다.

저녁에는 나는 윤신 집으로 가서 놀았는데 밥을 대접해 주어서 감사히 먹었습니다.

〈1940년 2월 22일 목요일 晴天〉(정월 15일)
운이 나쁘게도 누이동생은 어린이들과 함께 놀 때 그중에 있는 어떤 멍청한 놈 하나가 불놀이를 하던 중 누이의 옷에 불이 붙어 옷이 타고 몸까지 크게 다쳤습니다. 그래서 아우가 학교에 와서 나에게 말하기에 학교의 약을 보냈습니다. 부모님은 매우 염려했습니다.

저녁에는 작은 종조부 제사가 있어서 제사를 지냈습니다.

〈1940년 2월 23일 금요일 晴天氣〉(정월 16일)
아우는 땔감을 해왔습니다.

아버님과 어머님은 누이의 화상 때문에 종일 누이를 위로했습니다.

나는 학교에서 돌아올 때 밀감 4개를 사와서 누이동생에게 주었습니다. 또 화상을 입은 곳에 바르는 「맨소래담」이라는 약을 사왔습니다.

아우는 저녁에 달을 보러 갔다 왔습니다.

〈1940년 2월 24일 토요일 曇天〉(정월 17일)
오늘도 누이동생의 화상병 때문에 아버님과 어머님은 아침부터 저녁까지 약을 바르는 등 위로했습니다.

〈1940년 2월 25일 일요일 晴天氣〉(정월 18일)
저녁에 성영 형님이 누이동생의 화상 부위에 바르는 약을 사왔습니다. 50전. 누이동생의 화상의 근원은 성영 형의 아이인 노식의 잘못 때문입니다.

■ 집에서는 그 약을 받으면서도 무슨 말을 하지는 못했습니다. 인정에 끌려서.

이른 저녁에는 아버님이 어디인지는 모르지만 조문을 다녀왔습니다.

〈1940년 2월 26일 월요일 晴天氣〉(정월 19일)
누이동생의 화상 때문에 부모는 매일처럼 격정을 하지만 빨리 나아야 하는데 아무 효과가 없습니다. 아마 중상이기 때문에 쉽게 낫지 않을 것 같습니다.

○ 점심 무렵 아버님은 아우를 데리고 가서 간이학교에 입학지원을 했습니다.

〈1940년 2월 27일 화요일 구름〉(정월 20일)
아우는 땔감을 해왔습니다. 누이의 화상에 바

르는 약재를 구해 왔습니다.

낮에 면사무소에서 식량 조사하러 왔는데 우리 집은 쌀 2말과 조 1말로 쓰고 갔습니다.

누이동생은 화상 때문에 음식도 잘 못 먹는데 조금이라도 먹여 주기 위해 저녁에 떡을 만들어 주었습니다.

〈1940년 2월 28일 수요일 晴天氣〉(정월 21일)

아버님과 어머님은 오늘도 누이의 화상 때문에 약을 발라 주면서도 걱정을 하지만 왜인지 조금도 효과가 없습니다.

계란 1개 생산. 지금부터 낳기 시작.

〈1940년 2월 29일 목요일 晴天氣〉(정월 22일)

오랜 소나무 껍질을 갖고 와서 그것을 태우고, 작은 분말로 해서 누이의 화상에 바르기 위해 아우와 아버님은 종일 약을 구했습니다. 어머님은 누이를 위로했습니다.

노정 어미는 종형 집으로 면 짜는 일을 도우러 갔습니다. 나는 학교에서 돌아와 면사무소에 가서 아우의 생년월일을 써서 아우의 학교 입학을 신청했습니다.

계란 1개 생산.

〈1940년 3월 1일 금요일 晴天氣〉(정월 23일)

오늘은 3월 1일로 나는 아침 일찍 일어나 국기를 게양했습니다. 아버님은 아우를 데리고 간이학교에 무슨 용무가 있어서 갔다 왔습니다.

계란 1개 생산.

〈1940년 3월 2일 토요일 晴天氣〉(정월 24일)

오늘도 아버님과 어머님은 누이의 화상에 약

을 발랐습니다. 나는 학교에서 돌아와 아우에게 가나-히라가나, 가타카나[假名]를 가르쳐 주었습니다. 아우는 재주가 있어서 가르쳐 주면 잘 알아듣습니다.

계란 1개 생산.

〈1940년 3월 3일 일요일 晴天氣〉(정월 25일)

아침에 어머님한테서 우물물을 길어오라는 말이 있어서 아버님과 나는 1년간 버려두었던 우물물을 깨끗이 청소하고 물을 길어 왔습니다.

아우는 아침 일찍 사방공사에 갔는데 돌아와서 보니 임금이 32전이었습니다.

계란 1개 생산.

〈1940년 3월 4일 월요일 晴天氣〉(정월 26일)

오늘은 아버님은 조치원시장에 갔다 왔습니다.

아우는 사방공사에 갔는데 32전을 받았습니다.

나는 저녁에 경성 중동중학교를 졸업하고 어제 온 우영 형님한테 가서 놀다 왔습니다.

계란 1개 생산.

〈1940년 3월 5일 화요일 晴天氣〉(정월 27일)

오늘은 우물과 집앞[宅頭]에 절을 했습니다. 어머님은 우물물을 깨끗이 길어 왔습니다. 저녁식사 후 흰떡을 만들어 집앞에 놓고 또 한 그릇을 만들어 우물에 가서 절을 하고 왔습니다.

아우는 오늘도 사방공사에 가서 일했습니다.

계란 1개 생산.

⟨1940년 3월 6일 수요일 晴天氣⟩(정월 28일)
어찌된 일인지 어머님이 저녁 무렵부터 두통 때문에 드러누웠습니다. 많이 아프십니다. 십수일간 누이의 화상 때문에 침식을 잊고 간병하고 염려한 때문에 어머님의 병이 생긴 것일 겁니다. 나는 학교에서 돌아와 어머님의 머리를 손으로 주물러 드리고 보살펴 드렸습니다.
아우는 오늘도 사방공사에 가서 일했습니다.
계란 1개 생산.

⟨1940년 3월 7일 목요일 晴天氣⟩(정월 29일)
어머님의 병은 아직 낫지 않았습니다만 오늘 저녁은 조금 차도가 있다고 생각되는 약을 마셨습니다.
누이는 화상 때문에 그동안 자신이 걷지를 못했지만 오늘 비로소 자신의 발로 문밖에 나가 놀았습니다. 매우 기쁩니다.
아우는 오늘도 사방공사에 갔다 왔습니다.
계란 1개 생산.

⟨1940년 3월 8일 금요일 曇後雨天氣⟩(정월 30일)
어머님의 병세는 오늘도 아직 완전히 좋아지지 않았습니다.
누이는 화상이 있기 때문에 그동안 매우 괴로워했지만 점점 나아갑니다.
아우는 오늘도 사방공사에 갔습니다. 매일 임금은 32전입니다.
계란 1개 생산.

⟨1940년 3월 9일 토요일 雨後曇天氣⟩(2월 1일)
학교에 갔다 와서 어머님한테 꾸중을 들었습니다.
○ 요즘 내가 매일 다른 사람 집에 가서 밤늦

게까지 놀다가 늦게 귀가하기 때문입니다.
√ 장난으로 화투도 쳤습니다.
◎ 계란 1개 생산.

⟨1940년 3월 10일 일요일 晴天氣⟩(2월 2일)
오늘은 아우가 아침 일찍 사방공사에 갔다 왔습니다. 임금은 32전입니다.
어머님의 병세와 누이의 화상은 이제 낫기 시작했습니다.

⟨1940년 3월 11일 월요일 晴天氣⟩(2월 3일)
아우는 그 동안 매일 같이 사방공사에 가서 몸이 매우 피곤하기 때문에 오늘은 쉬었습니다.
저녁에 아버님은 상가에 조문하러 갔다 왔습니다.
계란 1개 생산.

⟨1940년 3월 12일 화요일 曇天氣⟩(2월 4일)
오늘도 아우는 아침 일찍부터 사방공사에 나갔습니다.
아버님은 단화를 3켤레 만들었습니다. 내 것도 한 개 있습니다.
계란 1개 생산.
나는 오늘 경성사범 강습과 시험을 보려고 생각하고 학교에 출원용지를 보내고 통지를 기다렸습니다.

⟨1940년 3월 13일 수요일 曇後雪天⟩(2월 5일)
아우는 아침 일찍부터 사방공사에 갔는데 일을 한 시간만 하고 눈이 비로 변하고 바람이 강하게 불기 시작해서 일을 중지하고 돌아왔습니다.
누이의 화상은 나날이 좋아져 갑니다.

어머님의 감기는 아직 썩 좋아지지 않았습니다.
계란 1개 생산.

〈1940년 3월 14일 목요일 曇後雪天氣〉(2월 6일)
아우는 오늘도 사방공사에 갔습니다만 오후
가 되어 눈이 내려서 어제처럼 중지하고 돌아
왔습니다. 임금은 어제는 8전, 오늘은 19전입
니다.
아버님은 면사무소에 무료치료 의사가 와서
약을 가져왔습니다. 오산에서 오실 때 우산을
가지고 오셨습니다.
저녁에는 큰할아버지 제사가 있었습니다. 계
란 1개 생산.

〈1940년 3월 15일 금요일 曇天〉(2월 7일)
아우는 사방공사에 가서 일했습니다.
아버님은 머리에 바르는 약을 발랐습니다. 어
제 면에서 가지고 온 약입니다.
계란 1개 생산.

〈1940년 3월 16일 토요일 晴天氣〉(2월 8일)
아우는 사방공사에 갔는데 오늘 마침 사방공
사가 쉬기 때문에 일이 없어서 그대로 돌아왔
습니다.
아버지는 낚시찌를 4개 정도 만드셨습니다.
○ 경성사범에서 온 소견표와 신체검사표(입
학원서)를 아버님께 보여드렸습니다.
계란 1개 생산.

〈1940년 3월 17일 일요일 晴天氣〉(2월 9일)
오늘도 아우는 사방공사에 가서 일했습니다.
아버님은 집안 물건을 정돈해 두었습니다.
계란 1개 생산.

〈1940년 3월 18일 월요일 晴天氣〉(2월 10일)
오늘도 아우는 사방공사에 가서 일했습니다.
어머님과 노정 어미는 참나무 종자의 액을 짰
습니다.
나는 아우가 일한 임금 계산서를 보고 왔습니
다. 2원 21전.
계란 1개 생산.

〈1940년 3월 19일 화요일 晴天氣〉(2월 11일)
아버님은 하루 종일 보리밭에 인분을 주었습
니다.
아우는 아침 일찍부터 사방공사에 가서 일했
습니다. 임금은 32전.
계란 1개 생산.

〈1940년 3월 20일 수요일 晴天氣〉(2월 12일)
아버님은 오늘도 보리밭에 거름을 주었습니다.
아우는 오늘도 사방공사에 가서 일했습니다.
임금은 32전.
○ 밤에 마을의 인현 씨가 갑자기 죽으려고 해
서 아버님은 문병을 갔다 왔습니다.
계란 1개 생산.

〈1940년 3월 21일 목요일 晴天〉(2월 13일)
오늘은 어머님이 백모와 함께 아침 일찍부터
사방공사에 가서 일했습니다. 임금은 34전.
아우는 그동안 매일 다녔기 때문에 몸이 매우
피곤해서 오늘은 쉬었습니다.

〈1940년 3월 22일 금요일 晴天氣〉(2월 14일)
어머님은 오늘도 사방공사에 가서 일했습니다.
나는 오늘 졸업식 연습을 하고, 대부분 친구들
과 함께 학교 숙직실에서 잤습니다.

〈1940년 3월 23일 토요일 晴天氣〉(2월 15일)
오늘도 어머님은 사방공사에 갔습니다.
오늘은 내가 심상과[尋常科]를 졸업합니다.
졸업증서를 받았습니다.
아버님은 졸업식에 참가하기 위해 학교에 오
셨지만, 식이 끝날 때 오셔서 참가할 수는 없었
습니다. 나는 우등상과 개근상을 받았습니다.
○ 나는 또 오후 3시경 지원병 시험 때문에 청
주읍으로 가서 북일여관에서 잤습니다.

〈1940년 3월 24일 일요일 晴天氣〉(2월 16일)
어머님은 오늘도 사방공사에 가서 일했습니다.
√ 아우는 굴뚝 옆에 있는 쓸모없는 흙을 삽으
로 팠습니다.
나는 오늘부터 통학은 하지 않습니다. 어제 청
주에 왔지만 도청에서 신체검사 및 구술시험
을 받았습니다. 체격은 제1을종 합격이었습니
다. 구두시험 합격발표는 내일 경찰서에서 각
주재소에 통지한다고 합니다. 오후 4시 자동
차로 타고 왔습니다.

〈1940년 3월 25일 월요일 晴天氣〉(2월 17일)
오늘도 어머님은 사방공사에 가서 일했습니
다. 임금은 매일같이 34전입니다.
저녁에 주재소에서 나에게 통지가 왔는데 구
두시험에도 합격했다는 것으로 내일 오전 9시
경에 주재소에 모이라는 통지였습니다.

〈1940년 3월 26일 화요일 晴天氣〉(2월 18일)
사방공사에 일이 끝나서 어머님과 마을 할머
니들은 일하러 가지 않았습니다.
아우는 땔감을 해 왔습니다.
아우는 올해 금계간이학교에 입학합니다. 매

일 기쁘게 가나와 언문을 열심히 배웁니다.
나는 주재소에 가서 좌야[佐野] 주임으로부터
제반 주의사항을 듣고 점심 무렵에 정봉에서
기차를 타고 청주로 가서 북일여관에서 잤습
니다.

〈1940년 3월 27일 수요일 晴天氣〉(2월 19일)
집에서는 집 안팎일을 했습니다.
나는 청주에서 지원병 학과시험을 받고 오후
3시 지나서 기차를 타고 집으로 돌아왔습니
다. 학과시험 발표는 4월 상순이라고 합니다.

〈1940년 3월 28일 목요일 晴天氣〉(2월 20일)
아버님은 무슨 용무인가로 오산시장에 갔다
왔습니다.
나는 선생님 있는 곳에 가서 상담하고 내 앞길
의 방향을 정했습니다. 지원병에 합격하면 다
행이지만, 합격하지 못하면 옥산면 청년단원
이 되어 고등과 교과서나 강의록으로 열심히
공부해 내년 3종 교원시험 보는 것을 선생님
으로부터 권고 받았습니다.
비료 한 포대를 갖고 왔습니다. (못자리[5] 비료)

〈1940년 3월 29일 금요일 晴天〉(2월 21일)
마을 창고에 저장해 둔 벼를 양식이 부족한 집
에 빌려주는데 우리 집은 15말, 5되들이로는
30말을 갖고 왔습니다.
나는 4학년 때 근로상으로 받은 쇠갈퀴로 뒤
쪽 보리밭을 갈았습니다.
아우는 땔감을 해 왔습니다.

---

5) 원문에는 "苗代"로 기록되어 있다. 바른 한자는 '苗
垈'이다.

〈부록〉[6]

檀紀 四二七三年(일본 소화 十五년)

일 년간을 통하여 간단히 적은 것.

아버지를 따라 소학교 입학하러 울렁거리고 기쁨에 넘치는 가슴을 두 손으로 끼안고 가든 그때가 벌서 륙년(六年) 전이다. 졸업하기 위하여 학교를 단였는 지 만 륙년이 되니 학교를 나오게 되었다. 육년간의 소학교(보통학교) 과정을 맞추었다는 졸업증서도 주더라. 지금은 가정에서 아버지를 도으며 가사(家事)에 종사하는 중이다. 여가(餘暇)에는 책을 읽고 있는 중이다. 그러나 일기는 쓰지 않기로 하였다. 학교를 나오니 마음이 하도 적적하여서 쓰고 싶은 용기를 내지 못한 까닭이다. 이 기록(記錄)은 졸업 후 일년을 보내게 된 단기 四二七三년 十二월에 쓴 것이다. 지금 와서는 일기를 다시 쓰기로 하였든 것이다. 그러나 졸업 후 약 일년간의 일기는 없어서 섭섭하기 짝

6) 저자는 해방 이듬해인 1946년 일본어로 쓴 이전의 일기를 우리말로 번역하려 했던 것 같다. 우선 1941년에 쓴 일본어 일기를 우리말로 스스로 번역하였는데, 이 내용은 1941년의 일기를 우리말로 번역한 일기장의 본문 내용 앞에 기록되어 있는 것이다. 그러나 일기가 한 해의 4월 1일부터 시작해서 이듬해 3월 말로 끝나는 것으로 보아, 이 내용은 1940년의 마지막 날에 1년간의 소회를 정리한 것으로 보인다. 그래서 1940년 일기의 마지막에 배치하였다. 본문 내용은 지면 오른쪽에서부터 세로쓰기로 기록되어 있다. 원문에는 말줄임표(……)와 문장 종결부에 고리점(。), 쉼표(,)가 각각 두 번씩, 그리고 두 개짜리 느낌표(!!)가 한 번 사용된 것 외에 다른 구두점이 없으나 여기에서는 모든 문장 끝에 온점(.)을 찍어 각각의 문장들을 구분하였다. 또한 원문은 문장의 종결지점 외엔 모두 띄어쓰기 없이 기록되어 있으나 여기에서는 가독성을 높이기 위하여 띄어쓰기하여 입력하였음을 밝힌다.

이 없다. 하는 수 없이 연기(年記)라기보다 일년간의 생활을 간단히 생각나는 대로 적기로 한 것이다.

졸업 이후 농업에 힘은 썼으나 수액(收額)은 극히 적었다. 식량으로 해서 곤란이 심하였다. 밭은 삼백 평이 될까 말까 할 뿐이고, 논은 마지기 수로는 십오두락(열만[열다섯] 마지기 …… 十五斗落)이나 있으나 논밭 전부가 소작(小作)이다. 그중에 칠 두락은 들판에서 제일 가는 물구렁 논이였다. 비오는 해는 전연 실패에 돌아가고만은 논이다. 해필이면 장마가 심하였든 해이므로 집[짚] 하나 구경할 수도 없었다. 한 달을 두고 비가 나리였든 것이다. 남어지 팔두락은 도열병으로 반절(오활[오할(五割)])을 넘겨 손해를 본 것이다. 보리농사는 밭이 원래 없기 때문에 칠월(七月)부터 구월(九月)까지는 식량을 팔아먹었든 것이다. 아우 운영(云榮)은 동리에 있는 간이학교(簡易學校)에 입학을 시키었다. 삼개월동안 양식으로 곤란을 받다가 가을베[가을벼]가 다소간 나오니 살 뜻하였다. 그러나 두어 달 먹으니 또 다시 양도가 떨어지고 말더라 지금 역시 겨울판이로되 보리쌀을 구하여서 연명하고 있다. 여름부터 가을에 걸처서는 어머니와 함께 사방공사(砂防工事)에 단이여서 간신이 지나고 지금은 가마니를 짜서 팔고 있는 형편이다. 가을양식이 떨어진 후로 쌀, 보리쌀을 섬이 가깝게 팔아먹었다. 아직도 멀었다. 새보리가 올 때까지다. 보리 싹은 이제서야 눈에 덮여 있다가 겨우 하눌을 보게 된 것이다. 새 보리가 나온다 하여도 얼마 되지 않음을 알면서도 하루가 천추같이 바라는 것이였다.

나는 원래부터 교원(敎員)을 희망하였든 것이

다. 서당을 맞친 후라기보다 그전부터도 학교에 단이는 생도가 돼 보기를 얼마나 바랐든 것인가. 학교에 단겨서 훌륭하신 선생님들에게 공부하여 보고 싶은 것이 포원이였었다. 포원이였든 학교를 참말로 단이게 된 그때의 기쁨은 이로 말할 수가 없었다. 세상에 나 하나만 잘 되는 것 같았다. 나 하나만 학생인 것 같았다. 나 외에 수백 명의 학생이 있것마는 웨 그렇게도 기뻐하였는지!!

학교보다 더 좋은 것은 없는 것으로 나는 돼버렸든 것이다. 군수도 싫었다. 도지사도 싫었다. 나의 소원은 학교 선생이었다. 천진한 어린이, 귀여운 어린이, 코 홀리는 어린이를 달이고 같이 놀고 같이 배우고 같은 동무가 되여서 자미있게 자라나는 것이 나는 좋아한 것이다. 소학교 단이면서도 일기장에 나는 교원 되리라고 적어 논 것이 몇 번이고 있었다. 남이 알까바 부끄럽기도 했다. 그러나 숙망(宿望)의 교원은 상급학교(사범 …… 師範)를 단이여만 하는 것도 나는 잘 안다.

무슨 형세로 상급학교를 단이나 한숨지고 눈

물 어릴 뿐이다. 나의 희망을 잘 아는 은사가 있었다. 교원 되는 길을 갈처 주신다. 검정시험(檢定試驗)이 있으니 그 시험을 치루라는 것이다. 큰 광명을 얻은 듯이 기뻐하며 아침저녁으로, 또는 비 오는 날로 새만 있으면 읽고 써보기로 하였다. 시험기(試驗期)를 기다리게 된 나는 금방에 선생이 되는 것 같았다. 꿈에도 나오고 일하매도 그 형상을 상상하여 본 적이 한두 번이 아니었다. 시험을 치루니 결과는 반 선생이 될락 말락 하였다. 촉탁으로 채용할 수 있다는 성적을 이룬 것이다. 더 한층 노력하기로 나는 결심하였다. 틀림없이 선생노릇을 하게 될른지가 문제다. 지성이면 감천이라는 말도 있는데. 좌우간 부즈런이 하여 보자. 응. 부즈런이 하여보자. 꼭.

소화 十五년 十二月 末日에 썼음

우리글로 고처 쓴 날 단기 四二七九年 十二月 三十日 저녁
(소화로는 二十一년인 듯함)

1941년

〈1946년 12월 30일 월요일 晴天氣〉(12월 8일)[1]

예정 없이 혼[헌] 책궤를 들처거리였다. 몬지를 털어내고 간단히 정리나 해여 볼 량으로. 책꽂이에는 옛적이라는 것보다 학교시대에 건디리든 교과서 흔책 잡지가 무질서하게 꽂허 있다. 그 중간에는 공을 디려서 연필로 쓴 공책도 있으나 일본말로 적어온 일기책이 숨어 있었다. 소제 중에도 자미있는 듯이 한 장 두 장 읽어가며 넹기였다. 그러나 진저리나는 일본말 읽기에는 부끄럽기도 하고 상스러웠다. 별다른 고통은 없겠지마는 십년 이십년 후에는 불편한 점이 있을 듯하고 사랑하는 우리 글자로 적어내는 것이 온당하리라 생각하였다.

단기 四二六九년(소화 ──년[11년]) 옥산소학교 제삼학년 때부터 비로소 일기를 적기 시작하였으나 모두가 일본어이다. 일본국은 좋은 나라이니 세계에서 일등 가는 나라이니 신국(神國)이니 조선은 일본과 옛부터 같은 나라이니 우리는 황국신민이니 이와 같은 정신으로 천진한 우리를 길러낸 원인으로 참으로 일본 사람이 되는 것으로만 알았다. 편지 일기 기타 기록이라는 것은 모두가 일본어로 적어야만 한다는 것이다. 알속 있는 분은 사랑하는 우리말로 모든 것을 적어내나 관헌의 취체가 심하고 주목이 적지 않았든 것이다. 심할 적에는 한글도 읽지 못하게 하였었다. 세상의 모두를 배워야만 할 우리들을 이와 같은 압제로서 교육하였기 때문에 약간의 일본말과 글을 쓸 수 있게 되였든 것이다. 성년 되여 한 사람의 책임이 중함을 알게 되여서나 공부할 시대에서나 「나는 조선 사람이다」라는 점을 느끼지 않이할 수가 없는 때가 많었다. 어림푸시 생각나나 어느 해 팔월 한가윗날 밤 같은 직업에 있는 오륙인이 긴 제방을 건일면서 한 이야기 「오늘은 우리 조선만이 맞이하는 명절이다. 우리나라가 일본 식민지가 않이고 뚜렸한 나라였드면 오늘날이 얼마나 기쁘며 성대하였을까. 왜 우리는 할 말이 있어도 마음 노코 하지 못하며 마음속으로만 품고 있는가. 아무 때고 자유스러운 세월이 올 떠싶어!」 이와 같이 지꺼린 것이 지금도 머리속에 확실이 남어 있다. 그날 밤의 달은 유심히도 밝었기 때문에 이런 생각이 더욱 마음을 움즈기게 하였다. 보은 죽전교(報恩. 竹田橋)를 내려다보고 있는

---

1) 1941년 일기는 애초 일본어로 썼던 것을 저자 자신이 1946년에 우리말로 다시 옮겨 적은 것이다. 이렇게 나중에 한글로 고쳐 쓴 이유를 저자는 1941년 일기장 첫머리에 기록되어 있는 1946년 12월 30일 일기에 자세히 설명하고 있다. 이 내용을 1941년 일기의 맨 앞에 수록한다.

듯한 남산(南山)의 고목 솔나무도 희미하나마 청명한 달빛을 받고 산 밑 동내 초가집들의 지붕에도 흐리나마 보름달 빛을 함박 받고 있으니 이 광경은 우리 조선만이 볼 수 있는 광경이므로 조선 삼천리강산에서 혈육을 받어 나온 사람이면 누가 나라를 사랑하는 마음이 없을소냐. 어굴하고 원통한 마음을 갖지 않은 사람은 없으리라고 생각하였든 것이다. 제방뚝을 건일며 힘없이 지꺼리는 이 말도 버젓하게 큰 소리로 못하였든 것이다. 일본 사람과 경관이 무서운 까닭이다. 대스럽지 않은 말이로되와   들은 큰 사건으로 취급하는 탓이기 때문이다. 때는 전시(戰時)라 이 방면에 신경이 예민하였었다……

오늘과 같은 이 상쾌하고 자유스러운 마음 무슨 말이고 할 수 있고 쓸 수 있고 더욱이 숨어있든 우리 한글로.

오늘부터 일본말로 적혀 있는 일기(日記)장을 우리말로 고쳐 쓰기로 하였다. 단기 四二七八年 八月 十五日부터는 즉시에 우리말로 써왔으나 일본시대에는 일어로 써왔든 것이다. 四二七八年 八月 十五日은 그리웁든 해방이 되였기 때문이다. 단기 四二七三년(일본 소화 一五年)에 소학교를 졸업하여서 그해 봄부터는 사회생활을 하게 된 까닭에 잠시 일기 쓰는 것을 잊었든 것이다. 졸업날까지는 일일히 썼든 것이다. 물론 일본말이다. 학교시대의 일기는 두 가지였섰다. 학교일기(學校日記) 가정일기(家庭日記)이다. 학교일기는 나의 학교생활을 중심으로 가정일기는 우리 집 형편을 중심으로 쓴 것이다.

지금으로부터 우리말로 고쳐 쓰려는 것은 극히 간단하다. 두어 마디씩 적어놓은 것을 그대로 고쳐 쓰기 때문이다. 그중에도 략(略)하여 버리고 빼버리기도 할 작정이다. 이외에 딴 일이 많기 때문이다. 마침 지금은 겨울방학이므로 이만한 여유도 생긴 것이라 다행이 생각하는 바이다.

방 소제를 끝맞치고.

일기(日記)

단기 四二七四年(昭和 十六年)〈1941년 1월 1일 수요일 晴天氣〉(12월 4일)[2]
卒業 以後 처음으로 맞이하는 설날이다. 今年에 나의 希望이 到達할 것인가가 問題다. 소원하는 ㅁㅁ되기를 빌었다.

〈1941년 1월 3일 금요일 晴天氣〉(12월 6일)
金溪 簡易學校 金宮(金昌濟 氏) 先生님과 相議하여서 공부하기 겸 就職이 되였다. 나의 希望하는 것과 긴밀한 關係가 된다. 學校職員 生活을 알자는 것이다. 적극적으로 해보자는 決心을 갖었다.

〈1941년 1월 8일 수요일 晴天氣〉(12월 11일)
學校 풍속을 어느 정도 알았다. 三日 以後 每日 와서 놀은 것이다. 정식 출근은 아직 않 안[안 한] 것이다.

〈1941년 1월 12일 일요일 晴天氣〉(12월 15일)
金 先生님과 그 자제 ㅁㅁ 君이 上京함으로 全東驛까지 전송하였다. 族兄 宗榮 氏와 같이 갔

---

2) 일기 원문은 "一月一日(十二月四日)水曜日晴天氣"와 같이, 날짜와 요일, 날씨 모두가 한자로 기록되어 있다.

다 온 것이다. 前日의 많은 눈으로 해서 길이 大端이 험했다. 오늘부터 金 先生 宅에서 十日間 자기로 했다.

〈1941년 1월 16일 목요일 晴天氣〉(12월 19일)
今日부터 正式出勤이라는 것이다. 辭令狀을 받았다. 日給 35錢이라고 씌어 있다.

〈1941년 1월 23일 목요일 曇天〉(12월 6일)
어제 밤에 끔찍이도 눈이 나리였다. 일은 아침부터 눈치우기에 대단이 어려웠다. 金 先生님 宅 前後庭) 學校의 길 等.

〈1941년 2월 4일 화요일 晴天〉(1월 9일)
淸州商業銀行에 가서 一月分 授業料를 받했다.

〈1941년 2월 8일 토요일 晴天〉(1월 13일)
金 先生님의 부탁으로 오미장에 가서 여러 가지 물품을 사왔다.

〈1941년 2월 10일 월요일 晴天〉(1월 15일)
어제 밤에 내린 눈이 一尺도 넘는 듯하다. 學校 눈 치우기에 상당히 힘이 들었다. 땀을 흘렸다.

〈1941년 2월 15일 토요일 晴天氣〉(1월 20일)
金 先生님의 아버지 되시는 노인 하라버지와 丁峯驛까지 갔었다.
午後에는 學校에서 豫防注射가 있었다. 나도 맞았다.

〈1941년 2월 23일 일요일 晴天氣〉(1월 28일)

金 先生님이 서울 가심으로 丁峯驛까지 전송하였다.
二月分 俸給을 받았다. 拾圜 八拾五錢이다. 처음으로 받아보는 돈이다.

〈1941년 2월 24일 월요일 晴天氣〉(1월 29일)
오늘부터 一週間 내가 兒童을 가리치게 되었다. 實地經驗이다.
金 先生님이 出張 中이기 때문이다.

〈1941년 3월 3일 월요일 晴天〉(2월 6일)
丁峯驛까지 마중 갔었다. 金 先生님께서 京城 가셨다가 오시기 때문이다. 선물로 잉크통을 사다 주시더라.

〈1941년 3월 13일 목요일 晴天〉(2월 16일)
學校의 春節 菜蔬 種子를 사러 鳥致院邑 興農園까지 갔다 왔다.

〈1941년 3월 17일 월요일 晴天〉(2월 20일)
今日의 授業도 내가 하였다. 金 先生님은 저녁 때 돌아오셨다.
學校의 菜蔬園을 아버지께서 갈으셨다.

〈1941년 3월 19일 수요일 晴天〉(2월 22일)
채소밭에 씨앗을 디렸다. 終日토록 괭이를 손에 쥐였든 것이다.

〈1941년 3월 20일 목요일 晴天〉(2월 23일)
卒業날이 가까웠으므로 事務에 퍽도 바쁘다. 요새는 날마두[날마다]이다. 午後 七時까지 文書를 整理하였다.

〈1941년 3월 22일 토요일 晴天〉(2월 25일)
本校 第四回 卒業式 날이다.
第二年生(九十 業生)의 정다운 동무 아우 같은 사람들과 서로 손을 나누기가 섭섭하다. 나의 눈에 그러한 느낌을 주더라.

〈1941년 3월 24일 월요일 晴天〉(2월 27일)
三月分 給料를 받았다. 十一圓 八拾錢이다. 全部 食糧代로 썼다.

〈1941년 3월 29일 토요일 雲後晴天〉〉(3월 2일)
金 先生님 宅 밭에 (보리, 밀)에 窒素肥料를 주었다. 내ㅅ물[냇물] 저 날르기에 어깨가 뻑은함을 느꼈다. 눈물이 저절로 흘르더라. 어린 동생 云榮이 도와서 그들어 주었다. 兄의 괴롬을 덜랴는 갸륵한 뜻이겠지. 불상하기 짝이 없더라. 午後에는 닭을 잡어 봤다. 처음으로 하는 일이다. 상당히 괴롬을 느끼게 된다. 「初年苦生은 銀을 주고 산다.」는 말을 생각하여 보았다.

〈1941년 4월 3일 수요일 曇天〉(3월 7일)
花壇에 花草를 심었다. 그 後는 實習地에 인분을 주었다.

〈1941년 4월 4일 금요일 晴天氣〉(3월 8일)
아버지께서 學校의 實習地 몇 군데 것을 갈았다(아버지가 가엽게 보이어 눈물이 남몰게 돌음을 느꼈다).

〈1941년 4월 5일 토요일 曇天氣〉(3월 9일)
農家에서 기달이던 비가 나렸다. 보리밭은 순간에 푸른빛으로 변하였다. 저녁에는 學校 實習地에 씨앗을 뿌렸다. 비 온 끝이라 바람이 참을 느끼게 된다.

〈1941년 4월 6일 일요일 晴天〉(3월 10일)
東林고개까지 단여왔다. 先生님의 子弟 ㅁㅁ君이 上京하므로.
金溪 靑年分隊 結成式을 擧行케 됨으로 參席하였다.

〈1941년 4월 7일 월요일 晴天〉(3월 11일)
先生님 宅의 장 담는 데 소금, 물 등을 운반하였다.

〈1941년 4월 11일 금요일 晴天〉(3월 15일)
上部의 命令으로 國民 總訓練이라는 것이 施行케 된 모양이다. 동리 어른들의 부탁으로 밤 늦도록 訓練을 지도하였다. 이름을 愛國班이라 한다.

〈1941년 4월 22일 화요일 晴天〉(3월 26일)
우리 金溪의 金北, 金坪 部落聯盟을 査閱하게 된 날이다. 査閱官은 郡廳에서 왔다.

〈1941년 4월 24일 목요일 晴天〉(3월 28일)
午前 中에는 목화씨를 뿌렸다. 물론 집에껏은 아니다. 공 디려서 뿌렸다.
先生님이 病氣임으로 漢藥 사러 烏山市까지 갔다 왔다. 俸給(四月分)도 받았다. 拾四圓 拾五錢이다.

〈1941년 4월 26일 토요일 晴天〉(4월 1일)
先生님의 편지 부치러 烏山까지 단여왔다.

〈1941년 4월 27일 일요일 晴天〉(4월 2일)
종일토록 先生님 宅의 內外 淸潔에 바빴다.

〈1941년 4월 30일 수요일 晴天〉(4월 5일)
先生님의 목욕탕에 물을 길렀다.

〈1941년 5월 1일 목요일 晴後曇天〉(4월 6일)
아침 六時頃에 누이동생을 보게 되었다. 어머니께서 몸을 푸르셨든 것이다. 父母님께서는 섭섭히 생각하시는 모양이다. 나는 좋아했다. 순산하심을 다행이 생각하였다. 저녁에 云榮이를 시켜서 멱[미역]을 사오게 하였다.

〈1941년 5월 8일 목요일 晴天〉(4월 13일)
烏山市에 가서 學校 農具를 修繕하여 왔다. 할머니 제사가 가까웠으므로 내가 제물을 사왔다.

〈1941년 5월 19일 월요일 晴天〉(4월 24일)
성심이 부족한지 근이 없는지 공부에 무관심이였든 것을 깨달았다. 다시 결심을 하기로 하였다.

〈1941년 5월 25일 일요일 曇天氣〉(4월 30일)
講習을 받기로 하였다. 나의 숙망의 길을 티어주는 강습이다.

〈1941년 5월 26일 월요일 雨後曇天〉(5월 1일)
기쁨의 넘치는 강습이다. 한마디를 빼지 않고 정신 디려 듣는 듯이 노력하였다.

〈1941년 6월 4일 수요일 晴天〉(5월 10일)
강습을 맞추우니 주먹이 든든하여 지드라

〈1941년 6월 9일 월요일 晴天〉(5월 15일)
學校 兒童의 풀깎이다. 퇴비 제조 때문이다. 나도 열심이 일하였다.

〈1941년 6월 13일 금요일 晴天氣〉(5월 19일)
학교의 모심기다. 종일토록 바빴다.

〈1941년 6월 14일 토요일 晴天〉(5월 20일)
先生님 宅의 보리타작에 땀을 흘렸다. (略)

〈1941년 6월 26일 목요일 晴天〉(6월 2일)
돼지 색기[새끼]와 닭을 사러 笠川장에 갔다 왔다.

〈1941년 6월 28일 토요일 晴天〉(6월 4일)
先生님은 출장하고 내가 兒童과 공부하였다. 땍밭에서 일도 하였다. 學校 內外의 소제를 깨끗이 하였다.

〈1941년 7월 1일 화요일 曇後雨天〉(6월 7일)
아침에 일어나 문을 열어 내다보니 앞들의 논은 바다와 갔다. 大水이다.

〈1941년 7월 2일 수요일 曇後雨天〉(6월 8일)
일로 烏山까지 갔다가 비가 많이 나려서 내ㅅ물이 벅차므로 건늘 수가 없어서 친우 高君들 집에서 잤다.

〈1941년 7월 3일 목요일 雨天〉(6월 9일)
어제부터 오는 비는 오늘도 끝이지 않는다. 아저씨 되는 漢復 氏와 先生님의 따님 貞淑이와 같이 虎竹里 宗鉉 氏들 집으로 가서 잤다.

〈1941년 7월 5일 토요일 曇天〉(6월 11일)
오늘 授業도 내가 보았다.
하라버니께 담배를 사다가 디렸다. 烏山市에
가서 學校 肥料를 갖어왔다.

〈1941년 7월 9일 수요일 雨後曇天〉(6월 15일)
내ㅅ물이 많아서 先生님 宅의 학생들을 건너
주었다.
저녁에는 학생들과 버섯 따러 갔었다.

〈1941년 7월 12일 토요일 晴天〉(6월 18일)
학교에 視學[3](笠井)이 왔다. 여러 가지 심부
름에 퍽도 바빴다.

〈1941년 7월 15일 수요일 晴天〉(6월 21일)
當叔[堂叔](潤景 氏) 어른께서 호미로 닺이셨
으므로 全東에 가서 醫師를 다리고 왔다.

〈1941년 7월 18일 금요일 晴天〉(6월 24일)
先生님 宅의 밀 빠러[빨으러] 清州까지 갔다
왔다.

〈1941년 7월 20일 일요일 晴天〉(6월 26일)
오전 中에는 保榮 兄님과 고기를 잡으러 갔었
다.
오후에는 짐 가지고 先生님의 子弟 □□와 全
東까지 갔다.

〈1941년 7월 29일 화요일 曇雨天〉(윤 6월 6일)
種子, 麥酒를 사러 鳥致院市에 갔었다. 돌아올
적에 비를 만났으므로 호조곤이[후줄근히] 되

_____

3) 학교시찰단.

였다.
도중 고생. (略)

〈1941년 7월 30일 수요일 晴天〉(윤 6월 7일)
기쁜 소식이 왔다. 참으로 기뻤다. 教員 就職
에 關한 件이라는 公文이다. 履歷書 誓約書 健
康診斷서 등을 提出하라는 것이다. 本 道廳 學
務課에서 보낸 것이다.
金 先生님과 相議하여서 書類를 提出하기로
하였다.

〈1941년 8월 2일 토요일 晴天〉(윤 6월 10일)
清州에 갔었다. 醫師한테 가서 健康診斷서를
한 통 마텄다. 모든 書類를 갖우어서 學務課에
提出하였다.

〈1941년 8월 14일 목요일 晴天〉(윤 6월 22일)
金 先生님이 病氣로 누어게시다 清州邑에 가
서 漢藥을 사왔다. 上京하시고 오신 지 얼마
안 되여서 우연히 편찮으신 것이다.

〈1941년 8월 16일 토요일 晴天〉(윤 6월 24일)
東林 女生徒의 召集日이다. 배추밭에 씨앗을
디릴려고이다. 더서서 더서서 견딜 수 없었다.
상당히 땀을 흘렸다.

〈1941년 8월 17일 일요일 晴天〉(윤 6월 25일)
清州에 단여왔다. 金 先生님의 漢藥과 牛肉을
사온 것이다.

〈1941년 8월 20일 수요일 晴天〉(윤 6월 28일)
全東驛까지 단여왔다. 짐 가지고 갔었다. 東煥
君이 上京하기 때문이다.

〈1941년 8월 24일 일요일 曇雨天〉(7월 2일)
淸州에 가서 金 先生님 宅의 秋蠶 種子를 갖어
왔다. 農會로 갔든 것이다. 비가 나리므로 갔
다 오기에 매우 고상[고생]하였다.

〈1941년 8월 25일 월요일 雨天〉(7월 3일)
全東으로 醫生을 달이러 갔다가 왔다. 金 先生
님의 病勢가 重하였든 까닭이다. 의사는 사
정에 依하야 明日 온다는 것이다.

〈1941년 8월 26일 화요일 晴天〉(7월 4일)
金 先生님 宅의 쌀 팔러 단니다가 虎竹에 가서
겨우 한 섬 팔게 되였든 것이다. 밤에는 닭(藥
用) 한 마리 求하러 이 집 저 집 단이였었다.

〈1941년 8월 30일 토요일 曇天〉(7월 8일)
實習地 일에 매우 바뻤다.

〈1941년 9월 3일 수요일 晴天〉(7월 12일)
先生님의 부탁으로 烏山에 가서 藥을 지어 왔
다.

〈1941년 9월 4일 목요일 晴天〉(7월 13일)
밤에 동무 五六人과 같이 지룰동이에 가서 놀
았다. 敎會堂이므로 기도까지 올렸다.

〈1941년 9월 6일 토요일 晴天〉(7월 15일)
金 先生님께서 약 일개월 전부터 왼다리에 骨
疽라는 病이 發生되어서 누어계시다. 요새의
授業은 내가 하였다.

〈1941년 9월 7일 일요일 晴天〉(7월 16일)
사모님께서 病氣이므로 烏山에 가서 漢藥을

사왔다.

〈1941년 9월 8일 월요일 晴天〉(7월 17일)
午後 三時에 石油를 사러 鳥致院으로 갔었다.
수단으로 日本人의 □□집에 가서 한 통 사게
되었다. 도중에 自轉車가 故障이 나서 많은 苦
生을 하였다. 내 ᄉ물이 많아서 건느기에도 괴
로웠다. 날이 저물어서 더욱 고생하였다. 석유
가 엎질러젓으므로 막기에 괴로웠다. 烏山에
다 맛기고 갔다.

〈1941년 9월 10일 수요일 雨雲天〉(7월 19일)
烏山에 가서 그저께 마긴 石油를 갖아왔다.

〈1941년 9월 14일 일요일 晴天〉(7월 23일)
鳥致院까지 단여왔다. 고기, 떡, 다마네기(玉
蔥), 食鹽 等을 사왔다.

〈1941년 9월 15일 월요일 晴天〉(7월 23일)
玉山面 靑年大會가 母校 運動場에서 열리었
다. 우리 金溪分隊 三十名이 出場하였다. 여러
가지 경기가 있었는데 우리는 面內 三等을 한
것이다. 나는 연락경기에 一等을 하여서 賞도
받았다.

〈1941년 9월 18일 목요일 晴天〉(7월 27일)
君 靑年大會에 出場할 隊員의 豫備訓練이 있
었다. 나도 參席하였다.

〈1941년 9월 21일 일요일 晴天〉(8월 1일)
淸二中 運動場에서 君 靑年隊 大會가 있었다.
우리 玉山面 部隊가 郡內 三等의 成績을 얻었
다.

大會를 끝맞치고 道 視學 田中이라는 先生을 만났다. 近日 中에 教員 採用의 發令이 있을 것이라는 기쁜 소식을 드렸다.

〈1941년 9월 27일 토요일 曇天〉(8월 7일)
金 先生님께서 淸州까지 賞品을 사러 갔다. 運動會日의 準備인 것이다. 丁峯驛까지 마중 갔었다.

〈1941년 9월 29일 월요일 晴天〉(8월 9일)
철난 이후로 처음이다. 기쁜 일로서 그렇다. 오늘같이 기뻐한 날이 몇일이나 될까. 학교를 졸업하고 하루 한 시를 머리속에서 희망을 서리고 있든 教員生活. 道에서 採用의 發令通知가 온 것이다. 赴任하라는 通知이다. 報恩 三山公立國民學校로 가라는 것이다. 통지書를 가슴에 붙이고 기도를 올렸다. 남모르게. 넓고 깊은 父母님의 덕, 先生님의 덕이 않이고 무엇일까. 집에를 가니 아버지께서도 기뻐하시드라. 집안 어른들도 기뻐하여 주시드라.

ㅇ 〈1941년 9월 30일 화요일 晴天〉(8월 10일)
金 先生님과 相議하였다. 本校의 事情이 대단히 바쁘니 後日에 赴任하라는 것이다. 十月 十日에 赴任하기로 決定하였다. 즉시 電報를 치고 편지를 냈다. 報恩 三山學校 勤務. 꿈인지. 어느 곳에 있는지?

〈1941년 10월 1일 수요일 晴天〉(8월 11일)
體育會 練習에 더욱 오늘은 電力을 다하였다.

〈1941년 10월 5일 일요일 晴天〉(8월 15일)
오늘은 秋季 大運動會이다. 終日 進行係로 하

여 奉公하였다.

〈1941년 10월 6일 월요일 晴天〉(8월 16일)
母校(玉山學校)의 大運動會다. 옛을 그리워하며 구경 잘 하였다. 요새의 나의 기쁨은 母校의 은혜가 않이고 무엇일까.

〈1941년 10월 8일 수요일 晴天〉(8월 18일)
金 先生님께 金 四拾圓을 꾸어서 淸州에 갔었다. 洋服店에 가서 同腹 한 벌을 맞추었다. 한 벌에 參拾九圓이더라. 이 옷을 입고 나는 무엇을 할 것인가?

〈1941년 10월 9일 목요일 晴天〉(8월 19일)
午後 一時頃에 父母님을 작별하야 報恩을 向한 것이다. 처음으로 부모 동기를 이별하는 마음. 오늘날까지 기달이던 희망이 지금의 이별로 끝을 마추는 것인지 기쁜지 서러운지를 몰랐다. 동리의 여러 어른들과 모교, 기타 관청에 가서 인사를 마치고 淸州邑의 外叔 宅에 가서 잤다.

〈1941년 10월 10일 금요일 晴天〉(8월 20일)
午前 八時에 洋服店에 가서 새 옷을 찾아 입었다. 報恩 自動車部에 가서 午前 九時 車를 타게 되었다. 發車 전에 아버지께서 이불 보짐을 갖이고 오셨다. 자동차가 달아나기 시작할 때 아버지께 인사를 디리고 앉으니 무엇인지 가슴이 무겁고 뭉쿨함을 느끼었다. 차 속에서 아버님의 무사함과 안강을 빌었다. 산 속으로 산 속으로 자동차는 쏜살같이 달아난다. 처음보는 산이고 처음 가는 곳이다. 괴암절벽 밑으로 자동차는 여전히 달아나고 있다. 싶어런 강물

도 車窓 새로 보이더라. 자동차부에서 다행이도 三山學校職員 한 분을 만났기 때문에 곤란이 적었다. 金和旅館에 가서 점심을 먹고 三山學校를 向하였다. 넓은 運動場이 무엇보다 나의 가슴을 움즈기게 한다. 수백 명의 여생도의 가벼운 유히에 나의 눈을 끈다. 그 앞에는 여직원이 두세 명 있는 듯하나 자세히 보지 않고 사무실을 찾아 들어갔다.

안경 쓴 교장과 二十여 명의 직원과의 첫인사를 마치고 자리를 잡게 되였다. 三學年 男子반을 담임하게 되였다.

〈1941년 10월 11일 토요일 晴天〉(8월 21일)
八時頃에 出勤하였다. 어제 인사는 하였건마는 모두가 낯모르는 직원이다. 兒童朝會 時에 인사를 全校生徒에 마치었다. 千 數百 名의 얼굴이 나에게 몽이드라. 굉장이 큰 학교임을 다시 느꼈다. 길고 긴 校舍를 두어 집 건너서 擔任學級에 들어갔다. 校長의 소개로 교단에 올으니 감개무량하더라. 일로써 나의 길은 작정이 되고 출발하게 된 것이믈 깨달았다.

〈1941년 10월 12일 일요일 晴天〉(8월 22일)
本道 南部 三郡의 敎育硏究會가 今月 中에 本校에서 開催되는 모양이어서 全 職員이 모든 일에 바쁘게 군다. 硏究 또 硏究에 終日토록 바쁜 양이더라.

〈1941년 10월 14일 화요일 晴天〉(8월 24일)
오늘 밤은 當直이라 하여 學校 宿直室에서 잤다. 처음이다.

〈1941년 10월 15일 수요일 晴天〉(8월 25일)

직원의 소개로 各 官公署에 부임인사를 단이었다(郡廳, 面所, 警察署, 金融組合, 郵便局, 玉山校, 酒造會社, 其他 工場, 會社, 出張所).

〈1941년 10월 20일 월요일 晴天〉(9월 1일)
放課 後에 全校 防空訓練이 있었다. 上級生은 防火 連絡, 下級生은 避難.
十月分 俸給을 받았다(처음 받는 月給이다).
金花旅館에서 이사하였다. 竹田里 蠶室部落 李一濟 氏 宅으로 가게 되었다. 午後 四時에 왔다. 金ㅁㅁ 선생의 소개로 온 것이다.

〈1941년 10월 23일 목요일 晴天〉(9월 4일)
大硏究會가 열린 것이다. 永同, 沃川, 本郡의 敎職員이 約 二百 名 가령 몽이었다. 授業과 體育訓練이 있었다. 午後에는 批評會가 있었다.

〈1941년 10월 24일 금요일 晴天〉(9월 5일)
오늘도 硏究授業이 展開되었다. 第二校時에는 算術科 수업을 뵈였다. 가슴이 두군거림을 깨달았다. 恩師이신 炭釜校 교장 李秉澤 先生님도 계심을 보게 되였다. 처음 당하는 큰일이더라.

〈1941년 10월 25일 토요일 曇天〉(9월 6일)
本校에서 實施된 敎育實地硏究會가 오늘로써 끝을 보게되였다. 밤에는 하숙 主人과 여러 가지 이야기를 하다가 잤다.

〈1941년 10월 26일 일요일 晴天〉(9월 7일)
職員 一同이 夫餘로 旅行을 가게 되였다. 午後 四時에 報恩을 出發한 것이다. 沃川까지 自

動車로 갔다. 沃川은 처음 보는 곳이다. 沃川서 大田까지 乘車하야 大田驛에 나리니 참으로 都市이믈 깨달았다. 역전 앞에 우뚝 서 있는 「호텔」은 웅장하기도 하더라. 간단히 저녁을 먹고 湖南線을 타고 論山까지 갔다. 鶴乃屋이라는 旅館에서 자기로 하였다. 女給들의 案內 그 친절하고 공손한 태 간소한 일본음식 다다미자리 저녁 후의 목욕 모두가 처음 당하는 일이다. 우습기도 하고 이상스러운 점이 많은 것 같더라.

〈1941년 10월 27일 월요일 晴天〉(9월 8일)
論山에서 出發하야 夫餘에 도착하였다. 午前 十時쯤 해서이다. 百濟의 옛 서울이라는 생각을 갖었기 때문인지 감개무량하더라. 하고 싶은 태도 먹고 있는 마음을 마음대로 발표하지 못하였다. 일행 중에는 ㅁㅁ 사람이 있는 까닭이다. 신궁 짓기에 많은 인부들이 끓고 있다. 우리도 약 십분 동안 삽으로 흙을 이닐거렸다. 소학교시대에 배운 부여가 생각났다. 백마강 白馬江 부소산 평제탑 락화암 같은 전설로 유명한 이 모든 옛것을 볼 때 가슴이 무너질 듯이 앞으고 괴로웠다. 옛 서울 터인 이 부여가 그 시대에는 사방이 가물가물하게 넓은 이 들판이 전부가 집이었다는 것이다. 十萬 戶가 넘었다는 것이다. 백제가 넘어갈 때의 일을 알려주는 증거물도 몇가지나 구경하였다. 한숨이 저절로 남 모르게 난다.
부여에서 점심을 먹고 명소구적의 구경을 하고 부여를 떠나 論山을 거처 大田에 왔다. 午後 六時頃이다. 大田旅館이라는 곳에서 자기로 하였다. 이층이다. 여관의 내용은 어제의 鶴乃屋보다도 더 화려하더라.

〈1941년 10월 28일 화요일 晴天〉(9월 9일)
오늘은 구월 구일 기러기 오는 날이다. 이 날을 大田에서 보낼 줄이야. 昨年 이만 때에 꿈에나 상상하였을까. 열두시까지 大田 장터의 구경을 하였다. 報恩에는 午後 六時에 도착되였다. 선물로 사과를 사가지고 와서 주인께 디렸다.

〈1941년 11월 1일 토요일 晴天〉(9월 13일)
식 연습이 있었다. 明治節이라는 式이 三日 날 있는 것이다.

〈1941년 11월 2일 일요일 晴後曇天〉(9월 13일)
시장에서는 農樂(풍장) 소리가 웅장하다. 今年은 풍년이였기 때문에 面 주체로 各 部落의 農民들을 한턱 먹인다는 의미로 「풍년춤」이 있는 모양이더라.

〈1941년 11월 3일 월요일 晴天〉(9월 15일)
學校의 行事를 마치고 우리 몇 간은 報恩 南山에 登山하였다. 과이 치운[추운] 날은 않이였다. 四方의 풍경을 바라보는 쾌감은 형언할 수 없이 시원하드라.

〈1941년 11월 7일 금요일 晴天〉(9월 19일)
밤에는 校庭에서 金組聯盟 主催의 영화(映畵)가 있었다.

〈1941년 11월 9일 일요일 晴天〉(9월 21일)
職員 一同이 官基學校로 出場하였다. 그 學校에서 郡 教育研究會가 있기 때문이다.

〈1941년 11월 10일 월요일 晴天〉(9월 22일)

金光九 先生님 宅에서 초대가 있었다.
저녁을 맛있게 먹었다.

〈1941년 11월 15일 토요일 晴天〉(9월 27일)
적십자총회가 있었다. 知事도 왔었다. 記念品
[紀念品]도 있었다.

〈1941년 11월 16일 일요일 晴天〉(9월 28일)
月松里로 出場하였다. 兒童의 家庭訪問 때문
이다. 꽃감 홍시를 내여서 만나게 먹었다.

〈1941년 11월 19일 수요일 曇天〉(10월 1일)
放課 後에 劣等生을 이끌어 特別指導에 노력
하였다.
午後 六時에 아버님께서 오셨다. 나의 금침을
갖이고 오신 것이다. 百餘 里를 步行으로 오신
것이다. 아들을 생각하시는 그 마음?
다나까(田中) 先生의 충동으로 후등이라는 職
員과 北一旅館으로 가서 몇 잔 나누었다.

〈1941년 11월 21일 금요일 晴天〉(10월 3일)
아버님께서 집으로 가시었다. 여비 十圓을 디
리었다.
밤에는 中東, 江山 部落으로 출장하였다. 靑年
隊 일로이다.

〈1941년 11월 23일 일요일 晴天〉(10월 5일)
竹田里 部落의 生徒를 召集하여서 學課 指導와
生徒의 本義에 對하여 訓話하였다. 동리 앞 넓
은 곳에서 生徒들과 집짓기(찐도리)를 하였다.

〈1941년 11월 26일 수요일 晴天〉(10월 8일)
劣等兒 十七 名을 放課 後에 約 三時間 동안

別指導를 하였다.
오늘은 兒童들 運動靴 配給이 있었다.

〈1941년 11월 29일 토요일 晴天〉(10월 11일)
午前 九時 영히[영하] 二度
主人과 相議하여서 밥값을 작정하였다. 한 달
에 拾貳圓式 디리기로 하였다. 한 것이 아니라
主人께서 청한 것이다. 實로 感謝하기 짝이 없
고 고마웁더라. 이치도 없지는 않으나 오히려
부끄럽더라. 他는 十七, 八 정도.
오늘도 동리 劣等兒를 불러서 지도하였다.

〈1941년 11월 30일 일요일 晴天〉(10월 12일)
擔任 兒童의 家庭訪問을 하였다. 校土, 中東,
江山, 竹田里로 다녔다. 校土里의 南大佑 君들
집에서 點心을 먹었다. 父兄 되시는 분의 고마
운 이야기를 많이 들었다. 識見이 상당한 어른
이믈 느꼈다.

〈1941년 12월 1일 월요일 晴天〉(10월 13일)
學課 成績考査를 하였다.

〈1941년 12월 2일 화요일 晴天〉(10월 14일)
放課 後에 三十 名의 兒童을 남기여 特別指導
를 하였다. 밤에는 田中(金) 先生과 늦도록 이
야기하였다.

〈1941년 12월 4일 목요일 曇天〉(10월 16일)
學校 當直이었다(日、宿直).

〈1941년 12월 5일 금요일 晴天〉(10월 17일)
職員會가 있었음.
一齊考査에 對하여.

授業班 視察에 對하여.
成績考查簿 記入法에 對하여.

〈1941년 12월 6일 토요일 晴天〉(10월 18일)
一齊考查가 있었음.
나는 第三學級 二學年을 監督 採點함.
馬老面 勤務 中인 族弟 允相 君이 本家에 가는
길에 들려 주어서 點心을 같이 하였다.

〈1941년 12월 7일 일요일 晴天〉(10월 19일)
學校에 나가서 쓰봉, 빤쓰를 洗濯하였다. 本校
에서 本郡 志願兵 詮衡[銓衡] 試驗이 있었다.
午後 二時에 神社參拜의 行事가 있었다. 志願
兵 入營 出發함으로 永崎 先生의 代理로 宿直
함.

〈1941년 12월 8일 월요일 曇天〉(10월 20일)
라디오 放送 - 日米[日美(일본-미국)] 關係
의 海戰.
理髮所에 가서 理髮함.
竹田里의 國本元根의 집에서 맛있는 떡을 먹
었음.

〈1941년 12월 9일 화요일 雨, 曇天〉(10월 21일)
밤에 松原相基(李相基) 君의 집에서 떡을 가
자와서 맛있게 먹었다.

〈1941년 12월 10일 수요일 晴天〉(10월 22일)
午前 十時에 報恩神祠 前에서 戰勝 祈願하는
行事가 있었다. 全校 參拜함.
兒童 成績考查를 함.

〈1941년 12월 12일 금요일 晴天〉(10월 24일)

午後 七時頃에 本洞 部落 兒童을 召集하여 反
省會를 開催함.
學校 宿直함.

〈1941년 12월 13일 토요일 晴天〉(10월 25일)
傳票로 地下 다비[たび 버선] 一足을 샀음.
밤에는 學校에 가서 목간을 하였음.

〈1941년 12월 17일 수요일 晴天〉(10월 29일)
第一校時 國語科.
本郡 視學 鈴木(李章漢) 先生의 視察이 있었
음.
批評會 時 注意를 要할 點 많았다.
年末賞與의 辭令狀을 받음(七圓).

〈1941년 12월 21일 일요일 曇天〉(11월 4일)
芝山里 金掘里로 指導生 營農資金 迴收로 출
장 갔다 옴.

〈1941년 12월 23일 화요일 晴天〉(11월 6일)
兒童 通信表, 成績考查簿, 學籍簿를 記入함.
第二學期 終了의 部落 愛國班 自治會가 있었
음.

〈1941년 12월 24일 수요일 晴天〉(11월 7일)
第二學期 終業式을 擧行.
一月 一日 拜賀式 練習.
兒童 成績品 及 宿題를 냄.
休暇 中의 諸般 注意를 말하여 줌.
밤- 學校에 가서 沐浴함.

〈1941년 12월 25일 목요일 晴天〉(11월 8일)
主人公에 食代 十二圓을 支拂함.

⟨1941년 12월 28일 일요일 曇, 晴天⟩(11월 11일)
自轉車店에 가서 一臺 세 얻음.
午前 十時頃에 本家로 向하여 出發함.
途中의 피곤 어려움은 말할 수 없을 程度임.
午後 七時頃에 집에 到着함.

⟨1941년 12월 29일 월요일 晴⟩(11월 12일)
동리 어른들에게 人事次로 돌아다니고 午後
에는 簡易學校에 가서 金宮(金昌濟 氏) 先生
과 이야기하고 金錢問題를 決算하였다.
아번님께 돈 貳拾圓을 드리었다.

⟨1941년 12월 30일 화요일 晴天⟩(11월 13일)
家庭을 出發하여 午後 三時頃에 報恩에 到着
함.
此後 日直함.

⟨1941년 12월 31일 수요일 晴天⟩(11월 14일)
學校 宿直함.

以上

1942년

〈표지〉
1942년
昭和十七年
日記帳
報恩三山公立國民學校勤務 上原尙榮

〈내지〉
上原尙榮(印)[1]

〈1942년 1월 1일 목요일 晴天氣〉(11월 15일)
기원 2천2백2년 소화 17년의 원단이 되어 사방에 절함(紀元二千六百二年 昭和十七年의 元旦이 되어 四方拜).
오전 9시 신사참배.
오전 10시 신년 축하식 거행.
○ 교장 자택에서 직원 일동이 밥을 잘 먹었다.

〈1942년 1월 3일 토요일 雪後曇天〉(11월 17일)
눈이 내렸다. (첫눈이다.) 약 3센티미터[糎].

〈1942년 1월 4일 일요일 晴天氣〉(11월 18일)
본가로 출발.
옥천까지 자동차 …… 오후 5시 도착.
조치원까지 열차 …… 5시 반 도착.
청주행 연락차가 없어서 조치원역 대합실에서 밤을 샜다.

〈1942년 1월 5일 월요일 晴天氣〉(11월 19일)
오전 7시 반 기차로 조치원역 출발해 정봉 도착.
오산시에서 정오까지 놀다가 본가에는 오후 4시경 도착.

〈1942년 1월 6일 화요일 晴天氣〉(11월 20일)
오전 10시경 청주 동정국민학교 강당에서 교원양성 강습회에 참석하고.
외가 친척 집에서 묵었다.

〈1942년 1월 7일 수요일 曇天氣〉(11월 21일)
오전엔 교원 강습회 참석. 오후 5시경 북면 오동리로 갔다.

〈1942년 1월 8일 목요일 曇天氣〉(11월 22일)
어젯밤에 눈이 내렸다. 약 10센티미터 정도 쌓였다.

---

1) 저자는 이름 뒤에 '上原'이라고 새겨진 도장을 붉은색 인주에 묻혀 찍어 놓았다.

〈1942년 1월 9일 금요일 曇天氣〉(11월 23일)
북일면 오동리를 출발해 청주 동정학교 강당에 도착해 2시간가량 강습을 받고, 오후에 눈을 맞으며 집으로 향했다.
강한 바람을 맞고 쌓이는 눈을 참으며 본가에는 오후 5시경 도착.

〈1942년 1월 10일 토요일 晴天氣〉(11월 24일)
친척을 위시하여 마을 사람들에게 돌아가며 인사했다.

〈1942년 1월 13일 화요일 晴天氣〉(11월 27일)
부모님께 따뜻하고 맛있는 요리를 대접해 드렸다.
자나 깨나 나를 사랑하는 것은 역시 부모밖에 없다.

〈1942년 1월 14일 수요일 晴天氣〉(11월 28일)
동생과 함께 내곡리 외숙 집에 갔다. (이로써 나는 집을 나와 보은으로 간다)

〈1942년 1월 15일 목요일 晴天氣〉(11월 29일)
내곡리에서 동생을 데려와 청주의 외당숙집으로 갔다.
오후 3시경 동정국민학교 강당으로 가서 수험표를 받았다(제3종).

〈1942년 1월 19일 월요일 晴天氣〉(12월 3일)
청주에서 오후 4시 자동차로 보은에 갔다. 금일부터 4일간 제3종 시험을 수험한다. 그 사이 외가 친척 집에서 머물기로 했다.
보은에 도착한 것은 오후 6시 반이었다.

〈1942년 1월 20일 화요일 晴天氣〉(12월 4일)
제2학기 시작이다.
본 학기 중의 아동교육 방침을 정했다
○ 수업 후 직원 회식했다.

〈1942년 1월 21일 수요일 晴天氣〉(12월 5일)
이달분 봉급을 받았다.

〈1942년 1월 22일 목요일 晴天氣〉(12월 6일)
아동, 가마니(군용 가마니) 징수(반출)를 위해 오후 3시경 중동, 강산부락으로 출장 가서 7시경 돌아왔다.
○ 본가에 현금 30원 보냈다.

〈1942년 1월 23일 금요일 晴天氣〉(12월 7일)
학교 수업 후 돌아올 때 다나카[田中] 선생과 함께 어떤 여관[或旅館]에서 고기를 먹었다.
내 하숙집에서 다나카 선생과 함께 묵었다.

〈1942년 1월 24일 토요일 晴天氣〉(12월 8일)
식대를 지불하고.
부락 아동(남자) 소집해 반성회를 개최하고 그 외의 주의사항을 말했다.

〈1942년 1월 26일 월요일 晴天氣〉(12월 10일)
마츠오카[松岡] 선생과 함께 금주 주번을 맡았다. 주훈으로서 1. 공부를 열심히 할 것 2. 실내에서는 조용히 있을 것 등을 말했다.
○ 오후 5시경 각 교실을 순시했다.

〈1942년 1월 28일 수요일 晴天氣〉(12월 12일)
밤에 학교 숙직실 목욕탕에서 마츠모토[松本] 선생 및 다나카 선생과 함께 목욕.

○ 국방헌금 10전을 헌납했다.

〈1942년 1월 29일 목요일 曇後雨天〉(12월 13일)
겨울로서는 드물게 오후 4시경부터 약 2시간
에 걸쳐 비가 내렸다.

〈1942년 1월 30일 금요일 晴天氣〉(12월 14일)
오후 본교 직원 타합회가 있었다. 방산[芳山]
선생의 고별회식도 있었다.
밤에는 본동 부락 남자 학생을 소집해 반성회
를 개최했다.

〈1942년 1월 31일 토요일 晴天氣〉(12월 15일)
수업 후 직원 일동과 함께 경금[慶金] 선생의
자택으로 가서 밥을 잘 먹었다.
가계부 및 그 외의 장부 정리를 했다.

〈1942년 2월 1일 일요일 雨後曇天〉(12월 16일)
일요일이지만 오는 3일(화요일)의 대체수업
을 했다.

〈1942년 2월 2일 월요일 曇天氣〉(12월 17일)
방산 선생을 전송했다. 이 선생은 괴산 명덕교
로 영전했다.
아동 운동화 구입 전표를 배부했다.
학급에 14매.

〈1942년 2월 3일 화요일 晴天氣〉(12월 18일)
직원 일동 수한국민학교로 출장. 교육연구회
참석을 위해. 나는 일직 당번을 했다.
○ 밤에는 본교에서 청주 제일고등학교 여교
장 지산[池山] 선생으로부터 국민학교에 대한
강연회가 개최되었다.

〈1942년 2월 4일 수요일 晴天氣〉(12월 19일)
싱가포르 함락 축하를 위한 깃발 행렬의 준비
로 히노마루기를 만들었다(학교물품으로서).

〈1942년 2월 6일 금요일 曇天氣〉(12월 21일)
싱가포르 함락 축하회(회원증) 1원 권을 샀
다. 수업 후 직원 타합회를 했다.
이달 27일 …… 나의 연구수업일로 지정. 공
습경보(등화관제)를 하다.

〈1942년 2월 7일 토요일 晴天氣〉(12월 22일)
국방헌금 10전 헌납하다.
제2교시 읽기 시간에 교장이 교실에 왔다.
오후에 교장이 여러 가지로 비평을 했다.

〈1942년 2월 8일 일요일 晴天氣〉(12월 23일)
신사에서 대조봉대식[大詔奉戴式]을 거행하
고 전승기원제를 올렸다. 애국일을 이제부터
는 대조봉대일(8일)로 설정했다.
○ 일중 전시 하의 지도를 그렸다. ― 교실환
경.

〈1942년 2월 9일 월요일 晴天氣〉(12월 24일)
국어와 산수의 아동 성적고사를 시행했다.
수업 후 중동, 강산 부락으로 가마니(군용)를
독려하러 갔다.

〈1942년 2월 11일 수요일 晴天氣〉(12월 26일)
신사에서 참배식을 거행하고 오전 10시에 기
원절[紀元節] 축하식을 강당에서 거행.
오후 학교에서 축하 음주회를 했다. 덕리원에
서 삼포[三浦] 선생과 점심을 함께 했다.

⟨1942년 2월 12일 목요일 晴天氣⟩(12월 27월)
수업 중에 아동 3인이 자세가 올바르지 않아
방과 후 특별주의를 줬다.

⟨1942년 2월 13일 금요일 晴天氣⟩(12월 28일)
연구수업에 참가했다.
2교시에는 가토 선생(1년 남) …… 산수[算
數].
4교시에는 다나카 선생(2년 남) …… 수신[修
身].
오후에 비평 연구회가 있었다.
오후 4시경 가토 선생의 동생 입영 환영회를
열었다.
○ 밤에 {하숙집} 주인에게서 떡을 받아서 대
접했다.

⟨1942년 2월 14일 토요일 曇天氣⟩(12월 29일)
가토 마사요시(가토 선생의 동생)의 입영. 신
사에서 입영보국제를 올리고 오후 2시경 배웅
했다.
○ 방과 후엔 교사리 남향 군의 가정방문을 했
다. (금원 군과 남향 군의 싸움으로 생긴 남향
군의 상처 때문에)

⟨1942년 2월 15일 일요일 晴後曇天氣⟩(정월 1일)
조반을 상기 군의 집에서 먹었다.
점심 무렵에 학교로 가서 세탁을 했다.
저녁에는 아동학예회 종목 제목을 연구 조사
해 선택했다.
○ 싱가포르 함락.

⟨1942년 2월 16일 월요일 晴天氣⟩(정월 2일)
싱가포르 함락에 대해 설명하고 아동들로 하

여금 감사와 기원의 관념을 주고 수업 후 학예
회 연습을 시켰다.
저녁에는 친구가 와서 밤늦게까지 상호 담화
하며 놀았다.

⟨1942년 2월 17일 화요일 晴天氣⟩(정월 3일)
저녁에 학교 숙직실에서 경금 선생, 미산 선
생, 송본 선생과 함께 놀다가 목욕하러 갔다.
12시 좀 지나서까지 선생들이 두는 바둑을 구
경하고…… 숙직실로 돌아와 모찌를 꺼내 조
선 떡과 함께 잘 먹었다.

⟨1942년 2월 18일 수요일 晴天氣⟩(정월 4일)
오늘은 수업이 없다.
오전 10시에 싱가포르 함락 축하식을 신사에
서 거행. 11시에는 깃발 행렬이 있었다.
11시 반에 면사무소 회의실에서 축하회가 있
었다.
학교에서도 같은 모임을 개최했다.
공의[公醫] 씨 자택에서 묵었다.

⟨1942년 2월 19일 목요일 晴天氣⟩(정월 5일)
제3교시와 제4교시 이타치 선생과 삼포 선생
의 연구수업이 있었다.
수업 후 직원타합회 및 연구수업 비평연구회
를 했다.
오후 3시경 윤상 군을 만났다.

⟨1942년 2월 20일 금요일 晴天氣⟩(정월 6일)
수업 후 학예회 연습을 시켰다. 수신서[修身
書]「충군애국」을 재료로.
돈 10전 정도를 코자카[小板] 씨(주인)가 나
한테서 빌려갔다.

(싱가포르를 소남도(昭南島)로 개명)

〈1942년 2월 21일 토요일 晴後曇天氣〉(정월 7일)
수업 후 금굴로 출장.
(야쓰다 군이 병으로 장기간 결석해서 가 보
았더니 장티푸스여서 집에 들어가지는 못하
였다).
이달분 봉급 수령.
○ 집주인 소모 씨와 타합회를 했는데 아들의
결혼문제로 걱정이 많았기 때문이었다.
(장녀 원자[媛子] 출생)

〈1942년 2월 22일 일요일 晴天氣〉(정월 8일)
삼승국교로 부 연구회 참석. 대체적으로 좋았
다고 생각한다.
비평회도 여러 모로 대게 좋다는 평가였다.
오후 10시경 보은으로 돌아왔다.

〈1942년 2월 23일 월요일 晴後曇天氣〉(정월 9일)
교내연구수업이 있었다(대평 선생과 송강선
생).
제3교시 불량아동에게 크게 주의를 줬다.
연구수업 비평회 후 담임학급 아동들에게 학
예회 연습을 시켰다. 방과 후엔 아동 학적부
기입 내용을 고쳤다.
학교 당직-숙직.

〈1942년 2월 24일 화요일 曇天氣〉(정월 10일)
다나카 선생과 숙직실에서 함께 묵었다.

〈1942년 2월 25일 수요일 曇天氣〉(정월 11일)
식대를 주인 소모 씨에게 지불했다.
태흥상점에서 옷을 한 벌 구입했다.

〈1942년 2월 26일 목요일 晴天氣〉(정월 12일)
정오부터 약 1시간에 걸쳐 방공연습을 했다.
나는 감시계였기 때문에 학교건물 주변 하늘
을 지켰다.
○ 저녁식사 후 청년대 사열훈련을 위해 강산
리에 출장 갔다.

〈1942년 2월 27일 금요일 晴天〉(정월 13일)
제5교시 후 방공연습이 있었다.
본가로부터 편지 …… 장녀 태어났다고(이름
을 원자(히메코)라고 지었고).
오후 7시 반 훈련공습경보를 발령해 등교했
다. 9시에 끝났다.

〈1942년 3월 1일 일요일 晴天氣〉(정월 15일)
학예회 예행연습을 했다. 내가 맡은 조는 1.
충군애국……극[劇] 2. 군기[軍旗]……합창
[合唱]의 2개 종목이었다. 연극에 쓸 여러 가
지 도구를 준비했다.

〈1942년 3월 3일 화요일 晴天氣〉(정월 17일)
학예회날이다. 프로그램은 37번까지. 내 학급
에서는 2개 종목.
학예회를 마친 후 교장 자택에서 연회가 있었
다.

〈1942년 3월 4일 수요일 曇後雨天氣〉(정월 18일)
낮에 송본 선생과 함께 월송부락 이산에 올라
조망을 했다.
○ 냇가에서 세탁도 하고.

〈1942년 3월 5일 목요일 曇天氣〉(정월 19일)
수업 후 직원회가 있었다. 나의 연구수업 지도

안을 냈다.
○ 본가 부친에게 편지를 썼다.

〈1942년 3월 6일 금요일 晴天氣〉(정월 20일)
제2교시에 나의 연구수업 실시. 교장 이하 각
직원 모두 참석하여 시찰했다. 오후 3시부터
송지 선생과 나의 수업에 대해 비평회가 있었
는데 대개가 좋았다는 반응이었다.

〈1942년 3월 7일 토요일 晴天氣〉(정월 21일)
학교 당직을 섰다.

〈1942년 3월 8일 일요일 晴天氣〉(정월 22일)
오전 9시……대조봉대 봉독식이 신사에서 열
렸다. 그 후 금굴로 출장. 안전[安田] 군과 연
전[延田]군 가정 방문.
오후 4시 남산에 올라 대자연을 조망.

〈1942년 3월 9일 월요일 晴天氣〉(정월 23일)
연구수업 참관.
제2교시 궁본 선생.
제4교시 송본선생.
오후 4시부터 비평 연구회.
도서 구입 현대국민백과전서 동경서원.

〈1942년 3월 10일 화요일 晴天氣〉(정월 24일)
육군기념일. 오전 9시에 보은신사 앞에서 기
념식을 거행.
수업 후 보은면 내 장병 집으로 가 학교 위문
품을 증정. 나는 삼산리로 위문 가고.
학교 숙직.
체조시간에 학급 담임 아동들과 기념촬영.

〈1942년 3월 12일 목요일 曇天氣〉(정월 26일)
수업 전 대동아전쟁 제2차 전승 축하식을 신
사에서 거행. 식후 시내 깃발 행렬도 하고.
숙소로 돌아서 사진틀을 만들었다.

〈1942년 3월 16일 월요일 晴天氣〉(정월 30일)
수업 후 직원회. 숙소로 돌아와 아동 성적표
정리.

〈1942년 3월 18일 수요일 晴天氣〉(2월 2일)
수업 오전 중. 장부 정리해 교무계에 제출하
고.
오늘 저녁식사는 동기 군 집에 가서 했다.

〈1942년 3월 19일 목요일 晴天氣〉(2월 3일)
수업 제3교시 후 졸업증서 수여식 연습을 거
행.
통신표 상장 기타 서류를 정리했다.

〈1942년 3월 20일 금요일 晴天氣〉(2월 4일)
오전 10시부터 식을 거행.
본교 제29회 졸업증서 수여식……종업증서
수여, 상장 수여. (졸업생 일동이 사은회를 개
최한다고 한다.
○ 마노면[馬老面] 윤상, 나의 숙소에서 묶었
다.

〈1942년 3월 21일 토요일 晴天氣〉(2월 5일)
춘계 황령제[皇靈祭.]
주인이 소를 도난당했다. 큰일이다. 나도 내북
면까지 찾아다녔다. 어제 밤부터 오늘 이른 아
침 사이에 없어졌다고 한다.
저녁에 미산, 송본, 무표 선생과 함께 남산에

올랐다.

〈1942년 3월 22일 일요일 曇天氣〉(2월 6일)
본교 신입아동 전형을 실시했다. 나는 신체 조사계였다.
O 숙소에 돌아와 신발 타올 상의 바지 등을 세탁했다.

〈1942년 3월 23일 월요일 雨天氣〉(2월 7일)
단축수업 3교시 시행.
3월분 봉급을 받고. 주인에게 식대를 지불.

〈1942년 3월 24일 화요일 雨後曇天〉(2월 8일)
본가에 15원을 부쳤다.
제3학년 교과 완료. 소화 16년도 수업도 금일로 종료.

〈1942년 3월 25일 수요일 曇天氣〉(2월 9일)
금일로써 제3학기 수료. 쇼와 16년도 수업이 끝났다.
아동 성적물을 건네면서 주의 및 개인의 성격을 언급하기도.
(방산선생이 초대한 여행자를 내 방에서 재웠다.)

〈1942년 3월 26일 목요일 曇天氣〉(2월 10일)
어제 잠을 잔 여행자가 아침식사 후 50전을 주고 9시경 돌아갔다.
O 담임 제자 미원도웅[米原道雄] 군 내방.
O (조선지도를 그렸다)

〈1942년 3월 27일 금요일 晴天氣〉(2월 11일)
학교에 가서 책꽂이[本立]을 하나 만들었다

(工作).
학교 숙직.

〈1942년 3월 28일 토요일 曇天氣〉(2월 12일)
저녁 식사 후 8시경 이용제 씨와 놀았다.
학교 숙직.

〈1942년 3월 29일 일요일 雨後曇天〉(2월 13일)
미산삼포 선생과 함께 종곡경금 선생에게 조문을 갔다.

〈1942년 3월 30일 월요일 晴天氣〉(2월 14일)
월송리 다나카 선생 집을 방문. 오후 5시에 돌아왔다.
O 십 수일간에 걸쳐 실로 봄처럼 따뜻한 날씨였으나 오늘은 갑자기 찬바람이 불었다.

〈1942년 3월 31일 화요일 晴天氣〉(2월 15일)
학교 당직……숙직

〈1942년 4월 1일 수요일 晴天氣〉(2월 16일)
소화 17년도 신학기 시작. 오전 9시경 전교생이 모여 신사 참배한 뒤 시업식을 했다.
신입 아동 제1학년생 입학식도 했다.
본촌[本村承雨]의 전학 수속함.

〈1942년 4월 3일 금요일 晴天氣〉(2월 18일)
신무천황제[神武天皇祭]-식수기념일. 전교생이 신사 참배한 뒤 신사 숲에 조선 소나무를 기념식수.
O 카와이(川合), 쿠니모토(國本) 선생 신임 인사.
O 경사스럽게 지난 3월 31일부로 본도[本道]

에서 「월 수당 37원으로 지급」한다는 승급 사령장을 받았다. (원하던 바가 여차저차 달성되었다.)

〈1942년 4월 4일 토요일 晴後曇天氣〉(2월 19일)
학급 담임 결정. 나는 5학급 3학년 남자.
오후 6시부터 동 12시 반까지 청주여관, 학교 숙직실에서 유쾌하게 놀았다. 경금 선생이 괴산 명덕교로 영전해서 미산, 송본, 삼포, 다나카 선생과 함께 마시고 놀았다.
ㅇ 송본 선생 숙소에서 잤다.

〈1942년 4월 5일 일요일 曇天氣〉(2월 20일)
오전 …… 다나카 선생과 함께 국본 선생 숙소를 결정하기 위해 가까운 곳을 물색하다 삼산리 산본 씨 집에서 거처하기로 했다. 오후 1시 등교해 3시경 경금 선생 댁을 방문했다.

〈1942년 4월 6일 월요일 晴天氣〉(2월 21일)
수업이 오전에만 있었다.
오후 4시경 경금, 후등, 수야 선생의 영전에 대한 송별연회가 있었다.

〈1942년 4월 7일 화요일 曇天氣〉(2월 22일)
금주 주번이다. …… 대평 선생과 함께.
낮에 새롭게 취임한 안연 선생의 인사가 있었다.
ㅇ 소화 16년도 말 상여금을 받았다.
ㅇ 아동운동화를 배급했다.

〈1942년 4월 8일 수요일 晴天氣〉(2월 23일)
대조봉대일이다. 보은신사에서 봉대기념식을 거행했고.

학교 당직. 숙직했고.
ㅇ 안본 선생이 부임.

〈1942년 4월 10일 금요일 晴天氣〉(2월 25일)
수업 후 오후 2시부터 직원 타합회가 있었고.
ㅇ 키쿠치[菊地] 선생이 부임.
ㅇ 저녁 때 학교 숙직실에서 미산, 안본, 송본, 다나카, 국본 선생과 함께 목욕을 했다.

〈1942년 4월 12일 일요일 曇後雨天〉(2월 27일)
오전 10시경 대망의 벗과 함께 주인을 대동하고 산으로 수렵을 갔다. 오후 1시경 비 때문에 돌아오고 말았다.

〈1942년 4월 14일 화요일 晴天氣〉(2월 29일)
신년도 교과서를 아동에게 나눠줬고.
ㅇ 야마모토[山本] 군이 나한테 게다짝을 한 켤레 사줬다.

〈1942년 4월 17일 금요일 晴天〉(3월 3일)
방공연습.
오후 3시부터 직원회를 열었다. 내 연구수업이 7월, 10월에 잡혔다.
저녁 때 안본, 송본 선생이 내방했다.

〈1942년 4월 18일 토요일 晴天氣〉(3월 4일)
수업 후 아동 신체검사를 했다.
저녁 때 국본 선생의 숙소로 가서 놀았다.

〈1942년 4월 19일 일요일 晴後曇天氣〉(3월 5일)
오전 9시경 국본 선생과 삼년성[三年城][2]으로

2) 충청북도 보은군 보은읍에 어암리에 자리하는 산성

산책을 갔다. 생도들도 몇 명 같이 갔다. 오후 3시경 돌아왔고. 숙소의 뜰에 화단을 만들고 풀꽃 씨를 파종했다.

〈1942년 4월 21일 화요일 晴天氣〉(3월 7일)
승급 후 처음으로 봉급을 받았다.

〈1942년 4월 22일 수요일 晴天氣〉(3월 8일)
학교 숙직.

〈1942년 4월 24일 금요일 晴天氣〉(3월 10일)
저녁 때 학교에 가서 목욕을 했다. 미산, 안본, 송본, 다나카, 국본 선생과 함께.

〈1942년 4월 26일 일요일 晴天氣〉(3월 12일)
국본 선생과 함께 다나카 선생 집을 방문. 낮에 삼년성으로 산책.

〈1942년 4월 28일 화요일 晴天氣〉(3월 14일)
수업을 마치고 오후 3시경 청년대 계도를 위해 대야리, 길상리로 갔다. 오후 7시 반경 돌아왔다.
○ 방공연습. 등화관제 때문에 8시 반에 등교. 전 대원(남자) 집합. 9시 해산.

〈1942년 4월 29일 수요일 晴天氣〉(3월 15일)
천장절[天長節] 배하식 거행.

─────────────
으로, 삼국사기에 따르면 축성한 지 3년 만에 완성되었다 하여 이러한 이름이 붙여졌다고 전해진다. 삼국통일 전쟁 때 태종 무열왕이 당나라 사신 왕문도를 접견하는 장소였고, 고려 태조 왕건이 이 성을 점령하려다 패한 적이 있는 역사적 사건들이 전승된다. 사적 제235호로 지정되어 있다.

오후 2시에 청년대 신입단식.
오후 4시에 송지 우편국장의 초대를 받았고.
오후 6시부터 교장 댁에서 연회가 있었고.

〈1942년 5월 2일 토요일 晴後曇天氣〉(3월 18일)
춘계소풍. 오전 8시 출발.
6학년 남자 생도들, 안본 선생과 함께 속리산으로. 12시 반에 도착. 수정여관에서 점심식사.
○ 복천암, 상환암(隱瀑)[3] 기념촬영, 수정여관에서 숙박.

〈1942년 5월 3일 일요일 曇後晴天〉(3월 19일)
6시 기상. 아침 행사 마친 후 수정봉 오르다. 9시경 아침 식사. 식사 후 법주사 견학.
11시 40분 출발. 말티고개에서 점심.
학교에는 오후 3시 반 도착.

〈1942년 5월 5일 화요일 晴天氣〉(3월 21일)
단오절
오늘 단오절인데 교과서 중 정확한 동의어를 위한 교재를 사용……실로 흥미가 있었다.
당직…… 학교 숙직.

〈1942년 5월 8일 금요일 晴天氣〉(3월 24일)
읽기독본 시험 결과 채점해보니 놀라울 정도로 낮은 점수였다. 점수를 올리는 게 내 책임이다.
○ 오늘은 일직. 오전 6시부터 오후 6시까지.
○ 대조봉대일. 신사참배.

─────────────
3) 속리산 은폭동계곡, 상환암.

〈1942년 5월 10일 일요일 晴天氣〉(3월 26일)
본교 후원회(부형회)(모자회) 총회가 오전 11시부터 열려서 아침식사 후 바로 출근했다.

〈1942년 5월 11일 월요일 粉雨天氣〉(3월 27일)
조선의 교육제도와 진보가 굉장히 발달하였다. 징병제도가 소화 19년부터 시행. 전교생 신사에서 보국제[報國祭].
○ 전교 교내 연구수업 구경. 송본 선생과 궁본 선생이 예방주사 맞음.

〈1942년 5월 13일 수요일 晴天氣〉(3월 29일)
체조시간에 아동 신체청결검사 결과 냇가로 아동들을 데리고 가서 손과 발을 씻도록 했다.
○ 옥천 세탁집에 옷을 맡겼다.
○ 아동청소구역을 확실히 정하였다.

〈1942년 5월 17일 일요일 晴天氣〉(4월 3일)
오전 6시 등교. 라디오 체조. 신사참배. 금일부터 매일 시행 (이렇게 계속할 것).
○ 교실 환경 정리를 위해 바른 자세도[姿勢圖] 및 대일본총도 2매를 그렸다. 오후에 체조용 흰 바지를 세탁했다.

〈1942년 5월 19일 화요일 晴後曇天氣〉(4월 5일)
방과 후 열등아 약 30명을 남게 해 공부 및 특별지도를 했다.
○ 저녁에 학교에 가서 목욕을 했다.

〈1942년 5월 20일 수요일 曇後晴天〉(4월 6일)
본가에 30원, 종형에게 5전을 송금했다.

〈1942년 5월 21일 목요일 晴天氣〉(4월 7일)

봉급을 받았다.
저녁에 조선연맹 주최의 영화를 봤다.

〈1942년 5월 22일 금요일 晴天氣〉(4월 8일)
신사에서 징병제 시행 기념식 및 청소년 학도에게 하사하는 칙어 봉독식이 있었다.
방과 후 직원회를 했다.
이달분 식대를 지불했다.
○ 학교 숙직.

〈1942년 5월 23일 토요일 晴天氣〉(4월 9일)
아동에게 체조를 가르치고.
저녁에는 삼산리 1구 애국반 훈련 지도를 위해 출장 갔다.

〈1942년 5월 24일 일요일 晴後曇天〉(4월 10일)
국본 선생과 월송리에 가서 다나카 선생과 함께 애국반 훈련을 했다.
저녁에는 삼산리에서 제1구 애국반 부락연맹을 국지 선생과 함께 훈련시켰다.

〈1942년 5월 27일 수요일 晴天氣〉(4월 13일)
해군기념일. 신사참배(전교).
방과 후 전 직원 체육운동. 배구.

〈1942년 5월 28일 목요일 晴天氣〉(4월 14일)
방과 후 열등아 10명을 남겨 특별지도를 했다…… 가나(假名) 지도.
단 매일 계속 실시…… 개별지도
○ 저녁에는 미산 선생 집에서 잘 먹었다.…… 국본 선생으로 부터의……

〈1942년 5월 29일 금요일 晴天氣〉(4월 15일)

제3교시에 …… 5、6학급이 함께 합해서 전교 체조를 지도했다.
도에 바로 보낼 성적 등급 차례로 정리.
방과 후 습자 2점. 작문(綴方) 2점.

〈1942년 5월 30일 토요일 晴天氣〉(4월 16일)
제1교시에 국지 선생 연구수업을 참관(6학년 남자 국사). 제2교시에 가등 선생의 수업 참관(5학년 남자 습자).
오후 2시부터 수업비평회 및 직원회.

〈1942년 5월 31일 일요일 晴天氣〉(4월 17일)
당직-숙직.

〈1942년 6월 1일 월요일 晴天氣〉(4월 18일)
방과 후에 열등아 개별지도를 하고.
ㅇ 오늘 저녁에 할머니제사가 있다. 아 고향의 하늘이여.
ㅇ 오후 9시부터 삼산리 애국반 훈련지도에 진력.

〈1942년 6월 2일 화요일 晴天氣〉(4월 19일)
저녁에 삼산 제1구 부락연맹 애국반 훈련지도.
학교에 가서 목욕.
국본선생 집에서 잤고.

〈1942년 6월 3일 수요일 晴天氣〉(4월 20일)
오늘 저녁도 애국반 훈련지도에 노력.

〈1942년 6월 4일 목요일 晴天氣〉(4월 21일)
수업 후 오는 일요일에 본군 교육자대회가 본교에서 개최되는데, 계를 나눴는데 나는 준비

계가 됐다.
국본 선생과 함께 콩 주머니(鈴割⁴) 통을 만들었다.

〈1942년 6월 5일 금요일 晴天氣〉(4월 22일)
학급에서 우수아, 보통아, 열등아의 반을 조직하고 방과 후 공부일정 등을 정했다.

〈1942년 6월 6일 토요일 晴天氣〉(4월 23일)
수업 후 본군 교육총회에 쓸 준비물을 정리.
ㅇ 우물에 펌프를 설치.
ㅇ 올해 모내기하는 것을 처음 봤다.

〈1942년 6월 7일 일요일 晴天氣〉(4월 24일)
오전 8시부터 본군 교육자대회를 했고(신사에서 총회식, 실내에서 총회차 체육대회, 오후 3시부터 친목회).
6시에 삼포 선생 집으로 조문을 갔다.
저녁에는 학교에서 삼산리 부인들 모아 놓고 국어 강습을 했다(국어보급운동).

〈1942년 6월 8일 월요일 晴天氣〉(4월 25일)
수업 후 학급경영안을 쓰고.
저녁에는 국어강습회장에 출석. 부인(회원 약 40명).

〈1942년 6월 9일 화요일 晴天氣〉(4월 26일)
ㅇ 교과과목 학급진도표 입안.
오늘 저녁에 국어강습 야학을 했고.
ㅇ 당직-숙직.

---

4) 운동회 때 하는 콩 주머니로 터뜨리는 통을 말함.

〈1942년 6월 10일 수요일 晴天氣〉(4월 27일)
기념일. 신사참배.
저녁에 야학을 했고.
ㅇ 국본선생과 자취생활에 대해 논의했다.

〈1942년 6월 11일 목요일 晴天氣〉(4월 28일)
오늘 저녁도 야학.

〈1942년 6월 12일 금요일 晴天〉(4월 29일)
오전 차로 청주로 향했고.
오후 4시경 영정교 강당에 가서 수험표를 받
았다.

〈1942년 6월 13일 토요일 晴天氣〉(4월 30일)
오전 8시 시험장에 출두해 학과시험을 봤다.

〈1942년 6월 15일 월요일 雨後曇天〉(5월 2일)
오후 4시 반경 시험 완료.
본교로 돌아가려 했으나 시간이 늦어서 돌아
가지 못했다.
ㅇ 아이들용 잡지 그림책을 샀다.

〈1942년 6월 16일 화요일 晴天氣〉(5월 3일)
오전 9시 차로 보은으로 출발.
11시에 본교에 도착.
ㅇ 저녁에는 영화를 구경.

〈1942년 6월 17일 수요일 曇後雨天〉(5월 4일)
부인들의 야학-국어.
숙직-다나카 선생과 함께 사무실에서 잤다.
오후 12시경부터 비가 내렸고.
ㅇ 내무부장 내교 …… 사열, 강평을 받았다.
(황민연성[皇民鍊成], 스승다운 모범[師たる
模範], 국어상용[國語常用], 청훈체위향상[靑
訓體位向上], 식량[食糧])

〈1942년 6월 18일 목요일 雨後曇天〉(5월 5일)
안본 선생과 송강 선생의 연구수업 참관. 수
신, 지리.
부인 야학.

〈1942년 6월 19일 금요일 晴天氣〉(5월 6일)
농번기 휴업. 아동들 가정실습(도와 줌). 모내
기(어제 비가 왔음), 보리 베기.
ㅇ 국본 선생과 하루 종일 숙소 수리. 미산 선
생이 도와줬고(우리들 두 명의 자취생활 건으
로).
부인 야학.

〈1942년 6월 20일 토요일 晴天氣〉(5월 7일)
낮에 숙소 수리에 착수했고. 미산, 삼포, 송본,
안본 선생들의 도움을 받았고. 저녁에는 학교
에서 목욕했고. 또한 자취생활용 물품 구입.
책상 1개에 12원.

〈1942년 6월 21일 일요일 晴天氣〉(5월 8일)
삼승교로 출장. 연구수업 참관. 정오에 돌아오
고(삼승에서).
오후에 숙소 주변을 정리했다.
ㅇ 저녁에 부인 국어강습회가 있었다.

〈1942년 6월 22일 월요일 晴天氣〉(5월 9일)
정들었던 송원 씨 집을 떠나. 자취생활의 길에
발을 들여놓았다. 저녁때 이사했다.
ㅇ 백미와 기타 준비물품을 샀다.
ㅇ 봉급을 받고.

○ 학교 숙사에서 국본 선생과 함께 자취를 시작했다.
주말에는 주훈을 발표하고 아침밥은 안연 선생과 함께 했다.

〈1942년 6월 23일 화요일 晴天氣〉(5월 10일)
수업이 끝나고 방과 후에 아동 몇 명을 데리고 와서 숙사 수리 청소를 했다.
○ 오전 5시에 일어나 기쁜 마음으로 자취생활의 첫 밥을 지었다. 국본 선생과 함께 먹었다.

〈1942년 6월 24일 수요일 晴天氣〉(5월 11일)
퇴근하여 숙소로 돌아와 청소를 했다. 아이들이 숙소 청소를 해줬다.
○ 군수님의 집에서 천야[天野] 군이 완두콩을 가져왔고 천전[千田] 군의 집에서는 과자를 가져왔다.

〈1942년 6월 25일 목요일 晴天氣〉(5월 12일)
저녁때 신안[新安] 군의 집에서 반찬을 가져왔고 송원[松原] 군 집에서도 많은 김치를 가져왔다.
○ 밤에는 부인 야학(국어강습).
○ 아동을 인솔해 송충이 구제.

〈1942년 6월 26일 금요일 曇天氣〉(5월 13일)
보리쌀 5되를 샀다.
대성[大城] 군의 집에서 반찬, 배추를 가져왔다.
저녁엔 부인 야학을 했다.
당직-숙직, 직원 회식.

〈1942년 6월 27일 토요일 曇天氣〉(5월 14일)

아동 …… 가정 실습 …… 모내기, 보리 베기.
○ 국본 선생과 시장에 나가 물품을 샀다.

〈1942년 6월 28일 일요일 晴天氣〉(5월 15일)
금굴, 지산리로 출장.
미입학 연령 아동 조사함.
전 주인 송원 씨의 집에서 감자[馬嶺(鈴)薯]를 먹었다.

〈1942년 6월 29일 월요일 晴天氣〉(5월 16일)
아동 성적고사 문제를 내다.
○ 운동화 한 켤레를 샀다.
○ 쌀 5홉을 샀다.

〈1942년 6월 30일 화요일 晴天氣〉(5월 17일)
산수 읽기 고사를 시행했다.
내 연구수업 다음달 10일로 결정됐다.

〈1942년 7월 1일 수요일 晴天氣〉(5월 18일)
신사참배.
아동 성적고사.
방과 후에 열등아 특별 지도.
○ 직원 운동 …… 배구.

〈1942년 7월 2일 목요일 晴天氣〉(5월 19일)
신문에 제3종 시험 합격으로 발표되었다……
기쁜 반면 미래를 다짐했다. (잘 오른 산길은 변하지만 고령[高嶺]의 달은 똑같이 볼 수 있을까.)

〈1942년 7월 3일 금요일 晴天氣〉(5월 20일)
다나카 선생의 읽기 수업 참관.
직원회.

오는 일요일 삼승교에 출장 가는 것으로 결정.
○ 고향으로부터 편지가 왔는데 비가 내리지 않아서 작물심기(田植)가 곤란하다고 함(신이여 비를 내려주기를 기원합니다)

〈1942년 7월 4일 토요일 晴天氣〉(5월 21일)
교실 환경정리.
조선지도, 아동 성적표, 기타 참고표.
○ 6월 임시 특별보너스를 받다.

〈1942년 7월 5일 일요일 曇後雨天氣〉(5월 21일)
오전 8시 삼승교 연구수업 참관을 위해 출장 갔다(국어, 음악).
행사가 끝나고 5명이서 지남까지 갔다가 돌아왔다.

〈1942년 7월 6일 월요일 雨天氣〉(5월 22일)
수신, 읽기, 산수 고사를 실시. 방과 후엔 전 아동 특별 복습을 시행.
○ 1학년 읽기고사[讀方考査] 문제를 내다(일제고사).

〈1942년 7월 7일 화요일 曇天氣〉(5월 24일)
사무칙 발표 제5주년.
신사에서 기념식 거행.
○ 제1교시에 기념강습. 노구교[盧溝橋] 사건[5]부터 주요지역 함락, 대동아전쟁에 이르기까지.

───────────────

5) 1937년 7월 7일 밤, 중국 베이징 남서부 교외의 노구교(Marco Polo Bridge)에서 일어난 중국군과 일본군의 충돌사건을 가리킨다. 7·7사변이라고도 부른다.

〈1942년 7월 8일 수요일 曇天氣〉(5월 25일)
대조봉대일[大詔奉戴日].
신사참배.
○ 전교 일제고사. 내가 감독하는 학급 남자 1학급 1년 출제 …… 1년 읽기.

〈1942년 7월 10일 금요일 晴天氣〉(5월 27일)
제3교시 …… 궁평 선생의 연구수업. 나는 제4교시 산수 연구수업.
오후 비평.
○ 부인 야학 …… 국어강습.

〈1942년 7월 11일 토요일 晴天氣〉(5월 28일)
제3종 시험 합격증명서를 받다.
○ 소고기 등 기타 도시락에 들어가는 반찬 재료 구입.

〈1942년 7월 12일 일요일 晴天氣〉(5월 29일)
아동 성적 일람표를 쓰다.

〈1942년 7월 13일 월요일 晴天氣〉(6월 1일)
안연 선생의 전근 고별연.
○ 비가 내려지 않아서 대단히 곤란함.
○ 이번 주는 방첩주간.

〈1942년 7월 15일 수요일 晴天氣〉(6월 3일)
궁본 선생 부임인사가 있었다.
단축수업 시행.
○ 교실에 방첩 포스터와 표어를 붙였다.

〈1942년 7월 16일 목요일 晴天氣〉(6월 4일)
아동성적 일람표 완전 정리.
성적고사부 기입 …… 정리.

○ 휴가 중에 관한 직원타합회.

○ 부인야학 국어강습.

〈1942년 7월 17일 금요일 晴天〉(6월 5일)

성적일람표 성적고사부 제출.

○ 저녁에 부인 야학 …… 국어강습.

○ 통신표 기입.

〈1942년 7월 18일 토요일 晴天氣〉(6월 6일)

방과 후에 산광왕산[山光王山] 교장 내지[內地] 시찰.

보고 들은 것을 이야기 함…… 서조[西條]학교의 장점을

○ 직원 일동 방첩경계에 임함.

○ 아동 하계휴가 학습장을 배부.

○ 하계휴가 중의 주의사항을 당부.

〈1942년 7월 19일 일요일 曇天氣〉(6월 7일)

正午 무렵…… 방첩 담당하다.

편지 수 통을 씀.

학교에 출근해 서류상자 책상 기타 장부 정리.

○ 당직이었기 때문에 숙직했다.

〈1942년 7월 20일 월요일 晴天氣〉(6월 8일)

제1학기 종업식 거행. 신사에서.

11시경 성적표 통신표 배부.

○ 학교에서 숙직했다

〈1942년 7월 24일 금요일 晴天〉(6월 12일)

부인야학 국어강습 오후 8시 반부터 11시까지.

〈1942년 7월 25일 토요일 曇天〉(6월 13일)

면 직원대회 구경.

교구[校具] 조사.

〈1942년 7월 27일 월요일 曇天〉(6월 15일)

부인야학 국어강습. 아동 소집-대청소 실시.

숙직.

〈1942년 7월 28일 화요일 晴天氣〉(6월 16일)

일직.

교구-아동용 책상 조사.

이과[理科]의 표본물을 조사해서 비품대장에 기입했다.

숙직.

〈1942년 8월 1일 토요일 曇天氣〉(6월 19일)

당직……숙직함.

내무과장님의 집에서 맛있는 음식 대접받았다.

○ 歸家할 準備

○ 국본 선생과 생활비 회계 결산.

〈1942년 8월 2일 일요일 曇天氣〉(6월 21일)

오전 9시 차로 보은 출발.

11시 반 청주 도착.

정봉역에서 아버지, 동생 만남.

〈1942년 8월 3일 월요일 晴天氣〉

마을에 인사를 다녔다.

들판 벼이삭을 구경하였다.

〈1942년 8월 10일 월요일 晴天氣〉(6월 29일)

모교 제24회 졸업 동창회 총회에 출석.

〈1942년 8월 15일 토요일 曇天氣〉(7월 4일)
오전 5시에 출발 − 청주로 향해. 교원 강습회 출석을 위해.
금일부터 5일간…… 영정(청주)교에서. 회원 160명.
강사…… 사범학교 교수 및 도 시찰관(視學.)
○ 5일간 집에서 통근 예정. 오늘은 오후 9시에 집에 도착했다.

〈1942년 8월 16일 수요일 曇天氣〉(7월 8일)
강습회 종료.
필기내용[帳面] 검사 후 시찰관에게서 상찬의 말을 들었다.

〈1942년 8월 20일 목요일 曇天氣〉(7월 9일)
오전 10시에 본가를 출발.
아버지와 어머니에게 이별을 고할 때 슬픔.
아버지와 동생은 정봉역까지 배웅을 나왔다.
보은에 도착한 때는 오후 6시 반경이었다.
숙박은 이제부터 죽전[竹田]의 송원[松原龍濟]씨의 집.

〈1942년 8월 21일 금요일 曇後雨天〉(7월 10일)
제2학기 시업식.
이달분 봉급 수령.
강습회 출석의 여비를 받았다.

〈1942년 8월 22일 토요일 雨後曇天〉(7월 11일)
제2학기 수업을 시행.
휴가 중의 숙제 검열.
오후 2시부터 직원회 있고, 4시에 종료.
○ 제6학급의 특수사무를 받았다.

〈1942년 8월 24일 월요일 晴天氣〉(7월 13일)
나의 담임학급이 옛 교사에서 신교사로 이사.
지금까지 있던 곳은 1학년 사용.
제6학급 보결수업을 함(체조).
○ 부인야학 국어강습.

〈1942년 8월 26일 수요일 晴天氣〉(7월 15일)
길상 청년분대 전원 본교에서 훈련을 청하기에 오전 9시부터 12시까지 훈련하고, 오후 3시까지는 교실에서 강화를 하고.

〈1942년 8월 27일 목요일 晴天氣〉(7월 16일)
대야리[大也里]로 출장 …… 청년대 훈련지도.
오후 8시부터 시작해 12시를 지나 1시까지…… 훈련강화[訓練講話], 카미시바이[紙芝居][6]
구장 집에서 묵고.

〈1942년 8월 28일 금요일 晴天氣〉(7월 17일)
방과 후 직원회 있고.
저녁엔 부인야학(국어강습) 종료식 거행.
○ 장신[長新]으로 출장 …… 3시간 동안 훈련시키고.

〈1942년 8월 29일 토요일 晴天氣〉(7월 18일)

---

6) かみしばい=종이연극. 1928년 도쿄의 한 화가가 어린이들을 모아놓고 사탕을 팔기 위해 펜이나 목화로 그린 그림을 보여주면서 이야기를 들려준 데서 유래하였다. 딱딱한 종이 앞면에 그림을 그리고, 뒷면에 글씨를 쓴 뒤 그림을 보여주면서 이야기를 풀어나간다. 1937년 중일전쟁 발발 후 시국인식 선정용으로 제작되었다. 일종의 관제 오락이다.

제5, 6학급 생도에 운동화 배포. 카미시바이를 구경시키고. 궁본[宮本聖子] 씨로부터 메리야쓰 상하 1벌 받았다. 고마운 마음에 감사를 전한다.

〈1942년 9월 1일 화요일 晴天氣〉(7월 21일)
제6학급도 내가 담당하여 수업을 했다. 5학급 70명, 6학급 70명 합쳐 약 140명 되다.
○ 나의 신분 변경 절차를 밟다.

〈1942년 9월 2일 수요일 晴天氣〉(7월 22일)
본면 청년대 동원대회 개최. 내가 담당하는 길상분대 등 모였고.
수업 없이 갔던 일요훈련반 수업함.
오후 4시부터 본교 직원위로연 있었다.
오후 6시부터 교장 댁에서 초대를 받고 천상여관에서 놀았다.
(아들로서 부모가 아플 때에도 놀러다니는 불효한 상영…… 부족함[貧])

〈1942년 9월 5일 토요일 晴天氣〉(7월 25일)
수업 후 운동회에 대한 직원회 했고.
다음…… 4중대로 나뉘어서 풀뽑기를 시켰다.
○ 국민복 한 벌 주문했고.
(본댁의 괴로움도 잊고 몸을 지킨 자식이었구나.)
숙직. 학교 당직.

〈1942년 9월 8일 화요일 晴天氣〉(7월 28일)
제9회 대조봉대일 기념참배 및 제를 거행.
○ 보수중대[報水中隊]를 이끌고 동 방면 논밭[田圃]의 풀베기 작업. 2시간 반 걸렸다.
○ 방과 후 3년생 중 6명만으로 글라이더(활

공기)를 제작. 내일 경기대회가 있다.

〈1942년 9월 9일 수요일 晴天氣〉(7월 29일)
제4교시 수업이 끝나고 제5교시부터 본교 활공기 모형비행기대회를 개최했다. 최고 22초였다.
○ 방과 후 직원 전부 글라이더를 제작했다.

〈1942년 9월 10일 목요일 曇後雨天〉(7월 30일)
미산 선생과 안본 선생의 연구수업이 있고.
○ 밤에 고향에 계신 부모님에게 편지를 쓰면서 눈물이 났다.

〈1942년 9월 11일 금요일 曇後雨天〉(8월 2일)
○ 고향 사람들한테 편지를 보내다.
○ 방과 후 글라이더를 제작.
○ 저녁에는 옛 주인 집에 가서 맛있는 감자[馬嶺(鈴)薯]를 많이 먹었다.

〈1942년 9월 15일 화요일 晴天氣〉(8월 6일)
운동회 …… 추계 체육대회의 연습을 하다(6학급, 5학급).
종목 '방심하지 말 것', '황국신민체조', '싱가폴 함락 공동일치', '벙어리 암산 경주'.

〈1942년 9월 20일 일요일 晴後曇天氣〉(8월 11일)
제3회 항공기념일. 교정에서 모형비행기 대회를 했다.
○ 체육회 연습 및 준비물 완성.
내일은 본교 체육회 총연습.

〈1942년 9월 23일 수요일 晴天氣〉(8월 14일)
학교에서 체육회 준비물을 정리한 후 월송리

다나카 선생 주인집의 초대를 받았다. 미산, 송본 안본 삼포 선생과 함께.
○ 오후 10시에 돌아와 학교 숙직을 했다.

〈1942년 9월 24일 목요일 晴天氣〉(8월 15일)
추석이다.
낮에 미산 다나카 선생을 초대.
○ 생각지도 못하게 오후 차로 아버지가 보은에서 오셨다. 정말 뭐라 할 수 없을 만큼의 기쁨이다.

〈1942년 9월 25일 금요일 晴天氣〉(8월 16일)
오늘은 본교(보은 삼산교) 가을 체육대회다. 오전 9시에 시작해 오후 5시에 끝났다. 대회 후 초대연회를 교장 자택에서 받고. 학교 후원회가 있었다…… 덕초원(德初園) 선하관(仙下館).
○ 저녁에 아버지와 집안일에 관해 상의했다.

〈1942년 9월 26일 토요일 晴天氣〉(8월 17일)
오전 9시차로 아버님께서 본가로 출발. 돈 35전을 드리고.
어제부터 왠지 모르게 드는 생각인데 무엇 하나 아버지께 위안이 되지 못하고 보내드리니 불효하는 것 같은 생각이 든다. 차타고 떠나는 아버지 모습을 보니 아버지가 건강하기만을 바랄 뿐이다.

〈1942년 9월 27일 일요일 晴天氣〉(8월 18일)
중초국민학교 체련대회 구경을 갔다.
내빈, 임원의 병 매달기[ビンツリ], 오시토쯘보[オシトツンボ][7], 감 따먹기 등의 경주에 출장하였다.

〈1942년 10월 2일 금요일 晴天氣〉(8월 21일)
본도 일제 방공연습이 있었다.
학교에서도 수업 중 3회 정도 시연했다. 오후 8시경 훈련공습 경보로 바뀌고, 직원 일동 등 교해 경계근무를 했다.
내 당직으로 숙직이다.
훈련경계 해제는 오후 9시.

〈1942년 10월 6일 화요일 晴天氣〉(8월 27일)
제2교시에 산수고사를 치르고 방과 후 아동을 소집……오늘의 반성(행동이 나쁨). 금후의 제 주의. 내일 있을 가정실습, 8일 대조봉대식의 행사에 대해서도 연습.
○ 오후 5시에 직원 일동 송산리 송원 씨 집에서 놀았다(생일 축하).

〈1942년 10월 8일 목요일 晴天氣〉(8월 29일)
대조봉대일을 거행.
○ 독본 5권을 치르는 고사를 행하고.
○ 전교 국방헌금을 거뒀다.
○ 주인으로부터의 편지 한 통을 써서 드렸다.

〈1942년 10월 9일 금요일 晴天氣〉(8월 30일)
교장으로부터 건네받은 것은 다름이 아니라 기다리고 기다렸던 임용(임관) 사령이었다. 「임 조선 충청북도 공립국민학교 훈도 11급봉」. 보은 삼산국교 훈도를 명한다는 사령이 아닌가. 진실로 감사하고, 지금부터 노력정진을 맹세했다. 내일은 정식으로 본교에 첫 부임하는 날이다.

---

7) 한 사람은 말을 못하고, 한 사람은 듣지 못하게 하여, 두 사람이 한 조가 되어 벌이는 경기의 한 종류이다.

〈1942년 10월 10일 토요일 晴天氣〉(9월 1일)
본교 교장 입야[立野] 선생과 다나카 선생이
이번에 전근하게 되었다.
방과 후 두 선생의 송별연회가 있었다(학교,
선하관).
○ 돌이켜보니 작년 오늘이 본교에 부임한 날
이었다.

〈1942년 10월 11일 일요일 晴天氣〉(9월 2일)
교장 사무 인계 정리를 위해 하루 종일 교구
조사 정리를 했다. (비품대장).

〈1942년 10월 12일 월요일 晴天氣〉(9월 3일)
주번을 맡아 주훈 발표. 아동들을 데리고 신사
청소를 하도록 하고 하천 주변으로부터 작은
돌과 모래를 운반. 오전 중 수업을 행하고, 오
후 3시에 교장을 전송하다. 저녁에는 다나카
선생의 위로연회를 열었다.

〈1942년 10월 13일 화요일 晴天氣〉(9월 4일)
오전 9시 …… 전중[田中英秀] 씨를 전송하고
주번 임무 정리 후 영목[鈴木] 장학사[視學]
선생 댁에 조문을 갔다(부친상).

〈1942년 10월 16일 금요일 晴天氣〉(9월 7일)
신사참배 …… 정국임시대제[靖國臨時大祭]
(초혼제[招魂祭]). 오전 10시 15분.
○ 아동성적표 정리 및 교실 환경정리 ……
10월 15일 어제부로 타치노[立野] 교장 대신
에 신임 교장 부임. 옥천군 이원교[伊院校]로
부터.

〈1942년 10월 19일 월요일 晴天氣〉(9월 10일)

군 교육회 주최 연구회에 참석(속리국민학교
에서).
제일고녀 지산교장의 국어 문제 강연이 있었
고. …… 오늘 수업 내용은 매우 좋았다.

〈1942년 10월 21일 목요일 晴天〉(9월 12일)
팔야정[八野井] 장학사가 본교를 시찰. 3교시
째 나의 일본어 수업을 시찰. 방과 후 비평회
를 개최하고 오후 3시 출발.

〈1942년 10월 22일 목요일 晴天氣〉(9월 13일)
수업 후 성적물을 정리하고 국어의 작문과[綴
方科] 수업안을 정밀하게 다듬었다. (내일은
나의 전교 연구수업이다.) 국민과[國民科] 국
어(작문)의.

〈1942년 10월 23일 금요일 晴天氣〉(9월 14일)
제4교시에 나의 연구수업 후 오후에 비평연구
회를 열었다. 2개 학급의 담임을 맡고 있어서
꽤나 고생하고 있다고 많은 위로의 말들을 해
주었다.
○ 이어서 신임 교장의 학교 경영방침에 대한
직원회를 개최하고. 마지막으로 환영회를 천
상여관에서 열었다. (전교직원)의 협력일치.

〈1942년 10월 26일 월요일 晴天氣〉(9월 17일)
농번기-가정실습일.
오전 9시 등교해 직원조례를 하고 각 부락으
로 출장-가정 방문.
나는 미산선생과 함께 죽전, 수정, 발산으로
출장 갔다. 낮에는 발산의 송원 씨 집에서 잘
먹었다.

〈1942년 10월 31일 토요일 晴天氣〉(9월 22일)
방과 후 학교 아동부락 우국반상회를 개최하고 무사종료 후 직원운동회를 했다.
집에 돌아 왔더니 주인집이 벼 수확으로 바빴기 때문에 나도 팔을 걷고 도와 드렸다.
저녁에는 강의록을 상당부분 읽었다.

〈1942년 11월 1일 일요일 曇天氣〉(9월 23일)
오늘은 아침 일찍부터 상당히 강한 바람이 불었다. 오전 10시경 약간 눈이 내렸다.
날이 저물 무렵 등교해 장부정리를 했다(학적부, 성적고사부 등을 정리).
당직이라서 학교서 숙직.

〈1942년 11월 2일 월요일 晴天氣〉(9월 24일)
수업 후 예식일 및 예식 봉행 중의 법도를 가리키고 명치절[明治節] 배하식 연습을 했다.
오후 1시부터 전교생(단 저학년과 고학년으로 나누어) 식 연습을 했다.

〈1942년 11월 3일 화요일 晴天氣〉(9월 25일)
오전 8시에 예복으로 바꿔 입고 아동과 함께 신사참배. 신사에서 돌아와 강당에서 엄숙하게 명치절식을 거행.
오후에 직원 일동 배구대회.

〈1942년 11월 5일 목요일 晴天氣〉(9월 27일)
어제 학과 숙제를 내주었는데 가지고 오지 않은 아동들과 방과 후에 열등아들을 모아 놓고 주의를 준 뒤 특별개인지도를 했다.
○ 아동 성적표를 채점하고 신사참배 창가를 했다.

〈1942년 11월 6일 금요일 晴天氣〉(9월 28일)
이번 주는 인고단련[忍苦鍛鍊]을 하자는 주훈. 계획에 의거해 제4교시 수업 후 식사훈련이 끝나고 전교 일제히 장거리경주를 했다. 내가 맡은 3학년 남자들은 약 세 바퀴를 돌았다.
오후 4시부터 6시 반까지 직원전체회의를 했다.

〈1942년 11월 8일 일요일 曇後晴天氣〉(10월 1일)
대소봉대일 …… 오전 8시에 보은 신사 앞에서 필승기원제를 올렸고.
○ 오후 2시에 남향[南鄕] 군의 집으로 방문. 남향 군이 수일간 결석한 고로(병으로) 열등아 면학장려를 위해 가정방문.

〈1942년 11월 9일 월요일 晴天氣〉(10월 2일)
저녁에 학교에서 목욕.
○ 신문지상에서 본 표어모집에 응모했다(조선총독부 농산과 내 조선섬유협회에 제출).
○ 땅을 갈아 바치자. 목화로 봉공[奉公].
정의의 확립. 우리도 지지않고.

〈1942년 11월 10일 화요일 晴天氣〉(10월 3일)
국민정신부흥에 관한 조서 기념식에 참가(보은신사 신전에서)본교 신임 선생님이 오셨음. 남일의 죽촌(竹村) 선생
○ 방과 후에는 교실 환경정리를 하였음. 숙소로 돌아가던 중 대방훈[大方勳] 군, 유전광[有田廣] 군 가정방문. 장기결석 때문에(병 기운[病氣]).

〈1942년 11월 12일 목요일 晴天氣〉(10월 5일)
새 평송[平松昌根] 지사각하 보은에 옴. 오후

2시경 본교에 인사차 방문.
신임 선생님이 오셨음.
　산정(山井)선생, 본적이 회인[懷仁]이 되었다고 말함.

〈1942년 11월 13일 금요일 晴天〉(10월 6일)
수업 3교시 끝날 때 전교 방공연습에 임하다. 아동들이 일몰시까지 당 훈련 시행.
○ 저녁 8시경 훈련공습경보가 발령돼 직원 일동 등교해서 경계 근무했고. 9시에 경계 해제되다.

〈1942년 11월 15일 일요일 晴天氣〉(10월 8일)
군 교육회 제2부 연구회에 참석하려고 탄부국민학교[炭釜國民學校]로 출장 갔다. 이 학교는 교장을 중심으로 일치단결하여 보기 좋았다. 이 학교 교장은 나의 은사이기도 하다. …… 예나 지금이나 변하지 않은 선생님의 은혜.

〈1942년 11월 18일 수요일 晴天氣〉(10월 11일)
수업 후…… 자신의 경험담을 비롯해 장학의 정신을 북돋웠고. 방과 후 아동 성적물 채점하고.
○ 옥산교 4학년인 동생에게 소포를 보냈다. 프린트와 공책[帳面] 등.

〈1942년 11월 20일 금요일 晴天氣〉(10월 13일)
대평[大平], 이달[伊達] 선생의 수업을 구경하고. 방과 후 비평회가 있었는데 그 평가도 좋았다.
○ 본군 특별지원병 지원자의 학과시험이 본교에서 행해졌다. 직원 일동 저녁때까지 채점했다.

〈1942년 11월 21일 토요일 晴天氣〉(10월 14일)
방과 후 부락으로 출장 갔다. 내일 소집이 있어서(청년분대원) 나는 성족, 이평리로 출장 갔다.
○ 내일은 북일면으로 출장 갈 계획을 세웠다.

〈1942년 11월 22일 일요일 晴天氣〉(10월 15일)
새벽 6시에 본면 청년 분대 소집. 영지봉독식[令旨奉讀式], 사열, 봉사 작업을 하고. 끝난 뒤 우수한 분대에는 표창이 있었다. 오전 중에는 청년 분대 지도와 인솔에 종사하고 경찰서에서 콜레라 예방주사를 시행했고. 오후 0시 30분에 보은을 출발해 청주군 북일면에 5시에 도착.

〈1942년 11월 23일 월요일 晴天氣〉(10월 16일)
북일면 오동리에서 오전 중 쉬었고, 오후에 읍내까지 갔다 왔다.
오후 3시경 충웅의 어머니를 만나서 여러 가지 이야기를 했는데 그 의미를 이해했다.
북일면 오동리의 처제가 이번에 출가해서 축하해 주었다.

〈1942년 11월 24일 화요일 晴天氣〉(10월 17일)
오전 중 오동리에서 처제의 혼례식 거행에 도와주었다. 보은에 있었기 때문에 출발하기로 한다. (백여 명의 사람들이 선생님의 부재중에…)
○ 오전 11시 반경 충웅의 어머니에게 이별을 고하고 북일면을 출발해 보은으로 향했다. 오후 5시에 학교에 도착해 방공연습.

〈1942년 11월 27일 금요일 雪天氣〉(10월 20일)

오늘 첫눈 내리다.

삼포 선생, 궁본 선생의 연구발표 있었고. 방과 후 당 연구비평회 있고.

○ 오늘 처음으로 스토브를 설치했고. 아동에게 주의사항을 당부했다.

〈1942년 11월 28일 토요일 晴天氣〉(10월 21일)
제1교시 2교시에는 산수, 읽기 수업을 진행하고 3교시에는 국어 고사를 시행했다. 저녁에는 미산 선생, 궁본 선생이 숙소로 찾아와 밤늦도록 서로 이야기하고 놀았다. 주인의 집에서 저녁밥을 만들어 주어 맛있게 잘 먹었다.

〈1942년 11월 29일 일요일 晴天氣〉(10월 22일)
부모님께 안부편지를 부쳤다. 마음속의 사랑[心底愛] 원자 모친에게도 상세히 편지를 썼다.

낮에 등교해서 우편물을 받고 4학년 음악을 맡아 교재인 오르간을 옮겼다.

전 주인 송원일제(松原一濟) 씨의 집에서 초대를 받아 저녁에 가을떡을 먹었다.

〈1942년 12월 1일 월요일 晴天氣〉(10월 24일)
학교 조회 후 경찰서 주최의 방화기원제[防火祈願祭]를 신사에서 거행했다.

○ 오후 1시부터 보은 공립특별청년연성소 개소 및 입소식을 거행했고.

○ 저녁에는 청주에서 국본 선생이 돌아온다고 알려왔기 때문에 자동차부에 갔더니 사정에 의해 못 왔다고 한다. (오후 7시)

〈1942년 12월 3일 목요일 晴天氣〉(10월 26일)
오늘 수업이 끝난 후 아동들에게 면학에 힘쓸 것을 강하게 말했다.

방과 후 제2학기 아동성적 일람부를 작성했다.

당직이어서 숙직.

〈1942년 12월 4일 금요일 晴天氣〉(10월 27일)
수업 후 언동이 불손한 아동 23명을 특별훈계.

오후 4시 반부터 6시 반까지 직원회가 있었고 교장선생 수업 방면, 기쿠치 선생에게 대동아전쟁 1주년 기념행사에 관해서, 주번에게 반성 등이다.

〈1942년 12월 5일 토요일 晴天氣〉(10월 28일)
청주에 기거했던 국본 선생이 돌아왔다. 방과 후 나의 3학년 2개조를 이전대로 5, 6학년에 나눴다. 교실을 분해했기 때문이다. 140명의 나의 조가 오늘부로 1조 70명을 받은 것이다. 100일간.

학교 숙직실에서 국본 선생과 함께 잤다.

〈1942년 12월 6일 일요일 晴天氣〉(10월 29일)
대동아전쟁 1주년 기념행사로서 오늘은 조기회 실시. 6시 반경 이평[梨坪] 부락으로 가서 아동애국반 지도를 했다.

○ 학교에서 아동 성적품을 점검했고.

○ 저녁밥은 삼포선생 집에서 국본 선생과 함께 잘 먹었다.

〈1942년 12월 7일 월요일 疊後雪天〉(10월 30일)
5학년생에게 새 교실 사용법을 가르치고 주의를 당부했고. 방과 후에는 아동 성적표를 점검. …… 철자법[綴方品] 정정에 밤늦게까지 일했고.

○ 저녁에 눈 내리고.

〈1942년 12월 8일 화요일 晴天氣〉(11월 1일)

오늘은 대동아전쟁 1주년 기념일이다. 학교에서는 기념행사로서 대조봉독식, 신사참배, 깃발행렬, 위문대 제작의 아동작품의 정리제출, 포스터 표어 게시했고.

오후 7시에 학교에서 경방단[警防團] 주최 영사회[映寫會] 있었고.

〈1942년 12월 10일 목요일 晴天氣〉(11월 3일)

방과 후 교실 당번을 붙여 새로운 교실 환경정리를 시작하고 약 1시간 반에 걸쳐 완비했다. 지진아 성적표 점검.

〈1942년 12월 11일 금요일 晴天氣〉(11월 4일)

김해영련[金海榮錬] 군의 작문을 교정해 주고.(오늘 □□□□ 주간행사인 황군장병위령제를 행함에 위령문을 낭독하게 돼 있어서). 한 학년에 1점씩.

아동에게 운동화 표를 배부하고, 나도 한 켤레 샀다.

〈1942년 12월 12일 토요일 晴天氣〉(11월 5일)

전교 일제고사를 봤다(국어, 산수). 제2학기 종업식이 가까이 왔다.

저녁에는 학교에 가서 목욕을 했다.

○ 한밤중에 긴급 경계경보 발령. (어디선가 적기[敵機]의 모습을 발견한 것인가. 가슴이 두근거리는 것을 느끼면서도 후방의 국민이 가져야할 단단한 마음가짐을 결심해야한다)

〈1942년 12월 13일 일요일 晴天〉(11월 6일)

오전 중 숙소에서 한문 강의록을 읽고, 오후 3시경 등교해 지원병 훈련소 입소생의 기원제가 있어 참석했다.

○ 지난 밤중에 놀라게 했던 경보는 오늘 오후 4시를 기해 해제됐고.(신이 돕고 보호해 주는 신국 일본)

〈1942년 12월 14일 월요일 晴天氣〉(11월 7일)

산수, 국어 성적고사를 보다. 오전 11시 반경 운동장에서 전사자 유골 영접식을 거행하는데 참석했고.

퇴근 무렵 몇 명의 선생과 함께 숙직실에서 오후 11시경까지 놀았다.

〈1942년 12월 15일 화요일 晴天氣〉(11월 8일)

예능과 고사를 시행했다. 아동성적 일람표를 만들었다.

저녁에는 지정 방공연습을 행했다(매월 15일).

〈1942년 12월 16일 수요일 晴天〉(11월 9일)

국민과 고사, 그 외 기타 결과 점수를 전달하고, 반성 및 주의를 당부했고. 소화 17년 연말 상여금 사령서를 받았다. 26할 104원이었다.

오후에는 전 직원 학교비품 조사정리를 했다. 나는 오늘은 도서를 정리했다.

〈1942년 12월 17일 목요일 晴天氣〉(11월 10일)

방과 후 아동성적 일람표를 정리 완료했다.

오늘의 날씨는 아침부터 저녁까지 봄같이 따뜻해서 겨울 느낌이 없는 날이었다.

○ 저녁에는 고향의 숙부에게 편지를 써서 부

쳤다.

〈1942년 12월 19일 토요일 晴天氣〉(11월 12일)
제2학기 성적통신표를 기입하고 성적고사부
를 정리했다.
휴가 중 학교행사를 계획하고 저녁에는 학교
숙직실에서 몇 명 선생과 함께 유쾌하게 놀았
다.

〈1942년 12월 20일 일요일 晴天氣〉(11월 13일)
오전 9시 반경 등교하여 아동 성적고사부 정
리 완료.
학교 회계장부 정리 완료.
오후에는 본교 도서비품 수리정돈에 힘썼다.
동경 예비부에서 강의록 도착.

〈1942년 12월 21일 월요일 晴天氣〉(11월 14일)
오늘부터 단축수업 시행.
어린이들에게 고무공 배포(전시 제1차 축하
기념품).
방과 후 학교 비품도서 일부를 정리했고.
봉급 연말상여금 받았고.
밤에는 본가 및 기타 편지를 썼고.

〈1942년 12월 22일 화요일 晴天氣〉(11월 15일)
단축수업 제4교시를 마치고. 청소를 철저하게
지도했고. 어린이들에게 학교비품도서 일부
를 정리시켰다.

〈1942년 12월 23일 화요일 晴天〉(11월 16일)
신사참배 …… 황태자 전하 탄생일.
수업 후 점심때 훈련을 하고. 전교 대청소 실
시. 제2학기 마감 청소.

방과 후엔 아동성적 일람표 제출. 겨울방학 중
의 계획을 세우고.

〈1942년 12월 24일 목요일 晴天氣〉(11월 17일)
신사에서 제2학기 종업식을 거행했고.
4방배[四方拜] …… 축하식 연습이 있었다.
(휴가 중 일주일간 소집 특별지도 계획으로
통신표는 주지 않았고.)
5학급

〈1942년 12월 25일 금요일 晴天氣〉(11월 18일)
제1일 아동 소집 …… 방학이지만 어제 통지
한 대로 한 명도 결석하지 않고 모두 출석한
것을 보고 기뻤다.
산수 3시간, 국어 2시간 수업을 하고 청소를
시키고 모두 끝난 뒤 돌아갔다.
저녁에 몇 선생과 숙직실에서 놀았다.

〈1942년 12월 26일 토요일 晴天氣〉(11월 19일)
제2일 아동소집.
국어, 산수 수업을 시행.

〈1942년 12월 27일 일요일 晴天氣〉(11월 20일)
제3일 아동소집.
산수, 창가, 국어 수업을 시행.
통신표를 배포.
휴가 중 주의사항 당부.

〈1942년 12월 28일 월요일 晴天〉(11월 21일)
국본 선생과 오전 7시 반 옥천행 차로 출발.
오후 2시경 조치원에 도착. 본가에는 오후 5
시경 도착.

〈1942년 12월 29일 화요일 晴天〉(11월 22일)
친구들과 친척들에게 인사.

〈1942년 12월 31일 목요일 晴天〉(11월 24일)
오후 5시 반경 경성에 사는 종제 필영이 왔고. 밤늦게까지 종형과 놀았고. 아버님께 120원을 드렸다.

〈내지 2〉
연말 최후 일에 당하여.
교직에 들어온 이래 이곳에서 두 번째 해 말일을 맞아, 찬바람 불고 눈 내리는 조용한 12월 31일 밤. 오로지 생각하는 것은 1개년의 반성뿐. 아동교육에 몸을 투신한 이 중대한 임무 중에 있는 이 몸과 마음은 그간의 수많은 교육자와 마찬가지로 교사와 아동 관계라는 것은 이른바 '형제 간 같고, 친구 간 같고, 친자 간 같다'는 의미에 상응한 생활이었다고 생각한다. 또한 한편으로 드는 생각은 '혹시 학과를 연장해도 좋지 않았을까' 하는 비관은 하지 않았다. 아동교육방면에는 이 정도(학력)면 충분 하지 않은가?

자나 깨나 생각하지 않을 수 없는 점이 있는 바, 그것은 무엇인가 하면 가정 사정 그것이다. 다달이 얼마간 보조를 하기는 하지만 번창을 보지 못하고 지금도 빈궁의 한복판에 있다. 그러나 식량은 그다지 부족하지 않고, 빚은 어느 정도 갚을 전망이어서 안심되는 바는 있다. 그렇다고는 해도 금년에 들어 광영이라고 생각하지 않을 수 없는 점도 있는데, 그것은 다름이 아니라 독학의 덕이라고 할까, 신의 도움이라고 할까, 손윗사람들의 영향이라고 할까 초여름에 훈도시험에 보기 좋게 합격하고 초가을에 임관된 것이다. 이는 모두 앞의 3자의 덕이라고 생각하고 깊이 감사하는 바이다. 이를 토대로 장래 더욱 분투노력할 각오이다. 지금 시국은 매우 분주해 1초라도 시간을 허비해서는 안 되는 시국이고, 임무에 정진하고 물자 금전을 절약 검약해야 하는 것은 아닌가. 바라는 것이 있다면 신이 가난을 풍족함으로 바꾸어 주길 바라는 바이다. 마지막 날을 맞아서.

소화 17년 12월 31일 저녁.

1943년

〈표지〉
昭和 十八年
日記帳
報恩三山公立國民學校勤務
上原 尙榮

〈1943년 1월 1일 금요일 晴天〉(11월 25일)[1]
본가에서 정월 차례를 지냈다.
차례 후 친척 형과 아우들과 함께 성묘를 하러
다녔다.

〈1943년 1월 3일 일요일 晴天〉(11월 27일)
오늘 세끼 식사는 친척들 집에서 잘 먹었다.
낮에 동리 노인 분들께 세배를 다녔다.

〈1943년 1월 5일 화요일 晴天氣〉(11월 29일)
오늘은 나의 생일이다. 실은 음력 30일이지만
작은달이기 때문에 오늘 기념하는 것. 잘 먹었
다.

---

1) 이 해의 첫 날 일기에는 "昭和十八年"이라는 연호가
서두에 적혀 있다. 전체 일기의 날짜는 한자로 기록
되어 있으며, "一月一日(十一月二十五日)金曜日晴
天"과 같이 띄어쓰기 없이 월, 일을 적고 괄호 안에
음력날짜를 적은 다음, 다시 괄호 밖에 요일과 날씨
를 적는 순서로 되어 있다. 1월 1일 자 외에는 년도가
적혀 있지 않다.

오후 2시 차로 종제 필영이 전동역에서 출발
하기 때문에 종형과 전송하고 경성까지의 표
를 끊어줬다.

〈1943년 1월 10일 일요일 晴天氣〉(12월 5일)
학교의 도서대장을 정리하고 오후 간이학교
로 가서 오르간 연습 및 조선학사예규[朝鮮學
士例規]부터 교원 마음가짐[心得]란을 기록
하고 왔다.
오늘 온도는 상당히 찼다.

〈1943년 1월 12일 화요일 晴天氣〉(12월 7일)
오전 10시경 본가를 출발해 보은으로 향했다.
아우가 정봉역까지 전송해줬다. 귀가 얼어붙
을 정도로 차가운 바람이 불었다. 혼자 집으로
돌아가는 아우의 무사를 기원했다.
오후 6시에 보은에 도착했다.

〈1943년 1월 13일 수요일 晴天氣〉(12월 8일)
오전 9시반경 등교해 교장을 비롯한 모든 선

생들에게 새해인사를 했다.

오후엔 비품대장을 정리했다.

〈1943년 1월 15일 금요일 晴天氣〉(12월 10일)

학급 소집일.

휴가 중의 일을 발표시키고 오전 중 수업을 한 뒤 보냈다.

오후 2시에 부락으로 출장 가서 청년분대를 모아 시국강화 기초훈련을 시켰다(내일 16일 사열).

방공연습 중이서 저녁때 학교로 가서 경계근무를 했다.

〈1943년 1월 16일 토요일 晴天氣〉(12월 11일)

본교 교정에서 소화 18년 청년대 첫 분열식을 거행함에 나도 담당 대원을 이끌고 가서 새해 인사를 시켰다. 사열관은 경제과장이었다.

〈1943년 1월 19일 화요일 晴天氣〉(12월 14일)

제3학기 시업일이다.

전교생 신사에서 시업식 거행.

대청소 후 아동에게 제3학기에 반드시 해야 할 사항을 충분히 설명했다. 숙제를 제출 받고 방과 후 검열.

미산 선생 집에서 몇 명의 선생과 놀았다.

〈1943년 1월 23일 토요일 晴天氣〉(12월 18일)

아동성적표 검열하고 주의를 줬다. 방과 후 주번 기록장부를 정리했다. (다음 주는 이타치 [伊達] 선생과 주번을 맡는다.)

교원 개별표 기입하고 제출했다.

저녁에는 숙소에서 조용히 지내면서 본가와 친척들에게 편지를 썼다(휴가를 생각하며).

〈1943년 1월 25일 월요일 晴天氣〉(12월 20일)

부단히 일찍 등교해 교내를 순시했다. 직원 조례 및 아동 조회 시에 주훈을 발표했다. 이달 선생과 주번을 맡았다.

이과 수업안 양식 제출, 간호생에 주의, 오늘의 반성기입, 학교 순시.

〈1943년 1월 30일 토요일 曇雪天氣〉(12월 25일)

찬바람이 불고 눈이 조금 내렸다. 기온이 낮은 관계로 조회를 교실에서 했다. 교장실에서 간호생과 함께 사항을 실행한 결과를 발표하고 주의를 줬다.

읽기[讀方]와 산수 고사를 시행한 뒤 채점해 보니 성적이 나빴다.

조부에게 편지와 돈 3원을 보냈다.

〈1943년 2월 1일 월요일 晴天氣〉(12월 27일)

신사참배를 했다.

3학년 전체가 솔방울 채취를 했다. 오후 3시 반경에 도 산업부장이 보은에 와서 마중을 나갔다. 오후 7시부터 군 회의실에서 부인 야학 국어 강습 개강식을 했다. 강사는 국본, 궁본 선생과 나.

〈1943년 2월 3일 수요일 曇天氣〉(12월 29일)

학교 비품 도서계로서 18년도 전기용 교과서 제1회 배급을 했다. 각 학급에 적당하게 배포했다.

저녁에는 국어 보급 야학강습회에 출근했다 (군 회의실에서 부인들한테).

〈1943년 2월 6일 토요일 雪後曇天〉(1월 2일)

오늘은 조부의 생신이다. 아침 일찍 몸을 깨끗

이 하고 고향 조부를 향해 배례를 했다.

산수 주산법을 가르치는데 오늘에서야 아동들이 흥미 있어 보이는 듯 즐거워하는 것을 보고 기뻤다.

방과 후 학예회 연습을 했다.

〈1943년 2월 9일 화요일 曇後雪天〉(1월 5일)

오늘은 수업 진도가 잘 나갔다. 방과 후 학예회 연습을 하고, 아동성적표 중 우수한 물건을 교실환경정리에 썼다.

증평교 길촌[吉村] 선생으로부터 엽서가 왔다.

퇴근 도중 이발을 했다.

〈1943년 2월 11일 목요일 晴天氣〉(1월 7일)

오전 9시에 신사 참배.

10시부터 강당에서 기원절 배하식을 거행했다. (본교 교장인 선용[扇勇] 선생의 뛰어난 연설에 왠지 모르게 대단하다는 생각이 들어 감동 받았다.)

오후 5시 반경부터 10시경까지 궁본 선생의 집에서 놀았다.

〈1943년 2월 12일 금요일 晴天氣〉(1월 8일)

두통이 있었지만 참고 출근했고, 수 시간 뒤 나아졌다. 제5교시 담임학급 5학급이 도서연구수업을 하고 반성회도 가졌다.

저녁에는 약 2시간 반에 걸쳐 도 교육회로부터 교육영화가 학교 강당에서 상영되었다.

〈1943년 2월 14일 일요일 晴天氣〉(1월 10일)

오전 10시경 등교해서 교실환경 정리를 시작해 12시경에 끝났다.

낮에는 죽촌[竹村] 선생 집에서 놀고 저녁에는 숙직실에서 놀았다.

〈1943년 2월 17일 수요일 雨後曇天氣〉(1월 13일)

수업 순조롭게 진행했다.

방과 후 학예회 극 연습을 했다. 전기용 교과서를 각 학급에 적당히 나눴다.

저녁에는 부인야학을 했다.

여행가방 한 개를 15전에 샀다.

주인집에서 반찬을 만들어 줘서 먹었다.

〈1943년 2월 19일 금요일 晴天氣〉(1월 15일)

오늘에서야 고향을 생각한다. 음력 정월 15일 축일이기 때문에 왠지 모르게 어렸을 적의 일이 떠올랐다. 주인집에서 밥을 대접받았다. 학교에서 선생들과 한 더위팔기 놀이도 재미있었다.

〈1943년 2월 20일 토요일 晴天氣〉(1월 16일)

지방과장이 학교에 왔다. 전 직원 조회를 했다. 내일 학교 비품대장 검열이 있다고 해서 정리했다.

○ 동경예비학교로부터 강의록 제3권이 도착했다.

〈1943년 2월 22일 월요일 曇天〉(1월 18일)

오전 7시에 학교에서 비상소집이 있었다. (내무부장 내교).

2월분 봉급을 받았다. (작년 11월부터 소급해서 4개월분의 근면수당을 받았다.)(봉급의 1할.)

〈1943년 2월 25일 목요일 晴天氣〉(1월 21일)

방과 후 교실 환경정리 및 시학위원 본교 시찰 때 쓸 예능과 도화 수업안 작성했다.
ㅇ 온도가 완전히 올라 봄 같은 기분이 든다.

〈1943년 2월 26일 금요일 晴天〉(1월 22일)
소화 18년 전기용 교과서 제3회 배급할당 표 배포.
ㅇ 도화 수업안 원고 제출.

〈1943년 2월 28일 일요일 曇後雨天〉(1월 24일)
특근을 했다. 전 교직원 오전 9시 직원조례 거행 후 가마니 독려하러 부락으로 총출동. 중동, 신합에 출장 갔다. 저녁에 궁본 선생 집으로 가서 논 뒤 돌아왔다.
ㅇ 밤 11시경에 비가 내렸다.

〈1943년 3월 1일 월요일 曇後晴天〉(1월 25일)
아침 일찍 일어나 어제의 일기를 썼다. 뜻하지 않게 코피가 쏟아졌다. 오늘 일기란에서 빨간 점이 바로 그 피이다.[2] 신사참배, 제2회 배급 교과서 대금 징수. 교안 제본, 부인야학 강습-국어.

〈1943년 3월 2일 화요일 曇天〉(1월 26일)
방과 후 취방상점에 교과서 대금 지불.
저녁에는 부인 국어 강습을 했다.

〈1943년 3월 3일 수요일 晴天氣〉(1월 27일)
학교 일직 당번인 고로 더욱 일찍 출근. 방과 후 교내 순시했는데 이상이 없었다. 오늘은 삼

월삼진날 히나마쓰리[雛祭][3] 날이다. 학교에서 그 축하의 뜻으로 여생도들은 창가를 부르고, 병아리 모양 장식을 한 여선생들이 떡을 돌렸다. 저녁에는 야학이 있었다.

〈1943년 3월 6일 토요일 晴後曇天氣〉(2월 1일)
오늘은 경사스러운 황후탄생일[地久節]이다.
제3학기분 아동 성적고사 완료…… 방과 후에 일람표 제작. 아동 운동화 표 배포. 부인국어 강습회 회원 일동 기념 사진촬영.
오일교[吳一校] 평가　장학위원[視業委員] 무기연기

〈1943년 3월 7일 일요일 晴天氣〉(2월 2일)
국본 선생과 함께 생도들을 이끌고 삼년성에 가서 놀다 점심 무렵 돌아왔다.
오후에는 궁본 선생 집으로 가서 놀고 잘 먹었다.

〈1943년 3월 8일 월요일 晴後曇天〉(2월 3일)
대조봉대일 신사참배.
산수고사를 시행했다.
방과 후 삼학년 학예회 연습. 아동성적 일람표 기입(제3학기분). 학적부 서류 기입.

〈1943년 3월 10일 수요일 晴天氣〉(2월 5일)
36회 육군 기념일. 신사 참배. 고학년 야외연습.
부인 국어강습.

---

2) 기록되어 있는 대로 일기 원본에 퇴색된 핏자국이 남아있다.

3) 일본의 삼짇날 행사로, 여자 어린이들의 무병장수와 행복을 빌기 위해 해마다 3월 3일에 치르는 일본의 전통축제이다. 제단에 일본 옷을 입힌 작은 인형 등을 진열하고 떡, 감주, 복숭아꽃 등을 차려 놓는다.

성적고사부 정리.

〈1943년 3월 11일 목요일 晴天氣〉(2월 6일)
수업 이상 없음.
방과 후 학예회 연습. 북방, 남방으로 위문문을 쓰게 했고.
밤에 내무과장 집으로 가서 놀았다.

〈1943년 3월 12일 금요일 晴天氣〉(2월 7일)
방과 후에 직원회가 있었다. (유급생 판정, 신입생 관련 회의와 졸업식 및 수업식에 대해서.)
밤에 국본 선생이 찾아 왔다.

〈1943년 3월 14일 일요일 晴天氣〉(2월 9일)
일요일이지만 특근.
소화 18년 신입생 전형을 위해 오전 10시부터 오후 3시 반까지 일했다. 나는 신체검사계이다.
○ 오후 4시부터 본교 직원 대 군 직원 간 축구 운동했고.

〈1943년 3월 15일 월요일 晴天〉(2월 10일)
방과 후 학적부 정리.
유급하는 아동 가정 방문.
송원[松原玉善] 양 대동고녀[大東高女] 합격.
교정에서 영화 상영회.

〈1943년 3월 17일 수요일 晴天氣〉(2월 12일)
방과 후 통신표 기입.
○ 신사에서 농업보국신년제[農業報國新年祭].
○ 저녁에 국본, 동원 선생 내방.

○ 오후 10시경 상점으로 가서 놀았다.
일제고사가 있었다. 5학년 남자 성적 읽기[讀方] 85점, 산수 65점.

〈1943년 3월 18일 목요일 晴天氣〉(2월 13일)
통신표 기입. 상장 기입.
○ 저녁에 스즈키[鈴木] 시학위원 집 방문.

〈1943년 3월 21일 일요일 晴天氣〉(2월 16일)
춘계 황령제[皇靈祭]. 춘분.
점심때 학교로 가서 내일 졸업식 준비로 일을 했다.
방과 후 생도 등과 운동.
○ 고향 옥산면 동림리에 있는 친척 조부상 부음이 있었다.

〈1943년 3월 22일 월요일 曇後晴天〉(2월 17일)
본교 제30회 졸업증서 수여식 거행. 졸업생으로부터 사은회가 있었다. 졸업생 일동으로부터 기념품.
학부형 초대를 받고 학교 숙직실에서 잤다.

〈1943년 3월 23일 화요일 晴天氣〉(2월 18일)
각 과 복습을 하고.
내일 계획은 소풍.
학교담임 희망 제출(나는 4학년 남자). 학적고사부 기타 장부 정리해 제출.
밤에는 야학 국어강습 수료식 거행. 떡과 기념품을 받고.

〈1943년 3월 25일 목요일 晴天氣〉(2월 20일)
소화 17년도 수업식 거행. 학교 담임 발표. 나는 7-4학년 남자. 서커스 구경.

교장 위로회 있었고.
내일 출발 준비.

〈1943년 3월 26일 금요일 晴天氣〉(2월 21일)
아침 차로 보은을 출발해 오후 2시경 본가에
도착. 친척들과 악수.
밤에 가족들에게 생활 상태를 설명.

〈1943년 3월 28일 일요일 曇天〉(2월 23일)
집안 청소를 하고.
동림리 금성으로 조문 가고.
금성에서 오후 2시경 간이학교로 가서 놀다.
부관교는 국민학교로 승격.

〈1943년 3월 30일 화요일 晴天氣〉(2월 25일)
아버님께 80전을 드리다.
오전 9시경 본가를 출발해 오후 6시경 보은에
도착.
저녁에는 서커스 구경을 했고.

〈1943년 3월 31일 수요일 晴天氣〉(2월 26일)
오전 9시 출근.
신학년도 장부 제작 완료.
오늘로써 소화 17년도는 종료.
밤에는 국본 선생이 내방.

〈1943년 4월 1일 목요일 晴天氣〉(2월 27일)
소화 18년 시작하는 날.
신학년도 시업식.
나는 7학급 4학년 남자들에게 주의사항을 훈
화.
밤에는 두통이 왔는데 바로 나아졌다.

〈1943년 4월 3일 토요일 雨後曇天〉(2월 29일)
신무천황제.
식수기념일이다. 비 때문에 식수는 못했다.
본 군 스즈키 시학이 교장으로 영전.
연말 상여금 사령을 보았다.

〈1943년 4월 4일 일요일 晴天氣〉(2월 30일)
소화 18년 제1학년생 입학식 거행.
어린이신문 대장, 국방헌금 징수부 작성해 급
장에게 전달.
급장, 부 급장에게 주의사항을 주고 임무를 듣
도록 했다.

〈1943년 4월 5일 월요일 晴天氣〉(3월 1일)
아침에 일찍 출근. 연성일[鍊成日][4]이다. 황
국신민 체조를 실시.
송지 선생의 송별 고별식. 신임 후루야마[古
山] 선생 부임인사.
경계경보 중…… 실제 경보

〈1943년 4월 6일 화요일 晴天氣〉(3월 2일)
여자인 궁본 선생의 송별식.
4학년 이상 실습지 할당.
방과 후 수류탄 던지기 운동 교안을 만들었다.
경계 경보 중…… 실제.

〈1943년 4월 7일 수요일 曇後雨天〉(3월 3일)
애마의 날[愛馬の日]을 맞아 교장 훈화가 있
었고.

---

4) 일제는 1943년 3월 1일부터 매우 월요일을 '연성일'
   로 정하고, 한 달에 하루 대조봉대일에 실시하던 내
   선일체화를 위한 정신동원작업을 강화하였다.

제5교시에 직업 시간으로 감자를 파종하는데 아이들이 기쁜 표정을 감추지 못했다.
오후 4시반경부터 송본 선생의 초대를 받았다 (결혼식 결과).
○ 저녁에 가게 주인에게 축의 봉투를 드렸다.

〈1943년 4월 8일 목요일 晴天氣〉(3월 4일)
대조봉대일 …… 봉독식 거행.
궁본[宮本義子] 선생 전송.
국방헌금.
18년도 전기용 교과서 일부 배포.
학교용 도서 배당 일람표 제작.

〈1943년 4월 10일 토요일 晴天氣〉(3월 6일)
오늘 수업 무사히 끝나고(교과서 없이).
신임 경산군수[景山郡守] 궁기[宮崎] 시학 인사. (경계 해제)
교과서 일부 배포.
목욕을 했다.

〈1943년 4월 12일 월요일 曇天氣〉(3월 8일)
교과서 배당표 정리.
본년도 학교 사무 분장에 의해 소모품 및 도서계에 배정.
방과 후엔 소모품 전년도 이월분 정리.
밤에 주인집 일 도와줌. (주인[老主人] 수일 뒤에 환갑을 맞이한다.)

〈1943년 4월 14일 수요일 曇天氣〉(3월 10일)
교과서 일부[一部] 배본.
오후에 이발.
훈련공습경보 발령 1시간. 오후 10시에 해제.

〈1943년 4월 15일 목요일 晴天〉(3월 11일)
오늘은 노주인의 61세 환갑일이어서 축하일이었고 잘 대접 받았다. 손님들도 상당히 많았다. 저녁에는 몇 명의 선생과 함께 안본[安本] 선생 집에서 놀았다.

〈1943년 4월 16일 금요일 晴天〉(3월 12일)
직원회의가 있었다.
회의 후 집주인의 환갑 초대로 전 직원 잘 안내받아 대접 잘 받았고. 일부 선생들은 매우 늦게까지 유쾌하게 놀았다. (나도 같이 있었다.)

〈1943년 4월 17일 토요일 晴天氣〉(3월 13일)
학교 자체 방공훈련을 실시. 나는 방화반의 일원이었다.
전체 연구수업을 정했다. 예능과.
재사용 가능 교과서에 관한 표 제작. 교과서 배당표 정리 완료.

〈1943년 4월 19일 월요일 晴天〉(3월 15일)[5]
단체예금 명부 작성.
교실 환경정리 …… 대동아 지도.
학급시간 배정 기입.
특별방호단[特別防護團] 훈련이 있어 그들을 맞이했다. 밤에도 시행되었다.

〈1943년 4월 21일 수요일 晴天〉(3월 17일)
방공훈련이 있었다.
오후 3시 45분부터 직원 일동 체육.
밤에도 등교해 경계 근무.

---

5) 이 날 일기 서두에는 '昭和十八年'이라고 년도가 기록되어 있다.

〈1943년 4월 23일 금요일 晴天氣〉(3월 19일)
예능과 공작 수업이 매우 재미있었다.
5월에 예능과 전체연구수업이 나에게 배정되었다.
오후 4시부터 직원회의가 있었다. 봄 소풍[春遠足] 5월 1일로 결정하다.

〈1943년 4월 26일 월요일 晴天氣〉(3월 22일)
국지 선생과 주번을 맡았다. 주훈 …… 집합을 일찍, 떠들지 않기, 말씀하시는 선생에 주목.
방과 후 교실환경 정리를 했다.
밤에는 훈련공습 경보 발령. 이후 해제.

〈1943년 4월 27일 화요일 晴天氣〉(3월 23일)
조회 때 아이들에게 주의를 주었다(청소, 등하교 지참물, 집합).
학교용 물품을 구입하고(청소용구). 방과 후엔 간호생에게 주의.
교실 환경정리(과목별).

〈1943년 4월 28일 수요일 晴天氣〉(3월 24일)
천장절에 부를 노래 연습을 철저하게 했고. 방과 후 직원체육이 있었다.
밤에는 경찰서 광장에서 시국영화 상영이 있었다.

〈1943년 4월 29일 목요일 晴天氣〉(3월 25일)
오전 8시 출근.
신사참배.
천장절 배하식 거행.
오후 4시부터 천합[川合] 선생 송별연회(충주 본정국민학교로 전근).

〈1943년 4월 30일 금요일 晴天〉(3월 26일)
주훈 실천 반성.
4년 남자와 함께 방공호를 팠다.
본호[本戶] 선생의 부임인사.
내일 행사에 대해(봄 소풍) 전체훈련을 했다.

〈1943년 5월 1일 토요일 晴天氣〉(3월 27일)
봄 소풍. 아침에 신사참배.
전교생 삼년성으로 갔다. 학년마다 올라가는 길은 달랐다. 오후 2시경 생도를 데리고 내려왔다.
직원 일동 궁촌 씨와 함께 절에서 일품요리를 대접 받았다.

〈1943년 5월 2일 일요일 曇後雨天〉(3월 28일)
오전 9시경 학교로 가서 교실 환경정리를 위해 향토상세지도[鄕土の詳細地圖]를 그렸다.
오후에 지도를 교실에 걸었다.
밤에는 국본 선생이 숙소로 와서 이야기를 나누고 놀았다.

〈1943년 5월 5일 수요일 晴天氣〉(4월 2일)
단오절이라서 훈화를 하였음.
방과 후에 이과 자연물 및 사발을 나란히 교실 앞에 장식해 두었다.

〈1943년 5월 8일 토요일 晴天氣〉(4월 5일)
본교 후원회 총회가 있었다. 제1교시에 부형들이 수업을 참관한 뒤 올해 후기용 교과서 예약주문서를 정리했다. 또 여름 학습장 신청서를 정리했다.
노주인이 맹장염으로 병원에 입원.

〈1943년 5월 9일 일요일 晴天氣〉(4월 6일)
오전 8시부터 오전 11시 반경에 삼산, 죽전리의 아동 가정방문을 했다.
학교경영 수립에 관해.
오후 1시에는 발산의 송원 씨 집에 가서 잘 먹었다.
밤에는 방공훈련이 있었다.

〈1943년 5월 12일 수요일 晴後曇天〉(4월 9일)
청주의원으로부터 알림이 와서 혈액검사를 받았다. 나는 O형.
오전 차로 청주로 향했다.
노주인의 병이 중했다. 청주의원으로 가니 병자가 많은 것에 비로소 놀랐고, 오후 차로 돌아왔다.

〈1943년 5월 14일 금요일 晴天氣〉(4월 11일)
청주의원으로 가서 나의 노주인 문병을 했고 내 피를 100그램 뽑아 수혈.
오후 차로 보은에 도착.

〈1943년 5월 15일 토요일 晴天氣〉(4월 12일)
인생무상이다. 노주인이 오늘 별세하다.
학교에서 일찍 가서 조문을 했다.

〈1943년 5월 17일 월요일 晴天氣〉(4월 14일)
노주인의 장례식이 있었다.

〈1943년 5월 20일 목요일 晴天氣〉(4월 17일)
방과 후 아동 성적표 채점해 교실에 전시.
교안 제작, 학급일지 정서. 구두 한 켤레 구입.
직업시간에 배추벌레[青蟲] 채취(약 200마리).

〈1943년 5월 21일 금요일 晴天〉(4월 18일)
공작을 매우 흥미 있게 했다(아동).
봉급을 수령.
직업시간에 이과[理科]와 관련하여 배추벌레, 무늬흰나비[紋白蝶]에 대해 공부하라고 하였다.

〈1943년 5월 23일 일요일 晴天氣〉(4월 20일)
전교 각 학년 대표 도화를 직원실에서 전시.
성주[成舟] 부락으로 출장.
출장 갔다 돌아와서 교실 환경정리.

〈1943년 5월 25일 화요일 晴天氣〉(4월 22일)
도 시학 천촌[川村] 선생 군 시학 궁기[宮崎] 선생이 종일 본교 시찰.
방과 후에는 천촌 시학의 훈화가 있었다.

〈1943년 5월 27일 목요일 曇天氣〉(4월 24일)
방과 후 수업안 수립. 예능과 미술. 내일은 나의 전교연구수업[全研]. 그림 1매 그리고.
해군 기념일.
미영[美英] 격멸 국민 사기 고양 운동대회가 주중에 있다.

〈1943년 5월 28일 금요일 曇雨天〉(4월 25일)
제3교시째에 나의 예능과 도화 전교 연구회가 있었고. 방과 후엔 비평회가 있었다. 교실환경 정리, 교육열 강화, 사생화의 정신에 대한 비평이 있었다.

〈1943년 5월 29일 토요일 晴天氣〉(4월 26일)
내북국민학교로 출장. 군 주최 연구회 참석을 위해. 자전거로 오전 8시 출발. 돌아오니 오후 6시.

⟨1943년 5월 30일 일요일 晴天氣⟩(4월 27일)
보은군 교육총회. 신사참배. 봉사 작업. 연성
[鍊成](銃劍術) 무도대회. 석□ 교사[石□敎
諭] 강의. 총회 간친회 등이 있었다.

⟨1943년 6월 1일 화요일 晴天氣⟩(4월 29일)
체조시간에 아동 신체검사를 하러 하천으로
가서 몸을 씻겼다.
학급 경영안 수립. 알류샨 열도 아츠츠섬에서
의 전황 지금이야 말로 더욱 더 국민이 적극
적으로 미국을 짓밟아 버려야 한다.

⟨1943년 6월 3일 목요일 雨後曇天⟩(5월 1일)
국민과 국어(讀方)의 진도 제작.
오늘이야말로 아동들에게 재미있고도 흥미로
운 하루 생활이었다.

⟨1943년 6월 8일 화요일 晴天氣⟩(5월 6일)
대조봉대일. 칙서봉대식. 신사참배. 국방헌금.
○ 천본[川本] 군 가정방문을 했다.

⟨1943년 6월 9일 수요일 晴天氣⟩(5월 7일)
오전 중 방공훈련 있었고.
방과 후 직원 일동 체육을 하다. 고학년 대 저
학년 대항 배구 경기.

⟨1943년 6월 11일 금요일 晴天氣⟩(5월 9일)
3, 4학년 부형 참관일.
제2교시로써 수업은 끝내고 3교시에는 부형
과의 간담회를 했다.
저녁에 도서대장을 정리했다.

⟨1943년 6월 13일 일요일 雨天⟩(5월 11일)

오전 3시경부터 비가 내렸다. 농가에서 기다
리고 기다리던 비이다.
○ 지원병 훈련소 입소자의 봉고제[奉告祭]를
신사의 대전에서 거행하고.
○ 아동복을 배급.

⟨1943년 6월 15일 화요일 晴天氣⟩(5월 13일)
방과 후에 직원 일동 체육 연성을 하다. 고, 저
학년 담임 대항 배구. 고학년 승리.
오후 8시 반부터 교육 영화 상영.

⟨1943년 6월 17일 목요일 曇後雨天氣⟩(5월 15일)
오늘부터 일요일까지 4일간 가정실습을 시행
한다.
부락으로 가정방문 겸 독려를 위해 출장을 갔
다.
안본 선생과 풍취[風吹], 대지[大地]로 출장
갔고 돌아올 때 비를 맞았다.

⟨1943년 6월 18일 금요일 曇天氣⟩(5월 16일)
오전 7시 출근해 부락으로 출장. 교사를 돌고
학림으로 가서 아동 가정 방문을 끝내고 산성
리를 거쳐 돌아왔다. 진도표 제작(이과 지리,
습자, 수신).

⟨1943년 6월 19일 토요일 曇後雨天⟩(5월 17일)
오전 6시 반부터 오후 5시까지 연성. 청년 훈
련[青訓] 청년생 지도원의 교련 강습 ― 마친
후 시찰. 오후 9시경부터 비가 내렸고. 올해는
풍년이다.

⟨1943년 6월 22일 화요일 晴天氣⟩(5월 20일)
가정실습 시행.

이번 주 한 잔[一ぱい]

오전 8시에 부락 출장. 수한면 후평[後坪], 발산[鉢山]으로. 오후 2시 반경 귀교.

밤에는 징병제에 대한 영화가 있었다.

〈1943년 6월 23일 수요일 晴天氣〉(5월 21일)

오전 8시 반에 부락으로 출장. 월송, 고승, 어암, 성주, 풍취. 가정실습 독려. 담임아동 가정 상황 조사. 오후 4시경 귀교하였음.

〈1943년 6월 24일 목요일 晴天氣〉(5월22일)

교사리 및 삼산리로 출장. 가정실습 독려. 개별 조사.

〈1943년 6월 25일 금요일 晴天氣〉(5월 23일)

안본 선생과 봉평리로 출장. 어느 노인의 옛날이야기에 감복한 일이 있었다.

〈1943년 6월 26일 토요일 晴天氣〉(5월 24일)

수한국민학교로 출장. 군별 도 주최 교육연구회 있었다.

학교 숙직실에서 잤음.

〈1943년 6월 28일 월요일 晴天氣〉(5월 26일)

주번-식물[食物] 절제 훈련. 점심시간에 각 학급을 순시하고 혼식 상황을 조사. 모두가 혼식이나 대용식이었다. 교내 및 교외 순시하고 학교 일지 기입.

〈1943년 6월 30일 수요일 晴天氣〉(5월 28일)

제5학급 보결수업을 하였음-체조.

방과 후 직원 일동 연성.

숙소로 돌아와 주인집의 밭작물 파종을 도왔다.

〈1943년 7월 2일 금요일 晴天氣〉(6월 1일)

제2교시에 산정[山井] 선생의 국민과 수신과목 전교 연구 수업이 있었다.

방과 후엔 연구수업 비평회와 직원회 있었다.

〈1943년 7월 3일 토요일 晴後曇天氣〉(6월 2일)

주번으로서 반성. 전체 훈련을 총지휘하고. 경영안을 정리. 공작과 습자 채점.

○ 오후 9시부터 학부형과 미산 선생과 놀았다.

〈1943년 7월 5일 월요일 晴天氣〉(6월 4일)

화청[話聽], 도서 고사를 시행.

1차 상여금 받다.

송촌[松村] 씨(竹田)의 집에 조문을 다녀왔다.

〈1943년 7월 8일 목요일 曇後晴天氣〉(6월 7일)

대조봉대일. 칙서 봉독식. 신사참배.

산수 주산 고사를 시행.

4, 5, 6월 아동 출석상황 정리.

〈1943년 7월 10일 토요일 晴天〉(6월 9일)

수업을 오전 중에 끝내고 도 체육회 군 선수 예선대회에 참가.

국본 선생과 수한 발산으로 가서 묵었고, 국본 선생 하숙집을 발산으로 옮겼다.

〈1943년 7월 11일 일요일 晴天〉(6월 10일)

어제 행사 계속.

예선회[豫選會]

아동 성적고사 채점 마치고 일람표에 기입하였음.

〈1943년 7월 12일 월요일 曇後雨天〉(6월 11일)
방과 후 성적고사부 기입.
숙소로 돌아가 저녁을 먹은 후 12시까지 3시
간 동안 대마 껍질을 삶았다. 비 때문에 오늘
중으로 끝내기 위해 총동원해서 일했다.

〈1943년 7월 15일 목요일 雨天氣〉(6월 14일)
23일간 비가 연속으로 내렸다.
방과 후 직원회가 있었다.
통신표 기입을 끝냈다.
신체검사표 정리를 마치고 운동화 표를 배포
하다.

〈1943년 7월 17일 토요일 曇天氣〉(6월 16일)
제1학기분 장부 정리를 마쳤다.
방첩주간 …… 스파이, 방공 연습 있었고.
휴가 중 강습 할당량을 정하다. 나는 체조 강
습, 연성 강습.

〈1943년 7월 19일 월요일 晴天〉(6월 18일)
오전 중에 수업을 하고 전교 대청소를 시행.
임시직원회에서 반성회를 했고.

〈1943년 7월 20일 화요일 晴天氣〉(6월 19일)
신사참배 …… 제1학기 종업식(통신표, 아동
성적표, 휴가 중 주의사항 등 배포).
학교 장부 기타 정리하였음.

〈1943년 7월 21일 수요일 晴天氣〉(6월 20일)
오전 9시 차로 보은을 출발해 11시경 청주에
도착했다. 다시 오후 3시경 본가 금계리에 도
착. 친척들에게 인사. 오늘은 더워서 견딜 수
가 없다.

내일 일을 준비.

〈1943년 7월 22일 목요일 晴天〉(6월 21일)
오후 4시에 청주 동정국민학교에 갔다. 국민
학교 교원 연성회 참석차. 오늘부터 7일간. 5
시경 강당에서 본 강습회 개강식을 거행(전체
130명).

〈1943년 7월 23일 금요일 晴天〉(6월 22일)
오전…… 국어 강의…… 구전[龜田] 교장
　　　　도화[圖畵] 강의…… 석□ 교사
오후…… 음악 강의…… 원[原] 교사
　　　　직업과 농업 근로봉사 작업…… 논
의 제초
밤…… 과외 강의 천촌[川村] 시학

〈1943년 7월 24일 토요일 晴天氣〉(6월 23일)
매일 오전 5시 반 기상. 침구 정리, 청소, 세면.
－ 계(청주신사에서) － 아침식사 …… 이후
어제와 같음…… 매일 같음.

〈1943년 7월 29일 목요일 晴天氣〉(6월 28일)
강습이 오늘 오전 중으로 끝났다.
1시경 폐회식 거행. 과장과 시학이 청년교사
에 대해 격려의 말을 했다. 폐회식 후 좌담회
가 있었다.
오후 3시에 해산. 오후 8시 차로 본가에 돌아
왔다.

〈1943년 7월 30일 금요일 晴天〉(6월 29일)
집 안팎 청소.
노트를 정리했다.
저녁에 싸리, 연 껍질을 다듬다.

종형 집안의 대마 정리도 도와줬다.

〈1943년 8월 6일 금요일 晴天氣〉(7월 6일)
본가를 출발해 보은으로 향했다. 아우 운영은
정봉역까지 배웅해 주었다.
본래 계획대로 조치원 방면으로 출발했지만
기차 연착에 의하여 보은까지 오지 못하고 옥
천에서 묵었다.

〈1943년 8월 7일 토요일 晴天氣〉(7월 7일)
삼남여관을 출발해 오전 8시 반 차로 보은으
로 향했다.
오후 학교에 가서 학교 교과서와 그 밖의 서류
를 정리하고 내일 일 준비를 정리했다.

〈1943년 8월 8일 일요일 晴天氣〉(7월 8일)
대조봉대일. 직원조례.
오전 9시 반에 옥천으로 갔다. 체련과 강습 참
석. 미산, 송본, 궁본, 국본 선생과 함께 동행.
옥일여관에서 숙박.

〈1943년 8월 9일 월요일 晴天氣〉(7월 9일)
옥천 죽향학교에 모이다. 교관으로부터 교련
지도를 받고(여러 가지 주의를 받았다).
내일도 교련 강습.

〈1943년 8월 11일 수요일 晴天氣〉(7월 11일)
길천[吉川] 선생한테 도수체조 지도를 받다.
어제부터 4일간은 길천 선생 강습.
매우 더운 날씨였다. 강사도 회원도 극심하게
온몸의 살이 탔다.

〈1943년 8월 14일 토요일 晴天氣〉(7월 14일)

오늘의 강습은 수영. 금강 상류에서 했다. 나
도 50미터 수영했다.
금일이야말로 살이 벗겨질 정도로 더웠다.

〈1943년 8월 15일 일요일 晴天氣〉(7월 15일)
오늘부터 무도 강습 …… 성후[城後] 시학 선
생.
오늘은 검도를 배웠다.

〈1943년 8월 16일 월요일 晴天氣〉(7월 16일)
오후 4시까지 강습. 주로 유도를 배웠는데 이
후에 스모를 배웠다. 강습회장 청소 마치고 폐
강식.
오후 8시 차로 집으로 가서 대전에서 묵었다.

〈1943년 8월 17일 화요일 晴天氣〉(7월 17일)
오전 11시경 본가에 도착.
오후에는 전원을 구경하고 수영.
세탁물을 내놓고 고기를 잡았다.

〈1943년 8월 19일 목요일 晴天氣〉(7월 19일)
오전 8시에 집을 출발해 보은으로 향발. 청주
에 와서 용무를 보고 오후 6시 반경 보은으로
가 (고향의 그리움을 추억하며) 학교 숙직실
에서 잤다.

〈1943년 8월 20일 금요일 晴天氣〉(7월 20일)
학교에서 라디오체조회에 참석.
숙소 책상 정리.
오후에는 학교로 출근해서 올해 후기용 교과
서 배급표를 제작.
오후 3시부터 임시직원회 있었고. 밤에는 고
향으로 편지를 썼다.

〈1943년 8월 21일 토요일 晴天氣〉(7월 21일)
제2학기 시업식. 신사에서 거행.
방과 후 아동 성적표 채점을 하였다.

〈1943년 8월 23일 월요일 晴天〉(7월 23일)
방과 후 장신, 죽전으로 출장을 갔다. (결석자
출석 독려 위해.)

〈1943년 8월 25일 수요일 晴天〉(7월 25일)
방과 후 삼산, 죽리로 청련생[靑鍊生] 출석 독
려 위해 출장.
오후 5시경 삼산의 생도들(4년)과 함께 화단
에 경성배추를 파종했다. 적립저금에 가입했
다(백 원짜리로 월 납입이며 납입기간은 2년
8개월).

〈1943년 8월 31일 화요일 晴天氣〉(8월 1일)
관찰일지 제작(지리수업).
죽전으로 출장. 청련생 출석 독려를 위해.
밤에는 고향 아우에게 편지를 한 장 썼다.

〈1943년 9월 1일 수요일 晴天氣〉(8월 2일)
수업은 제1교시만 했다.
연성소[鍊成所]의 사열이 있었고(학무과장이
사열관). 출석 독려를 비롯한 기타 훈화를 했
다.

〈1943년 9월 3일 금요일 曇天氣〉(8월 4일)
수업이 매우 순조롭게 진행됐다. 오후 2시부
터 청년훈련소의 1년차 도중 입수생의 입소식
이 있었다. 오후 4시부터 체육대회에 대한 직
원회 있었다.

〈1943년 9월 6일 월요일 晴天氣〉(8월 7일)
직원 연성에 1, 2년 도수체조[徒手體操]를 시
행했다.
방과 후에 4년 남자 단체 조직해 술래잡기[鬼
遊] 경기를 시행.

〈1943년 9월 10일 금요일 晴天氣〉(8월 11일)
방과 후 5년, 6년 남자의 기마전 연습.
체련회 종목 제출 …… 모자 뺏기, 도수체조,
도보.
밤에는 목욕을 했다.

〈1943년 9월 14일 화요일 晴天氣〉(8월 15일)
오늘은 추석이다. 조상을 향해 배례.
체련대회 예행연습을 하다.
오후 7시부터 삼포 선생 댁에서 잘 먹었다.

〈1943년 9월 16일 목요일 晴天氣〉(8월 17일)
방과 후 글라이더 제작. 부수 학급에 1대.

〈1943년 9월 19일 일요일 曇晴天〉(8월 20일)
올해 가을 체련대회. 아침 중에는 날씨 불순해
염려됐지만 낮이 되면서 맑아져 계획대로 진
행했다.
○ 결전 하의 체련대회였는지 모두가 힘차게
출동했다.

〈1943년 9월 25일 토요일 曇天〉(8월 26일)
교외 훈련 …… 가을 소풍. 보은 삼승면 금적
산[金積山]으로 등산. 높이 625미터. 오전 8시
50분에 출발해서 오후 5시에 학교로 돌아왔
다(남자 4, 6년 전부와 여자 5, 6년 전부).

〈1943년 9월 26일 일요일 曇後雨天〉(8월 27일)
청련생 참석 독려 위해 풍취, 어암으로 출장.
오후 3시경 발산의 송원 씨 집 초대에 응해서
오후 7시에 돌아왔다.

〈1943년 9월 27일 월요일 曇天〉(8월 28일)
주번이다.
주훈
1. 정리정돈을 잘 하자
2. 청소를 잘 하자
3. 열심히 공부하자.

〈1943년 10월 2일 토요일 晴天氣〉(9월 4일)
주훈에 대한 반성 …… 잘 지켜준 것에 대해
칭찬해 주었다.
전체훈련을 실시한 성적이 좋았다.
체련과 체조의 수업안을 만들었다. 〈문교조
선〉 완독(8월호).

〈1943년 10월 4일 월요일 晴天氣〉(9월 6일)
내일은 체조연구회가 있어(본교 예비회) 수업
안을 만들었다. 뜀틀운동을 제시했다.
승급사령을 받았다(10급봉).
잘 오른 산길은 변하지만 고령[高嶺]의 달은
똑같이 볼 수 있을 것인가.

〈1943년 10월 5일 화요일 晴天氣〉(9월 7일)
제2교시에 나의 체련과 체조수업을 했다. 4,
5, 6년의 선생 연구에 참가했다. 오는 9일에
시찰이 있을 것이라고 함.

〈1943년 10월 9일 토요일 晴天氣〉(9월 11일)
도 주최 체련과 체조 수업을 했다. 나는 제5교

시제였다.
옛 은사에게 편지를 썼다.

〈1943년 10월 12일 화요일 晴天氣〉(9월 14일)
가정 실습 실시 중. 9일부터 13일까지.
부락으로 출장(이평, 성주, 어암). 청련생 출석
독려 겸 아동 가정방문차.

〈1943년 10월 15일 금 雨後曇天〉(9월 17일)
수업을 마치고 오후 3시에 전 직원 모여서 속
리산으로 소풍(트럭으로 이동). 수정여관에서
묵었다. 가는 트럭 뒤에 앉아 비를 맞으며 힘
들게 목적지에 도착하였던 것이다.
밤 12시까지 유쾌하게 놀았다.

〈1943년 10월 16일 토요일 曇天氣〉(9월 18일)
오전 6시 기상. 세면 후 법주사를 구경.
아침식사를 마치고 일행은 등산에 앞서 복천
암, 상고암, 상환암을 가는 길의 붉은 나뭇잎
이 형형색색이다. 동원 선생과 2인이 천황봉
에 올랐다(그때 힘들었던 것은 지금까지 남았
다).
오후 5시경 보은에 도착.

〈1943년 10월 19일 화요일 晴天〉(9월 21일)
방과 후 삼산 2구, 이평리로 출장. 청련생 출
석 독려차.
학교 밭에 보리를 심었다.

〈1943년 10월 24일 일요일 晴天氣〉(9월 26일)
학교로 출근. 재향군인보은분회 사열을 견학.
학교 환경정리…… 도화, 습자(圖畵, 習字)

〈1943년 10월 26일 화요일 曇天氣〉(9월 28일)
청련생 출석 독려를 위해 부락으로 출장.
오후 9시경 학교 직원 비상소집이 있었다. 교장으로부터 비상소집의 취지와 마음가짐에 대한 설명이 있었다.

〈1943년 10월 28일(9월 30) 목요일 曇天氣〉(9월 30일)
전 아동(7학급 4년)에 [히라가나[假名]를 쓰도록 했는데 완전하게 쓰지 못하는 아동 4명에 대해 특별지도법을 가르쳤다.
○ 오후 9시 훈련공습경보 발령 …… 조속히 경비에 임했다. 30분 후 해제되었음.

〈1943년 10월 30일 토요일 晴天氣〉(10월 2일)
오후 4시경 훈련경계 해제.
밤에 순회영화를 보았다.

〈1943년 10월 31일 일요일 晴天氣〉(10월 3일)
오전 9시에 출근…… 전 직원이 청훈[靑訓] 점검을 도왔다. 수일 후 사열이 있어서.
오후에는 풍음, 강신에 청년훈련생 출석 독려를 위해 출장을 갔다.

〈1943년 11월 3일 수요일 晴天氣〉(10월 6일)
오전 7시 반에 명치절 축하식을 거행하고, 일동 8시 반에 신사 참배.
9시부터 청년훈련소 사열이 있었다. 3년 이상 일제히 참석해 축하식을 운동장에서 거행했다.

〈1943년 11월 5일 금요일 晴天氣〉(10월 8일)
5교시째 작문[綴方] 퇴고에 무한한 즐거움을 느꼈다.
6교시째는 읽기[讀方] 고사를 시행했다.
○ 저녁에는 학교로 가서 목욕을 했다.

〈1943년 11월 9일 화요일 晴天氣〉(10월 12일)
저녁 늦게 비가 조금 내린 탓인지 오늘 아침은 상당히 찼다.
아우 운영으로부터 편지가 왔기 때문에 그리운 고향의 추억을 떠올리며 바로 답장을 썼다. 어느 사이엔가 남동풍이 북서풍으로 바뀌었다.

〈1943년 11월 10일 수요일 晴天氣〉(10월 13일)
국민정신작흥[國民精神作興]에 관한 칙서 봉독식이 있었다.
방과 후 궁본헌남[宮本憲男] 선생으로부터 이과의 전강회[傳講會]가 있었다.

〈1943년 11월 11일 목요일 晴天氣〉(10월 14일)
어젯밤 비가 조금 내렸다. 오늘은 상당히 찼다. 오전 10시 온도는 6도.
「표어 1구 제출 ……(쳐서 없애자 귀축[6]. 전진하는 이상에 멸망하는 미영) 조선연맹 사무국 선전원」.
밤에 영화를 보았다.

〈1943년 11월 12일 금요일 晴天氣〉(10월 15일)
제8학급 보결수업을 했다. 오늘부터 1주간. 실습지(보리밭)에 비료를 주었다.
○ 갑자기 임파선 때문에 한층 괴로웠다.

---

6) 영국과 미국

〈1943년 11월 13일 토요일 晴天氣〉(10월 16일)
병세는 야간에 더욱 심해졌다. 통증을 참고 지팡이를 짚고 숙소에서 학교까지 40분 이상 시간이 걸렸고. 마찬가지로 집으로 돌아올 때도 병원에 가서 수술을 받고 국본 선생에게 상당한 수고를 끼쳤다.

〈1943년 11월 14일 일요일 晴天氣〉(10월 17일)
아픈 것이 좀처럼 낫지 않는다. 국본 선생이 문병을 왔다. 월송의 김해영련[金海榮鍊], 윤림상호[尹林相浩] 군 등을 데리고 왔다. 어린이들도 선생을 생각하는지. 저녁까지 차도가 없었다. 내일은 어찌됐거나 출근을 하지 않을 수 없다. 70명의 어린이들이 있으니……

〈1943년 11월 15일 월요일 雨後曇天〉(10월 18일)
불운하게도 병세가 아직 낫지 않는다. 집에서도 나갈 수 없다. 학교일이 걱정된다. 오후 1시경 들것으로 학교까지 가서 다시 병원에 가서 약을 조제했다. 아이들과 그 할머니들이 문병을 왔다. 건강한 몸으로 그 정에 보답해야겠다.

〈1943년 11월 16일 화요일 曇天氣〉(10월 19일)
태어나서 처음으로 길게 아파 보았다. 온몸이 아팠다.
세상 일이 모두 싫다. 지치는 것 이상의 아픔. 전신이 아팠다. 드는 생각은 고향의 부모님을 다시……할 것 같은 기분이 든다. 경궁[慶宮鈴川]씨가 방문. 삼산[森山], 천본[川本利洙]. 정우[正雨], 대산[大山殷賛]씨 방문. 국본[國本] 선생(방문). 아파서 잠을 잘 수가 없다.

〈1943년 11월 17일 수요일 雨後曇天氣〉(10월 20일)
오전 6시 변소로 갔으나 왔다 갔다 하는 것이나 오래 앉아 있기조차 힘들다.
저녁에도 병세는 그대로다. 신안, 영권, 수옹, 이송 군 내방 했으나 누워있는 자세로 일어나지를 못했다. 앉으면 두통이 있다.

〈1943년 11월 18일 목요일 晴天氣〉(10월 21일)
아픈 것이 덜해졌다. 이제 좀 살 것 같다. 이제 끝나려나(주인에게 미안하다). 미해, 범기 군이 내방했다. 차를 타고 병원으로 가서 치료를 받아야 할까 보다.

〈1943년 11월 19일 금요일 晴天氣〉(10월 22일)
오전 11시경 병원으로 가서 화농을 절개했다(아픈 것은 둘째 문제로, 이로써 똑바로 걸을 수 있게 되어 기뻤다). 학교로 가서 사무를 처리하고 숙소로 돌아왔다. 절개 후 그에 상당한 통증을 느꼈다.

〈1943년 11월 20일 토요일 雪後曇天氣〉(10월 23일)
오늘 첫눈이 내렸다. 팔랑팔랑 내리는 눈을 보니 특별히 고향 생각이 난다. 오전에 병원으로 가서 치료를 받고 숙소로 돌아왔다. 병세는 이제 완전히 가라앉은 듯하다. 어린이 등 십여 명이 문병을 왔다. 밤에는 송본 선생, 죽촌 선생, 소정 선생이 왔다.

〈1943년 11월 21일 일요일 曇天氣〉(10월 24일)
어제보다도 아픈 것은 없다. 다만 아직 똑바로 걷기는 어렵다. 오후에 병원으로 가서 치료를 받았다. 오늘도 지금까지와 같이 리어카로 병원을 왕래했다. 아이들 십여 명이 찾아오고, 국본 선생, 동원 선생이 내방했다. 병원에서 미산 선생을 만났다.

〈1943년 11월 22일 월요일 晴天氣〉(10월 25일)
신의 도움인 듯 병세가 치유돼 간다. 금일은 왼쪽 다리를 땅에 딛고 걸을 수 있었다. 금일도 낮에 병원에 가서 치료를 받았다.
병원에서 학교로 가서 올해 후기용 교과서 할당표를 작성했다(일부).

〈1943년 11월 23일 화요일 晴天氣〉(10월 26일)
어제부터 대단히 좋아져 오늘은 걸어서 병원까지 갔다 왔다. 요즘도 매일매일 거즈를 붙이고 있다. 걸으려 할 때는 무릎이 충분히 굽혀지지 않는다. 어쨌든 간에 이것만으로도 살아난 기분이다. 내일은 출근할 예정이다.
니이나메사이[新嘗祭][7]

〈1943년 11월 24일 수요일 晴天氣〉(10월 27일)
오늘에서야 비로소 학교로 출근했다. 걸어서 갔다. 오늘도 병원에 가서 치료를 받았다.
저녁에는 고향의 부모님께 긴 편지를 썼다.

〈1943년 11월 25일 목요일 晴天氣〉(10월 28일)
오늘은 학교에서 돌아올 때 지팡이를 쓰지 않았다. 오늘부터 고약을 붙이기 시작했고 거즈는 아직 붙이고 있다.
○ 아동 결석 명부를 만들었다.

〈1943년 11월 26일 금요일 曇天氣〉(10월 29일)

---

7) 매년 11월 23일 지내는 천신제이다.

산수시간에 계산 과제를 내주고 서로 채점을 하도록 하여 재미있었다.
오후 3시 반부터 직원회의가 있었고(국지 선생이 이과 강습 전강회를 열었다).

〈1943년 11월 28일 일요일 晴天氣〉(11월 1일)
병세가 크게 좋아져 걸음이 한층 자유로웠다.
오전 10시경 학교로 갔다.
오후에는 안본 선생 댁에서 바둑을 두었다.

〈1943년 11월 29일 월요일 晴天氣〉(11월 2일)
수업 후 학습용구를 지참하지 않은 아동에게 특별히 주의를 줬다. 손발 청결 검사를 시행하고 위생방면의 주의사항을 일러 주었다.
저녁에는 상당히 추웠다. 밤늦게까지 채점 및 퇴고를 했다.

〈1943년 12월 1일 수요일 晴天氣〉(11월 4일)
후기용 교과서 배부(1차).
아버지께서 오셨다(긴 기간 병으로 고생하는 이 몸을 염려하시어 멀리서 눈물로 오신 것이다). 밤에는 아버님과 함께 눈물을 흘렸다.

〈1943년 12월 2일 목요일 晴天氣〉(11월 5일)
오전 9시 차로 아버지께서 출발하셨다(무사하시기를 기원했다).
방과 후 작문 퇴고, 미술 작품 채점 등을 했다.
밤에는 송본 선생, 죽촌 선생, 산정 선생이 내방했다.

〈1943년 12월 3일 금요일 曇天氣〉(11월 6일)
전 시간에 했던 작품 퇴고가 정말 재미있었다.
제3교시 공작 시간에 교장이 수업을 참관했

다. 오후 4시 30분부터 1시간에 걸쳐 직원회 개최(연말 학기말).
오늘은 매우 추웠다.
고향에 편지를 썼다.

〈1943년 12월 4일 토요일 晴天氣〉(11월 7일)
오늘은 상당히 추웠다. 오전 10시경 온도는 영하 4도. 처음으로 난로에 불을 붙였다.
4학급 보결수업이 있었고 성적 일람표를 배포했다.
밤에는 안본 선생 집으로 가서 몇 선생이 바둑을 두고 놀았다.

〈1943년 12월 8일 수요일 晴天氣〉(11월 11일)
대동아전쟁 2주년. 대조봉대일 행사가 있었다. 조선 전체에서 일제히 방공연습이 있었다. 어제부터 9일까지 3일간.

〈1943년 12월 9일 목요일 晴天氣〉(11월 12일)
오전 7시에 훈련공습경보가 내려 학교에 가서 경계근무를 섰다. 오후 3시경 훈련경계경보 해제. 내년도 전기용 교과서 배당표 제작.

〈1943년 12월 10일 금요일 晴天氣〉(11월 13일)
공작 수업에 두꺼운 종이로 필통을 만들었는데 우수작품이 많았다. 오후 3시 반부터 직원회가 있었고. 방공에 관해(1교실에 모래 20리터[立] 이상, 물 1백 리터 이상).
당직이어서 5시경 학교 건물 안팎을 순찰했고.

〈1943년 12월 11일 토요일 晴天氣〉(11월 14일)
제4학급 보결수업을 시행. 일본어, 수신, 공작

(필통) 채점.
밤에 안본 선생 댁에서 놀았다.

〈1943년 12월 12일 일요일 晴天氣〉(11월 15일)
오전 10시경 등교. 내일 계획되어 있는 이과 산수 고사 문제를 맡았다.
밤에 옆에 사는 이산[利山]의 친구와 이야기를 했는데 재미있었다.

〈1943년 12월 13일 월요일 晴天氣〉(11월 16일)
오늘 날씨는 봄 같았다.
이과 산수 고사를 취한다.
학기말 정리에 착수.
밤늦게까지 독서 …… 실천윤리 개설[槪說].

〈1943년 12월 14일 화요일 曇天氣〉(11월 17일)
아침 일찍 일어나 신사참배와 교정 청소를 했다.
제2학기 아동 성적고사 완료. 성적 일람표 예비 정리.

〈1943년 12월 15일 수요일 曇天氣〉(11월 18일)
수일간 기온이 따뜻하게 일변했다 오늘은 그럭저럭이다.
하교 후 국본 선생과 산본 씨 집에서 놀았다.
아이들 작문 고치는 작업을 했다.

〈1943년 12월 16일 목 요일 曇後晴天〉(11월 19일)
교과서 및 도서대금에 문제가 있었다. 조용히 아이들에게 이야기했다.
밤에는 이발을 했다.

〈1943년 12월 17일 금요일 晴天氣〉(11월 20일)

아동 성적 예비일람표 정리 완료. 3, 4년용 후기용 교과서 대금 지불.
총독상 아동 작문 다섯 점 제출.

⟨1943년 12월 18일 토요일 晴天氣⟩(11월 21일)
아동 작품 제출…… 그림 한 점, 습자 한 점(사무실에 전시).
성적 일람표 정리.
목욕했고.
주번 일지 기입 …… 주훈 감사 훈련.
연말 상여금 사령 받고 …… 26할.

⟨1943년 12월 19일 일요일 晴天氣⟩(11월 22일)
제2학기분 아동 성적일람표 정리.
3, 4년 후기용 교과서 배포.

⟨1943년 12월 20일 월요일 曇天氣⟩(11월 23일)
대평 선생과 함께 주번 임무를 맡았다.
성적고사부 정리 완료. 주번일지 기입.

⟨1943년 12월 21일 화요일 晴天氣⟩(11월 24일)
아침에 조기회 실시 …… 삼산 남자 애국반 출동해서 신사참배. 경내 및 교정 청소.
통신표 정리 마쳤음.
망년회 하듯이 松原昌濟씨 댁에서 머물렀다.

⟨1943년 12월 22일 수요일 晴天⟩(11월 25일)
아침 일찍 조기회. 죽전 남자 조와 참배와 청소 시행.
19년도 교과서 대금 1차 지불.
오후 2시 반부터 제2학기 마지막 직원회 개최. 밤에는 영화 상영.

⟨1943년 12월 23일 목요일 晴曇雨天⟩(11월 26일)
황태자 전하 탄생일. 봉축 떡 배급.
제2학기 마지막 대청소 있었고.
저녁에 비가 내렸다. 겨울치고는 상당히 많이 내렸다. 특히 오늘은 동지이다.

⟨1943년 12월 24일 금요일 晴天氣⟩(11월 27일)
제2학기 종업식 거행.
신사참배 신년도 배하식 연습.
아동 성적물 배포에 주의.
오후 3시 반부터 종업연회가 있었다.
모든 장부를 제출하였다.

⟨1943년 12월 25일 토요일 晴天氣⟩(11월 28일)
주번으로서 마지막 조기회 실시. 경내와 교정 청소.
오전 10시경 등교해서 잡무 정리.
밤에는 철학개설 독서.
다이쇼[大正] 천황 제사.

⟨1943년 12월 26일 일요일 晴天⟩(11월 29일)
오전 10시 등교.
아동작품(도화, 습자) 사무실에 전시.
휴가 중 계획 수립.
집에서는 떡을 만들었다.

⟨1943년 12월 28일 화요일 晴天氣⟩(12월 2일)
학교에 가서 휴가 중 주의사항 및 자습 한자표 인쇄.
휴가 중 계획 정리.

⟨1943년 12월 29일 수요일 晴天氣⟩(12월 3일)
학교 소집.

일본어, 산수 교재 진도. 기타 주의사항 표 한
자료 배포.

〈1943년 12월 30일 목요일 晴天氣〉(12월 4일)
학교 소집.
보충수업 읽기, 산수, 음악.
밤에는 학교에서 목욕을 하였음.
보내야 할 물품 – 신경 써주신 것에 대한 답례
로서 술, 건배.

〈1943년 12월 31일 금요일 晴天氣〉(12월 5일)
소화 18년도 오늘로 저문다. 무사하게 해를
끝내는 것이 행복⋯⋯감사. 신과 황군병사에
게 감사한다.
오후 3시 대불식[大祓式][8]에 참가.
학급 소집하여 신사 경내 등 청소시켰다. 자신
의 물건을 정리시켰다.
일직이었다.
以上 終.

---

8) おおはらえ. 6월과 12월의 마지막 날 부정을 쫓는 제
사의식이다.

1944년

〈앞표지〉
昭和十九年
日記帳
報恩三山公立國民學校勤務
上原尙榮

〈1944년 1월 1일 토요일 晴天氣〉(12월 6일)[1]
쇼와 19년 정월 초하루이다. 신년 사방(四方)
요배를 하였다.
오전 5시 반에 일어나서 방에서 신붕[神棚]에
서 배례하고 궁성 쪽으로 요배 하였다. 고향
쪽에도 예를 갖추었다. 7시에 신사참배를 실
시. 오전 11시에 신년축하식을 끝낸 뒤에 교
장 관사에서 술을 마셨다.

〈1944년 1월 3일 월요일 晴天氣〉(12월 8일)
「신민[臣民]의 길」 해석 및 독해 시간이 끝나
고 신정[新井] 씨로부터 초대를 받았다.
형(영제[永濟])이 출발하는 것을 배웅하였다.
원시제[元始祭][2] 날이다.

〈1944년 1월 4일 화요일 曇後雪天〉(12월 9일)
학교경영안을 수립하였다. 교육결과 정
리…… 훈련사항.
「수등[戌等]의 위인[偉人]」이라는 책을 읽었
다.
궁촌 선생의 초대를 받고 국본 선생과 집에서
바둑을 두었다.
오후 8시부터 눈이 내렸다.

〈1944년 1월 6일 목요일 曇後雪天氣〉(12월 11일)
오늘부터 3일간 보은군 교원 체력검사의 날이
다. 오전 9시부터 수험을 개시했다. 검사장은
본교(삼산교)이다. 신체검사는 신장, 체중, 신
체둘레, 시력검사를 했고 주사로 혈액검사를
실시했다.

〈1944년 1월 8일 토요일 曇天氣〉(12월 13일)
오전 7시 반…… 입영 응소자의 봉고식[奉告
式]에 참가…… 신사.
오전 9시 반부터 대조봉독식이 있었다. 그 뒤

---

1) 이 해의 일기에도 1월 1일 자 일기장 첫머리에 소화(
昭和) 연호로 "昭和十九年"이라고 기록되어 있다. 날
짜와 요일, 날씨 순서는 전 해의 일기와 동일하다.
2) 천손강림, 천황 즉위의 원시(元始)를 축하하여 1월 3
일 궁중에서 천황이 지내는 대제(大祭) 가운데 하나
이다.

의사에게 반응상태 검사를 받았다…… 양성이었다(12미리).

내일 집에 돌아갈 채비와 준비를 했다.

〈1944년 1월 9일 일요일 晴天氣〉(12월 14일)

오전 9시에 보은을 출발하여 청주에서 아우 운영과 만나고 오후 3시경에 집에 도착했다. 친척분들에게 인사를 하러 다녔다.

〈1944년 1월 11일 화요일 晴天〉(12월 16일)

청주에 가서 책을 샀다(신민의 길, 국체[國體]의 본의[本義]).

문일당[文一堂]에 가서 학교용 종이를 샀다. 저녁에 청주에서 돌아왔다.

〈1944년 1월 12일 수요일 晴天〉(12월 17일)

부탁 받은 편지 편지를 5,6장정도 썼다.

민간요법[民間療法] 잡지를 읽었다.

아버지와 밤에는 집에서 여러 가지 의논을 하셨다.

〈1944년 1월 13일 목요일 晴天氣〉(12월 18일)

친척 동생들과 만나 이야기했다.

증조부(가선대부[嘉善大夫]) 제사가 있었다.

〈1944년 1월 15일 토요일 晴天〉(12월 20일)

금계국민학교에 가서 오르간을 가르쳐 주었다. 떡과 고기(개) 등을 대접 받았다. 아이들이지만 부모에게 의지하지 않고 잘 하는 것 같다.

〈1944년 1월17일 월요일 晴天〉(12월 22일)

아침 일찍부터 출발 준비를 했다. 오전 9시에 집을 나와서 11시 반 열차를 탔다. {기차에서} 그리운 동창 두 사람을 만나 옛날이야기를 하니 재미있었다. 청주 외성에서 오후 4시에 청주를 출발하여 보은에 도착했다.

〈1944년 1월 19일 수요일 晴天氣〉(12월 24일)

제3학기 시업식을 거행하였다. 학기를 맞이하여 필요한 주의사항을 말하였다.

오후에는 직원회를 개최하였다.

〈1944년 1월 22일 토요일 晴天氣〉(12월 27일)

수업 후 전교 4년생 이상은 지산 수한 방면에 토끼를 잡으러 가서 약 3시간에 걸친 훈련을 하였다. 2마리밖에 발견하지 못해서 아쉬웠다.

밤에 안본 선생 댁에서 놀았다.

〈1944년 1월 25일 화요일 曇天〉(음 1월 1일)

3교시 읽기 수업에서 4해류 이야기를 교재로 다루었는데 의외로 재미있어 하면서도 열심히 하려는 태도에 유쾌하게 나아갔다. 잠망경 공작법 연구를 하였다.

〈1944년 1월 27일 목요일 晴天氣〉(1월 3일)

4년생 이상 수한 방면에 토끼를 잡으러 가서 토끼 두 마리를 잡아왔다.

오후 5시부터 좌등[佐藤] 선생이 이번에 소집영장을 받아서 송별연회를 열었다.

〈1944년 1월 29일 토요일 晴天氣〉(1월 5일)

본교에서 청주 병사부의 ㅁㅁ 중좌[中佐]로부터 군사강의가 있었다.

좌등 선생의 고별식 겸 배웅을 해주었다.

8학급의 내부 서류정리를 하였다.

〈1944년 2월 1일 화요일 晴後曇天氣〉(1월 8일)
신사참배를 하면서 필승을 기원하는 기도를
하였다.
일직을 맡았다.
교사(교실)를 순시하고 일지를 기입하였다.

〈1944년 2월 3일 목요일 晴天氣〉(1월 10일)
어젯밤에 눈이 내려서 쌓였는데도 의외로 날
이 따뜻하다. 오늘 온도는 5도정도 이다. (삼
한사온)
오후에는 이과 수업에서 잠망경 수업에서 견
본으로 만든 잠망경을 가지고 전 아동들에게
보여주었을 때의 기쁨과 만족은 이루 말할 수
없을 만큼 좋았다.

〈1944년 2월 7일 월요일 雪後曇天〉(1월 14일)
그저께부터 눈이 내리고 있다.
도 교육회에서 교육영화회가 본교에서 낮과
밤에 열렸다.
오늘은 음력 정월 14일 행사 날이다.

〈1944년 2월 8일 화요일 晴後曇天〉(1월 15일)
제36회 대조봉대일. 조서 봉독식과 신사참배
와 필승을 기원하였다.
국어시간에 직박구리 이야기를 교재로 다루
었는데 아이들이 흥미로워하여 나도 기뻤다.
(국어, 산수 지도가 늦어졌다.)

〈1944년 2월 11일 금요일 晴天氣〉(1월 18일)
황기[皇紀] 2640년 기원절이다. 오전 9시 반
에 신사에 가서 기원절 제사를 끝내고 그 위에

학교에서 식을 거행했다.
봉축떡(홍, 백)을 나누어 주었다.

〈1944년 2월 14일 월요일 晴天氣〉(1월 21일)
이리노[入野井] 시학이 학교를 방문하였다.
수업참관 및 훈화가 있었다.
훈화…… (1) 정신의 갱신, (2) 강건함을 확립
할 것, (3) 도의[道義]에 기초한 가정생활 (4)
현 상황의 시국을 인식할 것.
오후 6시경에 鎭山으로 가서 송원 씨 집으로
안내를 받아 음식을 먹었다.

〈1944년 2월 17일 목요일 曇後雪天〉(1월 24일)
이과 수업에 교장이 참관하였다. 2월 22일에
이과 수학시간에 시학위원이 참관하는 것 때
문이다. 방과 후 7, 8학급의 환경 정리를 하였
다.

〈1944년 2월 22일 화요일 晴天氣〉(1월 29일)
3교시에 안본 선생 (3학급 2년)의 수업을 참
관하였다(전교연구수업[全研]).
시학위원 시찰은 사정이 생겨서 연기하였다.
때문에 안본 선생의 연구수업으로 대체하였
다. 오후 3시 반에 비평회가 있었다.

〈1944년 2월 24일 목요일 雪天氣〉(2월 1일)
눈이 내렸다.
산수고사를 시행하였다.
오후 5시 지나서까지 보충수업을 하였다. 매
일같이 연속으로 교재의 진도가 늦어졌기 때
문에(교과서 사정).
순회영화 함.

〈1944년 2월 28일 월요일 晴天〉(2월 5일)
천촌 도 시학이 본교에 와서 훈시를 하였다.
1. 시국[時局]
2. 전력증강[戰力增强] ……학교경영
3. 연성[鍊成]
4. 인격적 함양 등에 관하여

〈1944년 3월 1일 수요일 晴天氣〉(2월 7일)
평천[平川] 학무과장이 본교에 왔다. 연성소
사열을 위해서다.
완전히 날이 따뜻해 졌다. 스토브 등이 필요
없게 되었다.
성적고사를 시행하였다.
ㅇ 오늘부터 경성일보[京城日報]를 구독한다.

〈1944년 3월 3일 금요일 晴天氣〉(2월 9일)
히나마쯔리[雛祭] 날이다. 사무실에서 장식한
병아리 모양을 보여 주었다(학급 순으로). 7
교시에는 전교생 초등과 제4학년이 모형 비행
기를 만든 것도 좋은 성적이었다.

〈1944년 3월 5일 일요일 曇後雨天〉(2월 11일)
보은 농업(갑종)교의 신설[新設]이 신문지상
에 실렸다.
성적물을 정리하였다.

〈1944년 3월 10일 금요일 雪曇天〉(2월 16일)
육군기념일이다. 소년 무도대회[武道大會]가
본교에서 개최되었다. 행군 실시.

〈1944년 3월 13일 월요일 曇天〉(2월 19일)
주번 임무……대향[大鄕] 선생과 함께.
봉사훈련…… 주훈

종형이 어젯밤 보은에서 용무가 있어서 오전
차로 출발하였다.

〈1944년 3월 17일 금요일 曇天〉(2월 23일)
주번 임무를 맡았다. 교내 순시 및 검사 후 돌
아왔다.
오후 5시부터 직원회를 개최하였다. 주로 성
적 판정에 관한 것이었다.

〈1944년 3월 18일 토요일 晴天氣〉(2월 24일)
주훈반성.
성적부, 학적부 정리.
학급기[學級旗] 제작…… 일장기[日の丸]
150본.

〈1944년 3월 20일 월요일 曇天〉(2월 26일)
졸업증서 수여식 거행. 제 31회 졸업생.
사은회를 한 뒤 가등[加藤] 선생의 송별연회
가 있었다(가등 선생의 입영으로 인하여).

〈1944년 3월 22일 수요일 晴天〉(2월 28일)
수업 후 2교시를 끝내고 가등 선생의 송별식
을 하고 기원제를 지냈다. 오후 2시에 출발하
였고 성대하게 배웅해 주었다. 오후 3시부터
소년병 장행대회[壯行大會]를 개최하였다.
아동 운동화를 배포하였다.

〈1944년 3월 23일 목요일 晴天氣〉(2월 29일)
쇼와(昭和) 18년도 수업식을 거행하였다.

〈1944년 3월 25일 토요일 晴天氣〉(3월 2일)
보은농학교[報恩農學校] 신입생 전형이 본
교에서 개최되었다. 본교 직원들의 도움으로

실시.
옥산의 금택[金澤] 씨도 수험을 보았다(갑종).

〈1944년 3월 26일 일요일 晴天氣〉(3월 3일)
오후에 쇼와 19년도 학교용 교과서 교사용 표를 배포하고 정리하였다.
저녁에는 서커스를 보았다.

〈1944년 3월 28일 화요일 雨天氣〉(3월 5일)
고등과 신입생 전형이 있었고 학과시험 및 신체검사를 실시하였다.
구두시험[口頭試問].
제 장부를 제출하였음.

〈1944년 4월 1일 토요일 曇天氣〉(3월 9일)
쇼와 19년도 시업식을 하였다.
학급 담임은 제 9학급 5학년을 담임하게 되었다.

〈1944년 4월 4일 화요일 晴天氣〉(3월 12일)
국지[菊池] 교두[教頭] …… 조도 교장, 안본 선생 …… 상산교, 국지 여선생 …… 수정교로 영전
송별식, 송별연회를 개최하였다.
왕산교[王山校] 산원[山元] 교장은 도 시학으로 발령.
교과서 배당[配當].

〈1944년 4월 5일 수요일 晴天氣〉(3월 13일)
초등과 제1학년 입학식 날이다.
남녀 청년 특별 연성생 입소식이 있었다.
실습지 정지[整地].

〈1944년 4월 6일 목요일 曇後雨天〉(3월 14일)
국지 교장선생과 안본 선생, 국지 여선생을 배웅하였다.
신정[新井] 선생과 좌목[佐木] 선생의 신임 인사가 있었다.
실습지에 감자[3]를 옮겨 심을 준비를 완료하였다.

〈1944년 4월 8일 토요일 曇天氣〉(3월 16일)
대조봉독식을 거행하였다.
고등과 제1학년 입학식을 하였다. 실습지에 감자[4] 심는 작업이 끝났다.
금년도 작업분담이 정해졌다.
○ 노루 생고기를 먹었다.

〈1944년 4월 10일 월요일 晴天氣〉(3월 18일)
직원 연성을 하러 실습을 갔다(직원밭[職員園]에서).
임시직원회의에서 사무에 관한 것들이 결정되었다–도서, 소비품.
○ 한산군의 가난 실태를 들었다.

〈1944년 4월 12일 수요일 晴後曇天〉(3월 20일)
교재용 밭[敎材園]을 만들었다…… 5학년 남자.
아동 신체검사를 실시했다…… 신장 및 가슴 둘레만.
자연 달력 및 우리의 생활(학급일지)장을 만

---

3) 원문에는 '馬齡薯'라고 기록되어 있다. 감자를 일컫는 다른 이름인 '馬鈴薯'의 오기(誤記)이다.
4) 원문에는 '芧'로 기록되어 있다. 전날 감자 심을 준비를 완료했다는 내용으로 보아 '薯'를 이와 같이 기록한 것으로 추정된다.

들었고 기록할 때의 주의사항을 알려 주었다.

〈1944년 4월 16일 일요일 晴天氣〉(3월 24일)
오전 11시까지 학급 환경정리를 실시하였다.
청훈생[靑訓生] 수료식 및 입소식이 있었다.
오늘부터 상기와 조기회[早起會] 실시하도록
약속한다…… 등산하기.

〈1944년 4월 18일 화요일 雨曇天氣〉(3월 26일)
교재 정리를 하고 직원밭의 제1반 실습지에
수박[西瓜] 종자를 뿌렸다.
저녁식사 후에 갑자기 아버지가 오셨다. 여러
가지 집안일에 대해 말씀하시고 내게 반성하
게 하셨다.

〈1944년 4월 19일 수요일 晴天氣〉(3월 27일)
오전 차로 아버지가 돌아가셨다.
실습지[5]에 나무와 꽃, 풀을 심었다.
궁본 선생의 송별연회가 있었다.
청훈생 지도원 강습회가 있었다.

〈1944년 4월 20일 목요일 曇天氣〉(3월 28일)
반도인 인상된 봉급 지급에 대해 감사.
보고제[報告祭]를 신사에서 열었다.
교육순회영화가 있었다.

〈1944년 4월 23일 일요일 晴天氣〉(4월 1일)
출근해서 교실 환경정리 및 장부정리를 했다.

〈1944년 4월 27일 목요일 曇天氣〉(4월 5일)
(어제는 직원 등산 연성으로 삼년성에 올랐

---

5) 원문은 "教材園"이다.

다. … 송강(松岡) 선생 ㅁㅁ의 사정)
5년생의 교과서 일부를 배포했다.
보리밭에 추비[追肥]와 배토[培土]를 하였다.

〈1944년 4월 29일 토요일 晴天氣〉(4월 7일)
천장절이다. 신사에서 천장절제를 거행하고
오전 10시부터 축하식을 거행했다.
아이들에게 작문과제가 나갔다. 제목은 「천장
절」.

〈1944년 4월 30일 일요일 晴天氣〉(4월 8일)
청훈 청련생과 함께 속리산에 행군을 갔다.
법주사 안에서 집합한 사람들이 많았다.
돌아갈 때의 피곤함을 참고 분발했다.

〈1944년 5월 3일 수요일 曇天氣〉(4월 11일)
본교가 징병검사장이 되었다. 수업은 교외수업
으로 하였다. 타합회를 하면서 계획을 세우고.
ㅇ 하숙집 주인아저씨의 첫 제사를 지냈다.

〈1944년 5월 5일 금요일 曇後雨天氣〉(4월 13일)
조례 후 남동쪽 천변에 가서 수업을 했다. 하
지만 물이 차서 계획대로는 되지 않았지만 재
미있게 갔다 왔다.
오후가 되자 비가 내린다. 바람도 분다.

〈1944년 5월 8일 월요일 晴天氣〉(4월 16일)
보은군 징병검사 제1일째이다. 요즘 날씨가
꽤 더워졌다. 오전 10시 온도가 20도이다.
아동복 배급을 했다.
밤에는 죽촌[竹村] 선생이 방문하였다.

〈1944년 5월 10일 수요일 曇天氣〉(4월 18일)

오전 중에는 군인들 밭에 가서 작업을 했다. 조모의 제사를 지냈다. 가족들과 만나 이야기하니 반갑다.

〈1944년 5월 11일 목요일 晴天氣〉(4월 19일)
옛 친우[舊友] 이기성[李基性], 이병억[李炳億]과 만나 옛날 생각을 하며 이야기하니 뭔가 재미있었다.

〈1944년 5월 12일 금요일 晴天氣〉(4월 20일)
오전 3시 반경에 보은에 가서 청주에서 아이들의 학용품을 구입했다.
○ 정숙한 분위기에 집안일을 생각지 않을 수 없다.

〈1944년 5월 15일 월요일 晴天氣〉(4월 23일)
대향[大鄕] 선생과 주번을 맡았다. 조례 전에 교내를 순시하고 방과 후 사업 상황을 점검했다.

〈1944년 5월 17일 수요일 雨天氣〉(4월 25일)
제1학년 전기용[前期用] 교과서 회수…… 제2부생용으로 하기 위하여.
○ 어제는 포도 시렁[登屋]을 만들고 오늘까지 감자밭에 비료를 뿌렸다.

〈1944년 5월 19일 금요일 曇天氣〉(4월 27일)
주번으로서 전교 용의검사 통계를 냈다.
오후 2시부터 8시까지 직원회의가 있었다.
○ 금년도 교육 노력점에 대하여.
○ 학도 근로 동원.

〈1944년 5월 20일 토요일 晴天氣〉(4월 28일)

주훈에 대한 반성을 하였다.

〈1944년 5월 23일 화요일 晴天氣〉(윤 4월 2일)
실습지에 거름을 주었다.
교재 진도표 제작 …… 국민과 국어.
교과서 대금을 지불하였다.

〈1944년 5월 26일 금요일 晴天氣〉(윤 4월 5일)
해군 기념일 관련 포스터 두 장을 그렸다.

〈1944년 5월 27일 토요일 晴天氣〉(윤 4월 6일)
제 39회 해군 기념일이다. 포스터를 게시하였다.
아이들이 제작한 포스터와 심사에서 입선한 것을 걸어두었다.
목욕하였다.

〈1944년 6월 4일 일요일 晴天氣〉(윤 4월 14일)
전 직원 출근한 뒤 교장선생으로부터 전달사항을 받았다.
교장…… 경상남북도 시찰이 있으며 공한지 이용 등 생산 증강.
내일은 보은농교의 개교식이 본교에서 개최되므로 그에 대한 준비를 할 것.

〈1944년 6월 5일 월요일 晴天氣〉(윤 4월 15일)
자습 계획을 세우고 교무에 차출되었다.
오늘부터 일주간 여행을 한다. 대일본 해양소년원 조선본부의 지도자 강습회에 출석하였다.
오후 5시경에 부용[芙蓉]에 도착하였다.

〈1944년 6월 6일 화요일 晴天氣〉(윤 4월 16일)
오전 8시에 부용(강[江]) 도장[道場]에 방문했다. 오전 9시부터 해양 소년원 지도자 수행식 및 입소식을 거행하였다. 간부, 소장 이하 및 수명의 회원으로 52명이다.

〈1944년 6월 10일 토요일 晴天氣〉(윤 4월 20일)
오전 8시 지도자 수행종료식을 거행했다. 해양정신을 어느 정도 깨달을 수 있었던 점 다행으로 생각하며, 앞으로 동 교육의 진전에 연찬[研鑽]할 각오이다.
오후 2시경에 집에 도착했다.

〈1944년 6월 12일 월요일 晴後曇天〉(윤 4월 22일)
오전 9시경 집을 출발해서 청주에서 아이들의 학용품을 구입하였다.
오후 6시 반경 보은에 도착했다. 교장 및 직원들에게 인사하였다.

〈1944년 6월 16일 금요일 晴天氣〉(윤 4월 26일)
학생 동원을 해서 5년 남학생들과 보리 베기를 하였다.
14일에는 가등 선생이 돌아온다.
학교에서도 14일에는 모내기하기로 하였다.
○ 경계경보가 발령되었다. …… 북큐슈(九州) 남쪽에 적기 비행.

〈1944년 6월 17일 토요일 晴後曇天〉(윤 4월 27일)
회남교[懷南校]에 출장.
군 주최 수학 연구회가 있기 때문이다.

〈1944년 6월 18일 일요일 晴天氣〉(윤 4월 28일)
출근하였다.

수업안, 교실 환경정리.

〈1944년 6월 19일 월요일 晴天〉(윤 4월 29일)
학도[學徒] 동원하여 모내기하였다.
5년생 남자 …… 1400평.
잘 일해 주었다.

〈1944년 6월 26일 월요일 曇天〉(5월 6일)
기다리고 기다렸던 비가 어제 점심때부터 내리기 시작하여 오늘 아침 일찍 그쳤다. 모내기를 할 작물을 옮겨 심었다.
수업 후에 깨를 옮겨 심고 수박에 거름을 주었다.
숙직하였다.

〈1944년 6월 28일 수요일 晴天氣〉(5월 8일)
생도를 인솔하여 근로 동원하였다. 모내기.

〈1944년 6월 29일 목요일 雨天氣〉(5월 9일)
비가 내렸다. {비가} 내리면 모내기를 할 것이다.

〈1944년 7월 1일 토요일 晴天氣〉(5월 11일)
근로 동원 …… 모내기하였다.
송원[松原正雨]의 집.

〈1944년 7월 2일 일요일 晴天氣〉(5월 12일)
오전 8시 반에 출근해서 직원 일동 1학년 자연 관찰 교육법 교재를 연구하였다. 오후 1시에 끝났다.
상여금을 받았다. 15할.
호봉이 9급으로 올랐다.

〈1944년 7월 3일 월요일 曇雨天〉(5월 13일)
직원 연성회를 하였다.
오후에 비가 내렸다.

〈1944년 7월 4일 화요일 雨後曇天〉(5월 14일)
산수시간에 비례수 문제에 {학생들이} 상당히
고생하였다. 다행이 모두가 마지막에는 풀었
기 때문에 실로 기뻤다.
영화상영이 있었다.

〈1944년 7월 8일 토요일 晴天氣〉(5월 18일)
판본[坂本 사카모토] 시학위원의 금일 본교
시찰이 있다. …… 이과 수학, 자연관찰. 나는
제 8방공 소화를 담당했다.
군인유가족 위문 영사회가 있었다.

〈1944년 7월 9일 일요일 晴天氣〉(5월 19일)
판본 선생이 모범수업을 보여주었다. 제9학급
5년인 우리 반을 가르치는데 족했다. 교재는
교과서 외의 것으로 연료(양초를 이용한 탄소
와 수소 실험)였다.
이과 기구 정비가 있었다.

〈1944년 7월 10일 월요일 晴天氣〉(5월 20일)
방과 후 천변에 가서 모두를 씻겼다. 청결하게
되었다.
작은 아이와 감자를 캤다. 약 15관[貫] 정도.

〈1944년 7월 11일 화요일 晴天氣〉(5월 21일)
오늘 교육생활이야말로 유쾌하였다. 직업 체
험으로서 감자 캐는 일을 할 때도 주의한 대로
움직여 주고 흥미를 보이며 공부하였다. 교과
서대로 비료 뿌리는 법도 끝까지 잘 해주었다.

우리 아이들에게 고맙다.

〈1944년 7월 12일 수요일 晴天氣〉(5월 22일)
이과의 수증기, 탕기[湯氣] 연구에 흥미가 있
었다…… 발견법.
방과 후에 풀베기를 했다. 수영 초보 연습을
했다.
오늘 교육생활은 정말로 유쾌하였다.

〈1944년 7월 20일 목요일 曇雨天〉(6월 1일)
3교시쯤 되어서 큰 비가 내렸다. 어제 저녁보
다도 심한 비다. 점점 더 심하게 내리면 강물
이 불어나서 교사 전후가 물난리가 날수도 있
을 것이다. 3교시가 끝난 후 전 아동을 집으로
돌려보냈다.

〈1944년 7월 24일 월요일 晴天氣〉(6월 5일)
교장선생으로부터 제1학기 반성의 말이 있었
다.
필승 3 중점[三重點] …… 건병건민[健兵健
民], 과학교육, 생산증강.
방과 후에 풀베기를 하고 도서 정리를 했다.
주번 …… 대향 선생과 함께.

〈1944년 7월 25일 화요일 晴天氣〉(6월 6일)
우리 반 등 모든 학급은 1교시 수업 후에 퇴비
작업을 하였다. 오후 4시까지 계속하였다. 더
위 아래 모두가 모여 「선생님에게 걱정을 끼
치지 않기 위해」라는 마음가짐으로 일해 주었
기 때문에 예상 이상으로 순조롭게 끝났고 실
로 잘 해주었다.

〈1944년 7월 28일 금요일 晴天氣〉(6월 9일)

1교시부터 4교시까지 퇴비 신기를 했다. 1, 2년 학생들의 체조가 있었다.

오후 수업을 2시간 동안 한 후 학급상회[學級常會]를 열고…… 지시사항 실천결의사항 각각 4개이다.

〈1944년 7월 31일 월요일 晴天氣〉(6월 12일)
3교시에 학생체조를 전개하였다. 오후 4시 반부터 비평연구회가 있었다.

〈1944년 8월 3일 목요일 雨後曇天〉(6월 15일)
오늘로 제1학기 수업을 끝냈다. 하지만 1학기는 7월 말까지이다.
반성회 및 통신표를 나누어 주었다.
13일까지 학교 수업 휴과[休課] 계획이다.

〈1944년 8월 5일 토요일 晴天氣〉(6월 17일)
자질향상 강습회에 출석했다. 강습회장은 본교(삼산교). 오늘부터 5일간 실시한다.
이수과[利數科]와 체련과
강사 …… 판본[坂本] 강사 : 청주사범학교
길천[吉川, 요시카와] 강사 : 청주1중학교
중야[中野, 나카노] 강사 : 보은농교

〈1944년 8월 8일 화요일 晴天氣〉(6월 20일)
○ 대조봉독식을 했다.
○ 어제까지는 본회의 간열점호[簡閱點呼]가 있었다.
○ 본교 1년생부터 6년생까지 학생체조를 하였다. 길천 강사가 실시하고 지도하였다

〈1944년 8월 9일 수요일 晴天氣〉(6월 21일)
오전 중에는 보은농교의 광도[廣度] 선생의

주의사항을 받아 논에서 제초작업을 하였다.
오후 1시에 연성 강습회 수료식을 거행하였다.

〈1944년 8월 10일 목요일 時 雨天〉(6월 22일)
오전 차로 집에 갔다. 차가 고장 나서 오전 11시에 도착했어야 했는데 오후 7시에 도착했다. 집에 도착한 것은 오후 12시경이 되어서였다.

〈1944년 8월 12일 토요일 晴天氣〉(6월 24일)
충웅[忠雄]이와 함께 밭에 가서 작업한 결과물을 보았다. 잘 되어 있어서 좋아하는 충웅이였다.
저녁에는 집에 있는 송아지에게 풀을 먹였다.

〈1944년 8월 13일 일요일 晴天〉(6월 25일)
집을 출발하여 보은으로 돌아왔다. 슬퍼서 말이 안 나왔다. 종형이 청주까지 함께 갔다. 아우 운영은 정봉역까지 배웅해 주었다.
오후 6시경에 보은에 도착하였다.

〈1944년 8월 14일 월요일 晴天〉(6월 26일)
제2학기 수업 개시.
신학기 마음가짐과 목표를 아동들에게 말해 주었다.

〈1944년 8월 17일 목요일 晴天〉(6월 29일)
수업 후에 풀베기를 했다. 임시상회[臨時常會]를 개최하여 주의를 주었다.
밤에 송곡 선생과 궁본 선생이 왔다.

〈1944년 8월 20일 일요일 晴天〉(7월 2일)

전 아동을 소집한 후 풀베기를 하였다. 오늘을 기해 풀베기는 당분간 중지하게 되었다.
오후 심사 결과 9학급 5년생은 2000관 목표에 2430관을 돌파했다.

〈1944년 8월 24일 목요일 曇天氣〉(7월 6일)
이과 수업에서 아이들이 진지한 연구태도를 보여주어서 정말 기쁘게 생각하고 만족스러웠다. 교재는「여름밤의 달」이었다.
ㅁㅁ 건에 관하여 주인 형제 집에서 소동이 있었다.

〈1944년 8월 28일 월요일 晴天氣〉(7월 10일)
제3, 4, 5교시에 퇴비 쌓는 작업을 하였다. 第0校時에는 전체 훈련 연습을 하였다.
신체(아동) 상태표를 제출하였다.

〈1944년 8월 29일 화요일 晴天氣〉(7월 11일)
반도 징병제 시행 제1회 입영자 배웅이 있었다.
징용자(勞務) 배웅이 있었다. 가정사정이 곤란한 사람이 많았기 때문이었다. …… 국난을 생각하며.
방과 후에 청훈생 교련이 있다.

〈1944년 9월 3일 일요일 雨天氣〉(7월 16일)
제1일요일 …… 출근일.
등교 후에 연구회 준비를 하였다. 10월 4, 5일 이틀간에 걸쳐 3부 연구회가 본교에서 열린다. ○ 수업원안을 제출하고 돌아왔다.

〈1944년 9월 5일 화요일 雨天氣〉(7월 18일)
수일간에 걸친 비는 쉬이 멈추지 않는다. 생각

나는 것은 고향의 논밭과 강을 낀 들판…… 무사하기를. 아버님께 편지를 보냈다.

〈1944년 9월 7일 목요일 晴天氣〉(7월 20일)
오늘같이 기분 좋은 제자들의 활약이 없었다고 생각한다. 오랜만에 날씨도 좋고 상쾌한 기분이다.

〈1944년 9월 11일 월요일 雨後曇天〉(8월 24일)
타케우치[竹內] 도 시학이 본교에 시찰을 왔다. 나의 수업인 수신 수업……「승안방[藤安芳]⁶.
본교 청훈생의 합숙훈련을 실시했다. 勝安

〈1944년 9월 16일 토요일 晴天氣〉(8월 29일)
집에 수해가 없다는 소식을 들었다.
청훈생의 사열 전개를 했다. 사열 때문에 임시 휴업.

〈1944년 9월 23일 토요일 晴天氣〉(8월 7일)
황령제를 실시하였다. 판본 선생으로부터 본교 이과 수학 수업 시찰이 있다고 하여 전원 출근하여 수업을 실시하고 오후에는 강평을 하였다.

〈1944년 9월 24일 일요일 曇天氣〉(8월 8일)
출근한 후 교실 환경정리를 끝냈다.

〈1944년 9월 29일 금요일 曇天〉(8월 13일)
밤 수확 …… 5가마니.

6) 'かつやすよし'. 메이지시대의 정치가. 일본 해군의 근대개혁을 추진한 인물이다.

방과 후 환경 정리를 했다.

〈1944년 10월 1일 일요일 晴天氣〉(8월 15일)
시정[始政] 기념일이다. 제1일요일이자 추석이다.
전교 아동 소집하여 전체 훈련 실시. 잔무 정리.
발산[鉢山], 미산[美山] 선생 집에서 밥을 잘 먹었다.

〈1944년 10월 2일 월요일 晴天氣〉(8월 16일)
늦게까지 남은 사무를 정리하는 일을 하였다.
체조하는 중에 한 명이 기마전을 하면서 코를 맞아 피를 흘렸다. 상당한 상처가 났다. (신에게 아이의 상처가 빨리 낫기를 기원하였다.)

〈1944년 10월 4일 수요일 晴天氣〉(8월 18일)[7]
도에서 주최하는 삼부[三部] 연구회 제1일째이다.
(평천[平川, 히라카와] 학무과장 소전[小田, 오다] 주사, 오천[五川, 고가와] 시학.)
옥천, 영동, 보은에서 회원 150여 명.
오전 7시 20분부터 오후 7시까지 하였다.
나의 수업, 체련과, 직업과, 비평 및 결과까지 전교를 다 아울러 좋은 시작이다.

〈1944년 10월 5일 목요일 晴天氣〉(8월 19일)
3부 연구회 제2일째이다. 이과(큰북) 수업이 잘 진행되었다. 비평, 강평까지 좋은 결과였다. 실전 교육 연구회 적전(敵前) 연구회 지정

수업.
1년생 남자(송원) …… 자연 관찰
3년생 남자(상전) …… 체조
6년생 여자(목호) -이과(군사기록)

〈1944년 10월 7일 토요일 晴天氣〉(8월 21일)
오후 차로 집에 갔다. 종제의 결혼을 축하하고 타합회를 하였다.
오후 10시경에 집에 도착.

〈1944년 10월 9일 월요일 晴天氣〉(8월 23일)
오전 4시경에 기상했다. 정봉역에서 6시 반 기차를 탔다. 보은에 11시경에 도착했다.
직업과 시간에 콩[大豆]을 받아왔다.
오후 3시부터 직원 수련. 직원회의(연구회 반성) 개최.

〈1944년 10월 10일 화요일 晴天氣〉(8월 24일)
아직 별빛(星光)이 있을 때 월송리(月松里)에 갔다. 평림[平林] 군의 상처가 어떤 상태인지 보기 위해서였다. 다행히 괜찮았다. 가슴을 쓸어내렸다.

〈1944년 10월 13일 금요일 晴天氣〉(8월 27일)
콩과 깨를 탈곡했다. 모두들 성실하게 일해 주었다.

〈1944년 10월 17일 화요일 晴天氣〉(9월 1일)
신상제 …… 신사참배.
부락 출장 …… 오후.
오늘부터 학생동원을 실시하는 날이다. 각 담당 부락의 구장[區長] 또는 유지들과 부락 타합회를 하였다.

---

7) 이 날 일기의 날짜 앞에는 소화 연호가 기록되어 있다.

〈1944년 10월 18일 수요일 晴天氣〉(9월 2일)
근로동원 제1일째.
월송 어암의 정신부대[挺身部隊] 총원 32명
벼베기 면적 6두락. 월송 2구에서.

〈1944년 10월 19일 목요일 晴天氣〉(9월 3일)
근로 동원 제2일째.
월송 2구의 임상호[林相浩] 군의 벼 베기를
하였다. 벼 베기 면적은 약 9두락.
올해 임 군의 집은 아버지가 징용을 가 인력부
족을 느끼고 있는 가정이다.

〈1944년 10월 20일 금요일 曇天氣〉(9월 4일)
근로 동원 제3일째.
월송 2구 김해양[金海樣]의 벼 베기를 하였
다. 면적은 약 6두락.
ㅇ 오늘 도와주지 못한 옥산 본가의 큰어머님
댁도 분명 바쁘셨을 터인데 나는…….

〈1944년 10월 21일 토요일 晴天氣〉(9월 5일)
근로 동원 제4일째.
월송 2구의 국본[國本] 씨의 벼 베기를 하였
다. 5두락이었다.

〈1944년 10월 24일 화요일 晴天氣〉(9월 8일)
오늘로서 제1차 학생근로동원이 끝났다. 전교
800두락을 했다. 학생 및 아동의 근로 헌납금
은 110원 여 정도이다.
ㅇ 교과서 수요 책 수 조사…… 야근.

〈1944년 10월 26일 목요일 曇天氣〉(9월 10일)
아동 가정실습 실시.
직원 일동 속리산으로 행군.

오전 9시 …… 출발.
오후 9시 …… 보은으로 돌아옴[歸報].

〈1944년 10월 30일 월요일 晴天氣〉(9월 14일)
가정 실습 실시 중.
대야, 길상리로 출장 …… 실습상황과 애국반
별 실습지 상황 조사.
벼베기는 완전 종료.
보리 심는 것도 거의 끝난 것으로 보인다. 현
재는 벼를 터는 작업을 빈번하게 하고 있다.

〈1944년 10월 31일 화요일 晴天氣〉(9월 15일)
월송, 어암, 성주, 금곡에 출장.
금전[金田七吉], 삼본[參本重權]의 가정방문
을 하였다. 유식한 삼본 군의 할아버지, 친절
한 금전 군의 어머니.

〈1944년 11월 1일 수요일 晴天氣〉(9월 16일)
아침 중에 짙은 안개가 끼었다. 점심때는 봄과
같이 따뜻했다.
신명신사[神名神祠]…… 神社로 昇格.
점심식사 후에 주인 형의 볏단을 옮겼다.

〈1944년 11월 2일 목요일 晴天氣〉(9월 17일)
명치절 축하식 연습.
아이들 몇 명에게 방과 후에 훈계를 주었다.
목욕을 하였다.
호산[戶山] 소위[少尉]의 강화[講話]가 있었
다.

〈1944년 11월 3일 금요일 晴天氣〉(9월 18일)
명치절 축하식 거행.
오후에 미산 선생 댁 방문.

〈1944년 11월 4일 토요일 晴天氣〉(9월 19일)
4교시에 합동 훈련을 실시하였다. 20분간 구보 행진을 하고나니 땀이 흐른다.
소사[小使] 길천 군 집에서 축하연이 있었다.

〈1944년 11월 5일 일요일 晴天氣〉(9월 20일)
교과 진도가 늦어진 결과로 새로운 진도표를 제작하였다.

〈1944년 11월 6일 월요일 晴天〉(9월 21일)
산수 수업시간에 소수[小數]의 가감승제법[加減乘除法]을 복습하고 틀린 점을 친절히 철저하게 지도하였다. 결과가 좋아서 기쁜 마음이었다. 잘 공부해 준 제자들에 대하여 감사한 마음이다.

〈1944년 11월 7일 화요일 曇天〉(9월 22일)
1교시에 끝나고 아동을 인솔하여 죽전에서 벼 운반을 하였다. 1800다발을 옮겼다.
밤에 중초교 송전 선생, ㅁㅁ의 화산[和山] 씨가 내방.

〈1944년 11월 8일 수요일 曇天氣〉(9월 23일)
대조봉대일.
오전 9시에 입영병사를 배웅하였다.
이수과 이과 수업시간에 『불과 공기』과[課]의 산소제법[酸素製法][8]의 교재에 있는 실험을 한 결과 훌륭히 성공하였다. 아이들과 함께 기뻐했음은 당연하였다.

---

8) 원문에는 각 글자 옆에 고리 모양 방점으로 강조해 두었다.

〈1944년 11월 9일 목요일 曇天氣〉(9월 24일)
방과 후 1반 아이들과 마늘을 심었다. 오늘 평균 온도는 약 7도이다.
700쪽[頁]의 공민교육도서 읽기를 끝냈다.

〈1944년 11월 10일 금요일 晴天氣〉(9월 25일)
국민정신작흥에 관한 조서 하사 기념일.
이과 수업시간에 탄산가스[炭酸瓦斯] 실험을 하였는데 흥미가 있었다(석탄수[石炭水]).

〈1944년 11월 11일 토요일 晴天氣〉(9월 26일)
오전 9시 반 경계경보 발령. 아동들을 속히 집으로 돌려보냈다. 담임(부락)별로 인솔하였다. 기타큐슈[北九州]에서 적기가 비행해서 경계가 내려진 것.
금촌[金村鳳洙] 군의 아버지가 돌아가셨다는 소식을 들었다.
학교 도서(사전)를 수리하였다.
남자 연성소 생도 지도를 맡았다.

〈1944년 11월 12일 일요일 晴天氣〉(9월 27일)
오전 중 사전 수리.
일부 직원은 탄부교[炭釜校]로 출장을 가서 연구회를 했다.
오후 2시경에 학교 대표를 인솔하여 금촌봉수 군 집에 조문을 갔다 왔다.
학교 당직이라 숙직하였다.

〈1944년 11월 13일 월요일 晴天氣〉(9월 28일)
주번을 맡았다…… 곽(郭) 선생과 함께.
상무훈련[尙武訓練] …… 용기를 내라.

〈1944년 11월 19일 일요일 晴天氣〉(10월 4일)

부락으로 출장 …… 누저[樓低] 성족[聲足].
22일에 청년대 소집일이라 오늘 봉독식을 거행했기 때문에 예비훈련을 실시하기 위해서이다.

〈1944년 11월 20일 월요일 晴天〉(10월 5일)
방과 후에 전 직원 일동 목욕수련[禊修鍊]을 하였다.
행동이 바르지 못한 {학생} 세 명을 남겨서 주의를 주었다.

〈1944년 11월 21일 화요일 晴天氣〉(10월 6일)
방과 후에 전사[田舍]로 출장을 갔다. 내일 아침에 봉독식이 있기 때문에 출석 격려를 하려는 취지로 갔다.

〈1944년 11월 22일 수요일 晴天〉(10월 7일)
수정리[水井里] 금정 구장[金井 區長] 집에서 초대를 받았다. 송원[松原太濟] 씨와 미산 선생 댁에서 놀았다.

〈1944년 11월 23일 목요일 晴天氣〉(10월 8일)
궁본[宮本] 선생과 함께 발산의 국본[國本] 선생에게로 가서 이야기를 나누었다.

〈1944년 11월 24일 금요일 晴天氣〉(10월 9일)
수업 종료 후 동원을 실시해서 채소 배급을 하였다…… 작업은 채소 쌓기였다.

〈1944년 11월 25일 토요일 晴天氣〉(10월 10일)
평균기온은 15도이다. 요즘 온도치고는 의외로 높다.
아우로부터 편지가 왔다. 가족 모두 무탈하며

운영이 스스로 소년병 시험을 꿈꾸고 있다고 하였다. 내 동생의 길은 무엇인지 신에게 묻고 싶다.

〈1944년 11월 26일 일요일 晴天氣〉(10월 11일)
본교 교정에서 재향군인보은분회 사열을 실시하게 되었다.
중초교[中草校][9]에 가서 송전 선생, 송 선생과 이야기하였다

〈1944년 11월 27일 월요일 雨天氣〉(10월 12일)
어젯밤 11경부터 내리기 시작한 비는 오늘 밤까지도 그치지 않았다.
밤(오후 8시)에는 보은 신사에서 천좌제[遷座祭]에 참가하였다. 군 회의실에서 봉납[奉納] 하여 나니와[難波, 오사카(大阪)의 옛 이름]로 가는 것 같다.

〈1944년 11월 28일 화요일 雨天氣〉(10월 13일)
비는 종일 내리고 있다. 도저히 맑아지지 않는다. 온도는 13도이다.
보은 신사에서 제를 지낸 후 기행렬[旗行列]이 있었다.
밤에는 영화 상영이 있었다(회의실).
밤에도 비는 내리고 있다.

〈1944년 11월 29일 수요일 雨天〉(10월 14일)
청주사범학교에서 송전, 중산 두 친구의 송별 연회가 있었다.

〈1944년 11월 30일 목요일 雨天〉(10월 15일)

---

9) 중초교는 1999년에 삼산초등학교와 통합되었다.

입영병사 배웅을 하였다.

임[林], 한산[韓山], 이산[李山], 동강[東岡], 등판[藤坂, 후지사카] 군을 남겨서 개별지도를 하였는데 내 자식인 것처럼 정말 진지하게 하였다.

〈1944년 12월 1일 금요일 曇後雪天〉(10월 16일)

오후 3시경부터 눈이 내린다.

첫눈.[10]

〈1944년 12월 2일 토요일 曇天氣〉(10월 17일)

수일간 내리던 비가 그치고 오늘부터는 부쩍 추워졌다. 영하 5도 정도이다.

학급상회를 개최.

〈1944년 12월 3일 일요일 晴天氣〉(10월 18일)

국어(히라가나, 도서, 한문자습서) 등 시험 본 것을 채점하였다.

〈1944년 12월 4일 월요일 晴天氣〉(10월 19일)

학교 숙직실에서 우리 9학급 아동(주지[周之], 대성[大城], 산본[山本], 임[林], 대방[大方])을 소집하여 특별 지도를 하였다.

○ 주간 수업시간과 비교해서 꽤나 진지하게 집중해서 공부하고 있는 상황을 보니 나로서도 기쁘지 않을 수 없었다.

〈1944년 12월 5일 화요일 曇天氣〉(10월 20일)

국사와 지리고사를 보았다. 대성, 주지, 산본, 임, 대방을 소집하여 숙직실에서 히라가나, 가

타카나 기도를 하였다.

밤중에 비가 내렸다.

〈1944년 12월 6일 수요일 晴天氣〉(10월 21일)

송촌[松村國之] 군과 이산[李山準喆] 군 두 명을 내 숙소로 불러서 묵게 하며 히라가나, 가타카나 지도를 하였는데 정말 놀란 점이 많았다. 그저 재미있게 공부해 주었다.

〈1944년 12월 7일 목요일 晴天氣〉(10월 22일)

처음으로 스토브에 불을 붙였다. 영하 8도이다. 송촌 군과 이산 군을 숙소에서 공부시켰다. 실내가 추웠기 때문에 한 시간 정도만 했다.

○ 경계경보가 발령되었다. 바로 해제 되었다.

〈1944년 12월 8일 금요일 晴天氣〉(10월 23일)

「대동아전쟁 3주년 기념일」

대조봉독식

신사참배

표어 게시

방공연습

송촌 군과 이산 군, 산본 군을 숙소로 오게 하여 공부시켰다.

〈1944년 12월 9일 토요일 晴天氣〉(10월 24일)

소국민[少國民] 진군가 지도.

창제[昌濟] 씨 댁에서 놀았다(밤).

성적표 처리.

〈1944년 12월 10일 일요일 晴天氣〉(10월 25일)

일직이었기 때문에 등교하여 열등생 8명을 소집하여 특별 지도를 하였다(임택수[林宅洙],

---

10) 일기 원문에는 '初雪'이라고 기록되어 있고, 각 글자의 오른쪽 옆에 ' ' 기호로 강조되어 있다.

이산준철[李山準喆], 송촌국지[松村國之], 대방동일[大方動一], 금촌재구[金村在九], 미산주희[美山舟熙] 등).
고향의 당숙으로부터 편지가 왔다.

〈1944년 12월 11일 월요일 晴天氣〉(10월 26일)
전 아동을 집으로 돌려보낸 뒤 열등생 특별 지도를 하였다.
밤에는 9학급 학생 몇 명을 숙소로 오게 하여 공부시켰다.

〈1944년 12월 12일 화요일 曇雪天〉(10월 27일)
오후 1시부터 눈이 내린다. 약 1센티미터[糎] 정도이다.
열등생 지도를 하였다.
ㅇ 고향에서 편지가 왔다. 아우 운영이 비행병과 학교에 합격했다는 소식이다.

〈1944년 12월 13일 수요일 晴天氣〉(10월 28일)
제3반의 성적불량 아동 몇 명을 각각 남겨서 특별 개별지도를 하였다.
총독상 글짓기 작품을 쓰게하였다.

〈1944년 12월 14일 목요일 晴天氣〉(10월 29일)
출장을 갔는데 교장이 돌아오라고 하였다. 주의하라는 훈계가 있었다.
열등생 특별 지도를 하였다.
총독상 글짓기 작품 제출(녹슨 낫[錆た鎌]).
산본현구[山本鉉九] 작.

〈1944년 12월 15일금요일 晴天氣〉(11월 1일)
직원회 개최(내년도 중등학교 입학자 선발, 청년지도, 연말 사무처리).

목욕수련을 하였다.

〈1944년 12월 16일 토요일 晴天氣〉(11월 2일)
오전 10시 온도는 영하로 떨어졌다.

〈1944년 12월 17일 일요일 晴天氣〉(11월 3일)
성적표를 처리하였다.

〈1944년 12월 18일 월요일 晴天氣〉(11월 4일)
연말 상여[賞與] 사령을 받았다. 50원의 28할.
황국신민 연성에 노력할 것을 각오할 뿐이다.
오전 8시부터 목욕수련을 하였다.

〈1944년 12월 19일 화요일 雪天氣〉(11월 5일)
눈이 내린다.
오전 10시 반경에 경계경보가 발령되었다. 학생들을 집으로 돌려보낸 뒤에 장부 정리를 하였다. 11시 반경에 경보는 해제되었다.

〈1944년 12월 20일 수요일 晴天氣〉(11월 6일)
동원을 해서 채소쌓기 작업을 하였다.
성적물 정리.

〈1944년 12월 21일 목요일 曇天〉(11월 7일)
2, 3일간 온도가 낮아서 아이들의 학습 태도에 지장이 생겼지만 오늘은 고온으로 0도 정도라서 순조롭게 진도가 나아갔다. 그야말로 삼한사온인 것이다.
ㅇ 벼 공출[籾 供出]에 봉사하는 농민을 위로하는 영화가 있었다.

〈1944년 12월 22일 금요일 晴天氣〉(11월 8일)
송원[宋原錫珍]의 불량한 행위로 인해 창피를

당했다. 악의 없으니 사악함 없이 행동을 하는 대담한 자였다.
동지[冬至].[11]

〈1944년 12월 23일 토요일 晴天氣〉(11월 9일)
통신표를 정리하였다.

〈1944년 12월 24일 일요일 晴天氣〉(11월 10일)
성적고사부 정리 완료.
교사리[校士里] 2구 남향[南鄕] 씨 집에 가서 밥을 먹었다.
집에서는 떡을 만들었다.

〈1944년 12월 25일 월요일 晴天〉(11월 11일)
대정천황제 …… 휴과[休課].
오전 9시에 경계경보가 울렸다. 1시간 후에 해제되었다.
성적 일람표를 완성하였다. 이것으로 학기 장부 정리를 끝냈다.

〈1944년 12월 26일 화요일 晴天氣〉(11월 12일)
밤중에 눈이 내려서 정원 한쪽이 온통 새하얀 색이다. ㅁㅁ 훈도의 집에서 일어난 ㅁㅁ사건으로 전 직원이 반성하였다.
밤에는 송원 군 집에 방문하여 동[同] 군의 행위에 대하여 타합했다.

〈1944년 12월 27일 수요일 晴天氣〉(11월 13일)
5교시에 국사시간에 15세기의 문란함(남목정

행[楠木正行][12의 란[欄])을 다룰 때 모두 정행의 충효에 감복하고 감격에 겨워 감동하였다. 충효일체라는 것은 국가의 여미[麗美]를 넓혀 가는 것이다!

〈1944년 12월 28일 목요일 晴天氣〉(11월 14일)
1, 2, 3년 교과서 하권 일부가 도착하였다. 각 학급에 배포하였다.
삼산[森山], 광록[光祿], 금본[金本], 임[林] 군이 도와주어서 무척 고마웠다. 제 2학기 기간의 반성표 제작(2학기는 아이들 일동 점검이었다.)

〈1944년 12월 29일 금요일 晴天氣〉(11월 15일)
제2교시 종료 후 대청소[大掃除], 배하식[拜賀式] 연습.

〈1944년 12월 30일 토요일〉(11월 16일)
어젯밤부터 눈이 내린다.
제2학기 종업식 및 반성회를 하였다.
국본 선생의 송별연회가 있었다.

〈1944년 12월 31일 일요일 晴天〉(11월 17일)
쇼와 19년의 마지막 날.
대청소 후(학교 도서상자, 숙직실, 책상) 1년간을 마무리한다.
감사하고 또 감사한다. 대과없이 보낼 수 있게 된 것에 감사할 따름이다. 고마울 뿐이다(내일의 준비).

---

11) 각 글자의 오른쪽 옆에 고리점 모양의 방점이 찍혀 있다.

12) 쿠스노키 마키쓰라(くすのきまさつら). 남북조 시대의 호족이다.

〈앞표지〉

昭和二十年

(4278年 8 · 15 以後도)

日記帳

報恩三山公立國民學校在勤 上原 인[1]

〈1945년 1월 1일 월요일 晴天氣〉(11월 18일)[2]

정월 초하루 4방 배례. 결전의 해의 첫날이다.

배하식과 신사참배 거행.

미산 선생, 송원익제[松原益濟] 씨, 송원창제 [松原昌濟] 씨의 집에서 놀았다.

내일 귀향 준비.

〈1945년 1월 2일 화요일 晴天氣〉(11월 19일)

한산진구[韓山鎭九] 군의 노력으로 무사히 자동차에 탔다. 차안은 만원 또 만원이었다.

오후 3시경 집에 도착했다.

조부의 병이 심하셨다

밤에는 친척들에게 인사를 다녔다.

〈1945년 1월 3일 수요일 晴天氣〉(11월 20일)

조부의 병세는 좋아 보이셨다. 친척들에게 인

사를 했다.

오후 4시경 천안군 수신면 동창리 동서 집에 도착했다. 뜻 깊게도 밤중에 모두 모였다. 동서도 곽씨다.

〈1945년 1월 4일 목요일 晴天氣〉(11월 21일)

동서 풍영과 수신면 동창리를 출발하여 북일면 오동리 빙장 집에 도착했다. 5리 길을 이야기하면서 가는 사이 어렵지 않게 도착했다. 오동리에는 3년째 방문하는 것이다.

〈1945년 1월 5일 금요일 晴天氣〉(11월 22일)

풍영 씨와 오동리를 출발해 11시 반경 집에 도착했다. 조찬[粗餐]을 대접하고 서로의 정에 대해 이야기하며 유쾌하게 놀았다.

인척관계의 모 형이 기계로 구두 만드는 작업하는 것을 구경했다.

〈1945년 1월 6일 토요일 晴天氣〉(11월 23일)

동서 풍영을 보냈을 때 뭐라 말할 수 없이 슬

---

1) '上原'이라고 각인되어 있는 도장이 붉은색으로 찍혀 있다.

2) 날짜 첫머리에 '昭和二十年'이라고 기록되어 있다.

픈 기분이었다. 그의 행복을 기원했다. 하늘이 맺어준 인연이란 정말로 그의 마음과 자연스럽고 격 없이 어우를 수 있음을 얼굴을 마주하며 느꼈다.

〈1945년 1월 7일 일요일 晴天氣〉(11월 24일)
금북의 백동리로 인사를 갔다.
밤에는 가족 일동이 이야기를 나누었다.

〈1945년 1월 9일 화요일 晴天氣〉(11월 26일)
내일 보은으로 출발할 준비를 마쳤다. 세탁물 류 기타.
저녁에는 백모와 어머니께 나의 교육 경험담을 들려 드렸는데 잘 들어 주셨다.

〈1945년 1월 10일 수요일 晴天氣〉(11월 27일)
오전 9시경 집을 출발했다. 아우 운영이 청주까지 배웅해 주었다. 자동차 승차권을 살 때 괴로웠다. 가덕, 미원 사이에서 차가 고장이나 밤늦게 도착하는 바람에 괴로웠다.

〈1945년 1월 11일 목요일 晴天氣〉(11월 28일)
오전 4시 반경 보은에 도착했다.
학교에서는 보은군 청년단 사기앙양대회가 열렸다.
밤에는 바람이 강하게 불었다.
1주간에 걸쳐 본가 생활이 생각나서 밤에는 왠지 모르게 외로웠다.

〈1945년 1월 14일 일요일 曇天氣〉(12월 1일)
어젯밤은 숙직이었다. 아침 일찍 전교 순시한 결과 이상이 없었다.
학교경영안 수립.

〈1945년 1월 15일 월요일 晴天氣〉(12월 2일)
오전 10시부터 전사로 출장 갔다.
청년분대장을 방문하여 내일의 일을 전했다.
풍취, 강신 성족, 종곡 부락으로.

〈1945년 1월 16일 화요일 晴天氣〉(12월 3일)
10시부터 본면 청년대 쇼와 20년 훈련 시업식을 거행했는데 집합시각이 예정보다 늦어져 대장부터 대원까지 주의를 주었다.

〈1945년 1월 17일 수요일 晴天氣〉(12월 4일)
전교 소집하여 수업을 시행하였다.
오후 3시부터 보은 신사에서 수련을 시행했다.
저녁에는 삼포[三浦, 미우리] 선생의 결혼에 초대를 받았다.

〈1945년 1월 18일 목요일 晴天氣〉(12월 5일)
오전 10시 온도 영하 11도.
오전 10시 지나 경계경보가 내려 본부의 명령으로 아동을 귀가시키고 나자 11시경 경계경보가 해제되었다.

〈1945년 1월 21일 일요일 晴天氣〉(12월 8일)
오전 10시부터 직원회가 있었다(청년교육에 대하여).
5일간 신사에서의 수련이 1차로 끝났다.

〈1945년 1월 23일 화요일 晴天氣〉(12월 10일)
어젯밤은 국본 선생 송별연회가 있었다.
국본 선생을 오늘 9시 차로 배웅했고 …… 해군 장병 진해로 입단한다.

⟨1945년 1월 26일 금요일 때때로 小雪天氣⟩(12월 13일)

수신면 풍영 씨로부터 전갈이 왔다. 앞서 나눈 우정이 다시 생각났다.

오늘 특별훈련생 2부(간단 점호 준비 교육) 수업을 시행하였다. 지도원은 미산, 송본 선생과 나.

오늘의 평균온도 영하 10도.

⟨1945년 1월 30일 화요일 晴天氣⟩(12월 17일)

오늘부터 2월 6일까지 수업을 중지하고 가정실습과 자습기간으로 했다. 직원 일동 전사로 출장 가서 가정방문과 가마니 짜기 독려를 하였다(다음달 3일부터 6일까지 본교에서 징병검사를 하므로).

오전 11시 경계경보 발령-해제.

⟨1945년 1월 31일 수요일 晴天氣⟩(12월 18일)

어제는 월송리로 가정방문(김해, 미산, 평림). 오늘은 금굴, 지산, 탄부, 고승으로 가정방문(삼산, 안전, 하원). 안전 군의 가족 일동은 교육에 상당히 이해가 있는 것 같았다.

생각해 보니 오늘은 증조 가선대부의 제사가 있는 날이다. 묵념(默拜).

⟨1945년 2월 1일 목요일 晴天氣⟩(12월 19일)

청련생 연성 후 전사로 출장 가서 아동 가정방문을 했다. 교사리[校士里] 봉수[金村鳳洙], 봉석(阿本奉石), 길성[朝野吉盛], 정우[南鄉楨祐].

봉수의 가정생활 빈곤에 더욱 동정이 갔다. 봉석과 정우 부형의 친절과 교육 이해는 상급이었다.

⟨1945년 2월 2일 금요일 晴天氣⟩(12월 20일)

장신, 교사, 산성으로 출장

(新井孟浩, 新井誠欽, 西川鍾煥, 鈴木春雄, 松本淵泰, 壽村貞男, 松村在天, 松原光治, 未原秋野, 木山成煥, 華山義雄 等 각 가정을 방문).

⟨1945년 2월 3일 토요일 晴天氣⟩(12월 21일)

특련생[特錬生] 교육을 시킨 후 2시간에 걸쳐 징병검사 통역관 임무를 맡았다.

오후에는 가정 방문을 했다. 참본[參本重權], 금전[金田七吉] 군과 만났다.

밤에는 금본[金本基荣]의 결혼 초대를 받았다.

⟨1945년 2월 4일 일요일 晴天氣⟩(12월 22일)

삼산, 교사로 가정방문.

산촌[山村東熙], 신안[新安昌龍, 산본[山本原雄], 길원[吉原殷榮], 미산[美山盛天], 금자[金子完植].

징병검사 2일째.

입춘이다.

⟨1945년 2월 5일 월요일 晴天氣⟩(12월 23일)

징병검사 3일째. 산외, 회남행. 오전 8시 반부터 오후 5시까지 통역 임무.

오전 10시 반경 경계경보 발령.

11시 반경 해제.

⟨1945년 2월 6일 화요일 曇後晴天氣⟩(12월 24일)

특련생 수업 끝난 후 아동 가정방문. 삼산리, 죽전리, 이평리, 풍취리, 성주리(중도[中島萬吉], 중도[中島億吉], 송촌[松村周玉], 부촌[阜村健男], 이산[李山準喆], 안본[安本興會],

한산[韓山鎭九], 안전[安田在根], 산리[山梨
在成], 삼산[三山一萬], 송촌[松村吉男], 삼
산[三山應敎], 축본[祝本成平], 산본[川本紀
異]).
징병검사 4일째. 오늘로 종료.

〈1945년 2월 7일 수요일 晴天氣〉(12월 25일)
오늘부터 아동 등교. 지금부터의 노력에 대해
아동들에게 주의를 주고.
밤에는 죽촌, 산정 선생과 함께 화정밭 송전
씨 집에서 연회를 받았다(부형).

〈1945년 2월 9일 금요일 晴天氣〉(12월 27일)
제3학년 당시 청산으로 전학 갔던 금택[金澤
光政] 군이 다시 전입해 왔다.

〈1945년 2월 11일 일요일 晴天氣〉(12월 29일)
기원절 봉독식 거행(2605년).
식이 끝난 후 수업안, 주번일지 기입. 금자[金
子完植], 금본[金本鍾淵] 군 가정방문을 했다.
백곡교 평목[平木] 선생에 통신을 했다.

〈1945년 2월 12일 월요일 晴天氣〉(12월 30일)
오늘부터 1주간 고산 선생과 주번을 맡았다.
주훈은 친절훈련.
주산의 곱하기, 나누기에는 아동도 완전히 흥
미를 붙인 점이 정말로 기뻤다.
밤에는 미산 선생 댁에서 놀았다.
1월분 임시상여 5할 수령.(저축에 애로)

〈1945년 2월 13일 화요일 晴天氣〉(정월 1일)
음력 첫날.
몇 명의 불량학생들이 있어 5교시에 훈계를

주었다.
특련 2부생 일상회화 수업에 원전[原田], 금
원[金原] 군의 둔감에는 답답했다.

〈1945년 2월 14일 수요일 晴天氣〉(정월 2일)
오전 11시 반경 경계경보 발령.
12시 반경 해제.
전 직원 전사[田舍]로 가마니 독려 겸 가정방
문. 오후 4시에 돌아왔다.
교장과 함께 죽전으로 출장 갔다.

〈1945년 2월 15일 목요일 晴天氣〉(1월 3일)
온도는 영하 4, 5도 오르내렸지만 햇빛이 나
서 봄 같았다. 주번의 임무를 맡아 지도하기에
좋은 날씨였다.
각 아동 가정의 가마니 현재 실적을 조사. 생
각해 보니 오늘 저녁에 고향에서는 종조부 제
사가 있다. 멀리 있는 손자이기에…….

〈1945년 2월 17일 토요일 晴天氣〉(1월 5일)
주번으로서 1주간 반성을 했다. 교과 진도에
뒤 떨어진 아동에 대해서 예습 및 복습을 철저
히 할 것을 강하게 훈계했다. 여자 특련생에게
가사과[家事科]에서 만든 덮밥 한 그릇을 받
았다.

〈1945년 2월 18일 일요일 曇後雪天氣〉(1월 6일)
출근해서 가정방문 겸 가마니 독려를 위해 전
사로 출장 죽전, 수정, 금굴. 금굴의 병찬[丙
讚] 군 집에서!!
저녁에 눈이 조금 내리고. 기온 관계로 비로도
변했다. 온도는 영하 3도를 오르내렸다.

〈1945년 2월 20일 화요일 晴天氣〉(1월 8일)

송원상기[松原相基] 군이 보은농교 제1차 전형 합격 발표. 백곡교 평목 선생부터 음신[音信]이 왔고.

운영으로부터 가마니 짜기 완료했다는 통신 있었고.

학급경영안 제출.

〈1945년 2월 22일 목요일 曇後晴天〉(1월 10일)

오전 11시경 경계경보 발령. 아동 귀가시킨 뒤 방공 준비 완료. 오전 11시 반경 보은 상공에 적 미군기 B29 한 대가 은색 날개 빛을 발하며 비행. 구름을 가르면서 북동쪽으로부터 남서쪽으로 달아났다. 내일부터 3일간 아동 가정 실습하기로 하였다······ 가마니 증산[藁工品 增産]을 위하여.

〈1945년 2월 23일 금요일 晴天氣〉(1월 11일)

근로동원 제1일째. 3년 이상 여생도를 인솔해서 학교의 보리밭 밟기 진행. 일직이었고 교사 안팎의 문단속과 화기에 십분 주의를 기울였다.

〈1945년 2월 24일 토요일 晴天氣〉(1월 12일)

가정방문을 하여 가마니 독려를 위해 부락에 출장. 내북면 봉평, 용암, 노치, 중초로 갔는데 한 가정에서 앨범을 보고, 일찍이 알고 있었던 가정사정에 어려움으로 그 뜻을 펼치지 못함을 알고 있어, 머리가 무거워짐을 느끼고 반성하게 되었다. 다만 현재의 책임 일가 생계의 고민으로 마음이 억눌렸다······ 진학의 건 운운

〈1945년 2월 26일 월요일 晴天氣〉(1월 14일)

제2교시가 끝나고 경계경보 발령. 곧바로 아동 전원 귀가 조처. 경보 해제된 뒤 임시직원 회의를 열어 교장으로부터 충고를 듣다(타교의 사정에 비하면 본교가 무사한 것에 기뻐하고 다음번에도 주의를 기울일 것).

밤에 교장을 방문해 이야기를 나누다.

〈1945년 2월 27일 화요일 晴天氣〉(1월 15일)

정월 15일의 화제[火祭], 망월[望月], 신제[神祭] 등을 보니 어릴 적 생각이 난다. 아득히멀고 먼 산봉우리에 아직 오르지 못한 보름달은 누구를 만나기 위해 오는 것일까, 누구에게 초대 받아 오르는 것일까, 부드럽고, 아름답고, 곱디고운 자연을 편안하게 해주는 달이여.

죽촌 선생, 송본 선생이 방문하였다.

〈1945년 3월 1일 목요일 雨天氣〉(1월 17일)

어젯밤부터 내리는 봄비는 오늘도 저녁 늦게까지 계속 내렸다. 바람이 불었지만 조금도 차갑지는 않다. 남쪽 바람이라서 온도는 7도 정도 된다. 개천에 얼음도 다 녹아서 강에는 꽤 많은 양의 물이 흘러가고 있다.

〈1945년 3월 3일 토요일 晴天氣〉(1월 19일)

어제 밤까지 내렸던 봄비는 그치고, 맑게 갠 하늘빛이 푸르렀다. 북동쪽 산 위에 검은 구름이 한 점 있어서 푸른 하늘을 가렸다. 도로에, 제방에, 밭에 이틀간 내린 비로 흙 색깔이 검게 변해 버렸고 포플러나무 다섯 그루가 묵묵히 서 있다. 아침 바람은 상쾌한 기분을 새로이 해준다.

ㅇ 저녁에는 서천 군의 병문안을 갔다 왔다.

밤에 봉수 군이 찾아 왔다.

〈1945년 3월 4일 일요일 晴天氣〉(1월 20일)
새벽이 채 끝나지 않은 어두울 때에 안개를 헤치고 아픈 서천 군을 방문하고 온 것도 교원이 아니었다면 느끼지 못했을 풍경이었다.
신정 군의 초대로 장신에 가서 몇 시간 동안 놀았다.
오후 9시경 서천 군을 문병했다.

〈1945년 3월 5일 월요일 雨後雪後曇天〉(1월 21일)
날씨는 또 추워졌다.
오전 10시경부터 눈이 내리기 시작하여 오후 2시까지 그치지 않고 내려 상당히 쌓였다.
학교에서 반락판정회[反落判定會]가 있었다(남향, 재천, 광수, 상진). 교사리 남향 씨의 가정방문에서 따뜻한 정으로 감명 깊었다.
저녁에는 ㅁㅁ 군과 ㅁㅁ 군의 부형과 함께 서천 군의 병을 위문하러 갔다.

〈1945년 3월 6일 화요일 晴天氣〉(1월 22일)
어제의 눈과 바람은 피부를 차갑게 만들 정도로 차가웠다. 다시 겨울이 온 것 같이 느껴졌다. 부형들과 공의[公醫]와 함께 서천 군한테 간바 늑막염으로 판정됐다.
운영으로부터의 전갈은 충농교[충주농업학교] 수험 중이라고 한다. 운영이 타지에서 있는 것이 걱정되기는 하지만 어쨌든 합격을 기원했다.

〈1945년 3월 8일 목요일 晴天氣〉(1월 24일)
대조봉독식 거행 후 곧바로 경계경보 발령. 약 30분 후 해제되었지만 몇 분 후 다시 경보 발령. 12시 반경 청명한 하늘에 B29가 나타나 멀리 서쪽으로 날아갔다.
청년 연성에 관한 타합회가 있었다.

〈1945년 3월 9일 금요일 晴天氣〉(1월 25일)
수업에 임해 교단에 선 순간은 매일 유쾌하게 공부에 임한다. 어떻게 군들을 잊을 수 있겠는가. 영원히 맺어지는 사제 간!!
오늘은 바람이 불고 날이 차다.
이남[二男] 효웅[孝雄] 태어남.

〈1945년 3월 11일 일요일 晴天氣〉(1월 26일)
수료식 때의 송사를 작문했다. 오전 중 출근하여 특련생 연성을 시키고 오후에는 지산리와 금굴리로 출장 갔다. 안전[安田光洙] 군의 유급에 대한 타합을 위해.
연전[延田丙讚] 군의 집에서 회화를 했다. 미산, 송본 선생도 동행.

〈1945년 3월 13일 화요일 曇後雨天〉(1월 29일)
비가 내렸고(오전 10시부터).
입원 중인 서천 군을 문병했다.
보은농교 합격자 발표 중 송원 군이 있어 기뻤다. 다년의 바람을 달성했다.
오는 14일 청년 특련생의 연구회가 있어 제반 준비를 했다.
(보은 농교에 22명 합격)

〈1945년 3월 14일 목요일 雨天氣〉(2월 1일)
오전 9시 반부터 본교에서 청년 연성의 시찰 연구회가 있었다(특련생[特練生], 간예생[簡豫生], 여연생[女鍊生]).
간예생 열반의 국어(회화) 수업과 교련 연구

수업을 맡아 무사히 끝나 다행이라고 생각한다. 눈에 보이지 않는 (여러) 도움 덕이다.
비는 늦게까지 그치지 않았다.

〈1945년 3월 17일 토요일 晴曇雪天氣〉(2월 4일)
수업이 끝난 뒤 삼년성에 올라 6년 수료생과 회식을 했다. 수료생의 청에 의해 순차로 고별 위문가를 직원들과 열심히 불렀다.
밤에는 삼산리 송원 씨 집에서 놀았다.
밤에 눈 내리고.
o 학년말 제 장부 정리를 완전히 끝냈다.

〈1945년 3월 20일 화요일 晴天氣〉(2월 7일)
제5학년 교과는 경영대로 금일에 완전히 끝났다.
방과 후 내가 가르치는 아이들 73명과 기념사진을 찍었다. 이 조를 받은 국교 3년 시절은 매우 유쾌했었다. 아이들의 좋은 장래를 기원하며!!

〈1945년 3월 22일 목요일 晴天氣〉(2월 9일)
어젯밤 비는 그치고 오늘 아침은 청명하게 갠 것이 오늘의 좋은 출발을 기원해 준 것 같아 아침 날씨가 기분 좋다. 창밖에서 우짖는 작은 새 소리가 아쉬워하는 듯하다. 삼산교 제32회 수료식인 것이다. 3년생 시절에 나와 만난 정촌[井村] 군의 조가 졸업하는 것이다. 내가 맡고 있는 9학급 5년의 금자[金子完植] 군의 송사는 눈물 없이는 들을 수 없었다.

〈1945년 3월 23일 금요일 晴天氣〉(2월 10일)
학년 최후의 소풍을 실시했다.
내가 맡고 있는 9학급 5년은 삼년성을 이면도로로 돌아서 대지리부터 올랐다.
점심식사 후 개인 노래에 한층 흥이 올랐고 몇 명의 후의에 또 헤어지기 서운했다.
삼산의 산본 씨 초대가 있어 밤에 유쾌하게 놀았다.

〈1945년 3월 24일 토요일 晴天氣〉(2월 11일)
소화 19년도 수업식을 거행.
상장, 통신표를 수여했을 때 금촌 군의 태도에 보람이 없어지는 기분이었다.(성부[盛夫] 군에 대하여)
o 옛 교과서를 배급했다.

〈1945년 3월 26일 월요일 晴天氣〉(2월 13일)
신년도용 장부 제작.
19년도 제 장부 제출.
고등과 1년 제2차 전형.
예비교사의 국어 수업에서 실력 검증에 대해 말 하였다.
남향 씨의 초대를 받았다.

〈1945년 3월 27일 화요일 晴天氣〉(2월 14일)
근로동원에 의해 사방공사에 나가서 나무를 심었다.
밤에는 송원 씨 집에서 놀았다. �口ㅁ점에서 ㅁㅁ한 기분이 되었다

〈1945년 3월 28일 수요일 晴天氣〉(2월 15일)
오늘도 근로동원으로 사방공사에서 소나무를 심었다.
교과서 관련 사무 완료.

〈1945년 3월 29일 목요일 雪天氣〉(2월 16일)

보은을 출발하여 오후 3시경 본가에 도착. 모두 무사한 것을 다행으로 생각했다.
밤에는 부모님과 가정에 관해 상의했다.

〈1945년 3월 31일 토요일 晴後曇天〉(2월 18일)
집에서 출발하여 오송의 중봉리로 갔다. 6촌 필영 군의 성혼 및 재당질녀의 혼례식에 참가. 오후에는 손님 접대를 맡았다.
운영과 만나 물건을 부탁했는데, 중등교에 불합격된 것을 슬퍼해 눈물을 흘렸다. 가여웠다.

〈1945년 4월 1일 일요일 晴天氣〉(2월 19일)
중봉리에서 오전 11시에 출발하여 정오에 청주에 도착한 뒤 오후 4시 차로 보은에 갔다.

〈1945년 4월 2일 월요일 晴天氣〉(2월 20일)
소화 20년도 시업식 거행. 신입생 입학식 거행 …… 초등과.
오후에는 서천 군 가정을 방문.
밤에는 미산 선생 집에서 보도를 들었다.

〈1945년 4월 3일 화요일 小雨天氣〉(2월 21일)
밤부터 내리는 비는 오늘 아침까지 그치지 않고. 아동들을 소집해 나무를 심는 데도 사정을 알지 못하는 비였다. 저녁까지 내렸다.
○ 금년 보리 작황은 극히 흉작이다.

〈1945년 4월 4일 수요일 晴天氣〉(2월 22일)
교장으로부터 학급 담임 발표가 있었다. 나는 2학급 1년 담임이었다. 아들처럼 동생처럼 기르리라고 결심했다.
「선생님[せんせい] 가신다, 센세이 센세이」라고 부르는 소리가 들린다. 9의 5(현 11-6)와

헤어지는 인사에 눈물이 나는 것도 당연하다.

〈1945년 4월 6일 금요일 晴天氣〉(2월 24일)
「안녕하십니까」에 「센세이 안녕하십니까」라고 대답한다. 그중에는 「센세이 안녕히 계세요」라고 답하는 자도 있다. 이도 저도 모두 귀여울 뿐이다. 그들에게는 주의도 위엄도 통하지 못할 것이다.
고교 여선생의 신임 인사가 있었다.
학교 도서정리를 했다.

〈1945년 4월 7일 토요일 晴天氣〉(2월 25일)
호각 소리를 듣고 몰려드는 귀여운 1학년생들. 누구나 나의 손을 잡으려 한다. 어미닭이 먹이를 찾아 주려고 할 때 모여드는 병아리들 같다. 하교 때엔 교문을 나설 때까지 모두를 인솔하고 「모두 안녕」이라는 말에 답하여 「센세이 안녕히 계세요」라는 소리가 잇따라 들려온다.

〈1945년 4월 8일 일요일 晴天氣〉(2월 26일)
특련, 여자훈련생 입소식 겸 청훈생의 졸업 및 수료식 거행.
{쇼와} 20년도 결전 교육방침에 의한 직원회의 개최.
봄 모종[春蒔] 작업(쑥갓, 파, 배추, 무 등).
신내각[新內閣]이 탄생했다 ─ 스즈키 칸타로[鈴木貫太郎] 대장[大將][3]
舊 고이소 구니아키[小磯國昭][4] 대장

---

3) 고이소 내각의 후임으로 새 총리로 부임하여 일본의 항복 이후인 8월 17일 사임했다.
4) 1942년 조선총독으로 부임하였다가, 1944년 신내각의 총리가 되어 1945년 4월 7일까지 재직했다.

〈1945년 4월 10일 화요일 雨天氣〉(2월 28일)
비가 내려 우선 1년생이 걱정된다. 교실 준비가 본교에서는 아직 안 되어 있는 것이다. 교문 앞에 우산 없는 1년생 5명이 떨고 있었다. 문간에 모이게 했다. 바람도 불었고 날씨도 추웠다. 출석률은 뜻밖으로 좋았다. 세대(世帶)별 방문을 위한 상의를 했다.

〈1945년 4월 14일 토요일 晴天氣〉(3월 3일)
「형님… 형님」하고 부르는 소리에 누구인가 하고 문을 열어보니 뜻밖에도 아우 운영이 온 것이다. 제일 먼저 퍼뜩 하고 든 생각은 집안에 무슨 일이 있는 것인가 하는 것이었는데 나중에 들어 보니 나의 세대 준비와 관련한 일 때문에 온 것이었다.
이불 속에서 여러 이야기를 했다.

〈1945년 4월 15일 일요일 晴天氣〉(3월 4일)
오전 9시발로 운영이 가게 되어 차 타는 곳까지 이야기하면서 갔다.
오후에는 1년생 학용품에 각자 이름을 쓰게 하고 가정방문을 했다.
밤에는 졸업생 여자 두 명이 찾아와서 정주여상 입학의 건으로 이야기를 나눴다.

〈1945년 4월 16일 월요일 晴天氣〉(3월 5일)
1년생으로서 더욱 기다리고 있었던 것은 학용품 수여였다고 생각한다. 「선생님, 나도 주세요. 나도 빨간 것으로 주세요.」라고 머리를 내밀고 기다리는 기쁨의 소리로 가득하다. 시국 때문에 완전한 물품이 손에 들어오지 못했기 때문이다.

〈1945년 4월 17일 화요일 晴天氣〉(3월 6일)
오후 2시부터 청년 모두 출석 독려를 위해 각 부락으로 출장. 나는 삼산리 담당이어서 대평 선생과 함께 철저하게 조사하고 격려에 임했다.

〈1945년 4월 19일 목요일 曇後晴天〉(3월 8일)
어제 저녁부터 내리는 비는 밤에서야 그쳤다. 산들은 안개로 뿌옇다. 기분이 상쾌하지는 않은 날씨이다. 1년생도 추위에 떨며 등교한다. 음악 시간에 「가쿠카우」「ガクカウ」[5]와 「둥근 해」「ヒ-マル」를 노래하게 했는데 흥미를 보이고 기분 좋고 천진스럽게 노래를 했다.

〈1945년 4월 21일 토요일 晴天氣〉(3월 10일)
수업을 마치고 오전 11시 반경 자전거로 집으로 향했다. 청주에 도착하니 오후 3시 반이었다. 회사로 가서 화물 운반 건에 대하여 상의하고 오후 6시경 집에 도착했다. 우선 느낀 것은 매년 변함없는 ▢▢ 부족의 문제였다.

〈1945년 4월 22일 일요일 晴天氣〉(3월 11일)
아버지와 함께 짐을 꾸리고 오후 1시경 집을 출발해 보은으로 향했다. 6시 반에 도착했다. 원거리를 자전거로 이틀 연속 여행한 관계로 상당히 피로함을 느꼈다.

〈1945년 4월 24일 화요일 晴天氣〉(3월 13일)
산수의 시간(봄의 들[ハルノノ])을 다루는 시간, 고사리 손에 꽃과 풀 등을 모아 「선생님, 선생님」하고 부르며 오는 아이들도 있었다.

---

5) 일본 육·해군의 예식 군가이다.

인동[仁東] 군이 울기에 자전거로 집까지 데려다 주니 기뻐하는 얼굴로 감사하다고 말했다.

〈1945년 4월 29일 일요일 晴天氣〉(3월 18일)
봉축 천장절식을 엄숙히 거행하고 교장 훈화에 힘찬 무언가가 있었다.
오후에는 미산, 송본, 죽촌, 삼포 선생과 함께 교사리 부락 앞산에 올라 쉬었다.

〈1945년 4월 30일 월요일 曇天氣〉(3월 19일)
5월 5일부터 본교에 합동훈련소가 설치된다…… 약 3개월간.
내일부터 고학년은 장기에 걸쳐 동원되는 등 시국의 중대성을 느꼈다.
이천[利川] 씨의 조문을 갔다.
방과 후에는 몇 명의 아이들을 데리고 세대 설치 준비를 위해 주택의 일부를 수리했다.

〈1945년 5월 1일 화요일 曇天氣〉(3월 20일)
해가 뜨는 중에 밝은 빛을 안고 신붕에 감사의 염원을 담은 기도를 바쳤다. 만 2년 8개월간 송원용제[松原龍濟] 집에서 한 가족처럼 지냈다. 오늘로써 이 집을 떠나게 되었다. 감사에 감사의 생각을 지울 수 없다.
ㅇ 오늘 와야 할 가족이 오지 않아 염려스럽다.

〈1945년 5월 2일 수요일 晴天氣〉(3월 21일)
어제 가족들이 못 온 염려가 금일도 이어졌다. 1년생 수업을 마치고 직원실에 들어섰는데 자동차가 눈에 들어와 허둥대며 주차장까지 가니 가족들이 도착해 있었다(아버지, 처, 충웅

[忠雄], 효웅[孝雄], 원자[媛子][6], 종제 필영). 짐도 점심 무렵 트럭으로 도착해 있었다. 저녁은 죽전으로 가서 먹었고 숙소로 돌아서 묵었다.

〈1945년 5월 4일 금요일 晴天氣〉(3월 23일)
아침 차로 아버지와 종제가 집으로 향했다. 무사 도착을 기원하였다.
저녁식사 후 생각한 것이 있다…… 부모의 슬하를 떠난 어린 나. 또 연상되는 것은 부모님의 고생이 □□하게 머릿속을 떠나지 않는다.

〈1945년 5월 10일 목요일 曇天氣〉(3월 29일)
주택 수리는 오늘로써 마쳤다.
처와 아이들에게 새로운 집 사용에 대하여 주의를 주었다.
금안 반장의 청에 의해 애국반상회에 참석해 방공에 대해 논의했다.

〈1945년 5월 11일 금요일 曇天氣〉(3월 30일)
학교에서 돌아와 방공시설 준비를 했다. 차광막[遮光幕]과 커버 등을 설치.
주택 수리비용 정리와 장부 정리를 마친 뒤 몇 곳에 편지를 썼다.

〈1945년 5월 13일 일요일 晴天氣〉(4월 2일)
주택 수리 수선에 오전 중 매우 바빴다. 낮에 차원, 산정, 죽촌 선생이 내방하여 소박한 점심을 같이 하였다.
오후에 신함[新舍]에서 가정방문을 했다.

---

6) 충웅[忠雄], 효웅[孝雄], 원자[媛子]는 저자의 장남과 차남, 장녀의 일제시기 때의 이름이다.

밤에는 옛 주인인 용제 씨 댁에서 놀았다.

〈1945년 5월 15일 화요일 曇後雨天〉(4월 4일)
이번 주는 내 학급은 오후 부인데 수업이 시작될 때쯤 큰비가 내렸다. 어린이들이 집으로 돌아가는 것이 걱정됐다. 3교시가 끝날 때쯤 소강상태가 되어서 다행이었다. 그러나 비는 농가에는 적은 양이었다. 학교에서 가지와 토마토를 옮겨 심었다.

〈1945년 5월 17일 목요일 晴天氣〉(4월 6일)
1년생 담임으로서의 맛을 오늘로써 느꼈다. 길촌만식 군이 실내에서 대변을 본 것이다. 아동을 돌려보낸 후 길촌 군을 돌보아 주고 청소했다.

〈1945년 5월 22일 화요일 晴後曇天〉(4월 11일)
옛 주인인 고 송원석조 씨의 기제사가 행해졌다. 학교에서 일찍 퇴근하여 밤중에 제사를 지낸 후 손님 접대를 도와주었다.
ㅇ 처우개선에 의해 반도인 관리에게도 추가 봉급이 지급되었다.

〈1945년 5월 23일 수요일 晴天氣〉(4월 12일)
오늘부터 1주간은 적 격쇄 기념주간이다. 아침저녁으로 직원 아동은 신사참배를 하고 특히 직원은 종례 전 20분전부터 신사를 향해 묵념을 하는 것이다.
오후 7시경에 아버지와 아우 운영이 먼 곳에서 걸어서 왔다(차 관계로).

〈1945년 5월 25일 금요일 晴天氣〉(4월 14일)
아버님이 9시 차로 가신 것이다.

수업 후 해군 기념일에 대한 포스터를 한 장 그렸는데 제목은 「바다로」였다.
운영과 함께 경찰서장한테 상의하려고 갔다 온 것이다.
퇴근하여 집 앞의 측백나무의 가지치기를 했다.

〈1945년 5월 29일 화요일 曇天氣〉(4월 18일)
가등 선생이 공무로 출장 중이어서 1년생 담임들이 차례로 도와주기로 했는데 오늘은 내 순서다. 1년생이야말로 담임이 없을 때 다루기가 특히 어려운 것이라고 느끼지만, 그러나 한편으로는 재미있는 측면도 있다. 오늘 저녁에는 조모의 제사가 있다.

〈1945년 5월 30일 수요일 晴天氣〉(4월 19일)
내일부터 2일간에 걸쳐 본교에서 간열 점호가 실시되는 고로 수업 불가능하게 되었다. 오늘도 1년생부터 고학년까지 동원한 것이다. 작업은 학교림의 벌채였다. 자르는 일보다 운반이 더 문제였다. 최후로 나를 비롯한 4명이 큰 나무를 운반했는데 상당히 피로감을 느꼈다.

〈1945년 6월 6일 수요일 曇後雨天氣〉(4월 26일)
어제 밤부터 이른 아침까지 계속 내린 비 때문에 성장이 늦었던 야채와 기타 식물 및 작물이 생기를 회복했다. 앞마당에 있는 토마토, 가지도 마찬가지다. 아우와 둘이서 닭장을 만들었다. 돈도 들이지 않고 만든 것이지만 다섯 개의 작은 방을 만들었다. 본가에서 갖고 온 것은 두 마리뿐이지만 삐약 삐약 하는 소리가 순간 외로워 보였다.

〈1945년 6월 8일 금요일 晴天氣〉(4월 28일)
조서봉독식 거행 후 곧바로 전교 일제히 산나물 채취에 나섰다. 1년생들은 수행면 앞산에 올라갔는데 「선생님 이거 먹을 수 있는 거예요?」라는 말이 채취가 끝날 때까지 끊이지 않았지만 한편으로는 이상하기도 했다. 인삼, 도라지[山きょう] 등을 상당히 캐왔다.

〈1945년 6월 10일 일요일 晴後曇天氣〉(5월 1일)
미산, 송본, 죽촌 선생과 함께 월송리로 가서 학교 임야에 대해 타합한 뒤 물놀이를 했다. 고승리 구원[久原] 선생 댁을 방문하여 저녁때 돌아와 □□ 씨 집에서 4인이 한잔 했는데 몸이 고단한 후 먹은 술이라서 그런지 정말 맛있었다.

〈1945년 6월 12일 화요일 晴天氣〉(5월 3일)
오후 5시경부터 평일여관에서 산정 선생의 송별연회가 있었다. 이 사람은 영예의 소집명령을 받은 것이다.

〈1945년 6월 14일 목요일 晴天氣〉(5월 5일)
오늘은 근로(農)일이다. …… 농민일.
오전 중에 수업을 마치고 오후에는 전 직원, 고학년생들 일제히 모내기[田植]를 실시하고 나서 끝난 뒤 탁주 한잔했다. 금본 집에서 내온 잡곡밥도 각별히 맛있었다.

〈1945년 6월 19일 화요일 晴天氣〉(5월 10일)
전교 동원을 실시했다. 학교 밭에 잡초를 제거하는 작업이다. …… 오전 중.
오후에는 임시직원회를 개최하고 본교 방공에 관한 사항을 협의했다.

〈1945년 6월 23일 토요일 雨後曇天氣〉(5월 14일)
농가에서 금처럼 생각하는 비가 내리고.
1년생들도 대부분 학교생활에 익숙해져서 수업시간을 비롯하여 태도(명목[瞑目]), 청소훈련 등도 잘 할 수 있게 되었다. 기뻐할 일이다.
오호[嗚呼(嗚呼)] 충성스럽과 용감한 호산[戶山] 중위가 장렬하게 전사하였다는 소식을 듣고 가슴이 뻥 뚫린 것 같았다. 방과 후에는 직원 일동이 오쿠야미[御悔]⁷에 갔는데 청년 장교의 전사에 대한 동정을 억눌렀다.

〈1945년 6월 26일 화요일 曇晴天氣〉(5월 17일)
종제 필영으로부터 입영 소식이 왔다. 나의 친척 중 처음이다. 반드시 가서 배웅해야 하지만 학교일 때문에 가지 못했다. 멀리서나마 아우의 무운장구를 기원하는 바이다(제대로 임해라, 몸조심하고.)
저녁에는 교육회에서 영화상영이 있었다.

〈1945년 6월 30일 토요일 雨後曇天氣〉(5월 21일)
2, 3일간 비가 계속 내렸다. 감자에는 상당한 피해가 있는 것이다. 수업 후 연성 배당표를 정리하고, 5시 반 신사 대전에서 대발식이 있어 참석했다.
필영을 보낸 우리 집안을 생각하여 허전해 하고 계실 백모에게 긴 위안편지를 썼다.

〈1945년 7월 3일 화요일 曇天氣〉(5월 24일)
송촌, 훈도, 고교 훈도와 함께 주번을 맡았다. 자습 청소 훈련에 특히 진력하는 것으로 했다. 과연 어제보다 오늘은 이것들이 철저히 되고

---

7) 장례 첫날 조문하는 것을 뜻한다.

또 주번이 끝날 즈음 뒷정리 까지 훌륭히 해놓아서 유쾌했다.

콩을 산록의 평지를 개간하여 약 한 되 가량 심었다.

밤에는 송본 선생과 함께 강에 갔다.

〈1945년 7월 4일 수요일 曇天氣〉(5월 25일)

적은 점점 눈앞에 있고, 오키나와도 적의 세력이 둘러쌌다. 본격적인 본토 결전의 때가 온 것이다. 오늘도 주간에 2회 정도 경보가 발령되었다. 나를 비롯하여 1억 총무장 하에 들어선 것이다. 나의 길은 청년교육에 투신하는 임무이다. 처단하여 주마, 적을 제거할 것이다!!

〈1945년 7월 8일 일요일 晴天氣〉(5월 29일)

4일에 경보가 발령되었지만 가까운 옥천 방면에서 내습이 있었다. 적이 국민학교에 기총소사를 가했던 것이다.

오늘은 대조봉대일이지만 출근하여 장부를 정리하고 신사참배를 하고, 교장 지휘 하에 직원 부동자세를 취한 것이다. 약 30분간 취하였다. 송산 씨의 조문에 갔다.

〈1945년 7월 13일 금요일 晴後曇天氣〉(6월 5일)

본교 청년교육 전반에 걸쳐 본부의 우도[牛島] 소장 시찰을 맞았다. 나는 특련의 제2반(우등반)의 국어과 수업을 했다. 각하는 미세한 부분까지 신경 쓰는 분이었지만 엄하면서도 자애로운 부분은 있다고 느껴지는 분이었다. 오후 4시 반에 일정을 마쳤다.

〈1945년 7월 14일 토요일 曇天氣〉(6월 6일)

오전 9시에 우도 소장 각하를 배웅하고 등교

하여 사무정리를 했다. 10시 반부터 오후 1시까지 경계경보가 발령됐다. 전 직원 소화 준비를 하고 담당구역의 경비에 임했다. 6월 말로써 8급 봉급으로 올랐다.

〈1945년 7월 23일 월요일 晴天氣〉(6월 15일)

1년생은 작은 돌들을 운반하러 하천으로 가서 작은 돌을 수집했다. 이윽고 출발하여 학교로 향하니 경계경보 발령으로 계획이 취소되어 집으로 돌려보냈다. 직원 일동 방공 및 소화용구를 갖춘 뒤 방공호 작업을 했다. 경보발령 후 10분 정도 지나 해제됐다.

대우 선생이 소집영장을 받아 오늘 출발했다.

〈1945년 7월 27일 금요일 晴天氣〉(6월 19일)

제11학급 6년의 길촌 군의 안내로 숙소로 돌아오니 금촌, 금해, 안전 군 등 몇 명이 와 있었다. 9-5 시대까지를 생각하는 기념품값으로 금일봉을 주는 것이었다(3년간 무엇 하나 아이들을 위해 전념하지 못한 후회가 있다.) 모처럼의 뜻이기 때문에 받았다. 빛나는 그들 일동을 위해 영원히 무엇인가 기념할 만할 물품을 집에 장식해 두기로 결심했다. 고마운 날이다. 선생을 용서해다오. 108원.

〈1945년 7월 28일 토요일 晴後曇天氣〉(6월 20일)

전교 동원을 실시했다. 내가 맡은 2-1은 작은 돌멩이를 운반하는 작업을 받았다. 대오를 지어 도구를 갖고 하천가의 작은 돌들을 운반하느라 분주했다. 학교 방공호 설치에 쓰일 돌들이다. 오늘 본교에서는 3백 명 수용 가능한 방공호가 완성되었다.

〈1945년 8월 9일 목요일 晴天氣〉(7월 2일)
오전 9시발 차로 충웅과 함께 본가로 향했다. 미원[米院]에서 차가 고장 나서 약 2시간 동안 쉬었다. 할 수 없이 걸어가야만 하는 상황이라서 충웅을 데리고 청주까지 걸어갔다. 날씨가 정말 더웠다. 청주에서 또 집으로 향했는데 충웅의 체력이 강한 데 감복했다. 오늘 저녁은 어느 때보다 피곤했다.

〈1945년 8월 10일 금요일 晴天氣〉(7월 3일)
오후 7시경 본가에 도착했다. 너무나 피곤해서 몸이 피로로 가득하다.

〈1945년 8월 12일 일요일 晴天氣〉(7월 5일)
오전 10시경 혼자서 집을 출발하여 오후 9시경 미원에 도착. 창리 앞 고개까지 11시 반경 겨우 도착했으나 가던 때와 똑같이 또 차가 고장 났다. 때는 한밤중이었다. 승객 일동은 차 안에서 밤을 새웠지만 나는 다른 세 명과 함께 보은까지 걸어간 것이다.

〈1945년 8월 13일 월요일 晴天氣〉(7월 6일)
제2학기 똑같은 행사가 시작되었다. 오늘은 전교 동원하여 풀 뽑기 작업을 실시하였다. 소련도 북조선에 공중폭격을 하러 온 것이다. 때는 임박한 것이다. 경계경보 및 공습경보가 발령되었다.
이다.

〈표지〉
昭和 拾貳年 四月 壹4日
書家 學校日記帳
第四學年 郭尙榮

〈1937년 4월 1일 목요일 晴天氣〉 書當番 郭尙榮[1]

오늘부로 제 4학년이 되었습니다. 학교에 가서 조회 전에 선생님들과 각 학급 반장, 부반장들과 사무실에서 신붕(神棚)예배를 지냈습니다. 조회를 할 때 궁성요배를 행하고 교장선생님의 훈화가 있었습니다.

1. 오늘로 1937년(쇼와昭和12년)이 되었다고 말씀하셨습니다.

2. 1학년부터 5학년 까지 1학년씩 올라간 것에 대해 말씀하셨습니다.

3. 학교에 와서 무었을 배우는가에 대해서는 예의범절, 공부, 일, 운동의 네 가지를 누구라도 잘 배울 수 있도록 하라고 말씀하셨

습니다. 종[終][2]

〈1937년 4월 2일 금요일 晴天氣〉

학교 조회 때 박 선생님의 훈화가 있었습니다.

1. 내일 있을 진무천황제에 대해 말하셨습니다. 아침 일찍 일어나서 꼭 국기를 게양하라고 하셨습니다.

2. 식수기념일에 대해서, 특과(特科) 2학년생부터 본과 3학년생까지는 학교에 올 때 포플라 나무를 가지고 와서 심을 것, 4학년부터는 호죽면에 있는 학교 숲에 가서 나무를 심을 것, 또 호죽면 주변에 사는 사람은 도구를 가지고와서 호죽면에 갈 것.

3. 학용품 등에 대해서도 말씀 하셨습니다. (4월경에 거의 대부분의 학용품이 들어온다는 것 에 대해서) 학용품비, 수업료, 후원회(비) 등 여러 가지로 모든 것이 들어온다고 말씀 하셨습니다.

---

1) 1937년 저자는 학교 일기쓰기 당번이었던 것 같다. 1937년 신학기가 시작하는 4월 1일부터 11월 16일까지는 매일 일기의 날짜 옆에 '書當番 郭尙榮'이라 적어 놓았다. 11월 17일 이후부터는 일기의 마지막 장인 1938년 3월 29일까지 날짜 옆에 '書人 郭尙榮', '書當番 郭尙榮' 또는 '郭尙榮' 등을 매일 적었다. 이로 미루어 학급에서 대표로 한 사람이 그날의 학급 일지를 적었던 것으로 보인다.

2) 매일 일기의 끝에 '終'이라고 표기하였다.

〈1937년 4월 3일 토요일 晴天氣〉

오늘은 신무(神武)천황제를 하는 날입니다. 아침 일찍 일어나서 국기를 게양했습니다. 또 오늘은 식수기념일이기도 합니다. 그래서 아침에 친구들과 함께 호죽면(虎竹-옥산면 호죽리)에 갔습니다. 가서 보니 선생님들과 많은 친구들이 아직 와있지 않았고 잠시 후 모두 모였습니다. 모이고 나서 박 선생님이 심어야 할 묘목을 주셨습니다. 「묘목은 리기다 소나무와 산오리나무(山ハン木)」의 두 종류였습니다. (리기다소나무 100그루, 산오리나무 1300그루).

모두 모여서 1400그루의 나무를 심었습니다. 전부 다 심고 나서 도시락을 먹고 집으로 돌아갔습니다. 선생님들은 박 선생님과 권 선생님을 뵈러 갔습니다.

〈1937년 4월 4일 일요일 曇天氣〉

오늘은 '일요일'로 학교는 쉬었습니다. 그래서 가족들 모두와 자습을 하였습니다.

〈1937년 4월 5일 월요일 晴天氣〉

학교 조회 때 교장선생님의 훈화가 있었습니다. 학급 담당 선생님을 정할 것이니 (선생님) 말씀을 잘 들으라고 하셨습니다. 특과 2학년생과 특과실은 박 선생님이 가르칠 것, 또 본과 제 1학년의 제 1학급 선생님은 ..선생님이 가르칠 것, 제 2학급은 4학년생, 교장선생님이 가르칠 것, 제 3학급은 2학년생과 5학년생, 새롭게 오시는 하라다(原田) 선생님이 가르칠 것, 제 4학급은 3학년생과 6학년생, 권 선생님이 가르칠 것 이라고 말씀하셨습니다. 권 선생님이 오늘 실천 사항에 대해서 말해주셨습니다. 자치 주간이며 학용품과 학급청소에 대하여 말하셨습니다.

〈1937년 4월 6일 화요일 晴後曇天氣〉

학급 조회 때 권 선생님의 훈화.

1. 내일은 금년도 입학식이기 때문에 오늘은 모두 돌아가서 내일 입학식에 어머니나 아버지 또는 형이나 누구라도 학부형과 아이들 두 사람이 학교에 올 것. 또 학용품비 2엔 7전을 가지고 올 것 이며 확실히 모두에게 알리라고 하셨습니다.

2. 요즘 모두가 기운이 없는 것처럼 보이니 쉬는 시간 등에는 꼭 운동장에 나가서 활발하게 운동을 하고 와서 공부를 하라고 말하셨습니다.

3. 교장선생님이 4학년생 학급 반장 부반장을 정하고 급장은 하상갑, 부급장은 저 입니다.

〈1937년 4월 7일 수요일 晴天氣〉

조회 때 권 선생님의 훈화. 오늘은 입학식이므로 1학년생들이 오고 2학년과 3학년생은 1시간정도면 귀가하고 4, 5학년생은 입학식 후 선생님들의 이야기가 있고 실습을 할지도 모르지만 나중에 정해질 것이다. 1시간정도 공부를 끝낸 후 강당에 들어가서 새로운 1학년생과 함께 선생님들의 이야기를 듣고 청소를 했습니다. 그리고 또 4학년생들은 실습지에 가서 감자를 심었습니다. 식이 전부 끝나고 나서 잠시 후 하라다 선생님이 새로 부임하였습니다. 선생님을 뵈니 내지인이셨습니다. 그리고 테니스도 하고 공 던지기도 하고 집에 갔습니다.

〈1937년 4월 8일 목요일 맑음〉

학교 조회 때 교장선생님의 훈화. 오늘 조회 때 뵌 분(선생님)은 쇼와 6년(졸업생) 으로 경성사범학교를 졸업하고 음성군 보통학교에 몇 년간 계셨고 또 영동군의 몇몇 면에 있는 간이학교에 계셨다가 우리 학교에 오시게 된 분입니다. 선생님 성함은 하라다선생님 이라고 합니다.

하라다 선생님의 훈화.

교장 선생님이 말씀 하셨던 대로 제 이름은 하라다라고 합니다. 모두 오늘부터 잘 부탁합니다.

권 선생님의 훈화.

활발하게 운동하고 열심히 공부하라고 말씀하셨습니다. (다음 페이지를 볼것)

〈1937년 4월 9일 금요일 晴天氣〉

아침 조회 때 권 선생님의 훈화.

오늘은 선생님들의 상담이 있으므로 모두 오전중수업만 한다고 말하셨습니다. 어제 (이전 페이지에)써져 있던 대로 여기에 써져 있는 것은 어제의 일로 어제는 쓸 공간이 없어서 여기에 쓰여 있습니다. 1시간이 지난 뒤에 모두 아침 조회 때 말 한대로 모였습니다. 이윽고 교장선생님이 단상에 올라와 다음과 같이 말씀하셨습니다. '또 학급이 달라지니 모두 (선생님)말 잘들을 것, 특과 2학년은 전과 같이 특과실 박 선생님이 가르칠 것, 본과 1년생은 역시 똑같이 제 1학급, 2학년과 4학년은 교장선생님이 가르칠 것, (제 2학급은 교장선생님) 또 3학급은 3학년과 5학년, 하라다 선생님이 가르칠 것. (4학급은 6학년과 권 선생님이 가르칠 것) 이라고 말씀하셨습니다. 끝나고 나서는 4학년들은 실습지에 가서 실습을 하고 돌아갔습니다.

〈1937년 4월 10일 토요일 晴天氣〉

조회 때 권 선생님의 훈화.

1. 오늘도 선생님들의 상담이 있으므로 오전 수업만 한다고 말씀하셨습니다.
2. 수업료나 후원 회비를 빨리 가지고 오라고 말씀하셨습니다.
3. 몸을 깨끗하게 할 것, 열심히 공부 할 것.

모두 오전 수업만 하고 청소를 하고 집에 돌아갔습니다.

〈1937년 4월 11일 일요일 晴天氣〉

오늘은 일요일로 학교를 가지 않고 대신 집에서 가족들과 자습을 하였습니다.

〈1937년 4월 12일 월요일 曇天氣〉

조회 때 교장 선생님의 훈화.

우선 각 학급 급장과 부 급장을 정해서 소개하였습니다. 또 업무 당번들도 정해서 말씀하셨습니다. 다음은 박 선생님의 훈화.

이번 주 실천사항에 대해서는 (1) 누구도 게으름 피우지 말고 청소를 할 것. (2) 실습을 할 때는 있는 힘껏 열심히 하고 하고나서는 도구 정리를 확실히 할 것. 박 선생님 훈화가 끝나고 교사(校舍)의 교실에서는 교장 선생님이 자신이 앉을 자리를 정해주셨습니다. 또 시간(해석불가) 실습지를 써주셨습니다. 4학년생 전원은 실습지에 가서 배추와 무를 심었습니다. 청소를 한 뒤 청소구역을 정했는데 저는 화장실 청소 감독을 맡았습니다.

〈1937년 4월 13일 화요일 曇後雨天氣〉
조회 때 박 선생님의 훈화.
조회 시작종이 울리면 모두 빨리 모여서 자세를 바르게 하고 있으라고 하셨습니다. 그리고 나서 선생님들의 말씀을 들을 때에서 예의 바르게 귀 기울여 들으라고 말하셨습니다. 그리고 제 1 라디오 체조를 하고 들어와 공부를 했습니다.
모두 공부를 끝내고났는데도 비가 계속 내렸기 때문에 엄청 곤란해 하고 있었는데 집에서 숙부가 우산을 가지고 오셔서 기뻐하며 숙부님께 '정말 감사하다' 는 말이 자연스레 나왔습니다. 그리고 우산을 쓰고 집에 돌아갔습니다.

〈1937년 4월 14일 수요일 雨天氣〉
아침에 일어나 보니 지금까지도 비가 계속 내리고 있었습니다. 그래서 아침을 먹고 우산을 쓰고 강변을 따라 가서 보니 강물이 꽤 불어나 흐르고 있었습니다. 꽤나 곤란하게 되어버렸기 때문에 강을 건널 수 없게 되어 그대로 집으로 돌아와 학교 공부를 하려고 했습니다. 저와, 해영, 공영, 강영, 봉영 이렇게 5명에서 셔츠차림으로 열심히 공부를 했습니다. 하지만 머릿속으로는 학교에 가서 여러 친구들과 함께 공부를 하고 싶은 마음이 한가득 들었습니다.

〈1937년 4월 15일 목요일 晴天氣〉
아침에 일어나 보니 비가 그쳤습니다. 기분 좋은 날씨였습니다. 그래서 아침을 먹고는 학교에 가려고 강에 가 보니 강물이 어제보다는 꽤 줄어들었습니다. 그래도 우리들(형제)로서는 건널 수 없었기 때문에 아버지와 형님들이 강을 건너갔습니다. 그래도 저는 굳게 마음먹고 건너갔습니다. 물은 꽤 차가왔고 이 괴로움은 이만저만이 아니었습니다. 그리하여 학교에 가서 선생님에게 이 일을 말씀드렸습니다. 그리고 수업이 끝나고 집에 돌아 올 때도 꽤나 곤란했습니다.

〈1937년 4월 16일 금요일 曇天氣〉
학교 조회 때 박 선생님의 훈화.
점점 더워지는데 모두 누구나 건강을 지킬 수 있도록 하라고 말씀하셨습니다. 조만간 의사가 와서 모두 신체검사를 하므로 전부 몸을 청결히 하라고 하셨습니다. 그리고 제1 라디오 체조를 하고 교실에 들어와 공부를 시작했습니다.

〈1937년 4월 17일 토요일 晴天氣〉
학교 조회 때 교장선생님의 훈화.
교장선생님이 자치회 당번을 정하셨습니다. 창고와 또 변소, 잠실, 돼지사육장, 우물, 목욕간과 여러 장소의 당번을 정했습니다. 저는 창고 당번을 맡았습니다. (창고계 4 곽상영)
또 박 선생님의 훈화…… 부락 교우단장을 정했습니다. 우리가 금계에서는 전체 학생이 27명인데 단장은 곽노만 재학생입니다. 그리고 모두 실행해야 할 사항에 대해 말씀하셨습니다.

〈1937년 4월 18일 일요일 晴天氣〉
오늘은 일요일로 학교에 가지 않고 집에서 자습을 했습니다.

〈1937년 4월 19일 월요일 晴天氣〉

조회 때 권 선생님의 훈화.

이번 주 실천사항으로는 1. 4학년 이상은 운동장 청소를 깨끗이 할 것. 2. 실습 후에 도구 정리를 확실하게 할 것.

교실에 들어와서 교장 선생님의 훈화.

1. 올해 봄 소풍은 특과 2학년부터 6학년 까지 청주 신사참배를 하기 위해서 간다. 물론 청주로 가는 것이므로 걱정할 것은 없다. 일전에 정봉(丁奉)으로 갔을 때에는 물이 불어나 배가 없어서 곤란했으므로 그 위의 소노리(小魯) 방면에서 갈 것. 또한 소풍날은 확실히 정해지지 않았다.

〈1937년 4월 20일 화요일 晴天氣〉

학교 조회 때 권 선생님의 훈화.

4학년 이상은 모두 마당 빗자루를 가지고 올 것. 휴식 시간 등에는 반드시 운동장에 나가서 활발하게 운동 하라고 말씀하셨습니다.

공부를 시작하고 3시간째에 이르자 갑자기 '비상 종'이 울렸기 때문에 모두 공부하던 중에 운동장에 나가서 정렬했습니다. 선생님들의 말씀을 들었습니다. 교장선생님의 훈화…… 모두가 여기에 모인 것은 이 때문입니다. 우리 옥산면에는 신사가 없기 때문에 대단히 좋지 않고 내일 특과부터 6학년까지 청주로 갈 것이며 (이것이) 또 봄 소풍으로서 도움이 될 것이다. 내일 오전 8시에 출발함.

〈1937년 4월 21일 수요일 曇後雨後晴天〉

아침 일찍 일어나 보니 하늘에 구름이 가득해서 속으로 꽤나 걱정했는데 그래도 기쁜 마음을 감출 수 없었습니다. 아침을 먹고 학교에

갔습니다. 박 선생님의 훈화는 청주 신사참배를 하러 갔을 때 주의사항이었습니다. 모두들 좌측통행을 할 것. 또 규율을 바르게 지킬 것을 말하셨습니다. 또 내일은 모두가 피곤할 것이니 학교에 오지 말고 집에서 쉬라고 하셨습니다. 선생님 말씀이 끝나고 출발할 때에 갑자기 비가 내리기 시작했습니다. 박 선생님이 교실에 들어와서 비가 그칠 때 출발할거라고 해서 교실에 들어가 기다리기로 했는데 들어와 기다려도 비가 그치지 않았습니다. 박 선생님이 오늘은 비가 내리기 때문에 갈수가 없으므로 그대로 집에 돌아가라고 말하셨기 때문에 집에 돌아갔습니다.

〈1937년 4월 22일 목요일 晴天氣〉

학교 조회 때 권 선생님의 훈화.

첫 번째 사항으로는 4학년 이상은 모두 마당 빗자루를 가지고 오도록 할 것. 빗자루를 가지고 온 인원이 적으므로 적어도 이번 주 중으로는 모두 가지고 올수 있도록 하라고 말씀하셨습니다.

충청북도 각 군 이름. 영동군, 옥천군, 보은군, 청원군, 괴산군, 제천군, 단양군, 음성군, 진천군, 충주군.

〈1937년 4월 23일 금요일 晴天氣〉

학교 조회 때 권 선생님의 훈화.

오늘은 3교시 쯤 11시 경에 강외(江外) 보통학교의 학생이 우리 학교로 소풍을 오기 때문에 모두들 서로가 사이좋고, 예의바르게 행동할 것. 또 한 가지는 내일 청주로 신사참배를 하러 2학년 이상만 가는 것. 다음으로 4학급 6

학년생들의 발표가 있었는데 3명 모두 꽤 잘 했습니다. 그리고 진짜 3교시쯤 되자 강외 학교 학생들이 우리 학교에 소풍을 왔습니다. 우리들은 사이좋게 놀았습니다. 약 200명의 인원이 왔습니다. 끝난 뒤에는 내일 청주 신사참배를 위해 일찍 집에 돌아가서 준비를 했습니다.

〈1937년 4월 24일 토요일 晴天氣〉

오늘은 아침 일찍 일어나 보니 하늘은 구름이 한 점도 없어서 기쁜 마음을 감출 수 없었습니다. 학교에 가서 조회 때 교장선생님의 훈화 말씀으로, 오늘은 2학년 이상이 지금부터 청주에 소풍을 가는데 이 소풍의 목적은 신사참배를 하러 가는 것이다. 또한 가는 도중 주의할 사항은 언제나 좌측통행을 할 것. 그리고 예의 바르게 행동할 것 외에 여러 가지를 말씀하셨습니다. 우선 출발하고 신대산(新代山) 방면으로 가서 배를 타고 건너가서 바로 갔습니다. 청주에 가서는 우선 신사에 가서 참배를 했습니다. 그리고 도시락을 먹었습니다. 또 청주 혼마치(本町)를 구경하고 오후 4시경에 모여서 옥산면으로 돌아갔습니다. 그리고 저는 여기 청주에서 묵었습니다. 그곳에서 자게 되었습니다.

간이학생도 갔습니다.

〈1937년 4월 25일 일요일 雨後曇天〉

오늘은 어제 밤부터 비가 내렸기 때문에 꽤 걱정을 했습니다. 점심 경에는 비가 그쳤기 때문에 청주에서 집으로 돌아갔습니다. 오늘은 일요일이기 때문에 학교에 가지 않고 집에서 자습을 했습니다. 또 한 가지로, 어제 청주로 신

사참배를 하러 갔기 때문에 다른 요일(평일)이었어도 학교는 가지 않았을 것입니다.

〈1937년 4월 26일 월요일 曇天氣〉

학교 조회 때 하라다[原田] 선생님의 훈화. '이번 주는 예의범절의 주간이므로 6학년들이 사무실에 들어와 신붕예배를 할 것. 또 내일은 4월 27일이며 우리나라 일본 동경에 있는 야스쿠니 신사에서 축제가 있는 날이므로 나라의 관리들이 모이는 날이다. 4년에 한번인 축제날이다.' 야스쿠니 신사에는 나라를 위해 목숨을 바친 사람들을 기리는 곳이라고 말씀하셨습니다. 다음으로, 자신의 마을이나 도로변 어디에서도 자신이 알고 있는 분을 만나면 예의바르게 인사하라고 하셨습니다. 위와 같은 사항을 잘 지킬 것. 그리고 내일은 관청도 학교도 쉰다고 말하셨습니다.

〈1937년 4월 27일 화요일 晴天氣〉

오늘은 야스쿠니 신사에 축제가 있는 날로 학교는 가지 않고 아침 일찍 일어나서 국기를 세웠습니다. 집에서 자습을 했습니다.
◎ 어제 선생님이 말씀하셨던 것. 모래는 4월 소운동회를 한다는 것. 그래서 책가방 가지고 오지 않는 것.

〈1937년 4월 28일 수요일 晴天氣〉

오늘은 소운동회를 하는 날로 책가방을 가져가지 않고 그냥 학교에 가서 선생님들로부터 여러 가지 이야기를 듣고는 대청소를 했습니다. 대청소가 모두 끝나고는 내일 있을 '천장절(天長節)식' 연습을 했습니다. 식의 연습이 끝나고 나서 소운동회를 시작했습니다. 선생

님이 주의사항을 말씀해주시고 강군[江軍][3]
도 백군도 있는 힘껏 운동을 하고 난후 선생
님이 점수에 대해 말해주셨는데 14번(경기)
중에 강군도 7번 이겼고 백군도 7번 이겼습
니다. 둘 다 열심히 했기 때문일 겁니다. 한 번
이길 때 마다 5점씩 오르므로 백군도 35점 강
군도 35점 이었습니다. (무승부)

〈1937년 4월 29일 목요일 晴天〉

오늘은 천장절입니다. 먼저 아침 일찍 일어나
서 국기를 게양했습니다. 학교에 가서 선생님
이 여러 가지 주의를 조회시간에 자세히 이야
기하시고 강당에 들어가 예식을 시행했는데
교장선생님이 다음과 같이 말했습니다. '오늘
천장절은 현재의[今上] 천황폐하의 생신이므
로 우리 국민들에게 아주 의기 깊은 날이고 모
두 진심을 담아서 식을 거행할 것' 을 말씀 하
셨습니다. 이외에도 많이 있지만 대체로 이정
도만 써 두었습니다.

〈1937년 4월 30일 금요일 雨後曇天〉

오늘은 아침 일찍 일어나 보니 비가 조금씩 내
리고 있는 것 같아서 아침을 먹고 나서 우산을
쓰고 학교에 갔는데 비는 그때가지 계속 내리
고 있었습니다. 비가 내려서 조회는 하지 않았
습니다. 2교시쯤 까지 공부를 하자 비는 그쳤
습니다. 선생님이 내일은 5월 1일로 신붕예배
를 하기 때문에 급장과 부 급장들은 다른 친구
들보다도 빨리 와서 조회 전에 선생님들과 신
붕예배를 하라고 말씀하셨습니다. 그래서 저
는 내일 일찍 와야겠다고 생각했습니다.

---

3) '紅軍'의 오기가 아닌가 생각된다.

〈1937년 5월 1일 토요일 曇天氣〉

아침 일찍 학교에 가서 조회 전에 선생님들,
급장, 부 급장들과 신붕예배를 했습니다. 조회
때는 먼저 궁성요배를 했습니다. 하라다 선생
님의 훈화는, 오늘까지는 수업이 8시 50분에
시작했지만, 이번 달 월요일인 3일 부터는 그
보다 30분 전에 시작한다고 했습니다. 또 다
음 주 월요일에는 청주에서 의사가 와서 전교
생 신체검사를 하니 몸을 청결히 하라고 했습
니다. 또 조회 시작을 알리는 종이 울리면 빨
리 모여서 자세를 바르게 하고 급장의 호령에
맞추라 하셨는데, 오늘 시작종이 울렸는데도
바로 오지 않는 학생들이 5학년생이었다고 주
의를 주었습니다.

〈1937년 5월 2일 일요일 晴天氣〉

오늘은 일요일로 학교에 가지 않고 집에서 자
습을 했습니다.

〈1937년 5월 3일 월요일 晴天氣〉

조회 때 박 선생님의 훈화.
오늘은 청주에서 의사분이 오셔서 전교생의
신체검사를 하므로 모두 규율을 잘 지키라고
하셨습니다. 또 그 다음으로 점점 더워지므로
모두 수건을 빨리들 준비해 가지고 다니라고
하셨습니다.
2교시 째에 이르자 청주에서 의사가 와서 전
교생 신체검사를 했습니다.

〈1937년 5월 4일 화요일 晴天氣〉

조회 때의 일. 오늘은 제 3학급 5학년생과 2학
년생 발표가 있었는데 4명 모두 대체로 잘했
습니다. 발표가 끝나고

O 박 선생님의 훈화.

여기에 나와서 발표하는 사람은 열심히 발표했는데도 듣고 있는 사람은 장난치고 잘 들으려 하지 않는 사람이 있으므로, 앞으로는 발표하는 사람도 듣는 사람도 열심히 발표하고 경청하라고 하셨습니다.

〈1937년 5월 5일 수요일 晴天氣〉

학교 조회 때 박 선생님의 훈화

이전에도 선생님이 주의를 주셨는데 모두들 수건을 준비하라고 하셨습니다. 또 요즘 여학생들이 시장에서 고무신을 사오는데 그것이 1족에 4전씩 하므로 될 수 있는 한 검약하게 생활하라고 하셨습니다.

또 남학생들도 돈치기를 할 요량으로 돈을 타는데 그러지 말라고 말씀하셨습니다. 5교시째에 4학년들은 직업시간이었기 때문에 4학년 전체가 배추와 무에 비료를 주었습니다. 또 5학년은 뽕나무 밭에 비료를 주었습니다.

〈1937년 5월 6일 목요일 晴天氣〉

학교 조회 때 박 선생님의 훈화.

매일 이야기 한 대로 모두 수건을 준비하라고 했는데 모두 준비 했는지 안했는지 이번 주 토요일에 검사를 할 것 이라고 말하셨습니다. 그리고 제 1라디오 체조를 했습니다. 체조를 한 후에는 선생님이 운동 할 때에는 있는 힘껏 하라고 말하셨습니다. 공부를 시작하고 3시간째에 교장 선생님이 갑자기 출장을 가셔야만 해서 청주에 출장을 가셨습니다. 그리고 우리 4학년과 2학년은 조용히 자습을 했습니다.

〈1937년 5월 7일 금요일 晴天氣〉

학교에서 박 선생님의 훈화

오늘은 제 2학급 발표이므로 경청하는 사람은 자세를 바르게 하고 발표하는 사람도 침착하게 발표하라고 하셨습니다. 제 2학급 발표는 2학년과 4학년이었는데 2학년 2명, 4학년 두 명 모두 4명이 발표를 했고 저도 했습니다. 제목은 오오야마 원수(大山元帥)[4]에 대해서 활발히 발표했습니다. 교장 선생님은 아직 오시지 않으셨고 자습을 했는데 공부가 모두 끝나고 나서 저녁에 교장선생님이 오셨습니다. 이야기를 들어보니 교장선생님의 아버지가 편찮으셔서 큰일이라고 말하셨습니다. 또 청주에 가셨습니다.

〈1937년 5월 8일 토요일 晴天氣〉

학교 조회 때 박 선생님의 훈화

이전에 선생님이 이번 주 토요일에 수건 검사를 하겠다고 했는데 마침 딱 오늘이므로 교실에서 검사를 할 것이니 아직 준비를 안 해온 사람은 내일까지 빨리 만들어 오도록 하라고 말하셨습니다. 또 제 2학급은 조용히 자습을 하라고 하셨습니다. 그리고 제 1라디오 체조를 했습니다. 2교시에는 박 선생님이 들어오셔서 수업을 했습니다. 3교시와 4교시는 이과[理科]를 가르쳐 주셨습니다.

〈1937년 5월 9일 일요일 맑음〉

오늘은 일요일로 학교에 가지 않고 스스로 집에서 자습을 했습니다.

---

4) 오오야마 이와오(大山巖, 1842년 10월 10일 ~ 1916년 12월 10일)로 일본 메이지시대 육군 군인, 정치가이다.

⟨檀紀 四二三一年 四月 十三日 水曜日 天氣 晴⟩[5]
學校에서 朝會, 拾貳, 靑天空中
朝鮮 忠淸北道, 淸原郡 玉山面 金溪理 三四七
番地.
本籍 戶主 郭潤萬 氏
住所 淸原郡 玉山面 金溪理 長子 郭尙榮
　　　淸原郡 玉山面 金溪理 次子 郭云榮
　　　　　　　　　　　　三子 郭振榮

⟨1937년 5월 10일 월요일 晴天氣⟩
학교 조회 때 권 선생님의 훈화.
이번 주 실천사항으로는 (1) 쉬는 시간에는 꼭
운동장에 나가서 활발하게 운동할 것. (2) 복
도에서 제기차기를 하지 말라고 하셨습니다.
공부를 시작하고 3교시 째에 이르자 교장 선생
님이 청주에서 돌아오셨습니다. 그래서 남은 3
시간은 수업을 해 주셨습니다.

⟨1937년 5월 11일 화요일 晴天氣⟩
학교 조회 때 권 선생님의 훈화.
모두들 매주 선생님들이 말씀하신 것을 잘 실
천해서 변소 발판이 꽤 깨끗해져 가고 있다고
했는데 그래도 아직 만점이라고 할 정도 까진
아니기 때문에 좀 더 힘을 모아 공동 일치 하는
지 보겠다고 했습니다.
또 다음으로는 제기차기는 쉬는 시간이라도
복도에서 차지 말고 반드시 운동장에 나가서
차라고 하셨습니다. 그리고 제 1라디오 체조를
했습니다.

---

5) 아래의 내용은 이 날짜 일기장의 빈칸에 기록된 것으
로 해방 이후인 1949년 4월 13일에 저자가 따로 적은
것으로 보인다. 따라서 원문 그대로 입력하였다.

⟨1937년 5월 12일 수요일 晴天氣⟩
학교 조회 때 권 선생님의 훈화.
1. 어떤 학교라도 성적이 좋은지 나쁜지는 그
학교 화장실을 보면 알 수가 있다. 그런데 요즘
보니까 화장실에 누군가 나쁜 말을 크게 써놓
아서 몹시 기분이 안 좋고, 또 다른 학교 학생
이나 선생님들, 내빈들이 그런걸 보면 우리 학
교에 대해 안 좋은 소리들을 하게 된다. 지금
부터는 모두들 이에 주의할 것. 또 그런 말(욕)
하는 사람이 있으면 징계를 엄하게 해서 그 학
생의 퇴학까지도 고려할 것이다. 다들 주의하
길 바란다.
또 교장 선생님도 역시 똑같이 주의를 주셨습
니다. 공부 중에는 소학예회 연습을 하는 사람
을 정했는데 저와 이준섭은 조선지도에 대해
서 통역을 하게 되었습니다.

⟨1937년 5월 13일 목요일 晴天氣⟩
학교 조회 때 권 선생님의 훈화
모두 남동생과 여동생을 사랑하는 것에 관하
여 말하셨습니다. {아동 애호[兒童愛護]} 강하
게 사랑하고, 바르게 하라고 하셨습니다.
◎ 교장 선생님은 우리들에게 요즘 점점 더워
지고 있어서 그런지는 모르겠으나, 요즘 모두
들 때가 낀 것 같으니 몸을 청결히 하라고 말씀
하셨습니다. 공부가 전부 끝나고 교장 선생님
은 또 청주에 출장을 가셨습니다.

⟨1937년 5월 14일 금요일 晴天氣⟩
학교 조회 때 권 선생님의 훈화.
내일은 우리 학교에서 송충이를 잡으러 가는
날이므로 비가 올 것 같으면 모두 책가방을 가
지고 오고 공부를 할 것이지만 날씨가 좋으면

모두 양철통을 가지고 오라고 하셨습니다. 또 4학년 이상은 호죽 방면에 있는 학교 숲에 가서 벌레 퇴치를 할 것 이라고 말씀하셨습니다. 공부가 전부 끝나고 교장 선생님이 청주에서 돌아오셨습니다. 선생님들과 잠시 이야기를 나누시고 다시 가셨습니다. 그리고 친구들한테 들어보니 교장선생님의 아버지 병간호를 하기 위해 매일 가시는 거라고 했습니다.

〈1937년 5월 15일 토요일 雨後曇天氣〉
학교 조회 때 권 선생님의 훈화.
오늘은 송충이를 잡으러 갈려고 했는데 지금 구름이 껴서 비가 올 것 같기 때문에 모두 교실에 들어가서 1시간이나 2시간 정도 대기한 뒤 날이 맑아지면 4학년 이상은 호죽면으로 가라고 하셨습니다. 교실에 들어와서 3학급에 들어와 5학년생과 함께 여러 가지 노래를 불렀습니다. 또 특과 3학년 까지는 학교 뒤에 있는 학교 숲에 가서 벌레를 잡았습니다. 우리들 4학년 이상은 그때 마침 비가 내려서 송충이를 잡으러 갈수가 없었습니다. 그래서 선생님이 오늘은 비가 오니까 갈수가 없으므로 나중에 가자고 하셨습니다.

〈1937년 5월 16일 일요일 晴天氣〉
오늘은 일요일이라서 학교에 가지 않고 집에서 자습을 했습니다.

〈1937년 5월 17일 월요일 曇天〉
학교 조회 때 하라다 선생님의 훈화.
이번 주 실천사항으로는 1. 청소를 구석구석 깨끗하게 할 것. 2. 요즘 점점 더워지고 있으므로 아침에 학교에 오면 자기 반 창문을 누구

나 기분 좋게 열어 둘 것. 이번 주 실천사항은 그것만 잘 지켜주라고 말하셨습니다. 공부의 주간.
교장 선생님이 어제 청주에서 오셔서 오늘은 수업을 해 주셨습니다. 그리고 공부가 전부 끝나고 이과 정리를 하고 집에 돌아갔습니다. 또 탁구도 치고 테니스도 쳤습니다. 내일은 송충이를 잡으러 갈 것이라고 선생님이 말했습니다.

〈1937년 5월 18일 화요일 曇後晴天〉
오늘은 아침 일찍 일어나서 보니 하늘에는 오늘도 구름이 가득했기 때문에 아침을 먹고는 책가방을 가지고 학교에 갔습니다. 어떤 친구들은 책가방을 가지고 온 사람도 있고 양철통을 가지고온친구도 있고, 양철통과 가방 둘 다 가지고 온 친구도 있었습니다. 학교에 가 보니 몇 시간쯤 지나자 날이 개었기 때문에 4학년 이상은 호죽 방면으로 벌레를 잡으러 갔습니다. 또 1학년부터 3학년까지는 학교 정원수(庭木)에서 벌레를 잡아내기도 하고 공부도 했습니다. 우리들은 호죽에 가서 송충이를 잡기를 시작해서 열심히 잡아냈습니다. 3시간 정도 잡고 모두 도시락을 먹고 집에 돌아갔습니다.

〈1937년 5월 19일 수요일 曇後雨天〉
학교 조회 때 하라다 선생님의 훈화.
1. 쉬는 시간이나 체조 시간이 다하고 그대로 복도에 들어가면 발판이 더러워지므로 꼭 우물에 들어 씻고 나서 들어가라고 하셨습니다.
2. 아침에 오면 모두 창문을 한가운데로 열어

두라고 하셨습니다.

3. 오늘은 선생님들의 직원회가 있어서 오전 수업만 한다고 말했습니다.

〈1937년 5월 20일 목요일 雨後曇天〉

어제 저녁부터 비만 내리고 오늘 아침 일찍 일어나 드는 생각이 강물이 꽤 불어나 흐르고 있을 것 같아서, 강변에 가보니 강물이 한가득 흐르고 있었습니다. 그래서 학교에 갈수가 없어 집에서 자습을 했습니다. 아침부터 점심까지 비가 그칠 것 같지 않아서 걱정을 했는데 갑자기 비가 그쳤습니다.

그래서 저녁에 강변에 가보니 아침보다는 물이 적어졌지만 그래도 강물이 많이 불어나 있어서 건널 수는 없었습니다.

〈1937년 5월 21일 금요일 晴天氣〉

아침에 일어나 보니 하늘이 맑게 개어 있었습니다. 하지만 강변에 가보니 강물이 꽤 많이 흐르고 있어서 건너는데 꽤나 애를 먹었습니다.

학교에 가서 조회 때 하라다 선생님의 훈화.

1. 오늘은 우리 충청북도 청주 군내의 임업계가 우리 학교에 와서 전교생에서 참고가 될 만한 이야기를 해준다고 말씀해 주셨기 때문에 우리들 4학년 이상은 제 3학급에 가서 이야기를 들으라고 말 하셨습니다. 또 교장 선생님이 출장을 가셨기 때문에 제 2학급은 조용히 자습을 하라고 하셨습니다. 공부가 전부 끝나자 임업계가 와서 여러 가지 참고가 될 만한 이야기를 해주셨습니다.

〈1937년 5월 22일 토요일 晴天氣〉

학교 조회 때 하라다 선생님의 훈화.

1. 조회를 시작하는 종이 울리면 빨리 조회 장소에 모이라고 하셨습니다.

2. 체조 시간에는 힘 있게 운동하라고 하셨습니다.

3. 내일은 우리 청주군청에서 학무관(學務官)이 와서 전교생이 공부한 성적을 본다고 말하셨습니다. 또 오늘은 공부가 끝나고 나면 모두 대청소를 할 것. 내일은 일요일이지만 앞서 말했듯이 학교에 나오라고 했습니다.

〈1937년 5월 23일 일요일 晴天氣〉

조회 때 하라다 선생님의 훈화.

오늘은 청주군청에서 학무관이 와서 전교생의 공부하는 모습을 보겠다고 했기 때문에 자세를 바르게 하고 활발하게 운동하라고 하셨습니다.

교실에 들어와서 공부를 시작했는데 공부 중에 학무관이 우리들이 공부한 성적을 보고 난 뒤에 금계리의 간이학교에도 갔습니다.

〈1937년 5월 24일 월요일 晴天氣〉

학교 조회 때 교장선생님의 훈화.

어제 학무관 시학(視學)의 이야기를 들어보니 모두들 공부를 훌륭히 해냈지만 활발함이 조금 부족했다고 말했습니다. 자세한 이야기는 선생님들이 때때로 시간이 날 때 말해주겠다고 했습니다.

〈1937년 5월 25일 화요일 晴天氣〉

오늘은 지난 일요일에 학무관이 와서 공부한 것 때문에 오늘 그 대신 쉬는 날로 집에서 자습을 했습니다. 그리고 아버지와 나, 남동생은 아침부터 들에 나가서 흙을 가지고 와서 변소와 오두막에 벽을 수리했습니다.

〈1937년 5월 26일 수요일 晴天氣〉

학교 조회 때 박 선생님의 훈화. 내일은 해군 기념일로 내일은 아침 일찍 일어나서 국기를 게양하고 해군 전쟁에 대해서는 내일 자세하게 이야기 해줄 것이라고 했습니다. 내일은 소학예회 연습도 하고 그 후에 소 운동장회를 연다고 했습니다.

공부가 모두 끝나고 교장 선생님이 소학예회 연습을 하고 집으로 돌아가라고 말했습니다. 모두 공부가 끝나고 연습을 하고 저는 교장 선생님의 아들인 이준섭이라는 아이와 둘이서 '조선지도'에 대해서 여러 가지로 자세하게 설명하게 되었기 때문에 연습을 했습니다.

〈1937년 5월 27일 목요일 晴天氣〉

학교 조회 때 박 선생님의 훈화.

오늘은 해군 기념일로 아주 의미 깊은 날이라고 말씀하셨습니다. 지금부터 바로 강당에 가서 소 학예회 연습을 할 것. 그리고 학예회 연습이 끝나면 바로 소 운동회를 연다고 말했기 때문에 강당에 들어가서 소 학예회 연습을 하고나서 선생님들이 말한 대로 소 운동회를 열었는데 홍군도 백군도 열심히 하고 난 뒤에 선생님들이 소 운동회는 대체로 좋았지만 3학년 이하 학년들이 운동회 중에 선생님들한테 말도 안하고 제멋대로 화장실이나 우물에 갔다온 사람이 있어서 주의를 주었습니다. 또 내일은 후원회가 있으므로 꼭 아버지나 형과 오라고 했습니다.

〈1937년 5월 28일 금요일 曇天氣〉

학교 조회 때 하라다 선생님의 훈화.

오늘은 전교 소학예회 날로 모두 기운내서 하는 사람도 듣는 사람도 열심히 할 것. 또 더 활발히 할 것.

또 모두 아버지나 형, 어머니가 와서 보고 있으므로 자세를 더 바르게 하고 활발하게 활동하라고 말했습니다. 또 오늘 행사인 보호자회에 대해서도 말해 주셨습니다. 그런 후 모두 여럿이서 보호자 앞에서 이야기를 하거나 창가를 부르거나 했습니다만 저는 조선지도에 대해서 이준섭과 함께 통역을 활발히 했습니다. 학예회가 끝나고 나서 보호자회를 시작했습니다.

〈1937년 5월 29일 토요일 曇天氣〉

학교 조회 때 박 선생님의 훈화.

모두 교문을 나오고 들어갈 때는 반드시 예를 갖출 것. 또 '조회를 할 때는 오늘부터 때때로 질문을 할 것이니 누구라도 물어보면 잘 대답할 것'이라고 말씀하셨는데, (1) 천황폐하는 어디에 머무르고 계신가의 답은 도쿄입니다. (2) 다음으로 우리 옥산면의 인구는 몇 명인가의 답은 7,500명입니다. (3) 다음으로 자신이 태어난 해는 몇 년 몇 월인지 아는 사람인데 저는 다이쇼[大正] 10년 양력 12월 28일생입니다.

교장 선생님의 훈화…… 어제는 전교 소학예회 날이었는데 전교 학부형들이 보는 앞에서 해서 기뻤다고 말하셨습니다. 또 나중에는 보호자회에서 있었던 내용을 차차 알려 주겠다고 했습니다.

〈1937년 5월 30일 일요일 晴天氣〉
오늘은 일요일로 학교에 가지 않고 집에서 자습을 했습니다.

〈1937년 5월 31일 월요일 晴天氣〉
학교 조회 때 권 선생님의 훈화.
1. 이번 주 실천사항으로 4학년 이상은 아침에 오면 조회 전에 스스로 학습하고 있을 것.
또 아래 학년은 복도에서 걸어 다닐 때 좌측으로 다니고 조용히 다닐 것.
또 청소시간에는 떠들지 말고 짧은 시간에 빨리, 깨끗하게 할 것을 말씀하셨습니다. {자치주간 위와 같은 사항을 잘 지키라고 말씀했습니다.

〈1937년 6월 1일 화요일 晴天氣〉
학교 조회 전에 학년별 급장과 부급장들과 선생님들이 사무실에서 신붕예배를 했습니다.
조회 때 교장 선생님의 훈화.
3가지의 질문에 답하시오. (1) 현 천황 폐하는 몇 대째이신가? 답은 124대입니다. (2) 제 1대 천황부터 금상 천황 폐하까지 몇 년이 되었는가? 답은 2,597년입니다. (3) 제1대 천황폐하의 이름은 무엇인가? 답은 신무천황입니다. 질문이 끝나고 나서는 궁성요배를 했습니다.
4교시는 직업시간 이라서 실습지로가서 배추와 무를 수확해서 시장에 가서 팔았습니다. 3조는 저는 3조였는데 6전 어치를 팔았습니다.

〈1937년 6월 2일 수요일 晴天氣〉
아침 조회 때 권 선생님의 훈화.
작년에 4학년들에게 뽕나무 10그루를 주고 자기 집 텃밭에 심으라고 했는데 요즘 군청에서 검사를 나오니 잘 키운 집에는 상품을 주게 되어 지금 5학년 김순성과 정영래라는 학생이 받게 되었습니다. 5교시에 4학년들은 직업시간이라서 우리들은 배추와 무 등에 나비 애벌래를 잡고 감자에 비료를 주었습니다.

〈1937년 6월 3일 목요일 晴天氣〉
학교 조회 때 권 선생님의 훈화.
이 전에 몇 번이나 선생님들이 주의를 줬는데도 4학년 이상은 아침에 학습할 것. 그 밑 학년은 복도에서 걸어 다닐 때 좌측통행을 하고 조용히 다닐 것. 또 모든 학년은 청소 할 때 정숙하고, 깨끗이, 빨리 하라고 말씀 하셨습니다. 그리고 제 1라디오 체조를 했습니다. 공부를 시작하고 4교시가 끝나고 2학년 류광열이라는 학생이 갑자기 탈이 나서 선생님들이 걱정하며 약을 먹인 뒤 의사를 만나러 갔습니다.

〈1937년 6월 4일 금요일 晴後曇天氣〉
학교 조회 때의 교장 선생님의 훈화.
먹을 것에 주의 할 것. 학교 청소를 할 때 기름칠을 하라고 말하셨습니다. 자신의 물건과 남의 물건을 헷갈리지 않도록 주의 할 것. 3학급의 발표가 있었지만 교장 선생님의 이야기가 길어져서 하지 않았습니다.
교실에서 교장 선생님이 말한 것은 내일 우리들이 청주 군내 학교 교장 선생님들이 강원도 금강산으로 경치도 구경하고 경기도 경성의 여러 곳으로 출장을 간다고 말씀하셨습니다. 그래서 5일간은 선생님이 돌아오지 않으니까 조용히 자습하라고 말했습니다.

〈1937년 6월 5일 토요일 雨天氣〉
오늘은 비가 내렸기 때문에 학교 조회는 하지 않았습니다. 또 교장 선생님이 안 계셔서 제2학급 2학년생과 4학년은 조용히 자습을 했습니다.

〈1937년 6월 6일 일요일 晴天氣〉
오늘은 일요일이라서 학교에 안 갔습니다. 저는 집에서 자습을 했습니다.

〈1937년 6월 7일 월요일 雨後曇天氣〉
오늘도 아침에 비가 내렸기 때문에 조회는 하지 않았습니다.
오늘도 교장 선생님은 안 계셨기 때문에 2학년과 4학년은 조용히 자습을 했습니다.
박 선생님이 수요일에는 4학년은 6교시에 이과(수업)을 하니 잊어먹지 말고 이과[理科]를 가지고 오라고 말씀하셨습니다. 또 발표할 사람을 정했습니다.

〈1937년 6월 8일 화요일 雨天氣〉
오늘도 비가 왔기 때문에 조회는 하지 않았습니다.
또 선생님도 안 계셨기 때문에 조용히 자습을 했습니다. 4교시부터 4학년 전체는 학교 화단을 청결히 하는 한편 여러 가지 꽃의 모종을 심기도 하고, 또 실습지에 가서 배추 등을 수확해서 시장에 가서 팔았습니다.

〈1937년 6월 9일 수요일 晴天氣〉
학교 조회 때 하라다 선생님의 훈화.
1. 신발은 잘 모아서 예쁘게 신발장에 넣어 둘 것.

2. 월요일부터 이틀간 조회를 못하고 오늘에서야 조회를 했기 때문에 여러 가지 이야기를 못했다고 이야기했습니다.
3. 내일은 시계 기념일[時計の記念日][6]이므로 시간을 잘 지키라고 말씀했습니다. 교장 선생님은 오늘도 안 계십니다.
공부가 끝나고 나는 박 선생님에게 내일은 우리 집이 모내기를 하는 날이라서 가정 실습을 해야 한다고 말씀 드렸습니다.

〈1937년 6월 10일 목요일 晴天氣〉
오늘은 시계 기념일입니다.
◎ 나는 집에서 모내기를 해야 해서 학교에 안 갔습니다. 집에서 열심히 가정 실습을 했습니다.

〈1937년 6월 11일 금요일 晴天氣〉
학교 조회 때 하라다 선생님의 훈화.
오늘은 제3학급 발표가 있는 날이니 모두 신경 써서 경청하라고 말씀 하셨습니다. 3학년 두 명과 5학년 두 명 해서 4명이 대체로 발표를 잘 했습니다. 끝난 뒤 하라다 선생님이 지금 보아하니 하는 사람은 열심히 하고 있는데 여기 있는 모두는 전부 신경 써서 경청하지 않았기 때문에 다음부터는 주의해서 들으라고 말씀 하셨습니다.
공부를 시작하자 교장 선생님이 오셨습니다. 저는 인사를 했는데 그 동안 강상갑과 곽상영은 4학년과 2학년 중에 (규율)을 잘 지키고 공부나 자세를 바르게 했다고 말씀하시며 연필

---

6) 일본은 1921년 시간을 엄수하는 문화를 만들자는 취지에서 6월 10일을 '시[時]의 기념일'을 제정하였다.

1다스를 주셨습니다.

〈1937년 6월 12 토요일 晴天氣〉
학교 조회 때 하라다 선생님의 훈화.
이번 주 실천사항으로는 시간을 잘 지키는 것
이며 그 중에도 지각을 하는 사람이 있으면 좋
지 못하니 다음부터 주의하라고 했습니다. 다
음으로 우리나라 천황 폐하의 시조는 어떤 분
인가? 답은 천조대신(天照大神[7])입니다. 다음
으로 우리 충청북도 내에는 군이 몇 개 있는
가? 답은 10개 군입니다.
그리고 제 2라디오 체조를 했습니다. 조회가
끝나고 교실에 들어갈 때 열을 맞춰서 떠들지
말고 조용히 들어가라고 하셨습니다.

〈1937년 6월 13일 일요일 晴天氣〉
오늘은 일요일이라서 학교에 안 갔습니다. 저
는 집에서 자습을 했습니다.

〈1937년 6월 14일 월요일 晴天氣〉
학교 조회 때 박 선생님의 훈화.
이번 주 실천사항은 1. 일에 임할 때에는 끝까
지 게으름 피우지 말고 열심히 하는 것이 이번
주에 지킬 것이라고 말했습니다(근면의 주).
2. 다음으로 오늘은 근농의 날이므로 오늘은
천황폐하도 모내기를 하는 날이고, 우리들도
오늘은 특별 작업을 4교시부터 할 것이라고
말씀하셨습니다. 정말로 4교시가 되자 학년별
로 특별 작업을 했습니다. 끝난 뒤 교장선생님
이 오늘은 박 선생님이 아침에 말한 대로 근농

---

7) 아마테라스 오오미카미. 일본 고유종교인 신토 최고
   의 신으로 태양신이다.

의 날이라 모두가 작업을 해준 덕분에 이만큼
작업을 할 수 있다고 말씀하셨습니다.

〈1937년 6월 15일 화요일 晴天氣〉
학교 조회 때 교장 선생님의 훈화.
요즘 모두들 집에서 모내기를 하고 있고 또는
보리타작을 하고 있을 것이므로 꽤 바쁠 것이
다. 내일부터 이번 달 다음 주 까지는 가장 바
쁜 날은 골라서 5일간은 집에서 가정 실습을
할 테니 그렇게 할 사람은 미리미리 선생님에
게 이야기를 하라고 했습니다.
다음으로 제 2라디오 체조를 했습니다.

〈1937년 6월 16일 수요일 晴天氣〉
학교 조회 때 교장 선생님의 훈화.
1. 요즘 집에서 학교에 올 때 {개울을} 건너오
   는 사람이 많아 다리가 더러워지므로 학교
   에 와서는 반드시 우물가에 가서 깨끗하게
   씻고 올 것.
2. 내일은 우리 학교에서 학년 제1회 퇴비조
   성을 할 것인데 모두 다른 사람의 손을 빌
   리지 말 것. 10시까지 모두 모일 것. 낫과
   지게에는 반드시 자기 것에 자기 이름을 써
   둘 것.
박 선생님의 훈화.
1. 지금 교장 선생님이 말씀하신 대로 내일은
   제 1회 퇴비조성의 날이다.
2. 내일은 애교(愛校) 작업을 할 것이다.
3. 수건 검사를 할 것이다.

〈1937년 6월 17일 목요일 晴天氣〉
오늘은 퇴비조성의 날입니다. 우리들은 오늘

퇴비조성을 할 준비를 해서 낮과 지게를 지고 가서 들에 나가 풀을 지게에 한가득 베어 학교에 가 선생님한테 검사를 받았습니다. 저는 갑(甲)을 받았습니다. 그 뒤 아침 조회 장소에 모여서 교장 선생님의 훈화가 있었습니다.

1. 퇴비조성을 꽤 열심히 해주었기 때문에 기쁘다.
2. 애교작업을 지금부터 열심히 할 것.
3. 회충약에 대해서, 올해 청주에서 와서 신체검사를 한 의사가 우리 학교 학생은 회충이 있는 사람이 많기 때문에 빨리 약을 먹어야 한다고 해서 우리 학교에서 회충약을 10엔 정도에 사왔으니 모두 먹을 것.

그리고 애교[愛校]작업을 했습니다.

〈1937년 6월 18일 금요일 晴天氣〉
학교 조회 때 교장 선생님이 오늘은 제 2학급 발표가 있으니 자세를 바르게 하고 잘 들으라고 말씀 하셨습니다. 그리고 발표를 시작했습니다. 2학년 2명, 4학년 2명 4명 다 대체로 잘 했습니다.
그리고 박 선생님의 훈화.
오늘은 제 1학급 1학년과 제 2학급 2학년과 4학년은 회충약을 먹을 것. 내일은 특과와 3학급 3학년과 5학년이 먹을 것. 주의할 사항은 내일 아침에 올 때 아침밥을 절반만 먹고 올 것. 그리고 또 한 가지로 도시락도 가지고 오지 말라고 하셨습니다. 우리 1학급과 2학급 학생은 점심때 회충약을 먹었습니다.

〈1937년 6월 19일 토요일 晴天氣〉
학교 조회 때 박 선생님의 훈화
한 가지 물어볼 것이 있으니 대답할 때 또박또박 큰 목소리로 대답하라고 했습니다.

1. 우리 조선에서 제일 높은 총독각하는 어떤 분이신가? 답은 미나미지로[南ち郎][8]입니다. 또 우리 충청북도의 각하는 누구인가? 답은 김동훈[金東勳]입니다.
2. 다음으로 군수님 이름은 무엇인가? 답은 이해용(李海用) 이라는 분입니다. 그리고 우리 면의 면장님은 누구인가? 답은 이근우(李根佑)라고 말씀 하셨습니다. 그리고 오늘은 특과 2학년과 3학급 3학년, 5학년은 약을 먹으라고 했습니다. 제2라디오 체조를 했습니다.

〈1937년 6월 20일 일요일 晴天氣〉
오늘은 일요일이라서 학교에 가지 않고 집에서 자습을 했습니다.

〈1937년 6월 21일 월요일 晴天氣〉
학교 조회 때 권 선생님의 훈화.
이번 주 실천사항으로는 1. 면 주재소등의 관리 등을 보면 예의 바르게 인사를 할 것. 2. 3학년 이상은 교실 안에서 반드시 품위 있는 국어를 사용 할 것. 다음으로 2학년 이하는 품위 있는 조선어를 사용 할 것. 이처럼 이번 주 실천 사항을 잘 지키라고 말씀 하셨습니다. 예의의 주간. 오늘 교장 선생님이 청주 군청에 출장을 가셨기 때문에 학급 2학년과 4학년은 교실에서 조용히 자습을 했습니다.

8) 南次郎(1874-1955). 제7대 조선총독(1936-1942)으로 내선일체, 창씨개명을 시행하였다.

〈1937년 6월 22일 화요일 晴天氣〉

학교 조회 때 권 선생님의 훈화.

1. 학교 물품을 소중하게 생각하고 사용 할 것. 연필이나 붓 등도 전부 사용하고 나서 더러워 졌을 때는 '신께 감사드립니다' 하는 마음으로 예를 갖출 것. 어떤 학교에서는 전부터 그렇게 실행해 왔다고 했습니다.

오늘은 교장 선생님이 청주에서 학교로 돌아오셨기 때문에 우리들에게 공부를 가르쳐 주셨습니다. 그 뒤 6교시 째는 공작시간이었는데 직원회가 있어서 5교시까지만 공부하고 집으로 돌아갔습니다.

〈1937년 6월 23일 수요일 晴天氣〉

학교 조회 때 권 선생님의 훈화

1. 내일은 2시간의 공부가 끝나면 이번 달 6월 소운동회를 할 것이다.
2. 전교생이 일전에 검은 보리(麥黑)를 수확했는데 면사무소에서 상품으로 연필 180자루를 가지고 와서 많이 수확한 사람에서 준다고 했으니 그렇게 알고 있을 것.
3. 조회 5분 빨리 하기로 한 것. 선생님들한테 이야기가 나와서 시간이 바뀌었다.

교실에서 3학급 2학년과 4학년은 사무실에 들어가서 신붕예배를 지냈습니다.

〈1937년 6월 24일 목요일 晴天氣〉

학교 조회 때 교장 선생님의 훈화 .

1. 옷을 입을 때는 제대로, 단추 하나라도 떨어지면 바로 바로 기워서 입을 것. 또 바지를 입을 때는 걷어 올려 입어야 기운 있어 보인다.
2. 또 명찰에 대해서는 「옥산공립보통학교 인

[印] 곽상영」, 이것을 자기 집 앞에 잘 보이는 곳에 붙이라고 말씀 하셨습니다.

또 권 선생님이 이번 주는 예의의 주간이므로 잘 지키라고 했습니다.

공부가 시작되고 3교시가 되자 소운동회가 열렸습니다. 홍군도 백군도 열심히 해서 점수는 16회 중에 홍군이 9회로 이기고 45점 백군이 7회로 35점을 얻었습니다. 그런데 어떤 학생이 반칙을 해서 5점을 주지 않고 2점을 줘서 백군이 32점으로 홍군이 이겼습니다.

〈1937년 6월 25일 금요일 曇天氣〉

학교 조회 때 박 선생님의 훈화.

오늘은 특과의 발표가 있는 날이므로 잘 경청할 것. 그리고 발표를 했는데 4명이 했고 대체로 잘 했습니다.

발표가 끝난 뒤 제2라디오 체조를 했습니다. 교실에 들어와서 공부를 했습니다. 전부 끝나고 나서는 문패를 받았습니다. 그리고 그것을 자기 집 앞에 붙여 두라고 말했습니다.

〈1937년 6월 26일 토요일 雨後曇天〉

오늘은 비가 왔기 때문에 조회를 하지 않았습니다. 그리고 선생님들의 이야기도 없었습니다.

〈1937년 6월 27일 일요일 雨後曇天〉

오늘은 일요일이라서 학교에 안 갔습니다. 저는 집에서 자습을 했습니다.

〈1937년 6월 28일 월요일 曇天氣〉

조회 때 교장 선생님의 훈화

1. 한 가지 안타까운 사실을 말 할 테니 잘 들

을 것 5학년 곽윤상이라는 아이가 남의 물건을 속여서 자기 것인 것처럼 하려고 해서 그 학생의 마음가짐은 정직한 사람의 마음가짐이 아니므로 몇 일간 정학을 시키기로 하였다.

2. 지금부터 할 이야기는 다른 이야기로 매월 애교작업을 할 것. 그리고 오늘은 1학년 학급과 2학급의 2학년과 4학년은 오늘 애교작업을 할 것이다.

다음으로 하라다 선생님이 '지금 교장 선생님이 말씀 하신 대로 매월 애교 작업을 할것임 오늘은 1, 2, 4학년이 할 것이다'

공부가 끝나고 5교시에 애교 작업을 했습니다. 4학년들은 1학급, 3학급이 합니다. 벽지도(掛圖)나 지도를 수정하기도 하고 또 창고 청결히 하고 정돈을 했습니다.

〈1937년 6월 29일 화요일 曇天氣〉
학교 조회 때 하라다 선생님의 훈화.
1. 오늘은 제 3학급 3학년과 5학년들이 애교작업을 할 것이라고 말 하셨습니다.
2. 변소를 사용할 때는 주의 할 것. 그리고 남학생들은 소변을 볼 때는 반드시 발판에 올라가서 소변을 보도록 할 것.

그리고 공부 중에 3학년과 5학년은 애교작업을 했습니다.

〈1937년 6월 30일 수요일 曇天氣〉
학교 조회 때 하라다 선생님의 훈화.
1. 내일은 7월 1일이므로 내일부터는 시간을 지금보다 30분 전에 수업을 시작할 것이다. 그래서 시간을 잘 지켜야 한다.
2. 오늘은 제4학급 6학년과, 특과, 여학생 전

체가 애교작업을 할 것이라고 말씀 하셨습니다.

공부가 끝나고 나서 4학년생 전체는 감자를 심었습니다.

〈1937년 7월 1일 목요일 晴天氣〉
조회 전에 선생님들과 급장들이 모여서 신붕예배를 드렸습니다. 또 조회를 할 때 궁성요배를 했습니다.

교장 선생님의 훈화.
1. 신붕 예배를 드릴 때는 경건한 마음을 가지고 임할 것.
2. 신체 자세를 바르게 할 것. 또 사무실에 있는 신붕에는 천조대신을 모시고 있음.

오늘은 국어 시험을 보았는데 만점을 받았습니다. 공부가 전부 끝나고 감자를 심었습니다.

〈1937년 7월 2일 금요일 晴天氣〉
오늘은 4학급 6학년들의 발표가 있었습니다. 두 명 다 대체로 잘했습니다. 발표가 끝나고 나서 하라다 선생님이 곧 있으면 여름방학이고 앞으로 시험을 볼 예정이니 집에서든 학교에서든 공부 열심히 하라고 말씀하셨습니다.

〈1937년 7월 3일 토요일 晴天氣〉
학교 조회 때 하라다 선생님의 훈화.
창문 밖 화단으로 종이 부스러기를 버리지 말 것. 우리 조선은 13개의 도로 나뉘어 있다 그 13개의 도를 내가 말했다. 함경북도, 함경남도, 평안북도, 평안남도, 강원도, 황해도, 경기도, 충청북도, 충청남도, 경상북도, 경상남도, 전라북도, 전라남도가 있다고 내가 대답했다. 다음으로 우리 일본국의 각 지방은 혼슈(本

州), 시코쿠(四國), 큐슈(九州), 홋카이도(北海道), 사할린열도(樺太), 류큐열도(琉球), 조선반도, 타이완(臺灣), 만주국에게 빌린 관동주와 여러 나라에게 빌린 남양(南洋)제도라는 것.

〈1937년 7월 4일 일요일 雨後曇天〉
오늘은 일요일이라서 학교에 안 갔습니다. 저는 집에서 자습을 했습니다. 요즘 학교에서 여름방학 시험을 보기 때문에 집에서 열심히 공부를 해야 합니다.

〈1937년 7월 5일 월요일 雨後曇天〉
오늘은 비가 오기 때문에 조회는 하지 않았습니다.
4교시 체조 시간에 하라다 선생님이 내일은 4학년 이상은 가정실습을 하므로 학교는 오지 않아도 된다고 말하셨습니다. 3학년 이하는 물론 학교에 와야 한다고 했습니다.
공부가 전부 끝나고 하라다 선생님이 제게 편지를 주시며 곽윤상의 아버지에게 전해주라고 말씀하셨습니다. 그래서 저는 가지고 왔습니다. 그것은 전에 정학을 받았는데 내일부터는 학교에 오라는 내용이었습니다.

〈1937년 7월 6일 화요일 曇天氣〉
오늘은 어제 쓴 대로 4학년 이상은 학교에 가지 않고 집에서 가정실습을 하라고 해서 저는 숙부님 집인 해영이네 집에 가서 논에 물을 댔습니다. 우리 집은 모내기도 전부 끝나고 또 논을 가는 일도 다 해놓아서 한가했습니다. 점심이 돼서는 우리 집 논에 재거름을 뿌리고 콩도 뿌렸습니다.

오늘은 우영이라는 형이 집에서 논을 가는 일을 했는데 모두들 술을 전부 많이 마셨기 때문에 저녁에 싸움이 났습니다.

〈1937년 7월 7일 수요일 曇天氣〉
학교 조회 때 박 선생님의 훈화
1. 오늘부터 5학년 곽윤상이라는 아이가 학교를 다니게 되었는데 모두들 이전의 곽윤상을 생각하지 말고 새로 온 곽윤상을 생각하면서 사이좋게 생활하도록 하라고 말씀하셨습니다. 아침 끝[朝終].
오늘은 교장 선생님이 병이 나셔서 우리들 공부를 가르쳐 주시 못하시기 때문에 스스로 자습을 했습니다. 공부가 전부 끝나고 집에 돌아가려고 했는데 비가 내렸습니다. 비가 그칠 것 같지 않아서 저는 뜀박질로 집에 돌아갔습니다. 밤이 돼서도 비는 그치지 않고 점점 계속 내렸습니다.

〈1937년 7월 8일 목요일 雨天氣〉
오늘 아침에 일어나서 보니 오늘도 비가 계속 내리고 있었습니다. 강변에 가서 보니 물이 가득 불어나 흐르고 있어서 논에까지도 평평한 바다와 같이 되었습니다.
그래서 저는 학교에 갈수가 없어서 집에서 자습을 했습니다. 그래도 저는 학교에 가서 많은 친구들과 함께 공부를 하고 싶다는 생각에 걱정이 되었지만 어찌할 방법이 없었습니다. 집 밖의 친구들도 아마 그렇겠지요.
집의 청결도 꽤 깨끗하게 되었습니다.

〈1937년 7월 9일 금요일 曇天氣〉
오늘은 어제보다는 강물이 적어졌지만 아직

물이 많아서 학교에는 가는데 꽤나 애를 먹었
습니다. 어떤 학생은 어른들이 건너게 해준 사
람도 있었습니다.

학교에 가서 선생님에게 어제는 강(물) 때문
에 오지 못했다고 말씀드렸습니다. 조회는 운
동장이 질척거려 하지 않았습니다. 오늘은 시
험을 보기 시작했습니다.

〈1937년 7월 10일 토요일 曇天氣〉
오늘도 강을 건너는데 꽤 애를 먹었습니다. 조
회 때 박 선생님의 훈화.
1. 창문 사이로 종이 부스러기를 버리지 말라
고 전부터 주의를 주었는데 잘 지키고 있는 것
같으니 매주 그렇게 잘 지키라고 말씀하셨습
니다.
질문= 축배절[祝拜節]에 관해서는 1월1일 사
　방배[四方拜], 2월 11일 천장절[天長節], 4
　월 29일 기원절[紀元節]입니다. 11월 3일
　은 명치절[明治節]입니다.
2. 조선총독부에는 어떤 기념일이 있는가 하
　면 10월 1일, 또 4월 중에는 국기를 게양하
　는 날이 4월 3일 진무(新武)천황제입니다.
　또 4월 29일 기원절도 있습니다.

〈1937년 7월 11일 일요일 祝拜節〉
오늘은 일요일이라서 학교에 안 갔습니다. 집
에서 자습을 했습니다.

〈1937년 7월 12일 월요일 曇後晴天氣〉
학교 조회 때 권 선생님의 훈화.
1. 오늘은 제 1학년들이 애교작업을 한다.
2. 곧 여름방학이 되므로, 이번주 중에 시험을
　보니 공부를 확실하게 해 두라고 말씀 하셨

습니다.
3. 이번 주는 근면의 주간입니다.

〈1937년 7월 13일 화요일 晴天氣〉
학교 조회 때 권 선생님의 훈화.
1. 오늘은 전교 여학생들이 애교작업을 한다.
2. 친구들과 길을 걸어 다닐 때에는 사이좋게
　다닐 것.
3. 급장과 부급장 환경당번에 해당 하는 사람
　은 매일 자신의 학급 앞을 잘 살펴보고 종
　이나 쓰레기가 하나도 없도록 깨끗하게 할
　것.

〈1937년 7월 14일 수요일 晴後曇後雨天氣〉
학교 조회 때 권 선생님의 훈화.
오늘은 특과 2학년이 애교작업을 한다고 했습
니다. 공부가 전부 끝나고 우리학교 학생들은
정봉 정류장으로 가서 군인들을 환송했습니
다. 우리 학생들과 군인들은 우리나라 국기를
치켜들고 만세를 외쳤습니다.
중국(支那)[9]과의 전쟁 때문으로 그 때문에 군
인들을 소집하는 것입니다. 큰일입니다.

〈1937년 7월 15일 목요일 晴天氣〉
학교 조회 때 권 선생님의 훈화.
1. 내일 퇴비조성에 대해서 말씀 하셨습니다.
2. 내일은 우리 옥산면에 살고 있는 고바야시
　(小林)이라는 내지인 분이 전쟁터에 가기
　때문에 모두 정봉역까지 환송하러 가라고

---

9) 1937년과 1938년 학교일기에서 '支那'로 표기한 것
　은 '중국'으로, '北支事變'으로 표기한 것은 '중일전
　쟁'으로 입력하였다.

했습니다.

공부가 전부 끝나고는 4학년생들은 애교 작업을 했습니다.

〈1937년 7월 16일 금요일 晴天氣〉

학교 조회 때 교장 선생님의 훈화.

1. 오늘은 모두 제2회 퇴지 조성을 할 것인데 제 1회 보다 좀 더 많이 해주었다고 칭찬해 주셨습니다.

2. 오늘 12시쯤에 할 고바야시의 환송에 대해서 말씀 하셨습니다.

우리들은 12시쯤에 정봉에 갔는데 우리 옥산 면에서 환송하는 사람이 약 1천 명 정도 갔습니다. 이윽고 기차가 오고 몇 명의 군인이 만세를 목청껏 외쳤습니다. 곧 고바야시도 기차에 탔습니다. 그리고 우리는 일장기를 들고 만세를 외쳤습니다.

〈1937년 7월 17일 토요일 晴後曇天氣〉

학교 조회 때 권 선생님의 훈화……(1. 모래는 대청소를 한다. 2. 모래는 소운동회. 109쪽을 보시오.)[10]

1. 이번주는 근면의 주간이었고 모든 학년이 애교작업을 해서 학교 주변이 꽤 깨끗해 졌다고 말씀하셨습니다.

2. 질문. 우리 학교는 어떤 선생님이 계신가? 답은 교장선생님, 박 선생님, 권 선생님, 하라다 선생님, 변 선생님 모두 5분의 선생님이 계십니다. 우리학교 학생의 수는 342명

입니다.

또 교훈은 예의, 자치, 공동, 근면입니다. 그리고 그 교훈 4가지를 잘 지키라고 하셨고 여러 가지 이야기를 해 주셨습니다. (다음 쪽)

여기에 쓴 것은 어제의 일기입니다.

조회 때의 내용 1. 모래는 7월 소운동회를 한다고 했습니다. 2. 모래는 대청소를 합니다. 3. 도시락은 되도록 가지고 오도록 할 것. 4. 책가방은 가지고 오지 말 것.

〈1937년 7월 18일 일요일 曇後雨天氣〉

오늘은 일요일이라서 학교에 가지 않고 집에서 자습을 했습니다.

〈1937년 7월 19일 월요일 雨後曇天氣〉

오늘은 어제부터 비가 계속 내렸기 때문에 강물이 꽤 불어나서 건너는데 꽤나 안 좋았습니다. 학교에 가서 대청소를 했습니다.

또 소운동회를 하기로 했는데 운동장이 질척거려 안 했습니다. 또 과제장을 선생님에게 받았습니다. 7월 21일부터 과제장을 쓰게 되었기 때문에 그것을 집에 가지고 가서 잘 놔두었습니다.

〈1937년 7월 20일 화요일 曇天氣〉

오늘 아침 학교에 가려고 했는데 강물이 많아서 건널 수가 없었기 때문에 점심을 먹고 강을 건넜는데 가장 깊은 곳은 어른도 건널 수가 없었습니다. 그래서 가장 얕은 곳으로 건넜는데도 보통 우리들 목까지 물이 찼습니다. 학교에 가서 선생님께 그 이야기를 해드리고 통신표를 받았습니다. 저는 총점이 94점으로 등수는

---

10) 이날 조회 사항 중 일부를 다음 쪽의 7월 18일 일기 뒤쪽에 기록하고, 여기에 '109쪽을 보시오'라고 적었다. 문맥 상 그 내용은 이날의 일기 뒤에 입력하였다.

2등이었는데 2학기에는 더 힘을 내 열심히 해야겠다고 생각했습니다. 또 품행은 갑이었습니다. 1학년부터 품행은 갑이었고 또 총점도 하상갑에게 한 번도 진적이 없었습니다. 하상갑, 곽상영, 윤승 또 이중구.

⟨1937년 7월 21일 수요일 曇天氣⟩
오늘부터 여름방학이기 때문에 학교에 다니지 않고 집에서 공부를 하게 되었습니다. '다음 행부터는 여름 방학 중 날짜만은 씁니다.'

⟨1937년 7월 22일 목요일 晴天氣⟩[11]
⟨1937년 7월 23일 금요일 晴天氣⟩
⟨1937년 7월 24일 토요일 晴天氣⟩
⟨1937년 7월 25일 일요일 晴天氣⟩
⟨1937년 7월 26일 월요일 曇天氣⟩
⟨1937년 7월 27일 화요일 雨天氣⟩
⟨1937년 7월 28일 수요일 晴天氣⟩
⟨1937년 7월 29일 목요일 晴天氣⟩
⟨1937년 7월 30일 금요일 晴天氣⟩

오늘 31일은 학교에 가는 날이라서 114쪽을 봐 주십시오.

⟨1937년 7월 31일 토요일 晴後曇後雨天⟩
오늘은 소집일이라서 아침에 일어나서 얼굴을 깨끗이 씻고 과제장을 가지고 학교에 갔습니다. 그런데 벌써 조회가 시작되고 있었습니다. 그런데 박 선생님과 권 선생님 두 분만 계셨습니다. 박 선생님의 훈화.

___
11) 방학 중 등교하지 않는 날은 날짜와 요일, 날씨만 적고 내용은 없다.

1. 여름방학의 3분의 1은 끝났다.
2. 애교작업을 할 것이다.
3. 건강에 주의할 것.
4. 돌아오는 8월 6일에는 제15회 동창회를 할 것이므로 그 편지를 나누어 주셨습니다.
조회가 끝나고 나는 애교작업을 하고 집에 갔습니다.

⟨1937년 8월 1일 일요일 晴天氣⟩
⟨1937년 8월 2일 얼요일 晴天氣⟩
⟨1937년 8월 3일 화요일 晴天氣⟩
⟨1937년 8월 4일 수요일 晴天氣⟩
⟨1937년 8월 5일 목요일 晴天氣⟩
⟨1937년 8월 6일 금요일 晴天氣⟩
⟨1937년 8월 7일 토요일 晴天氣⟩
⟨1937년 8월 8일 일요일 曇天氣⟩
⟨1937년 8월 9일 월요일 曇後雨天氣⟩

8월 10일 오늘의 일기는 117쪽을 봐 주십시오.

⟨1937년 8월 10일 화요일 曇後雨天氣⟩
오늘은 소집일이라서 나는 학교에 갔습니다. 학교에 가서 교장 선생님이 여러 가지 주의사항을 알려주시고 애교작업을 하고 집에 왔는데 '오늘 학교에서 4학년 이상은 가을채소 파종(秋蔬菜播)'을 하려고 했는데 어제 비가 내려서 땅이 질척거려 할 수가 없었습니다.
오는 8월 13일에 4학년 이상은 또 다시 학교에 나오라고 했습니다. 저녁밥을 먹으려고 할 때 갑자기 '번개' 소리가 크게 쳐서 사람들이 꽤나 놀랐습니다. 어린애들은 꽤나 놀랐나 봅니다.

〈1937년 8월 11일 수요일 曇後雨天氣〉
〈1937년 8월 12일 목요일 曇天氣〉

1937년 8월 13일은 가을채소 파종을 하는 날이니 119쪽을 보십시오.

〈1937년 8월 13일 금요일 晴天氣〉
오늘은 학교에서 가을채소 파종을 하기 위해 4학년 이상은 학교에 갔습니다. 4학년들은 우선 감자밭에서 풀을 뜯었습니다. 그리고 배추와 무 종자를 뿌렸습니다. 끝나고 나서는 시장에 가서 아버지와 소를 팔러 갔는데 팔지 못했습니다. 내일은 아버지의 생신이라서 집에서 개를 잡았습니다.
밤에 사촌형과 아버지를 마중 나갔습니다.

〈1937년 8월 14일 토요일 晴天氣〉
〈1937년 8월 15일 일요일 晴天氣〉
〈1937년 8월 16일 월요일 晴天氣〉
〈1937년 8월 17일 화요일 晴天氣〉
〈1937년 8월 18일 수요일 晴天氣〉
〈1937년 8월 19일 목요일 晴後曇後雨天〉
〈1937년 8월 20일 금요일 晴天氣〉

8월 21일, 오늘의 일은 121쪽을 보십시오.

〈1937년 8월 21일 토요일 晴天氣〉
오늘부터 우리들은 학교에 다니게 되어서 학교에 갔습니다. 학교에 가서 조회 때 하라다 선생님이 훈화를 했습니다.
1. 어느새 긴 여름방학이 끝난 것에 대해서 말씀하셨습니다.
2. 대청소와 애교작업을 할 것이라고 말씀하

셨습니다.
3. 중일전쟁에 대해서 말씀하신 것.
4. 이제부터 열심히 공부하라고 말씀하셨습니다.
그리고 청소 등을 하고 박 선생님이 과제 검사를 했습니다. 또 실습도 했습니다. 교장 선생님은 오늘 출장을 가셨습니다.

〈1937년 8월 22일 일요일 구름 뒤 晴天氣〉
오늘은 일요일이라서 학교에 가지 않고 집에서 자습을 했습니다.

〈1937년 8월 23일 월요일 晴天氣〉
학교 조회 때 교장 선생님의 훈화.
1. 건강한 신체로 학교에 나오니 기쁘다.
2. 오늘부터는 8시 15분으로 조회 시간이 바뀌니 좀 더 빨리 학교에 올 것.
3. 중일전쟁에 대해서 쓸데없는 이야기를 하지 말 것.
다음으로 박 선생님의 훈화.
1. 이번주는 예의의 주간이므로 잘 실헬 할 것. 특과생은 신붕예배를 드릴 것.
2. 아침에 인사를 제대로 할 것. 그것은 (선생님 안녕하세요).

〈1937년 8월 24일 화요일 曇雨天氣〉
학교 조회 때 박 선생님이 「안녕하세요」 라고 제대로 인사를 하라고 말씀하셨기 때문에 힘 있게 안녕하세요라고 인사를 했습니다. 그리고 비가 내려서 그래도 교실에 들어가서 공부를 시작 했습니다. 오늘 우리 학년에 새로운 학생이 들어왔습니다. 원래는 강외공립보통학교에 다녔다고 했습니다. 이름은 이병억(李炳

億)입니다.

《1937년 8월 25일 수요일 雨後曇天》
학교 조회 때 박 선생님의 훈화.
1. 투포환던지기나 원반던지기를 할 때에 조심 할 것.
2. 학용품등, 종이 대금이 더 비싸진 것에 대해 이야기하셨습니다.
서방지(書方紙)는 전에는 8장이었는데 지금은 6장. 또 시험지도 그러합니다.

《1937년 8월 26일 목요일 雨天氣》
조회 때 박 선생님이 라디오 체조 하는 방법을 알려 주셨습니다. 또 비가 내려서 바로 교실에 들어갔습니다.

《1937년 8월 27일 금요일 晴天氣》
오늘은 어제 비가 내렸기 때문에 운동장이 질척거려서 조회를 안했습니다. 교실에서 교장 선생님께 중일전쟁에 대한 이야기를 들었습니다.

《1937년 8월 28일 토요일 晴天氣》
조회 때 박 선생님의 훈화.
1. 다음 주 월요일에는 전교 애교작업이 있으므로 1학년부터 6학년까지 모두 도시락을 싸오라고 말씀하셨습니다.

《1937년 8월 29일 일요일 曇天氣》
오늘은 일요일이라서 학교에 안가고 집에서 자습을 했습니다.

《1937년 8월 30일 월요일 曇天氣》

오늘은 운동장일 질척거려 조회는 하지 않았습니다. 오늘 3교시부터 애교작업을 시작했는데 2시간 정도 했습니다. 끝난 뒤 선생님이 잘했다고 칭찬했습니다. 그리고 집에 돌아갔습니다.

《1937년 8월 31일 화요일 曇天氣》
조회 때 권 선생님의 훈화.
1. 4학년 이상은 교실 안, 복도, 운동장 등의 장소에서 이야기를 할 때는 꼭 국어로 말을 할 것.
2. 어제 애교작업을 해서 학교가 꽤 깨끗해 진 것에 대해 이야기 하셨습니다.
3. 내일부터는 단축시간으로 수업을 하지 않고 원래대로 장시간 공부를 할 것이며 오늘 보니 「지각」을 한 사람이 많은데 그 사람들은 좀 더 신경 쓰고 주의하라고 하셨습니다.

《1937년 9월 1일 수요일 曇天氣》
조회 전에 선생님과 학년별 급장, 부급장이 신붕예배를 드렸습니다. 조회를 시작하기에 앞서 궁성요배를 했습니다. 그리고 교장 선생님이 중일전쟁에 대해 이야기하셨습니다.
또 궁성요배를 할 때는 「경건한 마음가짐을 가지고 할 것. 또 자세를 바르게」 하라고 말씀하셨습니다.
다음으로 권 선생님이 4학년 이상은 국어로 말을 하기로 약속했는데 실행에 미치지 못하니 좀 더 주의하라고 하셨습니다.
오늘 9월 1일은 대정 12년 9월 1일 도쿄에서 지진이 있었던 날이라고 합니다. 동경에.

〈1937년 9월 2일 목요일 曇天氣〉

조회 때 제2라디오 체조만 했습니다. 또 권 선생님의 훈화.

요즘 매일 구름이 껴서 그런지 모르겠는데 늦게 오는 사람이 꽤 있는 것 같다. 다음부터는 좀 더 주의하라고 하셨습니다.

전교생이 10전씩 위문금을 내라고 했습니다. 저도 내일 10전을 가지고 가서 낼 것입니다. 전쟁에 대한 돈입니다. 또 위문문도 쓰기로 했기 때문에 저는 간단한 창가를 만들었습니다. 「황군의 군인들이여, 적장을 전부 죽여라, 쫓아가라, 다리를 건너 죽여라, 죽여라 적장을. 천황폐하 만세, 우리나라 만만세」 이렇게 썼습니다.

〈1937년 9월 3일 금요일 晴天氣〉

조회 때 하라다 선생님이 오늘은 제3학급 발표가 있으니 신경 써서 들으라고 말했습니다. 5학년 두 명이 3학년 2명 4명이 대체로 잘 했습니다. 끝나고 나서 권 선생님이 요즘 날씨가 선선해져 가니 공부를 좀 더 열심히 할 것. 운동을 하고 몸을 건강하게 하라고 말씀하셨습니다.

〈1937년 9월 4일 토요일 晴天氣〉

오늘 조회는 국기게양 전에 했습니다. 모래 애국일 기념식 연습을 하기 위해 국기게양대 앞에서 조회를 했습니다. 교장 선생님이 여러 가지 주의를 주셨습니다.

또 권 선생님으로부터 질문이 있었습니다.

1. 공부는 왜 하는가? 답은 국가를 위해서 훌륭한 사람이 되기 위해서입니다.

2. 체조나 운동은 왜 하는가? 답은 신체를 건강히 하고 사회를 위한 훌륭한 사람이 되기 위해서입니다.

3. 이번 중일전쟁[支那事變]은 왜 일어났는가? 답은 어떤 다리에서 중국군대가 우리나라 군대한테 대포 등을 쐈고 그런 멍청한 짓을 했기 때문에 우리나라 일본이 싸우러 간 것이다. 「우리 일본 만만세」.

〈1937년 9월 5일 일요일 雨後曇〉

오늘은 일요일이라 학교에 안 갔습니다. 그래서 우리들은 집에서 자습을 했습니다.

〈1937년 9월 6일 월요일 曇後雨天氣〉

오늘은 먼저 아침에 일어나 해가 뜨기 시작할 때쯤 일장기를 게양 했습니다. 학교에 가서 애국일 기념식을 했습니다. 또 귀환제도 했습니다.

그리고 오늘은 우리 일본국에서 애국일이라고 정하고 학교에서 식을 올리는 거라고 말씀했습니다.

그리고 면장님이 말씀하셨는데, 각 부락에서도 귀환제를 올릴 날을 정해 두었으니 어떤 집이라도 어른 한 명 이상은 누구나 귀환제 장소에 와서 식을 올리라고 말씀하셨습니다.

〈1937년 9월 7일 화요일 曇後雨〉

조회 때 하라다 선생님의 훈화.

이번 주 실천 사항으로는 청소를 깨끗하게 할 것. 1. 이번 주 중에 제3회 퇴비조성이 있다고 말씀하셨습니다.

〈1937년 9월 8일 수요일 曇天氣〉

조회 때 하라다 선생님의 훈화.

1. 내일은 제3회 퇴비조성을 하는 날이다. 내일 할 제3회 퇴비조성은 금년도 마지막이므로 힘내서 베어 올 것. 또 모래는 학부형회를 하므로 모두 오늘 통지를 가지고 가서 부모님에게 보여주고 꼭 집에서 한 사람씩 데리고 오라고 하셨습니다.

〈1937년 9월 9일 목요일 晴天氣〉
오늘은 퇴비조성 날이라서 우리들은 '지게'로 한가득 베어 와서 10시 경에 학교에 가서 선생님한테 검사를 받았는데 갑을 받았습니다. 그리고 상품을 받았습니다. 시험지를 받았습니다. 뒤에 교장 선생님이 말씀하셨는데,
1. 오늘 퇴비조성에 대해서 꽤나 칭찬해 주셨습니다.
2. 애교작업을 할 것.
3. 금년도 추계 대운동회는 이번 달 30일에 할 것임. 음력 8월 26일.
4. 내일은 금계간이학교의 기념식이 있어서 선생님들이 참가해야 하므로 내일 공부는 1시간만 할 것임. 간이학교는 작년 9월 10일부터 시작되었음.

〈1937년 9월 10일 금요일 曇天氣〉
오늘은 학교에 가서 공부를 1시간만 했습니다. 저는 친구들과 같이 우리 집에 와서 점심을 먹고 간이학교에 가서 구경을 했는데 학예회가 있었는데 꽤 훌륭히 잘 했습니다. 작년 9월 10일에 간이학교가 시작되어서 기념식을 한 것입니다. 우리 집에서 점심을 먹은 친구들은 하상갑, 신관우, 이준섭, 신명우이고 또 곽도영도 먹었습니다.
이 친구들은 모두 저와 같은 4학년인데 꽤 친한 친구들입니다.

〈1937년 9월 11일 토요일 晴天氣〉
학교 조회 때 하라다 선생님의 훈화
1. 요즘 지각하는 학생이 있는데 좋지 않으므로 더 주의해서 빨리 학교에 나오라고 말하셨습니다.
우리들은 공부를 3시간 정도 했습니다. 오늘은 또 학부형회를 하는 날로 아버지나, 형, 어머니가 오시는 날입니다. 우리 집은 아버지가 청주 시장에 가셔서 올 수 없었기 때문에 어머니가 와서 이야기를 들었습니다.

〈1937년 9월 12일 일요일 晴天氣〉
오늘은 일요일이라서 학교에 안 갔습니다. 저는 아침 일찍 일어나서 아침을 먹고 도시락을 싸서 환희산(歡喜山)에 사방공사에 가서 일을 했습니다. 34전을 받았습니다.

〈1937년 9월 13일 월요일 晴天氣〉
하라다 선생님의 훈화.
1. 운동장 청소를 구석구석 깨끗하게 할 것.
2. 교실 안도 깨끗하게 할 것.
4학년 이상은 직업시간에 도구를 사용하고 난 뒤에 정리를 잘 하라고 하셨습니다. 이번 주는 근면의 주간입니다. 조회가 끝나고 오늘 체조 시간에 적군 백군을 나누었는데 저는 백군이었습니다.

〈1937년 9월 14일 화요일 晴天氣〉
학교 조회 때 박 선생님의 훈화
1. 운동회 도구에 대해서, 3학년 이하 오재미[おちゃみ]를 적, 백, 두 가지를 가지고 올

것. 4학년 이상은 새끼줄을 20미터 정도 가지고 올 것.

2. 1학년부터 6학년까지 빗자루를 가지고 오라고 했습니다.

다음으로 제 1라디오 체조를 했습니다.

〈1937년 9월 15일 수요일 晴天氣〉

조회 때 박 선생님의 훈화.

1. 이것은 질문인데 잘 듣고 똑똑히 대답하라고 말하시고는 9월 6일은 무슨 날인가 하고 물으셨는데 답은 애국일입니다. 그래서 애국일에 학교에서는 무슨 일이 있었는가? 답은 애국 기념식과 귀환제를 한 것입니다 라고 말하고 끝났습니다.

〈1937년 9월 16일 목요일 晴天氣〉

조회 때 박 선생님의 훈화.

1. 빗자루, 오재미, 새끼줄을 가지고 오라고 했으니 빨리 준비해서 가지고 올 것. 지각하지 말고 빨리 학교에 오라고 하셨습니다.

〈1937년 9월 17일 금요일 晴天氣〉

학교 조회 때 교장 선생님이 오늘은 제 2학년 발표가 있는 날이니 잘 듣고 표현하라고 말씀하셨습니다. 그리고 바로 발표를 시작했습니다. 2학년 2명, 4학년 2명 4명 모두 잘했습니다.

〈1937년 9월 18일 토요일 晴天氣〉

조회 때 박 선생님의 훈화.

1. 내일은 조선의 추석이라는 명절이므로 제사를 지내는데 모두들 진심을 담아서 제사를

지낼 것. 또 먹을 것에 주의 하라고 말씀하셨습니다.

〈1937년 9월 19일 일요일 晴天氣〉

오늘은 추석입니다. 우리들은 새 옷을 입고 제사를 지냈습니다. 또 음식도 십분 주의해서 먹었습니다. 또 오늘이 딱 일요일이어서 오늘을 재미있게 보냈습니다.

〈1937년 9월 20일 월요일 曇後晴天氣〉

오늘은 아침에 비가 내렸기 때문에 조회는 안 했습니다. 선생님께 어제 재미있게 놀았다고 이야기도 하고 선생님이 중일전쟁 이야기도 해주셨습니다.

〈1937년 9월 21일 화요일 晴後曇天氣〉

학교 조회 때 권 선생님의 훈화.

1. 몸을 청결하게 할 것. 곧 운동회가 있기 때문이다.

2. 옷을 갖춰 입을 때 단추 같은 것이 떨어지지 않도록 할 것.

3. 이야기를 할 때는 될 수 있는 한 국어로 이야기 할 것. 조회 끝

교장 선생님은 청주에 출장을 가서서 오늘은 제2학급 2학년과 4학년은 자습을 했습니다. 오늘은 빗자루와 새끼줄을 가지고 갔습니다.

〈1937년 9월 22일 수요일 晴天氣〉

학교 조회 때 권 선생님의 훈화.

요즘 안개가 껴서 그런 탓인지 지각생이 많다. 더 주의해서 좀 더 빨리 오라고 하셨습니다. 조회 끝.

◎ 공부를 시작하여 3교시가 시작되었을 깜짝

놀랐습니다. 중요사항을 알리는 종이 울려서 조회 장소에 모였습니다. 그래서 교장 선생님이 내일은 1937년 9월 23일로 추계 황령제(秋季皇靈祭)이므로 학교를 쉬며 축하할 날이라고 여러 가지 이야기를 해주셨습니다. 또 보국식(報國)을 하므로 내일은 모든 부락에서 식을 올린다고 했습니다.

〈1937년 9월 23일 목요일 晴天氣〉
오늘은 추계 황령제라는 기념일입니다. 또 보국식을 하는 날이기도 합니다. 그래서 아침에 간이학교에 모여서 보국식을 했습니다. 또 오늘은 국가를 위해 일하는 날로 모든 마을 사람이 사방공사에 가서 일했습니다. 모두 어떤 집이라도 국가를 위해서 보수금(報しゅやる金) 30전씩 내기로 되어 있어서 사방공사에 간 것입니다. 학교는 오늘 쉽니다. 저는 사방공사에 가서 28전을 냈습니다. 2전을 더 보태서 보수금을 냈습니다. 누구나 그렇게 합니다.

〈1937년 9월 24일 금요일 晴天氣〉
조회 때 권 선생님의 훈화.
1. 내일은 대 운동회 연습을 하므로 모두 도시락을 가지고 올 것.
질문. 신사나, 신붕에서는 왜 예를 올리는가?
답은 우리나라가 곤란한 일을 겪지 않고 더 번성하게 해달라고 하기 위해서입니다. 또 조상님들을 모셨기 때문입니다.
또 길을 걸어 다닐 때는 어떻게 해야 하는가?
답은 좌측으로 다니고 빨리빨리 다니는 것입니다.
조회가 끝나고 공부를 시작하고 2시간 정도 공부를 했습니다. 그리고 3교시에는 전체가 운동장에서 연습을 했습니다. 내일은 책은 안 가지고 가도 됩니다.

〈1937년 9월 25일 토요일 晴天氣〉
오늘은 먼저 아침에 가로(ㅋㄱ)로 연습을 해보았는데 선생님이 몇 번이나 주의를 주셨습니다. 그 뒤에 끝나고 선생님의 이야기가 있었습니다. 연습은 대체로 이 정도면 좋다고 생각하는데 좀 더 분발해서 만점을 받도록 해서 진짜 운동회 날에 보여주자고 말했습니다.
또 졸업생들 10여 명이 와서 우리들을 보살펴준다고 했습니다. 운동회는 이번 달 30일에 할 계획입니다.

〈1937년 9월 26일 일요일 雨後曇天氣〉
오늘은 일요일로 학교에 안가고 집에서 자습을 했습니다.

〈1937년 9월 27일 월요일 晴天氣〉
학교 조회 때 하라다 선생님의 훈화.
1. 3학년 이상은 오재미와 빗자루를 가지고 오라고 했는데 아직 안 가지고 온 학생이 많으니 빨리 준비해가지고 올 것과 4학년 이상도 빗자루와 새끼줄을 안가지고 온 사람은 빨리 가지고 오라고 말 하셨습니다. 조회 끝.
3교시에는 교장 선생님이 청주에 출장을 가셨기 때문에 4학년과 2학년은 조용히 자습을 했습니다.

〈1937년 9월 28일 화요일 晴天氣〉
조회 때 하라다 선생님의 훈화.
1. 일전에 교장 선생님이 말씀하신 대로 몸을 청결히 하고 운동회를 할 것.

요즘 운동회 준비를 열심히 합니다.

〈1937년 9월 29일 수요일 晴天氣〉
학교 조회 때 하라다 선생님의 훈화.
1. 오늘은 내일 운동회 준비를 하기 위해서 공부를 1시간만 할 것이라고 말씀 하셨습니다. 그래서 1교시가 끝나고 다시 조회 장소에 모이라고 하시고 제2라디오 체조를 하고 교실에 들어갔습니다. 조회 끝.
1교시가 끝나고 조회 장소에 모여서 교장 선생님이 다음과 같은 사항을 말하셨습니다.
1. 내일은 우리학교 추계 대운동회로 자세를 바르게 할 것. 또 오늘 일과 내일 일에 대해서도 여러 가지로 많이 이야기해 주셨습니다. 그리고 모레 일도 자세히 말씀하셨습니다.

〈1937년 9월 30일 목요일 晴天氣〉
오늘은 아침 일찍 일어나 보니 하늘에는 구름 한 점 없었습니다. 기분이 산뜻해지는 바람이 불고 있었습니다. 학교에 가니 운동장에 만국기가 바람에 펄럭이고 있었습니다. 대포를 3발 쏘고 운동회를 시작했습니다. 또 구경온 사람도 2,000명 정도 왔습니다. 홍, 백군이 아침부터 저녁까지 열심히 했는데 점수는 백군 45점이고, 홍군은 35점이었기 때문에 백군이 이겨서 우승기를 받았습니다. 저도 백군이었습니다. 모두 끝난 뒤 교장 선생님이 말씀하시길 홍군도 백군도 열심히 했다고 칭찬해 주셨습니다. 아침 10시에 시작했는데 끝난 것은 오후 5시 38분 이었습니다.

〈1937년 10월 1일 금요일 晴天氣〉
오늘은 어제 운동회를 했기 때문에 피곤하므로 우리 학교는 쉽니다. 또 오늘은 시정 기념일이기도 합니다.
나는 오늘 청주 제1 공립보통학교 운동회 구경을 갔는데 거기 학생들이 하는 것을 보니 대체로 잘 했습니다.
나는 또 강서면(江西面) 내곡리(內谷里)의 숙부님 댁에 가서 우리 집 일을 부탁드릴 요량으로 숙부 댁에 갔는데 숙부님은 이미 다른 집에 가셨기 때문에 부탁할 수 없었습니다. 그 길로 청주 둘째 외삼촌 댁으로 갔습니다.

〈1937년 10월 2일 토요일 晴天氣〉
학교 조회 때 하라다 선생님의 훈화.
1. 모두에게 통지한 대로 그저께 운동회로 운동장이나 교실이 꽤 더러워져 보이므로 오늘은 1학년부터 6학년까지 함께 학교 청소를 할 것이다. 오늘은 공부를 하지 않을 것임.
다음 주 월요일부터 30분 늦춰서 8시 45분에 조회 종을 울리고 조회를 15분하고 9시부터 수업을 시작할 것이라고 말씀하셨습니다.
그리고 바로 청소를 시작했습니다 우리 2학급은 지금 교장 선생님이 출장을 가셔서 안계십니다. 또 신붕예배와 궁성요배를 드렸습니다.

〈1937년 10월 3일 일요일 晴天氣〉
오늘은 일요일이라서 학교에 안가고 집에서 자습을 했습니다.

〈1937년 10월 4일 월요일 晴天氣〉
학교 조회 때 하라다 선생님이 훈화.
1. 이제 운동회도 확실히 끝났으니 열심히 공부를 해야 한다고 말씀하셨습니다. 또 오늘도 특별히 애교작업을 하라고 하셨습니다. 다음

주는 공동의 주입니다. 그 후 공부가 모두 끝나고 1학년부터 6학년까지 애교작업을 했습니다.

〈1937년 10월 5일 화요일 晴天氣〉
학교 조회 때 박 선생님의 훈화.
1. 학교 조회에 올 때는 교실 창문을 보기 좋게 가운데로 열어 둘 것. 4학년 이상은 직업시간 뒤에 정리를 잘하라고 말씀하셨습니다.

〈1937년 10월 6일 수요일 晴天氣〉
학교 조회 때 박 선생님의 훈화.
1. 오늘은 10월 6일로 매월 6일은 애국일로 오늘도 국민으로 좀 더 다른 날 보다 나라를 위해 인민을 위해 작업을 해야 한다. 그래서 우리 학생들은 애국 기념식을 했습니다. 또 위문금을 1인당 1전씩 내기로 해서 모두 냈습니다. 그리고 중일전쟁에 대해서도 말해주셨습니다. 공부를 시작하고 5교시에는 우리학교 생 전체가 애교작업을 했습니다.

〈1937년 10월 7일 목요일 晴天氣〉
학교 조회 때 박 선생님의 훈화.
1. 질문, 종달새는 어디에 둥지를 짓는가? 답은 보리밭이나 들판 등에 둥지를 짓고 새끼를 기릅니다.
세계 3대 형제국의 이름을 말할 것. 답은 일본, 미국, 프랑스입니다.
이렇게 질문을 받았습니다.

〈1937년 10월 8일 금요일 晴天氣〉
학교 조회 때 교장 선생님의 훈화.
1. 지금 조선의 총독각하는 어떤 분이신가? 답은 미나미 지로(南次郎)입니다.
2. 황국신민의 서사(誓詞). 1. 우리들은 대 일본제국의 신민이다. 2. 우리들은 마음 모아 천황폐하에게 충성을 다한다. 3. 우리들은 인고하고 단련하여 훌륭하고 강한 국민이 되겠습니다 라는 말을 하고 약속하라고 말씀하셨습니다.
또 제 1학급 1학년의 발표가 있었습니다. 두 명 다 대체로 잘 했습니다. 조회 끝.
이번 달 10일에는 청주군 각 학교에서 몇 명씩 군청에 가서 시험을 보기로 해서 요즘 우리 학교에서도 4명을 뽑아서 시험 연습을 하고 있습니다. 가는 학년은 1, 2, 3, 6학년입니다.

〈1937년 10월 9일 토요일 晴天氣〉
조회 때 박 선생님의 훈화.
1. 조회가 끝나고 교실에 들어 갈 때 입을 열지 말고 조용히 들어가라고 하셨습니다.
내일은 청주에 가서 시험을 보는 날이므로 오늘 충분히 연습을 했습니다.

〈1937년 10월 10일 일요일 晴天氣〉
오늘은 일요일로 학교에 안 갔습니다. 아침에 싸리[12] 씨를 수확했고 또 물고기를 잡으러도 갔습니다. 두 사발 정도 잡았습니다. 또 흙도 구워서 세공품을 만들고 필통도 만들었습니다.

〈1937년 10월 11일 월요일 晴天氣〉
학교 조회 때 권 선생님의 훈화.

---

12) 가타가나로 'ハギ'라 적고 그 옆에 한글로 '싸리'라고 작게 적어놓았다.

1. 4학년 이상은 아침에 학교에 와서 꼭 자습을 할 것. 3학년 이하는 운동장에 나와서 활발하게 운동하라고 말씀하셨습니다. 그리고 제2라디오 체조를 했습니다.

〈1937년 10월 12일 화요일 晴天氣〉

학교 조회 때 권 선생님의 훈화.
1. 먼저 황국신민의 서사를 읽었습니다.
2. 다음으로 제2라디오 체조를 했습니다. 조회 끝.

2교시에는 교장 선생님이 청주로 출장을 가셨는데 박 선생님이 오셔서 수업을 해주신 시간도 있었습니다. 이외 시간은 자습을 했습니다.

〈1937년 10월 13일 수요일 晴天氣〉

오늘은 먼저 8시 30분부터 무신조서[ボシンショウショウ]¹³라는 식을 올렸기 때문에 전교생이 마음을 모아 식을 올렸습니다. 그것은 국가를 위한 식을 올린 것이기 때문입니다.

〈1937년 10월 14일 목요일 晴天氣〉

교장 선생님의 훈화.
1. 학교와 자기 신체를 청결하게 할 것. 깨끗하게 갖춰 입을 것. 누구나 모자를 쓰고 학교에 올 것.

다음으로 권 선생님의 훈화.
1. 많은 사람이 모여서 일이나 공부를 할 때는 어떻게 해야 하는가? 하는 질문에 서로 힘을 모으고 공부를 하 때는 자세를 바르게

하고 해야 한다고 했습니다.
2. 납세는 왜 하는가? 답은 국가를 위해서입니다. 학교, 강에 있는 다리, 도로 등을 짓기 위해서입니다.
3. 과거 청일전쟁(1894), 러일전쟁(1904), 만주사변(1931)과 오늘날 중일전쟁(1937) 어떻게 우리나라가 이겼는가? 답은 군인들이 힘을 합쳐서 공동일치가 되어 열심히 싸웠기 때문입니다.

〈1937년 10월 15일 금요일 曇天氣〉

학교 조회 때 권 선생님의 훈화.
1. 내일은 우리학교에서 6학년은 남고 1학년부터 5학년까지는 전부 우리 옥산면에서 가장 높은 동림산(東林山)으로 소풍을 간다고 했습니다.

6학년은 왜 가지 않는가 하면 이 전에 수확해 둔 벼가 전부 말라서 그것을 내일 타작하기 위해서입니다.

〈1937년 10월 16일 토요일 雨後曇天氣〉

아침 일찍 일어나 보니 하늘에 구름이 가득하고 비가 내렸습니다. 그래서 소풍은 갈 수 없다고 생각했습니다.

아침에 학교에 가니 선생님이 이야기를 해주셨습니다. 오늘은 소풍을 가려고 했는데 날씨가 좋지 않아서 갈 수가 없기 때문에 다음 주에 한 요일을 골라서 가기로 했으니 그렇게 알고 있을 것. 또 황군전승(皇軍戰勝)의 노래를 배우고 내일은 일요일이지만 학교에 모두 나와서 공부는 하지 않지만 깃발을 들고 황군전승가를 부르면서 도산(島山), 시장, 덕촌(德村) 인근의 마을을 돌면서 깃발행진을 하라고

---

13) '戊申詔書[ぼしんしょうしょ]'. 1908년 국민교화를 위해 발표한 조서. 국민의 단결과 근검을 강조한 내용이다.

말하셨습니다.

〈1937년 10월 17일 일요일 晴天氣〉
학교 조회 때 교장 선생님의 훈화.
1. 오늘은 축하할 만한 날이고 또 신상제(神賞祭) 날이기도 하므로 오늘은 정말 기념할 만한 날에다가 또 황군 전쟁봉축을 하며 특별하게 깃발행렬을 한다. 모두들 마음을 담아 황군 전승의 노래를 부르면서 깃발행렬을 하라고 말씀하셨습니다. 황군 만세삼창을 부르고 깃발행진을 했습니다.
모두 끝나고 집에 돌아갈 때 '대일본제국 만세'를 외쳤습니다. 또 우리 옥산면 박씨가 전쟁에 나가게 되어 그분 집에 가서 만세삼창을 했습니다. 오늘은 일요일이지만 특별히 이런 일을 했습니다.

〈1937년 10월 18일 월요일 晴天氣〉
아침 조회 때 하라다 선생님의 훈화.
1. 이번 주 실천사항은 의복과 신체를 청결히 할 것.
2. 예의의 주간으로 제2학급은 신붕예배를 올릴 것.
3. 내일 동림산에 5학년 이하는 모두 소풍을 갈 것. 조회 끝.
금계리와 수락(水落)과 호죽(虎竹)과 사정(沙亭), 장동(墻東)과 동림마을로 가는 소풍은 내일 학교로 가지 않고 금계리 천변 앞에서 모여서 장동으로 흐르는 강 사이에 모두 모이라고 말씀하셨습니다.

〈1937년 10월 19일 화요일 晴天氣〉
아침에 일어나서 보니 하늘에는 구름 한 점 없

는 좋은 날씨였습니다. 아침을 먹고 사거리로 불리는 장소에 어제 말한 부락의 사람들은 모두 모여서 여러 가지 운동을 하고 있었습니다. 10시쯤에 선생님들과 친구들이 모두 올라왔습니다. 사거리에서 선생님께 이야기를 듣고 동림산에 올라갔습니다. 올라가니 11시가 되었습니다. 그리고 절에서 놀았고 정상까지 올라가서 경치를 둘러보며 놀다가 12시 30분에 점심을 먹었습니다.
또 1시간 정도 쉰 다음 다시 출발해서 집에 돌아갔습니다. 꽤나 재미있었습니다.

〈1937년 10월 20일 수요일 晴天氣〉
조회 때 하라다 선생님의 훈화.
1. 어제는 1학년부터 5학년까지 동림산에 소풍을 갔다 왔는데 오늘 모두 건강하게 나와 주어서 매우 기쁘다고 했습니다.
또 황국신민의 서사를 낭독했습니다.

〈1937년 10월 21일 목요일 晴天氣〉
학교 조회 때 하라다 선생님의 훈화.
1. 요즘 지각생이 많은데 좀 더 주의해서 빨리 학교에 오라고 했습니다. 다음으로 질문이 있었습니다.
  (1) 지난 일요일인 10월 17일은 무슨 날이었는가. 답은 신상제입니다.
  (2) 신상제란 어떤 의미인가. 답은 새로 수확한 작물로 이세신궁(伊勢神宮)[14]에 제사를 지내는 날입니다.
  (3) 신상제 날에는 무엇을 했는가. 답은 깃발행렬입니다.

---

14) 이세신궁은 천황가의 조상신을 모시는 신궁이다.

(4) 어떤 의미가 있는가. 답은 황군 전승축일이기 때문입니다. 황군이란 우리나라 군대이고 전승이란 전쟁에서 이긴 것을 의미합니다. 봉축일이란 축하를 하는 날입니다.

(5) 이러한 승리에 우리 신민은 어떤 자세를 취해야 하는가. 답은 신민으로서 농가도, 상공업을 하는 사람에게도 좋은 격려가 되어 열심히 해야 합니다. 조회 끝.

오늘은 교장 선생님이 청주로 출장을 가셨습니다.

〈1937년 10월 22일 금요일 晴天氣〉

오늘은 제3학급 발표가 있는 날입니다. 5학년 2명과 3학년 2명 모두 4명이 했습니다. 다음으로 하라다 선생님이 황국신민의 서사를 낭독했습니다. 조회 끝.

오늘부터 4일간은 충청북도 각 학교에서 4, 5명씩 모여서 무슨 회의를 하기 때문에 오늘부터 4일간은 선생님이 안 계시니 그 기간 동안 자습을 하라고 말씀하셨습니다. 우리 학교에서는 5명의 학생이 가게 되었습니다. 선생님들도 2, 3명 갈 것이라고 생각합니다.

〈1937년 10월 23일 토요일 晴天氣〉

조회 때 하라다 선생님의 훈화.

1. 10월 24일부터는 '교육주간 실천사항으로 1주일 동안 30일까지는 특별히 다음 사항을 지키라고 말하셨습니다. 그것은 다음과 같습니다. 내일부터입니다.

◎ 교육주간 실천사람 (덕목)

10월 24일 효행일 = 부모님을 안심시키는 것.

10월 25일 우애일 = 형제와 사이좋게 지내는 것.

10월 26일 신의일 = 친구들을 신용하는 것.

10월 27일 공검일(恭儉日) = 행실을 조심하는 것.

10월 28일 박애일 = 식물이나 동물을 소중히 하는 것.

10월 29일 학업일 = 공부를 열심히 하는 것.

10월 30일 공익일 = 세계의 한 사람으로서 노력하는 것. 이상.

교장 선생님은 오늘도 안계십니다.

〈1937년 10월 24일 일요일 晴天氣〉

오늘은 일요일로 학교는 안 가고 집에서 자습을 했습니다. 24일 교육일은 효행일로 부모님을 안심하게 해드리는 날입니다. 그래서 저는 아버지, 숙부, 남동생 저까지 4명이서 밭에 가서 보리씨를 파종했습니다.

〈1937년 10월 25일 월요일 晴天氣〉

조회 때 박 선생님의 훈화.

1. 오늘은 25일 우애일로 형제와 사이좋게 지내야 한다. 그리고 이번 주는 자치의 주간으로 실행 할 것.

(1) 교육에 관한 칙어[15]에 무슨 내용이 들어 있는가.

(2) 황국신민의 서사를 모두 외울 것. 또 그 안에는 무슨 의미가 쓰여 있는가. 4학년 이상은 교육에 관한 칙어를 이번

---

15) 교육칙어(敎育勅語). 제국주의 신민의 수신과 도덕의 기본규범을 규정한 내용으로, 1890년 10월 31일 반포되어 1948년 6월 19일 폐지되었다.

주 중으로 모두 외울 것. 조회 끝

오늘도 교장 선생님은 안계십니다. 4학년과 2학년은 자습을 했습니다. 때때로 박 선생님이 오셔서 수업을 해주셨습니다.

〈1937년 10월 26일 화요일 晴天氣〉

학교 조회 때 교장 선생님의 훈화. (첨언, 어제 저녁에 오셨습니다.)

1. 선생님들이 3, 4일간 청주에 가서 몇 가지 회의를 했는데 충청북도 내 보통학교나 소학교에서 학생과 선생님들이 모여서 학예회를 하기로 했다. 학생은 우수한 학생을 골라서 4명이나 5명 또는 7명으로 모을 것인데 학생 500명, 선생 300명이다.

다음은 그 학생들에 대한 이야기인데, 활발하고, 또 국어를 잘하는 학생이어야 한다. 그리고 비상사항에 대한 것도 말씀하셨습니다. 잘 지킬 것. 우리 학교에서도 5명이 상품을 받을 것이다. 다음으로 박 선생님이 오늘은 신의의 날이니 친구들을 신용하라고 말씀하셨습니다.

〈1937년 10월 27일 수요일 晴天氣〉

조회 때 교장 선생님의 훈화.

1. 제일 먼저 황국신민의 서사를 낭독했습니다.

2. 어제는 신의일이었고 오늘은 공검일이라는 데 대해서 질문을 했습니다.

3. 오늘 오전 8시 50분 기차를 타고 경성에 수학여행을 가는 것도 말씀하였습니다. .

〈1937년 10월 28일 목요일 雨天氣〉

오늘은 비가 내리기 때문에 조회를 하지 않았습니다.

교실에서 교장 선생님이 어제는 공검일이었는데 마음이나 기분, 행실을 삼가고 무엇보다도 검약하라고 말씀하셨습니다.

또 오늘은 박애일로 무엇보다도 사랑할 것 등을 이야기하셨습니다. 그 외 이야기로 변소 등 장소에서 낙서를 하는 사람이 요즘 있다고 말했습니다. 그 사람이 누군지 조사해서 정학시킬지도 모른다고 했습니다.

공부가 전부 끝나고 방과 후에는 명치절(明治節) 창가를 불렀습니다.

〈1937년 10월 29일 금요일 雨天氣〉

조회는 비가 와서 안 했습니다.

교실에서 교장 선생님이 오늘은 학업일이니 공부 열심히 하라고 말씀하셨습니다.

〈1937년 10월 30일 토요일 曇後晴天氣〉

오늘은 사촌누나 결혼식이 있었습니다. 나는 아침 일찍 필영(弼營)이와 학교에 가서 선생님께 이야기를 드리고 바로 집에 왔습니다. 조퇴를 한 것입니다. 11시경에는 신랑[16] 되는 사람이 와서 식을 올렸는데 정말 컸습니다. 나이는 19살입니다.

사촌누나 나이는 17살이니 나이가 어립니다. 오늘을 집 안에서 기쁘게 보냈습니다. ((공익일입니다.))

◎ 어제까지는 비가 그치질 않고 내렸는데, 신랑 신부가 복이 있어서 그런지는 모르겠지만 아침에는 구름이 조금밖에 없고 저녁에는 구름 한 점 없는 청명한 하늘이었습니다.

---

16) 원문에는 '실랑'이라고 한글로 적혀있다.

⟨1937년 10월 31일 일요일 晴天氣⟩
오늘도 날씨가 좋았다. 또 마침 딱 일요일이었다. 아침에 일찍 출발했는데 그 사촌누나의 눈에서 눈물이 나왔다. 또 가족들도 눈물을 많이 흘렸습니다. 저도 눈에서 눈물이 뚝뚝 났습니다.
오늘부터는 함께 얼굴을 마주할 수가 없기 때문에 너무 슬펐지만, 사촌누나도 좋게 갔으니 기쁩니다. 바양[17]은 할아버지가 갔습니다.

⟨1937년 11월 1일 월요일 晴天氣⟩
먼저 아침 조회 전에 급장, 부급장, 선생님들과 신붕예배를 했습니다. 조회가 시작되고 나서 교장 선생님이 지금부터 궁성요배를 할 테니, 자세를 바르게 하고, 경건한 마음을 가지고 하라고 하셨습니다. 궁성을 향해서 궁성요배식을 올렸습니다.
그 뒤에 권 선생님이 요즘 앵두나무나, 정원에 있는 포플라나무 잎이 떨어지고 운동장이 꽤나 흩어져 있는 것 같으니 운동장 청소구역을 맡은 학생은 청소를 하라고 말씀했습니다.
오늘부터는 시간이 좀 더 늦어져서 9시 30분에 수업을 시작 합니다.

⟨1937년 11월 2일 화요일 晴天氣⟩
조회 때 권 선생님의 훈화.
1. 내일은 명치절(明治節)이므로 오늘 공부는 오전 중 3시간만 하고 식 연습을 할 테니 5학년 이하는 3교시를 하고 청소를 할 것. 6학년은 식장을 만들라고 말씀하셨습니다. 또 시간은 9시에 모두 모여서 식을 올리기 시

작할 것. 조회 끝.
명치절 식 연습을 했습니다.

⟨1937년 11월 3일 수요일 晴天氣⟩
오늘은 아침 일찍 일어나서 국기를 게양 했습니다.
학교에 가서 조회가 시작되고 박 선생님이 지금부터 스스로 교실 앞에 서서 조용히 강당으로 들어가 자세를 바르게 하고 식을 올리라고 했습니다.
강당에 들어가서 명치절 식을 시작했는데 다음과 같은 이야기를 들었습니다.
교장 선생님이 '우리나라는 메이지 천황의 시대부터 진보해서 지금에 이르러서는 우리나라가 3대 강국에 들고 제국이 되어 세계에서 뛰어난 나라가 되었다고 말씀하셨습니다. 이외에도 다른 이야기를 해주셨습니다. 3대 강국의 각각은 일본, 영국, 미국입니다.
9시에 시작해서 9시 반에 끝났습니다.

⟨1937년 11월 4일 목요일 晴天氣⟩
학교 조회 때.
먼저 황국신민의 서사를 낭독했습니다. 그리고 제2라디오 체조를 했습니다.

⟨1937년 11월 5일 금요일 晴天氣⟩
조회 때의 일.
먼저 제2학급 2학년과 4학년의 발표가 있었습니다. 4명 모두 대체로 잘했습니다. 다음으로 권 선생님의 훈화가 있었습니다. 먼저 황국신민의 서사를 낭독 했습니다.
1. 내일은 6일인데 애국일이라고 하셨습니다.
2. 1학년 여학생이 정직한 일을 해서 상품을

---

17) '바양'은 한글로 적혀있다.

받았습니다.

〈1937년 11월 6일 토요일 晴天氣〉

먼저 국기를 게양대 앞으로 가서 애국일 식을 올렸습니다. 교장 선생님이 오늘은 누구의 집에서든, 학생의 집에선 국기를 게양해야 한다고 했고 우리나라 국민으로서 직업인은 힘내야 한다고 했습니다. 지금 중국에 가서 열심히 전쟁을 하고 있는 우리 황군을 생각하며 우리들은 그만큼 더 열심히 직업에 힘쓰라고 말씀하셨습니다.

그 후 권 선생님의 훈화. 질문.

1. 국기는 왜 게양하는가? 답은 기념일이나 제삿날에는 우리나라가 진보했다는 것을 알리는 날이고 생활이 윤택해졌음에 감사하기 때문에 게양하는 것입니다. 축일, 제사일, 기념일, 또 애국일이나, 애교일. 실천 주간.

〈1937년 11월 7일 일요일 晴天氣〉

오늘은 일요일로 학교는 안가고 집에서 자습을 했습니다. 오늘 우리 집은 벼 타작을 했기 때문에 저는 벼 타작을 도왔습니다. 오늘부터는 「국민정신작흥[作興]주간」이라서 오늘부터 일주일은 그 주간입니다.

〈1937년 11월 8일 월요일 曇天氣〉

오늘은 비가 내릴 것 같아서 조회는 하지 않았습니다.

교실에서 교장 선생님이 어제부터 「국민정신작흥주간」이므로 이번 달 13일까지 시행한다고 말씀하셨습니다. 어제는 「제1일 11월 7일 일요일 {신사참배, 국체 명징일} {신사참배와

황궁요배, 묘배, 이번 주나 일주일 후의 심행사항 결의 선서}가 있다고 말씀하셨습니다.

오늘은 제2일 11월 8일 월요일. 근로존중. 근로봉사.

一. 아침 일찍 공동작업 소득 헌금.

一. 청년단은 야간작업 노력봉사.

一. 각 학교시간 외 근로작업.

〈1937년 11월 9일 화요일 晴天氣〉

조회 때 하라다 선생님의 훈화.

1. 오늘은 국민정신작흥의 제3일 11월 9일 화요일 {생활개선, 반성계심[戒心]}일이라는 것.}

2. 내일은 국민정신작흥식을 올릴 것이니 3교시 공부가 끝나면 5, 6학년은 식장을 만들 것. 4학년 이하는 대청소를 하라고 말씀 하셨습니다. 조회 끝

3교시가 공부가 끝나고 내일 식 연습을 했습니다. 교장 선생님이 내일은 국민정신작흥일이니 내일 깃발행렬을 할 것이라고 했습니다. 식이 끝나고 급장, 부급장, 선생님들과 금년도 「합의 사항」을 정했는데 1. 모든 사람들에게 친절하게 할 것. 2. 기운내서 일하고 검약 할 것.

〈1937년 11월 10일 수요일 晴天氣〉

조회 때 하라다 선생님이 지금부터 강당에 들어가서 국민정신작흥에 관한 봉독식을 올리니 식이 끝나고 나서 합의사항을 들으라고 했습니다. 다음으로 깃발행렬을 하는 것에 관해 말씀했습니다. 그리고 바로 들어가서 식을 올렸습니다. 합의사항을 듣고 깃발행렬을 했습니다. 깃발행렬을 한 이유는 우리 황군이 중국

에서 열심히 일하고 충용(忠勇)을 보여주며 전쟁을 하고 있기 때문입니다. 우리나라가 이기고 있기 때문에 '황군전승봉축'이기도 하므로 우리들 국민으로서는 마음을 담아서 국가를 사랑하는 마음과 황군에 감사하는 마음을 잊지 않아야 하므로 이러한 행사를 하는 것입니다. (별서[別書]) 제4일 국민정신작흥일에 대해서는 쓸 곳이 없음.

〈1937년 11월 11일 목요일 晴天氣〉

학교 조회 때 하라다 선생님의 훈화.

1. 오늘은 3교시만 수업을 하고 4학년 이상은 「목검」체조를 할 것. 오늘은 그 연습을 하고 내일은 목검체조를 잘 할 것. 이런 목검체조는 조선의 소학교, 보통학교, 어느 학교에서도 「황국신민체조」를 하도록 총독부에서 정했기 때문임. 조회 끝

그래서 3교시가 끝나고 4학년 이상은 1미터 정도 긴 나무 검을 가지고 하라다 선생님이 가르쳐 주는 대로 연습했습니다.

또 내일 군청에서 누군가 보러 온다고 해서 잘해야 합니다. 내일은 11월 소운동회를 합니다. 그래서 오나 봅니다. 복장을 갖출 것. 홍, 백군의 모자.

〈1937년 11월 12일 금요일 晴天氣〉

학교 조회 때 교장 선생님의 훈화.

1. 지금부터 모두 힘내서 황국신민체조를 하고 오후에는 11월 소운동회를 한다고 말씀하셨습니다. 조회 끝.

먼저 황국신민체조를 했습니다. 목검을 쥐고 체조를 했습니다. 오전 일과가 끝나고 도시락을 먹고 오후가 돼서 소운동회가 열렸습니다.

모두 끝나고 교장 선생님이 홍, 백군이 열심히 승부를 겨루어서 16회 중에 홍군도 8회 이겼고 백군도 8번 이겨서 똑같이 점수를 얻었다고 했습니다. 그것은 양쪽 모두가 열심히 했기 때문일 것이라고 말하며 칭찬해 주셨습니다.

〈1937년 11월 13일 토요일 晴天氣〉

조회 때 먼저 특과의 발표가 있었습니다. 4명 대체로 잘 했습니다. 하라다 선생님이 황국신민의 서사를 낭송했습니다.

정신작흥이 오늘로 마지막 날입니다. 오늘은

1. 보은감사일과 국민시화일이니 모두 동쪽으로 요배를 하고 집에 가서 가까운 곳에 묘가 있다면 제사를 지내라고 하셨습니다. 그리고 요즘 중국 비행기가 날아올지도 모르니 밤에 램프에 불을 붙이면 문에는 검은 막을 칠 것. 그저께는 중국 비행기 3대가 날아서 타이완에 갔는데 그곳에서 우리 군이 쫓아서 다시 남제주 까지 도망갔는데 거기서도 우리나라 비행기가 쫓아가서 3대 모두 격추시켰다고 말씀하셨습니다.

〈1937년 11월 14일 일요일 晴天氣〉

오늘은 일요일인데 마침 해영(海榮)의 집 제삿날이라서 저는 산에 가서 진심을 담아 제사를 지냈습니다.

〈1937년 11월 15일 월요일 晴天氣〉

학교 조회 때 박 선생님의 훈화.

1. 오늘부터 일주일간은 납세선전주간이므로 그 사이에 세금을 빨리 낼 수 있도록 하라고 말씀하셨습니다.

2. 이번 주는 예의의 주간이므로 특별히 실행

할 것.

2. 특과 2학년은 오늘 신붕예배를 올릴 것. 또 모두에게 해당하는 사항인데 모든 사람에게 친절하게 할 것과, 웃어른을 존경하고 예의를 갖출 것, 친구들과는 사이좋게 지낼 것. 눈앞의 사람들에게 친절하고 사랑으로 대하라고 말씀하셨습니다.

〈1937년 11월 16일 화요일 晴天氣〉
학교 조회 때 박 선생님의 훈화.
1. 황국신민의 서사를 낭송했습니다.
2. 제2라디오 체조를 했습니다.

〈1937년 11월 17일 수요일 晴天氣〉
학교 조회 때 박 선생님의 훈화.
1. 황국신민의 서사를 낭송했습니다.
그리고 별다른 이야기는 없었습니다. 요즘 황국신민체조를 배우므로 목검을 만들어서 체조를 합니다.

〈1937년 11월 18일 목요일 晴天氣〉
조회 때 먼저 박 선생님이 황국신민의 서사를 낭송했습니다.
1. 요즘 모두가 친도리[チントリ]¹⁸를 하기 때문에 학교 정원의 나무들이 상당히 안 좋아지는데 오늘부터는 나무를 소중히 하라고 하셨습니다.
2. 일을 할 때나 운동을 할 때 도구를 사용하고 정리를 잘하라고 하셨습니다.
또 지각을 하지 않도록 집에서 빨리 오라고 했

18) 정확한 것은 알 수 없으나, 아이들 놀이의 한 가지로 생각된다.

습니다.

〈1937년 11월 19일 금요일 曇後雨天氣〉
조회 때 박 선생님의 훈화.
1. 먼저 황국신민의 서사를 낭송했습니다.
그리고 6학년 2명이 납세에 관한 그림을 그리고 작문을 써서 군청에 내서 그 2명은 잘 했다고 상품을 받았습니다. 그리고 제2라디오 체조를 했습니다.

〈1937년 11월 20일 토요일 晴天氣〉
조회 때 먼저 황국신민의 서사를 낭송했습니다.
다음으로 1학년 2명이 발표를 했는데 대체로 잘했습니다. 또 박 선생님이 오늘은 공부를 3교시만 하고 4교시부터는 1학년부터 6학년까지 이번 주 납세선전의 주간으로서 오늘 마침 딱 도산(島山)에 장날이므로 선전을 하기 위해서 깃발행렬을 할 것이라고 말씀하셨습니다. 조회 끝.
그 후 공부가 전부 끝나고 청소를 하고 나서 아침에 박 선생님이 말씀하신대로 도산시장에 가서 깃발행렬을 했습니다. 납세선전의 주간.

〈1937년 11월 21일 일요일 雨後曇天氣〉
오늘은 일요일로 학교에 안가고 집에서 자습을 했습니다.

〈1937년 11월 22일 월요일 晴天氣〉
조회 때 권 선생님의 훈화.
먼저 황국신민의 서사를 낭송했습니다.
1. 오늘은 자치의 주간이므로 4학년 이상은

아침에 와서 아침자습을 스스로 할 것. 청소 등도 스스로 잘 할 것.
2. 오늘 행사로 청년단 운동회가 있어서 공부는 1시간만 하고 집에 돌아가라고 하셨습니다.
3. 내일은 11월 23일로 신상제(新嘗祭)인데 모두 내일은 학교에 오지 말고 국기를 게양할 것. 내일은 집에서 새롭게 수확한 작물로 지은 밥을 신들께 올리는 날입니다.

〈1937년 11월 23일 화요일 曇天氣〉
오늘은 신상제로 학교에 안가고 집에서 자습을 했습니다.

〈1937년 11월 24일 수요일 曇天氣〉
오늘은 운동장이 더러워서 조회를 안했습니다.
오늘 교장 선생님과 하라다 선생님, 권 선생님은 미용면(美蓉面)의 학교에서 연구회가 있어서 그 학교로 세 분의 선생님이 가셨기 때문에 우리 4학년과 2학년은 자습을 했습니다.

〈1937년 11월 25일 목요일 曇天氣〉
오늘은 조회를 하지 않았습니다. 아무 일도 없었습니다.

〈1937년 11월 26일 금요일 晴天氣〉
학교 조회 때 박 선생님의 훈화.
1. 학교 창문을 깨지 않도록 주의 할 것.
2. 학교 운동도구나 실습도구를 소중히 사용하라고 하셨습니다. 조회 끝.
권 선생님과 하라다 선생님은 오늘까지 학교에 돌아오지 않으셨습니다. 다른 학교에서 연구회가 있기 때문일 것입니다. 오늘 밤에 돌아오셨습니다.
점점 겨울방학이 다가오므로 기운내서 공부를 해야 합니다. 오늘도 산수시험을 봤는데 만점을 받았습니다. 힘내자.

〈1937년 11월 27일 토요일 晴天氣〉
학교 조회 때 권 선생님의 훈화.
먼저 황국신민의 서사를 낭송했습니다.
또 다음으로 제4학급 발표가 있었는데 두 명다 대체로 잘했습니다.
1. 우리 청주 군장은 어떤 분이신가? 답은 이해용(李海用) 씨입니다.
2. 조선총독 각하는? 답은 미나지 지로(南次郎) 각하입니다.
3. 다음으로 6학년만 들을 것, 메이지유신(明治維新)은? 메이지 원년. 확실치 않음.

〈1937년 11월 28일 일요일 晴天氣〉
오늘은 일요일로 학교에 안가고 집에서 자습을 했습니다.

〈1937년 11월 29일 월요일 晴天氣〉
조회 때 하라다 선생님의 훈화.
먼저 황국신민의 서사를 낭송했습니다.
1. 이번 주는 공동의 주간이므로 학생들 모두 청소구역을 깨끗하고 신속하게 하라고 했습니다.
2. 또 지각을 하지 말고 시간을 잘 지키라고 말씀하셨습니다.

〈1937년 11월 30일 화요일 曇後雨天氣〉
조회 때 하라다 선생님의 훈화.

먼저 황국신민의 서사를 낭송 했습니다.

1. 내일은 12월 1일로 내일부터는 시간이 30분 늦어져 10시에 수업을 시작합니다. 지각을 하지 말 것.

〈1937년 12월 1일 수요일 曇後雨天氣〉

조회 전에 선생님, 급장, 부급장이 신붕예배를 올렸습니다. 교장 선생님이 궁성요배나 의식 등을 올릴 때는 자세를 바르게 하고 마음을 담아서 하라고 하셨습니다. 하라다 선생님과 보통 운동만 했습니다.

〈1937년 12월 2일 목요일 雪天氣〉

오늘은 눈이 와서 조회를 안 했습니다. 오늘 처음으로 스토브를 켰습니다. 눈이 많이 내려서 저녁에는 꽤 많이 쌓였습니다.

〈1937년 12월 3일 금요일 晴天氣〉

오늘은 조회를 안했습니다. 아무 일도 없었습니다.

〈1937년 12월 4일 토요일 曇後雪天氣〉

오늘도 조회를 안했습니다.

오늘 아침에 학교 우물에 가니 5전이 있었습니다. 누구 것일까요? 그래서 나는 바로 선생님께 가지고가서 드렸습니다. 주인이 있는지 없는지 모르겠습니다. 나중에 알게 되겠지요.

〈1937년 12월 5일 일요일 晴天氣〉

오늘은 일요일로 학교 안가고 집에서 자습을 했습니다. 저는 도산시장에 가서 만년필 4개를 사왔습니다.

〈1937년 12월 6일 월요일 晴天氣〉

조회 때 국기게양대 앞에 가서 기념식을 했습니다. 이유는 매월 6일은 애국일로 정해서 기념식을 하기 때문입니다. 그 기념식을 하는 것입니다. 묵념 했습니다. 1분간.

오늘도 교장 선생님이 황군의 영웅담을 들려주셨습니다. 또 작업을 했는데 1학년부터 6학년까지 특별작업을 했습니다. 우리 4학년은 창고 정리, 양잠(養蠶)실 정리, 돈사, 닭장, 운동장 뒤 청소를 깨끗이 했습니다.

〈1937년 12월 7일 화요일 晴天氣〉

조회 때 박 선생님이 일전에 정직하게 돈을 주워와 선생님께 가지고 온 사람에게 포상으로 상품을 줄 것인데 받을 때 모두 박수를 세 번치라고 말했습니다. 그리고 박 선생님이 「4학년 곽상영」이라고 불렀습니다. 저는 빠른 걸음으로 선생님한테 가서 상품을 받았습니다. 지난주 토요일에 제가 우물에서 주운 돈일 것입니다. 5전을 주웠는데 상품도 5전분 이었습니다. 국어 학습장 1권(4전분), 시험지가 6장(1전분)이었습니다. 또 같은 4학년 여학생인 김남철(金南喆)도 돈을 주워 와서 오늘 아침 선생님께 상품을 받았습니다. 오늘은 위문문을 썼습니다.

〈1937년 12월 8일 수요일 晴天氣〉

조회 때 선생님이 아무 이야기도 않으셔서 보통운동만 했습니다.

오늘은 어제 쓴 위문문을 군청에 보냈습니다. 제가 쓴 글도 보냈습니다.

〈1937년 12월 9일 목요일 晴天氣〉

조회 때 황국신민의 서사를 낭송했습니다. 오늘 아침에도 누군가가 돈을 주워 와서 상품을 받았습니다. 그리고 제3학급 5학년과 3학년이 발표를 했는데 4명 모두 잘했습니다.

〈1937년 12월 10일 금요일 晴天氣〉
조회 때 황국신민의 서사를 낭송했습니다. 그리고 제2학급 4학년과 2학년이 발표를 했는데 4명 다 잘했습니다. 그리고 박 선생님이 여기에 나와서 발표를 하는 사람은 모두 열심히 하는데 듣는 사람들은 열심히 듣지 않는다고 다음부터는 하는 사람도 듣는 사람도 모두 열심히 하라고 말씀하셨습니다.

〈1937년 12월 11일 토요일 雪天氣〉
조회 때 황국신민의 서사를 낭송했습니다.
박 선생님이 발문
1. 충의란? 군주와 나라를 위해서 사는 것
2. 인고단련이란? 답은 괴로운 것을 참고 몸과 마음을 수련하는 것입니다.
3. 염색 옷은 왜 입는가? 답은 태양의 열을 잘 전달받도록 하기 위해서이고 또 더러워지는 것도 흰옷들보다 늦게 더러워져 세탁할 때 편리하기 때문입니다. 이상 (3가지) 질문을 했습니다.
오늘 오후 1시쯤에 전화가 왔는데 우리 황군이 남경(南京)성을 격파해서, 내일이 일요일이긴 하지만 특별히 학교에 와서 황군전승봉축일로서 깃발행렬을 한다고 했습니다. 남경이라는 곳은 중국의 수도입니다. 우리나라의 도쿄입니다.

〈1937년 12월 12일 일요일 晴天氣〉

오늘은 일요일이지만 특별히 학교에 가서 선생님이 해준 여러 가지 이야기를 듣고 나서 「황군전승봉축일」로서 깃발행렬을 했습니다.

〈1937년 12월 13일 월요일 晴天氣〉
조회 때 황국신민의 서사를 낭송했습니다. 그리고 권 선생님의 훈화.
1. 이번 주는 예의의 주간이므로 실행할 것. 1학년은 신봉예배를 진심을 담아서 할 것. 기미가요(君が代) 제창이나 교육칙어는 길을 걸어 다니며 부르는 사람이 없도록 할 것.

〈1937년 12월 14일 화요일 晴天氣〉
조회 때 교장 선생님이 황국신민의 서사를 낭송할 때 주의를 주셨습니다. 자세를 바르게, 침착하고 여유있게 의미를 생각하면서 하라고 했습니다. 그리고 권 선생님이 내일은 오송(五松) 방면으로 충북호라는 비행기가 와서 행사를 하니 우리학교에서도 학생일동이 가기로 했습니다.
자신의 청소구역 등을 좀 더 깨끗이 하라고 했고 교실 안이나 복도에서는 모자를 쓰고 다니지 말 것. 2학년 두 명이 정직하게 돈을 주워 와서 포상으로 상품을 받았습니다.
그리고 또 교장 선생님이 중국에서 모두에게 편지가 왔는데 일전에 우리 학교에서 위문주머니와 위문품 등을 보냈는데 그 물건을 받은 군인들에게 온 것이다. 듣고 눈물이 났습니다.

〈1937년 12월 15일 수요일 晴天氣〉
오늘은 1교시만 공부를 하고 선생님들에게 여러 가지 주의사항을 듣고 강내(江內) 방면에서 넓은 강변[19]을 보니 충북호라는 비행기가 그곳에서 여러가지 식을 해서 우리학교에서도 1학년부터 6학년까지 갔습니다. 강외, 강내, 강서, 오창(梧倉), 청주중학교 세 곳, 고보, 농업학교, 고등직업학교, 제1공립보통학교, 여자고등학교, 소학교, 제2여학교, 또 근처에 있는 강습 등의 학교에서도 모두 나와서 충북호 행사를 했는데 구경 온 사람까지 전부 합쳐서 만 명 정도가 구경 했습니다. 중학교는 나올 때 음악도 연주하고 나팔을 불었습니다.

〈1937년 12월 16일 목요일 晴天氣〉
조회 때 먼저 황국신민의 서사를 낭송했습니다.
그리고 별다른 일은 없었습니다. 한 가지. 황국신민의 서사의 종이를 나누어 주셨습니다.

〈1937년 12월 17일 금요일 晴天氣〉
조회 때 먼저 황국신민의 서사를 낭송했습니다.
아무 일 없었습니다. 요즘 제2학기 시험이 한창입니다. 그래서 오늘도 돌아갈 때 주산(珠算)시험 본 것을 하상갑과 저와 선생님과 함께 점수를 매기고 집에 돌아갔습니다. 우리 두 명은 만점이었습니다.

〈1937년 12월 18일 토요일 雪天氣〉
오늘은 눈이 왔기 때문에 조회는 안했습니다. 오늘은 국어시험 본 것을 하상갑과 저와 선생님과 같이 점수를 매기고 집에 갔습니다.

---

19) '강변'은 한글로 적혀있다.

〈1937년 12월 19일 일요일 晴天氣〉
오늘은 일요일로 학교에 안가고 집에서 자습을 했습니다.

〈1937년 12월 20일 월요일 晴天氣〉
오늘은 조회를 안하고 교실에서 황국신민의 서사를 낭송했습니다. 오늘부터 단축수업으로 공부를 합니다. 그리고 수업이 끝나고 집에 갈 때 하상갑과 저는 제4학년 산수와 조선어 시험 본 것을 점수매기고 돌아갔습니다. 하상갑도 저도 모두 10점 받았습니다.

〈1937년 12월 21일 화요일 晴天氣〉
오늘은 조회를 안했습니다. 또 교장 선생님은 청주에 출장을 가셨습니다. 그래서 박 선생님이 황국신민의 서사 낭송했습니다. 또 조용히 자습을 하라고 하셨습니다.

〈1937년 12월 22일 수요일 晴天氣〉
오늘도 조회는 안 했습니다. 교실에서 황국신민의 서사를 낭송했습니다. 어제 밤에 눈이 내려서 많이 쌓였습니다. 20cm 정도 쌓였습니다. 올해로서는 오늘이 가장 눈이 많이 쌓인 것 같습니다.
선생님이 내일은 볏짚으로 금줄을 만들 것이라 말씀하셨습니다. 그것은 이번 달 28일에 걸어서 정월 15일에 뗄 것입니다.

〈1937년 12월 23일 목요일 晴天氣〉
오늘은 조회를 안했습니다. 또 교장 선생님도 청주로 출장을 가셨습니다. 1시간 자습을 하고 박 선생님과 2교시에 「금줄 [注連繩]」을 만들었습니다.

〈1937년 12월 24일 금요일 曇天氣〉
오늘도 조회는 안했습니다. 공부는 1시간만 했습니다. 선생님들은 우리 금계리 간이학교에 와서 사진을 찍었습니다.

〈1937년 12월 25일 토요일 晴天氣〉
오늘은 「다이쇼천황제(大正天皇祭)」라서 학교를 쉬었습니다. 집에 국기를 세워두었습니다.

〈1937년 12월 26일 일요일 晴天氣〉
오늘은 일요일로 학교는 안갔습니다. 집에서 자습을 했는데 논이 얼어서 스케이트를 타고 미끄럼도 탔습니다.

〈1937년 12월 27일 월요일 晴天氣〉
오늘은 학교에 가서 대 청소를 했습니다.

〈1937년 12월 28일 화요일 晴天氣〉
오늘은 제2학기 마지막 날입니다. 학교에 가서 선생님이 여러 이야기와 방학 중 주의사항을 알려주시고, 성적이 적혀있는 '통신표'를 주셨습니다. 보니 10과목해서 총점 94점입니다. 또 품행은 갑이었고 평균점수는 9점 이었습니다. 등수는 2등이었습니다. 1등을 한 하상 갑도 저와 똑같이 총점이 94점이었습니다. 하지만 전제 1등을 했기 때문에 이번에도 1등을 한 것일 것입니다. 또 선생님이 1월 1일은 학교에 나와야 하고 1월 6일에도 나오라고 했습니다. 6일이 애국일이기 때문이겠죠.
내일부터 일기를 쓰지 않고 연월일 날씨만 쓸 것입니다.

〈1937년 12월 29일 수요일 晴天氣〉〈1937년 12월 30일 목요일 晴天氣〉〈1937년 12월 31일 금요일 晴天氣〉

〈1938년 1월 1일 토요일 晴天氣〉
오늘은 아침 일찍 일어나서 문에 국기를 걸었습니다. 또 행사를 하러 학교에 가서 예식을 했습니다. 집에 와서 마을사람들에게 인사를 했습니다. 또 나무도 팼습니다. (1월 1일이어서 오늘은 즐겁게 놀며 하루를 보냈습니다.) 끝.

〈1938년 1월 2일 일요일 晴天氣〉
〈1938년 1월 3일 월요일 晴天氣〉
〈1938년 1월 4일 화요일 晴天氣〉
〈1938년 1월 5일 수요일 晴天氣〉

〈1938년 1월 6일 목요일〉[20]
1월 6일은 애국일이어서 이번 달 6일에는 겨울방학이었지만 특별히 학교에 가서 국기게양대 앞에서 교직원 분들과 함께 애국기념식을 했습니다. 묵념 1분 = 나라를 위해서 돌아가신 분들의 명복을 빌어야 하므로 1분간 눈을 감고 묵념하며 돌아가신 분들의 애석함을 생각해야 하기 때문입니다.

〈1938년 1월 7일 금요일 晴天氣〉
〈1938년 1월 8일 토요일 晴天氣〉
〈1938년 1월 9일 일요일 晴天氣〉

---

20) 이날의 일기를 쓰지 않고 넘어갔다가, 나중에 '1월 20일' 다음에 '1월 6일의 일기'라고 기록하고 아래의 내용을 적었다.

〈1938년 1월 10일 월요일 晴天氣〉
〈1938년 1월 11일 화요일 晴天氣〉
〈1938년 1월 12일 수요일 晴天氣〉
〈1938년 1월 13일 목요일 晴天氣〉
〈1938년 1월 14일 금요일 晴天氣〉
〈1938년 1월 15일 토요일 晴天氣〉
〈1938년 1월 16일 일요일 晴天氣〉
〈1938년 1월 17일 월요일 晴天氣〉
〈1938년 1월 18일 화요일 雨天氣〉
〈1938년 1월 19일 수요일 曇天氣〉
〈1938년 1월 20일 목요일 曇天氣〉

〈1938년 1월 21일 금요일 晴天氣〉
이제 20일 간의 길었던 겨울방학이 꿈같이 지나갔습니다. 오늘부터 통학하게 되었습니다. 그래서 학교에 가서 많은 친구들을 보니 모두 웃는 얼굴들뿐이었습니다. 선생님의 훈화. 오늘부터는 제3학기가 되었으니 무엇이든 더 열심히 하라고 하셨습니다. 교장 선생님은 오늘 청주에 출장을 가셨습니다.

〈1938년 1월 22일 토요일 晴天氣〉
오늘은 교장 선생님이 말씀하시길, 오늘부터 제3학기가 되었으니 1학기나 2학기에 배웠던 것을 좀 더 정리하고 또 정리하여 짧은 3학기를 보내고 나서 새로운 학년을 맞이하도록 하라고 말씀하셨습니다. 3학기는 2개월도 안되기 때문에 더 열심히 해야 합니다.

〈1938년 1월 23일 일요일 曇後晴天氣〉
오늘은 일요일입니다. 학교에는 가지 않고 집에서 자습도 하고 스케이트도 탔습니다.

〈1938년 1월 24일 월요일 晴天氣〉
오늘은 추워서 조회는 안했습니다. 사실 추워서 안한 것은 아니고 학생들에게 별다른 전달사항이 없어서 안했습니다. 물론 춥기도 했습니다.

〈1938년 1월 25일 화요일 晴天氣〉
오늘은 조회를 안했습니다. 공부는 전부 했습니다.

〈1938년 1월 26일 수요일 晴天氣〉
오늘도 조회는 안했습니다. 선생님이 내일은 충청북도 학교선생님들이 돈을 내서 만든 활동사진을 우리 학교에서 본다고 해서 공부는 2교시만 하고 구경을 할 것이라고 말씀 하셔서 모두 기뻐했습니다.

〈1938년 1월 27일 목요일 晴天氣〉
오늘은 공부를 2시간 정도 하고 활동사진을 봤습니다.

〈1938년 1월 28일 금요일 晴天氣〉
오늘은 조회를 했습니다.
권 선생님이
1. 요즘 조회를 안해서 모두 시작종이 울려도 마음이 느슨해져 있기 때문에 조회장소에 늦게 오는 것은 굉장히 좋지 않으므로 앞으로는 주의할 것.
2. 이번 주에는 전교생이 교문에 들어오고 나갈 때는 예의바르게 예를 갖추지 않고 다니는 사람이 있다. 또 길에서 웃어른이나 선생님을 뵈었을 때는 추위도 하고 있던 목도리를 풀고 인사를 하라고 말씀하셨습니다.

〈1938년 1월 29일 토요일 晴天氣〉

조회 때 박 선생님의 훈화.

1. 2월 5일부터는 올해 1학년이 입학함. 올 때 학부형, 아이와 함께 면에 가서 호적초본을 떼서 올 것.

2. 슬픈 일 = 어제 밤에 교장 선생님의 아버님이 돌아가셨으므로 굉장히 애통한 일이다. 그러니 급장과 부급장은 오늘 선생님들과 함께 조문인사를 하러 갈 것. 또 전교생이 돈을 1전 이상씩 낼 것. 내일은 장례식이므로 내일은 일요일이지만 특히 급장과 부급장은 나오라고 하셨습니다.

〈1938년 1월 30일 일요일 晴天氣〉

오늘 학교에 가서 보니 급장, 부급장이 모두 모였는데 장례식을 하지 않게 돼서 모두 돌아갔습니다. 내일 한다고 합니다.

〈1938년 1월 31일 월요일 晴天氣〉

오늘은 조회도 안했습니다. 교장 선생님 아버님의 장례식을 하기 때문입니다. 급장, 부급장도 교장 선생임께 조문 인사를 드렸습니다.

〈1938년 2월 1일 화요일 晴天氣〉

오늘 4학년, 2학년은 자습을 했습니다. 교장 선생님은 오늘 학교에 안 오셨습니다. 왜냐하면 장례식 때문입니다.

〈1938년 2월 2일 수요일 晴天氣〉

오늘은 조회를 안했습니다. 오늘도 교장 선생님은 안계십니다. 그래서 박 선생님과 하라다 선생님이 수업해 주셨습니다.

〈1938년 2월 3일 목요일 晴天氣〉

오늘은 조회를 안 했습니다.

교장 선생님은 오늘도 안 오셨습니다. 그래서 ㅁㅁㅁ 선생님에게 산술과 국어, 조선어 등을 배웠습니다.

〈1938년 2월 4일 금요일 晴天氣〉

조회 때 하라다 선생님의 훈화.

1. 요즘 추워서 그런지는 모르겠으나 청소구역 청소를 깨끗하게 할 것. 또 지각생이 많은데 특히 주의하고 빨리 학교에 올 것. 조회 끝. 권 선생님이 오늘은 3학급 발표가 있다고 하시면서 잘 듣고 평가하라고 했습니다. 그리고 발표를 했는데 두 명 모두 대체로 잘 했습니다.

〈1938년 2월 5일 토요일 晴天氣〉

조회 때 하라다 선생님의 훈화.

1. 내일은 2월 6일 애국일이므로 특별히 학교에 나와서 애국일 기념식을 할 것임.

2. 오늘부터 1학년 입학생을 받으므로 이번 달 19일까지 모두 입학할 것.

교장 선생님은 오늘도 안 오셨습니다.

〈1938년 2월 6일 일요일 晴天氣〉

오늘은 일요일이지만 특별히 학교에 가서 애국일 기념식을 했습니다. 또 애국일 기념작업도 했습니다.

박 선생님의 훈화

비가 내리는 날에는 국기를 세우지 않는다.

2월 1일부터는 조선인도 입대 시험을 볼 것 17세부터 35세.

현재 비상시국에 대해서.

〈1938년 2월 7일 월요일 晴天氣〉

학교 조회 때 박 선생님의 훈화.

1. 이번 주는 청소를 할 때 창문을 열고 할 것.

2. 운동장에서 놀고 교실로 들어올 때는 몸과 옷에 묻은 먼지를 모두 털고 들어올 것.

교장 선생님은 오늘도 안 오셨습니다.

〈1938년 2월 8일 화요일 晴天氣〉

조회 때 박 선생님의 훈화.

1. 애국일은 몇 월 며칠부터 시작했는가? 답은 9월 6일부터 시작했습니다.

2. 이번 중일전쟁은 몇 월 며칠에 시작했는가? 답은 7월 7일.

3. 올해는 기원 몇 년인가? 답은 2,598년.

4. 신붕에는 어떤 분을 모시고 있는가? 답은 천조대신(天照大神)[21]을 모시고 있습니다. 조회 끝.

오늘도 교장 선생님은 안계십니다.

〈1938년 2월 9일 수요일 晴天氣〉

오늘은 조회를 안했습니다. 교장 선생님은 오늘도 안계십니다. 박 선생님이 수업해 주셨습니다. 학교 선생님들 성함은. 이병택(李秉澤), 박종원(朴鐘元), 권영서(權寧瑞), 김창제(金昌濟), 하라다 요시노리(原田良則), 변숙향(邊淑鄉).

〈1938년 2월 10일 목요일 晴天氣〉

조회 때 박 선생님의 훈화.

1. 내일은 기원절[紀元節]입니다. 오늘 3교시만 수업하고 식 연습을 했습니다.

3교시 수업이 끝나고 기원절 식 연습을 했습니다. 교장 선생님은 오늘도 안계십니다.

〈1938년 2월 11일 금요일 晴天氣〉

오늘은 기원절입니다. 먼저 아침 일찍 일어나서 국기를 걸고 동쪽으로 요배를 했습니다. 학교에 가서 선생님께 여러 이야기를 들었는데 진무천황(神武天皇)부터 국민들에게 좋은 일만 했다고 했습니다. 또 작금의 중일전쟁에 대해서도 이야기 해주셨습니다.

〈1938년 2월 12일 토요일 晴天氣〉

조회 때 박 선생님의 훈화.

1. 제2국민정신총동원 강조의 주간이라고 말씀하셨습니다. 어제부터였는데 2월 11일은 신사참배, 국체명징(國體明徵)의 날입니다.

오늘은 2월 12일 근로, 존중, 노력 분투. 내일이 일요일이라서 오늘 발표 해 두는 것.

2월 13일은 극기인고(克己忍苦), 시국인식입니다. 교장 선생님은 오늘도 안 오셨습니다.

〈1938년 2월 13일 일요일 晴天氣〉

오늘은 일요일이라서 학교에 안갔습니다. 또 오늘은 음력으로 정월 14일 기념일이라 재밌게 놀았습니다. 또 국사에서 고수권이라는 친구가 와서 재밌게 놀았습니다.

〈1938년 2월 14일 월요일 雪天氣〉

밤중에 눈이 30cm나 내려서 쌓였습니다. 또 오늘은 음력 정월 15일 기념일이라 오늘 아침은 오전 5시쯤에 먹었습니다. 학교에 갈 때 눈 때문에 곤란했습니다. 가서 4시간만 공부하고 집에 돌아왔습니다. 선생님은 절반정도만 오

---

21) 아미테라스 오오미카미. 일본 신화의 건국신이다.

셨습니다.

〈1938년 2월 15일 화요일 晴天氣〉
오늘은 조회를 안했습니다. 오늘도 자습을 했습니다.

〈1938년 2월 16일 수요일 雨天氣〉
오늘은 비가 내렸기 때문에 조회를 안했습니다. 학교에서 집에 올 때 비가 내렸기 때문에 꽤나 곤란했습니다. 오늘부터 교장 선생님은 2, 4학년 수업을 시작합니다.

〈1938년 2월 17일 목요일 晴天氣〉
오늘도 조회는 안했습니다.

〈1938년 2월 18일 금요일 晴天氣〉
오늘은 조회를 안했습니다. 공부는 잘했습니다.

〈1938년 2월 19일 토요일 晴天氣〉
오늘도 조회는 안했습니다. 공부는 잘했습니다.

〈1938년 2월 20일 일요일 晴天氣〉
오늘은 일요일이라 학교에 안갔습니다.

〈1938년 2월 21일 월요일 晴天氣〉
조회 때 하라다 선생님의 훈화.
1. 내가 3일간 출장을 갔다 왔는데 강내(江內), 남일(南一), 내수(內秀), 그 세 곳의 학교에 연구회가 있어서 갔다 와서 깊이 느낀 것을 말하셨는데 (1) 국어로 능숙하게 말을 잘했고, (2) 교실 안에서 조용히 했고, (3) 줄을 설 때 바로바로 정리해서 줄을 서고 자세를 바르게 했다고 말씀하셨습니다.
다음으로 교장 선생님이 말씀하셨습니다. 교장 선생님의 아버님이 이번에 돌아가셔서 장례식을 했기 때문이었습니다. 여러 가지를 말씀해주셨는데 모두 부모님께 효도하라고 하셨습니다.

〈1938년 2월 22일 화요일 晴天氣〉
오늘은 조회를 안 했습니다. 교장 선생님은 오늘 청주읍에 출장을 가셨습니다.

〈1938년 2월 23일 수요일 晴天氣〉
오늘도 조회는 안 했습니다. 내일은 선생님들이 상담이 있어서 오전 수업만 한다고 하셨습니다.

〈1938년 2월 24일 목요일 晴天氣〉
오늘은 공부를 잘 했습니다. 오전 수업만 했습니다. 선생님들은 상담이 있기 때문입니다. 끝.

〈1938년 2월 25일 금요일 晴天氣〉
오늘은 면에서 큰 회의를 했습니다. 선생님들도 거기에 가셨기 때문에 공부를 오전에만 했습니다. 회의는 금년도에 학교를 한 곳 더 세우는 것에 대해서 했습니다.

〈1938년 2월 26일 토요일 晴天氣〉
오늘은 조회를 안 했습니다.

〈1938년 2월 27일 일요일 晴天氣〉
오늘은 일요일입니다. 또 오늘은 금년도 입학

생 시험을 보는 날입니다. 그리고 저는 수락 (水落)의 이석균과 청주읍에 가서 「옥산공립 보통학교 제18회 졸업생 4학년 39명 일동. 선 생님 기념」으로 패를 사러 갔습니다. 전신거 울[體鏡] 값 80전. 다음 주 일요일에 다시 가 서 가지고 오기로 했습니다. 오늘은 금년도 1 학년을 뽑기 위한 시험 날입니다.

〈1938년 2월 28일 월요일 晴天氣〉
오늘은 공부를 잘했습니다. 아무 일도 없었고 우리들 책값을 조사했습니다. 학년을 올라가 서 공부할 책값입니다.

〈1938년 3월 1일 화요일 晴天氣〉
조회 전에 선생님과 급장, 부급장들이 신붕예 배를 했습니다. 조회할 때 궁성요배식을 했습 니다.

〈1938년 3월 2일 수요일 晴天氣〉
오늘은 운동장 사정으로 조회는 안했습니다. 또 교장 선생님이 출장을 가서서 자습을 했습 니다.

〈1938년 3월 3일 목요일 晴天氣〉
오늘은 아무 일도 없었습니다. 회충약을 먹었 습니다. 해인초[海人草].
교장 선생님은 오늘도 출장을 가셨습니다.

〈1938년 3월 4일 금요일 晴天氣〉
조회 때 박 선생님의 질문을 했습니다.
1. 대한매일신보사에 실린 군인들 사진은 누 구인가? 답= 지금 중일전쟁에 나가있는 분 들의 사진입니다.

2. 이번 달 6일과 10일은 어떤 날 인가? 답= 6 일은 애국일이기도 하고 지구절(地久節)입 니다. 10일은 육군기념일이라고 말했습니 다. 교장 선생님은 오늘도 안돌아오셨습니 다.

〈1938년 3월 5일 토요일 晴天氣〉
오늘은 조회를 안했습니다. 올해 학년이 끝나 서 모두 개근상, 정근상을 받을 사람을 조사했 는데 저는 정근상이었습니다.
◎ 저는 덕촌의 친구들 집에 가서 잤습니다. 신관우(申觀雨), 신명우(申明雨), 하상갑(河 相甲). 좋은 친구들.

〈1938년 3월 6일 일요일 晴天氣〉
오늘은 일요일지만 애국일이라서 학생들 모 두 학교에 와서 애국기념식을 했습니다. 또 지 구절에 대해서도 말씀하셨습니다. 하상갑과 저는 스승님 기념품을 위해 기차를 타고 청주 읍에 갔다 왔습니다. 거울을 잘 사가지고 왔습 니다.

〈1938년 3월 7일 월요일 晴天氣〉
오늘은 조회를 안했습니다. 4월 1일부터 조선 내 보통학교는 심상소학교[尋常小學校]가 된 다고 선생님이 말씀해주셨습니다.
오늘은 이과시험을 봤다. 공부를 잘 안했고.

〈1938년 3월 8일 화요일 晴天氣〉
오늘은 올해 입학생 통지를 나누어주었습니 다. 우리 금계리에서는 두 명이 통학하게 되었 습니다. 본과 70명, 특과 70명, 연말부터 특과

도 본과 밑으로 적용됩니다. 본과 1부, 본과 2부

〈1938년 3월 9일 수요일 曇天氣〉
오늘은 조회를 안했습니다. 공부를 잘했습니다. 요즘 3학기 시험을 봅니다. 또 중견생[中堅生]들도 중학교시험을 보기 때문에 제대로 공부해야 합니다. 고등여학교는 3월 8일부터 시작해서 11일 까지 입니다. 고등보통학교는 3월 12일부터 15일까지 입니다.

〈1938년 3월 10일 목요일 雪天氣〉
오늘은 어제 밤부터 눈이 내리기 시작해서 오늘 아침까지도 그치지 않아서 눈이 20cm 정도 쌓였습니다. 학교에 갈 때 상당히 곤란했습니다. 오늘은 국어 읽기시험을 봤습니다.

〈1938년 3월 11일 금요일 晴天氣〉
오늘은 조회를 안했습니다. 4교시와 5교시에는 교장 선생님이 면사무소에 가서서 무슨 회의를 했습니다.

〈1938년 3월 12일 토요일 晴天氣〉
오늘은 조회를 안했습니다. 오후부터 특과 학년 학부형들을 모아서 선생님들과 상담을 했습니다. 그것은 특과생을 본과로 들이기 위한 회의입니다. 나중에 시험을 보고 2학년, 3학년, 4학년에 들인다고 말씀하셨습니다.

〈1938년 3월 13일 일요일 晴天氣〉
오늘은 일요일이라 학교에 안갔습니다. 집에서 시험 연습을 했습니다. 공부를 열심히 해야 합니다.

〈1938년 3월 14일 월요일 晴天氣〉
오늘은 조회를 했습니다. 하라다 선생님의 훈화.
1. 휴식 시간에는 반드시 운동장에 나가서 활발히 놀 것.
2. 매시간 공부를 열심히 할 것.
또 오늘 밤에는 활동사진을 상영하는데 우리 학교에서 합니다. 충청남도에서 영업을 다니는 사람이라고 합니다. 성인은 20전, 소인은 15전, 부인은 10전, 학생은 5전입니다. 우리 마을 학생들은 모두 봤습니다.

〈1938년 3월 15일 화요일 晴天氣〉
조회 때 하라다 선생님의 훈화.
1. 어제 밤에 활동사진을 봤기 때문에 강당이 꽤 더러워져 있으므로 오늘 청소를 깨끗이 하라고 말씀하셨습니다.

〈1938년 3월 16일 수요일 晴天氣〉
오늘 조회 때 하라다 선생님의 훈화.
1. 요즘 운동장이 굉장히 더러우므로 모두 종이 부스러기를 보면 주워서 버리라고 말씀하셨습니다.

〈1938년 3월 17일 목요일 晴天氣〉
조회 때 교장 선생님의 훈화.
1. 판매부에 대해서 말씀 하셨는데 오늘부터는 학교에서 판매부를 운영하지 않고 시장의 신억만(申億萬)상점에 가서 학용품을 사라고 말씀하셨습니다.
2. 금년도 학년 종료에 대해서는 내일 졸업식 연습을 해보고 20일에 졸업식을 할 것이고 이번 3학기 종료까지 좀 더 운동을 열심히

하고 끝내라고 말씀하셨습니다.

〈1938년 3월 18일 금요일 晴天氣〉
조회 때 하라다 선생님의 훈화.
1. 3월 10일은 무슨 날인가? 육군기념일입니다. 육군기념일이란 러일전쟁 때 우리 일본제국 육군이 대승을 거둔 날입니다.
◎ 오늘은 수업을 오전만 하고 모래의 졸업식 연습을 했습니다.

〈1938년 3월 19일 토요일 晴天氣〉
조회 때 하라다 선생님의 훈화.
1. 오늘은 대청소를 하고 졸업식 연습을 한다고 말씀하셨습니다.

〈1938년 3월 20일 일요일 맑음〉
오늘 우리학교 제16회 졸업식 날입니다. (권영철 오광교)
나의 상품. 우등상, 정근상, 근로상입니다.

〈1938년 3월 21일 월요일 雨天氣〉
춘계황령제(春季皇靈祭), 오늘은 춘계황령제라서 학교는 쉽니다.

〈1938년 3월 22일 화요일 曇天氣〉
오늘은 학교에서 올해 제4학년 공부를 마치는 날이었습니다.

〈1938년 3월 23일 수요일 曇天氣〉
오늘은 우리 금계간이학교의 졸업식이라서

보통학교 선생님들은 모두 졸업식에 가셔서 우리는 오늘 쉽니다.

〈1938년 3월 24일 목요일 晴天氣〉
오늘은 학교에 가서 대청소를 했습니다.

〈1938년 3월 25일 금요일 晴天氣〉
오늘은 학교에 가서 선생님들께 이야기를 듣고 성적발표를 했습니다. 통신표, 총점 10과목에 95, 평균 10, 석차는 39명중 2등입니다.

〈1938년 3월 26일 토요일 晴天氣〉
오늘부터 제3학기 끝입니다. 방학이므로 연월일의 날씨만 씁니다.

〈1938년 3월 27일 일요일 晴天氣〉
〈1938년 3월 28일 월요일 晴天氣〉
〈1938년 3월 29일 화요일 曇天氣〉
〈1938년 3월 30일 수요일 曇天氣〉

〈1938년 3월 31일 목요일 曇天氣〉
오늘로 올해 일기는 끝입니다. 1년간 잘 썼습니다. 아무 병치레 없이 1년을 잘 보냈습니다.
우등상, 정근상, 근로상. 끝.

〈표지〉
昭和 拾參年度 四月 一日부터
書家 學校日記帳
玉山公立尋常小學校

학교일기

1938년

第五學年 郭尙榮

〈1938년 4월 1일 금요일 晴天氣〉[1]
어느새 1년이 끝나고 오늘부터는 제5학년이
되었습니다. 학교에 가서 조회 전에 선생님들
과 각 학년 급장, 부급장들이 신붕[神棚, 카미
다나] 예배를 했습니다.
또 조회 때 궁성요배식을 했습니다.
◎ 교장 선생님의 훈화······ 오늘은 새로운 학
년이 되어 열심히 공부를 했습니다. 우리들은
5학년으로 올라갔습니다.

〈1938년 4월 2일 토요일 晴天氣〉
조회 때 박 선생님의 훈화.
1. 오늘은 대청소를 하고 4, 5, 6학년은 지원병
   에 관한 창가를 불렀습니다.
2. 내일은 4월 3일 신무천황제[神武天皇祭]
   입니다. 학교에 나와서 지원병에 관한 창가
   를 부르면서 깃발행렬을 할 것입니다.
3. 또 식수 기념일이기도 한데 외부행사[깃발
   행렬] 때문에 식수는 하지 않고 모레 한다
   고 합니다.

〈1938년 4월 3일 일요일 晴天氣〉
오늘은 일요일이지만 신무천황제이기도 해서
특별히 우리 조선으로서 즐거운 날이기도 하
여 지원병에 관한 창가를 부르며 깃발행렬을
했습니다(내선일체[內鮮一體], 황도선양[皇
道宣揚], 인고단련[忍苦鍛鍊]{)}.
◎ 그런 후 선생님의 말씀······ 오늘은 기념일
로 식을 잘 올렸다. 내일은 5, 6학년은 호죽에
있는 산에 가서 나무를 심을 것이다.
신무천황제.[2]

〈1938년 4월 4일 월요일 晴天氣〉
오늘 5, 6학년들은 호죽의 학교 숲에 가서 낙
엽송을 500그루 심었습니다. 선생님은 권 선
생님과 하라다[原田] 선생님이 오셨습니다.
한 그루도 시들지 않도록 신경 써서 정성스럽

---

1) 이 해의 일기 날짜 옆에는 '郭尙榮'이라고 저자의 이
   름이 함께 기록되어 있다.

2) 일기 원본에는 세로쓰기로 '神武天皇祭'라고 쓴 글자
   와 함께 욱일기와 일장기를 교차시킨 모양의 그림이
   그려져 있다.

게 심었습니다.

⟨1938년 4월 5일 화요일 晴天氣⟩

조회 때 박 선생님의 훈화…… 1년간 담임선생은, 제4학급, 5, 6학년은 권 선생님, 제3학급 3, 4학년은 하라다 선생님, 제3학급 2학년은 새로 오실 선생님, 제1학급 1학년은 박 선생님, 특과 3학년은 교장 선생님, 특과 1학년은 변 선생님입니다.

◎ 권 선생님의 훈화…… 이번 주는 자치의 주간이므로 무엇이든 스스로 할 것. 그리고 곧 새로 입학할 1학년들에게 친절하게 대하고, 운동장에 종이 부스러기 등이 떨어져 있으면 잘 주워서 버릴 것.

◎ 교실에 들어와서 학용품 검사를 했습니다.

⟨1938년 4월 6일 수요일 晴天氣⟩

오늘은 6일 애국일입니다. 아침에 국기게양대 앞에서 기념식을 올렸습니다. 또 애국 작업의 일환으로 학교 주변과 앞 도로 등을 깨끗하게 청소했습니다. 또 박 선생님이 조선 신교육령과 지원병에 대한 이야기가 있었습니다. 조회 끝.

우리 5학년과 6학년은 과수원 손질을 했습니다. 학교 주변에 심어져 있는 돼지감자[きく諸]를 파냈습니다. 또 뒤에 있는 뽕나무 실습지에 가서 손질을 했습니다.

⟨1938년 4월 7일 목요일 曇天氣⟩

조회 때 권 선생님의 훈화.

1. 오늘부터 금년도 제1학년이 우리 학교에 들어와 함께 공부를 하게 되었으니 모두 잘 챙겨 줄 것. 조회 끝.

◎ 수업이 끝나고 새 교실에서 입학식을 했습니다.

본과 70명……본과 일부

특과 76명……나중에는 본과 2부

오늘은 직업 실습지에 가서 열심히 일했습니다.

⟨1938년 4월 8일 금요일 晴天氣⟩

일. 조회 때 권 선생님의 훈화.

1. 황국신민의 서사를 소리 높여 노래했습니다. 여러 가지 주의를 주셨습니다.

이. 교장 선생님은 우리 2학년 이상 학생들은 1학년들과 사이좋게 지내고 잘 보살펴 주라고 했습니다. 또 학교 사정에 의해 학급이 바뀔 것이라고 발표하셨습니다. 조회 끝.

◎ 오늘도 공부를 끝내고 5, 6학년은 학교 주변 화단을 정리했습니다.

⟨1938년 4월 9일 토요일 晴天氣⟩

일. 조회 때 권 선생님의 순화.

1. 황국신민서사를 제창했습니다.

2. 문답 문제로 물어볼 것이 있다고 하셨습니다.

- 우리 학교 이름은 어떤 이름으로 바뀌었는가? 생도들의 답은 옥산공립심상소학교.

- 우리 학교는 올해 몇 학급으로 나뉘어 있는가? 답은 특과학급이 2개, 본과학급이 4개 모두 6개입니다.

- 4월 3일은 무엇을 했는가? 답은 신조선교육령과 지원병에 대해서 기념하고 우리 학교 학생 441명이 깃발 행렬을 했습니다. 조회 끝.

◎ 공부가 끝나고 뽕나무 밭에 가서 정리를 하

고 화단, 과수원을 정리했습니다.

〈1938년 4월 10일 일요일 晴天氣〉
오늘은 일요일입니다.

〈1938년 4월 11일 월요일 晴天氣〉
일. 조회 때 하라다 선생님의 훈화.
1. 운동장, 교실, 변소 청소를 특별히 깨끗이
할 것.

〈1938년 4월 12일 화요일 晴天氣〉
일. 조회 때 하라다 선생님의 훈화.
1. 황국신민서사를 소리 내어 불렀습니다.
2. 1학년들을 잘 챙겨줄 것. 때때로 1학년들
이 곤란한 일이 있거나 하면 비웃지 말고
알려줄 것.
3. 자기 구역의 청소를 잘 할 것. 조회 끝.
◎ 교실에 들어와서 급장, 부급장, 계[係], 당
번 등을 정했습니다. 또 청소구역도 정했습니
다. 저는 5학년의 부급장이자 4, 5, 6조의 감독
입니다.

〈1938년 4월 13일 수요일 晴天氣〉
일. 조회 때 하라다 선생님의 훈화.
1. 황국신민서사를 소리 내어 불렀습니다.
2. 조회가 끝나고 교실에 들어갈 때 모두 입을
열고 이야기하는 사람이 있는데 앞으로는
입을 확실히 닫고 교실에 들어갈 것.
◎ 공부가 전부 끝나고 6교시에는 체조를 했
습니다. 5학년에 올라가서 처음으로 체조를
해보았습니다.

〈1938년 4월 14일 목요일 曇天氣〉

오늘은 조회를 안 했습니다.
열심히 공부했습니다.

〈1938년 4월 15일 금요일 晴天氣〉
오늘도 조회를 안 했습니다.
열심히 공부했습니다.

〈1938년 4월 16일 토요일 晴天氣〉
일. 조회 때 하라다 선생님이 먼저 황국신민서
사를 낭송했습니다.
질문
1. 교훈 = 예의, 자치, 공동, 근면.
2. 자기 학년의 급훈은 = 5, 6학년 급훈……
자립자영[自立自營], 공조공려[共助共勵],
근로생산[勤勞生産], 언행일치[言行一致]
입니다.
교장 선생님의 훈화…… 변소 사용에 대하여
말씀하셨습니다.

〈1938년 4월 17일 일요일 晴天氣〉
오늘은 일요일이라서 학교는 안 갔습니다.
그래서 저는 동림 들판에서 일을 하고 왔습니
다.

〈1938년 4월 18일 월요일 晴天氣〉
일. 조회 때 박 선생님의 훈화…… 먼저 황국
신민서사를 낭송했습니다.
1. 이번 주는 근면의 주이므로 열심히 일해야
한다.
2. 교문에 들어올 때와 나갈 때는 반드시 예를
갖출 것.
3. 가게에서 물건을 살 때는 반드시 아침은 아
침인사[오하요우 고자이마스(おはようご

ざいます)], 점심에는 점심인사[곤니치와
(こんにちは)], 저녁에는 저녁인사[곰방와
(こんばんは)]로 인사할 것.

〈1938년 4월 19일 화요일 晴天氣〉
일. 조회 때 박 선생님의 훈화…… 먼저 황국
신민서사를 제창했습니다.
1. 청소를 깨끗이 할 것.
2. 친구들과 사이좋게 지낼 것.

〈1938년 4월 20일 수요일 曇後雨天氣〉일. 조회
때 선생님의 이야기는 없었습니다. 황국신민서사
를 낭송했습니다.
그 외에 보통의 운동을 했습니다.

〈1938년 4월 21일 목요일 晴天氣〉
조회 때 박 선생님의 훈화.
황국신민서사를 낭송했습니다. 그리고 질문
이 있었습니다.
1. 신붕에는 어떤 분을 모시고 있는가? 답 =
   아마테라스 오오미카미[天照大神]님을 모
   시고 있습니다.
2. 궁성요배는 왜 하는가? 답. 우리 국민을 행
   복하게 생활하게 해 주시기 때문입니다. 왜
   동쪽을 향해서 요배를 하는가 하면 답. 동
   쪽에 궁성이 있기 때문입니다.

〈1938년 4월 22일 금요일 晴天氣〉三月 二十二
日[3]
집에서의 일.
◎ 오늘은 장동리[墻東里] 산에서 재종조부님

___
3) 이 날 일기에는 음력날짜가 함께 기록되어 있다.

의 장례식을 했습니다. 그래서 친척 분들이 모
두 거기에 가셨습니다. …… 가정일기 쓰는 것
을 깜박해서 여기 일기가 두 개입니다.
◎ 학교 조회 때는 별일 없었습니다. 황국신민
서사를 낭송했습니다.

〈1938년 4월 23일 토요일 晴天氣〉
일. 조회 때 박 선생님이 황국신민서사를 낭송
했습니다.
이. 교장 선생님의 훈화.
1. 내일 4월 24일은 우리 학교 6학년이 경성
   으로 수학여행을 가는 날이다.
2. 25일은 5학년 이하 소풍을 가는 날이다.
3. 26일은 우리나라 야스쿠니[靖國] 신사에서
   임시로 큰 행사를 하므로 학교는 쉰다. 조회
   끝.
◎ 오늘은 강서학교 학생이 소풍을 와서 잘 놀
았습니다.

〈1938년 4월 24일 일요일 天氣〉
오늘은 일요일이라 학교에 안 갔습니다.
◎ 오늘은 우리 학교 6학년들이 수학여행을
갔습니다(경성).

〈1938년 4월 25일 월요일 晴天氣〉
오늘은 소풍을 갔는데『부모산[父母山]』에 갔
습니다. 절 구경도 하고 여러 곳의 경치를 보
기도 했습니다.
오후 한 시쯤에 점심을 먹고 오후 세 시에 집
에 돌아갔습니다.

〈1938년 4월 26일 화요일 晴天氣〉
오늘은 야스쿠니 신사에서 큰 축제가 있는 날

이라서 학교에는 가지 않았습니다. 국기를 세
웠습니다.[4]

〈1938년 4월 27일 수요일 晴天氣〉
일. 조회 때 황국신민의 서사를 낭송했습니다.
이. 교장 선생님의 훈화.
1. 5월 2일까지는 중일전쟁에 대한 총후보국[5]
의 주간이다.
2. 내일 행사에 대하여.
3. 우리 학교에서 금년도 6학년이 수학여행을
다녀온 것에 대해서도 잘 다녀왔다고 말씀하
셨습니다.
◎ 5학년은 자습을 했습니다. 6학년은 오늘
학교에 오지 않았습니다.

〈1938년 4월 28 목요일 晴天氣〉
오늘은 내일의 천장절[天長節][6] 식 연습을 했
습니다.
대청소도 했습니다.

〈1938년 4월 29일 금요일 晴天氣〉

---

4) 원문에는 앞서 신무천황제가 있던 4월 3일 일기와
마찬가지로 깃발 그림이 그려져 있다.
5) 원문에는 '中統保國'이라고 기록되어 있는데, 여기서
'中'은 중국을 의미하며, '統'은 '총후(銃後)'를 의미
하는 '銃'을 잘못 쓴 것으로 보인다. 총후란 과거 전
장의 후방을 담당하는 국민 혹은 그러한 일을 뜻하
는 용어이다.
6) 천장절은 일본 천황의 생일을 기념하는 날로, 일본
에서는 공휴일로 지정되어 있다. 천황의 생일이기
때문에 천장절의 날짜는 재임 중인 천황의 생일에
따라 날짜가 변경된다. 쇼와 천황 재임시절인 1926
년부터 1989년까지는 4월 26일이 천장절이었으며,
1989년 이후로는 아키히토 천황의 생일인 12월 23
일로 변경되었다.

오늘은 천장절 날로 아침 일찍 일어나서 국기
를 세웠습니다. 학교에 가서 천장절 예식을 했
습니다. 오늘이 천황폐하가 탄신하신 날입니
다.
천장절.[7]

〈1938년 4월 30일 토요일 晴天氣〉
일. 조회 때 권 선생님의 훈화.
○ 황국신민서사를 낭송했습니다. 그리고 화
단을 밟지 말라고 하셨습니다.
질문.
1. 4월 29일은 무슨 날인가? 답은 천장절입니
다.
2. 천장절은 어떤 날인가? 답은 금상 천황폐
하의 탄신일입니다.
3. 총후보국[銃後報國] 주간은 언제부터 언제
까지인가? 답은 4월 26일부터 5월 2일까지입
니다.
4. {보국 주간에는} 어떤 것을 하는가? 답은 군
용품 등의 물품(목면, 종이, 철, 고무) 등을 구
해야 합니다.
◎ 총후의 국민으로서 보급 임무를 잘 수행해
야 한다.
◎ 일영[日榮]에게 그림엽서를 보냈습니다.
경성이기 때문입니다.

〈1938년 5월 1일 일요일 曇後雨天氣〉
오늘은 일요일이라 학교에 가지 않았습니다.
그래서 우리들 신계[新溪] 사람들, 학생들 여
섯 명과 아우 한 명, 일곱 명이서 산책을 했습

---

7) 원문에는 깃발 그림 아래 한자로 '天長節'이라고 세
로쓰기로 기록되어 있다.

니다.

〈1938년 5월 2일 월요일 曇後晴天氣〉
◎ 조회 때
일. 교장 선생님의 훈화.
1. 황국신민서사를 낭송하는 방법이 조금 달라졌다.
2. 매일 아침 조회 때에는 궁성 요배를 할 것.
이. 하라다 선생님의 훈화.
1. 수업 시작 시간에 대하여.
2. 이번 주 실천사항.
3. 청소구역.
4. 간호 당번 주의.

〈1938년 5월 3일 화요일 曇天氣〉
일. 조회 때 하라다 선생님의 훈화.
1. 이번 주 실천사항을 잘 지킬 것.
◎ 총후보국의 주간은 어제부로 끝났습니다.

〈1938년 5월 4일 수요일 晴天氣〉
조회 때 궁성요배를 했습니다.

〈1938년 5월 5일 목요일 曇天氣〉
조회 때 궁성요배를 하고 황국신민서사를 낭송했습니다. 그런 후 각 부락 교우단[校友團]을 정하고 단장을 뽑았습니다. 금계리는 저입니다. 그리고 자치회 임원을 발표했는데 저는 5학년 부급장입니다. 급장은 하상갑[河相甲]입니다.
◎ 각 부락 교우단의 마음가짐.
1. 서로가 사이좋게 지냅시다.
2. 등교, 귀가 중에 무엇보다 규율을 지킵시다.

3. 마을을 위해서 좋은 일을 합니다.

◎ 자치회[8]
1. 자기 일은 스스로 합시다.
2. 착한 일을 합시다.
3. 황국신민서사, 교훈, 급훈을 잘 지켜서 좋은 교풍을 만듭시다.

〈1938년 5월 6일 금요일 雨天氣〉
오늘은 비가 내려서 조회를 하지 않았습니다. 그리고 오늘은 6일로 애국일입니다. 비 때문에 교실에서 애국일 기념식을 했습니다.
1. 총후의 국민으로서 해야 할 일을 잘 해야 한다.
2. 국민정신총동원 주간은 4월 26일부터 5월 2일까지였다.
3. 5월 5일부터 12일까지는 아동애호[兒童愛護] 주간이다.
바르게 많이 사랑할 것(아동애호 주간).

〈1938년 5월 7일 토요일 晴天氣〉
◎ 조회 때 궁성요배를 하고 황국신민서사를 제창했습니다.
일. 하라다 선생님의 훈화.
1. 4월 26일은 어떤 날이었는가? 총후보국의 주간이 시작된 날입니다. 또 야스쿠니의 축제날이었습니다.
2. {야스쿠니} 신사에는 몇 명의 위패가 모셔져 있는가? 4,533개의 위패입니다.

---

8) 원문에는 '자치회' 옆에 '誠'이라는 글자가 둥근 테두리 안에 적혀 있다.

〈1938년 5월 8일 일요일 晴天氣〉
오늘은 일요일입니다.
저는 윤상[允相]이와 함께 책을 사러 갔다 왔
습니다.

〈1938년 5월 9일 월요일 曇天氣〉
조회 때 먼저 궁성요배를 하고 황국신민서사
를 제창했습니다.
박 선생님의 훈화.
1. 일전의 총후보국 주간에 대하여.
2. 아동애호 주간에 대하여.
3. 이번 주 실천사항에 대하여
4. 군용 가마니에 대하여. 한 사람 앞에 여섯
매.

〈1938년 5월 10일 화요일 晴天氣〉
조회 때 궁성요배를 하고 황국신민서사를 제
창했습니다.
◎ 오늘은 올해 우리 학교에 새로 선생님 한
분이 오신다고 했는데 옥산면 봉점에 살고 계
신 임승빈 선생님입니다.
아버님은 「임상순[任尙淳]」이라는 분입니다.

〈1938년 5월 11일 수요일 晴天氣〉
조회 때 궁성요배를 하고 황국신민서사를 낭
송했습니다.
ㅇ 보통 운동만 하고 교실에 들어와서 공부를
했습니다. 조회 끝.
◎ 오늘은 우리 5, 6학년이 신체검사[9]를 했습
니다. 저는 다음과 같았습니다.

신장…… 150cm 체중…… 43kg 가슴둘
레…… 73cm 앉은키…… 76cm.

〈1938년 5월 12일 목요일 晴天氣〉
조회 때 궁성요배를 하고 황국신민서사를 낭
송했습니다.
일. 박 선생님의 훈화.
1. 시장 주변에서 먹을 것을 사서 걸어 다니며
먹지 말 것.
2. 가게에 들어가서 물건을 살 때는 반드시 인
사를 하고 들어갈 것.

〈1938년 5월 13일 금요일 晴天氣〉
조회 때 궁성요배를 하고 황국신민서사를 낭
송했습니다.
교장 선생님의 훈화.
1. 자기 물건과 남의 물건을 잘 구별할 것.
2. 학교에서 사육하고 있는 가축을 소중하게
기를 것.
3. 빗자루 사용법에 대하여 말씀하셨습니다.

〈1938년 5월 14일 토요일 晴天氣〉
일회 때 궁성요배를 하고 황국신민서사를 낭
송했습니다.
◎ 박 선생님의 훈화.
1. 총후보국, 아동애호 주간에 대하여(총후보
국 주간은 4월 26일부터 5월 2일, 아동애호
주간은 5월 5일부터 11일까지).
2. 총후의 국민으로서 검약하게 생활해야 하
는 것에 대하여. 군용품 4개는 (1) 목면,
(2) 고무, (3) 종이, (4) 연료.
3. 우리 학교에서 모아야 할 것은 (1) 목면,
(3) 고무, (3) 종이, (4) 쇠붙이.

---

9) 원문에는 '身體檢査' 옆에 '體格檢査'라고 부기되어
있다.

〈1938년 5월 15일 일요일 雨天氣〉

오늘은 일요일이라 학교에 가지 않았습니다.

〈1938년 5월 16일 월요일 晴天氣〉

일. 조회 때 궁성요배를 하고 황국신민서사를 낭송했습니다.

1. 교장 선생님이 학교 교훈 및 급훈에 대해서 말씀하셨습니다.

금년도에 총을 5정 만들었는데[10] 그것은 올해 입학한 1학년들의 후원회비로 만들었습니다.

교훈은 예의, 자치, 공동, 근면입니다.

4, 5, 6학년 급훈은 언행일치, 자립자영, 공조공려, 근로생산입니다.

〈1938년 5월 17일 화요일 晴天氣〉

조회 때 궁성요배를 하고 황국신민서사를 낭송했습니다.

◎ 하라다 선생님이 앞으로 조회체조가 조금 바뀐다고 말씀하셔서 실제로 해보았습니다.

〈1938년 5월 18일 수요일 晴天氣〉

◎ 조회 때 궁성요배를 하고 황국신민서사를 낭송했습니다.

일. 교장 선생님의 훈화.

1. 청소를 깨끗이 할 것

2. 친구들과 사이좋게 지낼 것.

이. 다음으로 권 선생님과 조회체조를 했습니다. 조회 끝.

◎ 내일은 5월 소운동회이기 때문에 연습을

_____

10) 원문에는 만들었다고 기록되어 있기는 하나 실제로 총을 만들었다기보다는 후원비로 총을 사서 전장에 보냈다는 뜻으로 보인다.

했습니다.

〈1938년 5월 19일 목요일 曇天氣〉

오늘은 2시간 공부가 끝나고 전 학년이 1회 소운동회를 했습니다(저는 교기[校旗]의 부기수).

교장 선생님이 여러 가지 주의를 주셨고 교기에 대해서도 말씀하셨습니다.

소운동회가 끝나고 홍백군의 점수는 17승 가운데 홍군이 10회 승리했고 1회 승리마다 5점이므로 50점이며, 백군이 7회 승리하여 35점입니다.

저는 홍군이어서 승리했습니다(홍군 우승).

〈1938년 5월 20일 금요일 晴天氣〉

조회 때 궁성요배를 하고 황국신민서사를 낭송했습니다.

그리고 4학급 발표가 있었습니다. 5학년 한 명, 6학년 한 명 두 명 모두 잘 했습니다.

〈1938년 5월 21일 토요일 晴天氣〉

오늘은 두 시간 수업이 끝나고 깃발행렬을 했습니다.

어제 5월 20일 오전 11시에 우리 황군이 중국의 지역의 성(서주)라는 곳을 함락시켜서 봉축했습니다.

〈1938년 5월 22일 일요일 曇後雨天氣〉

오늘은 일요일이라 학교에 가지 않았습니다. 집에서 자습했습니다.

〈1938년 5월 23일 월요일 曇後晴天氣〉

오늘 조회는 구름이 끼고 비가 내려서 하지 않

았습니다.
소학예회 연습을 했습니다.

〈1938년 5월 24일 화요일 晴天氣〉
◎ 조회 때 궁성요배를 하고 황국신민서사를 제창했습니다.
일. 하라다 선생님의 훈화. 오늘은 이번 주는 예의의 주간이다.
1. 관청에서 근무하고 계신 분을 뵈었을 때는 반드시 예의를 갖출 것.
2. 별다른 용무가 없는 학생은 시장 가게 앞에서 서성거리지 말 것.

〈1938년 5월 25일 수요일 晴天氣〉
오늘은 수업을 2시간만 하고 내일 소학예회 연습을 할 것이라고 생각했는데 갑자기 교장 선생님이 다른 학교로 전근을 가시게 되어 하지 못했습니다.

〈1938년 5월 26일 목요일 晴天氣〉
조회 때 궁성요배를 하고 황국신민서사를 낭송했습니다. 그리고 박 선생님이 말씀하시기를, 우리 학교로서는 정말 애석하고 안타깝게도 교장선생님이 앞으로 충주에 가셔서 선생님을 하시게 되었다고 했습니다.
그리고 교장선생님의 훈화.
1. 자신은 다른 학교 5학년을 가르치게 되었고 앞으로 더 열심히 공부하라고 하셨습니다. 학교 교훈과 급훈을 잘 지키라고 하셨습니다. 31일에 출발하신다고 합니다.

〈1938년 5월 27일 금요일 曇天氣〉
조회 때 궁성요배를 하고 황국신민서사를 낭

송했습니다.
그리고 3학급에서 발표가 있었는데 두 명 다 잘 했습니다.
수업을 시작하고 4교시에 되자 갑자기 비상종이 울려서 모두 조회장에 모였습니다. 하라다 선생님이 오늘은 해군 기념일로 도고 원사[東鄉 元帥][11]의 용맹함과 황군의 분전에 대하여 감탄할 만한 이야기를 해 주셨습니다.

〈1938년 5월 28일 토요일 雨後曇天氣〉
조회는 못 했습니다.
◎ 수업이 끝나고 오후 4시가 지나서 정봉역까지 우리 학교 학생들이 교장선생님을 마중하러 3학년 이상 학생들과 선생님들이 갔습니다. 4시 40분 기차로 교장선생님이 오셨습니다.

〈1938년 5월 29일 일요일 雨後曇天氣〉
오늘은 일요일이라 학교에 안 갔습니다.

〈1938년 5월 30일 월요일 曇天氣〉
오늘은 새로 오신 선생님과 함께 조회를 했습니다. 궁성요배를 하고 황국신민서사를 낭송했습니다. 박 선생님이 여기에 계신 분이 우리 교장 선생님이시며 굉장히 덕이 높으신 선생님이라고 했습니다.
교장 선생님의 훈화.
박 선생이 말한 대로 저는 김홍배[金鴻倍]입니다. 잘 부탁하고 앞으로 여러분과 함께 공부하고 활동하게 된 것에 대해 정말 기쁘게 생각합니다.

11) 당시 일본의 해군 제독이던 도고 헤이하치로(東鄉平八郞)를 가리킨다.

〈1938년 5월 31일 화요일 晴天氣〉
조회 때 궁성요배를 하고 황국신민서사를 낭송했습니다.
임 선생님의 훈화.
오늘은 수업을 한 시간만 하고 전의 이 교장선생님을 배웅할 것이라고 했습니다. 한 시간 수업이 끝나고 나서 1학년부터 6학년, 면 주재소, 사방공사에서 일하는 사람들도 모두 정봉역으로 배웅을 갔습니다. 기차가 교장선생님을 태우고 빠르게 떠나는 모습을 보니 왠지 가슴에서 무엇인가가 한가득 뭉치는 것 같았습니다. 그리고 슬픔은 눈물이 되었습니다.

〈1938년 6월 1일 수요일 曇天氣〉
조회 때 궁성요배를 하고 황국신민서사를 낭송했습니다.
임 선생님의 훈화. 이번 주 실천사항에 대하여.
1. 뒷정리를 잘할 것.
2. 몸을 청결히 할 것.
조회 전에 급장, 부급장, 선생님들과 함께 신봉 예배를 했습니다. 조회 때는 멀리 궁성을 보고 최경례[最敬禮][12]를 했습니다.

〈1938년 6월 2일 목요일 晴天氣〉
조회 때 궁성요배를 하고 황국신민서사를 낭송했습니다.

〈1938년 6월 3일 금요일 晴天氣〉
궁성요배를 하고 황국신민서사를 제창했습

니다. 제3학급 발표가 있었습니다. 두 명 모두 잘 했습니다. 교실에서 권 선생님이
ㅇ 오늘부터 모두 될 수 있는 한 국어[일본어]로 말하라고 했습니다.

〈1938년 6월 4일 토요일 晴天氣〉
조회 때 궁성요배를 하고 황국신민서사를 낭송했습니다.
임 선생님의 훈화.
1. 교기[校旗]는 무엇을 대표하는 것인가? 답은 우리 학교를 대표하는 것입니다.
2. 교기에는 우리 학교의 모장[帽章]이 그려져 있는데 무엇이 그려져 있는가? 답은 산, 월계수, 옥 이 세 가지가 그려져 있습니다.
세 가지의 의미
1. 옥 = 충효를 의미하고, 부모에 대한 효행, 천황에 대한 충의를 그린 것입니다.
2. 월계수 = 무엇보다도 성공하라는 의미입니다.
3. 산 = 우리 학교가 큰 산이 앉은 것 같이 언제나 여기에 있기 때문입니다.

〈1938년 6월 5일 일요일 雨天氣〉
오늘은 일요일이라 학교에 안 갔습니다.
집에서 열심히 자습했습니다.

〈1938년 6월 6일 월요일 曇天氣〉
오늘은 6일로 애국일입니다. 개국 기념식을 올렸습니다.
박 선생님의 훈화.
이번 주는 공동의 주간이다. 1. 실내에서는 조용하게 있을 것. 2. 쉬는 시간에는 용무가 없는 사람은 반드시 운동장에 나가서 활발하게

---

12) 허리를 깊이 굽혀 하는 최고의 공손함을 표하는 경례이다.

운동을 할 것.

〈1938년 6월 7일 화요일 曇天氣〉
오늘은 비가 내려서 조회를 못 했습니다.

〈1938년 6월 8일 수요일 曇天氣〉
오늘은 선생님들의 상담이 있습니다. 모든 선생님이 청주읍에 가셨습니다.
수업은 두 시간만 했습니다.

〈1938년 6월 9일 목요일 晴天氣〉
오늘은 내일의 소학예회 연습을 했습니다. 또 내일은 소화 13년도의 후원회를 하는 날입니다. 내일 있을 기념일에 대해서도 이야기가 있었습니다. 중국에 가서 싸우고 있는 황군에게 「사이다」를 보내기 위한 빈병이 부족하므로 학생들은 모두 한 병씩 가져오라고 했습니다. 가시하라 신궁[橿原神宮][13]을 수선하므로 모두 2전씩 가지고 오라고 했습니다.
신무천황을 모시고 있는 곳입니다.

〈1938년 6월 10일 금요일 晴天氣〉
오늘은 우리 학교 후원회와 소학예회를 했습니다. 밤에는 활동사진 상영이 있었습니다.
북지사변[北支事變]
1. 우리 황군이 용감하게 싸우고 목숨을 아끼지 않고 나라를 위한 것.
2. 도쿄의 어느 세 남녀 중 한 사람의 누이가 국기를 위해 목숨을 잃은 것은 말할 것도 없이 불쌍하고 애석한 일입니다.

〈1938년 6월 11일 토요일 雨天氣〉
오늘은 공부를 잘 했고 집에 오려고 할 때 이미 비가 내려서 어쩔 수 없이 비를 맞으며 집에 달려왔습니다.

〈1938년 6월 12일 일요일 曇天氣〉
오늘은 일요일입니다.

〈1938년 6월 13일 월요일 晴天氣〉
◎ 권 선생님의 훈화.
1. 이번 주는 근면의 주.
2. 화단 정리.
3. 학교 수업이 끝나고 빨리 집에 돌아가서 가정실습을 할 것.
4. 내일은 근농[勤農]의 날이므로 학교에서 모내기를 할 것임.
5. 모레는 퇴비를 조제할 것임.

〈1938년 6월 14일 화요일 晴天氣〉
오늘은 근로의 날입니다.　내일은 퇴비 조제의 날입니다.
권 선생님이 오늘은 학교에서 모내기를 한다고 했습니다.
그리고 교장 선생님이 오늘은 황공하게도 궁성의 천황폐하께서도 몸소 친히 모내기를 하신다고 했습니다. 각 관청에서도 모두 한다고 했습니다.
우리 학교에서도 5, 6학년은 선생님들과 모내기를 할 것.
◎ 5학년, 6학년은 학교 실습지 논에 모를 정성스럽게 심었습니다. 끝나고 과자를 먹었습니다.

---

13) 일본 나라현에 있는 신궁 이름이다.

⟨1938년 6월 15일 수요일 曇後雨天氣⟩
오늘은 우리 학교에서 제1회 퇴비 조제를 했습니다. 모든 학생 일동이 열심히 풀을 베어 와서 학교 퇴비는 산처럼 쌓였습니다.
선생님들도 꽤나 칭찬해 주셨습니다.

⟨1938년 6월 16일 목요일 晴天氣⟩
조회 때 권 선생님의 훈화.
질문
(1) 애국일은 매월 며칠에 기념식을 올리는가? 답 = 매월 6일입니다.
(2) 언제부터 시작했는가? 답 = 1937년 9월부터입니다.
(3) 지난 14일은 무슨 날이었는가? 답 = 농민의 날, 근로의 날입니다.
(4) 그날에 교장 선생님이 어떤 훈화를 하셨는가? 답 = 그날 우리나라 전국의 백성이 모두 열심히 모내기를 했고 관청에서 근무하고 있는 사람들과 황공하게도 천황 폐하께서도 몸소 친히 모내기를 하셨던 날입니다.

⟨1938년 6월 17일 금요일 晴天氣⟩
오늘은 집에서 모내기를 하는 날이라서 가정 실습을 했습니다. 인부는 약 10명이었습니다. 10두락 정도 모내기를 했습니다.

⟨1938년 6월 18일 토요일 晴天氣⟩
궁성요배, 황국신민서사를 낭송.
권 선생님이 이번 주는 근면의 주로 특히 일을 할 때 진심을 다해서 일한 것에 대해서 칭찬해 주셨습니다.
군 학무과장이 와서 우리들이 공부하는 것을 보았습니다.

⟨1938년 6월 19일 일요일 曇天氣⟩
오늘은 일요일입니다.

⟨1938년 6월 20일 월요일 晴天氣⟩
조회 때 궁성요배, 황국신민서사를 낭송했습니다.
하라다 선생님의 훈화.
이번 주는 예의의 주간이고 실행할 것들은
1. 각자 몸을 청결히 할 것.
2. 복도를 걸어 다닐 때는 조용하게 좌측으로 다닐 것.
3. 아침에 학교에 오면 복도와 교실 창문을 가운데로 올바르게 열어 둘 것.

⟨1938년 6월 21일 화요일 晴天氣⟩
조회 때 궁성요배, 황국신민서사를 제창했습니다.
일. 하라다 선생님의 이야기
1. 어제 약속한 것 한 가지 중 아침에 오면 창문을 가운데로 열어 두라고 하였는데 선생님이 둘러보니 본과 1학년과 2학년이 가장 잘 지켜 주었다.
이. 교장선생님의 훈화.
1. 예의를 잘 지키고 궁성요배 때 최경례, 또 선생님들에게 인사를 할 때는 마음에서 우러나와 예의 바르게 할 것.
2. 언제나 국어로 말할 것.
3. 건물 사이를 다니는 복도에 대해서 말씀하셨습니다.

⟨1938년 6월 22일 수요일 晴天氣⟩

조회 때 궁성요배, 황국신민서사를 낭송했습니다.

〈1938년 6월 23일 목요일 晴天氣〉
◎ 조회 때 궁성요배, 황국신민서사 제창.
일. 하라다 선생님의 훈화.
1. 교장선생님이 전에 말씀하신대로 건물 사이 복도를 신발을 신고 다니는 학생이 있는데 그런 학생은 주의가 부족하다고 했습니다.

〈1938년 6월 24일 금요일 曇後雨天氣〉
조회 때 궁성요배, 황국신민서사.
하라다 선생님이 제1학급 발표가 있으니 듣는 사람은 자세를 바르게 하고 들으라고 했습니다.
◎ 박 선생님이 잘 듣고, 비평하라고 했습니다.
세 명 모두 잘 했습니다.

〈1938년 6월 25일 토요일 晴天氣〉
일. 교장선생님의 훈화.
1. 27일까지 저금보국 주간이므로 모두 저금을 할 것.
2. 신발을 신을 때도 짚신을 만들어서 신을 것. 고무신은 신지 말 것. 우리나라는 고무가 나지 않기 때문에 될 수 있는 한 자국에서 만들 수 있는 것을 사용하라고 했습니다.
3. 신붕에 대하여, 누구나 신붕에 제사 지낼 것.
4. 기일[紀日] 창가에 대해서도 말씀하셨습니다.

〈1938년 6월 26일 일요일 晴天氣〉
오늘은 일요일입니다.
저는 공부하는 방의 벽을 종이로 깨끗하게 붙였습니다. 종이 벽칠.

〈1938년 6월 27일 월요일 晴天氣〉
일. 임 선생님의 훈화 = 이번 주는 자치의 주간이고 실천 사항에 대해서는,
1. 각자 교실 청소를 물로 깨끗이 할 것.
2. 복장을 단정히 할 것에 대해서 말씀하셨습니다.

〈1938년 6월 28일 화요일 晴天氣〉
조회 때 궁성요배, 황국신민서사 제창.
임 선생님의 훈화.
뒷정리를 잘 할 것.

〈1938년 6월 29일 수요일 晴天氣〉
일. 임 선생님의 훈화로 상식문제가 있었습니다.
1. 매일 아침 동쪽에 요배를 하는 것은 왜인가? 학생의 답 = 동쪽에 도쿄가 있고 그곳에 궁성이 있습니다. 그리고 모두가 매일 안심하고 공부하고 편안히 생활할 수 있는 것은 그곳에 계신 천황폐하의 은혜 때문입니다. 그 감사함을 생각하며 아침에 인사를 하는 것입니다.
2. 어떠한 마음가짐으로 해야 하는가? 답 = 진심을 담아 자세를 바르게 하고 하는 것입니다.

〈1938년 6월 30일 목요일 晴後曇天氣〉
임 선생님의 훈화.

1. 이번 주 실천사항을 잘 지켜 주었다.
(1) 물로 바닥을 깨끗이 윤을 낼 것.
(2) 복장을 바르게 할 것.

〈1938년 7월 1일 금요일 晴天氣〉
조회 전에 급장, 부급장, 선생님들과 신봉 예배를 했습니다. 궁성요배식도 했습니다.
박 선생님이 주의.
쓸데없는 말을 하고 다니지 말라고 했습니다.

〈1938년 7월 2일 토요일 晴天氣〉
임 선생님의 훈화.
오늘은 특과 1학년 발표가 있으니 신경 써서 잘 들을 것.
ㅇ 1학년이지만 활발하게 잘 했습니다.

〈1938년 7월 3일 일요일 晴天氣〉
일요일입니다.

〈1938년 7월 4일 월요일 晴天氣〉
조회 때 궁성요배, 황국신민서사 제창.
박 선생님의 훈화.
이번 주는 공동의 주간이며 실천 사항으로는,
1. 학습에 힘쓸 것.
2. 일에 힘쓸 것.
하얀색 고무신이 죄다 더러워져 못 신게 되었을 때는 가지고 올 것.

〈1938년 7월 5일 화요일 晴天氣〉
조회 때 궁성요배, 황국신민서사를 낭송했습니다.
박 선생님의 질문.
1. 사무실 현관에 걸려있는 것은 무엇이며 뭐

라고 써져 있고 의미는 무엇인가? 학생들의 답 = 「진충보국」, 「인고단련」입니다. 진충보국 = 천황 폐하에게 충의를 다하고 나라에 보답하는 것입니다. 인고단련 = 괴로운 것을 참고 몸을 단련하는 것입니다.
2. 내일과 모레는 무슨 날인가? 답 = 내일은 애국일이고, 내일모레는 지금 전쟁 중인 중국에 진격한 날입니다. 소화 12년 7월 7일에 발발했습니다. …… 그래서 이틀간 국기를 게양해야 함.

〈1938년 7월 6일 수요일 曇後雨天氣〉
조회 때 궁성요배, 황국신민서사 낭송.
그리고는 별일 없었습니다.
교실에서 선생님이 내일부터 1학기 시험이 시작되니 공부를 열심히 하라고 했습니다.
자 열심히 하자.

〈1938년 7월 7일 목요일 雨後曇天氣〉
오늘이 어떤 날인가, 우리 황군 만세 만만세.[14]
아침 일찍 일어나서 국기를 걸려고 했는데 비가 내려서 못 걸었습니다. 어느새 작년 7월 7일에 발발한 중일 전쟁은 오늘로 만 1년에 이르렀습니다. 학교에서 기념식이 있지만 저는 강물 때문에 건너갈 수가 없어서 집에서 마음 속으로 축하했습니다.
오늘 학교에서는 기념식을 올리고 작업 등을 할 것입니다. 비가 오나 눈이 오나 바람이 부나 나라를 위해 일해 주시는 우리 일본 황군이

---

14) 원문에는 문장이 시작되기 전 신무천황제나 천장절과 같은 기념일마다 그려넣곤 하던 깃발 그림이 그려져 있다.

여 언제나 이 고향국[故鄕國]을 돌봐주소서.
눈물[淚].

〈1938년 7월 8일 금요일 曇後雨天氣〉
오늘은 운동장이 질척거려서 조회는 안 했습니다.
학과시험을 봤습니다.

〈1938년 7월 9일 토요일 曇天氣〉
오늘은 조회를 안 했습니다.

〈1938년 7월 10일 일요일 晴天氣〉
오늘은 일요일입니다.

〈1938년 7월 11일 월요일 曇天氣〉
조회는 안 했습니다.
모두 공부를 했습니다.

〈1938년 7월 12일 화요일 曇後雨天氣〉
오늘도 조회는 안 했습니다.
수업이 끝나고 집에 오려고 했는데 2교시부터 비가 내리기 시작하여 학교가 끝날 때까지도 비는 멈추지 않아 기다리고 있으니 잠시 후 맑아져서 집에 왔습니다.

〈1938년 7월 13일 수요일 晴天氣〉
조회 때 궁성요배, 황국신민서사를 낭송했습니다.
권 선생님의 훈화.
1. 이번 주는 근면의 주간이다.
(1) 요즘 학기 시험 기간이니 공부를 열심히 하고 일도 열심히 할 것. 자기 교실 앞 화단을 정리할 것.

저는 감자 한 말을 사 왔습니다.

〈1938년 7월 14일 목요일 晴天氣〉
궁성요배, 황국신민서사를 낭송했습니다.
일. 권 선생님의 훈화.
1. 예의범절에 대하여.
2. 지각생에 대하여.
3. 2학년 어떤 학생이 정직한 행동을 하여 전교상[全校賞]을 받았습니다.
◎ 5학년은 감자로 회식을 했습니다. 창가를 부르기도 하고 옛날이야기도 하며 재미있게 회식을 했습니다. 저도 합창했습니다.

〈1938년 7월 15일 금요일 晴天氣〉
조회 때 동방요배, 황국신민서사 제창.
교장선생님이 칙어를 외치셨습니다.
칙어에 대한 이야기도 해주셨습니다.
지금의 사변[중일전쟁]이 일어나서 천황폐하를 비롯하여 내각 총리대신, 조선 총독 각하가 그에[전쟁 수행에] 열심이시다.

〈1938년 7월 16일 토요일 晴天氣〉
조회 때 동방요배, 황국신민서사를 낭송.
제4학급 5, 6학년 발표가 있었는데 두 명 다 잘 했습니다.
일. 교장 선생님의 훈화.
언제나 국어로 말을 하고 말하는 사람은 말하기에 충실하고 듣는 사람도 바르게 경청하라고 말씀하셨습니다.
이. 권 선생님의 질문.
1. 우리 일본국은 어느 정도로 강한가? 답=
   세계 3대 강국에 들어갑니다.
2. 요즘 집에서 모두를 꽤나 성가시게 하는 벌

레는 무엇인가? 답= 파리, 나방, 모기.

〈1938년 7월 17일 일요일 晴天氣〉
오늘은 일요일입니다.

〈1938년 7월 18일 월요일 晴天氣〉
조회 때 동방요배, 황국신민서사를 낭송.
교장 선생님의 훈화.
1. 검약하게 생활.
2. 방공경보에 대하여. 5일간은 밤에 불을 켜지 않도록 할 것. 방공연습입니다.

〈1938년 7월 19일 화요일 晴天氣〉
조회 때 동방요배, 황국신민서사를 낭송.
일. 하라다 선생님의 훈화.
1. 올해 제1학기가 오늘과 내일 이틀이면 끝난다.
2. 청소를 깨끗이 할 것.
우리들 5, 6학년은 1교시부터 실습을 시작해서 오후까지 열심히 하고 청소를 깨끗이 했습니다.

〈1938년 7월 20일 수요일 晴天氣〉
조회 때 동방요배 황국신민서사를 낭송.
교장선생님의 훈화.
1. 오늘로 금년도 1학기가 끝이 났는데
   (1) 성적 발표를 할 것이고,
   (2) 방학 중 주의사항,
   (3) 여름 방학을 잘 보내고 새로운 2학기를 잘 맞이할 것.
하라다 선생님의 훈화…… 매일 오전 6시에 일어나서 라디오 체조를 할 것. 방학 중의 여러 가지 주의사항.

저의 성적은 총점 106점, 평균으로 나누어 보면 9점입니다. 석차는 2등. 품행[15]은 갑[甲]을 받았습니다.
◎ 내일부터 일기는 연월일 날씨만 씁니다.

〈1938년 7월 21일 목요일 晴天氣〉
〈1938년 7월 22일 금요일 晴天氣〉
〈1938년 7월 23일 토요일 晴天氣〉
〈1938년 7월 24일 일요일 晴天氣〉
〈1938년 7월 25일 월요일 晴天氣〉
〈1938년 7월 26일 화요일 晴天氣〉
〈1938년 7월 27일 수요일 晴天氣〉
〈1938년 7월 28일 목요일 晴天氣〉
〈1938년 7월 29일 금요일 晴後曇天氣〉
〈1938년 7월 30일 토요일 晴天氣〉
〈1938년 7월 31일 일요일 晴後曇天氣〉
1938년 7월 끝.

〈1938년 8월 1일 월요일 晴天氣〉
오늘은 여름방학 기간 중 소집일이라서 5, 6학년은 모두 실습지에 갔습니다. 감자밭에서 김을 맸고, 야채 씨를 뿌리고, 퇴비와 대변을 주었습니다. 과수원을 지키는 아홉 마리의 강아지가 살 작은 집도 만들었습니다.
점심을 먹고는 운동장 청소를 깨끗이 했습니다. 논에 물을 대고 제초를 했습니다.
그러고는 담당 교실 청소를 하고 집에 돌아갔습니다.

〈1938년 8월 2일 화요일 晴天氣〉
〈1938년 8월 3일 수요일 晴天氣〉

15) 원문에는 '操行'이라는 용어로 기록되어 있다.

〈1938년 8월 4일 목요일 曇後晴天氣〉
〈1938년 8월 5일 금요일 晴天氣〉

〈1938년 8월 6일 토요일 晴天氣〉
오늘은 두 번째 소집일이라서 학교에 갔습니다. 먼저 애국 기념식을 올렸습니다.
◎ 작업은 우리 5, 6학년은 과수원에서 김을 맸고, 실습지 손질, 논에서 김매고 물대기, 교사 내외 청소를 깨끗이 했습니다.

〈1938년 8월 7일 일요일 晴天氣〉
〈1938년 8월 8일 월요일 晴天氣〉
〈1938년 8월 9일 화요일 晴天氣〉
〈1938년 8월 10일 수요일 晴後曇天氣〉
〈1938년 8월 11일 목요일 曇後雨天氣〉

〈1938년 8월 12일 금요일 晴天氣〉
오늘은 세 번째 소집일입니다. 학교에는 5, 6학년들이 갔습니다. 실습지에 가서 야채 씨앗을 뿌리고 물을 주었습니다. 운동장 전후를 깨끗이 청소했습니다.
◎ 5, 6학년 중에 테니스 잘 치는 사람 12명을 뽑아서 시합을 했습니다. 끝나고 선생님이 참외를 사와서 먹었습니다.

〈1938년 8월 13일 토요일 晴天氣〉
〈1938년 8월 14일 일요일 晴天氣〉
〈1938년 8월 15일 월요일 晴天氣〉
〈1938년 8월 16일 화요일 曇後雨天氣〉
〈1938년 8월 17일 수요일 曇後雨天氣〉
〈1938년 8월 18일 목요일 曇後晴天氣〉
〈1938년 8월 19일 금요일 雨後曇天氣〉
〈1938년 8월 20일 토요일 晴天氣〉

〈1938년 8월 21일 일요일 晴天氣〉
오늘로 여름방학이 끝났습니다. 내일부터는 학교에 다닙니다. 공부를 열심히 하자.

〈1938년 8월 22일 월요일 晴天氣〉
오늘도 제2학기가 시작되었습니다.
학교에 가서 보니 많은 친구들이 모여 있었습니다. 조회 때 교장선생님의 여러 훈화가 있었습니다. 그 중에서도 지켜야 할 것은. 1. 검약하게 생활할 것. 2. 오늘부터는 1학기보다 성적을 올릴 수 있도록 할 것. 3. 오늘부터 1주일간은 경제공출[警財共ちう][16]의 주간임. 누구라도 버리는 쇠붙이를 가지고 올 것. 아침조회 끝.

〈1938년 8월 23일 화요일 晴天氣〉
교장선생님이 「일전에 동경에서 히가시구니노미야[東久邇宮] 비전하께서 조선에 오셔서 청주읍까지도 오셨는데 각 관청에 과자를 사서 하사하셨습니다. 그래서 우리학교에도 한 상자를 주셨습니다. 매우 훌륭하고 높으신 분임.」
별일 없이 공부를 잘 했습니다.

〈1938년 8월 24일 수요일 晴天氣〉
조회 때 임 선생님이 웃어른에게 예의를 갖출 것, 청소를 깨끗이 할 것, 지각을 하지 말라고 했습니다.

---

16) '경제공출'이라고 번역했으나, 비상시 재물의 공동조달을 위한 조치인 것으로 보인다. 쇠붙이 등까지도 빼앗아가던 일제강점 후반기의 공출제가 본격화되는 시점에 나온 조치의 하나일 것으로 추정된다.

〈1938년 8월 25일 목요일 晴天氣〉

조회 때 동방요배, 황국신민서사 제창.

선생님의 훈화는 없었습니다.

5, 6학년은 수업이 끝나고 오후부터 학교 주변 교정의 떡갈나무와 포플러나무의 가지치기를 했습니다. 또 실습지 야채에 소변을 주고, 김을 맸습니다.

〈1938년 8월 26일 금요일 晴天氣〉

조회 때 제3학급 발표가 있었는데 잘 했습니다.

선생님의 훈화는 없었습니다.

5, 6학년은 수업이 끝나고 학교 주변 포플라나무와 교정의 떡갈나무 가지치기를 했습니다.

〈1938년 8월 27일 토요일 晴天氣〉

조회 때 임 선생님의 훈화.

질문

1 이번 주는 무슨 주간인가? 학생들의 답= 경제공출의 주간입니다.

2. 그 의미를 말하라. 학생들의 답= 물건을 소중히 절약하는 것입니다.

5, 6학년은 실습지 배추와 무밭의 김을 맸습니다.

〈1938년 8월 28일 일요일 晴天氣〉

오늘은 일요일입니다.

〈1938년 8월 29일 월요일 晴天氣〉

조회 때 박 선생님의 훈화.

1. 자치의 주간

　(1) 각자 몸을 청결히 할 것.

　(2) 각 교실과 운동장의 청소구역을 깨끗이 할 것.

우리 5, 6학년은 수업이 끝나고 작업을 했습니다.

〈1938년 8월 30일 화요일 晴天氣〉

조회 때 박 선생님의 질문이 있었습니다.

1. 어제 29일은 무슨 날이었는가? 학생들의 답= 일한합병에 관한 조서[詔書]를 하사받은 기념일입니다.

2. 9월 1일은 무슨 날인가? 학생들의 답= 동경 대지진 기념일입니다.

우리 5, 6학년은 수업이 끝나고 모두 체조를 3시간 정도 했습니다. 농구, 축구.

〈1938년 8월 31일 수요일 晴天氣〉

조회 때 박 선생님의 훈화.

1. 내일 행사에 대하여

　(1) 신촌의 제방 근처에 사는 후쿠시마[福島] 씨가 내일 오후 3시 45분 기차로 출정하게 되었으니 3학년 이상은 배웅하러 갈 것.

2. 내일부터는 수업을 단축수업으로 공부할 것임.

〈1938년 9월 1일 목요일 晴天氣〉

선생님과 급장, 부급장들과 신붕 예배를 올렸습니다. 조회 때 박 선생님의 훈화.

1. 오늘은 오전 공부만 하고 후쿠시마 씨가 출정하니 정봉역까지 배웅을 갈 것.

2. 4교시 수업이 끝나고 5, 6학년은 회장[會場]을 만들 것.

◎ 오늘은 1일로 궁성요배식을 했습니다. (기

미가요 합창), (황국 신민 서사), (창가 합창) 등을 했습니다. 조회 끝.
오후 3시경에 전교생 모두가 일장기를 들고 정봉역에서 후쿠시마 씨를 배웅했습니다.

〈1938년 9월 2일 금요일 晴天氣〉
조회 때 박 선생님의 훈화.
오후 0시 몇 분에 출정하는 군인이 30여 명이나 되어서 3학년 이상은 배웅을 갔다 왔습니다.
3학년 이상은 수업을 3교시만 하고 정봉역으로 군인들의 출정에 응원의 만세를 불렀습니다. 청주읍에서 30여 명이 출정합니다.

〈1938년 9월 3일 토요일 雨天氣〉
조회는 안 했습니다.
3교시가 되자 5, 6학년은 야채를 뽑아 다른 곳에 심었습니다. 4교시에는 교장선생님께 도덕 과목을 배웠습니다.
수업이 끝나고 5, 6학년은 배를 먹었습니다. 80명이 두 개씩 먹었습니다.
요즘 하라다 선생님이 다른 학교로 전근을 간다는 이야기가 떠도는데 그 이야길 들으니 왠지 서운합니다.

〈1938년 9월 4일 일요일 雨後曇天氣〉
오늘은 일요일입니다.

〈1938년 9월 5일 월요일 晴天氣〉
강물이 많이 불어나서 학교에 갈 때 곤란했습니다.
조회 때 교장 선생님께 안타까운 소식을 들었습니다.

◎ 우리 학교에서 열심히 가르쳐 주시던 하라다 선생님이 영동군의 추풍령고등심상소학교 교장선생님이 되어 가시게 되었습니다. 너무 슬픕니다.
◎ 하라다 선생님의 훈화.
「나는 오늘 교장선생님이 말씀하신대로 영동군 학교로 가게 되었습니다. 저는 작년 4월에 와서 오늘로 1년 5개월이 되었는데, 그동안 여러분에게 훈계도 하고, 혼도 내고, 회초리도 들고 했습니다. 그러나 그것이 다 여러분을 잘 가르치기 위해서 한 것이니 그럼 점을 잘 헤아려 그간의 일을 용서해주길 바랍니다.」
◎ 권 선생님의 훈화.
이번 주는 공동의 주간이며 지켜야 할 사항은, 시장의 가게 앞에서 용무 없이 서성거리지 말 것, 학교 입구의 길을 청결히 하라고 했습니다. 10일은 퇴비 조제의 날입니다.

〈1938년 9월 6일 화요일 晴天氣〉
오늘은 9월 애국일입니다. 아침 일찍 일어나서 국기를 걸었습니다. 학교에서 애국일 기념식을 했습니다. 애교 작업도 했습니다.
오후 6시쯤 대소원면에서 우리 학교에 부임하실 「다나카 텐보우[田中傳邦]」라는 선생님이 오셨습니다.

〈1938년 9월 7일 수요일 晴天氣〉
조회 때 다나카 선생님이 첫인사를 했습니다. 권 선생님이 이번 주 실천사항으로 어제 말한 대로 모두 힘을 내서 학교 내외 구석구석까지 깨끗이 청소했다고 칭찬해 주셨습니다.

〈1938년 9월 8일 목요일 晴天氣〉

조회 때 권 선생님이 상식문제와 오늘 행사에 대해서 말씀하셨습니다.

질문

1. 5, 6학년에게 「영양소란 무엇이며? 어떤 것들이 있는가?」 학생들의 답= 인간을 발육하게 해주는 것이며 또 몸을 건강하게 해주는 것들 말합니다. 「지방, 비타민, 당류, 탄수화물, 식염, 단백질입니다.」
2. 전교생에게, 담임선생님의 이름 「우리 5, 6학년은 권영서[權寧瑞] 선생님입니다.」
3. 식물의 동화작용(同化作用)이란? 5, 6학년 학생들의 답= 식물의 잎에 있는 엽록소는 햇빛을 받아 공기 중에 있는 이산화탄소와 뿌리에서 올라오는 물로 녹말과 당분을 만들어 양분으로 되는 과정이다. 이때 나오는 산소는 발산한다.

◎ 하라다 선생님이 전근을 가시므로 3학년 이상은 정봉역으로 배웅을 갈 것.

〈1938년 9월 9일 금요일 晴天氣〉

일. 조회 때 권 선생님의 훈화.

1. 지각을 하지 말 것.
2. 내일 행사에 대하여
   (1) 퇴비 조제에 관한 여러 주의사항을 알려 주셨습니다.

오전 9시에 선생님의 검사를 받고, 수업은 두 시간만 한다고 합니다.

〈1938년 9월 10일 토요일 晴天氣〉

오늘은 올해 제2회 퇴비 조제의 날입니다. 전교생이 모두 열심히 힘을 내서 풀을 베어 와서 학교 뒤 운동장에 풀이 산처럼 쌓였습니다. 선생님도 꽤나 많이 해왔다고 칭찬해 주셨습니다.

교장 선생님도 상당이 잘했다고 칭찬해주셨습니다. 또 오늘은 고적애호[古蹟愛護] 기념일이라고 말씀하셨습니다.

수업은 전교생 모두 두 시간만 했습니다.

〈1938년 9월 11일 일요일 晴天氣〉

오늘은 일요일입니다.

〈1938년 9월 12일 월요일 晴天氣〉

조회 때 임 선생님의 훈화.

일. 이번 주는 근면의 주간이며 실천사항으로는

1. 교실에서는 조용히 있고 복도에서도 소리를 내지 말고 다닐 것.
2. 쉬는 시간에는 반드시 운동장에 나가서 활발하게 운동을 할 것
3. 이를 잘 닦을 것.

〈1938년 9월 13일 화요일 晴天氣〉

임 선생님의 훈화. 이번 주 실천사항을 잘 지키도록 하라고 했습니다.

〈1938년 9월 14일 수요일 晴天氣〉

조회 때 임 선생님의 훈화.

학습장[學習帳]이 4전이었는데 5전이 되었다고 했습니다.

〈1938년 9월 15일 목요일 晴天氣〉

조회 때 선생님의 훈화는 없었습니다.

수업이 끝나고 5, 6학년은 운동장에 운동용 선을 그렸습니다.

〈1938년 9월 16일 금요일 晴天氣〉

조회 때 교장 선생님이 일전에 만주 곳곳과 조선의 웅기[雄基][17]라는 곳에서 황군과 러시아군이 싸운 적이 있다. 러시아 군은 우리나라에 싸움을 걸려고 했다. 하지만 우리나라는 러시아와 사이좋게 지내려고 했는데 러시아가 점점 압박해오고 어느새 전쟁을 하게 되었다. 이때 전사한 황군들을 위해 우리들이 명복을 빌어 주어야 하므로 10시쯤 묵념과 위령제를 한다고 말씀하셨습니다.

그리고 특과 3학년 발표가 있었는데 잘 했습니다.

수업이 끝나고 5, 6학년 중에 청주군내로 전시회를 하러 갈 사람을 뽑았습니다. 5학년 중에는 박종석[朴鐘碩]입니다.

〈1938년 9월 17일 토요일 晴天氣〉

조회 때 임 선생님의 훈화 = 질문이 있었습니다.

1. 우리 학교는 개교 몇 년째가 되었는가? 학생들의 답 = 19년.
2. 생도들은 모두 몇 명인가? 441명
3. 우리 학교에 여학생은 몇 명인가? 76명.
4. 남학생은 몇 명인가? 답 = 345명.

수업이 끝나고 5, 6학년은 운동을 3시간 정도 했습니다.

〈1938년 9월 18일 일요일 晴天氣〉

오늘은 일요일입니다.

〈1938년 9월 19일 월요일 晴天氣〉

조회 때 박 선생님의 훈화.

일. 이번 주는 예의의 주간이며 실천사항은 다음과 같다.

(1) 휴식 시간에는 반드시 운동장에 나가 활발히 놀 것.
(2) 수업시간과 조회 때 모이는 방법에 대해서 말씀하셨습니다.
(3) 제2학급은 신붕 예배를 올릴 것.

〈1938년 9월 20일 화요일 晴天氣〉

조회 때 별다른 훈화는 없었습니다. 라디오 체조를 했습니다.

천인침[千人針, 센닌바리][18] 같은 천력[千力][19]을 썼습니다. 저는 수업이 끝나고 전시회에 낼 학교 건물 모형을 조금 만들고 돌아갔습니다. 우리 조는 이한봉[李漢鳳], 저, 윤기문[尹氣文]입니다. 매일 조금씩 만들 것입니다.

〈1938년 9월 21일 수요일 晴天氣〉

조회 때 선생님의 훈화는 없었습니다.

'천력'을 썼습니다.[20]

저는 수공품을 만들었습니다.

〈1938년 9월 22일 목요일 晴天氣〉

조회 때 동방요배, 황국신민서사를 제창했습

---

17) 함경북도 경흥군 웅기읍. 러일전쟁(1904년) 때 전투가 있었다.

18) 전쟁에 참전한 사람의 무운장구를 빌기 위하여 여러 사람의 정성을 모아 함께 기원하는 행위로, 1미터 정도 길이의 흰 천 하나에 붉은 실로 천 명이 한 땀씩 꿰매어 만들어 준다.

19) 센닌바리 같은 부적에 '千力'이라고 썼다는 뜻이다.

20) 원문에는 아래위로 긴 직사각형 안에 둥근 바둑돌 모양으로 '千力'이라고 써넣은 그림이 그려져 있다.

니다.

선생님의 훈화는 없었습니다.

저는 오늘도 전시회에 낼 수공예품을 만들었습니다.

〈1938년 9월 23일 금요일 晴天氣〉

오늘은 박 선생님의 질문이 있었습니다.

1. 오는 24일, 내일은 무슨 날인가? 학생들의 답= 추계 황령제[皇靈祭] 날입니다.

2. 추계 황령제 날에는 아침 일찍 국기를 게양할 것.

교장선생님이 내일은 추계 황령제로 우리나라의 역대 천황을 기리는 날이므로 학교는 쉰다고 하셨습니다.

〈1938년 9월 24일 토요일 晴天氣〉

오늘은 추계 황령제로 학교는 쉽니다.[21]

〈1938년 9월 25일 일요일 晴天氣〉

오늘은 일요일이지만 저는 학교에 갔다 왔습니다.

〈1938년 9월 26일 월요일 晴天氣〉

조회 때 권 선생님의 훈화.

일. 자치의 주간.

(1) 이번 주에는 특히 고무신을 신지 말고 짚신이나 게다[일본 나막신]를 신을 것.

〈1938년 9월 27일 화요일 晴天氣〉

조회 때 권 선생님의 훈화.

---

21) 원문 여백에 저자가 일본의 기념일마다 그리곤 하던 깃발 그림이 그려져 있다.

일. 이번 주 실천사항을 잘 지키도록 할 것.

1. 게다나 짚신을 신을 것.

2. 운동장을 뛰어다니고 와서는 반드시 우물에 가서 발을 씻고 교실에 들어 올 것.

3. 콩잎과 마당 쓰는 빗자루를 가지고 올 것.

〈1938년 9월 28일 수요일 晴天氣〉

권 선생님의 훈화.

1. 콩잎과, 마당 쓰는 빗자루를 빨리 가지고 오도록 할 것.

2. 돈을 주워 온 학생이 있으니 돈 잃어버린 학생은 선생님께 올 것.

〈1938년 9월 29일 목요일 晴天氣〉

일. 교장 선생님의 훈화.

1. 오는 10월 10일은 전시회가 있다. 일전에 청주군내 각 학교에서 학생을 뽑아왔고 운동도 하고 그 외 여러 가지를 보았다고 이야기해 주셨는데 우리 학교도 잘했다고 합니다.

2. 내일은 우리 학교 운동회는 없고 체육연습회를 하므로 학부형과 같이 오지 않아도 되며 비상시이므로 대운동회는 하지 않고 두세 시간 정도 연습회만 할 것임.

이. 권 선생님의 훈화.

1. 내일은 모두 운동복을 입고 올 것.

2. 운동을 할 때는 활발하게 학생답게 할 것.

〈1938년 9월 30일 금요일 晴天氣〉

오늘은 우리 학교 체육연습회를 하는 날입니다. 비상시라서 대운동회를 체육연습회로 대신하고 두세 시간 정도 하고 끝냈습니다.

오늘 홍백군의 점수는 홍군이 45점, 백군이

35점으로 홍군이 우승했습니다.

〈1938년 10월 1일 토요일 晴天氣〉
오늘은 조선총독부 기념일[22]입니다. 우리 학교에서는 어제 운동회를 해서 피곤하기 때문에 오늘은 쉬는 날입니다. 저는 학교에 일이 있어서 갔다 왔습니다.

〈1938년 10월 2일 일요일 晴天氣〉
오늘은 일요일이라 학교는 쉽니다.

〈1938년 10월 3일 월요일 晴天氣〉
급장, 부급장, 선생님들과 신붕 예배, 궁성요배를 했습니다. 조회 때 다나카 선생님의 훈화.
일. 이번 주 실천 사항은 다음과 같다.
1. 길을 걸을 때는 좌측통행을 할 것.
2. 교문에 들어올 때, 집에 돌아갈 때는 반드시 공손하게 예의를 갖출 것.
3. 교실이나 복도에서는 조용히 하라고 하셨습니다.
4. 수업 시작시간이 오전 9시로 변경된다고 하셨습니다.

〈1938년 10월 4일 화요일 晴天氣〉
조회 때 하는 체조가 바뀌어서 배웠습니다.

〈1938년 10월 5일 수요일 晴天氣〉
조회 때 다나카 선생님이 {누군가가} 정직하게

___
22) 1910년 10월 1일에 조선총독부가 설치된 것을 기념하는 날이다. 조선총독부 1대 총독으로는 데라우치 마사타케(寺內正毅)가 부임하였다.

돈을 어디에선가 주워 와서 선생님께 가지고 왔다. 돈 주인이 나오질 않으므로 돈 주워 온 학생에게 상품으로 줄 것이므로 모두 박수를 3회씩 치라고 하셨습니다. 그리고 전교생에게 돈을 줍게 되면 반드시 선생님께 가지고 오라고 했습니다. 조회 체조를 하고 교실에 들어가서 공부를 했습니다.

〈1938년 10월 6일 목요일 晴天氣〉
오늘은 10월 애국일입니다. 아침 해가 떴을 때 국기를 게양했습니다. 학교에 가서 조회 때 국기 게양대 앞에서 애국일 기념식을 했습니다. 교장선생님의 훈화가 있었습니다. 황국신민서사 제창을 하고 묵념을 했습니다. 그리고 애교 작업을 했습니다.
저는 수공품을 만들었습니다.

〈1938년 10월 7일 금요일 晴天氣〉
조회 때 다나카 선생님의 훈화.
1. 내일 행사에 대해서 말씀하셨습니다.
　(1) 가을소풍을 갈 것임.
　(2) 모두 결석하지 말고 모두 올 것.
　(3) 오전 9시 30분까지 모일 것.

〈1938년 10월 8일 토요일 晴天氣〉
오늘은 가을소풍을 가는 날입니다. 우리 5, 6학년은 강변으로 가서 공을 차고 놀았습니다.
「오늘은 음력 8월 15일 추석입니다.」

〈1938년 10월 9일 일요일 晴天氣〉
오늘은 일요일이라 학교에는 안 갔습니다. 금계 간이학교에서 추계 체육회를 해서 저는 구경을 갔습니다. 그리고 마라톤에 나가 4등을 했습니다. 상품은 5등까지 주었는데 4등을 해서 4등 상품인 빨래비누를 받았습니다.

「상품 때문이 아니라 제 몸을 단련하기 위해서 나갔습니다.」

〈1938년 10월 10일 월요일 雨天氣〉

비가 내려서 조회는 안 했습니다.

교실에서 수업을 시작할 때 동방요배와 황국신민서사를 제창했습니다.

오늘 시간표는 6시간이었는데, 5교시가 끝나고 6교시는 체조였는데 비 때문에 못하고 청소를 깨끗이 하고 집에 갔습니다.

〈1938년 10월 11일 화요일 雨後曇天氣〉

조회는 안 했습니다.

권 선생님과 다나카 선생님을 제외한 모든 선생님은 출장을 가셨습니다.

수업이 모두 끝나고 권 선생님이 「내일은 나와 다나카 선생님이 출장을 가므로 너희들 급장 네 명이 잘 감독을 해서 조용히 자습을 하고, 또 청주에서 하는 전람회, 전시회 구경을 다녀올 사람은 두 시간만 공부하고 다녀올 것.」이라고 말씀하셨습니다.

〈1938년 10월 12일 수요일 曇天氣〉

오늘은 박 선생님, 변 선생님만 학교에 계셨습니다. 다른 선생님들은 모두 청주읍으로 출장을 가셨습니다. 「전시회와 전람회」

우리들도 수업을 두 시간만 하고 30명이 청주읍에 가서 전시회와 전람회를 구경하고 왔습니다. …… 전람회에서는 눈이 휘둥그레질 정도였습니다.

전시회도 충청북도 내 각 소학교 선수들이 공

부도 운동도 다 잘했습니다. 우리 학교도 잘했습니다.

〈1938년 10월 13일 목요일 曇天氣〉

오늘은 무신년 조서 하사 기념일로 조회 때 식을 올렸습니다.

◎「무신년 조서란 메이지 천황폐하가 러일전쟁 후 우리 일본국은 세계 일등국이 되었지만 국민들은 자만하지 말고 나라를 일으키기 위해 더 충실히 본업에 임하고, 근검하여 생산에 힘써야 한다는 의미로 명치 41년 10월 13일에 하사하셨습니다.」

〈1938년 10월 14일 금요일 晴天氣〉

조회 때 임 선생님의 훈화.

일. 이번 주 실천사항은 다음과 같다.

1. 오늘부터 공부를 기운내서 더 열심히 할 것.

2. 요즘 농가가 굉장히 바쁜 시기이므로 모두 학교 수업이 끝나면 집에 바로 가서 가정실습에 전념할 것.

〈1938년 10월 15일 토요일 晴天氣〉

조회 때 임 선생님의 훈화.

1. 모레는 신상제[神嘗祭]라 학교를 쉬니 내일과 모레 이틀간은 공부를 제대로 하고 오라고 하셨습니다.

◎ 방과 후 권 선생님이 내일은 학교 벼를 벨 것인데 모두 남을 필요는 없고 5, 6학년만 낫과 지게를 가지고 올 것. 일요일이고 날씨가 어떨지는 아직 모르고, 미안하지만 학생들은 내일 학교에 오길 바란다.

⟨1938년 10월 16일 일요일 晴天氣⟩
오늘은 일요일이지만 우리 5, 6학년은 특별히 학교에 가서 벼를 베었습니다.
많이들 모여서 베었기 때문에 빨리 끝났습니다. 마르기 쉽도록 기다란 봉을 세우고 가로로 봉을 걸어 벼를 넣어 두었습니다.

⟨1938년 10월 17일 월요일 晴天氣⟩
오늘은 「신상제」 날입니다. 아침 해가 뜨고 일장기(국기)를 게양했습니다.
신상제=「햇곡식을 이세신궁[伊勢神宮]에 올리는 날입니다. 」
학교는 오늘 쉽니다.[23]

⟨1938년 10월 18일 화요일 晴天氣⟩
조회 때 박 선생님의 훈화.
일. 이번 주 실천사항은 다음과 같다.
1. 화단을 밟지 말 것.
2. 뒷정리를 잘 할 것.
3. 복도에서 조용히 할 것.
4. 쉬는 시간에는 운동장에 나가 활발히 놀 것.
◎ 내일은 야스쿠니[靖國] 신사의 임시 기일이라서 식을 올리기 위해 공부는 하지 않습니다.

⟨1938년 10월 19일 수요일 晴天⟩[24]
오늘은 학교에서 「야스쿠니 신사 임시 대제일」의 식을 올렸습니다. 나라를 위해서 목숨 바치신 분들의 위패를 모시는 식입니다. 궁성에서도 오전 10시 15분에 야스쿠니 신사에서 제를 지낸다고 합니다.
◎ 내일은 5, 6학년이 이삭털기를 하므로 기계나 멍석 등을 가지고 와야 하고, 여러 가지 준비를 해놓고 돌아갔습니다.

⟨1938년 10월 20일 목요일 晴天氣⟩
오늘도 조회 때 국기게양을 하고 식을 올렸습니다.
◎ 우리 5, 6학년은 이삭 털기를 했습니다. 또 시식회도 했습니다. 쌀 네 말을 해서 한 사람당 여덟 번씩 빻았습니다.
야스쿠니 신사 임시대제[25]
야스쿠니 신사제

⟨1938년 10월 21일 금요일 晴天氣⟩
오늘도 조회 때 국기 게양을 하고 식을 올렸습니다. 임 선생님이 학교 처마 밑에 있는 작은 돌들을 운동장으로 흩트려 놓지 말라고 하셨습니다.
야스쿠니 신사 임시대제
야스쿠니 신사제

⟨1938년 10월 22일 토요일 晴天氣⟩
조회 때 제4학급에서 발표가 있었습니다. 제5학년에서는 저 상영[尙榮]이 했고 제6학년에서는 곽한청[郭漢靑]이 했습니다. 저는 「우리들이 해야만 하는 일」에 대하여 이야기했습

---

23) 원문에는 여느 기념일 때와 마찬가지로 깃발이 그려져 있다.
24) 원문 상단에는 깃발 그림과 함께 오른쪽에서부터 가로쓰기로 '靖國神社臨時大祭'라는 글귀가 적혀 있다.

---

25) 전날 일기와 마찬가지로 그림과 함께 글귀가 적혀 있다.

니다.

◎ 황군이 중국 남부의 주요 도시에서 분투하고 있어서 함락을 기원하며 깃발행렬을 했습니다. 대일본제국 황군 만세를 외쳤습니다. 여동생이 일기장에 낙서를 했습니다.[26]

〈1938년 10월 23일 일요일 晴天氣〉
오늘은 일요일입니다.

〈1938년 10월 24일 월요일 晴天氣〉
조회 때 「교육칙어 하사 기념식」을 했습니다. 조선에 명치 44년[1911년] 10월 24일에 하사하신 것입니다. 일노전쟁[러일전쟁] 후에 일한[日韓]이 합병한 일 외에 여러 이야기를 교장선생님이 말씀하셨습니다.
권 선생님이 이번 주는 교육의 주간이므로 각 날에 지킬 것들은 매일매일 알려줄 것이다. 오늘은 효행일로 부모님에게 효도할 것. 또 실천사항은 다음과 같다.
1. 종이 부스러기를 날리지 말 것.
2. 먹물을 버릴 때는 조심해서 버릴 것. 또 손님이 오셨을 때 창가에서 내다보지 말 것.

〈1938년 10월 25일 화요일 晴天氣〉
조회 때 권 선생님의 훈화.
1. 오늘은 교육 주간 중 우애의 날[27]이므로 친구들과 사이좋게 지낼 것.
2. 이번 주 실천사항 중 「손님이 오시면 창가에서 내다보지 말고, 종이 부스러기를 버리

---

26) 이 날 일기를 적은 지면 위로 동그라미 모양의 낙서가 되어 있는데, 이를 설명하는 내용이다.
27) 원문에는 '友愛日'이라고 적은 각 글자의 오른쪽 옆에 ' ' 기호가 그려져 있다.

지 말라.」고 하셨습니다.

〈1938년 10월 26일 수요일 晴天氣〉
조회 때 미화 작업을 3분간 했습니다.
권 선생님이 오늘은 교육주간 중 신의의 날이므로 어른에게는 물론이고 친구들에게도 신용을 보이도록 하라고 말씀하셨습니다.

〈1938년 10월 27일 목요일 晴天氣〉
조회 때 권 선생님이 상식 문제를 냈습니다.
1. 어째서 지금 고무신을 신지 못하게 하고 짚신이나 게다를 신게 하는가? …… 답= 지금 우리나라는 비상시국이고 또 중국에서 전쟁이 일어나 돈을 절약해야 하기 때문입니다.
2. 색이 있는 옷을 입으라고 하는 이유는? 답= 색이 있는 옷은 태양열을 잘 흡수하고 또 때가 타도 티가 잘 나지 않아 세탁할 때 힘이 덜 들기 때문입니다.
3. 내각 총리대신은 누구인가? …… 고노에 후미마로[近衛文麿] 각하십니다.
4. 오늘은 교육주간 중 공검[恭儉]의 날이므로 스스로 행동거지를 조심할 것. 또 근검절약할 것.

〈1938년 10월 28일 금요일 晴天氣〉
국기게양대 앞에서 축하행사를 했습니다.
교장선생님이 황군이 용맹하게 싸워 중국의 대도시[首府]에 있는 한구[漢口]를 함락시켰다. 우리나라에 대단히 기쁜 일이다. 그래서 오후 1시부터 깃발행렬을 할 것이다(라고 말씀하셨습니다.)
권 선생님이 오늘은 교육주간 중 박애의 날이

므로 서로 사랑하고 집에 있는 가축과 식물까
지도 소중히 하라고 하셨습니다.
◎ 4교시 수업이 끝나고 오후 1시부터 전교생
이 면 주재소에 가서 깃발행렬을 했습니다.

〈1938년 10월 29일 토요일 雨後曇天氣〉
아침에 비가 내려서 조회는 안 했습니다.
3교시 수업이 끝나고 비가 그쳤고 비상종이
울려서 조회장에 모였습니다. 교장선생님이
황군은 언제나 3리든 4리든 걸어서 다닐 때도
있고 여러 가지 고심도 많이 있다. 그런 의미
를 기리기 위해서 오늘은 4학년 이상의 학생
은 마라톤이 있으니 신촌 강변까지 마라톤을
할 것. 도중에 낙오하는 사람이 없도록 해야
한다고 말씀하셨습니다. 「무쇠 같은 몸[鏃ヘ
よ体]」.
150명 중에 상품은 10등까지만 준다고 했는
데 저는 아쉽게도 11등을 했습니다.

〈1938년 10월 30일 일요일 晴天氣〉
오늘은 일요일입니다.

〈1938년 10월 31일 월요일 晴天氣〉
조회 때 다나카 선생님의 훈화.
일. 이번 주 실천 사항은 다음과 같다.
1. 뒷정리를 잘할 것.
2. 지금까지 애국일을 6일로 정했는데 11월
   부터는 매월 1일로 바뀌게 되었다. 그래서
   내일이 마침 11월 애국일이니 국기를 게양
   하라고 하셨습니다.

〈1938년 11월 1일 화요일 晴天氣〉
조회 전에 선생님과 각 학년 급장, 부급장들이

사무실에서 신붕 예배를 했습니다.
국기 게양대 앞에서 전교생이 모여서 궁성요
배와 애국일 기념식을 올렸습니다.
교장선생님이 11월부터는 애국일이 1일로 바
뀌었고 오후부터 작업을 할 것이라고 했습니
다. …… 작업은 잘 했습니다.
◎ 아, 참고로 권 선생님이 엄하게 말씀하시기
를 공부를 제대로 하지 않고 게으름 피우는 학
생들이 있는데 공부를 똑바로 하라고 하셨습니
다.

〈1938년 11월 2일 수요일 晴天氣〉
조회 때 다나카 선생님의 훈화.
내일은 기념일인 「명치절」이므로 오늘 수업 4
교시가 끝나고 5, 6학년은 식장을 만들고, 식
연습을 할 것이라고 했습니다. 내일은 아침 일
찍 일어나서 국기를 게양할 것.
오전 9시부터 식을 시작하니 학교에 빨리 오
라고 했습니다.
(4교시가 끝나고 식장을 만들고 전교생이 강
당에 모여 식 연습을 했습니다.)

〈1938년 11월 3일 목요일 晴天氣〉
명치절.[28]
아침 일찍 일어나서 먼저 국기를 걸었습니다.
학교에 가서 9시에 종이 울리자 조회장에 모
여서 선생님의 여러 가지 주의사항을 듣고 식
장으로 갔습니다.
식이 시작되고 교장선생님이 메이지 천황폐

---

28) 이 날 일기 지면 상단에 오른쪽에서부터 가로쓰기
로 기록되어 있으며, 끝에는 깃발 그림이 그려져 있
다.

하의 시대부터 우리나라가 진보해 왔다고 했습니다. 천황의 국민이란 무엇인지 열심히 설명해 주셨습니다. 식이 끝나고 집에 가서도 메이지 천황에게 감사함을 느꼈습니다.

〈1938년 11월 4일 금요일 晴天氣〉
조회 때 다나카 선생님이 이번 주 실천실행사항에 대한 질문을 했습니다.
1. 청소를 깨끗이 할 것.
2. 자기 일을 잘 할 것.
방과 후에 5, 6학년생은 보리를 파종했습니다.

〈1938년 11월 5일 토요일 晴天氣〉
조회 때 제3학급 발표가 있었는데 잘 했습니다.
서당 강습회가 있어서 수업을 세 시간만 했습니다.

〈1938년 11월 6일 일요일 晴天氣〉
오늘은 일요일입니다.

〈1938년 11월 7일 월요일 晴天氣〉
조회 때 교장선생님이 오늘부터 이번 달 13일까지 국민정신작흥 주간이라고 말씀하셨습니다. 관동 지방 대지진이 난 후 다이쇼[大正] 천황이 다이쇼 12년 11월 10일 섭정할 때 내리신 조서에 대해서도 이야기해 주셨습니다. 오늘은 11월 7일, 첫 번째 날로 생활쇄신, 시국인식의 날입니다.

〈1938년 11월 8일 화요일 晴天氣〉
조회 때 임 선생님의 훈화.
오늘은 국민정신작흥 주간 중 제2일로 지켜야 할 사항은 = 근로, 호애[好愛], 노력, 분투[29]의 날이다. 4교시 수업이 끝나면 1학년부터 6학년까지 작업을 한다고 말씀하셨습니다.
◎ 4교시가 공부가 끝나고 5, 6학년은 뒤에 있는 학교 뒤 논에 가서 보리를 파종했습니다.

〈1938년 11월 9일 수요일 曇天氣〉
밤에 비가 내려서 운동장이 질척거리고 비가 다시 내릴 것 같아서 조회는 안 했습니다.
수업이 끝나고 교실에서 권 선생님이 5, 6학년에게 말씀하시기를, 오늘은 국민정신작흥 주간 제3일로 극기, 인고, 반성, 경계[戒心]의 날이라고 이야기해 주셨습니다. 그래서 집에 가서 오늘 한 일을 반성해 보고 작문을 해오라고 하셨습니다.

〈1938년 11월 10일 목요일 晴天氣〉
국기게양대 앞에서 국민정신작흥 주간에 관한 조서를 하사하신 것에 대한 기념식을 했습니다. 오늘은 국민정신작흥 주간 제4일로 신사참배, 국체명징[國體明徵]의 날입니다.
4교시 수업이 끝나고 자치회를 했습니다.
올해 올라온 실행사항은
1. 말할 때는 국어로 할 것.
2. 행동과 규율을 바르게 할 것.
내일 합의사항을 발표할 것입니다.

〈1938년 11월 11일 금요일 晴天氣〉
조회 때 6학년 급장 자치회 단장이 자치회 합의에 따른 실천사항을 발표했습니다.

---

29) 원문에는 '勤勞, 好愛, 努力, 奮鬪'의 각 글자 오른쪽 옆에 'ㅇ' 표시가 되어 있다.

1. 국어로 말할 것.

2. 행동과 규율을 바르게 할 것.

그리고 임 선생님이 말하셨는데 오늘은 국민 정신작흥 주간 제5일째로 공덕과 효행, 근민 [勤敏]과 봉공[奉公]의 날입니다. 그래서 방 과 후 작업을 했습니다.

〈1938년 11월 12일 토요일 晴天氣〉

조회 때 임 선생님이 오늘은 국민정신작흥 주 간 제6일째로 경효애유[敬孝愛幼], 건강증진 의 날이라고 말씀하셨습니다. 전교생이 10분 간 구보로 운동장을 돌았습니다. 추웠지만 건 강증진의 날이기 때문입니다.

〈1938년 11월 13일 일요일 晴天氣〉

오늘은 일요일입니다. 국민정신작흥 주간이 끝나는 날입니다.

오늘 실행사항은 보은감사, 국민친화의 날입 니다.

〈1938년 11월 14일 월요일 晴天氣〉

조회 때 박 선생님의 훈화.

일. 이번 주는 예의의 주간으로 특과 1학년은 신붕 예배를 올릴 것.

이. 이번 주 실천사항은 다음과 같다.

1. 황실과 관련한 일로 쉬는 날이 있을 때에는 휴일이라도 신경 써서 보낼 것.

2. 조회 때 집합하는 방법에 대해 말씀하셨습 니다.

이상의 사항을 잘 지킬 것.

5, 6학년은 분단별로 교련을 했습니다. 22일 에 청년단과 함께 하기 때문입니다.

〈1938년 11월 15일 화요일 曇天氣〉

조회 때 박 선생님의 훈화.

1. 변소에서 용변을 보고 뒷정리를 잘 할 것.

2. 옷은 가능한 한 양복으로 입을 것.

3. 오늘부터 21일까지 납세선전 주간이라고 하셨습니다.

4. 주워 온 물건이 있으니 잊어버린 사람이 있 으면 선생님께 오라고 하셨습니다.

〈1938년 11월 16일 수요일 晴天氣〉

조회 때 교장선생님이 납세선전 주간과 관련 해 세금을 빨리 내라고 말씀하시고 일전에 납 세에 대해 작문을 해서 군청에 냈는데 6학년 이한봉[李漢鳳]만이 등수에 들어서 가작을 해 서 상품을 받게 되었다고 말씀하시고는 상품 을 주셨습니다.

박 선생님이 공부시간을 시작하는 종이 울리 면 다 같이 교실로 들어가서 공부할 준비를 하 고 가끔 운동장에서 꾸물거리는 학생이 있는 데 앞으로 그런 학생이 없도록 하라고 말씀하 셨습니다.

〈1938년 11월 17일 목요일 晴天氣〉

조회 때 박 선생님의 훈화.

질문

1. 11월 23일은 무슨 날인가? 학생들의 답 = 신상제입니다.

2. 황실과 관련한 일이 있을 땐 어떻게 하는 가? 답 = 쉬는 날이라도 주의해서 보내는 것입니다.

3. 11월 3일은 무슨 날인가? 답 = 명치절입니 다.

4. 애국일은 언제로 바뀌었는가? 답 = 매월 1

일로 바뀌었습니다.

이상입니다.

또 한 가지로 조회 때 좀 더 빨리 모이라고 말씀하셨습니다.

〈1938년 11월 18일 금요일 晴天氣〉

조회 때 특과생 발표가 있었는데 잘 했습니다. 박 선생님이 조회가 끝나고 교실에 들어갈 때는 한데 모여서 들어가라고 하셨습니다. 그리고 다음부터는 나팔을 불면서 들어가기로 해서 나팔 4개를 주문해 놓았다고 말씀하셨습니다.

〈1938년 11월 19일 토요일 晴天氣〉

조회 때 선생님의 훈화는 없었습니다. 조회가 끝나고 교실에 들어갈 때 북소리에 맞춰 교실에 들어갔습니다.

◎ 3교시 체조시간에는 5, 6학년이 단체교련을 했습니다. 22일에 청년단과 함께 교련 운동을 한다고 했습니다.

방과 후에는 5, 6학년 급장들은 22일에 사용할 배턴과 깃발 등을 손질하고 돌아갔습니다.

〈1938년 11월 20일 일요일 晴天氣〉

오늘은 일요일입니다.

〈1938년 11월 21일 월요일 晴天氣〉

조회 때 다나카 선생님이 이번 주 실천사항을 말해 주셨습니다.

1. 무엇을 하든 기운 내서 활발하게 할 것.
   (1) 조회 체조를 할 때도 기운 내서 할 것.
   (2) 교실에 들어갈 때도 힘차게 들어가고 나올 것.

방과 후에 옥산면 청년단과 함께 내일 할 운동

연습을 했습니다.

〈1938년 11월 22일 화요일 晴天氣〉

조회 때 교장 선생님의 훈화.

내일은 신상제로 대대로 천황이 신들에게 올해 나온 햇곡식을 제물로 올리는 날이다. 금상 천황폐하도 내일 처음으로 햇곡식으로 지은 밥을 드시므로 학교는 쉰다고 했습니다. 과거의 신상제에는 이세신궁에만 햇곡식을 제물로 올리는 날이었던 것.

◎ 교실에 들어갈 때 발을 맞추어 북소리에 따라 들어갔습니다. 오후 1시부터 청년단의 시봉독식이 있었고 운동 경기를 했습니다. 4, 5, 6학년도 같이 했습니다.

내일은 잊지 말고 국기를 게양할 것.

〈1938년 11월 23일 수요일 晴天氣〉

신상제.[30]

오늘은 신상제로 학교는 쉽니다. 아침 일찍 일어나서 집 대문 오른쪽에 국기를 게양하고 동쪽을 향해서 진심을 담아 최경례를 했습니다. 국기가 바람에 널리 펄럭이니 제 마음은 오늘날의 신상제가 우리나라의 국력을 보여주는 것 같다는 생각이 들었습니다.

〈1938년 11월 24일 목요일 曇天氣〉

조회가 시작하고 종이 울리자 학생들은 즉시 조회장에 모였습니다. 그 후 다나카 선생님이 오늘 모이는 것을 보니 꽤 잘했다고 했습니다. 항상 오늘과 같이 모이도록 하라고 칭찬해 주

---

30) 이 날 일기 지면 상단에 깃발 그림과 함께 오른쪽에서부터 가로쓰기로 '신상제'라고 기록되어 있다.

셨습니다.

방과 후에 5, 6학년은 배추를 뽑아 학교 작업 실과 창고에 두었습니다. 시장에 팔리질 않아 서 묻어놓기 위해서입니다.

⟨1938년 11월 25일 금요일 晴天氣⟩

조회 때 다나카 선생님이 이번 주 실천사항을 물어 보셨는데 어떤 학생이 이번 주 실천사항 은 「건강한 사람이 되자」라고 대답했습니다. 전교생이 모두 운동장을 5, 6회 정도 구보로 돌았습니다.

5, 6학년생은 어제 뽑아 온 배추를 묻었습니 다.

⟨1938년 11월 26일 토요일 晴天氣⟩

조회 때 다나카 선생님이 5분간 미화작업을 하라고 말씀하셔서 전교생이 모두 사방으로 흩어져서 허리를 숙이고 종이 부스러기, 유리 조각 같은 것들을 구석구석 주웠습니다. 종이 울리고 조회장에 뛰어가 보니 더러운 것들이 산처럼 쌓여 있었습니다. 다나카 선생님이 열 심히 일해 주어서 학교가 깨끗해졌다고 칭찬 해 주셨습니다. 조회 끝.

방과 후에 5, 6학년은 배추를 더 내어 와서 일 단 잘 묻어 놓았습니다.

⟨1938년 11월 27일 일요일 晴天氣⟩

어느새 제2학기가 꿈같이 지나가고 약 1개월 정도 남았습니다. 저는 정신 차려 공부를 똑바 로 할 것입니다.

오늘은 일요일이라 자습을 제대로 하려고 마 음먹었습니다. 아, 그런데 정봉에서 시제[時 祭]가 있습니다. 조상님을 기려야 했기 때문

에 공부는 못 했습니다. 그러므로 집에서 야간 학습[31]을 꼭 해야 합니다.

⟨1938년 11월 28일 월요일 晴天氣⟩

조회 때 임 선생님의 훈화.

1. 이번 주 실천사항은 다음과 같다.

　　(1) 각자 몸을 청결히 할 것.

　　(2) 각자 교실 청소를 더 열심히 할 것.

　　(3) 요즘은 밤이 길므로 공부할 시간을 정 　　　해두고 할 것.

방과 후에 선생님이 5, 6학년은 볏짚을 가져 오라고 말씀하셨습니다.

⟨1938년 11월 29일 화요일 曇天氣⟩

조회 때 임 선생님이

1. 모장이 4전이었는데 6전으로 바뀌었음.

2. 이번 주 실천사항에 대한 질문을 하셨습니 다.

　　(1) 몸을 청결히 할 것.

　　(2) 교실을 청결히 할 것.

　　(3) 공부시간을 정해 두고 할 것.

⟨1938년 11월 30일 수요일 晴天氣⟩

조회 때 임 선생님이 내일부터는 수업시간이 지금보다 15분 늦춰진다고 하셨습니다. 조회 시작 시간도 지금까지는 9시 15분에 시작했 지만 내일부터는 9시 30분에 시작한다고 하 셨습니다.

여름에 주문한 신봉을 주셨습니다(선생님이 신봉 예배 올리는 법을 알려주셨습니다).

---

31) 원문에는 '夜の學習'의 각 글자 오른쪽 옆에 'ˇ' 표 　시가 되어 있다.

매일 아침 잊지 말고 예배하라고 하셨습니다.

〈1938년 12월 1일 목요일 晴天氣〉

조회 전에 각 학년 급장, 부급장과 선생님들이 신붕 예배를 했습니다.

또 오늘은 12월 애국일입니다. 국기 게양대 앞에 모여서 애국일 기념식을 올렸습니다. 교장 선생님의 훈화와 묵념 등을 했습니다. 작업을 하고 나서 5교시 수업이 끝나고 집에 돌아가 짚신을 만들어 내일 학교에 올 때 가지고 오라고 하셨습니다. 끝.

집에 돌아가서 내일 이과 시험공부를 하고 짚신도 만들었습니다.

〈1938년 12월 2일 금요일 晴天氣〉

조회 때 2학년 발표가 있었는데 잘 했습니다. 선생님의 훈화는 없었습니다.

조회 후 5, 6학년은 권 선생님이 오늘 짚신을 만들어 오기로 약속했는데 검사를 한다고 했습니다. 저는 만들어 왔기 때문에 괜찮았습니다.

요즘 2학기 기말고사를 보고 있습니다. 공부를 열심히 할 것.

〈1938년 12월 3일 토요일 晴天氣〉

조회 때 교장선생님이 일전에 정한 합의 사항 중 한 가지가 「국어로 말할 것」이었는데 예전보다는 상당히 국어로 말을 하게 되었지만 그래도 아직 부족하다고 하셨습니다. 그중에서도 상시 국어를 사용하는 자는 한 학급에 한 명씩 상을 주겠다고 말씀하셨습니다. 상 발표가 있었는데 우리 4학급 5, 6학년 중에는 5학년의 박종석 군이 상을 받았습니다. 박 군은 공부를 굉장히 잘하고 현명한 학생입니다.

◎ 그리고 임 선생님이 청소는 본과 1학년이 전교에서 제일 잘했고 오히려 4학급이 제일 못했다고 했습니다. 그리고 질문이 있었습니다.

1. 물가는 왜 오르기도 하고 내리기도 하는가? 학생들의 답 = 물건은 적은데 사려는 사람이 많을 때도 있고, 물건은 많은데 사려는 사람이 적을 때도 있기 때문입니다.

〈1938년 12월 4일 일요일 曇天氣〉

오늘은 일요일이고 내일은 국사와 국어[32] 고사를 보는 날이라서 변함없이 자습을 했습니다.

공부를 열심히 하는 것은 자신의 마음(정신)을 갈고 닦는 것입니다.

〈1938년 12월 5일 월요일 晴天氣〉

조회 때 박 선생님의 훈화.

일. 이번 주 실천사항은 다음과 같다.

1. 지난주에도 실행한 사항인데 「청소를 더 열심히 청결하게 할 것」. 토요일에는 청소상태가 좋은지 나쁜지 발표할 것임.

오늘은 국어와 국사 시험을 봤습니다. 안타깝게도 만점은 아닙니다.

5, 6학년은 방과 후에 작업을 했습니다.

〈1938년 12월 6일 화요일 曇天氣〉

조회 때 박 선생님이 어제 청소상태를 발표하셨습니다. 교실의 청소상태는 대체로 좋은데

---

32) 원문에는 '國史'와 '國語' 오른쪽 옆에 ' ' 표시가 되어 있다.

바깥 청소 상태가 안 좋다고 하셨습니다. 조회 끝.

오늘도 학과 고사를 봤습니다.

◎ 2교시에 어떤 내지인이 오셔서 내선일체에 관한 참고사항을 말씀해 주셨습니다. 이야기 내용은 전남 보성군 벌교포의 김창길[金昌吉]이라는 이름을 가진 사람이 야마다 코우키치[山田幸吉]로 창씨개명을 했다는 이야기입니다.

〈1938년 12월 7일 수요일 晴天氣〉

조회 때 박 선생님이 어제 청소상태를 발표하셨습니다. 운동장과 변소를 좀 더 깨끗이 하라고 했습니다.

그리고 저학년들에게 질문을 했습니다.

1. 황국신민서사를 외우고 있는 학생이 있는가? = 1학년의 3번까지는 잘 외웠습니다.

2. 조선의 13도를 외우고 있는 학생이 있는가? = 3학년 어떤 학생이 잘 외웠습니다.

3. 자치회 합의사항을 외우고 있는 학생이 있는가? = 2학년 어떤 학생이 잘 외웠습니다.

4. 5, 6학년들은 내일 질문할 것이라고 말씀하셨습니다.

〈1938년 12월 8일 목요일 曇後雨天氣〉

조회 때 박 선생님이 어제 각조 청소상태를 발표하셨습니다. 모두 잘했고 우물만 청소상태가 안 좋았다고 했습니다. 그리고 5, 6학년에게 질문을 했습니다.

1. 우리나라의 영토를 말해볼 것. 학생들의 답 = 사할린, 쿠릴열도[千島列島], 홋카이도, 혼슈, 시코쿠, 큐슈, 조선반도, 사쓰난제도[薩南諸島], 류큐열도, 대만, 만주에게 빌린 관동주[關東州], 각국에게서 빌린 남양군도[南洋群島] 이상입니다.

2. 만주국의 수도는? 답 = 신징[新京]입니다.

오늘 처음으로 아침에 한 시간 정도 스토브를 켰습니다.

〈1938년 12월 9일 금요일 晴天氣〉

조회 때 박 선생님이 1학년 발표가 있으니 잘 듣고 틀린 점이 있는지 비평하라고 말씀하셨습니다. 1학년 세 명이 발표를 했는데 재미있고 활발히 잘 했습니다.

그리고 박 선생님이 어제 각 조 청소상태를 발표했습니다. 어제는 모든 조가 교실도 운동장도 모두 깨끗이 했다고 칭찬해 주셨습니다.

〈1938년 12월 10일 토요일 晴天氣〉

조회 때 박 선생님이 이번 주 각 학년 청소상태의 등수를 발표하셨습니다. 우리 5학년이 1등을 했습니다. 잘 못 한 조는 앞으로 더 열심히 하라고 말씀하셨습니다.

○ 권 선생님이 학기 시험이 모두 끝나도 공부를 게을리 하지 말라고 하셨습니다.

〈1938년 12월 11일 일요일 晴天氣〉

일요일입니다. 학업에 열중하여 자습을 했습니다.

〈1938년 12월 12일 월요일 晴天氣〉

조회 때 권 선생님의 훈화.

일. 이번 주 실천사항은 다음과 같다.

1. 선생님과 웃어른께 인사와 예의를 잘 갖출 것.

2. 돈치기를 하지 말고 화단을 밟지 말 것.

3. 각자 집에 모시고 있는 신붕에 매일 아침 몸을 정갈히 하고 참배를 할 것.

○ 오늘은 조회장에서 교실에 들어갈 때 나팔을 불며 발맞춰 힘차게 들어갔습니다.

◎ 6교시 체조 시간에 직업 수업을 했는데 전에 묻어둔 배추를 뽑았습니다.

〈1938년 12월 13일 화요일 晴天氣〉

조회 때 권 선생님이 이번 주 실천 사항 중에 돈치기를 일절 하지 말라는 약속을 했는데도 아직 하는 학생이 있다고 하시며 내일부터는 혼쭐을 내주겠다고 말씀하셨습니다.

또 어제 청소는 잘 했지만 변소 청소상태가 좋지 않으니 다음부터는 게을리 하지 말고 깨끗이 하라고 했습니다. 조회 끝.

5, 6학년은 신붕 예배를 올렸습니다. 어제 꺼낸 배추는 내일 각자에게 나누어 줄 것이니 가지고 갈 도구를 내일 갖고 오라고 하셨습니다.

〈1938년 12월 14일 수요일 晴天氣〉

조회 때 권 선생님의 훈화.

어제 청소상태를 발표하셨는데 변소 세 곳 청소상태가 좋지 않은 담당 당번들은 4교시에 선생님한테 오라고 했습니다. 또 화단 청소상태도 좋지 못하니 다음부터는 잘 하라고 하셨습니다. 신발장에는 신발을 바르게 넣어 둘 것.

5, 6학년은 선생님이 배추를 가져갈 도구를 가지고 왔는지 검사를 하고 배추를 13, 4포기 정도씩 나누어 주셨습니다. 잘 가지고 가서 김치를 만들어 먹으라고 하셨습니다.

〈1938년 12월 15일 목요일 晴天氣〉

조회 때 권 선생님이 신발장에 신발을 바르게 모아서 넣어두라고 했는데 모든 학년이 지키지 않았다고 말씀하셨습니다. 그리고 어제 청소상태를 말씀하셨는데 대부분 잘했다고 칭찬해 주셨습니다. 매일매일 이렇게 하라고 하셨습니다.

다음은 선생님의 질문입니다.

1. 만주국은 언제 세워졌는가? 학생들의 답 = 소화 7년 3월 1일.

2. 북중국[만주] 최고 지휘관은 누구인가? 학생들의 답 = 전에는 데라우치[寺内正毅] 대장이었지만 이 달 9일에 스기야마[杉山] 대장으로 바뀌었습니다.

3. 비상시(국난이란 무엇인가) = 제가 대답을 했는데「국가가 큰 어려움에 처한 것을 뜻하는 말로 나라의 존망이 걸려있는 위험한 때를 비상시라고 합니다.」

〈1938년 12월 16일 금요일 晴天氣〉

조회 때 특과 1학년 발표가 있었는데 잘 했습니다.

권 선생님이 어제 청소상태를 발표하셨는데 모든 조가 잘했다고 칭찬해 주셨습니다. 변소에 들어갈 때는 신발을 벗고 들어가라고 하셨습니다.

5, 6학년은 4교시부터 졸업사진을 찍었습니다. 5학년도 6학년도 합동으로 교련 연습하는 모습도 사진으로 찍었습니다.

〈1938년 12월 17일 토요일 曇天氣〉

조회 때 권 선생님이 이번 주 청소상태는 모두 좋다고 하셨고 변소만 조금 부족하다고 하셨습니다.

◎ 4교시에 5, 6학년은 「검도」를 했습니다. 방과 후에 저와 하 군과 선생님은 5학년 시험 본 것을 채점하였습니다.

〈1938년 12월 18일 일요일 晴天氣〉
오늘은 일요일입니다.
산술 복습과 국어 복습을 10분간 했습니다.
이번 학기 시험은 별로 잘 보지 못해서 아쉽습니다. 제가 그렇게 게으르게 공부를 했다고 생각하지는 않고, 머리가 따라가지 못했거나 더 열심히 못한 것이겠지요. 다음부터는 더 열심히 하자.

〈1938년 12월 19일 월요일 晴天氣〉
조회 때 다나카 선생님이
일. 이번 주 실천사항을 발표하셨습니다.
1. 이번 2학기가 끝나도 추위에 굴하지 말고 몸을 단련할 것.
2. 이제 조금밖에 안 남은 2학기도 무사하게 보낼 것.
학기말 고사가 끝나서 공부를 게을리 하면 안 된다고 하셨습니다.
5, 6학년은 공부가 끝나고 방과 후에 실습을 한 시간 정도 했습니다. 5학년은 누에 집을 만들었습니다. 아직 전부 끝나지 않았습니다.

〈1938년 12월 20일 화요일 晴天氣〉
조회 때 다나카 선생님이 어제 청소상태를 말했는데 전부 잘 되었다고 했습니다. 변소 청소 상태는 조금 부족했다고 합니다. 조회 끝.
오늘부터 단축수업을 해서 4교시만 하고 공부를 끝냅니다.
5, 6학년은 방과 후에 실습을 했습니다.

〈1938년 12월 21일 수요일 晴天氣〉
조회 때 다나카 선생님이 어제 청소상태를 발표하셨는데 대체로 잘 했다고 말씀하셨습니다.
◎ 5학년은 방과 후에 실습을 하고 돌아갔습니다. 누에섶을 쳤습니다.

〈1938년 12월 22일 목요일 晴天氣〉
조회 때 다나카 선생님의 질문이 있었습니다.
1. 오늘은 무슨 날인가? 학생들의 답은 동지였습니다.
2. 동지에 대해 알고 있는 것을 말할 것= 제가 대답했는데 1년 중 밤이 가장 길고 낮이 가장 짧은 날이라고 했습니다.
3. 내일은 12월 23일인데 무슨 날인지 알고 있는가? = 학생들의 답 = 천황 태자 전하[33]의 탄신일입니다. 선생님이 좋다고 하시며 자세한 이야기는 내일 해 주시겠다고 하셨습니다.
5, 6학년은 오늘도 실습을 하고 집에 갔습니다. 저도 오늘 누에섶을 전부 치고 갔습니다.

〈1938년 12월 23일 금요일 雲天氣〉
오늘은 눈 때문에 조회는 못 했습니다.
1교시에 권 선생님이 오늘은 태자 전하의 탄신일이므로 축하 행사를 해야 한다고 했습니다. 기미가요, 황국신민서사를 제창했습니다.
선생님이 소화 8년 12월 23일에 태어나셔서 성장하시었고 지금은 공부를 하고 계시다고 했습니다. 그리고 오늘 하루는 태자 전하를 축하하는 마음을 가지고 보내라고 하셨습니다. 국민들은 기뻐하는 마음만 가지고 있을 것입

---

33) 현 일본 천황인 아키히토(明仁)를 가리킨다.

니다.

〈1938년 12월 24일 토요일 晴天氣〉
오늘은 어제 내린 눈 때문에 운동장이 상태가
좋지 않아 조회는 안 했습니다.
수업이 끝나고 5학년은 누에섶 만든 것을 검
사 맡고 양잠실과 작업을 잘 정돈해 두었습니
다.

〈1938년 12월 25일 일요일 晴天氣〉
오늘은 일요일입니다.
아침 일찍 국기를 게양했습니다. 대정천황제[34]
입니다.

〈1938년 12월 26일 월요일 晴天氣〉
오늘은 운동장이 질척거려서 조회를 하지 않
았습니다.
올해의 2학기는 오늘과 내일만 남았습니다.

〈1938년 12월 27일 화요일 晴天氣〉
오늘도 조회는 안 했습니다.
수업을 한 시간만 하고 끝내고 의자와 걸상을
모두 복도에 내어놓고 식장 작업을 했습니다.
3교시에 전교생이 강당에 모여서 1월 1일 행
사 연습을 했습니다. 1월 1일은 앞으로 모든
명절 중 가장 좋은 날로 정해서 쉴 것이라고
교장선생님이 말했습니다. 1월 1일 식은 10시
30분에 시작하니 지각하지 않고 모이도록 하
라고 말씀하셨습니다.

〈1938년 12월 28일 수요일 晴天氣〉
오늘로 제 2학기가 끝났습니다. 조회 때 교장
선생님이 여러 가지 이야기를 해 주셨습니다.
1. 겨울방학 중 주의사항, 2. 성적 발표
5, 6학년은 권 선생님의 훈화를 듣고 검도를
두 시간 정도 한 후에 성적 발표를 했습니다.
저는 1학기보다는 성적이 좋은데 좀 더 공부
를 정신 차리고 해야 합니다. 총점은 106점이
었는데 이번에는 112점입니다. 석차는 2등입
니다.
방학 중에는 연 월 일 날씨만 씁니다.

〈1938년 12월 29일 목요일 晴天氣〉
〈1938년 12월 30일 금요일 晴天氣〉
〈1938년 12월 31일 토요일 曇天氣〉

〈1939년 1월 1일 일요일 曇天氣〉[35]
사방배[36]
오늘로 새해를 맞이했습니다. 아침 일찍 일어
나서 신붕 예배를 하고 집 밖에 국기를 게양했
습니다. 동방요배를 하고 나니 아침 해가 동산
에서 해가 딱 떠서 마을 곳곳을 금빛으로 비추
는 것 같았습니다. 제[요배]를 마치고 학교에
가 예식을 했습니다.
교장 선생님의 훈화는 여러 가지 참고할 만한
이야기가 통신문[37]에 쓰여 있으니 ○ 나중에

---

34) 다이쇼[大正] 천황 즉위한 날(1926년 12월 26일)
을 기리는 기념제이다.

35) 원문에는 이 해의 년도 역시 '昭和十四年'으로 기록
되어 있다.
36) 지면 상단에 오른쪽에서부터 가로쓰기로 '四方拜'
라는 글귀와 함께 깃발 그림이 그려져 있다.
37) 원문에는 '綴'이라는 어휘가 사용되었는데, 본래 의
미로는 작문이나 글 모음집을 뜻하지만 의미상 통
신문으로 번역하였다.

볼 것 ○

〈1939년 1월 2일 월요일 晴天氣〉
〈1939년 1월 3일 화요일 曇天氣〉
〈1939년 1월 4일 수요일 雲天氣〉
〈1939년 1월 5일 목요일 晴天氣〉
〈1939년 1월 6일 금요일 晴天氣〉
〈1939년 1월 7일 토요일 晴天氣〉
〈1939년 1월 8일 일요일 晴天氣〉
〈1939년 1월 9일 월요일 雲天氣〉
〈1939년 1월 10일 화요일 曇天氣〉
〈1939년 1월 11일 수요일 晴天氣〉
〈1939년 1월 12일 목요일 晴天氣〉
〈1939년 1월 13일 금요일 晴天氣〉
〈1939년 1월 14일 토요일 曇後雲天氣〉
〈1939년 1월 15일 일요일 晴天氣〉
〈1939년 1월 16일 월요일 晴天氣〉
〈1939년 1월 17일 화요일 晴天氣〉
〈1939년 1월 18일 수요일 曇天氣〉
〈1939년 1월 19일 목요일 晴天氣〉

〈1939년 1월 20일 금요일 晴天氣〉
오늘로 제2학기 방학이 끝났습니다. 내일부터 제3학기를 시작합니다. 오늘은 숙제를 전부 제출하고 정리를 했습니다. 이번 3학기가 끝나면 드디어 6학년이라는 최고학년이 됩니다. 저의 앞으로의 희망은 6학년 공부를 완벽히 하는 것입니다.
공부를 열심히 하기로 한 스스로의 각오입니다.

〈1939년 1월 21일 토요일 晴天氣〉
오늘부터는 제3학기입니다.

학교에 와서 오랜 기간 못 보았던 친구들을 만났습니다.
학교 운동장에 있는 조회장에서 교장선생님이 훈화를 하셨습니다. 방학 중 실천했던 것, 앞으로 해야 할 것에 대해 말씀하셨습니다.
교실에 들어와 숙제를 모으고 선생님이 앞으로 기운 내서 공부를 하고 기타 이야기들을 해주셨습니다. 3학기 짧은 기간이므로 유종의 미를 거두라고 이야기하셨습니다. 청소를 하고 해산했습니다.

〈1939년 1월 22일 일요일 晴天氣〉
오늘은 일요일입니다.
내일부터는 소화 14년이 되니 새해의 첫 공부이자 3학기의 첫 공부를 하는 날입니다.
오늘 예습을 확실히 해두었습니다.

〈1939년 1월 23이 월요일 晴天氣〉
조회 때 임 선생님의 훈화.
일. 이번 주 실천 사항은 다음과 같다.
1. 행동과 규율을 바르게 할 것.
2. 청소를 깨끗이 할 것.
이상을 잘 지키고 이번 주에 실행하라고 하셨습니다.
◎ 4교시 수업이 끝나고 교내에서 전람회를 했습니다. 겨울방학 숙제들 중 수공품 등을 잘 만든 학생에게 상품을 주었습니다. 저도 상품을 받았습니다. 상품을 받고 앞으로 더 열심히 하겠다고 말했습니다.

〈1939년 1월 24일 화요일 晴天氣〉
조회 때 임 선생님이
1. 학교에 좀 더 빨리 오고,

2. 청소할 때 바깥에 있는 복도와 변소 청소를 더 깨끗이 하라고 말씀하셨습니다.
요즘은 단축수업만 합니다.
선생님이 전교생에게 신붕 예배 때 맹세할 배신사[拜神詞]를 나누어 주셨습니다.

〈1939년 1월 25일 수요일 晴天氣〉
일. 조회 때 동방요배와 황국신민서사를 제창했습니다.
이. 그리고 교장선생님의 훈화가 있었습니다.
1. 학교에 지각하지 말고 아침 일찍 올 것.
2. 복도를 다닐 때는 좌측으로 조용히 다닐 것.
3. 짚신을 신고 다니고 두루마기와 저고리는 끈을 떼고 단추를 붙일 것.
4. 매일 아침 신붕 예배와 동방요배를 하라고 했습니다.
삼. 임 선생님의 청소에 관한 지적사항과 교장선생님의 훈화를 잘 지킬 것.
방과 후 6학년생들은 졸업사진을 찍었습니다.

〈1939년 1월 26일 목요일 晴天氣〉
조회 때 임 선생님이 어제 조회 때 교장 선생님이 말씀하신 것에 대한 질문을 하셨습니다.
한 학생이 잘 대답했습니다.
청소에 대해서는 2학기보다 상태가 좋지 않으니 앞으로 더 열심히 청소를 하라고 말씀하셨습니다.

〈1939년 1월 27일 금요일 晴天氣〉
일. 조회 때 임 선생님의 질문이 있었습니다.
1. 현재 내각 총리대신은 어떤 분인가? = 학생들의 답 = 히라누마 기이치로[平沼騏一郎]각하입니다.
2. 문부대신[文部大臣]은 누구인가? 아라키 사다오[荒木貞夫](14년 1월 4일부터) 각하입니다.
3. 무임소대신(고노에후미마로 近衛文麿)[38]은 무슨 대신을 말하는가? = 답 = 책임[직무]을 갖고 있지 않은 대신을 말합니다.
청소를 좀 더 깨끗이 하라고 말씀하셨습니다.

〈1939년 1월 28일 토요일 晴天氣〉
조회 때 임 선생님이 이번 주 청소상태를 발표하셨습니다. 교실은 대체로 잘 했는데 운동장과 토방, 변소 등의 청소상태가 좋지 못하다고 말씀하셨습니다.
선생님이 6학년 시험 감독을 위해 감독할 학생을 5학년에서 뽑았습니다.

〈1939년 1월 29일 일요일 晴天氣〉
오늘은 일요일입니다.

〈1939년 1월 30일 월요일 晴天氣〉
조회 때 박 선생님이 이번 주 실천사항을 말씀해 주셨습니다.
1. 이번 주부터 매일 조회 준비를 알리는 종이 울리면 전부 운동장에 흩어진 쓰레기를 전교생이 한 개씩 주워서 자기 학급 앞에 모아 둘 것.
2. 이번 주는 청소를 깨끗이 하라고 말씀하셨습니다.
◎ 3. 우리 학교의 만 20주년 기념사업 적립금에 대해 말씀하셨습니다.

---
38) 당시의 현직 무임소대신 이름이다.

방과 후 박 선생님이 우리 5, 6학년은 황기[皇紀] 2600년 (우리 학교 20주년) 기념사업 적립금[39]에 대해 여러 가지로 자세히 말씀해 해 주셨습니다. 아동은 1개월에 10전씩.

〈1939년 1월 31일 화요일 晴天氣〉

일. 조회 때 박 선생님의 훈화.

1. 아침에 학교에 오면 먼저 온 사람은 창문을 열어 둘 것.
2. 조회 준비종이 울리면 모두 운동장에 흩어져서 쓰레기를 반드시 주워서 모아 둘 것.
3. 2학년 대변소 청소를 잘 할 것.
4. 내일은 애국일이니 국기를 게양하라고 하셨습니다.

방과 후 임 선생님이 어제 박 선생님이 말씀하신 기념사업[40]과 관련한 훈화를 했습니다.

〈1939년 2월 1일 수요일 晴天氣〉

조회 전에 선생님과 각 학년 급장, 부급장이 사무실에서 신붕 예배를 했습니다.

그리고 국기게양대 앞에서 애국 기념식을 거행했습니다.

6교시에 5학년은 애국 기념 작업의 일환으로 운동장에서 작업을 했습니다.

◎ 오늘부터 소화 14년도의 1학년생을 모집합니다.

〈1939년 2월 2일 목요일 晴天氣〉

조회가 시작하고 준비종이 울리자 전교생이 모두 흩어져서 먼지 등을 주워서 모았습니다.

박 선생님이 변소 청소상태가 아직 안 좋다고 했습니다. 그리고 상식 문제를 냈습니다.

1. 올해는 무슨 해이며 오늘은 몇 월 며칠인가? = 1학년의 답 = 소화 14년 2월 2일입니다.
2. 2월 11일은 무슨 날인가? = 기원절[紀元節]입니다.
3. 기원절은 무슨 날인가? = 5, 6학년의 답 = 신무천황님이 즉위한 것을 기리는 날입니다.
4. 올해는 황기 몇 년인가? = 2399년입니다.

〈1939년 2월 3일 금요일 晴天氣〉

조회 준비종이 울리고 모두 흩어져서 먼지를 주웠습니다.

박 선생님이 청소는 대체로 잘했지만 어제는 6학년 담당 구역인 동쪽 토방은 안 좋다고 하셨습니다.

6교시는 직업시간이라서 누에섶과 가마니를 짰습니다.

〈1939년 2월 4일 토요일 晴天氣〉

조회 준비 예령[豫令]이 울리자 전교생이 운동장에 흩어져 먼지를 주워 와서 모았습니다.

박 선생님이 한 가지 주의를 주셨습니다.

◎ 매일 아침 동쪽을 향해 요배를 하는 것은 「동방요배, 황거요배, 궁성요배」 등 여러 가지가 있지만 그 중에서도 궁성요배[41]로 말하라고 하셨습니다.

---

39) '記念事業 積立金'의 오른쪽 옆에는 'ㅇ' 표시가 되어 있다.
40) '記念事業' 오른쪽 옆에 'ㅇ' 표시가 되어 있다.

41) '宮城遙拜'의 각 글자 오른쪽 옆에 'ㅇ' 표시가 되어 있다.

1. 이번 주 청소상태는 만점이 아니니 다음 주에는 더 열심히 하라고 했습니다.

우리 5학년은 4교시 수업이 끝나고 검도를 하고 집에 갔습니다.

〈1939년 2월 5일 일요일 晴天氣〉

오늘은 일요일입니다.

어제 밤에 눈이 내려서 쌓였는데 밖에 나가서 바라보니 아름다웠습니다. 40cm정도 쌓였습니다.

오늘은 입춘이라서 입춘첩을 붙였습니다.

〈1939년 2월 6일 월요일 晴天氣〉

오늘은 눈 때문에 조회를 못 했습니다.

우리 5, 6학년은 2교시와 5교시에 운동장과 학교 주변 길의 눈을 치웠습니다. 3, 4학년과 특과 3학년들도 했습니다.

〈1939년 2월 7일 화요일 晴天氣〉

오늘도 조회를 안 했습니다.

5, 6학년은 수험생 외에는 6교시 직업시간에 작업실에서 가마니를 짜고 새끼줄을 꼬았습니다. 누에섶도 만들고 누에 작업 등도 했습니다.

〈1939년 2월 8일 수요일 晴天氣〉

오늘도 조회는 안 했습니다.

5교시 수업이 끝나고 5, 6학년은 수험생 외에는 모두 운동장의 눈을 치웠습니다.

〈1939년 2월 9일 목요일 晴天氣〉

오늘은 조회를 했습니다.

일. 교장선생님이 이번 달 8일부터 14일까지

는 「일본정신 발양[發揚] 주간」이니 참고하고 중요한 말씀을 해주셨습니다.

이. 권 선생님이 이번 주 실천사항으로

1. 신발장 정돈을 잘하고,

2. 화단을 밟지 않도록 주의하라고 하셨습니다. 곧 있으면 꽃이 싹을 틔우기 때문입니다.

◎ 오늘도 작업했습니다.

〈1939년 2월 10일 금요일 晴天氣〉

조회 때

일. 제4학급의 5, 6학년 발표회가 있었는데 그 중에서도 고영권[高寧權] 군의 이번 주가 일본정신 발양 주간인 만큼 참고할 만한 제목이 있었습니다.

이. 권 선생님이 이번 주 행사가 있으니 3교시 수업이 끝나고 식장을 만들라고 했습니다. 내일은 기원절입니다.

◎ 식장을 만들고 기원절 축하식 연습을 했습니다.

〈1939년 2월 11일 토요일 晴天氣〉

오늘은 기원절입니다. 저는 아침 일찍 일어나서 얼굴을 씻고 몸을 정돈하고 신봉 예배를 했습니다. 그리고 동방요배도 했습니다.

학교에 가서 먼저 국기게양식을 하고 식장에 들어가서 축하식을 거행했습니다. 교장선생님의 훈화로 제1대 천황님(신무천황)의 국민을 있게 하신 것 등. 천황폐하는 국가를 열심히 일으키신 신이자 만세일계의 천황폐하이시고 덕분에 오늘날 우리가 3대 강국에 들어가게 된 것 등을 말씀하셨습니다. 또 지금의 사변 등에 관한 훈화를 하고 끝냈습니다.

〈1939년 2월 12일 일요일 晴天氣〉
오늘은 일요일입니다.
하루 종일 공부에 전념했습니다.

〈1939년 2월 13일 월요일 晴天氣〉
조회 때 다나카 선생님이 이번 주 실천사항을
말씀해 주셨습니다.
1. 교실 안에서 모자 등을 쓰지 말고 꼴사나운
   짓을 하지 말 것.
2. 점점 기온이 오르고 있으니 긴장하고 공부
   에 전념하라고 하셨습니다.
◎ 교실에 들어갔는데 권 선생님이 오늘은 일
본정신발양주간 중 체력향상의 날이라고 하
셨습니다. 신붕 예배를 했습니다. 5, 6학년이.
6교시 체조시간에는 직업 수업을 했습니다.
또 검도도 했습니다.

〈1939년 2월 14일 화요일 晴天氣〉
조회 때 다나카 선생님이
일. 실내에서 모자를 쓰지 말라고 말했는데 아
직도 쓰고 다니는 학생이 있다고 했습니다.
이. 교문에 아침저녁에 들어오고 나갈 때는 반
드시 모자를 벗고 출입하라고 하셨습니다.

〈1939년 2월 15일 수요일 晴天氣〉
조회 때 다나카 선생님이 이번 주 실천사항 두
가지를 지키라고 하셨고 긴장한 자세를 더 단
단히 유지하라고 말하셨습니다.
안타깝게도 한청[漢靑] 군이 대구사범학교로
가게 되었습니다.

〈1939년 2월 16일 목요일 晴天氣〉
조회 때 다나카 선생님이 이번 주 실천 사항을

한 번 더 발표했습니다.
6교시 직업 시간에는 누에섶, 산모섬유[42], 가
마니를 짰습니다.

〈1939년 2월 17일 금요일 曇天氣〉
조회 때 불량품 소지를 근절하기 위해 소지품
검사를 했습니다.
다나카 선생님이 시장에 물건을 사러 갈 때는
용무가 끝나면 반드시 학교로 돌아올 것. 등교
와 귀가 시에는 반드시 좌측통행을 하라고 하
셨습니다.
5교시 직업수업까지만 하고 청소를 했습니다.
선생님이 6학년 중학교 입학 때문에 바쁘신
일이 있기 때문입니다.

〈1939년 2월 18일 토요일 晴天氣〉
오늘은 조회를 안했습니다.
5, 6학년은 방과 후 검도를 했습니다.

〈1939년 2월 19일 일요일 晴天氣〉
오늘은 일요일입니다.
예습을 제대로 해두었습니다.
3학기도 이제 1개월 정도면 끝입니다. 곧 시
험기간이 시작됩니다. 열심히 해야 합니다.

〈1939년 2월 20일 월요일 晴天氣〉
오늘은 조회를 안했습니다.
5교시에 1학년 예비 합격자 발표를 했습니다.
금계리는 세 명입니다.

---

42) 종이, 실, 피륙, 나무 따위의 겉에 보풀보풀하게 일
   어난 섬유를 일컫는 말이다.

〈1939년 2월 21일 화요일 晴天氣〉

조회 때 임 선생님이 이번 주 실천사항을 말씀해 주셨습니다.

1. 쉬는 시간에는 반드시 밖에 나가서 놀고 교실 공기를 맑게 해 둘 것.
2. 길을 걸어 다닐 때는 서성거리지 말고 빨리 빨리 다닐 것.

〈1939년 2월 22일 수요일 晴天氣〉

조회 때 임 선생님이 여자 변소의 청소상태가 좋다고 하셨습니다.

그리고 라디오 체조를 하고 교실에 들어가서 공부를 했습니다.

〈1939년 2월 23일 목요일 晴天氣〉

조회 때 임 선생님이 말하셨습니다.

1. 선생님이 한번 말한 것은 반드시 지킬 것.
2. 변소 발판 청소가 제대로 되어 있지 않다고 하셨습니다.

6교시 직업 시간에 5, 6학년들은 가마니를 짜고, 누에섶을 만들고, 새끼줄을 꼬았습니다.

〈1939년 2월 24일 금요일 晴天氣〉

조회 때 박 선생님이 낮에 회충약을 먹으라고 말씀하셨습니다. 라디오 체조를 했습니다.

4교시에 5, 6학년은 약을 먹었습니다.

직업 시간에는 누에섶, 가마니, 새끼줄, 산모 섬유를 만들었습니다.

〈1939년 2월 25일 토요일 曇天氣〉

조회 때 임 선생님이 이번 주 실천사항에 관한 질문을 했습니다.

1. 쉬는 시간에는 반드시 운동장에 나갔다 와서 교실 공기를 맑게 할 것.
2. 마을이나 도로변에서 서성거리지 말고 빨리빨리 집에 돌아가 등교할 것.

〈1939년 2월 26일 일요일 晴天氣〉

오늘은 일요일입니다.

아침에는 윤상이네 집 손님방을 종이로 도배하는 것을 도왔습니다. 오후에는 공부를 했습니다. 학기시험이 곧 닥칩니다.

〈1939년 2월 27일 월요일 晴天氣〉

조회 때 박 선생님이

일. 이번 주 실천사항을 말했습니다.

1. 모자와 신발 정리를 잘 할 것.
2. 준비종이 울리면 모두 먼지를 주워서 양동이 등에 모아 둘 것.

〈1939년 2월 28일 화요일 晴天氣〉

조회 때 박 선생님이 내일은 3월 1일 애국일이니 아침 일찍 일어나 잊지 말고 국기를 게양하라고 말씀하셨습니다.

6교시에 각 담당 직업시간을 공부하고 뒤에 있는 보리밭에 소변을 (퇴비로) 주었습니다.

〈1939년 3월 1일 수요일 晴天氣〉

조회 전에 선생님 및 각 학년 급장, 부급장들이 사무실에 모여서 신붕예배를 했습니다. 또 국기게양대 앞에서 애국일 기념식을 했습니다. 선생님이 현재 전쟁과 우리들이 해야 할 일 등에 대해서 말씀하셨습니다. 분단별로 애국 작업을 하라고 했습니다.

6교시에 5, 6학년은 애국 기념 작업을 했습니다.

⟨1939년 3월 2일 목요일 晴天氣⟩

조회 때 박 선생님의 질문이 있었습니다.

1. 올해는 소화 몇 년인가? = 소화 14년입니다.

2. 2월은 며칠까지 있는가? = 평년은 28일까지 있고 윤년은 29일까지 있습니다.

3. 윤년은 몇 년마다 돌아오는가? = 4년마다 돌아옵니다.

4. 그렇다면 앞으로 몇 년 뒤가 윤년이 되는가? = 소화 15년입니다.

◎ 황국신민의 서사를 쓰는 연습을 했습니다. 경성에 서있는 황국신민서사 동상의 힘을 퍼트리기 위해서 전 조선의 각 학교 학생들 모두 깨끗이 써서[淸書] 내라고 합니다.

⟨1939년 3월 3일 금요일 曇天氣⟩

오늘은 조회를 안 했습니다.

⟨1939년 3월 4일 토요일 晴天氣⟩

조회 때 박 선생님이 모자와 신발 정돈을 잘하라고 하셨고 누구나 먼지 같은 것을 보면 치울 것. 4교시에 종이 울리면 여기에 모여 발표할 사항이 있으니 알고 있으라고 했습니다. 또 모레부터는 수업시간이 바뀌어 9시 15분에 조회를 하고 수업은 9시 30분에 한다고 했습니다.

3교시가 끝나고 4교시 점심시간에 모였는데 교장선생님 및 변 선생님이 다음부터 조회하는 방법이 바뀌었다고 말씀하셨습니다.

오는 월요일에 제3학기 고사를 보기 때문에 고사 시간표를 써 주셨습니다. 5, 6학년은 검도를 했습니다.

⟨1939년 3월 5일 일요일 晴天氣⟩

오늘은 일요일입니다.

내일(월요일)은 읽기 시험이 있어서 시험 준비를 했습니다.

⟨1939년 3월 6일 월요일 曇後雨天氣⟩

조회 때 지구절[地久節][43] 행사를 거행했습니다.

그리고 권 선생님이

일. 이번 주 실천실행은 (공동[共同]의 주)라고 하셨습니다.

1. 학교 내외 제방이나 화단을 밟지 말 것.

2. 돌이나 구슬로 구슬치기를 하지 말 것.

3. 쉬는 시간에는 반드시 운동장에 나가서 놀 것.

비고= 오늘은 읽기[讀本] 고사를 봤습니다. 저는 그렇게 많이 틀리진 않았지만 만족스럽지 않습니다.

⟨1939년 3월 7일 화요일 曇後晴天氣⟩

오늘은 조회를 안 했습니다.

지리와 작문 시험을 보았습니다. 대체로 잘 보았습니다.

⟨1939년 3월 8일 수요일 晴天氣⟩

조회 때 교장선생님이 다음 조회부터 매일 메이지 천황의 교세이[御製][44]를 봉창할 것이라고 말하시고 알려 주셨습니다.

「나라를 위해서 진심을 다해 몸 바치고, 마음

---

43) 황후의 생일을 기념하는 날이다. 여기서 말하는 지구절은 3월 6일, 쇼와천황의 비인 고준황후(香淳皇后)의 생일이다.

44) 천황이 지은 시가를 뜻한다.

을 집중해 열심히 학문[45]을 배울 것」

비고 = 오늘은 국사 시험을 보았습니다.

〈1939년 3월 9일 목요일 晴天氣〉

조회 때 교장선생님이 메이지 천황의 시가를
봉창했습니다.

권 선생님이 내일은 3월 10일 육군 기념일이
고 자세한 이야기는 내일 한다고 하셨습니다.

오늘은 조선어와 도화[圖畵] 시험을 보았습니
다.

〈1939년 3월 10일 금요일 雨天氣〉

오늘은 비가 내려서 조회는 못 했습니다.

3월 10일 육군 기념일입니다.

교실에서 기념식을 올렸습니다. 선생님이 육
군 기념일은 일노전쟁 당시 충성스럽게 싸운
육군을 기리는 것이라고 했습니다. 우리들은
육군 기념일을 맞이하여 황군에 위문 글을 썼
습니다.

또 3월 2일에 태어나신 내친왕[內親王][46] 전
하의 존함은 스기노미야 타카코[淸宮貴子][47]
전하입니다.

(이과 고사를 보았습니다.)

---

45) 원문이 道로 표기되어 있는데 뒤에 배우라는 표현
　　이 있어서 학문으로 해석해도 될 것 같아 일단은 학
　　문으로 해석 하였습니다.

46) 천황의 적녀와 여자 형제가 받는 칭호이다. 남자의
　　경우 친왕 작위를 받는다.

47) 스기노미야는 아명이고 본명은 이다. 소화 천황과
　　고준 황후의 5녀이고 현 천황 아키히토의 여동생인
　　시마즈 다카코(島津貴子)를 가리킨다. 스기노미야
　　는 아명이다. 원문에는 '島津高子'로 적혀 있는데,
　　발음 때문에 잘못 기록한 것으로 보인다.

〈1939년 3월 11일 토요일 雨後曇天氣〉

오늘도 조회는 못 했습니다.

교실에서 조회와 궁성요배식을 하고 황국신
민서사를 제창했습니다.

오늘은 산술과 수신[修身] 고사를 보았습니다.

오늘로서 드디어 시험이 끝났습니다.

〈1939년 3월 12일 일요일 晴天氣〉

오늘은 일요일입니다.

〈1939년 3월 13일 월요일 晴天氣〉

조회 때 다나카 선생님이

일. 이번 주 실천사항을 말씀해 주셨습니다.

1. 3학기 종료가 곧 다가오니 각자 학습장과
　　여러 가지 일들을 잘 정리해 둘 것. 즉 마무
　　리를 잘 하라는 말입니다.

2. 교실 청소를 깨끗이 하고 즐거운 기분으로
　　공부하라고 하셨습니다.

권 선생님이 교실에서 「내일 도청에서 시학
[視學]이 공부하는 것을 보러 오니 오늘 밤에
공부를 제대로 해둘 것」이라고 하셨습니다.

〈1939년 3월 14일 화요일 晴天氣〉

조회 때 시학이 우리들의 자세와 여러 행실 등
을 보았습니다.

교장선생님은 메이지 천황의 시가를 봉창했
습니다.

다나카 선생님이 오늘 아침에 처음으로 건국
체조를 가르쳐 주셨습니다.

○ 시학이 우리 학교에 와서 우리들의 학력을
점검했는데 각 교실을 모두 보았습니다. 우리
5, 6학년 교실에는 2교시 국사시간에 와서 보
았습니다.

〈1939년 3월 15일 수요일 晴天氣〉
조회 때 교장 선생님이 어제 시학이 우리 학교
에 와서 공부하는 모습을 보고 갔는데 대체로
칭찬해 주셨다고 말씀하셨습니다. 그런 다음
메이지 천황의 시가를 읽었습니다.
다나카 선생님께 건국체조를 배웠습니다. 방
과 후에 하 군과 나는 권 선생님을 도와드렸습
니다. 이번에 본 시험 채점.

〈1939년 3월 16일 목요일 晴天氣〉
방과 후에 하상갑과 저는 선생님을 도와드렸
습니다.

〈1939년 3월 17일 금요일 晴天氣〉
조회 때 교장 선생님이 메이지 천황의 시가를
봉독했습니다.
다나카 선생님과 라디오 체조를 했습니다.
오전에 권 선생님이 안 계셔서 자습을 했습니
다. 선생님은 오후에 돌아오셨습니다.
권 선생님이 5, 6학년중 개근상과 정근상을
받을 사람을 조사했는데 저는 개근상이었습
니다.

〈1939년 3월 18일 토요일 曇後雨天氣〉
조회 때 교장선생님이 메이지 천황의 시가를
봉독했습니다.
다나카 선생님이 오늘 행사에 대하여 말씀하
셨습니다. 졸업식 연습을 한다고 하셨습니다.
그리고는 건국체조를 했습니다.
3교시 수업이 끝나고 졸업식 연습을 했습니다
(6학년과 특과 3학년).
방과 후에 저는 박 선생님을 도와드렸습니다.

〈1939년 3월 19일 일요일 晴天氣〉
오늘은 일요일입니다.
내일은 우리 학교 졸업식입니다. 제17회 졸업
식.

〈1939년 3월 20일 월요일 晴天氣〉
오늘은 우리 학교 졸업식입니다. 식 중에 교장
선생님이 졸업생들에게 세 가지 마음가짐을
잊지 말라시며 졸업 후 해야 할 여러 가지 일
들을 말씀해 주셨습니다.
방과 후 권 선생님이 5학년이 앞으로 6학년이
돼서 해야 할 일들을 말씀해 주셨습니다.
(오순택과 박성규의 학년은 제17회 졸업생)
내일은 춘계 황령제로 학교는 쉽니다.

〈1939년 3월 21일 화요일 晴天氣〉
오늘은 춘계 황령제 날로 학교는 안 갔습니다.
오늘은 춘분으로 낮과 밤의 길이가 똑같은 날
입니다.
춘계황령제.[48]

〈1939년 3월 22일 수요일 曇後晴天氣〉
조회 때 교장선생님이 메이지 천황의 시가를
봉독했습니다.
임 선생님이 이번 주 실천사항을 발표하셨습
니다.
1. 이번 주로 제3학기가 끝나니 각 교실 청소
및 정돈을 잘 할 것.
오늘부터는 오전 수업만 합니다(네 시간).

〈1939년 3월 23일 목요일 晴天氣〉

---

48) 깃발 그림과 함께 세로쓰기로 기록되어 있다.

조회 때 교장선생님이 메이지 천황의 시가를 봉독했습니다.

임 선생님이 조회를 시작하는 종이 울리면 바로 조회장에 나오도록 하고, 또 나팔, 작은북, 큰북 등은 조금도 울리지 않도록 똑바로 줄 서 있으라고 말씀하셨습니다.

우리 학년은 4교시 수업이 끝나고 보리밭에 대변을 주었습니다.

〈1939년 3월 24일 금요일 曇天氣〉
조회 때 교세이[御製][49]를 봉독했습니다.

교장선생님이 안타깝고 슬프게도 변 선생님이 집안일로 선생을 그만두고 오늘부로 집으로 가게 되었다고 했습니다. 대단히 슬픈 일이라는 것과 스승의 은혜를 잊지 말 것, 그리고 훌륭한 선생님을 보내게 된 것이 안타까운 일이라고 하셨습니다.

변 선생님은 우리들이 훌륭한 사람이 되었으면 좋겠다며 작별의 인사를 해 주셨습니다. 1교시 수업이 끝나고 2학년 이상의 학생들은 정봉역으로 선생님을 배웅 갔습니다. 결국 선생님이 기차에 올라타고 헤어지게 되었는데 너무나도 슬픈 일이었습니다.

〈1939년 3월 25일 토요일 曇後晴天氣〉
오늘은 드디어 제3학기가 끝나는 날입니다. 어느새 1년이 지나가고 학교의 최고학년이 되었습니다. 학교에 갔는데 조회 때 교장 선생님이 지금까지 해온 일과 앞으로 해야 할 일에 대해 말씀해 주셨습니다.

교실에 들어와서 상장과 상품을 받았습니다.

---

49) 천황이 지은 시문을 뜻한다.

또 통신표도 받았습니다.

저는 1. 우수상, 2. 개근상을 받았습니다.

통신표에는 총점 113점에 평균 9점, 석차는 40명 중 2등입니다. 제 생각에는 만족스럽지 못한 성적입니다. 6학년 때 더 열심히 해야겠습니다.

다음 날부터는 연, 월, 일, 요일, 날씨만 기입합니다.

〈1939년 3월 26일 일요일 晴天氣〉
〈1939년 3월 27일 월요일 晴天氣〉
〈1939년 3월 28일 화요일 晴天氣〉
〈1939년 3월 29일 수요일 晴天氣〉
〈1939년 3월 30일 목요일 晴天氣〉

〈1939년 3월 31일 금요일 晴天氣〉
3월도 오늘부로 말일이 되었습니다. 내일부터는 6학년으로 올라가서 수업을 시작하게 됩니다. 4월 1일부터는 기운내서 공부를 해야 합니다. 6학년이라는 최고학년이므로 우수한 성적을 받아야 합니다. 올해 1년간 노력할 것을 한마음으로 각오합니다.

◎ 작문[綴方]
제5학년 마지막 날에 임하며.

(지금까지는 굉장히 게으른 나였지만 앞으로 눈을 번쩍 뜨고 희망찬 각오를 해야겠다.)

세월은 물과 같이 흐르고 나는 1학년 때부터 지금까지 제대로 공부를 한 적이 없는 것 같은데 어느새 5년이라는 긴 시간이 지나고 말일부터는 제6학년생으로 최고학년이 되어 공부하게 되었습니다.

오늘은 태양빛도 참으로 따사롭고 봄이 시작

되는 것 같습니다. 세상은 또 점점 진보해 가고 오늘을 맞이하여 저의 장래를 생각하니 눈앞이 캄캄해집니다.

올해로 저는 19세를 맞이하고 한 사람 몫의 가치를 해내야만 하는데도 아직 어린아이 같은 마음가짐을 갖고 있으니 저는 언제가 되어야 사회에 나가 일을 할 수 있을까요. 앞으로 1년 이상은 공부하기 어려울 터입니다. 왜냐면 우리 집은 자산이 얼마 없는 빈궁한 집이라서 상급학교에는 갈수가 없습니다. 하지만 또 소학교 졸업만으로는 직업을 얻기가 어려울 거라고 생각합니다. 결국 졸업 후 바로 아버지를 도와드려 집안을 일으켜야 하는 것이 저의 팔자입니다.

누가 저의 이런 슬픈 마음을 알아줄까요? 하지만 나중 일은 제가 각오만 다지면 훌륭하게 떨쳐낼 수 있을 것입니다. (일심각오[一心覺悟])

◎비고

1년 중 석차 및 조퇴, 지각을 한 번도 하지 않고 매일 잘 등교했습니다. 감기 한번 걸리지 않고 병치레도 안 했습니다. 개근상과 우등상을 받았습니다.

◎실행

6학년 때도 이처럼 개근하도록 결심합니다.

필 자

이정덕
전북대학교 인문과학대학 고고문화인류학과 교수

소순열
전북대학교 농업생명과학대학 농업경제학과 교수

남춘호
전북대학교 사회과학대학 사회학과 교수

임경택
전북대학교 인문과학대학 일어일문학과 교수

문만용
전북대학교 한국과학문명학 연구소 교수

안승택
서울대학교 규장각한국학연구원 HK연구교수

진양명숙
전북대학교 고고문화인류학과 BK21+사업단 연구원

박광성
중국 중앙민족대학 민족학 및 사회학 교수

곽노필
한겨레신문 선임기자

이성호
전북대학교 SSK개인기록연구실 전임연구원

손현주
전북대학교 SSK개인기록연구실 전임연구원

이태훈
전북대학교 대학원 사회학과 박사 수료

김예찬
전북대학교 대학원 고고문화인류학과 박사 수료

박성훈
전북대학교 대학원 농업경제학과 석사과정

유승환
전북대학교 대학원 사회학과 석사과정

금계일기 1 개인기록연구총서 10

초판 인쇄 | 2016년 5월 3일
초판 발행 | 2016년 5월 3일

(편)저자 이정덕 · 소순열 · 남춘호 · 임경택 · 문만용 · 안승택 · 진양명숙
박광성 · 곽노필 · 이성호 · 손현주 · 이태훈 · 김예찬 · 박성훈 · 유승환

책임편집 윤수경

발 행 처 도서출판 지식과교양
등록번호 제 2010-19호
주   소 서울시 도봉구 쌍문1동 423-43 백상 102호
전   화 (02) 900-4520 (대표) / 편집부 (02) 996-0041
팩   스 (02) 996-0043
전자우편 kncbook@hanmail.net

ISBN 978-89-6764-057-6 94810
ISBN 978-89-6764-059-0 94810 (전 2권 세트)

정가 40,000원